교활하지 못한
마녀에게

교활하지 못한
마녀에게

2판 2쇄 찍음 2021년 9월 2일
2판 2쇄 펴냄 2021년 9월 10일

지은이 | 감다현
펴낸이 | 정 필
펴낸곳 | (주)뿔미디어

기획 · 편집 | 배지은 심은지

출판등록 | 2002년 9월 11일 (제1081-1-132호)
주소 | 경기도 부천시 원미구 소향로17, 303(두성프라자)
전화 | 032)651-6513 팩스 | 032)651-6094
E-mail | dahyangs@naver.com
블로그 | http://blog.naver.com/dahyangs
비북스 | http://b-books.co.kr

값 13,000원

ISBN 979-11-315-8291-6 04810
ISBN 979-11-315-8289-3 04810 (SET)

FEEL PREMIUM EDITION

김다현 장편소설

교활하지 못한
마녀에게

Dear not cunning witch

Dear not cunning witch

CONTENTS

✦ 제2막 ✦

✦ 제3막 ✦

외전

세드릭 자일스

에드윈은 뒤를 돌아보았다. 여섯 살 된 어린 아들이 그의 소맷자락을 붙들고 있었다.

"세드릭. 나와 함께 가겠니?"

진심이었다. 에드윈은 진심으로 아들의 의사를 존중할 생각이었다. 무엇이든 베가에게 빼앗길 수 없다고 여기는 자일스의 늙은이들이 길길이 날뛰겠으나, 만일 세드릭이 함께 떠나고 싶어 한다면 어떻게든 아들을 데리고 나올 작정이었다. 자일스에 남은 세드릭의 미래란 빤한 것이었다.

세드릭이 훌쩍거리며 고개를 들어 올렸다.

"고모가 날 받아 줄까요?"

에드윈은 대답하지 못했다. 침묵이 길어질수록 세드릭의 표정도 차차 울상으로 일그러졌다.

"가지 말아요. 아버지."

"미안하다."

에드윈은 흐느끼는 아들의 이마에 입을 맞추었다. 이별을 직감한 세드릭이 울며 매달렸지만, 무정한 아버지는 그대로 등을 돌렸다. 잠시 머물렀던 온기가 온데간데없이 사라졌다.

혹독한 겨울.

세드릭은 홀로 설원에 서서 멀어지는 아비의 뒷모습을 하염없이 바라보았다. 머잖아 에드윈은 자취 없이 사라졌으나, 그의 발자국만은 고스란히 눈밭에 남아 있었다. 마치 곧 돌아올 사람처럼 미련만 남기는 자국이 끝없이 이어졌다.

동트고 아침이 밝아 올 때까지, 세드릭은 차디찬 눈밭에 가만히 서 있었다.

영영 돌아오지 않는 사람을 기다리며.

〈교활한 자일스〉 그리고 〈고결한 베가〉.

잉그람을 대표하는 두 마법 가문이 오래간 반목하게 된 까닭은 자일스의 전 수장이었던 제노비아 자일스에서 비롯되었다.

제노비아 자일스는 자식이 없다는 사실만 제하면 완전무결한 마녀였다. 선조인 클레멘틴 자일스를 계승하여 훌륭한 예지를 지녔고, 이제는 지상에서 거의 흔적을 찾을 수 없는 용의 주인이기도 했다. 뛰어난 마녀·마법사들이 으레 그러하듯 괴팍한 성정도 보이지 않았으므로, 수많은 이들이 그녀를 칭송한 것도 무리는 아니었다.

그러던 어느 날, 제노비아 자일스가 예언했다.

'석 달 뒤 공회당에서 피가 낭자할 것입니다.'

예언이 말하는 일자에 공회당에는 정기 마법 공회가 예정되어 있었다. 마법 공회는 잉그람에서 내로라하는 예순여섯의 마녀·마법사들이 한자리에 모이는 중요한 자리. 당시 공회의 의장이던 도리안 베가는 고심 끝에 일정을 두 달 앞당겼다. 자일스의 예지는 언제나 적중했으므로, 도리안 베가가 그녀의 예언을 신뢰하는 것은 일견 당연해 보였다.

한 달 뒤, 공회당에서 참사가 벌어지기 전까지는.

모두가 예상치 못한 참극이었다. 범인은 산티그마 교단의 극렬한 원리주의자로, 200년 전 교단과 마법 사회가 체결한 협약을 인정하지 않고 끊임없이 마법사의 박멸을 주장하던 이들이었다.

그들은 총기와 갑옷으로 무장한 채 공회당으로 들이닥쳐 무자비하게 총격했다. 제아무리 마법을 자유자재로 다룬다 한들, 마법 공회의 일원은 대다수가 전투에 무지한 학자들이었다. 다행히 동물을 대신으로 보낸 이들은 무사했으나, 직접 공회당으로 행차한 경우에는 불운한 죽음을 맞이한 이들도 있었다. 공회의 의장인 도리안 베가도 그런 안타까운 이들 중 하나였다.

1687년 발롬피에 협약을 체결한 이래 마법 사회와 산티그마 교단의 관계가 그만치 위태로웠던 시절도 없었다. 하지만 그때까지만 하더라도 제노비아 자일스를 탓하는 목소리는 없었다. 자일스의 예언가는 예언을 취사선택할 수 없다. 그저 보고 들리는 것만 예언할 수 있을 뿐이니, 이번 참극과 예언 속 참극은 애당초 다른 사건으로 분류해야 마땅했다.

하지만 두 달이 지나도, 세 달이 지나도 공회당은 고요했다. 예언이 말하는 날짜는 이미 지난 지 한참인데도 공회당에서 피가 낭자하는 일은 없었다. 그제야 사람들은 제노비아 자일스를 의심하기 시작했다.

단 한 번도 그릇된 예언을 말한 적 없는 마녀. 왜 하필이면 이번에 틀려야 했을까.

사람들의 의문에 제노비아 자일스는 이렇게 답했다.

'내가 본 미래는 틀리지 않았습니다.'

여러 갈래로 해석될 수 있는 말이었다. 그러나 당시 베가의 수장이자, 숨진 도리안 베가의 모친이었던 이자벨 베가는 크게 노했다. 제노비아 자일스가 옳은 미래를 보고도 부러 틀리게 예언했다 여긴 것이었다.

선조인 오베론 베가를 계승한 이자벨 베가의 분노는 자연스레 낙뢰로 귀결되었다. 표적은 남편과 자식이 없는 제노비아 자일스가 일평생 가장 귀애하던 것. 바로 유년기부터 함께한 용 페넬로피였다.

예부터 무엇으로도 막을 수 없는 무시무시한 형벌이라 하여 천벌로까지 여겨지던 베가의 낙뢰다. 범인이라면 삽시에 타 죽을 낙뢰를 용 페넬로피는 간신히 견뎌 나갔으나, 그조차 오래 버티지는 못했다. 낙뢰를 맞기 시작한 지 하루가 지나자 강철 같던 용의 가죽이 차츰 벗겨졌고, 이틀이 지나자 용의 비명이 천지를 울렸다. 그리고 3일째 되던 날, 용의 육중한 몸뚱이가 마침내 서서히 기울었다.

살벌하고 살벌한 진노였다. 무려 3일 밤낮을 내리친 낙뢰는 일대를 쑥대밭으로 만들었다. 산은 평평해지고, 강은 말라 버렸다. 죽어 가는 용의 울음소리에 질겁하여 달아난 새 떼만도 수두룩했다.

눈앞에서 용이 죽어 가는 모습을 그저 지켜봐야 했던 제노비아 자일스는 오열을 거듭했다. 그녀는 사랑하는 용 페넬로피를 구하고자 백방으로 노력했으나, 대저 베가의 낙뢰란 한번 내리치면 막을 방도가 없는 마법이었다. 심지어는 금기에까지 손을 대려는 그녀를 친족들이 겨우 뜯어말렸다.

제노비아 자일스는 사랑하는 용을 잃어 몹시 낙담했다. 가문의 상징과도 같은 용을 어처구니없이 잃은 자일스의 마녀·마법사들도 가감 없이 분노를 표했지만, 이자벨 베가는 전혀 용서를 구할 의사가 없었다. 그녀는 오히려 제노비아 자일스의 사죄를 요구했다.

나날이 사태가 심각해지자 발푸르기스 평의회가 중재에 나섰다. 3일

밤낮으로 낙뢰를 내리친 이자벨 베가는 마법의 후유증으로 쉬이 거동하지 못했으므로, 시종으로 부리던 올빼미가 그녀를 대신하여 재판장에 출두했다. 수척한 낯빛으로 몸소 재판장에 나타난 제노비아 자일스는 이자벨 베가의 정신이 쓰인 올빼미를 지그시 노려볼 뿐이었다.

재판장에서 제노비아 자일스가 남긴 말은 단 한마디였다.

'이자벨 베가. 그대의 핏줄은 이어지지 못할 것입니다.'

그녀는 붙잡는 손길을 모두 뿌리치고, 홀연히 자취를 감추었다. 자일스 가문은 현상금까지 내걸며 백방으로 수장을 찾아 헤맸지만, 무릇 작정하고 사라진 마녀를 찾기란 참으로 지난한 일이었다. 그렇게 제노비아 자일스의 행방이 묘연해진 동안, 베가에는 기이한 일이 연달아 일어났다.

처음은 이자벨 베가의 막내딸인 펠리시티 베가의 의문사였다. 당시 첫째아이를 임신 중이던 펠리시티 베가는 남부 시골에서 요양하고 있었는데, 갑자기 집 안으로 날아든 까마귀를 맞닥뜨리며 불안 증세를 보이더니 그날 밤을 넘기지 못하고 숨을 거두었다. 태중의 아이 역시 마찬가지였다.

다음은 이자벨 베가의 손자인 그리핀 베가의 사고였다. 국왕의 부름을 받아 로엔그렌 궁전으로 향하던 그리핀 베가는 때마침 공사하던 건물 밑을 지나던 중이었다. 그런데 거대한 바위를 들어 올리던 기중기가 고장 나는 바람에 바위가 떨어져 버렸고, 미처 피하지 못한 그리핀 베가는 그대로 압사했다. 급히 불려 온 궁정마법사가 바위를 들어 올렸을 때는 이미 형체도 알아볼 수 없이 짓눌린 피투성이 송장만 남았을 뿐이다.

낙뢰의 후유증으로 몸져누웠던 이자벨 베가는 잇따른 부고에 정신이 나갈 지경이었다. 당신의 핏줄이 끊기리라 경고하던 제노비아 자일스의 목소리가 환청처럼 계속해서 그녀를 따라붙었다. 결국에 이자벨 베가는 불안감을 이기지 못하고 자신의 후계자인 캐롤라인 베가 일가를 불러들였으나, 도리어 그것이 패착이 되고 말았다.

그날, 캐롤라인 베가 일가는 몰살당했다. 범인은 당대 살인귀로 악명 높던 '붉은 손' 셀레나 아스톨포였다. 수많은 사냥꾼이 쫓던 셀레나 아스톨포는 오필리아 베가가 집필한 아흔일곱 권의 저서를 노리고 베가의 본성으로 잠입했다가, 마침 본성을 찾았던 캐롤라인 베가 일가와 마주치고 말았다. 캐롤라인 베가와 그녀의 남편, 그리고 세 명의 어린 자식은 셀레나 아스톨포의 손에 처참히 찢겨 죽었다. 이후 셀레나 아스톨포는 이자벨 베가를 겁박하여 저서를 탈취하려 했지만, 다행스럽게도 그녀를 추적하던 사냥꾼의 손에 잡혔다.

이제 이자벨 베가의 마지막 남은 직계는 왕래 드물던 손녀 스텔라 베가뿐이었다. 하지만 그녀는 점점 자신을 옥죄어 오는 죽음의 그림자를 두려워하다가, 끝내 자살로 생을 마감했다. 제노비아 자일스의 경고대로 이자벨 베가는 모든 직계를 잃은 셈이었다.

그리하여 이자벨 베가는 죽는 순간까지도 제노비아 자일스를 저주했다. 하지만 비할 데 없이 엄중한 베가의 낙뢰도 자취 없이 사라진 마녀를 벌하진 못하므로, 그녀의 분노는 방향을 잃고 덧없이 사그라졌다.

한편, 제노비아 자일스는 오래지 않아 시신으로 발견되었다.

초라하기 짝이 없는 최후였다. 강에 몸을 던졌는지 퉁퉁 불어난 송장은 도무지 생전의 제노비아 자일스와 닮지 않았으나, 마법범죄부서의 감식 결과 자일스의 수장인 제노비아가 맞았다. 잠적했던 기간 그녀의 종적을 아는 사람은 아무도 없었다. 다만 이야기를 좋아하는 호사가들의 입에 오랫동안 이름이 오르내렸을 따름이다.

과연 재판장에서 제노비아 자일스의 마지막 발언은 무슨 의미였을까.

누구는 예언이라 하였고, 누구는 저주라 하였다. 당사자가 죽어 이제는 정답을 알 수 없는 물음이지만, 결국 그녀의 경고대로 이루어졌으므로 사뭇 오싹한 일이 아닐 수 없었다.

그렇게 20년이 흘렀다.

자일스와 베가는 여전히 서로를 상종 못 할 원수로 여겼다. 피해는 막중하나 누구도 사과하지 않았으니 과거의 앙금이 풀릴 리 만무했다. 그리 반목하는 동안 오래도록 비어 있던 자일스의 수장 자리에는 제노비아 자일스의 어린 종질녀인 바바라 자일스가 올랐고, 이자벨 베가의 가까운 친척으로 그녀의 뒤를 이었던 크리스토퍼 베가는 장녀인 아멜리아 베가에게 자리를 물려주었다. 두 가문의 불화는 그렇게 대물림되는 듯했다.

하지만 아주 우연한 때, 아주 우연한 곳에서 바바라 자일스와 에드윈 베가가 조우했다. 세상 모든 것이 아름답게만 보이는 열여덟 스물, 그것도 아름답기로는 으뜸가는 아리아나 해변에서.

"에드윈과 결혼하겠어요."

바바라의 일방적인 통보에 자일스 가문이 발칵 뒤집혔다. 그러나 자일스는 상황이 나은 편이었다. 베가가 뒤늦게 소식을 접했을 때, 에드윈은 이미 자취를 감춘 뒤였다.

자일스와 베가. 당연하게도 양가 모두 두 사람의 결합을 바라지 않았다. 20년의 세월은 그간의 갈등을 봉합하기엔 아직 부족했다. 더구나 바바라 자일스는 가문의 수장이고, 에드윈 베가는 수장의 하나뿐인 형제였다. 아무리 결혼이 개인의 사생활이라 한들, 갑작스러운 결혼 통보를 순순히 받아들이기는 힘들었다.

'왜 하필이면 베가란 말이오?'

특히나 자일스의 반발이 심했다. 그들은 여전히 용을 태워 죽인 이자벨 베가에 치를 떨었다. 용 페넬로피가 절명한 이후 자일스 본성의 둥지는 아직도 알을 품지 못했으니, 가문의 창날이자 방패인 용 없는 20

년을 보낸 그들이 불안해하는 것도 무리는 아니었다.

물론 베가라고 자일스와의 결합을 탐탁하게 여긴 것은 아니다. 그러나 뜻밖에도 수장인 아멜리아 베가의 반응이 유했다. 제노비아 자일스와 얽힌 이자벨 베가 일가의 죽음은 분명 의심스러운 구석이 있었으나, 아멜리아는 이자벨 베가의 직계가 아니었을뿐더러 그녀와 만난 적도 없었다. 얼굴도 모르는 먼 친척의 죽음을 되새기기에 아멜리아는 지극히 마녀다웠다.

"마냥 축하해 줄 수는 없겠구나. 너도 알다시피 내 입장이 그렇잖니."

몰래 누이를 찾아온 에드윈에게 아멜리아는 그리 말했다.

"다만 너의 결혼이고, 너의 선택이니 내가 간섭할 여지는 없겠지. 부디 후회하지 않았으면 좋겠구나."

결국 바바라 자일스와 에드윈 베가는 양가의 반대를 무릅쓰고 결혼을 감행했다. 연인이면 되었지 굳이 결혼할 필요가 있겠느냐는 회유가 이어졌지만, 사랑에 심취한 그네들의 귀에는 아무것도 들리지 않았다.

그리하여 도처에서 장미가 피어나는 초여름. 어린 신랑 신부는 처음 만났던 해변에서 영원한 사랑을 맹세했다. 하객 없는 결혼식에서 바닷새와 파도가 대신 증인이 되어 주었다.

축복받지 못한 결혼이었다. 그러나 후회하지 않았다.

관청에 결혼 신고까지 하고 돌아온 그들을 가문의 누구도 반기지 않았다. 완곡하게 면박 주는 이도 있었지만, 당사자가 저리 완고한 이상 가문의 누구도 결혼을 무를 수는 없었다. 천년전쟁이 한창이던 시절이면 몰라도, 지금은 정략혼으로 강한 후손을 낳아야 하는 의무 따위 가문의 수장에게도 없었다. 강하지 않더라도 쉬이 살아갈 수 있는 시대였다.

모든 역경을 물리치고 비로소 함께하게 된 바바라와 에드윈은 더없이 행복했다. 매일 새로운 사랑이 싹트고, 매일 새로운 행복이 꽃피었다. 이제는 서로가 없는 세상을 상상조차 할 수 없었다.

그러던 어느 날, 바바라가 임신했다.

계획된 임신은 아니었다. 아직 아이를 낳을 생각이 전혀 없었던 바바라와 에드윈은 족히 당혹스러웠다. 그러나 낙태할 만큼의 잔인한 결심이 서지도 않았다. 부부는 배 속에 깃든 생명이 신비로웠다. 아직은 판판한 배가 차츰 불러 올 날을 고대하게 되었다.

하지만 아이는 고작 석 달 만에 사산되었다. 배가 눈에 띄게 불러 오기도 전 세상으로 나온 아이는 사람의 형체도 제대로 갖추지 못했다. 부부는 슬피 울며 죽은 아이를 고이 묻어 주었다. 이제 막 움텄던 사랑은 그리 주인을 잃고 시들어 버렸다.

부부는 다시 임신을 시도했다. 저번의 유산이 계획 없이 이루어졌기 때문이라면, 이번에는 철저하게 준비하여 건강한 아이를 품에 안고 싶었다. 그만큼 바바라는 에드윈을 닮은 아이를, 에드윈은 바바라를 닮은 아이를 원했다. 마법으로도 이루어 낼 수 없는 기적을 사랑으로 이루고 싶었다.

그러나 이번에도 유산이었다.

"어째서 우리에게는 허락되지 않는 걸까요?"

부부는 크게 낙심했다. 서로를 마주 보며 겨우 마음을 추슬렀지만, 그렇다고 마음의 상처가 전부 치유되지는 않았다. 세상에는 나을 수 없는 상처도 있는 법. 바바라와 에드윈은 변함없이 서로에게 사랑을 속삭였으나, 지쳐 가는 마음을 달랠 길 없었다.

그즈음 부부는 두 명의 아이를 입양했다. 하나는 산욕열로 어미를 잃은 바바라의 조카 설리번 자일스고, 나머지 하나는 바바라 이후로 예지를 지니고 태어난 채스터티 자일스였다. 부부는 어린아이들을 돌보며 시름을 달랬다. 하지만 죽어 태어난 아이들이 자꾸만 눈앞에 어른거리는 것은 어쩔 수 없었다.

언젠가부터 바바라는 서재에 틀어박혔고, 에드윈은 바깥으로 나돌았다. 서로를 만난 이래 오로지 사랑이 전부였던 삶이지만, 조금씩 사랑이 식어 가자 자연스레 그간 잊고 지냈던 마법이 떠오른 것이다. 부부는 각자 연구에 열중하며, 불규칙적으로 서로에게 안부를 전했다. 일주일에 한 번, 한 달에 한 번. 기간은 제각각이었다.

그렇게 2년이 지났다.

인어를 연구하기 위해 반년이나 저택을 비웠던 에드윈을 반긴 것은 다름 아닌 바바라의 부른 배였다.

"아이를 임신했어요."

바바라가 말했다.

"급한 연구가 있어서 당장 아이를 낳고 싶지는 않아요. 하지만 아이를 죽일 용기는 더더욱 없어요."

에드윈은 바바라의 결정을 담담하게 받아들였다. 부부는 즉시 모든 연구를 중단하고, 이번만큼은 무사히 출산하기 위해 노심초사했다. 하지만 거듭된 유산으로 약해질 대로 약해진 바바라의 자궁은 위태롭기 짝이 없었다.

"조심하셔야 합니다. 산모와 태아 모두 위험해요."

의사가 단단히 경고했다. 잊을 만하면 찾아오는 복통과 하혈로 바바라는 예민하게 날이 섰다. 때로는 이렇게 고통스러울 바에야 차라리 낙태하겠다며 길길이 날뛰었고, 때로는 부른 배를 붙들고 하염없이 눈물만 흘려 냈다. 묵묵히 바바라를 받아 주던 에드윈도 차츰 창밖을 내다보는 일이 잦아졌다. 저택에서 발걸음 하나 내딛기도 조심스러운 시기였다.

그해 겨울.

지독한 난산이었다. 바바라는 비명을 내지르다 혼절하길 반복했고, 두 명의 산파가 번갈아 바바라를 얼러 가며 간신히 아이를 받아 냈다. 난산에 지친 아이는 쉬이 울음을 터트리지 못했다. 산파가 거듭 아이의 엉덩이를 때리고서 아이의 울음소리가 저택에 울려 퍼지자, 그제야 에드윈은 제자리에 주저앉으며 깊은 한숨을 내쉬었다.

바바라는 꼬박 이틀이 지난 뒤에야 아이를 품에 안을 수 있었다. 그토록 고대하던 아이지만, 이상하게도 별다른 감흥이 없었다. 아무리 살펴보아도 입양한 자식들과 다른 특별한 구석을 찾을 수 없었다.

조그만 아이는 유독 어미의 품을 불편해했다. 바바라는 미련 없이 아이를 유모에게 넘겨주었다. 어쩐지 지난 아홉 달의 고통이 무색해졌다. 속이 헛헛했다.

"이름은 정했나요?"

"당신 아버지의 이름으로 하죠."

아이의 이름은 세드릭 자일스였다. 외조부의 이름과 모친의 성을 이어받은 자일스의 아이였다. 일단은 수장의 하나뿐인 아들이므로, 별다른 이상이 없는 한 바바라의 뒤를 이어 자일스의 수장이 될 것이었다. 바바라가 불임 판정을 받은 뒤로는 특히나 모두가 그리 여겼다.

세드릭은 무럭무럭 자라났다. 세 아이를 차별하지 않겠다는 일념으로 모든 자식에게 공평하게 무관심한 어머니와 저택을 비우는 일이 잦은 아버지의 슬하였지만, 본디 아이란 부모의 부족한 사랑으로도 족히 건강하게 자라날 수 있었다. 그럭저럭 제 몫은 하는 유모와, 어린 동생을 신기하게 여기던 남매의 순진한 관심이 다행히도 부모 찾는 세드릭의 시선을 잡아끌었다. 그렇게 세드릭은 조금 예민하지만, 딱히 모난 데 없는 아이로 성장했다.

세드릭이 다섯 살 되던 해. 하루는 가문의 원로인 레오나드 자일스가 저택을 방문했다.

"네 아버지를 많이 닮았구나."

탐탁잖은 기색이 역력한 목소리였다. 난생처음 접하는 엄중한 시선에 주눅 든 세드릭은 유모의 등 뒤에 숨어 나올 줄을 몰랐다. 바바라는 한숨을 내쉬며 아이들을 물렸다. 유모는 세 아이들을 이끌고 정원으로 향했다.

정원 한구석에는 오래된 아름드리나무가 있었다. 듣기로는 옛적 저택에 살던 어느 미치광이 마법사가 자신이 죽거든 무덤에 나무를 심어달라 유언했다고 한다. 사실 여부를 확인할 수 없는 이야기지만, 아이들의 상상력을 자극하기엔 충분했다. 삼 남매는 어느덧 아름드리나무

밑에 미치광이 마법사가 잠들어 있다고 확신하고 있었다.

유모가 깜빡 낮잠이 든 사이, 채스터티가 눈을 반짝이며 말했다.

"오늘이야말로 저 나무를 쪼개고 말 거야."

"어디 할 수 있음 해 보시든가."

설리번이 비웃었다. 신경전을 벌이는 남매 사이로 어린 세드릭이 끼어들었다.

"나도 해 봐도 돼?"

"넌 아직 각성하지 않아서 안 돼."

"맞아. 마법도 못 부리는 주제에."

"오늘은 할 수 있을지도 모르잖아."

이미 여러 차례 마법을 실패했던 세드릭이 심통 난 얼굴로 반박했다. 하지만 설리번과 채스터티는 여전히 회의적이었다.

"글쎄, 먼저 각성을 해야 한다고 몇 번이나 말했잖아. 하고 싶다고 할수 있는 게 아니라니까?"

"맞아. 이 바보야."

"나도 곧 각성할 거야!"

"얼씨구. 무서워라. 그래, 언젠가는 각성하겠지. 그런데 오늘은 아닐걸."

"잠깐만. 평생 각성 못 할지도 몰라."

문득 채스터티가 은밀한 목소리로 속닥였다.

"내가 어제 책에서 봤는데 마녀·마법사 부모 사이에서도 평범한 인간이 태어날 수 있대. 인간만 인간을 낳는 게 아닌가 봐."

"아무리 그래도 세드릭이 각성을 못 하겠어?"

"그거야 아무도 모르는 일이지. 멀고 먼 방계인 내가 예지를 지닐 줄누가 알았니?"

채스터티는 세드릭의 뺨을 꼬집으며 키득거렸다.

"우리 막내. 혹시나 마법사가 아니면 어쩌나? 집에서 쫓겨날 텐데."

하얗게 질린 세드릭이 마구 고개를 내저었다. 악을 쓰듯 예민한 목소리가 터져 나왔다.

"아냐! 난 마법사야!"

"그러니까 그건 아무도 모르는 일이라니까? 너 마법사 아니면 어떡할래?"

"마법사 맞다고!"

"그럼 증명해 봐."

채스터티가 진하게 웃으며 아름드리나무를 눈짓했다. 씩씩거리며 그녀를 노려보던 세드릭이 홱 고개 돌려 나무를 보았다.

하루라도 빨리 부모님과 남매들처럼 마법을 부리고 싶어서, 몰래 마법 서적을 읽어 온 것이 벌써 몇 달째였다. 모르는 글자와 어려운 문맥을 일일이 짚어 가며 어떻게든 머릿속에 욱여넣었으나, 정작 마법을 부리지 못하니 쓸모없었다. 이제는 정말로 마법사가 되고 싶었다. 마법사가 되지 못한다면 차라리 여기서 혀 깨물고 죽는 게 나았다.

세드릭은 온몸을 바들바들 떨며, 모든 신경을 아름드리나무에 집중했다. 억울한 마음에 자꾸만 눈에 열이 오르고 맥박이 고르지 않게 올라갔다. 그렇게 오래간 품어 온 어린 소망이 응어리로 맺힌 순간.

쾅!

하늘에서 눈부신 낙뢰가 내리쳤다.

그것이, 세드릭이 기억하는 첫 마법의 유일한 순간이었다.

땅으로 내리꽂히는 낙뢰와 함께 졸도했던 세드릭은 오래지 않아 정신을 차렸다. 곁에는 부모와 레오나드 자일스가 심각한 얼굴로 서 있었다. 멍하니 그들을 올려다보던 세드릭이 이내 남매를 찾기 시작했다. 채스터티와 설리번은 멀지 않은 곳에서 유모와 함께 조용히 앉아 있었다.

세드릭과 시선이 마주친 채스터티가 입 모양으로 말했다.

'너 이제 큰일 났다.'

그에 세드릭이 의문을 표하기도 전, 레오나드 자일스가 별안간 수틀린 목소리로 외쳤다.

"낙뢰라니, 베가의 낙뢰라니! 페넬로피를 죽인 낙뢰를 내 아직도 기억하는데!"

"세드릭이 페넬로피를 죽은 게 아니지 않습니까?"

"자일스의 일이야. 베가는 빠지시게."

레오나드가 에드윈을 거칠게 밀어 내며 세드릭의 눈앞에 우뚝 섰다. 신상(神像)처럼 거대한 노인을 세드릭은 차마 올려다보지 못했다.

"이제 보니 자일스의 아이가 아니라, 베가의 아이로구나."

세드릭은 울먹이며 부모를 찾아 손을 뻗었다. 그러나 미처 그들을 잡을 수 없었다. 우연히 마주친 부모의 눈빛이 지독히도 복잡했다. 차마 말로 내뱉지 못하는 힐난의 시선이 세드릭의 발목을 옭아맸다.

그 시선.

마치 우레 같은 비난이었다.

"아버지. 내가 뭘 잘못했어요?"

쭈뼛거리며 서재로 들어온 세드릭이 그리 물었다. 에드윈은 들고 있던 책을 내려놓고 세드릭을 가볍게 안아 올렸다.

"그게 무슨 말이니?"

"며칠 전에 무서운 할아버지가 찾아왔었잖아요. 그날 내가 뭘 잘못한 거죠? 자꾸 편지가 오는데 어머니 표정이 이상해요. 내게 웃어 주지도 않아요."

아이의 어깨가 가늘게 떨렸다. 에드윈은 씁쓸한 표정으로 세드릭의 등을 부드럽게 쓸어 주었다.

"넌 아무 잘못도 없단다. 오히려 잘잘못을 가리자면 내 탓이겠지."

"아버지가요?"

세드릭이 젖은 눈으로 에드윈을 올려다보았다. 에드윈은 슬프게 미소 지으며, 아들의 이마에 입을 맞추었다.

"미안하구나."

세드릭이 낙뢰를 내린 이후로 자일스 가문이 재차 들끓고 있었다. 꼴도 보기 싫은 베가가 수장의 옆자리를 차지하고 있다는 것도 영 속이 쓰린 판국에, 그 아들마저 베가의 상징인 낙뢰를 내렸으니 시끄러울 만도 했다. 세드릭이 자일스 특유의 흑발 녹안을 지녔다는 점은 더 이상 옹호할 여지가 되지 못했다. 그만큼 낙뢰가 지니는 함의가 컸다.

'낙뢰라면 페넬로피를 죽인 끔찍한 마법이 아닙니까?'

예로부터 용은 자일스의 자존심이었다. 다른 이들이 용과 사투를 벌이는 동안, 자일스만은 용의 비호로 안전한 삶을 영위할 수 있었다. 200년 전 용이 사라진 이후에도 세대마다 한 마리씩의 용은 꼭 자일스와 함께했으니, 자일스의 역사란 처음부터 용을 제외하면 성립할 수 없는 것이었다.

한데 그런 중요한 용이 사흘 밤낮으로 낙뢰를 맞고 죽었다. 그것만으로도 족히 끔찍스러운데 심지어는 낙뢰를 내린 마녀가 이자벨 베가 혼자였다. 먼 옛날 오베론 베가가 단신으로 악룡 열한 마리를 죽였다는 이야기가 전설처럼 내려왔지만, 그건 말 그대로 전설이었다. 그 이후로 오직 마녀 한 명이서 용을 죽인 사례는 없었다.

사흘 동안 낙뢰를 내린 후유증으로, 이자벨 베가가 운신하지 못하다가 쓸쓸한 죽음을 맞이했다는 것은 더 이상 중요하지 않았다. 용 페넬로피가 절명한 이후로 자일스에서 베가의 낙뢰는 언급조차 꺼려질 만큼 참혹한 마법이 되었다. 지난 20년, 페넬로피를 이을 다음 세대의 용이 나타나지 않았기에 더욱 그러했다.

그렇기에 낙뢰를 내리는 자일스란 도무지 용납할 수 없는 것이었다.

'왜 하필이면 수장의 아들이란 말입니까? 자일스의 차기 수장이 낙뢰를

23

내리친다는 게 말이나 됩니까?'

'그리 염려하지 않아도 됩니다. 세드릭이 공식적으로 차기 수장이라 낙점된 것도 아니니까요. 바바라에게는 세드릭 말고도 두 명의 자식이 더 있지 않습니까?'

'예. 세드릭보다 좋은 수장감이 있지요.'

세드릭의 흠결은 점차 차기 수장 자리를 둘러싼 논쟁으로 번졌다. 원로들은 물론이요, 평소 가문의 일에 무관심하던 치들까지 바바라에게 편지를 보내왔다. 하루가 멀다 하고 들이닥치는 전서구에 바바라는 미칠 지경이었다. 천성적으로 떠들썩한 것을 기피하는 그녀에게 작금의 소란은 독이나 마찬가지였다.

부부를 괴롭히는 것은 자일스만이 아니었다.

사랑하는 동생에게,

조카가 낙뢰를 내렸다는 소식을 들었다. 고결한 우리의 핏줄이 자일스에 머문다면 적어도 그녀들이 쓸데없이 용을 잃을 걱정은 하지 않겠지. 잘만 대접해 준다면 조카가 분개하여 용을 죽이는 일 따위 저지를 리 있겠니? 조카의 존재가 자일스에겐 축복임을 알지 못하는 멍청한 자들이 참으로 안타깝구나. 용을 잃고 나서야 후회했던 것처럼, 조카를 잃고 후회할 일은 없어야 할 텐데 말이야.

경애를 담아,
아멜리아 베가.

에드윈은 당장에 편지를 찢어 버리고 베가의 본성으로 향했다.

"도대체 무슨 생각으로 이따위 편지를 보낸 거야? 낙뢰가 세드릭에게로 이어져서 골나기라도 했어?"

에드윈이 이를 갈며 물었다. 변함없이 아름다운 자태로 아우를 맞이한 아멜리아가 조용히 미소 지었다.

"내가 무어 못 할 말이라도 했니?"

"지금 상황이 어떤지 잘 알면서 왜 빈정거리는 건데? 이 편지를 바바라가 먼저 보기라도 했으면 어쩌려고 그랬어."

"요즘 너희 사이가 예전 같지 않다고 들었다. 아직 편지도 공유하는 관계니?"

에드윈이 짜증스럽게 머리를 쓸어 넘겼다.

"네가 상관할 일 아니야."

"그래. 내가 상관할 일은 아니지. 다만 네 모습이 참으로 한심스러워 몇 마디 해 주고 싶구나."

아멜리아는 그리 말하며 느릿하게 에드윈에게로 다가왔다. 고혹적으로 빛나는 자색 눈이 가늘게 휘어졌다.

"에드윈. 사랑하는 내 동생. 진심으로 네 아들을 위한다면 그만 자일스를 떠나려무나. 조카에게 필요한 건 바바라지, 네가 아니야."

"아멜리아."

"생각해 보렴. 그렇잖아도 너를 빼닮아 눈총을 받는 아이인데, 옆에서 너까지 싸고돌면 그게 보기 좋겠니? 베가인 네가 자일스의 일에 끼어들어서 좋을 일 하나 없단다. 어차피 조카가 혼자서 이겨 내야 해."

에드윈은 가만히 입술만 짓씹었다. 아멜리아가 안타까운 표정으로 그의 뺨을 쓰다듬었다.

"바바라가 네 아이를 낳기 위해 몹시 노력했다고 알고 있다. 그만한 사랑이면 적어도 아들을 다치게 하진 않겠지. 아내를 믿으렴."

"……바바라는 네 생각만큼 세드릭을 사랑하지 않아."

"그럼 네가 설득하는 수밖에 없겠구나."

한참 고심하던 에드윈이 어렵게 말을 꺼냈다.

"아멜리아. 만약에 내가 세드릭을 데려온다면 받아 주겠어?"

"낙뢰를 내리는 마법사야. 나야 당연히 환영이지."

아멜리아가 까르르 웃음을 터트렸다.

"하지만 친족들의 생각이 어떨지는 모르겠구나. 내 후계자인 로렌은 충분히 훌륭한 마녀고, 낙뢰를 내리는 마법사는 너도 있지. 게다가 자일스가 우리에게 조카를 순순히 뺏길 만큼 어수룩한 자들이니? 조카가 아무리 싫어도 우리에게 줄 바에야 일평생 자기네들이 껴안고 살걸."

"하지만 고작 다섯 살배기 어린 애야. 혼자 놔두고 올 수가……."

아멜리아는 에드윈의 말을 한숨으로 끊어 냈다. 동생을 쳐다보는 눈빛에 답답한 심정이 담겼다.

"에드윈. 베가에서도 조카의 상황은 크게 달라지지 않아. 그럴 바에야 차라리 수장의 아들인 자일스가 낫지 않겠니? 혹시나 바바라의 뒤를 이어 자일스의 수장이라도 된다면, 누가 감히 조카에게 삿된 말을 할까?"

에드윈은 말없이 수긍했다.

자일스 저택으로 돌아온 에드윈은 곧장 바바라의 연구실로 향했다. 연구실 앞에는 뜯지 않은 편지가 수두룩하게 쌓여 있었다. 에드윈은 편지를 짓밟고 노크했다.

"누구예요?"

"에드윈입니다, 바바라."

바바라는 상당히 초췌한 낯이었다. 벌써 몇 달째 지속되는 가문의 난리에 적잖게 속이 상한 모양이었다.

"무슨 용건인가요?"

바바라는 안경을 벗으며 힘없이 물었다. 에드윈은 조용히 책상 앞으로 다가갔다.

"이만 떠나려고 합니다."

그에 바바라는 말없이 에드윈을 바라보았다. 온갖 감정이 휘몰아쳤다가 금세 가라앉는 눈빛에 어언 회한이 어렸다.

"실은 너무 늦었지요. 우리는 이미 끝났는데, 과거의 사랑에 내가 너무도 목을 걸었나 봅니다."

"끝이요?"

"당신도 이미 알고 있지 않습니까."

에드윈이 단호하게 대답했다. 멍하니 상념에 잠겨 있던 바바라가 열없이 고개를 끄덕였다.

"그럼 이혼장은……."

"당신만 괜찮다면 당분간은 별거로 끝냈으면 합니다. 명색이나마 당신의 남편으로서 세드릭에게 힘이 되었으면 좋겠어요."

"어차피 나는 이제 불임이에요. 남편을 새로 들인다 한들 자식을 더 가질 수는 없는걸요."

"내가 떠나는 것만으로도 세드릭에겐 큰 충격일 겁니다. 아직 어린 아이에게 더한 충격을 남기고 싶지는 않아요."

그렇잖아도 끊임없이 이어지는 우중충한 분위기에 마음이 뒤숭숭할 세드릭이었다. 원래도 에드윈이 저택을 비우는 일이 잦긴 하지만, 타고나길 예민한 아들은 평소와는 다른 아버지의 '외출'을 기민하게 알아차릴 것이었다. 가만히 아버지를 보낼 리 없었다.

에드윈은 울며 자신을 붙잡을 세드릭을 억지로 떼어 놓을 자신이 없었다. 아무리 아들을 위한 일이라 한들, 가시밭길이 분명한 앞날에 세드릭만 두고 떠나기엔 그의 마음이 너무도 미어졌다.

"세드릭 때문인가요?"

바바라가 자리에서 일어나 에드윈에게로 천천히 다가왔다.

"세드릭 때문에 떠나는 거라면 다시 생각해 봐요. 그 애는 내 아들이기도 해요. 당신만의 잘못이 아닌걸요."

"잘잘못을 따질 문제가 아닙니다. 다만 내가 여기 계속 머무르는 것이 세드릭에게 좋지 않을 것은 분명하니까요."

"그리 세드릭을 아끼면서 떠날 수는 있겠어요?"

에드윈은 쓰게 미소 지었다.

"갓 태어난 세드릭을 처음 안아 들었을 때는 이렇게 마음 쓰게 될 줄 몰랐습니다. 자랄수록 나를 빼닮았지만, 사랑스럽기보다는 신기함이 앞섰죠. 하지만 지금은 그렇지가 않아요. 나를 너무 닮아 고초를 겪는 아들이 안쓰럽습니다. 사랑이 아니라 죄책감이라 해도 좋아요. 중요한 것은 내 마음이 아니라, 내가 떠나야 세드릭이 편하다는 사실입니다."

바바라가 점차 미묘한 표정을 지었다. 한숨 같은 속삭임이 뒤이었다.

"여기에 혼자 남을 세드릭도 생각해야죠. 자일스의 누구도 세드릭을 편들지 않는다는 것쯤은 당신도 잘 알잖아요. 만일 세드릭이 당신을 떠나보내지 못하면 어찌할 건가요? 어쩌면 세드릭도 당신을 따라가는 편이 더 나을지 몰라요."

"그럼 세드릭에게 선택권을 주겠습니다. 나를 따라갈 것인지, 아니면 여기 남을 것인지. 전자라면 내가 세드릭을 데려가겠습니다. 하지만……"

에드윈은 바바라의 양손을 붙잡으며 간곡히 부탁했다.

"만일 세드릭이 자일스에 남겠다고 한다면, 당신이 세드릭을 보살펴 줘야 합니다."

"에드윈……."

"당신이 세드릭을 특별히 귀하게 여기지 않는다는 것은 나도 잘 압니다. 당신에게 세 자식은 동등한 존재죠. 그러니 세드릭만을 편애하란 부탁이 아닙니다. 적어도 그 아이가 날개를 펼치기도 전에 추락하지 않도록, 그만큼만 당신이 보호해 주길 바라요."

우리의 아들이잖아요.

에드윈이 간절히 속삭였다. 말없이 그를 마주 보던 바바라가 이윽고 손을 뻗어 에드윈을 안았다. 아주 오래간만의 포옹이었다. 마지막 포옹이기도 했다.

"알다시피 나는 자식보다 내가 더 중요한 사람이에요. 아마 세드릭이 원하는 만큼 사랑을 주지는 못하겠죠. 하지만 아들이 망가지는 모습을 가만히 보고 있을 정도로 무정하고 싶지는 않아요. 자질이 어떻든 간에 내가 낳은 아이인걸요."

바바라는 에드윈에 어깨에 얼굴을 묻으며 나지막이 읊조렸다.

"걱정하지 말아요. 없느니만 못한 어미는 되지 않을 테니."

무릇 이루어질 수 없는 사랑이 더욱 애틋한 법이다.

바바라 자일스와 에드윈 베가는 서로를 열렬하게 사랑했으나, 변치 않을 듯 보였던 그들의 사랑도 10년을 간신히 넘겨 종막을 고했다. 보석보다 값지던 사랑은 이제 과거의 영광이었다. 사랑이 죄 불태우고 가 버린 숲에 남은 것은 오직 잿더미가 된 가시나무뿐.

에드윈은 그렇게 모든 것을 남겨 두고 떠났다. 이제는 추억이 된 사랑과, 평생의 책임으로 남을 아들을 가슴 깊이 묻어 둔 채.

새하얀 설원 위로 하늘하늘 눈이 내리기 시작했다.

에드윈은 세드릭이 그를 오래 기다리지 않길 바랐다.

"아버지는 언제 돌아와요?"

세드릭은 틈만 나면 바바라를 붙잡고 그렇게 물었다. 아들을 대하기 곤욕스러워진 바바라가 한동안 세드릭을 피해 다니자, 이번에는 유모의 차례였다. 유모는 차마 사실대로 고할 수 없어 줄곧 머뭇거렸다. 그러자 결국에는 여태껏 관망하던 설리번이 입을 열었다.

"네 아버지는 떠났어."

"그럼 언제 돌아와?"

"안 돌아와. 그냥 떠난 거야."

세드릭은 금세 울상이 되었다.

"왜? 왜 안 돌아오는 건데?"

"그게 너한테 좋으니까."

세드릭은 설리번의 대답을 쉬이 납득할 수 없었다. 그는 수장의 유일한 친자로 남을 수 있는 자일스가 베가보다 낫다는 사실은 이해했지만, 어째서 아버지가 떠나는 게 자신에게 유리한지는 도무지 몰랐다. 그래서 계속해 설리번에게 매달렸으나, 설리번은 그저 딱하다는 듯 손가락으로 세드릭의 이마를 두드릴 뿐 적당한 답을 내어 주지 않았다.

"네가 더 자라면 알게 될 거다."

그즈음 공식적으로 바바라의 후계를 정하자는 목소리가 가문을 휩쓸기 시작했다. 대부분이 레오나드 자일스를 필두로 한 가문의 원로들로, 에드윈 베가를 빼닮은 세드릭보다는 이번 세대 유일하게 예지를 물려받은 채스터티가 낫다는 것이 그들의 주장이었다. 기본적으로 마법 사회가 모계를 따른다는 점도 주장을 뒷받침했다.

'아무렴 선조를 닮아 예지를 지닌 채스터티가 있는데, 굳이 베가의 아이를 후계로 삼을 이유가 있겠습니까?'

'비록 세드릭이 바바라의 유일한 친자라고는 하지만, 채스터티도 엄연히 바바라의 양녀입니다. 수장의 친자가 가문을 잇는 것은 그저 관습일 뿐 법전에 명시된 사항도 아니지 않습니까?'

매일같이 그런 투서가 잇따르는데, 아이들이라고 모를 리 없었다. 오래지 않아 바바라가 골치 썩는 이유를 알게 된 채스터티가 어느 날 식사 중에 말을 꺼냈다.

"어머니. 정말로 내가 가문의 다음 수장이에요?"

바바라는 당혹스러움을 감추지 못하고 머뭇거렸다. 내내 풀 죽은 얼굴로 요리를 깨작거리던 세드릭이 의아한 표정을 지었다.

"왜 네가 다음 수장이야?"

"너는 베가의 낙뢰를 내리잖아. 자일스의 수장으로는 내가 더 적합하다고 하던걸."

"채스터티."

설리번이 조용히 눈치를 주었다. 채스터티가 눈을 크게 뜨며 반문했다.

"왜? 설리번 너도 아까 편지 읽었잖아."

"그냥 입 다물고 식사나 해."

"얘는, 자기도 읽었으면서 왜 나한테 역정이야? 어머니한테 여쭙는 것도 안 돼?"

채스터티가 뾰족하게 날을 세웠다. 남매가 옥신각신 다투는 사이, 가만히 숨만 몰아쉬던 세드릭이 겨우 말문을 열었다.

"……어머니의 후계자는 나야."

"아이참. 너 요즘 저택으로 쏟아지는 편지 읽어 보지도 않니? 지금까지는 네가 후계자였지. 그런데 지금은 사람들이 죄다 이상한 소리만 늘어놓고 있―"

"내가 후계자라고!"

세드릭이 일갈했다. 갑작스레 식당에 내려앉은 정적이 써늘했다. 세드릭은 분기를 못 참고 씩씩거리며 채스터티를 쏘아보았다.

"넌 어머니의 딸도 아니잖아."

"세드릭!"

바바라가 경악하여 자리에서 일어섰다.

"채스터티는 어머니의 딸이 아니잖아요. 한데 어째서 저 애가 어머니의 후계자예요?"

"무슨 말을 그렇게 하니! 채스터티도 내 딸이야!"

세드릭이 필사적으로 고개를 내저었다.

"아니요. 내가, 내가 어머니의 아들이에요. 어머니와 아버지의 아들은 나쁜이잖아요!"

"세드릭 자일스!"

바바라가 노성을 질렀다. 마녀의 분노에 가지런하던 식기들이 한바탕 요동을 쳤다. 채스터티가 식겁하여 포크를 떨어뜨리고, 설리번은 바바라의 표정을 살피며 슬며시 자신의 그릇을 들어 올렸다. 세드릭만은 하염없이 서러운 눈으로 어미를 올려다볼 따름이었다.

간신히 화를 가라앉힌 바바라가 명료한 목소리로 말했다.

"세드릭. 네 방으로 돌아가라."

세드릭은 잠시 발끝만 내려다보더니 이내 고개 숙인 채로 식당을 나갔다. 우물쭈물 눈치를 보던 유모가 곧 세드릭을 뒤따랐다.

도로 의자에 주저앉은 바바라가 깊디깊은 한숨을 내쉬었다. 한동안 식당에는 설리번의 칼질 소리만 유유히 울렸다.

어두운 방.

세드릭은 이불을 뒤집어쓰고 침대 구석에 박혀 있었다. 어떻게든 달래서 마저 식사하게 하려던 유모도 포기하고 돌아간 지 오래였다. 야심히 깊어 가는 밤, 저택은 쥐 죽은 듯이 고요했다. 생쥐처럼 복도를 건너온 누군가 방문을 열기 전까지는.

끼이익 문 열리는 소리에 세드릭이 돌아보지도 않고 마법으로 베개를 던졌다. 간발의 차로 베개를 피한 채스터티가 입을 비죽 내밀며 투덜거렸다.

"저 성질머리는 도대체 누굴 닮았는지 모르겠다니까."

"꺼져."

"안 그래도 곧 꺼질 거거든?"

채스터티는 그리 말하며 침대 쪽으로 다가갔다. 그래도 건드리면 곧장 가시 세울 세드릭이 두렵긴 했는지, 침대에 바로 앉지는 못하고 의자를 침대맡으로 끌고 왔다.

"다른 게 아니라 설리번 말을 듣자 하니, 네가 뭘 잘못 알고 있는 것 같아서."

채스터티가 속닥거렸다.

"있지. 난 딱히 수장이 되고 싶지 않아."

이불을 뒤집어쓴 세드릭은 여전히 미동조차 없었다. 채스터티는 흘 끗 그편을 쳐다보며 말을 이었다.

"난 정말로 어머니의 후계자가 되고 싶은 생각 요만큼도 없다니까? 너도 알다시피 난 가문의 영광이나 가문의 이익에 콩알만큼도 관심 없어. 그러니 하고 싶으면 네가 해."

"……내가 하고 싶다고 할 수 있는 게 아냐. 게다가 넌 시키면 거절하지도 않을 거잖아."

이불 속에서 음침한 목소리가 들려왔다. 채스터티는 구태여 부정하지 않았다. 다소 제멋대로긴 해도 기본적으로 채스터티는 분란을 기피하는 성정이었다. 주변에서 끊임없이 가문의 수장이 되길 권하고 강요한다면, 오가는 설전이 골 아파서라도 수장직을 받아들일 것이 분명했다.

"넌 왜 그렇게 수장이 되고 싶어? 예전에는 안 그랬잖아."

"수장이라도 되지 않는다면 나를 자일스로 인정해 주겠어?"

"남한테 인정받는 게 그렇게 중요해? 누가 뭐래도 넌 어머니의 아들인걸."

"넌 몰라."

더는 대화하고 싶지 않다는 듯 세드릭이 몸을 둥글게 말았다. 공처럼 말린 이불을 물끄러미 쳐다보던 채스터티가 머쓱한 얼굴로 자리에서 일어났다. 식당에서 챙겨 온 우유와 빵을 협탁에 올려 둔 뒤 방을 나서려는 찰나, 불현듯 뒤를 돌아보았다.

"참, 아까 같은 말은 되도록 하지 마."

채스터티가 나직하게 말했다.

"내가 어머니의 딸이 아니고, 설리번이 어머니의 아들이 아니라는 거.

나나 설리번은 이미 알고 있는 사실이라 아무렇지도 않지만, 어머니는 아닐걸. 그렇잖아도 너를 편애하는 것처럼 보일까 봐 늘 노심초사하는 분이잖아. 실은 어머니에게 우리 모두 별다르게 특별한 존재가 아닌데도."

복도를 향해 열렸던 문틈이 다시금 좁아졌다. 어두운 방 안에 길게 그림자를 그리던 빛도 점차 빠듯해졌다.

"어머니께 그런 식으로 말하면 너만 피곤해질 거야. 아직 독립하려면 멀었는데, 괜히 벌써부터 어머니의 미움을 살 필요는 없잖니?"

이윽고 문이 닫혔다.

세드릭은 계속해서 아버지를 찾았다.

바바라는 떠나간 남편만 찾는 어린 아들이 몹시 어려웠다. 내내 함께 살긴 했으나, 기실 세드릭을 키운 것은 팔 할이 유모고, 나머지는 에드윈이었다. 아들과 별다른 추억조차 쌓지 못했던 바바라에게 심리적으로 불안한 아들은 갈라피우고스의 일곱 가지 난제보다 더한 난제였다.

하루는 바바라가 드물게 외출하는 날이었다. 소녀 적 제법 친밀했던 그리젤다 솔의 부고를 접한 당일이었다.

"꼭 아버지를 데려오셔야 해요."

세드릭은 바바라를 마중하며 그리 말했다. 바바라는 아무런 말도 하지 못하고 쫓기듯 저택을 나섰다. 오래간만에 맞는 칼바람이 유독 아렸다.

장례식은 초라했다. 그리젤다 솔의 어마어마한 위명에 걸맞지 않은 규모였으나, 생전에 돈을 버는 족족 탕진하던 벗의 모습을 떠올리면 대강 이해되었다. 한때 어울렸다고 하지만, 근 10년은 연락조차 하지 않았던 애매한 관계였다. 바바라는 장례에 참석한 것만으로 언젠가 벗이었던 관계에 종지부를 찍을 수 있으리라 여겼다.

그리고 그곳에서 바바라는 그리젤다 솔의 둘째 딸을 만났다.

"지금까지 반편이 노파 밑에서 자랐답니다. 한데 그리젤다가 죽어 다달이 나오던 양육비도 끊길 테니, 이젠 맡아 줄 사람이 없지요."

"아멜리아 베가는 무어라고 합니까? 헤스터를 도제 삼았으니, 자매를 전부 받아들일 만도 한데요."

"장례에도 참석하지 않은 사람이 저런 어린아이를 또 맡겠습니까? 그리젤다의 빚 대신으로 팔려 가지나 않으면 다행이죠."

바바라는 유심히 아이를 살펴보았다. 그리젤다를 닮은 얼굴에 왜소한 체격을 지닌 어린 소녀. 주변의 수군거림이 들리지도 않는지 어미의 관만 내려다보는 표정이 사뭇 울적했다.

바바라가 홀린 듯 입을 열었다.

"몇 살입니까?"

"일곱 살이라던데요."

일곱이면 세드릭보다 한 살이 많았다. 또래나 다름없었다.

바바라는 지체 없이 확언했다.

"내가 맡겠습니다, 저 아이."

요사이 세드릭은 돌아오지 않을 아버지만 찾고 있었다. 에드윈의 자리를 대신할 자신이 없던 바바라는 세드릭에게 더욱 단단한 유대를 만들어 주고 싶었다. 위로 두 명의 남매가 있어 괜찮으리라 여겼으나 아니었다. 저 아이, 눈치는 빠르지만 자기 자신에게만 심취하는 설리번이나, 최근 들어 급격히 사이가 냉랭해진 채스터티보다는 훨씬 벗으로서 알맞을 것이다.

적어도, 당시의 바바라는 그렇게 확신했다.

세드릭이 얼음처럼 차가운 눈으로 바바라를 응시했다. 고작 여섯 살 된 아이의 눈빛이라기엔 지나치게 써늘했다.

"아버지는요?"

바바라는 차마 어린 아들을 마주하지 못했다.

"이 아이는 나의 벗이었던 그리젤다 솔의 둘째 딸이란다. 앞으로 함께 지낼 테니 친하게 지내렴. 이름은……."

바바라는 그제야 도제로 데려온 아이의 이름을 묻지 않았다는 사실을 깨달았다. 난감한 기색이 표정에 그대로 드러났다.

어색한 침묵만 감도는 가운데, 아이가 조그맣게 말했다.

"디아나 솔이에요."

"그래, 디아나. 이름은 디아나야. 알았지?"

바바라가 애써 명랑하게 꾸며 낸 얼굴로 삼 남매를 돌아보았다. 하지만 예상했듯 누구도 고분고분 아이를 반기지는 않았다. 비딱한 시선으로 디아나를 쳐다보는 설리번이나, 호기심 그득한 표정으로 연신 얼굴을 들이대는 채스터티는 그나마 나았다. 바바라는 금방이라도 눈앞의 아이를 해칠 듯 흉흉한 기색의 세드릭이 자꾸 마음에 걸렸다.

"그리젤다 솔이라면 피터스트의 위대한 마녀를 말씀하시는 거죠? 그럼 얘도 그리젤다 솔처럼 위대한 마녀가 되는 건가요?"

채스터티가 들뜬 얼굴로 물었다.

"그건 아무도 모르는 일이란다."

"제가 이 아이의 미래를 보면 알 수도 있죠."

"보고 싶은 미래만 볼 수는 없다고 내가 이르지 않았니? 그리고 우리가 보는 미래는 몹시 단편적이기 때문에 함부로 미래를 재단할 수는 없단다."

바바라는 상냥히 대꾸하며 세드릭에게로 고개를 돌렸다.

"디아나는 올해로 일곱 살이야. 세드릭보다 한 살이 많지? 앞으로 세드릭은 디아나와 함께 수업할 테니 친구처럼 친하게 지냈으면 좋겠구나."

세드릭은 말없이 등을 돌렸다. 제 방으로 돌아가는 걸음걸이가 자못 신경질적이었다. 염려하는 눈으로 아들의 뒷모습을 지켜보던 바바라가 깊은 한숨을 내쉬었다.

"설리번. 채스터티. 디아나에게 빈방을 내어 주겠니? 식사하기 전에 저택도 구경시켜 주면 좋겠구나."

"네. 어머니."

채스터티가 쾌활하게 말했다. 바바라는 곧 지친 몸을 이끌고 계단을 올랐다. 오래간만의 외출이 달고 온 피로가 주렁주렁 그림자마다 매달리는 듯했다.

그렇게 바바라가 시야에서 멀어졌을 무렵, 설리번이 한가롭게 손톱이나 매만지며 물었다.

"혹시 내 소포 못 봤어?"

디아나는 슬며시 가방 손잡이를 고쳐 잡으며 눈치만 살폈다. 채스터티가 고개를 갸웃거리며 대답했다.

"글쎄. 무슨 소포인데?"

"모르면 됐어."

설리번은 무심히 디아나를 지나쳐 바깥으로 나갔다. '모르면 됐어.' 금방 설리번의 말을 과장되게 흉내 내던 채스터티가 별안간 디아나에게로 고개를 홱 돌렸다. 여태껏 움츠려 있던 디아나가 어깨를 움찔 떨었다.

"자. 방으로 안내해 줄게."

채스터티가 씩 웃었다.

"아니, 디아나. 그게 아니라……."

바바라가 곤란한 얼굴로 마법을 부렸다. 그러자 여태 한 글자도 적지 못했던 디아나의 만년필이 저절로 움직이며 수려한 필체를 그려 냈다. 멍하니 그 모습을 바라보던 디아나가 고개를 푹 수그렸다.

"죄송해요."

"아직 아바도어를 배우지 못했니?"

디아나가 시무룩하게 고개를 끄덕였다. 바바라는 헛기침으로 당혹스러운 기색을 애써 감추었다. 디아나를 이해했다기보다는 이해하려

애쓰는 모습이었다. 자일스를 비롯한 정상적인 마법 가문이라면 여섯 살이 되기 전에 아바도어를 완벽하게 익히게 하므로, 그녀의 당황은 일견 당연한 것이었다.

"그럼 일단은 아바도어부터 익히는 것이 좋겠구나. 아바도어는 아주 오래전부터 통용되던 마법 언어라서 이걸 모르면 마법을 배울 수가 없어."

바바라는 서재를 뒤져 마법 언어 기본서를 찾아냈다. 다행히도 세드릭이 2년 전에 익힌 책이라 금방 찾아낼 수 있었다. 디아나는 눈을 반짝이며, 이어지는 스승의 설명을 귀담아들었다.

한편, 세드릭은 조용히 두 사람의 모습을 관망하고 있었다. 원래대로라면 지금쯤 갈라트리아 수정 기도문을 전부 떼고도 남았을 시간이지만, 바바라는 기본적인 지식조차 갖추지 못한 디아나를 돌보느라 세드릭의 진도를 살필 겨를이 없었다. 실제로 세드릭이 펴 놓은 책은 수업이 시작된 이후로 한 장도 넘어가지 않았다.

세드릭은 입 안 여린 살을 깨물며 짜증을 내리눌렀다. 하지만 그렇다고 언짢은 기분이 나아지는 것은 아니었다. 어머니가 아버지 대신으로 데려온 웬 여자애는 소심한 성격만큼이나 마법 실력도 엉망진창이었다. 자신보다 한 살이나 많으면서, 도대체 지금까지 어디서 무얼 했는지 모르겠다. 바바라가 불러 주는 기도문을 한 자도 적지 못하고 벌벌 떨어 대는 디아나를 목격했을 때, 세드릭은 한심함에 이가 갈릴 지경이었다.

똑똑.

그때, 전서구가 부리로 유리창을 두드렸다. 즉시 수업을 중단한 바바라가 과히 반색하며 창문을 열었다. 전서구가 전하는 편지를 읽는 내내, 그녀의 낯에도 환한 미소가 점점이 피어났다.

최근 바바라는 연애를 하고 있었다. 어머니의 옆자리는 언제나 아버지의 몫이라고 여겨 왔던 세드릭에겐 지대한 충격이었다. 아버지가 돌아오지 않으리란 설리번의 말이 그제야 뼛속까지 와닿았으나, 이제 와 세드릭이 할 수 있는 일은 거의 없었다. 어디 있는지도 모르는 아버지를 돌아오게 할 수도 없고, 어머니의 연애를 방해할 수도 없었다. 고작해야 아버지 아닌 사람과 연애하지 말라며 난동 부리는 수밖에 없었지만, 세드릭은 자신의 난동이 바바라에겐 그저 골치 아픈 말썽거리 정도라는 걸 경험으로 알았다.

그러니 낯선 남자의 편지에 일희일비하는 어머니의 모습을 조용히 감내할 뿐이었다. 어머니의 마음이 자연스레 식기만을 기다리며.

"오늘 수업은 여기까지 하자꾸나. 세드릭, 네가 디아나에게 간단히 아바도어를 설명해 주겠니? 어떻게 발음하는지만 알려 주면 충분하단다."

바바라가 묘하게 들뜬 어조로 말했다. 세드릭은 말없이 자리에서 일어났다. 문턱을 넘기 전 마지막으로 서재를 돌아보았을 때, 바바라는 입가에 미소를 건 채로 누군가에게 열심히 답장을 쓰고 있었다. 그 모습이 세드릭의 눈에 아프게 박혔다.

"저기……."

불현듯 디아나가 조심스레 말을 걸었다. 바바라가 빌려준 기본서를 품에 안고서 한참을 머뭇거리더니, 겨우 말을 건넬 용기가 생긴 모양이었다. 하지만 말소리는 채 이어지지 못했다.

세드릭은 냉랭하게 디아나를 지나쳤다. 시선조차 주지 않는 철저한 무시였다. 뒤편에 덩그러니 남겨진 디아나는 책만 꼭 껴안은 채 고개를 떨구었다.

며칠 뒤, 세드릭은 2층 응접실에서 독서하다가 깜빡 잠이 들었다. 사위가 유독 소란스럽기에 눈을 떠 보니 난장도 그런 난장이 아니었다.

"꺄악!"

디아나라는 여자애는 빨간 머리채에 불티를 붙인 채로 어쩔 줄 몰라 했고, 채스터티는 그 뒤에서 배꼽을 부여잡고 있었다. 한눈에도 채스터티의 장난임이 분명했다.

"세드릭! 얘 좀 봐! 너무 웃기지 않니?"

채스터티가 깔깔대며 웃었다. 세드릭은 얼굴을 찡그리며 진절머리를 냈다. 바바라가 이런 소란을 용납할 리 없으니, 그녀가 외출한 틈을 타서 이런 유치한 장난을 치는 게 틀림없었다.

"퍽이나 재밌네."

세드릭이 퉁명스럽게 대꾸하며 부스스 자리에서 일어났다. 말릴 생각도 없거니와, 채스터티는 본디 말릴수록 불타는 인물이었다. 채스터티의 장난에는 무관심으로 대응하는 편이 가장 좋았다. 저렇듯 휘말려 버리면 답이 없었다. 그러니 저 여자애는 탓하려거든, 불티를 잠재우는 간단한 마법조차 부리지 못하는 스스로를 원망하는 편이 나았다.

아직 잠이 덜 깬 세드릭이 비틀거리며 책을 찾는 도중이었다. 울먹거리며 머리에 붙은 불씨를 떼어 내려 안간힘을 쓰던 디아나가 불현듯 발을 헛디디며 넘어지고 말았다. 허우적대며 뻗은 팔이 탁자를 넘어뜨리자, 탁자에 놓여 있던 책이 그만 벽난로 속으로 빠져 버렸다.

"어머나."

채스터티가 양손으로 입가를 가렸다.

세드릭이 기함하며 벽난로에서 건져 올린 책은 이미 반절이 새카맣게 타 버렸다. 나머지 절반조차 까맣게 그을려서 활자를 제대로 식별할 수조차 없었다. 서적을 귀히 여기는 바바라가 안다면 크게 노할 일이었다.

"그거 복원하려면 꽤 힘들겠는데? 어머니한테 가져가면 혼날 테니 설리번한테 부탁해 봐."

채스터티가 마치 남 일 얘기하듯 말했다. 일순 욱한 세드릭이 신경질적으로 그녀에게 꽃병을 던졌다. 물론 마법이었다. 마찬가지로 마법으로 응수한 채스터티가 이젠 바닥을 데굴데굴 구를 기세로 웃어 대기 시작했다.

세드릭이 질린 얼굴로 중얼거렸다.

"완전히 돌았어."

태어나면서부터 함께 자라났지만, 세드릭은 도무지 채스터티란 사람을 이해할 수 없었다. 이해하고 싶지도 않았다. 저런 머리에 클레멘틴 자일스의 예지가 깃들었단 사실이 통탄스러울 따름이었다.

세드릭은 그리 생각하며 뒤돌아섰다. 그곳에는 잠시 잊혔던 디아나가 울상으로 책을 어루만지고 있었다.

"저기, 내가 정말로 미안해……."

한참을 머뭇거리며 내놓은 말이란 그게 전부였다. 세드릭은 너무도 한심스러운 나머지 신랄하게 비꼬고 말았다.

"세상에 너처럼 쓸모없는 마녀는 처음 본다."

그것이, 세드릭 자일스가 디아나 솔에게 처음 건넨 말이었다.

세드릭 자일스는 디아나 솔이 싫었다.

굳이 설명하지 않아도 저택에 사는 사람이라면 모두가 공감할 사실이었다. 세드릭은 자신의 감정을 감추기엔 아직 미숙한 나이였고, 설사 감출 줄 알더라도 굳이 감춰야 하는 이유를 찾지 못할 것이었다. 대저 마법사란 족속은 순간순간 욕망에 충실한 이들이었으므로.

그러니 세드릭이 디아나를 싫어한다고 그를 타박할 사람은 아무도 없었다. 처음부터 디아나에게 호의적인 사람은 바바라 자일스뿐이었다. 가족 아닌 사람에겐 티끌만큼의 관심도 없는 설리번은 역시나 디아나에게 무관심했고, 생전 처음으로 장난다운 장난을 칠 수 있게 된 채스터티만이 디아나를 웃으며 대했으나 기실 정상적인 호감이라기엔 여러모로 무리였다. 디아나가 자신을 대놓고 싫어하는 세드릭과, 허구한 날 이상한 희롱이나 해 대는 채스터티를 피해 바바라에게 매달린 것도 무리는 아니었다.

"스승님. 밤이 무서워요. 어둠 속에서 절름발이 괴물이 나오지는 않을까요?"

바바라는 품을 파고드는 디아나가 마냥 가여웠다. 디아나를 저택으로 데려온 것이 오로지 아들만을 위한 선택이었기에, 그녀는 어쩔 수 없이 디아나에게 얼마간의 부채감을 지니고 있었다. 더군다나 그리젤다를 전혀 닮지 않은 연약한 아이였다. 부모를 그다지 필요로 하지 않았던 설리번이나 채스터티, 혹은 만성적인 결핍으로 몸부림치는 세드릭보다는 훨씬 쉬운 상대였다. 디아나는 아주 조금의 애정으로도 만족했다. 늘 편지를 주고받는 언니의 존재가 어린 디아나를 단단히 받쳐 줬는지도 모른다.

그래서 안타까운 마음에 한 번 더 웃어 주고, 한 번 더 쓰다듬어 주었을 뿐이다. 바바라는 디아나가 세드릭의 냉대로 힘겨워하는 것을 알았지만, 차마 세드릭을 야단치지도 못했다. 그녀는 어린 아들을 너무도 어려워한 나머지, 자꾸만 비뚤어지는 세드릭을 어쩌지도 못한 채 전전긍긍했다. 혹여 싫은 소리 했다가 아주 엇나가 버리면 어쩌나. 괜한 말을 했다가 헛된 기대만 품게 하면 어쩌나. 그런 걱정으로 노심초사하며 간간이 지나가듯 말을 흘리는 것이 전부였다.

"디아나에게 친절히 대해 주렴."

하지만 짐작했듯 아무런 소용도 없었다. 채스터티가 그녀의 말을 신경도 쓰지 않았다면, 세드릭은 디아나를 두둔하는 바바라 때문에 도리어 미워하는 마음만 더욱 키워 갔다. 바바라는 세드릭이 늘 애정을 갈구하던 어머니였다. 그런 어머니가 또래의 여자아이만 챙기는 것만으로도 세드릭의 눈에 디아나는 족히 눈엣가시였다.

그렇게 미워하는 마음이 자라나다 못해, 어느 날은 식사 자리에서 대놓고 표독스러운 말을 내뱉기까지 했다.

"디아나 솔. 너는 양심도 없구나. 어머니께서 동정으로 널 거두셨음을 안다면, 적어도 한 사람 몫은 해야지. 지금 너는 오히려 자일스의 이름에 먹칠하고 있다는 걸 몰라?"

그날은 디아나가 마법을 연습하다가, 실수로 스승의 머리끝을 태운 날이었다. 그럼에도 제자를 탓하지 않는 바바라의 자비로운 태도로 조금 기분이 나아지려던 찰나, 세드릭의 말소리가 칼날처럼 디아나의 마음을 찌르고 들어왔다. 차게 가라앉은 식당에는 홀로 식사에 열중하는 설리번의 포크 소리만이 조용히 울릴 뿐이었다.

흥미진진하게 상황을 지켜보던 채스터티가 짓궂게 말했다.

"베가의 낙뢰를 내리는 네가 할 말은 아니잖니?"

"너 지금 뭐라고 했어?"

세드릭이 눈에 쌍심지를 켰다. 채스터티는 어깨만 으쓱했다.

"어머, 내가 못 할 말이라도 했어? 할아버지들이 항상 너한테 그러잖아. 넌 자일스의 아이가 아니라, 베가의 아이라고. 어머니가 계시니 더 한 말을 못 할 뿐이지, 실제로는 방금 네가 한 말을 너한테 하고 싶어 할걸?"

"방금 내가 한 말이 뭔데."

"어……."

채스터티는 바바라의 눈치를 보며 말을 흐렸다. 그렇잖아도 싸늘하던 분위기가 한층 더 얼어붙은 걸 이제야 깨달은 듯했다.

"세드릭. 잠깐 나 좀 보자꾸나."

바바라가 나직하게 말하며 자리에서 일어났다. 입술만 잘근잘근 씹어 대던 세드릭이 말없이 그녀를 따라나섰다. 세드릭은 문턱을 넘는 중에 채스터티를 날카롭게 흘겨보았지만, 어머니에게 야단맞지 않아 신이 난 채스터티는 혀를 비죽 내밀며 되레 세드릭의 약을 올렸다.

모자가 향한 곳은 식당에서 멀리 떨어진 응접실이었다. 아들을 반대편 소파에 앉히고도 한참을 고뇌하던 바바라가 힘겹게 입을 열었다.

"세드릭. 도대체 디아나에게 왜 그러는 거니?"

"제가 왜요?"

세드릭이 눈을 내리뜨며 반문했다.

"일부러 디아나에게 못된 말만 골라 하잖아. 대체 디아나가 무얼 잘 못했길래 그래."

"마법을 연습한다면서 사고만 친 게 벌써 일곱 번이에요. 그러면서 마법은 하나도 늘지 않았다는 건 어머니께서 더 잘 아시잖아요."

"디아나가 일부러 그러는 게 아니잖니."

"일부러 그러는 줄도 모르죠. 어머니께선 한 번도 그 애를 탓하신 적이 없잖아요."

오히려 감싸 주면 감싸 주었지.

세드릭은 마지막 남은 자존심으로 말을 삼켜 냈다. 당황하여 입술만 벙긋거리던 바바라가 이내 관자놀이를 누르며 토로했다.

"왜 그렇게 비뚤게만 생각해. 디아나는 가엾은 아이야. 조금만 다정하게 대해 주면 큰일이라도 나니?"

"……그러는 어머니께선 언제부터 그렇게 베푸는 분이셨어요?"

"뭐?"

세드릭은 피가 밸 정도로 입술을 짓씹었다. 지금 내뱉는 말소리가 도리어 자신을 해친다는 걸 알면서도 멈출 수가 없었다.

"제가 울 때는 항상 자리를 피하셨잖아요. 아버지가 보고 싶다고 할 때마다 유모를 부르셨잖아요. 제게는 그렇게 박하신 분이 어째서 그 애에겐 그토록 자비로우세요?"

바바라는 황망히 아들을 바라보았다. 세드릭은 더 이상 아무런 말도 하지 않았지만, 입에서만 맴도는 아우성이 소리 없는 외침이 되어 바바라를 난도질했다. 그녀는 아들의 절규가 너무도 버거웠다. 늘 그랬듯 아들의 서러운 시선에서 달아나고 싶었다.

"……세드릭. 왜 에드윈을 따라가지 않았니?"

바바라가 사뭇 떨리는 목소리로 속삭였다.

"그러면 네가 원하는 걸 전부 들어줬을 텐데. 나는 네가 원하는 만큼의 사랑을 줄 수가 없어."

세드릭은 끝없는 애정을 갈구했으나, 바바라가 아들에게 줄 수 있는 사랑은 한정되어 있었다. 그녀가 사랑을 퍼붓는 대상은 자식이 아니기에, 영원토록 아들의 원을 들어주지 못할 것이었다.

바바라는 아들이 외롭지 않길 바랐다. 하지만 그것은 바바라가 할 수 없는 일이었다.

그런 어머니를 마주하며 세드릭은 조용히 눈을 내리감았다.

참담했다.

촛불 하나 켜 놓은 방이 자못 어두웠다.

세드릭은 침대에 얌전히 누운 채로 유모를 올려다보았다. 유모의 입술 사이로 흘러나오는 자장가가 오늘따라 유독 마음에 들지 않았다.

"나 아직 안 졸린데."

"그래도 주무셔야지요. 내일 아침 일찍 일어나셔야 한다면서요."

유모가 세드릭의 머리를 쓰다듬으며 다정하게 말했다. 세드릭이 도리질했다.

"하지만 진짜 안 졸리단 말야."

"도련님도 참. 제가 어떻게 하면 착하게 잠드시겠어요?"

"조금만 더 공부하다가 잘래."

"안 돼요. 지금 주무셔야 얼른 자라시지요. 대신 따뜻한 우유라도 가져다드릴까요? 그럼 잠이 잘 오실 거예요."

"아냐. 됐어."

토라진 세드릭이 반대편으로 누웠다. 유모가 어쩔 수 없다는 듯이 웃으며, 아이의 손을 따뜻하게 감쌌다.

"그럼 제가 어떻게 해 드릴까요?"

"……안아 줘."

"네?"

조용히 일어나 앉은 세드릭이 양팔을 벌렸다.

"안아 줘, 유모."

조금 놀란 표정을 짓던 유모가 조심스럽게 세드릭을 끌어안았다. 넉넉한 유모의 품에 세드릭의 작은 몸이 따뜻하게 묻혔다. 세드릭은 계속해서 유모의 품을 파고들었다.

"여태껏 많은 아이들을 돌봤지만, 도련님처럼 어리광이 많은 분은 처음이에요."

"그래서 싫어?"

"에이. 그럴 리가요."

유모는 세드릭의 등을 토닥이며 자장가를 읊조렸다. 세드릭의 눈이 차츰차츰 감겼다.

유모의 품은 늘 따뜻하다. 아버지의 품도 그랬다. 어머니의 품은 기억나지 않는다. 다만 유모의 품이 따뜻하고 아버지의 품도 그러했으니, 어머니의 품도 따뜻하지 않을까 싶었다. 이렇듯 눈을 감으면 유모의 품이 아버지의 품이 되고, 또 어머니의 품도 되었다.

세드릭은 느릿하게 눈을 감았다. 혼몽한 가운데 남몰래 간직했던 부끄러운 소원이 잠결에 샘솟았다.

언젠가.

언젠가는 말하지 않아도 날 안아 주는 사람이 나타났으면…….

세드릭이 여덟 살 되던 해.

디아나가 바바라의 도제로 들어온 지도 어언 2년이 지났지만, 둘의 관계는 크게 변하지 않았다. 세드릭뿐만 아니라 채스터티나 설리번도 마찬가지였다. 채스터티는 여전히 고약한 장난을 즐겼고, 설리번은 변함없이 디아나의 존재에 무관심했다. 삼 남매와 디아나의 관계를 개선시키려 무던히 애쓰던 바바라는 오래지 않아 새로운 사랑에 빠져 아이들을 잊고 지냈다.

채스터티가 디아나의 이상스러운 징후를 발견한 것도 그즈음이었다.

"애. 디아나 수상하지 않니?"

"뭐가."

"요즘 툭하면 다락에 처박혀 있어. 거기서 뭘 하는지 당최 모르겠다니까?"

채스터티는 디아나의 일탈이 퍽 궁금한 모양이지만, 세드릭은 일말의 관심조차 없었다. 세드릭은 매일같이 디아나와 같은 수업을 듣는 것만으로도 족히 짜증스러웠다. 근 2년간 디아나가 나름대로 열심히 매진한 덕분에 진도를 많이 따라잡았으나, 기본적인 자질의 차이라는 것이 분명 존재했다. 세드릭이 숨 쉬는 것처럼 쉽게 부리는 마법을 디아나는 할 수 없었다. 그때마다 바바라는 몹시 난감해했고, 디아나는 죄인처럼 고개만 숙였다. 그리고 늘 반복되는 자책과 연민의 쳇바퀴가 세드릭은 소름 끼치도록 지겨웠다.

'난 더 많이 배우고, 더 많이 익히고 싶은데.'

세드릭은 하루빨리 훌륭한 마법사가 되고 싶었다. 항상 놀 궁리만 하며 공부를 게을리하는 채스터티는 예지를 지녔다는 점을 제하면 그다지 훌륭한 마녀가 아니었다. 디아나처럼 기본적인 마법도 버벅대는 정도는 아니지만, 조금만 어렵고 복잡한 이론으로 들어가면 금세 배움의 깊이가 바닥났다. 그러니 세드릭이 누구도 반박하지 못할 훌륭한 마법사가 된다면, 그가 바바라의 뒤를 잇는 것에 이견이 나올 리 없었다.

그러나 바바라는 수업 시간 내내 디아나의 잘못된 마법을 교정하느라 바빴다. 더구나 수업 시간 외에 유일하게 얼굴을 마주할 수 있는 식사 시간에도 수업에서 끝내지 못했던 디아나의 질문에 답하느라 정신이 없었다. 세드릭은 더 많이 배우고 더 많이 알고 싶었지만, 바바라에겐 그런 여유가 없었다. 전부가 디아나의 몫이었다.

그래서 세드릭은 여전히 디아나가 싫었다. 눈에 보이는 격차가 빤하기에 더욱 그러했다. 능력 본위의 마법 사회에서 아직도 저런 모자란 도제를 끼고 사는 어머니가 도무지 이해되지 않았다.

"그리젤다 솔은 1년간 헛짓한 모양이야. 어쩌다 그런 위대한 마녀가 너 같은 실수를 낳은 거지?"

돌아봐 주지 않는 어머니에 대한 애증, 혹은 어머니의 관심을 독차지한 디아나를 향해 모난 감정은 그렇게 표출되었다. 천성적으로 예민한 세드릭은 어떻게 하면 사람이 상처 입는지 잘 알았다. 그를 향해 쏟아지던 원로들의 비난, 바바라의 무감한 눈총, 채스터티의 수많은 실언. 세드릭은 그대로 디아나에게 반복했다.

디아나가 상처 입길 바랐다. 그래서 영영 자일스를 떠나길 바랐다.

"너 지금 되게 추한 거 아니? 나한테 이런다고 뭐가 달라질 것 같아?"

하지만 원로들이 바라듯 세드릭이 순순하게 고개 숙이지 않은 것처럼, 디아나 역시도 마찬가지였다.

"뭐?"

"너 스승님이 날 예뻐하니까 질투하는 거잖아. 그럼 나한테 이러지 말고 가서 스승님께 말해. 제발 널 사랑해 달라고."

디아나는 더 이상 밤마다 눈물짓던 아이가 아니었다. 마녀들이 습관처럼 짓는 조소가 어느덧 그녀의 입가에도 자리 잡았다.

"맞다. 스승님은 널 부담스러워하시지?"

세드릭은 디아나가 더욱 싫어졌다.

하루는 디아나가 세드릭에게 말을 걸었다.

"설리번 어디 있는지 알아?"

세드릭은 책에서 눈을 떼지 않는 채로 묵묵부답했다. 얼마간 그를 지켜보던 디아나가 성큼성큼 다가와 책을 빼앗았다. 세드릭의 날 선 시선이 곧바로 디아나를 향했다.

"설리번 어디 있냐고."

"그걸 내가 어떻게 알아?"

세드릭이 신경질적으로 대꾸하며 마법으로 책을 도로 가져왔다. 하지만 디아나는 오늘따라 완고했다.

"1시간 전에 너랑 설리번이 얘기하는 거 봤다고 유모가 그랬어. 괜히 나한테 알려 주기 싫어서 모르는 척하는 거라면 관둬. 나는 스승님 명령으로 설리번에게 과제를 채점받아야 하고, 만약 네가 이렇게 계속 방해하면 가만있지 않을 거야."

"가만있지 않으면."

"스승님께 그대로 말할 거야. 네가 설리번이 어디 있는지 말해 주지 않았다고."

디아나가 냉정하게 말했다. 세드릭은 말없이 그녀를 쏘아보았다. 분하게도 바바라는 디아나의 말을 믿을 것이었다. 두 사람 사이가 안 좋다는 건 저택의 모두가 익히 아는 사실이었다.

그때, 문이 급하게 열렸다. 휘적거리며 이편으로 다가오는 사람은 다름 아닌 설리번 자일스였다.

"세드릭. 내 택배 봤어?"

"왜 다들 자꾸 나한테 이래? 가서 유모한테 물어보든가!"

세드릭의 역정을 익숙하게 받아넘긴 설리번이 재차 물었다.

"다른 사람들한텐 다 물어봤어. 너 하나 남았단 말야."

"얘한테도 물어본 거야?"

세드릭이 디아나를 턱짓했다. 그제야 디아나를 알아본 설리번이 자그맣게 탄식했다.

"너 혹시 내 택배 봤어?"

"아니……."

"세드릭. 너는?"

"못 봤다고!"

설리번은 눈을 가느다랗게 뜨며 생각에 잠겼다. 택배가 있을 만한 장소를 머릿속으로 물색하는 듯했지만, 안타깝게도 고민은 얼마 가지 못했다.

"저기……."

디아나가 그의 눈치를 보며 얇은 공책을 내밀었다. 얼결에 공책을 받아 든 설리번이 디아나를 빤히 쳐다보았다. 디아나는 고개를 숙이며 자그맣게 말했다.

"스승님께서 채점받으라고 하셨는데……."

"나한테?"

설리번은 고개를 갸웃거리더니 이내 공책을 훑어보기 시작했다. 그가 채점하는 동안 세드릭은 기가 막힌 표정으로 디아나에게 물었다.

"너 뭐 해?"

"……내가 뭐."

"얘가 너 잡아먹어? 어머니 앞에서도 내숭이더니, 이젠 설리번한테도 그래?"

분위기가 애매해졌다. 슬그머니 고개를 든 설리번이 세드릭과 디아나를 갈마보았다.

"너네도 참 징그럽다. 지금 이렇게 싫어하다가 나중에 눈이라도 맞으면 어쩌려고 그래."

"끔찍한 소리 하지 마."

세드릭이 얼굴을 구겼다. 설리번이 대수롭지 않게 말했다.

"원래 사랑과 미움은 한 끗 차이랬어."

"누가 그딴 망언을 했는데?"

"누구긴 누구야. 이번엔 제레미 몰드와 사랑에 빠진 어머니께서 남기신 명언이지."

바바라의 새로운 연인인 제레미 몰드는 본디 그녀와 앙숙지간이었다. 마법 공회에서 만날 때마다 설전을 벌이던 상대와 어쩌다 사랑을 나누게 되었는지, 세드릭을 포함한 삼 남매는 당최 이해할 수 없었다. 아무리 사랑이 논리적으로 설명할 수 없는 감정이라고는 하지만, 세드릭의 눈에 사랑이란 우스꽝스러운 광대놀음에 불과했다. 그렇지 않고서야 어제는 삿대질하던 사람에게 오늘은 사랑을 속삭일 수 없었다.

세드릭이 복잡한 표정으로 침묵하는 사이, 설리번은 디아나에게 공책을 돌려주었다.

"마지막 문제가 틀렸어. 나시마르크 사탑의 기울기를 잘못 계산한 것 같은데."

"아, 기울기를……. 고마워."

"됐어."

스치듯 지나가던 설리번의 시선이 다시금 디아나에게로 돌아왔다. 잠시간 그녀를 쳐다보던 설리번이 물었다.

"그런데 너 이름이 뭐였지?"

일순 디아나의 얼굴이 싸하게 굳었다. 입술만 벙긋거리던 디아나가 이내 빠른 걸음으로 응접실을 나가 버렸다. 설리번이 도무지 영문을 모르겠다는 듯 어깨를 으쓱거렸다.

"그렇게나 귀한 이름인가? 알려 주기 싫을 정도로? 놀랍네."

"나는 아직까지도 이름을 못 외운 네가 더 놀라워."

세드릭은 혀를 끌끌 차며 다시 책을 펼쳤다.

"그래서 쟤 이름이 뭔데?"

"디아나 솔."

"아. 다이앤인지 디아나인지 헷갈렸는데. 그래도 반은 맞혔네."

"그건 그냥 못 맞힌 거야."

세드릭이 뚱하게 대꾸했다. 설리번이 피식거리며 세드릭의 머리를 흩트렸다.

"걱정 마라. 네 이름은 잘 기억하고 있으니까."

"손 떼."

"혹시나 내 택배 발견하면 말해 주고."

설리번은 그렇게 말하며 등을 돌렸다. 세드릭이 눈살을 찌푸리며 외쳤다.

"좀 씻어. 냄새나."

물론 설리번은 들은 체도 하지 않았지만.

세드릭은 고개를 내저으며 다시 책으로 시선을 돌렸다. 하지만 활자는 그저 눈앞에서만 맴돌 뿐 도통 머릿속으로 들어올 생각을 안 했다. 결국에는 신경질적으로 책을 덮어 버렸다.

근래 설리번이 수상했다. 원래부터 수상했지만, 요즘은 더 수상해졌다. 보통 이런 기미는 채스터티가 귀신같이 알아챘는데, 요새 디아나의 뒤를 쫓느라 바쁜 것인지 세드릭이 먼저 알아 버렸다. 몰랐으면 모를까, 알아 버렸으니 신경이 쓰이는 건 어쩔 수 없었다.

하루가 멀다 하고 저택으로 배달되는 정체 모를 택배와, 야심한 시각마다 정원으로 산책을 나가는 설리번. 툭하면 끼니도 거를 정도로 방에만 처박혀 있는 설리번과 산책은 어울리는 단어가 아니었다. 도대체 뭘까. 무얼 꾸미고 있는 걸까.

머릿속으로 상상을 이어 가던 세드릭은 이내 고개를 저었다. 물어본다고 알려 줄 사람도 아니거니와, 관심을 가져서 좋을 만한 상대가 아니었다. 세드릭은 공연한 일에 개입하고 싶지 않았다. 남의 일에 참견했다가 좋은 꼴 못 본다는 건 마법 사회의 오래된 불문율이었다.

하지만 놀랍게도 며칠 뒤, 설리번의 비밀이 낱낱이 밝혀졌다.

"안 돼! 와조스키!"

설리번이 부재하는 아주 평범한 점심 식사였다. 갑작스러운 소란에 뒤이어 식당의 문이 벌컥 열리기에 모두의 시선이 그편으로 향했다.

그리고 모두가 돌처럼 굳어 버렸다.

[맛있는 냄새!]

문 앞에 황망히 선 설리번과, 공중에서 제비처럼 날아다니는 손바닥만 한 초록 생명체.

"요정?"

디아나가 멍하니 중얼거렸다. 설리번이 초록색 요정을 황급히 틀어쥐고, 바바라가 자리에서 벌떡 일어난 것은 거의 동시였다.

"설리번. 너 그거……!"

"아녜요, 어머니. 아무것도 아니에요."

"아니, 너 지금 손에 든 게."

바바라가 다가가는 만큼 설리번도 뒷걸음질했다. 하지만 대치는 오래가지 못했다. 설리번의 손아귀에 꽉 붙들려 숨이 막혔던 요정이 죽기 살기로 그의 손을 꽉 깨물어 버린 것이다.

"악!"

그새 허공으로 포르르 날아오른 요정이 새빨개진 얼굴로 소리쳤다.

[숨 막혀 죽는 줄 알았잖아!]

"아, 안 돼……."

설리번의 낯이 절망으로 물들었다. 모두가 말을 잃은 사이, 이상하게 조용했던 채스터티가 부들거리는 손가락으로 허공을 가리키며 부르짖었다.

"요정, 요정이잖아! 세상에! 진짜 요정이야, 어머! 너 잠깐 이리 와 볼래? 착하지? 응?"

좌절하는 설리번, 다그치는 어머니, 식탁 위를 폴짝폴짝 뛰어다니는 채스터티, 그리고 흉악한 마녀의 손길을 피해 다급히 날갯짓하는 초록색 요정까지.

세드릭은 한숨을 내쉬며 냅킨을 대강 접어 식탁 모퉁이에 올려 두었다. 오래간만에 저택이 시끄러워질 것 같은 불길한 예감이 들었다.

"와조스키는 엘가 숲의 요정이에요."

바바라가 호통을 치고 난 뒤에야 설리번은 어렵게 이야기를 시작했다.

때는 석 달 전, 무슨 심경의 변화인지 여행을 다녀오겠다며 홀연히 저택에서 사라졌던 설리번이 향한 곳은 북서쪽 국경 지대였다. 원래는 얌전히 국경 마을에만 머물 계획이었지만, 계획은 본디 틀어지고서야 가치를 발하는 법이므로 설리번도 뒤늦게 계획의 중요성을 깨달았다고 한다. 한마디로 호기심에 마을을 벗어났다가 엘가 숲에 잘못 든 것이었다.

엘가 숲은 잉그람과 반제의 국경에 걸친 드넓은 삼림으로 고대부터 요정의 주된 거주지였다고 전해진다. 물론 그것도 전부 옛날이야기. 인간 왕국이 비약적으로 발전한 과학 기술에 힘입어 차츰 영향력을 넓혀 갈수록 요정들의 터전인 숲도 점점 좁아졌고, 종내 멸종 위기에 이른 요정들은 어느 날 자취를 감추었다. 사람들은 요정들이 어딘가 존재하리라 여겼지만, 그 어디가 어디인지는 아무도 몰랐다.

그러므로 설리번이 엘가 숲에서 초록 요정 와조스키와 맞닥뜨린 것은 굉장한 우연이었다. 더구나 그는 행운까지 따랐다. 일대다수로 마녀·마법사를 꾀어내어 그녀들의 심장을 노리는 것이 보통 요정이 부리는 사특한 술수지만, 다행스럽게도 와조스키는 무리에서 낙오된 요정이었다. 요정 한 명쯤은 설리번처럼 경험이 일천한 마법사에게도 그다지 위협이 되지 않았다.

당시 와조스키는 날짐승의 공격을 받아 부상당한 상태였다. 다친 희귀종을 보니 없던 정의감도 불타오른 모양인지, 설리번은 와조스키를 몰래 저택으로 데려와 치료하기 시작했다. 여행을 다녀온 뒤로 방에서 식사하고, 또 밤마다 갑작스러운 산책을 시작한 것도 모두 와조스키를 위한 것이었다.

"설리번. 너 제정신이니?"

그리고 설명을 들은 바바라의 감상은 이러했다.

"어떻게 요정을 데려오고도 일언반구 귀띔조차 없을 수가 있어? 나는 내 집에 요정을 들일 수는 없다."

"하지만 어머니. 와조스키는 나쁜 요정이 아니에요. 지금까지 얌전했던 걸 보면 아시잖아요."

[그런데 말이야, 설리. 난 이제 얌전하게 못 있겠어. 네 더럽고 조그만 방에서만 갇혀 지내려니까 내 아름다운 날개에 먼지가 쌓이는 것만 같아.]

와조스키가 날개를 털어 내며 새침하게 말했다. 설리번이 재빨리 첨언했다.

"딱 2주만 허락해 주세요. 2주 뒤에 승급 시험이 예정되어 있으니, 시험에 합격해서 와조스키를 데리고 저택을 나갈게요."

"설리번."

"정말이에요. 맹세코 어머니께 아무런 피해도 끼치지 않을게요."

설리번이 확언했다. 그럼에도 여전히 못마땅한 바바라의 시선이 와조스키를 향했다.

와조스키는 요정을 처음 보는 세 아이들에게 둘러싸여 있었다. 호기심이 가장 왕성한 채스터티가 자석처럼 붙어 있었고, 조금 겁이 많은 디아나가 그 뒤에, 그리고 관심 없는 척 계속해서 주의를 기울이는 세드릭이 멀찍이 소파에 앉아 있었다. 거기까지는 제법 평화로운 풍경이었다.

반짝거리는 눈으로 와조스키의 일거수일투족을 쫓던 채스터티가 덜덜 떨리는 손으로 사탕을 내밀었다. 어린아이들의 영원한 우상인 랜돌프사(社)의 스물세 번째 한정판으로, 채스터티가 환장하도록 좋아하는 사탕이었다.

하지만 와조스키의 심기는 그리 편치만은 않아 보였다. 물끄러미 사탕을 쳐다보던 와조스키가 돌연 채스터티의 검지를 꽉 깨물었다. 엄살쟁이 채스터티가 찢어지는 비명을 내질렀다.

"악! 아파!"

설리번이 황급히 와조스키를 데려갔으나, 이미 채스터티의 검지에선 피가 철철 흐르고 있었다. 지금까지 놀고먹는 데만 일생을 바쳐 왔던 채스터티는 고통에 익숙하지 않았다. 돌도 씹어 먹을 만큼 억세다는 요정의 이빨에 물렸으니 그럴 만도 했다.

"피, 피! 피가 나잖아! 이거 어떡해! 누가 마법 좀 부려 봐!"

채스터티가 흡사 울 기세로 요란을 떨자, 보다 못한 바바라가 간단한 치료 마법으로 지혈을 해 주었다. 채스터티는 코를 훌쩍이며 아픈 검지를 소중하게 감싸 쥐었다. 관자놀이를 짚은 채로 어린 딸을 지켜보던 바바라가 드물게 냉정한 목소리로 선을 그었다.

"딱 2주만이야. 그 이상은 나도 요정을 집에 둘 수가 없구나."

바바라는 대체로 온화하지만, 한번 결정한 일은 번복하지 않았다. 그것을 잘 아는 설리번은 배가 고프다며 난리를 치는 와조스키를 한 손에, 그리고 음식이 가득 담긴 접시를 나머지 손에 들고 재빨리 식당을 빠져나갔다. 설리번이 꽁꽁 숨겨 왔던 석 달간의 동거인과는 그렇게 이별하는 줄만 알았다.

그러나 밤이 깊은 시각. 만성적인 불면증으로 잠이 들지 못한 세드릭은 정처 없이 정원을 떠돌다가 우연히 요정과 재회하고 말았다.

"세드릭? 여기서 뭐 해?"

하지만 다행히도, 지금까지는 단 한 번도 등장을 반긴 적 없는 설리번도 함께였다. 세드릭은 폭력적인 요정과 단둘이 남지 않았다는 사실에 남몰래 안도하며 괜스레 뚱한 표정을 지었다.

"그러는 너야말로."

"나야 와조스키랑 산책하지. 와조스키는 평생을 엘가 숲에서만 살던 요정이라 늘 수풀과 나무를 그리워하거든."

그러는 와조스키는 죄 없는 나뭇잎을 질겅거리느라 바빴다. 세드릭은 요정이 저토록 식탐이 강하다는 사실을 이번에 처음 알았다. 저러다

정원의 나무들이 죄 벌거숭이가 될지도 몰랐다.

"와조스키. 최대한 많이 먹어 놔. 2주 뒤엔 여길 떠야 되니까."

세드릭은 금방 설리번의 말을 못 들은 체 넘기며 그의 곁에 앉았다.

"곧 승급 시험이라며."

설리번은 곧 열여덟이 되었다. 평범한 마법사라면 성인이 되자마자 독립하는 것이 관례이므로, 설리번이 승급 시험을 치고 독립하는 것이 별달리 특별한 일은 아니었다. 다만 세드릭은 설리번이 당장 2주 뒤에 승급 시험을 치른다는 사실을 몰랐을 뿐이다.

"떨어지면 어머니께서 저 요정을 내치실 거야."

"설마 떨어지겠어? 반편이나 떨어질 법한 시험인데."

설리번이 키득거리며 마법으로 와조스키의 눈앞에 사과를 대령했다. 무념무상으로 비어 있던 와조스키의 눈이 금세 왕방울만 해졌다.

"독립하면 어디로 갈 건데?"

와조스키는 사과를 껴안은 채로 이빨부터 들이밀었다. 파먹는 속도가 역시 남달랐다.

"국경 쪽으로 갈 생각이야."

"국경이라면 엘가 숲?"

"응. 와조스키를 동족들과 만나게 해 주고 싶어."

설리번은 곰살궂게 웃으며 와조스키를 바라보았다. 모르는 사람이 본다면 제법 흐뭇한 광경이겠으나, 안타깝게도 상대는 그를 10년 가까이 보아 왔던 세드릭이었다. 기도 안 찬다는 표정이 당연했다.

"네가 퍽이나. 그냥 요정을 보고 싶은 거겠지."

세드릭이 소매에 올라탄 개미를 털어 내며 빈정거렸다. 자식에게 그다지 관심 없는 바바라는 모르겠지만, 설리번은 옛날부터 요정이나 인어, 거인, 혹은 용 같은 이종족에 관심이 많았다. 다른 책과는 담을 쌓은 주제에 허구한 날 이종족 설화만 붙들고 사니 모르고 싶어도 모를 수가 없었다.

"뭐, 그것도 맞고."

설리번이 순순히 인정했다.

"사실 지금까지 가문에 남아 있던 것도 혹시나 용을 볼 수 있지 않을까 싶어서였어. 그런데 영 가망이 없는 것 같아. 본성의 둥지는 아직도 차갑다며."

천 년이 넘도록 용과 함께였던 자일스의 역사는 이제 종막을 맞이하는 듯했다. 제노비아 자일스의 용이었던 페넬로피가 베가의 낙뢰를 맞고 비명에 죽은 뒤로 갑작스레 맞이한, 용 없는 시대. 자일스의 방패이자 창이었던 용이 부재한 나날은 생각보다는 평화로웠으나, 본성의 둥지는 새로운 용알을 품기엔 아직 지나치게 차가웠으므로 가문의 일원들은 이대로 영영 용과 이별하는 것은 아닌지 차츰 불안해하기 시작했다.

다만 마법으로도 어쩔 수 없는 일이기에, 그저 새로운 용을 하염없이 기다릴 뿐이었다. 마지막 용을 잔인하게 죽인 이자벨 베가를 원망하고 또 원망하면서.

"그래서 나는 아직도 네가 이해가 안 돼. 너는 자일스면서 베가지. 양쪽 모두 널 반기진 않겠지만, 적어도 선택할 수는 있잖아. 그런데 왜 하필이면 자일스를 선택한 거야? 그저 가문의 수장이 되기 위해서? 도대체 용이 없는 자일스에게 무슨 미래가 있다고?"

설리번이 진심으로 궁금한 듯이 물었다. 말없이 발끝만 내려다보던 세드릭이 느릿하게 입을 열었다.

"너는 요정이 왜 좋아?"

"글쎄다. 좋아하는 데 이유가 있어? 내 심정을 설명해 봤자 너는 이해도 못 할 텐데."

"나도 마찬가지야."

그에 물끄러미 세드릭을 쳐다보던 설리번이 돌연 웃음을 터트렸다. 사과의 씨앗까지 씹어 먹던 와조스키가 웃음소리에 놀라 포르르 날아왔다.

[설리. 뭐가 그렇게 웃겨?]

"아냐. 아무것도."

설리번은 와조스키를 어깨 위로 올리고는 세드릭의 머리를 흩트렸다.

"너라면 채스터티보단 훨씬 나은 수장이 되겠지. 그 앤 내가 보기에도 정말 제멋대로라서, 채스터티가 수장이 되거든 그날이 바로 자일스의 마지막이 아닐까 싶거든."

미약한 웃음기가 말끝마다 묻어났다. 설리번은 마지막으로 그다운 말을 덧붙였다.

"물론 나랑은 상관없는 얘기지만."

2주는 쏜살같이 지나갔다. 반편이나 떨어진다던 승급 시험을 당당하게 합격한 설리번은 쉴 틈 없이 짐을 꾸려 떠날 채비를 했다. 바바라는 하루 정도 더 머물기를 바라는 눈치였지만, 자신이 확언한 2주가 있어 차마 붙잡지 못하는 듯했다.

떠나기 직전, 와조스키를 배불리 먹일 요량으로 식당에 들른 설리번은 계속해서 종이비행기를 마법으로 날려 보내 세드릭을 찾았다. 서재에서 열심히 공부하던 세드릭이 머리끝까지 화가 나서 식당으로 달려온 것도 무리는 아니었다.

"이게 무슨 짓이야!"

격분한 세드릭에게 설리번은 몹시 태평한 어조로 이렇게 말했다.

"1519년 가을 대삼각형의 별빛."

"뭐?"

"1519년에 가을 대삼각형을 이루었던 가을의 별 캄페소와 처단의 별 시나폴리, 목자의 별 단돌보의 별빛이라고."

"가을 대삼각형을 이루는 별이 무언지는 나도 알아. 그런데 그걸 왜 나한테 말해?"

세드릭은 간신히 노기를 눌러 참으며 씹어 먹듯 말했다. 설리번은 한 가로이 토마토를 한 입 베어 물었다.

"혹시나 나중에 수장 선거를 할지도 모르잖아. 그때 나는 1519년 가을 대삼각형의 별빛이면 된다고."

가문의 수장 될 자가 정해지지 않을 시 마지막 수단이 선거였다. 물론 투표권자는 가문의 일원이었다. 한마디로 설리번은 훗날 선거를 하게 된다면 자신의 표를 1519년 가을 대삼각형의 별빛으로 사라며 회유하는 것이었다.

세드릭이 어처구니없다는 표정으로 물었다.

"채스터티한테도 그랬어?"

"아니. 걔는 그다지 수장이 되고 싶은 마음이 없어 보이던데."

"그건 아직 모르는 일이잖아."

"그렇긴 한데 300년 전의 별빛은 꽤 비싸거든. 생각해 보렴. 꼭 이상한 데서 공평하신 어머니께선 재산을 정확히 삼분해서 우리에게 나눠 주시겠지만, 네 아버지는 상황이 다르잖아. 어쨌든 지금까지는 자식이 너뿐이니까."

설리번은 남은 토마토를 한입에 삼키며 말했다.

"그러니까 당연히 네가 채스터티보다 훨씬 부유하겠지."

자신의 이익을 최우선하는 마법사답게 아주 논리적인 귀결이었다. 이런 데 골몰하느라 허비했을 시간이 아깝긴 했지만.

잠시간 고심하던 세드릭이 진지하게 물었다.

"300년 전의 별빛은 꽤 비싸다고?"

"응."

"누굴 머저리로 알아?"

세드릭은 헛숨을 내뱉으며 조소를 지었다.

"1519년 가을이면 대홍수가 일어난 해잖아. 그해 대홍수가 미친 영향이 얼마나 큰데 설마 그것도 모를까 봐?"

"······음. 세드릭, 나는 널 무시하려 했던 게 아니라."

"그래. 행여나 모르면 이참에 크게 뜯어먹을 요량이었겠지."

1519년 가을은 역사적으로도 의미 깊은 대홍수가 발생한 해였다. 여름의 홍수도 아니고 가을의 홍수가 얼마나 컸겠느냐 비웃는 자들이 있겠으나, 역사서에 기록된 바에 따르면 밤낮 가림 없이 장대비만 쏟아짐에 가을 내내 볕 들이친 날을 손꼽았다고 전해진다. 그렇게 멸망한 소국이 열 손가락을 채우고도 남았으니, 그 위용을 족히 짐작할 만했다.

하지만 지금 여기서 중요한 것은 '밤낮 가림 없이 장대비만 쏟아졌다'는 구절이었다. 비 쏟아붓는 하늘에 별빛이 맑을 리 없었다. 즉, 1519년 가을의 별빛은 하나같이 귀했다. 그냥 비싼 게 아니라 손에 꼽을 만큼 비쌀 것이었다.

단번에 속셈을 간파당한 설리번이 어깨를 움츠렸다.

"그럼 수톨베르크 거인의 유골."

"장난해?"

"하일랜드 요정들의 노랫소리는? 이건 흔하잖아!"

설리번이 절망스럽게 외쳤다. 하지만 세드릭은 냉정했다.

"흔하다고? 이미 멸종한 요정의 노랫소리가 흔해?"

"······아니, 앞서 말한 것보다는 비교적 흔하단 말이지."

시무룩해진 설리번을 잠시 지켜보던 세드릭이 이내 고개를 틀었다.

"좋아."

"응?"

"좋다고."

"뭐가? 비교적 흔하다는 내 말? 아니면 하일랜드 요정들의 노랫소리?"

"그걸로 하겠다고, 멍청아!"

참다못한 세드릭이 소리를 질렀다. 하지만 영문 모르는 와조스키를 붙들고 이상한 춤이나 춰 대는 설리번에겐 미처 닿지 못했다. 그에겐 아무런 의미도 없는 투표로 귀하디귀한 노랫소리를 얻을지도 모른다는 생각에 저만치 행복해진 모양이었다.

"부디 수장 선거가 이루어지길!"

설리번은 그렇게 축복인지 저주인지 모를 말을 퍼부으며 바삐 계약서를 작성하기 시작했다. 세드릭은 얕은 한숨을 내쉬며, 계약서에 서명하기 위해 펜을 집어 들었다. 작별하는 날조차 설리번 자일스는 참으로 그다웠다.

그날 저녁, 설리번은 와조스키와 함께 바바라 자일스를 떠났다.

세드릭은 이후로 오랫동안 설리번을 보지 못했다.

바바라는 이사를 결심했다.

느닷없는 결정이었으나, 굳이 반대할 만큼 몬트 켈리아의 저택에 애정을 품은 사람은 없었다. 바바라가 이사를 통보한 당일 유모와 디아나를 포함한 다섯 사람은 에든게일의 저택으로 이동했다. 천년전쟁 시기의 가문이 전국 각지 수많은 거점을 마련해 둔 덕분으로, 사람이 살지 않는 저택은 무궁무진했다. 외출을 즐기지 않는 마녀의 특성상 저택의 위치는 그다지 중요하지 않다는 점도 신속한 이사의 원인이었다.

"제레미 몰드와 대판 다투셨나 봐. 얼마나 치가 떨리시기에 이사까지 감행하시는 걸까?"

채스터티는 바바라의 연애에 촉각을 곤두세웠다. 요정 와조스키가 떠난 이후로 한참 시무룩했던 것이 무색할 만큼 생기 있는 모습이었다.

어찌 되었든 세드릭은 새로운 저택에 쉬이 적응했다. 인적 드물던 몬트 켈리아와 달리, 에든게일시(市)는 활기차되 그다지 소란스럽지 않은 교외의 주거지역이었다. 온 도시민이 교회로 몰려드는 주일만 제하면 그럭저럭 조용하게 살 수 있었다.

주일만 제한다면.

"언젠가 저 미친 종을 반드시 불태워 버릴 거야."

세드릭은 이를 바득바득 갈며 교회의 종탑을 노려보았다. 대관절 신실한 신앙과 종소리 사이에 무슨 연관 관계가 있는지는 몰라도, 산티그마 교단의 교회들은 꼭 주일만 되면 미친 듯이 종을 울려 댔다. 공부에 열중하던 세드릭에겐 참으로 청천벽력 같은 소음이었다.

"잠시만 다락에 계시는 건 어떨까요? 엊그제 확인해 보니 다락의 창문이 유독 작더라고요. 창문이 작으니 종소리도 작게 들릴 거예요."

조금이나마 덜 시끄러운 곳을 찾아 방황하는 세드릭이 안쓰러웠는지 유모가 그렇게 귀띔했다. 세드릭은 유모의 충고를 곧이들어 다락으로 향했다. 삐걱거리는 원형 계단을 수없이 밟아 올라가니 곧 칠이 벗겨진 다락 문이 보였다. 숨을 몰아쉬는 세드릭의 얼굴에 곧 엷은 미소가 떠올랐다.

그런데 이상하게 문이 열리지 않았다. 세드릭은 의아한 표정으로 계속 문손잡이를 돌려 보았다. 잠긴 문쯤이야 어떻게든 마법으로 열 수 있을 테지만, 그는 마법을 부리는 대신 귀를 문가에 갖다 대었다. 역시나, 안쪽에서 희미하게 두런대는 말소리가 들렸다.

정원에서 빨래를 널고 있는 유모는 아니었다. 점심나절에 외출한 바바라는 아직 돌아오지 않았으니, 채스터티나 디아나 중에 하나였다. 평소 행실로 미루어 보자면 채스터티라고 확신하겠으나, 문득 언젠가 흘려들었던 채스터티의 말이 뇌리를 스치고 지나갔다.

'얘, 디아나 수상하지 않니?'

'뭐가.'

'요즘 툭하면 다락에 처박혀 있어. 거기서 뭘 하는지 당최 모르겠다니까?'

세드릭은 문손잡이에서 천천히 손을 떼며 속삭였다.

"디아나 솔?"

그러자 안쪽에서 들려오던 말소리도 귀신같이 멈추었다. 잠시간의 침묵은 이내 우당탕거리는 커다란 소음으로 이어졌으나, 세드릭은 이미 확신하고 있었다. 문을 잠그고 다락에 숨어 있는 사람은 디아나였다.

"안에서 뭐 하는지 모르겠지만 당장 문 열어."

세드릭이 음산한 목소리로 말했다. 그러나 쿵쾅거리는 발소리와 갖은 소란만 흘러나올 뿐, 당최 문이 열릴 기미는 보이지 않았다. 세드릭은 마음속으로 열을 세기 시작했다. 열을 다 셀 때까지도 문이 열리지 않는다면, 문짝을 넘어뜨려서라도 다락에 들어갈 심산이었다.

그러나 숫자를 모두 세었을 무렵, 거의 동시에 디아나가 문을 열어젖혔다.

두 사람은 한동안 말이 없었다. 도대체 안에서 무얼 했는지 땀으로 범벅된 디아나는 어깻숨만 몰아쉬었고, 세드릭은 싸늘한 눈으로 그녀의 행색을 훑어보았다. 하지만 대리석처럼 차던 그의 표정도 코를 찌르는 악취에 무너지고 말았다.

"이게 대체 무슨 냄새야?"

세드릭이 표정을 구기며 다락을 힐끔거렸다. 한낮에도 어두운 다락에는 종류가 다른 향초 열댓 개가 동시에 불을 밝히고 있었다. 하나만 밝혀도 족할 향초를 저렇게나 많이 밝혔으니, 독한 향기가 악취로 변질된 것도 무리는 아니었다.

의심이 덕지덕지 묻은 눈초리가 디아나를 향했다.

"너 여기서 뭐 했어?"

"……내가 뭘 하든 너랑 무슨 상관이야."

세드릭이 미간을 찌푸렸다. 디아나가 방어적으로 구는 것은 예삿일이지만 오늘은 유독 더 예민하게 가시를 세웠다. 무언가 숨기고 있는 게 분명했다.

"채스터티가 요즘 널 수상하게 여기던데. 지금 여기로 불러오면 볼만하겠어."

요즘의 채스터티는 바바라의 연애를 캐느라 정신없었지만, 일단 채스터티는 피하고 보는 디아나가 그런 걸 알 턱이 없었다.

입술을 깨물고 세드릭을 노려보던 디아나가 결국 사실대로 토로했다.

"지난주에 새롭게 배웠던 마법을 연습하고 있었어."

"지난주?"

잠시 기억을 더듬던 세드릭이 이내 감흥 없는 탄성을 내뱉었다. 지난주 디아나는 죽어 가는 불씨를 살리는 마법을 새로이 익혔다. 세드릭은 숨 쉬는 것처럼 간단히 부릴 수 있는 마법이지만, 디아나에겐 꽤 까다로웠던 모양이다. 저렇게나 향초 여러 개를 두고 연습할 정도면.

디아나는 수치심에 붉게 물든 얼굴로 재빨리 계단을 내려갔다. 다락으로 들어온 세드릭이 마법으로 향초의 불을 전부 꺼 버렸다. 창문은 이미 열려 있었으나, 이 지독한 악취가 모두 빠지려면 제법 오랜 시간이 지나야 할 터였다.

세드릭은 한숨을 내쉬며 창밖으로 고개를 내밀었다. 어느덧 써늘해진 갈바람이 쫘치듯 뺨을 스치고 지나갔다. 종소리 멈춘 에든게일은 어느덧 고요했고, 늘 그렇듯 평화로운 정경만 내내 이어졌다.

에든게일로 이사 온 지 얼마 지나지 않아, 괴이한 일이 벌어졌다.

"정말 이상하다니까요. 오늘도 정원에서 너구리 시체가 발견되었지 뭐예요?"

유모가 볼멘소리로 말했다. 한 번이면 우연이라 여기겠지만, 며칠 간격으로 짐승 사체가 연이어 발견되니 바바라도 비로소 심각한 문제로 받아들이는 듯했다.

"관리하지 않은 지 오래된 정원에서 날짐승이 나오는 건 그다지 이상한 일이 아니야. 하지만 육식 동물이 사냥한 흔적이 남았다는 게 마음에 걸리는구나. 만일 정원에 위험한 짐승이 숨어들었다면 빨리 잡아야 할 텐데……."

바바라는 아예 날을 잡아 정원을 샅샅이 뒤졌지만, 위험한 육식 동물은 발견하지 못했다. 너구리나 토끼의 몸에 날카로운 발톱 자국을 남길 만한 동물은 아무리 눈을 씻고 찾아봐도 없었다. 고작해야 이빨이며 발톱이 다 빠져 죽어 가는 사냥개가 전부였다.

그래도 혹시 모르니 밤에 창문을 꼭 잠그고 자라는 바바라의 말을 세드릭은 새겨들었다. 새로운 사건에 기세가 오른 채스터티와 달리, 세드릭은 혹 숨어들었을지도 모르는 육식 동물의 존재를 단단히 견제했다. 그는 출중한 재능을 갖추었지만. 아직은 어린 마법사였다. 생명을 해치는 위험에는 단 한 차례도 노출된 적이 없을뿐더러, 누군가를 해하는 마법은 익힌 적도 부린 적도 없었다.

하지만 그렇다고 세드릭을 둘러싼 환경이 크게 변한 것은 아니었다. 이후로도 꾸준히 발견되는 짐승 사체는 바바라의 근심과 채스터티의 흥미만을 돋울 뿐이었다. 세드릭은 여전히 서재와 다락을 전전하며 공부에만 몰두했다. 가끔씩 지칠 때면 멀리 국경에 있는 아버지에게 편지를 보냈으나, 답장은 겨우 서너 통에 한 번꼴로 전해져 왔다. 그토록 오매불망 기다리던 답장에서조차 아버지는 몹시 말을 아꼈다.

「……아직은 돌아갈 때가 아니구나. 나는 아직 국왕과의 계약에 묶여 국경에 주둔해야……」

세드릭은 돌아오지 않는 아버지가, 돌아오겠다는 약속조차 하지 않는 아버지가 미웠다. 미우면서도 너무나 보고 싶었다. 답장을 기다리고 답장을 읽을 때마다 실망하는 것이 매번 반복되었으나, 혹시나 이번에는 돌아오겠다는 말이 있을까 봐 기대하는 것을 그만두지도 못했다.

그즈음 디아나가 이상스럽게 창백했다. 채스터티가 하도 호들갑을 떨기에 모를 수가 없었다.

"어제는 나를 찾아와서 한참을 머뭇거리더니 혹시 도와줄 수 있냐는 거야. 그래서 무얼 도와주면 되느냐고 캐물었더니, 금세 겁먹어서 도망가는 거 있지."

채스터티는 자신을 믿어 주지 않는 디아나에 대한 원망을 세드릭에게 줄줄이 토로했다. 그때, 세드릭은 거의 처음으로 디아나의 심정에 공감했다. 세상에서 채스터티 자일스를 가장 불신하는 사람이 바로 그였다.

디아나의 고민이 궁금한 채스터티와 달리, 세드릭은 그다지 관심을 기울이지 않았다. 그는 여전히 디아나 솔이 싫었지만, 예전만큼 극렬한 감정은 적잖이 잦아든 상태였다. 에든게일에서 새로이 연애를 시작한 바바라에겐 이제 기대하는 바조차 드물었으므로, 부딪히지만 않는다면 디아나에게 신경 쓰고 싶지 않았다. 자력으로 바꿀 수 없는 일에 매달리는 것만큼 부질없는 짓도 없다는 걸 그제야 어렴풋이 깨달았다.

그러던 어느 밤, 디아나가 세드릭을 찾아왔다. 막 잠들려던 세드릭은 건조한 눈으로 그녀를 보았다. 아무래도 이번에 도움을 청할 상대는 그인 모양이었다.

"세드릭. 나를 좀 도와줄 수 있어?"

우물쭈물하던 디아나가 드디어 입을 열었다. 세드릭은 느지막이 대꾸했다.

"뭘."

"먼저 약속해 줘. 아무한테도 말하지 않겠다고."

"내가 왜?"

세드릭의 반문에 디아나는 말문이 막힌 듯했다. 세드릭은 짧게 조소했다.

"그리고 나보다는 어머니께 말씀드리는 게 낫지 않겠어? 넌 예쁨받는 도제잖아."

"……스승님은 안 돼."

"그럼 나는 된다는 소리야?"

디아나는 쉬이 대답하지 못했다. 마냥 답문을 기다리던 세드릭은 슬슬 짜증이 올라왔다. 온종일 책을 읽느라 눈이 뻑뻑하고 어깨도 저렸다. 빨리 마무리하고 그만 자고 싶은데, 저런 간단한 질문조차 대답하지 못할 만큼 무턱대고 찾아온 디아나가 몹시 짜증스러웠다.

"디아나 솔. 내가 어째서 널 도와야 하는데? 설마하니 어머니께 가르침 좀 받았다고 날 같은 동기로 여기는 건 아니지? 만약에 그렇다면 넌 정말로 분수도 모르는 거야."

세드릭이 가시처럼 날카롭게 쏘아붙였다. 창백해진 안색으로 멀거니 그를 바라보던 디아나는 아무 말도 없이 비틀거리며 돌아갔다. 세드릭은 신경질적으로 이불을 머리끝까지 덮어쓰며 애써 잠을 청했다. 디아나는 예나 지금이나 거슬리는 존재였다.

이튿날. 모두 모여 아침 식사 하던 도중 세드릭이 유모에게 속삭였다.

"유모. 이따가 같이 우체국에 가자."

"에드윈 경에게 편지하시게요?"

"응."

세드릭은 대체로 유모의 손길을 편히 여겼지만, 아버지에게 부치는 편지만은 꼭 제 손으로 해야 직성이 풀렸다. 유모를 믿지 못하는 것이 아니었다. 보고 싶다는 둥, 언제 돌아오냐는 둥 철없는 어린애 같은 투정을 다른 사람에게 내보이기 싫었을 뿐이다.

"아휴. 전서구가 가는 곳이면 참말 좋을 텐데요."

"어쩔 수 없지. 국경은 감시가 철저하니까. 특히 아버지가 계시는 곳은 최전선이라서 조금이라도 의심스러운 전서구는 다 쏘아 맞힌댔어."

그때, 묵묵히 식사하던 바바라가 불현듯 입을 열었다.

"디아나, 너도 헤스터에게 답장을 보내야 한다고 하지 않았니?"

열없이 깨작거리던 디아나가 화들짝 고개를 끄덕였다. 바바라는 유모를 돌아보며 말했다.

"디아나도 데려가요."

유모는 바바라의 명령에 복종했다. 지난밤의 앙금이 아직 가시지 않은 세드릭은 못내 불편한 기색이었지만, 굳이 불평을 쏟아 내진 않았다. 어차피 우체국은 근방이었다. 사소한 일로 아침부터 어머니와 날을 세우고 싶지는 않았다.

세 사람은 식사를 마치자마자 저택을 나섰다. 출근 시간이 지난 에든게일의 거리는 사뭇 한산했다. 앞장서 인도를 걷던 유모는 두 아이를 데리고 좁다란 골목으로 꺾어 들었다.

"우체국은 대로에 있지 않아?"

"여기가 지름길이에요. 넉넉히 10분은 단축된답니다."

유모가 사근사근하게 말했다. 세드릭과 디아나는 의심 없이 그녀를 따랐다. 하지만 재차 꺾어 든 길이 막다르자 멈칫할 수밖에 없었다.

세드릭이 의아한 표정으로 뒤를 돌아보았다.

"유모. 이 길이 아닌 것 같—"

일순, 뒷목에 강한 충격이 가해졌다. 째지는 비명과 유모의 웃음소리가 차례로 귓가를 스쳤다. 몸이 천천히 기울었다. 땅이 가까웠다.

쿵.

머잖아 눈앞이 암전되었다.

"저 계집애는 뭐야? 계획에 없었잖아."

"바바라 자일스의 도제예요. 그다지 재능 있는 애는 아니니 크게 신경 쓸 필요도 없고요. 그보다는 세드릭 자일스가 깨어나는지나 잘 살펴봐요."

익숙한 목소리, 익숙지 않은 목소리가 뒤섞여 뜨문뜨문 들려왔다. 겨우 눈 뜬 세드릭이 힘겹게 고개를 가누었다. 깜박일수록 선명해지는 시야에 차츰 낯선 풍광이 자리 잡았다.

"……누구야?"

세드릭이 가느다랗게 속삭였다. 소란하던 주위가 돌연 적막해지더니, 뒤늦은 발소리가 모여들기 시작했다.

"젠장, 깨어났잖아!"

"괜찮아. 저 정도면 못 움직여. 아직 어린애잖아."

"마법을 몸으로 부려? 너는 그럴지 몰라도 애는 의지만으로도 마법을 쓸 수 있을걸."

생전 처음 듣는 남녀의 목소리가 난하게 엇갈렸다. 그들이 옥신각신 다투는 동안, 세드릭은 깨질 것 같은 머리를 간신히 움직여 자신의 몸을 살펴보았다. 도무지 움직일 수가 없더라니 아니나 다를까, 손발이 철근으로 꽁꽁 묶여 있었다.

"너희 마법사야?"

세드릭이 쉰 목소리로 중얼거렸다. 이 정도 두께의 철근을 인간의 힘으로 구부릴 수는 없었다. 마법이 아니면 불가했다.

"그래. 마법사다."

오른뺨에 기다란 흉터를 지닌 중년 남자가 세드릭의 눈앞으로 고개를 쑥 내밀었다. 흉악하게 찢어지는 입술 사이로 누런 이빨이 드러났다.

"그러니까 허튼짓할 생각이라면 관둬. 우린 줄곧 밑바닥만 굴러온 인생이라, 너처럼 곱게 자란 도련님쯤은 아무렇지도 않게 죽일 수 있거든. 물론 지금은 마법을 부리긴커녕 눈 뜨고 있기도 버거울 테지만."

"나한테 무슨 짓을 한 거야?"

"그냥 독한 가스를 좀 마시게 했지. 생명에 지장은 없지만, 군용 가스라서 어린애 몸에는 제법 어지러울 거다."

세드릭은 가만히 눈을 감았다. 까맣게 닫힌 시야가 어지럽고, 호흡조차 힘겨웠다. 어떻게든 제정신을 찾으려 생각을 가다듬었으나, 난데없이 들려오는 째진 목소리에 그조차 중단되었다.

"가만히 있어. 가만히만 있으면 별일 없을 테니까."

삐삐 마른 여자가 초조한 기색으로 말했다.

"만약 수상한 짓 하면 저 계집애부터 목을 분질러 버릴 거야. 조심해."

"듣자 하니 저 애는 자일스 출신도 아니라며. 인질로서 가치가 있겠어?"

"그럼 지금이라도 죽여 버리든지! 어차피 필요 없잖아."

남녀가 재차 대거리를 벌이는 사이, 세드릭은 멍하니 창가를 응시했다. 노을 지는 저녁, 유일하게 빛 들이치는 삭막한 실내에 마찬가지로 꽁꽁 묶여 있는 디아나가 그제야 시야에 들어왔다. 입까지 틀어막혔는지, 시선이 마주치자마자 몸부림을 치는 모양새가 자못 안쓰러웠다.

"너네…… 원하는 게 뭐야?"

분명 아버지께 보낼 편지를 부치러 우체국으로 가던 길이었다. 저택에서 그다지 멀지 않은 곳이니 지금쯤 해 지는 풍경을 벗 삼아 따뜻한 차라도 즐길 법하건만, 대관절 이게 무슨 사달인지 도무지 이해하지 못했다.

이들은 누구이며, 어째서 날 납치한 것인지.

또한…….

"이젠 내가 얘기할 테니까 물러서요."

불현듯 아주 귀에 익은 목소리가 들려왔다. 세드릭은 멍하니 고개를 들어 올렸다. 낯선 남녀가 멋쩍게 양옆으로 갈라지고, 역광을 등에 진 사람이 차츰 다가왔다. 친숙한 목소리, 친숙한 풍채, 친숙한 체취.

어느덧 발아래 무릎 꿇은 유모가 상냥하게 미소 지었다.

"도련님. 괜찮으시지요?"

세드릭은 차마 말문이 떨어지지 않았다. 돌처럼 굳은 세드릭을 빤히 쳐다보던 유모가 평소처럼 나긋한 손길로 그의 뺨을 쓰다듬었다.

"가만히 계세요. 가만히만 계시면 아무도 다치지 않아요."

"……유모?"

"네. 저예요. 제가 곁에 있으니 안심하셔요."

세드릭이 불안스러운 표정으로 주위를 흘깃거렸다.

"저 사람들은 대체 누구야? 여긴 어디고?"

"도련님은 모르셔도 되어요. 마님께서 적절한 대가만 지불하시면, 도련님께서도 안전하게 돌아가실 수 있답니다."

"그게……."

그게, 무슨 소리야.

황망하여 입을 다문 세드릭을 굽어보며 유모가 실낱같이 웃었다.

"물론 마님께서는 그리하시겠지요. 도련님은 마님의 유일한 친자이시잖아요."

우두커니 유모를 올려다보던 세드릭이 그제야 고개를 더디 끄덕였다. 긴장인지 불안감인지 모를 감정이 온통 뒤섞여 뱃속이 곯아 드는 듯했으나, 유모가 곁에 있어 조금이나마 안심이 되었다.

"그럼 곧 집으로 돌아갈 수 있는 거지? 다 함께 돌아가는 거지?"

몹시도 간절한 목소리였다. 그러나 유모는 줄곧 인자한 얼굴로 고개를 내저었다.

"아니요. 저는 마님께 도련님의 몸값을 받고 멀리 떠날 거예요."

"돈이 필요한 거야? 어머니께서 매달 품삯을 주시잖아."

"저의 봉급을 어찌 도련님의 몸값에 비할까요. 도련님께선 자일스의 귀한 아드님이시니, 당연히 몸값으로 억만금이 들어오지 않겠어요?"

유모는 당연한 사실을 읊듯 너무나도 범상한 표정이었다. 세드릭의 손이 바르르 떨렸다. 뒤잇는 목소리도 자연스레 흔들렸다.

"그럼 돈 때문에 이러는 거야? 고작 돈 몇 푼 때문에?"

자애롭던 유모의 얼굴에서 어느새 미소가 지워졌다. 그녀는 무감한 눈으로 세드릭을 내려다보며 그의 양손을 쥐었다. 밤마다 잠 못 이루는 세드릭을 재워 주던 따스한 체온이 변함없이 전해졌다. 늘 기껍게 여겼던 체온이 어쩐지 오싹했다.

"도련님. 도련님께선 절 이해해 주셔야 해요. 지금까지 변치 않고 도련님 곁을 지킨 사람이 저 말고 또 누가 있나요? 마님께선 도련님께 관심이 없으시고, 에드윈 베가 경은 이미 옛적에 도련님을 떠나셨지요. 부모 형제도 돌보지 않는 도련님을 오직 저만이 돌보았잖아요. 진정 모르시나요?"

"아, 알아. 하지만……."

유모는 애써 시선을 피하려는 세드릭을 억지로 붙들었다.

"도련님께서도 아셔야 해요. 세상에 사랑스럽지 않은 아이를 돌보는 것만큼 지긋지긋한 일도 없답니다."

일순, 바르작거리던 세드릭의 움직임이 멈추었다. 유모는 여전히 나긋나긋한 손길로 차갑게 굳어 버린 아이의 얼굴을 쓰다듬었다.

"저처럼 배워 먹지 못한 반편이가 큰돈을 벌려면 이러는 수밖에 없어요. 이런 기회가 아니면 도대체 언제 돈을 모아서 풍요롭게 살아 보겠어요? 비록 잉그람은 떠나야겠지만, 그 정도의 불편함은 감수해야지요. 어때요. 이제는 도련님께서도 절 이해하시겠지요?"

유모가 답을 재촉하듯 거듭 물었다. 그러나 세드릭은 차마 대답할 수 없었다. 이해하고, 이해하지 못하고의 문제가 아니었다. 여기서 유모를 이해한다고 대답하면 다시 나를 사랑해 줄지, 다시 예전처럼 다정한 유모로 돌아올지, 그럼 지금의 치 떨리는 배신감이 사라질지. 그런 생각이 가시처럼 목에 걸려 있었다.

"그런 헛소리가 어디 있어!"

입 막은 손수건을 마법으로 겨우 풀어낸 디아나가 별안간 일갈했다.

"결국엔 유모가 돈 몇 푼을 위해 나랑 세드릭을 납치했다는 거잖아! 그런데 이런 상황에서조차 이해를 바라는 거야? 어쩜 그리 뻔뻔할 수 있어?"

"젠장, 저 계집애가!"

여자가 새된 목소리로 주문을 외기 시작했다. 디아나는 개의치 않고 이번에는 세드릭을 직시했다.

"그리고 넌 바보야? 나한테는 별별 못된 말 다 했으면서, 왜 유모한테는 한마디도 못 해? 넌 자일스잖아! 베가잖아! 나처럼 마법으로 손수

73

건 하나 푸는 데 오래 걸리는 그런 마법사가 아니잖아! 이 사람들처럼 마법 하나 부리자고 줄줄이 주문을 외워야 하는 그런 나약한 마법사가 아니잖아! 뭐라고 해 보란 말, 까악!"

여태 잠자코 있던 남자가 돌연 튀어나와 디아나의 얼굴을 붙들고 뒤로 밀어뜨렸다. 의자에 묶인 채 바닥을 구른 디아나가 앓는 소리를 냈다. 남자는 여자에게 다른 한 손을 내밀며 무감히 말했다.

"거기 칼 좀 가져와."

"뭐? 아, 제길! 너 때문에 주문이 끊어졌잖아!"

"입 닥치고 가져와 봐. 이 계집애 손모가지라도 하나 잘라 놔야 조용해질 것 같으니까."

남자의 말에 디아나의 낯빛이 허옇게 질렸다. 반사적으로 몸을 뒤틀었지만, 남자의 악력에 꼼짝도 할 수 없었다. 구시렁거리면서도 순순히 칼을 건네는 여자의 손길에 더욱 겁에 질릴 수밖에 없었다.

"하, 하지 마……."

디아나가 바들거리는 목소리로 속삭였다. 애끓는 시선이 남자를 지나 멀리 세드릭에게 닿았다.

'도와줘.'

몽롱한 채로 지켜보던 세드릭은 그제야 소스라치게 놀랐다. 꿈처럼 나른하던 정경이 삽시에 차가운 현실로 자각되었다. 세드릭은 당장 마법을 부리려고 했다. 금방이라도 토할 것처럼 어지럽고 속이 울렁거렸지만, 칼을 빼앗는 정도로 간단한 마법은 충분히 성공할 수 있다고 믿었다.

그 순간, 유모가 세드릭을 품에 안았다. 넉넉한 품에 자그만 몸뚱이가 파묻히고, 시야가 차단되었다.

"유, 유모! 이거 놔!"

"별일이네요. 도련님께서 디아나의 편을 다 드시고."

노래하듯 지극히 여유로운 목소리였다. 하지만 세드릭은 한가롭게 말이나 주고받을 겨를이 없었다.

보이지 않는 것을 움직일 수는 없다. 그러므로 보이지 않는 칼을 빼앗을 수도 없다.

숙련되지 못한 어린 마법사는 필사적으로 몸부림쳤다. 몸을 옥죄는 철근에서 벗어나고자 하는 의지가 마법으로 이어졌지만, 산란한 정신은 불완전한 마법을 맺기 마련이었다. 철근이 좀체 움직이지 않는 와중에도 디아나의 비명 소리는 높아져만 갔다.

"하지 마! 하지 말라고!"

"나중에 돌아가면 스승에게 붙여 달라고 해라. 그때까지 출혈 과다로 죽지나 않으면 다행이지만."

남자는 냉담하게 대꾸했다. 종내 그가 칼을 높이 휘두르는 순간, 디아나가 절망적으로 외쳤다.

"마르고트!"

그건, 인간의 언어가 아니었다.

인간의 말로 옮겨 쓸 수는 있겠으나, 태생적으로 인간의 언어가 아니었다. 세드릭은 마법사로서 본능적으로 그 사실을 알았다.

"끄아아악!"

갑작스러운 남자의 비명에 유모가 놀라 뒤를 돌아보았다. 자연스레 시야가 열린 세드릭도 그 장면을 목도했다. '그것'을 목도했다.

세드릭은 훗날에도 '그것'을 지칭할 때면 늘 망설였다. '그녀'라고 칭하기에는 숫양의 뿔이 마음에 걸렸고, '그'라고 칭하기엔 그네들에게도 성별의 구분이 있는지 확신할 수 없었기 때문이다. 엄연히 '그것'에게도 지상에서 통용되는 명칭이 존재하긴 했으나, 세드릭은 언제나 정확한 명칭을 입에 담길 주저했다. 기실 세드릭뿐만 아니라 다른 마녀·마법사들도 마찬가지일 것이었다.

악마.

만인이 저주하고, 만인이 두려움에 숭상하는 간악한 존재.

'그것'은 불그스름한 저녁놀을 쬐며 석상처럼 가만 서 있었다. 직립

보행 하는 모습이나 검은 털로 뒤덮인 몸에는 팔이 네 개였고, 숫양의 머리와 이어지는 목 부근에는 크기 다른 두 쌍의 눈알이 박혀 있었다. 도무지 지상 생명체의 모습이 아니었다.

"끄악, 내 팔!"

그 밑에서 반쯤 잘린 팔을 끌어안고 나뒹구는 남자의 모습 따위 더는 눈에 들어오지도 않았다. 세드릭은 멀거니 악마의 움직임만을 눈으로 좇았다. 뒤잇는 음성에 본능적으로 귀 기울였다.

[디아나. 이건 무엇이냐?]

그러나 디아나가 말문을 열기도 전, 악마는 몹시 불쾌한 어조로 말했다.

[이런, 몸이 묶여 있구나.]

악마는 손수 디아나의 몸을 풀어 주었다. 금세 자유로워진 디아나가 악마의 품으로 뛰어들며 흐느꼈다.

"고마워. 정말 고마워."

[한데 어찌 그리 묶여 있었느냐? 이것들은 다 무엇이고?]

"저, 저 남자가 내 손을 자르려고 했어. 돈 때문에 유모가 날 납치했는데……."

디아나가 울먹거리며 말을 이어 나가던 찰나, 악마가 느닷없이 팔을 세게 휘둘렀다. 부지불식간에 남자의 몸이 두 동강으로 잘려 나갔다.

"……어?"

정면에서 남자의 피를 흠뻑 맞은 디아나가 멍하니 눈만 깜박였다. 악마는 귀물을 어루만지듯 소중하게 디아나의 뺨을 쓰다듬었다.

[날 불러서 다행이구나.]

"자, 잠깐만……. 마르고트, 이게 아니라."

[앞으로는 걱정하지 마라.]

숫양의 얼굴이 스산하게 돌아갔다. 곧장 시선이 마주친 여자는 그제야 퍼뜩 정신을 차리며 뒷걸음질했다. 마법 주문을 외고 손에 잡히는 걸 모두 던져 보았으나, 아무런 소용도 없었다.

"아, 악마. 악마가 왜 여기에……."

여자는 완전히 공포에 사로잡혔다. 마지막으로 손에 집힌 촛대를 마구 휘두르는 그녀를 딱하게 응시하던 악마가 단걸음에 다가가 목을 움켜쥐었다. 악마는 쉬이 여자를 들어 올려 머리부터 아가리에 처넣었다. 속절없이 촛대만 바닥으로 떨어졌다. 나무 바닥에 금세 불씨가 옮겨붙었다.

씹지도 않고 여자를 꾸역꾸역 삼켜 낸 악마가 느리게 뒤를 돌아보았다. 디아나는 사시나무 떨듯 한없이 바들거릴 뿐이었다. 할 말이 있는 것처럼 연신 입술을 달싹거렸으나, 악마는 그대로 디아나를 지나쳤다. 그가 향하는 이는 유모였다.

"아, 아냐! 오지 마! 저리 가란 말이야!"

유모가 발작하듯 소리쳤다. 겁먹어 차마 피하지도 못하고 손만 맞잡은 채 산티그마 교단의 신을 찾았지만, 그녀를 찾은 것은 신이 아닌 악마였다. 코앞에서 악마를 마주한 유모는 그새 다리가 풀려 주저앉고 말았다.

"안 돼. 아냐. 아니야."

주저앉은 채로 뒷걸음질하던 유모의 손에 문득 세드릭의 발목이 잡혔다. 유모는 지푸라기 잡는 심정으로 세드릭에게 매달렸다. 눈물과 애원으로 매달렸다.

"도련님, 저 좀 살려 주세요. 제발, 제가 도련님을 얼마나 아꼈는지 잘 아시잖아요. 이대로 죽도록 내버려 두지 마세요."

하지만 유모의 말은 오래 이어지지 못했다. 악마는 그녀의 발끝부터 잡아먹기 시작했다. 아가리를 쫙 벌린 채 엉금엉금 기어서 유모의 몸뚱어리를 배 속으로 쑤셔 넣었다. 발, 다리, 허리를 지나 그녀의 머리까지 죄 집어삼켰다.

길고 긴 비명이 이어졌다. 세드릭은 눈앞에서 유모가 산 채로 잡아먹히는 모습을 마냥 지켜볼 수밖에 없었다. 고통에 찬 신음 소리가 귓전을 메우고, 공포에 질린 눈빛에 시선이 사로잡혔다. 그리고 손.

발목을 잡은,

흰 손.

문득 토기가 올라왔다.

[생김새를 보아 하니 네가 그 세드릭 자일스로구나.]

악마가 속삭였다.

[디아나를 괴롭힌 너에게도 마땅한 벌을 내려야지.]

세드릭은 아직도 제 발목을 붙들고 있는 유모의 흰 손을 굽어보았다. 방금 전까지만 하더라도 거듭 이해를 바라던 유모는 이제 왼손밖에 남지 않았다. 나머지는 죄 먹혀 버렸다. 악마가 무딘 이빨로 잘라 낸 손목에서 치솟는 핏물이 황혼보다 선명했다. 아직까지도 발목에서 느껴지는 체온에 오한이 들었다.

세드릭은 천천히 고개를 들어 올렸다. 악마는 커다란 몸으로 그를 내리누른 채 천천히 입을 벌리고 있었다. 선혈이 흘러내리는 이빨과 두꺼운 혓바닥이 차츰 어둠 속에서 모습을 드러냈다. 그리고 지옥에서 길어오는 듯 뼛속까지 냉한 숨결.

코앞에 벌려진 악마의 아가리에서 유모의 비명 소리가 울려 퍼지는 듯했다. 저 시커먼 배 속에 아직도 유모가 살아 있을 것만 같았다. 머리부터 삼키려는 듯 다가오는 입 속에서 유모의 핏물이 뚝뚝 뺨으로 떨어졌다.

순간 소름이.

"그만해, 마르고트!"

갑작스레 달려온 디아나가 애써 악마의 몸을 밀어 냈다. 세드릭의 머리를 반쯤 입에 넣었던 악마가 의아한 기색으로 고개를 들어 올렸다.

[디아나?]

"하지 마! 하지 말라고 내가 몇 번이나 말했잖아!"

디아나는 백지장처럼 창백해진 얼굴로 악마를 마구 때리기 시작했다.

"대체 지금 뭐 하는 거야! 내가, 내가 언제 이런 짓 하랬어! 내가 언제 살인하라 그랬냐고!"

[하지만 널 납치하지 않았느냐?]

"그래서! 내가 언제 죽여 달라고 그랬어? 죽이면 안 된단 말이야! 예전부터 몇 번이고 말했잖아! 왜 내 말은 도무지 듣질 않아!"

간절한 절규였다. 디아나는 흡사 곡할 기세로 주저앉아 서럽게 울어댔다. 황급히 세드릭에게서 떨어진 악마가 당혹스러운 손길로 디아나의 어깨를 붙들었지만, 디아나는 좀체 눈물을 그치지 못했다.

"죽이지 않아도 됐잖아. 죽이지 않아도 날 구해 줄 수 있었잖아. 그런데 왜 그렇게 잔인하게 죽인 거야. 나쁜 사람들이지만 죽을 만큼 잘못한 것도 아닌데 왜……."

디아나가 몸을 웅크린 채 흐느꼈다.

"이러려고 널 부른 게 아니야. 내가, 내가 죽인 셈이잖아. 난 절대 이런 걸 바란 게 아닌데."

널 부르는 게 아니었어.

설운 울음소리가 면면히 이어졌다. 차마 아무런 말도 하지 못하고 우두커니 선 악마와, 자책으로 괴로워하는 소녀. 그들의 뒤편에서 목조 건물을 활활 태워 가는 흉측한 불길이 기세를 더해 갔다.

멍하니 둘을 지켜보던 세드릭은 느릿하게 눈을 내리감았다. 부연 연기는 그렇잖아도 어지러운 정신을 혼몽하게 이끌었다. 그리 까무룩 쓰러졌다.

세드릭이 다시금 정신을 차린 때는 야심한 밤이었다. 가만히 눈만 깜박이는 것을 채스터티가 발견하여 난리를 피우자, 바바라가 대번에 아들의 침실로 달려왔다.

"세드릭! 괜찮니? 어디 아픈 곳은 없고?"

그렇게 묻는 바바라가 되레 병자처럼 핼쑥한 안색이었다. 물끄러미 그녀를 보던 세드릭이 더디게 고개를 끄덕였다.

"이 천치야! 악당이 있으면 네 잘난 낙뢰로 천벌을 내려 줬어야지! 그건 대체 어디다 써먹을래?"

채스터티가 분한 듯이 발을 동동 굴렀다. 바바라는 흥분한 채스터티를 진정시키며 재차 진중히 물었다.

"네가 납치당했던 건 기억나니?"

세드릭은 고개를 끄덕거리며 주변을 둘러보았다. 바바라가 얼른 세드릭을 부축하여 몸을 일으켜 주었다.

"여긴 집이야. 안심하렴. 널 납치했던 사람들은 모두 달아난 듯하구나."

"하나는 불에 타 죽었다면서요. 게다가 유모도 죽었고!"

"채스터티."

바바라가 채스터티에게 경고했다. 채스터티가 입을 비쭉이며 불평하는 사이, 세드릭은 조용히 발목을 내려다보았다. 그리도 절절하게 매달리던 흰 손은 이제 온데간데없었다. 발목을 붙들던 것은 사라졌는데, 이상하게도 유모의 체온이 잔존하는 것만 같았다.

"자세한 것은 조사해 봐야 알겠지만 유모는…… 아마도 살아남지 못한 것 같구나. 너희들을 많이 아껴 주었는데 참으로 미안할 따름이야. 그리고 너도 충격이 크겠지."

바바라는 그리 말하며 사뭇 어색한 손길로 세드릭을 안아 주었다. 뜻하지 않게 어머니의 품에 안긴 세드릭이 가만히 숨만 몰아쉬었다. 아직도 분이 풀리지 않은 듯 얼굴도 모르는 납치 일당을 비난하는 채스터티의 목소리는 익숙하게 한 귀로 듣고 한 귀로 흘려 냈다.

그즈음 문가에 드리워진 그림자가 불현듯 시야에 들어왔다. 한참 주춤거리며 문가를 배회하던 그림자는 다름 아닌 디아나였다. 아직 창백한 낯으로 조심스레 침실을 들여다보던 디아나는 세드릭과 눈이 마주치자마자 얼른 숨어 버렸다.

"세드릭. 정확히 무슨 일이 일어난 건지 말해 줄 수 있겠니?"

바바라가 신중하게 물었다. 세드릭은 그때까지도 디아나의 그림자를 보고 있었다. 아마도 문밖에 숨어 그의 대답만 초조하게 기다리고 있을 터.

"그래, 기억나는 게 있으면 좀 말해 봐. 도대체 유모는 어쩌다 그리된 거야? 그 못된 악당들이 유모를 죽인 거지? 그렇지?"

채스터티의 재촉에 세드릭은 말없이 고개만 저었다. 아니다. 아니었다.

유모는 악마가 먹었다. 그를 납치했던 일당도 마찬가지로 악마의 손에 죽었다.

세드릭은 눈을 감자마자 그 광경을 되살릴 수 있었다. 떠올리는 것만으로도 등골이 오싹한 기억. 어째서 발푸르기스 평의회가 악마 소환을 금기로 규정했는지 알 것 같았다. 그렇게나 '그것'은 끔찍스러웠다.

그러니 여기서 사건의 진상을 말하면 디아나 솔은 필히 엄벌에 처하리라. 위대한 마녀 그리젤다 솔의 딸이라는 점도, 자일스 수장의 도제라는 점도 그녀를 보호하지는 못할 터. 당장 어제의 세드릭이라면 고민 없이 사실을 털어놓았을 것이다. 어머니가 귀애하는 또래의 도제는 몇 년이 지나도록 기껍지 않은 존재였다.

하지만 어쩐지 오늘의 세드릭은 그러고 싶지 않았다.

"……죄송해요. 기억이 잘 안 나요."

세드릭이 조용히 대답했다. 채스터티가 기억을 더듬어 보라며 재촉했지만, 바바라는 아들의 등을 토닥이며 연신 괜찮다고 속삭일 뿐이었다. 그리고 어머니의 손길에 얼마간 몸을 맡기던 세드릭이 다시 고개를 들었을 때, 문가의 그림자는 자취를 감춘 뒤였다.

자일스는 이번 납치 사건을 경찰국에 신고하지 않았다.

수장의 친자가 납치되었다는 소식은 분명 가문의 명예를 크게 실추시킬 것이었다. 더구나 그 과정에서 애먼 유모까지 죽어 버렸으니, 알려진다면 두고두고 여러 사람들의 입에 오르내릴 일이었다. 그것은 바바라를 포함한 가문의 누구도 원치 않는 결과였다.

그예 자일스는 사건을 덮기로 결정했다. 혹시 달아났을지도 모르는 일당을 얼마간 추적했으나, 흔적조차 찾지 못한 것도 일조했다. 유모에게 가족이 없다는 것이 천만다행이었다. 그녀의 갑작스러운 죽음을 의심하는 사람은 아무도 없었고, 그렇게 유모도 납치도 차차 기억 속에서 잊혀 갔다. 그들에겐 별나지 않은 해프닝이었으므로.

다만, 사건의 진상을 똑똑히 기억하는 어린아이 둘만이 악몽으로 내내 그날을 되새겼을 따름이다. 배반한 유모와 버러지 같은 일당, 그리고 음습한 데서 올라온 악마를……

바바라 자일스 일가는 세 가지 변화를 맞이했다.

첫째는 이사였다. 바바라는 세드릭이 자리를 털고 일어나기 무섭게 오그로 이사했다. 오그는 서부의 주도(主都)로 오래전부터 자일스 가문의 일원들이 상당수 거주하는 대도시였다. 지금까지 바바라는 되도록 친족들이 기거하는 곳을 피해 왔으나, 지난번 납치 사건이 그녀에게도 제법 큰 충격을 미친 듯했다.

둘째는 새로운 시종이었다. 바바라는 죽은 유모를 대신할 사람으로 본성에서 오래도록 가문을 위해 헌신해 온 고양이 데이지를 불러들였다. 데이지는 30년 넘게 살아온 요물 고양이답게 간단한 마법도 부릴 줄 알았다. 가장 어린 세드릭도 이제는 유모의 돌봄이 필요 없는 나이기에 가한 일이었다.

그리고 셋째는 낯선 동거인의 등장이었다. 그것도 다름 아닌 바바라의 새로운 애인.

"마음에 안 들어."

채스터티가 몹시 불쾌한 표정으로 창밖을 내다보았다. 초목이 헐벗은 한겨울, 매서운 칼바람을 맞으면서도 뭐가 그리 기쁜지 싱글벙글거리는 웬 낯선 사내가 바바라와 반갑게 포옹하고 있었다.

"저 음흉한 눈빛 좀 봐. 분명 어머니의 재산을 노리고 온 게 틀림없어. 그렇지 않고서야 저렇게 덥석 들어올 리가 없잖아?"

세드릭은 말없이 창밖을 응시했다. 그 역시 채스터티의 말에 대놓고 동조하지 않을 뿐, 어머니가 달갑게 사내를 반기는 모습이 영 마땅찮았다.

바바라가 연애하는 것은 어제오늘의 일이 아니었지만, 이렇듯 집에 들이는 것은 처음이었다. 이제 자식들이 자신의 연애에 크게 충격받지 않을 만큼 자랐다고 여기는 것인지, 아니면 자식들의 반대도 감수할 만큼 사랑하는 마음이 깊은 것인지 세드릭으로서는 알 길이 없었다.

"세드릭. 네 아버지는 아직도 돌아올 생각이 없으시다니? 이혼은 안 하셨다며."

"아직은 안 했지."

"그럼 법적으로는 부부인데! 아내가 외간 남자와 동거하는데도 진정 괜찮으신 거야? 그런 거니?"

채스터티가 무진 열을 냈다. 하지만 세드릭은 과연 아버지가 이 사실을 알고 있는지조차 의심스러웠다. 알고 있다 한들 크게 신경 쓸 것 같지도 않았지만 말이다.

세드릭은 어머니와 낯선 사내가 입 맞추려는 몸짓에 자연스레 시선을 돌렸다. 채스터티는 아직도 저이는 곧 대머리로 변할 거라는 둥, 아니면 자기가 그렇게 만들겠다는 둥 예언인지 저주인지 모를 소리를 지껄이고 있었다. 하지만 세드릭은 그런 말일랑 평소처럼 흘려들으며 짐짓 무심한 목소리로 물었다.

"너는 어떻게 생각해?"

맞은편에서 차를 홀짝거리던 디아나가 뒤늦게 반문했다.

"……나한테 묻는 거야?"

"너 아니면 누가 있는데."

"웬일로 네가 나한테 그런 걸 묻니?"

디아나가 의아한 표정을 지었다. 세드릭은 찻잔을 들어 올리며 대꾸했다.

"싫음 대답하지 말든가."

납치 사건이 벌어진 지도 벌써 2주가 지났다. 디아나는 세드릭이 사건의 진상을 전혀 기억하지 못하는 것에 안도했는지, 얼마간 그를 의식하여 슬슬 피하던 것도 관두었다. 물론 여전히 세드릭을 꺼리고 경계했으므로, 두 사람의 관계는 크게 달라지지 않은 듯 보였다.

하지만 세드릭은 달랐다. 디아나나 다른 사람들의 생각과 달리, 세드릭은 그날의 진상을 아주 똑똑히 기억하고 있었다. 안정을 취하라며 호들갑 떨던 바바라 덕분에 침상에서 누워 보낸 몇 날 며칠간 웬만큼 고민도 끝냈다. 처음에는 그저 어리벙벙하던 세드릭도 이제는 과거 이상함을 느꼈던 퍼즐 조각을 하나로 짜 맞출 수 있게 되었다.

몇 달 전부터 다락에만 처박혀 있는 디아나가 수상하다며 열변을 토하던 채스터티. 묘하게 친밀해 보이던 악마와 디아나.

그리고 일전에 다락을 열었을 때 풍기던 악취와, 악마를 소환했을 때 퍼지던 유황 냄새.

세드릭의 짐작으로 디아나는 악마를 소환한 지 제법 오래되었다. 사이가 그리 친밀했던 것으로 보아 자주 소환했으리라 추측되고, 그 장소는 아마도 다락이었다. 그날 유독 다락에 독한 향초를 많이 피워 둔 것도 아직 빠지지 않은 유황 냄새를 감추고자 그리했던 것이 아닐까 싶었다.

더군다나 에든게일 저택의 정원에서 종종 발견되던 찢겨 죽은 동물의 사체. 그즈음 디아나는 꼭 아픈 사람처럼 창백했다. 악마가 잔인한 본성을 이기지 못하고 계속 살육을 저질렀다면, 나름대로 고민이 컸을 것이다. 그럼에도 악마 소환을 단번에 끊지 못한 것을 보면, 악마와의 유대감이 생각보다 훨씬 깊었을 테고.

물론 세드릭은 정도(正道)만을 익힌 마법사답게 악마 소환을 긍정적으로 받아들이진 못했다. 하지만 그토록 다정한 악마라면, 악마와의 관계를 지지부진하게 이어 온 디아나의 심정을 알 것 같기도 했다.

떠나간 아버지, 혹은 멀리 떨어져 있는 언니를 대신하여 무심한 어머니, 혹은 스승에게서 사랑을 갈구하던 두 사람. 둘은 경쟁적으로 바바라의 애정을 바랐지만, 바바라는 늘 메말라 죽지 않을 만큼의 관심만 나눠 줄 뿐이었다. 그러던 중에 실수로든 고의로든 소환한 악마가 그리 살갑게 대해 준다면, 잘못된 것을 알면서도 쉬이 악마를 놓아주진 못할 터였다. 목말라 갈라지는 땅을 악마의 손길로 아주 기껍게 채워 나갈 것이었다.

생각이 거기에 닿았을 무렵, 세드릭은 디아나에게 묘한 동질감을 느끼기 시작했다. 그토록 밉던 여자애가 비로소 안쓰럽게 보였다. 그가 헐떡이는 고독과 결핍을 디아나도 뼈저리게 느끼고 있었다. 바바라나 채스터티는 도저히 이해하지 못하는 갈급한 감정을, 세드릭은 아주 오래전부터 디아나와 공유하고 있던 것이었다.

디아나를 향한 미움은 자연스레 잦아들었다. 습관처럼 주고받던 독설이 사라지고, 줄곧 무시와 조롱으로만 일관하던 태도도 차차 변했다. 살갑지는 못해도 예전처럼 차갑지는 않았다. 디아나가 이를 수상쩍게 여긴 것도 무리는 아니었지만, 세드릭은 그저 그러고 싶지 않았을 뿐이다. 납치 사건은 그만치 세드릭의 뇌리에 깊게 남았다.

하루는 서재로 향하는 길이었다. 묘하게 감이 좋질 않아 응접실을 들여다보았더니, 아니나 다를까 채스터티가 못된 장난을 꾸미는 광경이 눈에 들어왔다.

'쉿!'

불현듯 눈이 마주친 채스터티가 검지를 입술에 붙이며 경고했다. 세드릭은 코웃음을 치며 문가에 기대어 섰다. 얼마나 질 낮은 장난을 치려는지 한눈에도 훤히 보였다.

촛불로만 밝힌 어두운 응접실. 채스터티는 소파에 앉아 독서하는 디아나를 노리며, 살금살금 살쾡이처럼 다가가고 있었다. 그녀의 목적은 마법으로 둥둥 띄워 낸 물동이였다. 하나에 집중하면 주위를 돌아보지 않는 디아나를 노려 급작스레 물을 끼얹는 장난은 이미 채스터티가 여러 차례 성공한 바 있었다.

평소라면 무심히 지나쳤을 광경이다. 하지만 세드릭은 어쩐지 마음에 들지 않았다. 온종일 쓸데없는 장난이나 계획하는 채스터티도, 숱하게 당했으면서도 저렇게 무방비한 디아나도 못마땅했다. 무엇보다도 장난에 성공해서 기고만장할 채스터티가 가장 꼴 보기 싫었다.

그래서 세드릭은 충동적으로 마법을 부렸다. 금방이라도 넘칠 듯 아슬아슬하던 물동이를 뒤쪽으로 밀어 버린 것이다.

"아악!"

부지불식간에 찬물을 뒤집어쓴 채스터티가 외마디 비명을 질렀다. 어안이 벙벙한지 바짝 굳어 버린 얼굴이 아주 꼴좋았다. 화들짝 놀라 멍하니 그녀를 올려다보는 디아나의 표정도 마음에 들었다.

세드릭은 피식거리며 다시 복도로 들었다. 마침 채스터티를 골려 줄 좋은 생각이 났다.

이튿날, 세드릭은 바바라에게 슬쩍 채스터티의 장난에 대해 말을 흘렸다. 아이들에게 별 관심이 없던 바바라는 채스터티의 장난이 그 정도로 심한 줄은 꿈에도 몰랐던 모양이다. 바바라는 당장에 채스터티를 불러들여 단단히 주의를 주었고, 디아나란 좋은 장난거리를 잃은 채스터티는 한동안 풀 죽은 채로 다음 타깃인 데이지의 뒤만 졸졸 따라다녔다. 열 살 남짓한 디아나와 달리 산전수전 겪은 요물 고양이는 절대로 만만하지 않았지만 말이다.

세드릭은 제 뜻대로 상황을 종결하여 몹시 만족스러웠다. 비록 디아나는 이 모두 자비로운 스승의 은덕이라고 여기는 모양이었지만, 세드릭은 그다지 신경 쓰지 않았다. 애당초 감사를 받기 위한 일이 아니었다.

그저, 그리고 싶었을 뿐이다.

"디아나. 식사 후에 축성경 사용법을 알려 줄 테니 다락으로 오렴."

"저, 스승님. 오늘은 언니랑 만나기로 했어요. 전에 말씀드렸는데……."

여느 때처럼 간단히 아침 식사를 하던 중, 스승에겐 늘 순순히 복종하던 디아나가 쭈뼛거리며 말을 꺼냈다. 바바라는 그제야 기억이 났는지 식기를 내려놓았다.

"그래. 그랬었지. 헤스터가 이쪽으로 오는 거니?"

"네. 이번에 휴가를 받았대요."

"헤스터는 작년에 독립했다고 그랬지. 어린 나이에 참 대단하구나."

스승의 칭찬에 디아나가 더없이 흐뭇한 표정을 지었다. 어째 자신이 칭찬받았을 때보다 더 기분이 좋아 보였다.

"도대체 얼마나 대단한 언니시길래 디아나가 저리 따른다니? 실제로 만난 적은 손에 꼽으면서. 쟤 우리랑은 아직도 데면데면하잖아."

채스터티가 소리 죽여 불평했다. 세드릭은 내심 그녀를 비웃으며 조용히 식사에 열중했다. 만날 못된 장난만 치면서 사이가 좋길 바라는 채스터티가 참으로 우스웠다. 남매지간임에도 늘 원수처럼 으르렁대는 세드릭과의 관계는 생각도 못 하는 듯했다.

디아나는 식사가 끝나자마자 날듯이 저택을 뛰쳐나갔다. 그래도 오래간만에 자매를 만난다고, 평소에는 거들떠도 보지 않던 흰색 원피스까지 차려입으며 제법 공들여 치장한 모습이었다. 디아나가 저리 들뜬 모습을 세드릭은 본 적이 없었다.

그래서 조금은 궁금해졌다. 도대체 얼마나 의좋은 자매기에 만나는 것만으로도 저리 기쁠까. 나도 아버지와 재회하면 저런 바보 같은 얼굴을 할까. 곰곰이 상상해 보았지만 도무지 그림이 떠오르질 않았다.

디아나가 부재한 저택은 늘 그렇듯 평범했다. 바바라는 애인과 연애하기 바빴고, 채스터티는 요물 고양이 데이지가 방심한 틈을 찾느라 정신없었다. 평소처럼 공부에 열중하던 세드릭에게 그날은 아주 쏜살같이 지나간 하루였다. 학업에 바빠 점심도 혼자서 따로 먹었더니 해 질

녘도 금방이었다.

황혼이 저물어 갈 무렵, 멍하니 창밖만 내다보던 세드릭이 책을 덮고 자리에서 일어났다. 그러고 보니 마지막으로 외출한 지가 벌써 3주를 훌쩍 넘어갔다. 불현듯 산책하고 싶어졌다.

세드릭은 누구에게도 말하지 않고 조용히 집을 나섰다. 지난번 납치 사건 이후로 바바라는 한동안 아들을 몹시 싸고돌았다. 그것이 포근한 사랑으로 이어졌다면, 참 기꺼운 일이었을 테지만 안타깝게도 반강제의 감금이나 다름없었다. 세드릭은 지난겨울 내내 외출이 금지되었다. 심지어는 아버지에게 부치는 편지조차 부득불 어머니에게 맡겨야만 했다.

하지만 겨울이 지나가듯 모든 것은 변하기 마련이었다. 최근 바바라가 연애에 몰두하기 시작한 이래 아들은 도로 뒷전이 되었다. 세드릭은 별다른 투정 없이 익숙한 무관심 속에 다시금 꿋꿋하게 자리 잡았다. 이제는 괜찮았다. 낯선 이에게 애정을 퍼붓는 어머니도, 돌아오지 않는 아버지도 이제는 그의 일상에 단단히 뿌리내렸으므로. 이제는 정말로 괜찮았다.

세드릭은 초봄의 쌀쌀한 바람을 맞으며 거리를 거닐었다. 간만에 겨울 가신 날씨가 흔쾌한지 공원마다 나들이 나온 가족들의 모습이 더러 눈에 띄었다. 세드릭의 눈길이 행복하게 웃는 또래 아이들, 자식을 소중하게 품어 주는 부모에게 잠시 머물렀다. 예전 같으면 질시하는 마음에 그만 채스터처럼 못된 장난을 쳤겠으나, 이제는 그러지 않았다. 그저 부러운 눈으로 조금 쳐다보다 힘없이 발걸음을 옮길 뿐이었다.

그러니 세드릭이 공원에서 디아나를 발견한 것은 아주 우연이었다.

"……래서 내가 어떻게 했냐면……."

새처럼 흔흔히 조잘거리는 목소리가 바람을 타고 전해졌다.

세드릭은 멍하니 그편을 바라보았다. 뒷모습밖에 보이지 않는 여자와 달리, 디아나는 표정이며 몸짓이 훤히 내다보였다. 무엇이 그리도 즐거운지 입가에서 마를 새 없는 웃음소리, 자매가 이야기할 때마다 무결한 애정으로 반짝이는 두 눈, 상기된 두 뺨과 마치 새벽처럼 밝아 오는 미소.

그 모두가 참으로 낯설었다.

디아나가 저렇게도 웃을 수 있다는 걸, 세드릭은 오늘 처음 알았다.

"조금만 기다려 줘. 내가 독립하거든 꼭 언니한테 갈게. 그럼 우리는 영원히 함께하는 거야."

세상에 영원한 사랑은 없다. 하지만.

"내가 많이 사랑해, 언니."

저리도 확신에 찬 다짐 앞에선 굴복하는 수밖에 없었다.

여태 세드릭은 디아나에게서 동질감을 느껴 왔다. 그가 사랑받지 못하고 외로운 것처럼 디아나도 마찬가지리라 지레짐작했다. 하지만 아니다. 아니었다. 오갈 데 없는 세드릭과 달리, 디아나에겐 언제라도 달려갈 수 있는 품이 있었다. 말하지 않아도 언제든 안아 주는 따뜻한 품이 있었다.

디아나는 사랑받는 아이였다.

문득 세드릭은 울고 싶어졌다.

분꽃이 난만히 피어나는 시기, 바바라는 연인과 이별했다.

지난겨울 극진히 사랑하여 집까지 불러들인 것이 무색할 정도로 빠른 이별이었다. 남매는 어머니의 정확한 이별 사유를 알지 못했지만 아마 남자가 결혼 운운했기 때문이리라 짐작했다. 예전부터 바바라는 이상스럽게 결혼 이야기에 민감했다.

채스터티는 어머니의 이별을 대놓고 반겼다. 세드릭도 기꺼운 기색이었지만, 한편으로는 남몰래 의구심을 키우고 있었다. 세드릭은 이제 부모가 재결합하리란 기대는 추호도 하지 않았다. 그가 보기에 부모의 사랑은 이미 옛적에 끝났으므로, 당장 오늘 법원에 이혼장을 제출한다고 해도 크게 놀라지 않을 자신이 있었다. 그럼에도 부모가 아직까지 결혼을 지지부진하게 끌어오는 이유를 마땅히 떠올릴 수 없었다.

"어머니가 새로운 애인을 만드시기 전에 네 아버지가 돌아와야 해. 세드릭, 네 아버지는 아직도 연락이 뜸하시니?"

그러니 세드릭으로선 채스터티의 이런 말이 지겨울 수밖에 없었다.

"아직도 그 소리야? 그렇게 궁금하면 네가 편지하든가."

"나는 네 아버지와 그다지 친하지가 않잖아. 아무렴 아들의 편지가 기꺼우시겠지."

"별로 친하지도 않은데 왜 그리 재결합을 바라?"

"그거야 낯선 사람이 어머니 곁에 있는 것보단 훨씬 나으니까. 너도 그렇지 않니?"

참으로 그녀다운 이유였다. 세드릭은 고개를 내저었다.

"어디까지나 부모님의 일이야. 내가 간섭할 여지가 어디 있어."

부모 자식 간에도 철저하게 선을 긋는 이들이 바로 마법사였다. 가끔은 채스터티처럼 이기적일 정도로 자기만을 위하는 부류도 있으나, 마법 사회의 전반적인 관점에서는 족히 지탄받을 사고방식이었다. 물론 그만치 이기적인 사람들이 자신을 비난하는 소리에 귀 기울이겠느냐만 말이다.

세드릭은 느른하게 턱을 괴며 창밖을 내다보았다. 배웅하는 사람 없이 가방을 끌고 나가는 남자의 뒷모습이 어째 쓸쓸하게 비쳤다. 특히나 뒤통수까지 훵하게 벗겨진 머리가 그러했다.

"그러고 보니, 너 예언한 거였어?"

"응?"

"예전에 저 사람 곧 머리가 벗겨질 거라고, 아니면 네가 그렇게 만들겠다고 그랬잖아."

그러자 채스터티는 여태 괴롭히던 요물 고양이의 꼬리를 놓곤 창밖으로 시선을 옮겼다. 그녀의 표정이 점차 묘해졌다.

"……지금이었네."

"뭐?"

"꿈에서 지금을 본 거였어."

채스터티가 몽롱한 목소리로 속삭였다.

"개꿈인지 예지몽인지 헷갈렸는데 이거였구나."

세드릭은 말없이 그녀를 건너보았다. 최근 들어 채스터티가 예언하는 횟수가 늘어나고 있었다. 예지몽을 꿀 때마다 동네방네 떠들고 다니니 모를 수가 없었다.

선조인 클레멘틴 자일스가 지녔다고 전해지는 예지. 그녀 이래로 〈교활한 자일스〉를 대표하는 것은 용과 예지였다. 학업을 게을리하여 조금이라도 복잡한 마법엔 손도 못 대는 채스터티가 아직까지도 유력한 수장 후보로 거론되는 것도 모두 예지 덕분이었다.

'부럽지 않다면 거짓말이겠지.'

세드릭은 시기심을 억누르며 서재로 향했다. 다시 공부할 시간이었다.

"아이참, 그게 아니라니까?"

디아나가 소리를 높였다. 울컥한 세드릭이 재차 마법을 부렸지만 역시나 실패였다.

"그게 아니라 조금 더 섬세하게, 세심하게 해야 한단 말이야."

"지금 그렇게 하고 있잖아."

"그렇게 안 하니까 실패하지!"

어지간히도 답답한 모양인지 디아나가 양팔을 퍼덕거리며 외쳤다. 세드릭은 불만 가득한 눈빛으로 실타래를 쏘아보았지만, 그런다고 성공할 마법이 아니었다.

둘은 바바라가 내 준 숙제를 하고 있었다. 얇은 실을 오직 마법으로만 매듭짓는, 이른바 마법 운용력을 기르는 연습이었다. 바바라의 말에 따르면, 마력을 섬세하게 운용하는 것이야말로 노력으로 이루어 낼 수 있는 최고점이었다. 선천적으로 쉬이 해내는 사람도 있지만, 그렇지 못한 사람들도 각고의 노력으로 닿을 수 있는 경지였다. 배움에 목마른 세드릭과 디아나가 눈에 불을 켜고 달려든 것도 무리는 아니었다.

그런데 문제는 세드릭이었다. 반나절 넘게 연습한 끝에 매듭짓기에 성공한 디아나와 달리, 세드릭은 벌써 수십 수백 번째 실패를 기록하고 있었다. 하나를 가르치면 열을 알던 지금까지의 모습을 상기하면 제법 놀라운 일이었다.

"실을 좀 더 부드럽게 다뤄 봐. 아기를 안는 것처럼."

"……난 아기를 안아 본 적이 없는데."

"누군 안아 봤는 줄 알아?"

"안아 보지도 못했으면서 '아기를 안는 것처럼'은 또 뭐야? 설명해 주려면 똑바로 해."

세드릭이 투덜거렸다. 디아나가 그를 째려보았다.

"그러는 너는 언제 제대로 설명해 준 적 있는 줄 알아? 그저께 감자에서 싹을 틔우는 마법을 가르쳐 줄 때 네가 뭐라고 했는지 기억 안 나니?"

그날, 세드릭은 따뜻한 스프를 먹는 느낌을 떠올리라고 조언했다. 그가 생각하기에도 참으로 어처구니없는 조언이지만, 실제 마법을 부릴 때의 느낌이 저러했다. 애당초 마법은 타인의 조언으로 완성할 수 있는 분야가 아니었다.

"또 실패야."

엉성하게 맺어진 매듭이 금세 풀려 버리자, 세드릭은 제풀에 지쳐 소파에 누워 버렸다. 디아나가 득달같이 달려들었다.

"너 이대로 자는 건 아니지?"

제법 근심스러운 목소리였으나.

"조금 이따가 일어나서 연습해야 해? 성공 못 하면 내일 진도를 못 나가잖아."

물론 세드릭이 아닌 진도를 걱정하는 것이었다. 세드릭이 툴툴거리며 도로 일어났다.

"여태 너 때문에 진도 못 나간 적은 생각 안 나지?"

"아무렴, 너무 잦아서 특정하질 못하겠네. 그때마다 네가 얼마나 나를 볶아 댔는데 설마 기억이 안 나겠어?"

디아나가 콧등을 찡그리며 빈정거렸다. 세드릭이 멈칫하며 입을 다물었다. 그답지 않게 조심스러운 기색 역력한 목소리가 뒤따랐다.

"미안해."

비단 아주 어렸을 때의 폭언이 아니더라도, 세드릭은 심심찮게 디아나를 비꼬고 무시했었다. 어머니의 관심을 나눠 가지는 게 싫었고, 분수에도 맞지 않는 수업을 따라가겠노라 바득바득 우겨 대는 모습이 같잖았다. 그러면서도 기죽지 않고 그의 치부를 찔러 오는 것이 너무나도 얄미웠다.

결국에 이렇게나 사이를 꼬아 놓은 것은 자신이었다. 어릴 적 사납게 굴지 않았다면, 디아나도 지금처럼 예민하게 대처하지 않았을지 모른다. 최근에는 독설을 자제해 왔다지만, 그렇다고 지난 일이 없어지는 건 아니었다.

"너 방금 뭐라고 그랬어?"

디아나가 아연한 기색으로 되물었다.

"미안하다고? 뭐가?"

"……지금까지 너한테 해 왔던 심한 말들. 나한텐 너를 포함한 누구에게도 그런 말을 할 자격이 없잖아."

세드릭이 입술을 깨물며 초조하게 대꾸했다. 그냥 해 보는 허튼소리가 아니었다. 나름대로 진실한 사과였지만, 말로 표현하자니 작금의 심정이 잘 그려지지 않았다. 덧붙이고 싶은 마음이 자꾸 언어로 치환되질 않았다.

물끄러미 그를 쳐다보던 디아나가 뒤늦게 말문을 열었다.

"너 오늘 뭐 잘못 먹었니?"

세드릭은 잠잠했다. 외려 당황한 디아나가 얼른 말을 덧붙였다.

"아니, 너무 갑작스러워서……. 네가 그런 말을 할 줄은 꿈에도 몰랐어. 그래도 알고 있다니 다행이긴 한데."

디아나는 떨떠름한 표정으로 슬그머니 자리에서 일어났다.

"난 먼저 들어가 볼게. 너도 적당히 연습하다가 들어가."

어색함을 견디지 못하고 도망치듯 멀어지는 발소리가 갈수록 빨라졌다. 세드릭은 조금 울적한 표정으로 빈 문가를 응시했다. 어느새 혼자 남은 응접실이 평소보다 더 황량하게 느껴졌다.

미안하다는 한마디로 과거가 청산되리란 기대는 하지도 않았다. 도리어 디아나가 벌컥 화내더라도 그녀에겐 분노할 자격이 있으니, 묵묵히 감수하자는 다짐도 했다. 어찌 되었든 지금의 뒤틀린 관계는 그가 먼저 시작한 것이었다. 어쩌면 디아나가 오래도록 악마를 놓지 못했던 이유도 근본적으로 그의 잘못인지 몰랐다.

차라리 화를 내 주면 좋았을 텐데.

사과가 갑작스럽다고 했다. 그러고는 도망치듯 가 버렸다. 사과를 들고서 디아나가 내비친 감정은 당혹스러움이 전부였다. 미안하다는 말에 분노할 여력도 따질 여지도 없었던 것이다. 세드릭의 사과는 그녀에게 채 닿지도 못했다.

어쩌면 사과할 시기가 잘못되었는지도 모른다. 어쩌면 진심 어린 표현이 부족했는지도 몰랐다. 하지만 세드릭은 어렴풋이 그게 전부가 아님을 알았다.

나에게는 천 근만큼 무거운 한마디가 남에게는 깃털보다 가벼울 수 있다.

마치 과거, 그가 고민 없이 퍼부었던 독설이 디아나를 낭떠러지로 내
몰았던 것처럼. 그예 악마에게 매달릴 수밖에 없게 몰아낸 것처럼.

세드릭은 그런 자명한 사실을 뒤늦게 깨달았다.

방으로 돌아온 세드릭이 서랍에서 쓰다 만 편지를 꺼냈다. 마치 일기
를 쓰듯 미주알고주알 적힌 편지는 아버지에게 보내려는 것이었다. 세
드릭은 서너 장 되는 편지를 꼼꼼히 재독하기 시작했다.

며칠 전 어머니께 새롭게 배운 마법, 채스터티의 실없는 장난, 요물
고양이 데이지를 은근히 무서워하는 디아나. 당시에는 즐겁게 썼던 일
화들이 지금 보니 이보다 더 시답잖을 수 없었다. 만일 아버지가 읽는
다면, 아직도 아들을 철없게 여길 만큼 유치했다.

세드릭은 미련 없이 편지지 끄트머리에 불씨를 피웠다. 거멓게 타들
어 가는 편지를 지긋이 응시하는 눈빛이 못내 쓸쓸했다.

사랑받고 싶었다. 돌아봐 주고 아껴 주길 바랐다. 그래서 어머니에
게, 아버지에게, 그러다 유모에게까지 매달렸다. 그리 울며 매달렸건
만, 이제 와 주변을 살펴보니 아무도 남지 않았다. 어째서 나는 언제나
외로운 것인지 끊임없이 자문해 보았으나, 답은 애먼 데서 들려왔다.

'세상에 사랑스럽지 않은 아이를 돌보는 것만큼 지긋지긋한 일도 없답니
다.'

그날의 참담함을 잊지 못한다. 처음 악마를 보았고, 처음 살육을 목
격했으나, 그보다 세드릭을 오래도록 아프게 한 말이었다. 적어도 유모
만은 자신을 애지중지하는 줄 알았는데, 실상은 전혀 아니었다. 어머니
가 그를 부담스러워하고 아버지가 그를 떠난 것처럼 유모는 그를 지겨
워하고 있었다.

이쯤 되면 사랑스럽지 못한 제 잘못이었다. 유모의 말처럼, 사랑스럽

지 않은 아이는 부모조차 돌보지 않는 법이므로.

그러니 아버지만큼은 저를 미워하지 않길 바랐다. 당신의 아들이 여기 남아 있다는 사실을 잊지 말아 주길 바라는 마음으로 매일같이 편지를 쓰고 번거롭게 우체국을 드나들었으나, 아버지를 곤란하게 만드는 길이었는지도 모른다. 부자간 어느 정도의 간격을 원하기에 답장이 드문지도 몰랐다. 어쩌면 세드릭이 미처 그 신호를 알아채지 못했는지도 몰랐다.

마음이 떠나기는 쉬워도 다시 사랑받기는 힘들다.

어느덧 까만 재가 수북하게 쌓였다. 타들어 간 편지만큼 마음도 재가 되었다.

'둥지가 용알을 품었다.'

본성의 시종을 놀라 고꾸라지게 만든 소식은 곧 잉그람 전역의 자일스 일족에게로 퍼져 나갔다. 그간 용이 없던 세월을 근심하며 보냈던 이들에겐 더할 나위 없는 희소식이었다. 오래 지 않아 가문의 수장인 바바라가 기거하는 오그로 전서구 수십 마리가 몰린 것도 무리는 아니었다.

"어머니. 곧 용이 태어나는 거예요?"

채스터티가 눈을 반짝이며 물었다. 세드릭이나 디아나도 말을 아낄 뿐이지, 설레는 표정은 마찬가지였다. 바바라는 웃음을 터트리며, 드물게 따뜻한 손길로 아이들의 머리를 쓰다듬어 주었다.

무려 30년 만의 용이었다. 페넬로피가 그리 덧없이 절명한 이래로 늘 썰늘하여 다시는 용알을 품지 못하리란 비관적인 예측까지 나왔던 둥지가 이렇게나 갑작스레 용알을 품을 줄 누구도 예상치 못했을 터. 일족은 오랫동안 왕래 없던 친척과도 편지하며 기쁨을 나누었다. 그만치 자일스에게 용의 존재는 축복이었다.

〈교활한 자일스〉의 영광이 다시 도래하리라.

모두가 그리 확신했다.

"그럼 용과는 누가 계약하나요?"

"내가 생각해 둔 것이 있다. 조금만 기다리렴."

이제는 누가 용의 주인이 될 것인지가 초미의 관심사였다. 하지만 바바라는 빗발치는 친족들의 편지도, 무궁무진한 채스터티의 호기심도 모두 부드럽게 쳐 냈다. 그저 용알이 도착하길 기다리라는 말뿐이었다.

오그의 저택으로 용알이 도착한 것은 그로부터 사흘 뒤였다. 자일스 본성이 위치한 엑서터는 북동쪽의 고산 지대로 서부 주도인 오그와는 제법 거리가 멀었다. 엑서터 부근까지 기찻길이 뚫렸기에 망정이지 그렇지 않았다면 족히 일주일은 걸렸을 터다. 행여나 이제 막 태동하는 용알에게 나쁜 영향이라도 미칠까 싶어, 마법도 사용하지 못하고 둥지 째 옮기는 용알에 본성 시종들이 아주 성심을 다했다.

용알이 도착했다는 소식에 아이들은 단걸음에 현관으로 달려갔다. 커다란 상자에는 솜이불로 겹겹이 쌓인 황적색 용알이 빼꼼 드러나 있었다.

"생각보다 큰걸."

"생각보다 작은 거지. 용은 집채만 하다는 거 모르니?"

"설마 새끼가 그렇게나 크겠어."

세드릭은 채스터티의 어리석은 핀잔에 적당히 대꾸하며 용알을 뚫어지게 쳐다보았다. 바바라가 용알을 저택에서 가장 따뜻한 응접실 벽난로 부근으로 옮길 때도 뒤만 졸졸 따랐다.

"자. 오늘부터 용알은 여기 있을 거란다."

바바라가 세 아이들을 돌아보며 흐뭇하게 말했다.

"만지는 건 괜찮지만, 안아 들거나 둥지에서 빼내면 안 된다. 용알은 따뜻한 곳에서 편안히 있지 않으면 부화하지 못해."

"언제쯤 부화하는데요?"

"글쎄. 워낙에 제각각이라서 단정 지을 수가 없구나. 빠르면 석 달, 늦어도 1년이면 부화할 거야."

"1년씩이나!"

채스터티가 탄성을 질렀다. 세드릭이 조금 머뭇거리며 물었다.

"그럼 알이 부화한 뒤에 용의 주인이 결정되나요?"

용은 한 명의 주인만을 따른다. 알에서 부화하자마자, 최초로 동조한 인간과 최초의 계약을 맺어 그의 생명을 보호하는 것이 바로 용의 직무. 따라서 지금까지 자일스의 수장은 대체로 용의 주인이었다. 자일스에서 용이 지니는 함의를 생각하면 그리 이상할 것도 없었다.

"그래. 주인은 용이 결정한다."

바바라가 엄숙하게 말했다.

"아직은 알에서 부화하지 않은 용도 지금 우리의 이야기를 모두 듣고 있단다. 그렇다면 용이 세상 밖으로 나왔을 때도 당연히 보다 익숙한 목소리, 보다 사랑을 속삭여 주던 목소리를 따라가겠지. 마치 부모를 찾는 아이처럼 말이야."

용에겐 부모가 없다. 바바라는 그 점을 명확히 했다.

"어찌 보면 세상에 외따로 떨어진 가엾은 아이란다. 너희가 용의 부모가 되어 주렴. 너희가 용알에게 들인 사랑과 노력만큼 용도 보답할 거란다."

멍하니 어머니를 바라보던 세드릭과 채스터티가 문득 시선을 마주했다. 요약하자면 바바라는 용의 주인 될 사람을 정하지 않겠다는 뜻이었다. 모든 걸 용의 선택에 맡긴다는 건 그런 의미였다.

잠시 입술을 깨물며 침묵하던 바바라가 나직하게 속삭였다.

"……난 너희에게 공평한 기회를 주고 싶어."

용의 선택을 받는 사람이 곧 가문을 이끌 차기 수장이 될지니.

열세 살 되던 해, 세드릭은 본격적으로 수장의 후계자 자리를 둘러싼 경쟁을 시작했다.

"디아나! 오늘 저녁 트리스탄 광장에서 불꽃놀이 한다는데 같이 구경 갈래?"

"난 그렇게 시끌벅적한 곳은 딱 질색이야. 게다가 너 용은 어떡하고."

"용이야 세드릭이 잘 돌보겠지. 응접실에서 말 못 하는 용알한테 미주알고주알 얘기하는 것도 하루 이틀이지, 난 더는 못 하겠어."

예상대로 채스터티는 오래지 않아 용알에게서 흥미를 잃었다. 정확히 말하자면, 아직 부화하지 못한 용알에게 정성을 들이는 시간을 못 견뎌 했다. 다만 엉덩이를 지그시 붙이고 있는 것을 가장 힘겨워하는 채스터티의 성정을 감안할 때, 무려 열흘이나 용알의 곁을 지켰다는 것만으로도 족히 놀라운 일이었다.

자연히 용알을 지키는 사람은 이제 세드릭 혼자였다. 세드릭은 바바라의 수업이 끝나기 무섭게 응접실로 돌아가 그곳에서 꼬박 밤을 새웠다. 아예 생활을 응접실에서 하는 것 같았다. 그렇다고 온종일 용알 앞에서 수다를 떨기보다는, 곁에서 가만히 독서하거나 종종 용알을 쓰다듬는 게 전부였다.

디아나는 세드릭의 그런 모습이 사뭇 새로웠다. 요 몇 년 사이 눈에 띄게 얌전해지긴 했어도 늘 어딘가 불안하고 불안정해 보였는데, 이상하게도 용알 곁에서는 더없이 평화롭게 보였다. 차기 수장 자리를 공공연히 욕심내던 것을 떠올리면 외려 지금 더 불안스러워야 정상일 터. 하지만 지금의 세드릭은 후계자 자리든 채스터티와의 경쟁이든 전부 초탈한 것 같았다. 모든 관심과 시선이 용에게 못 박힌 것이 그녀의 눈에도 빤할 정도였다.

자일스에게 용이란 본디 그런 존재일까? 하지만 그렇게 따지자니 채스터티가 걸렸다. 엄연히 클레멘틴 자일스의 예지를 계승한 채스터티는 늘 그렇듯이 장난과 진귀한 일에만 몰두하고 있었다. 아마 그녀가 다시 용알에게로 시선을 돌리는 날은 용이 부화하는 날일 것이었다.

바바라는 남매에게 용알을 맡긴 이후로 다시는 용을 입에 담지 않았다. 용알은 잘 돌보고 있느냐 지나가듯 묻는 일도 없었고, 응접실에 들러 확인하는 일도 없었다. 그러자 다른 이들도 자연히 말을 아끼게 되었다. 세상 유일무이한 용알이 잠든 저택은 그리도 평화로워 보였다.

그렇듯 침묵으로 침묵을 종용하는 분위기가 이어지자, 디아나는 용알에 대한 관심을 억누를 수밖에 없었다. 그녀도 호기심 많은 마녀였다. 유일무이한 용알이 궁금하지 않을 리 없었다. 하지만 응접실에서 아주 거주하는 듯한 세드릭은 어쩐 다가가기 힘든 분위기고, 바바라는 용알을 둘러싼 저택 내외의 관심이 폭발하는 것을 병적으로 경계하고 있었다. 이제나저제나 모두 무릅쓰고 용알을 가까이 하기에는 배짱이 부족했다.

용알이 오그의 저택으로 달한 지도 어느덧 두 달이 지났다. 그간을 유야무야 보냈던 디아나에게도 우연한 기회가 생겼다.

때는 이슥한 시간으로 접어드는 한밤이었다. 서재에서 방으로 돌아가는 길, 디아나는 우연히 좁다랗게 열린 응접실 문틈으로 새어 나오는 빛을 발견했다. 평소라면 애써 고개를 돌렸겠으나, 그날따라 용기가 솟은 모양인지 디아나는 조심스레 문을 열고 들어갔다.

응접실은 웬일로 비어 있었다. 두리번거리며 인기척을 살피던 디아나가 흐뭇한 표정으로 살금살금 벽난로 쪽으로 다가갔다. 용알은 초가을엔 영 어울리지 않는 벽난로의 온기를 쬐며 둥지 속에서 가만히 잠들어 있었다.

"넌 아직 변한 게 없구나."

디아나는 검지로 용알을 콕콕 찌르며 속삭였다.

"언제쯤 나올래? 다들 말은 안 해도 널 기다리고 있어."

근래 오그의 저택은 고요하게 가라앉아 있었다. 누가 보면 상중이라 착각할 법했다. 하지만 디아나는 그 기저에 깔린 긴장감을 어렴풋이 읽어 냈다. 용을 둘러싼 이런저런 풍문에 휩쓸리지 않도록 스스로 자중하는 것이 말하지 않아도 느껴졌다.

한참 용알에게 넋두리를 늘어놓던 디아나가 비로소 자리에서 일어났다. 그리고 무심코 창가로 고개를 돌리자마자, 그만 심장이 쿵 떨어지는 줄만 알았다.

소파에 세드릭이 누워 있었다. 등받이에 가려 미처 확인하지 못한 것이었다.

디아나의 얼굴이 금세 백지장처럼 질렸다. 설마 방금 했던 이야기를 전부 들은 걸까. 언니에게도 차마 부끄러워 편지하지 못했던 말인데. 세상에 이럴 수는 없었다. 너무 창피해서 죽고 싶었다.

그리 소리 없는 아우성만 지르길 한참, 디아나는 불현듯 깨달았다. 세드릭은 잠들어 있다는 걸.

"……세드릭. 진짜로 자?"

조심히 물어보았지만 역시나 답이 없었다. 안도하며 응접실을 나가려던 디아나가 주저하며 다시 돌아섰다. 그러고는 근처의 담요를 들고 세드릭에게로 다가갔다.

세드릭은 쥐 죽은 듯 잠들어 있었다. 이렇게 유심히 얼굴을 보는 것이 오랜만이라 그런지 예전보다 피로해 보였다. 최근에는 그다지 어려운 마법을 배우지 않았으니, 아마도 용알을 돌보느라 그런 모양이었다.

디아나는 잠든 세드릭에게 조심스레 담요를 덮어 주었다. 어쩐지 꼼꼼히 살피기는 낯부끄러워서 대강 담요를 펴 주고 돌아서려던 찰나, 갑자기 담요가 꿈틀거리기 시작했다. 불쑥 고개를 든 세드릭이 맹한 눈으로 디아나를 올려다보았다.

"아, 나는……."

당황한 디아나가 어물거리며 말을 꺼냈다.

"그저 추워 보이기에……."

유난히 멍한 얼굴로 디아나를 보던 세드릭이 고개를 얕게 흔들며 똑

바로 앉았다. 담요는 그대로 어깨에 두른 채였다.

"벽난로는 어때?"

선득하도록 낮게 가라앉은 목소리였다. 디아나가 흠칫하며 반문했다.

"뭐?"

"벽난로는 어떠냐고. 혹시 불 꺼졌어?"

"아, 아니. 아직 괜찮은데."

세드릭은 말없이 고개를 끄덕였다. 제자리서 머뭇거리던 디아나가 그의 눈치를 살피며 살그머니 맞은편 소파에 앉았다. 아직 잠결인지 세드릭은 별다른 말을 하지 않았다. 평소 예리할 정도로 날이 서 있던 눈빛이 드물게 흐리멍덩했다.

디아나는 직감적으로 알았다. 지금 세드릭은 묻는 족족 솔직하게 대답할 것이다.

"저기, 있잖아. 넌 왜 그렇게 가문의 수장이 되고 싶은 거야?"

그래서 디아나는 여태 가장 궁금하던 것을 물었다. 몰라도 상관은 없지만, 까맣게 잊어버릴 때쯤 되살아나 호기심을 건들던 의문점.

세드릭 자일스는 어째서 후계자 자리에 집착할까.

천년전쟁이 한창이던 시절이면 몰라도, 지금처럼 평화로운 시대에 가문의 수장이란 그저 귀찮은 일을 도맡는 직책이었다. 수장으로서 결정해야 하는 사항은 하찮기 그지없는 데다, 딱히 주어지는 보상도 없었다. 그저 전국적인 유명세와 얼마간의 명예, 그리고 조금의 특혜뿐. 고작 그 정도를 위해 수장의 직무를 감수하는 것은 상식적으로 이치에 맞지 않았다. 오죽하면 알피어스 가문의 수장인 글로리아 알피어스 슬하의 다섯 자식이 죄 후계자 자리를 거부하고 있을까.

세드릭은 한동안 조용했다. 주눅 든 디아나가 우물쭈물 입을 열었다.

"대답하기 싫으면 안 해도—"

"수장이 되고 싶은 게 아니라, 자일스의 일원이 되고 싶은 거야."

세드릭이 디아나의 말을 자르고 들어왔다. 디아나가 어리벙벙한 사

102

이, 세드릭이 눈을 치뜨며 재차 물었다.

"그런데 네가 그런 걸 왜 물어?"

"응? 아니, 난 그냥 궁금해서……."

디아나는 당혹스러운 기색을 애써 감추며 자리에서 일어났다. 하여 간에 입이 방정이었다. 세드릭이 아직 잠결일 때 조용히 나갔어야 했는데, 꼭 이렇게 틀어지고 말았다.

바삐 눈을 굴리며 적당한 화젯거리를 찾던 도중에 때마침 용알이 들어왔다. 디아나가 서둘러 말했다.

"그나저나 빨리 용이 부화하면 좋겠다. 벌써 두 달이나 지났는데 언제쯤 나올까?"

짐짓 명랑한 목소리였다. 영 잠잠한 세드릭을 흘깃거리던 디아나가 무심결에 물었다.

"너도 용이 보고 싶지?"

당연히 긍정적인 대답을 예상했다. 매일같이 용알을 곁에 끼고 사는데, 보고 싶지 않을 리 없었다. 이 저택에서 가장 용을 보고 싶어 하는 사람을 꼽으라면, 당당히 세드릭 자일스를 지목할 수도 있었다.

하지만 세드릭은 느리게 고개를 내저었다.

"잘 모르겠어. 빨리 나왔으면 하는 마음 반, 영원히 나오지 않았으면 하는 마음 반이야."

디아나는 눈을 휘둥그렇게 떴다. 전혀 생각지도 못한 답변이었다.

"어째서?"

"바깥세상은 차가우니까."

세드릭이 잠시 머뭇거리며 말을 덧붙였다.

"용이 불행할까 봐 겁나."

디아나는 가만히 세드릭을 쳐다보았다. 어쩐지 지금의 세드릭은 나이보다도 어려 보였다. 마치 처음 만났을 적, 울 것 같은 얼굴로 자신을 쏘아보던 그때처럼.

"……네가 잘 보살펴 주면 되잖아."

"나는 진짜로 용의 부모는 아니니까 한계가 있을 수밖에. 무엇보다도 저 용은 원해서 여기에 있는 게 아니잖아."

용알을 이곳으로 이끈 것은 천 년 전의 맹세다.

수백 마리 용이 악명을 떨치던 머나먼 시대. 위대한 마법사 에리얼 자일스는 버려져 죽어 가던 새끼 용 다리아를 우연히 거두어 사랑으로 키워 냈다. 성장하여 그를 해칠 것이라던 주변의 예상과는 달리, 용은 죽을 때까지 에리얼 자일스와 그 후손들을 지켰다. 심지어 숨을 거두기 직전에는 자신의 후손으로 하여금 영원히 자일스를 지키겠노라 맹세하기까지 했다.

용이 지키는 가문. 그리하여 자일스만은 수백 년간 악룡의 위협으로부터 안전했다.

시간이 흘러 용은 모두 떠나갔으나, 천 년 전의 맹세는 여전히 유효했다. 본성의 둥지는 한없이 싸늘하다가도, 수십 년에 한 번씩은 꼭 용알을 품었다. 아마도 어딘가에 존재할 다리아의 후손이 잊지 않고, 자식을 머나먼 타향으로 보내는 것일 터.

부모 없는 용의 무게란 생각보다 훨씬 무거웠다. 영영 안전한 알 속에 있길 바라는 마음이 들 정도로.

세드릭은 관자놀이를 누르며 애써 졸음을 몰아냈다.

"그만 돌아가. 시간이 많이 늦었어."

"으응."

할 말이 있는지 한참 머뭇대던 디아나도 결국엔 말없이 돌아갔다. 세드릭은 휘청거리며 일어나 벽난로 쪽으로 다가갔다. 장작을 몇 개 더 집어넣고 마법으로 불씨를 키운 뒤에야 용알을 돌아볼 수 있었다.

황적색 용알은 한결같이 그대로였다. 알을 뚫고 나올 기색도, 말을 귀담아듣는 기색도 없었다. 껍데기 안에 살아 있는 용이 잠들어 있다는 사실을 도무지 믿기 힘들었다.

세드릭은 느릿하게 손을 뻗어 용알을 짚었다. 꺼칠한 표면이 손가락

을 간질였다. 그리 쓰다듬기를 한참, 망설이는 목소리가 드문드문 흘러
나오기 시작했다.

"내가 주는 사랑이 과연 너에겐 충분할지, 너는 과연 내 사랑이 기꺼
울지……. 잘 모르겠어."

세드릭의 표정이 울적하게 일그러졌다. 부러 참아 내듯 억누르는 소
리가 뒤이었다.

"아까 영원히 나오지 않았으면 한다는 말은 거짓이야. 실은 네가 빨
리 보고 싶어. 네게 해 주고 싶은 이야기가 아주 많아."

가문의 수장인 어머니, 낙뢰를 내리며 거인과 맞서는 아버지, 요정을
따라간 설리번, 미래를 보는 채스터티, 언젠가 다시 사과해야 하는 디
아나.

그리고 아무래도 어설픈 나.

"영영 그곳에서 날 외롭게 두지 마."

세드릭은 자그맣게 속삭였다. 변함없는 침묵 속에 고개를 묻으며.

그로부터 넉 달이 지났다.

새하얀 함박눈이 소복소복 쌓이는 겨울이었다. 바바라 자일스는 연
인과의 약속으로, 채스터티 자일스는 눈을 맞이하러 저택을 비운 때.
최초로 세상에 발 디딘 용이 최초로 마주한 사람은 다름 아닌 세드릭이
었다.

용은 그를 주인으로 선택했다.

용의 이름은 윈터(winter)였다.

불에 그슬린 것처럼 새카맣다.

부화한 용을 마주한 세드릭의 첫 감상이었다. 꼭 재로 빚은 것처럼

시커먼 덩어리가 꼼지락대며 움직이는 모습이 아무리 봐도 신기해서 눈을 뗄 수가 없었다. 알을 깨고 나오느라 힘에 겨웠는지 한참 숨을 몰아쉬는 것도, 낯선 세상을 두리번거리는 것도 그저 놀랍기만 했다. 눈앞에서 용이 살아 움직인다는 게 도무지 믿기질 않았다.

그때, 불현듯이 눈이 마주쳤다. 세드릭이 흠칫하며 반사적으로 물러서자, 용이 고개를 갸웃거리며 서툰 걸음을 내디뎠다. 당최 알아들을 수 없는 가느다란 울음소리가 연신 목청에서 터져 나왔다.

"……세드릭 자일스."

그는 간신히 목소리를 내었다.

"나는 세드릭 자일스야."

길고 길었던 반년. 오직 그만이 곁을 지켰던 오랜 시간을 과연 용은 기억할까.

매일 네게 속삭이던 목소리를 기억할까.

용이 힘겹게 세드릭의 손등 위로 발을 올렸다. 갓 부화하여 이상스럽게 높은 체온이 손등에서부터 차차 퍼져 나갔다. 그리고 곧게 직시해 오는 금안. 지극한 신뢰와 사랑과 숭배로 가득한 눈빛을 세드릭은 생전 처음 받아 보았다. 너울지는 환희, 그리고 폭발하듯 치솟는 애정이 그의 마음을 집어삼켰다.

오래도록 염원했던 순간.

세드릭은 눈물겹게 웃었다.

"겨울에 태어나서 이름이 윈터라니. 아무리 그래도 너무 성의가 없는 거 아니니?"

채스터티가 식빵에 잼을 바르며 종알거렸다. 윈터에게 손수 날고기를 먹여 주던 세드릭이 골난 얼굴로 그녀를 돌아보았다.

"이미 그렇게 지은 걸 어떡해, 그럼."

"그러니까 처음부터 잘 지었어야지!"

"그러는 넌 얼마나 작명에 능하다고."

세드릭이 투덜거리며 식빵을 입에 물었다. 먹성 좋은 윈터에게 식사를 대령하느라, 그는 요 며칠 느긋하게 끼니를 챙긴 적이 없었다. 마법으로 대강 챙겨 주면 될 것을 저렇게나 정성 들이는 이유를 가족들은 이해하지 못했으나, 워낙에 세드릭의 태도가 강경하여 말을 아끼고 있었다.

빵을 우물거리며 한참 윈터를 응시하던 채스터티가 갑자기 히죽 웃었다.

"블랙은 어때? 훨씬 멋있는 이름이잖아."

"……설마 까매서 블랙은 아니겠지? 만약에 그렇다면 넌 날 비난할 자격 없어."

"얘가 뭘 모르네. 얘는 장차 흉포하고 잔인한 용으로 자랄 거야. 그런 훌륭한 용에게는 응당 훌륭한 이름이 붙어야지!"

채스터티는 그리 말하며 의자를 박차고 윈터에게로 달려갔다. 그리고 주변이 시끄럽거나 말거나 고기에만 열중하는 용을 억지로 제 편을 보게 만들었다.

"응? 아기 용아. 너는 어떠니? 블랙이 좋지? 그렇지?"

하지만 윈터는 새로운 이름 따위엔 관심이 없었다. 아직도 배가 고픈지 윈터가 낑낑거리며 고기를 달라 아우성쳤으나, 채스터티의 고집스러운 손아귀에 가로막혀 번번이 실패하고 말았다. 결국 채스터티는 성난 용의 송곳니에 손가락을 깨물리고 말았다.

"악! 아파!"

채스터티가 핏방울이 송골송골 맺힌 검지를 치켜들며 수선을 떨었다. 세드릭이 한심스럽다는 듯 고개를 내저으며 윈터를 달랬다. 다시금 고기를 날름 받아먹는 용의 표정이 그리 밝을 수가 없었다.

그즈음 디아나가 식당에 들었다. 서재에서 공부하다 졸기라도 했는지, 왼뺨에 발갛게 눌린 자국이 선명했다.

"어라, 스승님은?"

"약속 있으시대."

디아나는 금세 납득하며 자리에 앉았다. 요물 고양이 데이지가 곧바로 접시를 대령했다. 하지만 디아나는 눈앞의 진수성찬보다 갓 태어난 용에 더 관심이 많은 모양이었다.

"얘는 생고기를 먹는구나. 비리지 않을까?"

그리 말하며 윈터에게로 손을 내뻗는 순간이었다. 돌연 사납게 돌변한 윈터가 여린 날개를 퍼드덕거리며 디아나에게 달려들었다. 세드릭이 깜짝 놀라 의자를 박차고 일어섰다.

"윈터!"

그의 고함에 윈터의 움직임이 멈추었다. 세드릭은 황급히 맞은편으로 건너가, 디아나의 얼굴에 붙은 윈터를 강제로 떼어 냈다. 아직도 분이 풀리지 않았는지 씨근덕거리는 윈터와 달리, 디아나는 어안이 벙벙한 모습이었다.

"괜찮아?"

세드릭의 물음에 디아나는 멍하니 고개를 끄덕였다. 그새 빨간 머리가 엉망으로 헝클어졌지만, 다행히도 다친 곳은 없는 듯했다.

지그시 입술을 깨물던 세드릭이 이내 윈터를 안고 식당을 나갔다. 얼결에 뒤에 남겨진 채스터티가 울상으로 웅얼거렸다.

"내가 물렸을 때는 가만있었으면서……."

세드릭이 향한 곳은 침실이었다. 요람에 윈터를 앉히고 촛불을 밝히자, 윈터가 자꾸 안아 달라며 치근덕거렸다. 며칠 새 어리광이 늘어난 모양이었다.

하지만 세드릭은 단호했다.

"윈터. 왜 디아나에게 달려든 거야? 다른 사람들을 공격하면 안 된다고 몇 번이나 말했잖아."

윈터가 괜스레 고개를 돌리며 딴청을 피웠다. 세드릭의 눈이 가느다래졌다.

"내 말 알아듣는 거 다 알아."

이제는 하품까지.

"계속 못 듣는 척해 봐. 내일은 사탕 안 줄 거니까."

사탕. 그 말에 윈터의 고개가 자동으로 돌아왔다. 사죄하듯 애절한 눈빛은 덤이었다.

"좋아. 내 말 이해하는 거 맞지?"

끄덕끄덕.

"그럼 앞으로는 디아나한테 그러면 안 돼?"

도리도리.

"싫다고? 어째서?"

윈터가 곤란한 기색으로 당최 이해할 수 없는 몸짓을 보였다. 세드릭이 좀체 알아듣지 못하자 답답한 듯 목청을 울리기도 했지만, 그런다고 트일 말문이 아니었다.

"그래. 너도 이유가 있으니 그랬겠지. 하지만 그래도 안 돼. 지금은 네가 아직 어려서 괜찮다지만, 조금만 더 크면 넌 아주 위협적인 존재가 될 거야. 그때도 지금처럼 굴면 다른 사람들을 해치게 돼."

용이란 본디 지상 최강의 포식자였다. 용의 숨결에 초목이 뿌리 뽑히고, 용의 발짓에 집채가 주저앉았다. 무의식적인 행동조차 다른 이들에겐 재난이 될지니, 성체의 용이란 그다지도 위협적인 존재였다. 자칫 잘못하다간 정말로 많은 사람들이 피해를 입을지도 몰랐다.

그러므로 지금부터 본능을 억누를 줄 알아야 했다. 아직 어린 용에겐 가혹한 일이나, 야속하게도 지금은 용이 득세하는 시대가 아니었다. 이제 지상에 남은 용은 윈터 하나뿐. 세상에 빌붙어 살려면 다른 종족과 조화롭게 어울려 사는 법을 터득해야 했다.

"많이 힘들다는 거 알아. 어떻게 힘들지 않겠어."

세드릭이 조심스레 윈터의 날개를 쓰다듬었다. 풀 죽은 윈터가 울적한 눈으로 그를 올려다보았다.

"혹시 힘겨우면 언제든 날 의지해. 난 언제든 네 곁에 있을 테니까."

윈터는 앞발로 세드릭의 손을 꼭 쥐며 품에 안았다. 파충류 특유의 낮은 체온이 느껴졌다. 여전히 낯선 감각이나 마냥 껄끄럽지는 않았다.

세드릭은 속으로 다짐했다.

반드시 윈터를 훌륭한 용으로 길러 내겠다고. 그리해 공포로 군림하는 외로운 생을 살지 않게 하겠노라고.

윈터가 부화하자, 바바라는 이사할 장소를 찾아 헤맸다. 용은 빨리 성장하는 종족이었다. 아직은 어려 괜찮을지 몰라도, 오래지 않아 오그처럼 대도시에서 기르기엔 여러모로 문제가 많을 것이었다. 조금이라도 어릴 때 이사하는 편이 백번 나았다.

그리하여 선택된 곳이 바로 네틀턴이었다. 네틀턴은 잉그람 남서쪽의 산간 지방으로, 평균적으로 이웃 간격이 두세 시간가량 떨어진 아주 외진 시골이었다. 인적 드물고 물가가 멀다는 점에서 용을 기르기에 아주 안성맞춤인 장소였다.

윈터는 하루가 다르게 자라났다. 깜짝할 새 머리가 세드릭의 무릎께에 닿았고, 뚱뚱한 요물 고양이 데이지를 쉬이 깔아뭉갤 정도로 무거워졌다. 자랄수록 통제하기도 어려워졌지만, 다행스럽게도 윈터는 세드릭의 말만은 아주 잘 들었다. 다른 사람의 고함은 들은 척도 하지 않으면서, 세드릭의 한마디에 얌전해지는 꼴이 그보다 얄미울 수 없었다.

윈터의 성장이 비정상적으로 빠를 뿐, 실은 아이들도 꾸준히 자라나고 있었다. 이제 키가 자라지 않는 것 같다며 투덜거리는 채스터티는 완연한 여성의 몸을 갖춰 나갔고, 세드릭은 어느새 디아나의 신장을 넘어섰다. 사실 세드릭이 평균 신장이고, 디아나는 옛날부터 키가 콤플렉스일 만큼 작달막했으나.

"언니는 큰데 어째서 나만 작은 거야?"

"위대한 마녀 그리젤다 솔이 너희 언니에게만 좋은 자질을 전부 물려줬나 보지. 마법 실력에 미모에 키에…… 디, 디아나? 잠깐! 잠깐만! 진정해!"

그날, 채스터티는 불타는 장작도 무기가 될 수 있다는 사실을 절감했다. 식당에서의 일방적인 난투극 이래 누구도 감히 디아나에게 키를 언급하지 못했다. 적어도 바바라 앞에서는 늘 얌전한 척 내숭을 떨던 디아나가 그리 돌변할 수도 있다는 걸 깨달았기 때문이다.

후미진 시골에서는 시간도 느릿하게 흘러갔다. 네틀턴에서 보낸 반년간 벌어진 사건이란, 고작 바바라가 새로운 연인을 저택으로 들인 것뿐이었다. 그는 바바라보다 예닐곱 살은 어려 보이는 낯선 사내였다. 첫 만남부터 빙글거리는 모습이 영 객쩍다 여겼더니, 역시나 속이 시커먼 사람이 분명했다.

"어머니의 재산을 노리는 게 틀림없어."

채스터티는 그렇게 확신했다.

"차라리 저번 남자가 낫지. 그 사람은 적어도 어머니를 사랑하는 게 느껴졌잖아?"

"혹시 알아. 저 남자도 어머니를 진심으로 사랑할지."

"절대! 전혀 아냐!"

강한 부정은 강한 긍정이라 하였지만, 이번만은 아닌 모양이었다. 세드릭이나 디아나도 말을 아꼈을 뿐이지, 채스터티의 생각에 어느 정도 공감하고 있었다. 다만 아무리 가까운 사이여도 사생활에는 간섭하지 않는 것이 예의라는 걸 알기에 침묵할 따름이었다.

그러던 어느 날이었다. 며칠 전부터 언니를 만나러 간다며 노래를 부르던 디아나가 부산스럽게 저택을 떠난 아침. 평소처럼 윈터에게 식사를 챙겨 주며 하루를 시작하던 세드릭은 전혀 예상치 못한 소식에 현관으로 뛰쳐나갔다.

어머니와 채스터티, 게다가 데면데면한 어머니의 연인까지 전부 모여든 문가. 함부로 운을 떼지 못할 정도로 어색한 분위기만 감도는 가운데, 헐레벌떡 달려온 세드릭이 우두커니 멈춰 섰다.

세드릭은 가만히 숨만 몰아쉬었다.

훤하게 열린 대문 앞에 어쩐지 아주 낯익은 사람이 서 있었다.

"……세드릭."

아버지가 돌아왔다.

세드릭은 말없이 발끝만 내려다보았다. 천진하게 다가온 윈터가 그의 무릎에 머리를 올려놓았으나, 평소처럼 재롱을 받아 줄 겨를도 없었다. 당최 무슨 말을 해야 하는지 가늠조차 되지 않았다.

"네 편지를 받은 것이 불과 반년 전인데 그새 용이 많이 성장했구나."

문득 에드윈이 다가와 곁에 앉았다. 눈초리를 세우며 낯선 사람을 경계하던 윈터가 돌연 두 사람을 갈마보며 고개를 갸웃거렸다. 세드릭은 나이를 먹을수록 아버지를 빼닮고 있으니, 용의 눈에도 부자간의 닮은 모습이 신기로운 모양이었다.

"네 이름이 윈터라고?"

에드윈이 가늘게 미소 지으며 손을 내밀었다. 머뭇거리며 경계를 세우던 윈터는 오래지 않아 의심을 허물고 에드윈의 손등에 주둥이를 마구 비벼 댔다. 낯선 사람은 물론이요, 매일 얼굴을 마주하는 가족들조차 무시하기 일쑤인 윈터가 이다지도 살갑게 구는 모습을 세드릭도 처음 보았다.

"……신기하네요. 원래 이런 애가 아닌데."

"낯을 많이 가리는 모양이구나. 예전에 너도 그랬지."

기실 낯가리는 건 지금도 여전했다. 하지만 거의 8년을 떨어져 지낸 아버지가 그런 사실을 알 리가 없기에 세드릭은 그저 묵묵히 고개만 끄덕였다.

8년. 짧다면 짧다고도 할 수 있는 시간이나, 고작 열네 살 먹은 세드릭에겐 천금보다 값진 시간이었다. 그리 귀중한 시기에 부재했던 아버지가 미울 법도 하건만, 세드릭은 어쩐지 아버지를 미워할 수 없었다. 물론 한때는 그리움이 쌓이고 쌓여 아버지가 원망스럽던 적도 있었다. 그러나 지금은 이렇듯 돌아와 준 것만으로도 족했다. 어쩌면 다시는 볼 수 없을지도 모른다는 끔찍한 예감에 시달렸던 시절이 아주 멀게만 느껴졌다.

"많이 자랐구나."

에드윈이 차분하게 말했다. 세드릭은 애써 눈물을 참아 냈다.

"아버지는 하나도 변하지 않으셨어요."

"그럴 리가."

"정말이에요. 제가 기억하는 모습 그대로예요."

이제 얼굴에서 세월이 보이는 바바라와 달리, 에드윈은 여전히 싱그러운 젊음을 유지하고 있었다. 조금 전 현관에서 보았던 첫 모습이 기억 속 작별 인사 하던 모습과 한 점 다르지 않아, 세드릭은 적잖이 당혹스러웠다.

"변하지 않으셔서 다행이에요. 혹시나 거리에서 알아보지 못하고 지나치면 어쩌나 걱정했었는데……."

"그럼 내가 널 알아보았겠지."

"전 많이 자랐잖아요."

"부모가 되어서 자식을 알아보지 못하면 되겠니. 아까도 바로 널 알아보았단다."

에드윈은 그리 말하며 세드릭의 머리를 쓰다듬었다.

"늦어서 미안하구나. 실은 용이 부화했다는 편지를 받자마자 오고

113

싶었는데, 그사이 죄인이 달아나는 바람에."

2년 전부터 에드윈은 잉그람의 군복을 벗고, 발푸르기스 평의회 소속 사냥꾼으로 활약하고 있었다. 편지에 대놓고 밝히지 않았을 뿐, 군인으로서 거인 죽이는 일을 탐탁잖게 여기던 걸 생각하면 좋은 변화였다.

"이번에는 어디에 다녀오신 거예요?"

"메시나 남부를 순회하고 왔다. 팔리아치 가문이 통치하는 뮈테레 요새에도 잠시 들렀는데, 영 대접이 좋지 못하더구나. 새로운 수장이 상당히 경계심이 많은 것 같아."

"베가의 낙뢰를 내리시잖아요. 낙뢰의 위력을 아는 사람이면 경계하지 않을 수 없겠죠."

"누가 들으면 나만 낙뢰를 내리는 줄 알겠구나."

세드릭이 자그맣게 웃으며 에드윈을 올려다보았다.

"즐거워 보이셔서 다행이에요."

그에 에드윈의 표정이 살짝 굳었다. 갑작스러운 변화에 당황하여 무어라 덧붙이려던 세드릭도 시무룩하게 입을 다물었다. 보기 좋다는 것은 진심이었다. 하지만 진심을 그대로 표현하는 것은 언제고 어려운 일이었다.

어릴 적 아버지는 늘 바깥을 떠도는 사람이었다. 일평생 한곳에서 폐쇄적으로 살아가는 보통의 마법사와는 달리 천성적으로 방랑벽이 심했다. 그런 사람이 국경에 처박혀 거인을 학살하는 게 편할 리 없었다. 그에겐 군인으로 복무해야 하는 어쩔 수 없는 이유가 있었으나, 그렇다고 학살에 취미가 붙는 것은 아니었다. 애당초 에드윈은 무의미한 살육을 꺼리는 사람이었다.

"내가 그동안 너를 너무 오랫동안 방치했구나. 편지조차 뜸했으니 미안하다는 말도 턱없이 부족하겠지."

"저는 괜찮아요. 이렇게 보러 와 주신 것만으로도 충분한걸요."

"내게 기대하는 건 이제 그 정도뿐이구나."

에드윈이 쓰게 웃었다. 세드릭이 당혹스러운 표정으로 고개를 내저었다.

"국경에서는 우편물이 잘 분실된다고 들었어요. 당연히 편지가 뜸할 수밖에요. 더구나 사냥꾼이 되시면서는 편지할 주소가 마땅찮아졌으니……."

"세드릭. 너는 내게 화내도 돼. 왜 지금까지 보러 오지도 않았는지, 왜 이제야 온 건지 물어볼 자격이 있어. 그렇게나 내 입장을 이해하려 애쓸 필요 없다."

다정하게 달래는 목소리였다. 멍하니 그를 올려다보던 세드릭이 무심코 입을 열었다.

"……왜 오신 거예요?"

아버지가 돌아오리라는 기대는 버린 지 오래였다. 그저 독립하거든 한 번쯤 찾아가 얼굴이라도 뵈어야겠다는 가마득한 다짐만 심었을 뿐. 느리나마 잊지 않고 답장을 보내 주는 것만으로도 만족하고 있었다.

그러니 용이 부화했다고, 용의 주인이 되었다고 영영 떠나갔던 사람이 돌아올 줄 누가 알았겠나.

"8년 전에 자일스를 떠난 건 내가 베가이기 때문이었다."

에드윈이 눈을 내리뜨며 조용히 말했다.

"너도 잘 알다시피 낙뢰를 향한 자일스의 증오는 상상을 초월한단다. 당시 자일스 일족은 다시는 용을 보지 못하리라 지레짐작하고 있었어. 그러니 마지막 용 페넬로피를 처참하게 죽인 베가를, 베가의 낙뢰를 어찌 곱게 볼 수 있었겠니. 그래서 난 네가 바바라를 닮길 바랐다. 자일스의 이름을 이어받을 네가 자일스의 증오를 받길 원하지 않았어."

세드릭은 말없이 양손을 꼭 맞잡았다. 원로들의 비난하는 눈빛을 떠올리면 아직도 가슴이 두근거렸다. 어릴 적 아득한 신상처럼 자신을 굽어보던 레오나드 자일스는 악몽으로 남아 있었다.

"하지만 너는 나를 너무 빼닮았어. 아버지로서는 흐뭇한 일이지만, 네가 일족에게 배척받는 이유가 그것이니 어찌 흐뭇하기만 하겠니. 자일스도 베가도 널 받아들여 주지 않겠다면 차라리 너를 데리고 멀리 떠나고 싶었지만, 그건 네가 바라는 일이 아니었지. 그래서 자일스를 떠났다. 네가 자일스이길 원한다면, 네가 자일스로 인정받길 원한다면 내가 곁에 있어 좋을 것이 없으니까."

에드윈이 짧게 숨을 들이켰다. 떨리는 숨결이 가늘게 흘러나왔다.

"그리고 너는 내가 없이도 잘 자라 주었어. 용을 거느리게 되었다면 이제 누구도 너를 부정하지 못할 거다. 자일스에게 용이란 본디 그런 존재야."

세드릭은 슬픔으로 일그러지는 에드윈의 옆얼굴을 조용히 응시했다. 그는 사랑을 잃은 남편이자, 아버지를 너무 닮은 죄로 배척받는 아들의 아버지였다. 혼자 남겨질 아들을 생각하며 자책으로 스스로 난도질했을 세월은 또 얼마일까. 이미 흘러간 세월의 비탄을 애써 억누르는 낯빛이 어쩐지 서글펐다. 늘 뒷모습으로만 남았던 아버지가 이토록 무너지는 모습을 세드릭은 난생처음 보았다.

"제가 성장하길 기다리셨군요."

세드릭이 나직하게 속삭였다.

"제가 자일스의 마법사로 인정받는 날만을 기다리신 거예요."

에드윈은 고개만 끄덕였다. 그는 성숙한 어른답게 비애의 흔적을 얼굴에서 빠르게 지워 냈다. 이제는 익숙해진 무덤덤한 표정이 가면처럼 덧씌워졌다.

"그간 외롭지 않았다면 거짓말이겠죠. 많이 외로웠어요. 그때 그냥 여기 남지 말고 아버지를 따라갈 걸 싶기도 했고. 저는 옛날부터 어머니보다는 아버지를 잘 따랐잖아요."

"나는 저택에 붙어 있는 때가 얼마 없었으니까."

"그것도 그렇지만, 그때도 어렴풋이 알고 있었던 것 같아요. 어머니가 절 힘겨워하신다는 걸."

세드릭이 과거를 회상하며 허심탄회하게 말했다. 말끄러미 아들을 쳐다보던 에드윈이 물었다.

"세드릭. 나를 원망하니?"

"아니요."

"그럼 바바라는?"

세드릭은 침묵했다. 지금은 많이 무뎌졌다지만, 따뜻한 말소리조차 박했던 어머니에 대한 원망까지 죄 가신 것은 아니었다. 그러기엔 지난 날 고독했던 상처가 너무 깊었다.

에드윈이 느릿하게 입을 열었다.

"그때, 너와 바바라를 떠난 것을 후회하지는 않는다. 다시 과거로 돌아가더라도 나는 아마 똑같은 선택을 하겠지. 하지만 그렇다고 내게 죄가 없는 건 아니야. 나는 바바라에게 모든 책임을 떠넘겼고, 어린 네겐 씻을 수 없는 상처를 남겼어."

"하지만 아버지는 절 위해 그러셨잖아요."

"이유가 있다고 죄가 사라지는 건 아니란다. 더구나 바바라에겐 힘겨운 결정이었어. 너를 위해 날 보내 주긴 했지만, 그녀에겐 함께 책임을 나눌 동반자가 필요했으니까."

에드윈이 말했다.

"바바라를 원망하지 말라고는 하지 않겠다. 너와 그녀 사이에 무슨 곡절이 있었는지 나는 알지 못하니까. 지난 8년의 세월을 나는 짐작조차 하지 못해."

"……."

"다만 바바라를 향한 원망을 내게도 나눠 주지 않겠니."

세드릭은 망연히 그를 올려다보았다. 아버지가 이런 말을 꺼낼 줄은 조금도 상상하지 못했다.

"바바라가 네가 원했던 어머니가 되지 못한 데는 나의 책임도 분명하단다. 내가 아버지로서의 몫을 다하지 못했기에 바바라의 몫이 늘어난 거야. 그러니 너의 원망을 나에게도 나누어 다오. 원망하는 마음이 널 좀먹길 바라지 않는다. 나는 그걸 바라며 널 떠난 게 아니야."

간절한 호소였다. 세드릭은 잘게 떨리는 입술을 간신히 뗐다. 이미 알고 있는 대답을 말하기가 이다지도 어려웠다.

"……알아요. 어머니도 많이 힘드셨겠죠."

바바라는 늘 가문과 아들 사이에서 줄다리기하느라 골머리를 앓았다. 표 나게 한쪽의 편을 들 수가 없기에 더욱 그러했다.

하지만 그럼에도 바바라는 아들에게 공평한 기회를 주고자 노력했다. 가문의 원로들이 바라던 대로 용알을 채스터티에게 줄 수도 있었는데, 구태여 경쟁을 시킨 것도 그랬다. 변덕스러운 채스터티가 끈질기게 용알을 돌보지 못하리란 것을 바바라가 모를 리 없었다. 애초부터 세드릭을 염두에 둔 결정이었다.

"저는 너무 많은 걸 바랐어요. 어머니에게 저만이 유일한 존재이길 바랐지만 그렇지가 못했죠. 이기적인 소원이었다는 걸 너무 늦게 알아 버렸어요."

멀어졌을 때 더욱 애틋한 관계도 있는 법. 어쩌면 모자(母子)는 너무 가까웠기에 문제였는지도 모른다.

"절 사랑하세요?"

에드윈은 지긋이 아들을 응시했다. 다물린 입술은 도무지 열릴 줄을 몰랐다. 바위처럼 단단하던 표정이 조금 어긋난 것도 같았다.

어색한 침묵을 잠자코 버텨 내던 세드릭이 조금 울적한 표정을 지었다.

"곤란하시면 대답하지 않으셔도 돼요."

"아니, 아니다. 지금 너무 당황해서……. 아, 네 질문이 당황스러웠다는 거다. 네가 그런 질문을 할 만큼 내가 확신을 주지 못했나 싶어서."

에드윈은 한 손으로 입가를 감싸며 그답지 않게 당혹스러운 기색을 내비쳤다. 기나긴 고민 끝에 대답이 이어졌다.

"당연히 널 사랑해. 편지마다 그렇게 썼던 걸로 기억하는데 아니니?"

"모든 편지에 쓰지는 않으셨어요."

"……미안하다. 전부 내 탓이야."

에드윈이 묘하게 풀 죽었다.

"살면서 가장 사랑했던 사람이 바바라와 너란다. 물론 지금은 널 가장 사랑해."

"저도요."

"고맙다만 세드릭, 바바라에겐 그리 말하면 안 된다."

"물론 어머니도 사랑하죠. 그만한 사랑에 순서를 따질 수가 있나요."

그때, 윈터가 둘 사이에 끼어들었다. 조금 전까지만 하더라도 그리 잘 따르던 에드윈을 대놓고 적대시하며, 세드릭의 다리를 꼭 부여잡는 폼이 누가 봐도 질투의 표상이었다.

세드릭은 피식거리며 윈터의 날개를 쓰다듬었다.

"당연히 너도 사랑하지."

하지만 윈터는 그 대답에 만족하지 못했다. 꼬리로 연신 에드윈과 스스로를 가리키며 분한 표정을 짓는 용을 물끄러미 관찰하던 세드릭이 고개를 갸웃거리며 물었다.

"아버지랑 너 중에서 누굴 더 사랑하냐고?"

윈터가 고개를 끄덕였다. 멍하니 윈터를 바라보던 세드릭이 고개 들어 에드윈을 보았다. 참으로 오래간만에 부자의 표정이 일치했다.

곧이어 명랑한 웃음소리가 울려 퍼졌다.

에드윈은 다시 오겠다는 말을 남기고 돌아갔다. 급히 오느라 미처 처리하지 못한 일이 있는지 장장 8년 만에 보는 바바라나 채스터티와도 길게 담소를 나누지 못했다.

"바바라. 의사의 진찰을 받아 봐요. 안색이 좋지 않습니다."

떠나기 전, 에드윈은 머뭇거리며 그런 말을 건넸다. 바바라는 고개만 끄덕일 뿐 별다른 대꾸를 하지 않았다. 한때 열렬히 사랑했던 남편을 오래간만에 만났기 때문일까, 그녀의 표정은 내내 기묘했다.

세드릭은 아버지를 배웅하고서 조용히 방으로 돌아왔다.

사랑.

어쩐지 가슴이 간질거렸다. 사랑한다는 말을 이렇게나 많이 표현했던 날이 또 언제였던가. 기억이 가물가물한 어린 시절에도 이런 날은 없었다. 그가 과거 어머니에게 그러했듯 버거울 정도의 사랑을 보내는 어린 용과, 변함없이 자신을 위해 주는 아버지. 꿈처럼 찬란한 존재가 둘이나 있었다.

세드릭은 오가는 사랑이 전해 주는 행복을 만끽했다.

이제는 정말로 유모의 말을 잊을 수 있을 것만 같았다.

에드윈이 네틀턴에 들른 지도 벌써 넉 달이 지났다. 네틀턴은 구석진 시골이기에 여기로 이사 와 맞이한 손님은 그가 전부였다. 바빠서 자주 들르지는 못했지만, 정기적으로 꼭 편지나 선물을 한 아름씩 보내왔다. 그때마다 세드릭의 낯빛이 환해지는 것은 당연지사였다.

그러나 바바라와 에드윈의 재결합을 바라 마지않던 채스터티는 지금의 미묘한 상황이 자못 불만스러운 모양이었다. 바바라는 에드윈의 방문에 대놓고 불만을 표하지는 않았으나, 딱히 환영하지도 않았다. 어찌 되었든 그는 세드릭의 손님이라고 분명히 선을 긋는 모습이었다. 아무래도 두 사람이 재결합할 날은 몹시 요원해 보였다.

"어젯밤에 어머니께서 망나니랑 다투시는 소리를 들었어. 그 망나니가 이번에는 어머니의 보석을 몰래 팔아먹은 것 같아. 이대로라면 그놈이 쫓겨나는 것도 머지않았어!"

채스터티가 스테이크를 자르며 흔흔히 말했다. 어머니의 젊고 날티 나는 연인이 어지간히도 마음에 들지 않는 듯했다.

"대담하기도 하지. 어떻게 보석을 훔쳐 갈 생각을 했을까?"

"그러게나 말이야. 디아나, 너는 7년이 넘도록 촛대 하나 팔아먹을 생각을 못 했는데."

디아나가 울컥하여 채스터티를 쏘아보았다.

"꼭 너는 그런 경험이 있는 것처럼 말한다?"

"으음. 글쎄, 어떨까?"

"나한테 들키기만 해 봐. 스승님께 바로 말씀드릴 거야."

"어머나. 무서워라. 막내, 방금 디아나가 하는 말 들었니?"

채스터티가 키득거리며 옆에서 얌전히 식사하는 세드릭을 툭툭 건드렸다. 세드릭은 우물거리던 음식을 모두 넘긴 뒤에야 느긋하게 대꾸했다.

"이제 너도 적당히 해. 골동품 몰래 팔아넘긴 전적이 한두 번이 아니잖아. 그만하면 어머니도 꽤나 야단치실걸."

"뭐야. 너 알고 있었니?"

"그럼, 그렇게 허술한 도둑질을 아무도 모를 줄 알았어?"

세드릭이 혀를 차며 말했다. 물끄러미 그를 쳐다보던 채스터티가 포크로 감자를 푹 찍었다.

"우리 막내, 윈터가 부화한 뒤로는 정말로 성격 많이 죽었나 봐. 옛날 같았으면 옳다구나 하고 어머니께 조르르 달려가 일러바쳤을 텐데. 그렇지 않니, 디아나?"

맞은편에서 샐러드를 뒤적거리던 디아나가 흘끗 세드릭을 보았다.

"확실히 옛날보단 얌전해진 것 같네."

디아나는 그리 말하며 시무룩한 표정으로 포크를 내려놓았다. 대체로 음식은 가리지 않고 잘 먹는 디아나가 유일하게 싫어하는 것이 치커리였다. 그러니 치커리만 가득인 샐러드가 기꺼울 리 없었다.

결국 디아나가 다음으로 집어 든 것은 식빵이었다. 노릇노릇하게 구워진 식빵을 한 손에 들고 두리번거리는 모습에 세드릭이 무심하게 물었다.

"뭐 찾아?"

"딸기 잼."

세드릭은 생선 살을 입에 넣으며 한편으로 마법을 부렸다. 식탁 구석에 처박혀 보이지 않던 잼이 미끄러지듯 디아나의 앞으로 날아왔다.

디아나가 형식적으로 감사 인사를 하고, 세드릭이 묵묵히 식사만 계속하는 광경.

곁에서 둘을 지켜보던 채스터티가 남몰래 음흉한 표정을 지었다.

그리하여 식사가 모두 끝난 뒤, 채스터티는 서재로 돌아가려는 세드릭의 팔을 붙들었다. 무슨 용건이냐는 듯한 세드릭의 시선은 일단 무시하고, 계단을 올라가는 디아나의 뒷모습이 완전히 시야에서 사라졌을 즈음에야 그녀가 은밀히 속삭였다.

"막내. 너 디아나 좋아하지?"

그 즉시, 세드릭의 표정이 일변했다.

"너 미쳤어?"

"아니. 나는 완전히 정상이야."

"미치지 않고서야 그런 미친 소리를 지껄일 리가 없는데."

세드릭은 눈도 깜짝하지 않고 그리 말했다. 억울해진 채스터티가 의자 팔걸이를 팡팡 내리치며 토로했다.

"정말이야! 확실하다니까? 언제 내 말이 틀린 적 있니?"

"너무 많아서 헤아릴 수가 없어."

채스터티는 말없이 팔짱을 끼고 세드릭을 훑어보았다. 네 설익은 감정 따윈 전부 이해한다는 듯 자비로운 표정은 덤이었다. 세드릭은 몹시 어처구니없어 한마디 쏘아붙이려다가 불현듯 떠오른 불길한 예감에 조심스레 입을 열었다.

"……너 설마 미래를 본 거야?"

"응? 아니. 그냥 내 직감인데."

그럼 그렇지. 세드릭은 고개를 내저으며 자리에서 일어났다.

"졸리면 남 귀찮게 하지 말고 가서 자든가."

"너 지금 내 직감 무시하니?"

"더는 들어 줄 수가 없네."

세드릭은 미련 없이 식당을 나갔다. 멀어지는 그의 등에 대고 채스터티가 소리 죽여 외쳤다.

"자기 마음 모르는 것처럼 바보 같은 짓도 없어. 나중에 후회하지 말고 빨리 인정하렴."

이처럼 채스터티가 흰소리를 늘어놓는 것은 하루 이틀이 아니었다. 원수 같은 누이와 평생을 함께였던 세드릭은 누구보다도 그 사실을 잘 알았다. 그녀의 예지가 확실하게 들어맞는 것과는 별개로 채스터티는 만사에 지나친 의심을 품었다. 직감이란 말로 포장한 이번 헛소리도 크게 다르진 않을 터였다.

그래야 하는데.

"세드릭. 너 오늘따라 왜 이렇게 멍하니?"

불쑥 들려오는 소리에 세드릭이 퍼뜩 정신을 차렸다. 눈앞에서 디아나가 의심쩍은 표정으로 그를 쳐다보고 있었다. 세드릭은 기계적으로 대꾸했다.

"아무것도 아냐."

"정말? 아무래도 상관은 없지만, 거기 망원경은 높이를 좀 조절하는 게 낫지 않을까?"

디아나는 세드릭이 멍하니 조작하고 있던 망원경을 가리켰다. 좋게 돌려 말하긴 했어도 거꾸로 바닥에 처박혀 돌바닥이나 비추는 렌즈가 마땅찮을 리 없다. 세드릭은 말없이 나사를 조절하기 시작했다.

근자에 세드릭은 마음이 몹시 심란했다. 요는 직감 운운하던 채스터티의 발언 탓인데, 당시는 물론이요 지금도 헛소리 치부하는 것은 마찬가지였지만, 이상스럽게 자꾸만 신경이 쓰였다. 심지어 어젯밤 잠을 설치면서는 채스터티가 사특한 저주라도 부린 건 아닌지 진지하게 의심할 정도였다. 물론 그녀에게 이런 저주를 내릴 만한 능력이 없다는 걸 곧 깨달았지만 말이다.

고민 끝에 세드릭은 평소 디아나와 자주 붙어 있기 때문이리라 결론지었다. 이전에는 그런 걸 의식한 적조차 없으니, 이 쓸데없는 번민은 전부 채스터티의 탓이었다. 괜한 벌집 들쑤시는 게 그녀의 악독한 취미긴 했어도, 이 정도로 휘둘려 본 적 없던 세드릭은 제법 짜증이 났다. 공연히 건드리는 채스터티도 짜증스럽지만, 이렇듯 끌려가는 자신도 짜증스럽기는 매한가지였다.

"야! 잠깐! 그걸 그렇게 다루면 어떡해!"

별안간 디아나가 황급히 손을 내뻗었다. 세드릭이 흠칫하며 물러나자, 디아나는 얼른 망원경을 붙들며 재차 나사를 만지기 시작했다.

"여기 이 나사를 풀어야지 애먼 데를 풀었잖아! 너 오늘 정말 이상하다. 어디 아픈 거 아니야?"

디아나가 핀잔을 주었다. 세드릭이 머쓱한 표정으로 대꾸했다.

"그냥 좀 피곤해서 그래."

"아무리 피곤해도 그렇지 평소에 안 하던 실수를……. 됐으니까 넌 별 뜰 때까지 저기 소파에 앉아 있어. 불안해서 못 맡기겠네."

세드릭은 내심 투덜거리면서도 얌전히 소파로 향했다. 독설을 자제한 뒤로는 자연스레 디아나도 유해졌지만, 아직까지도 그를 못마땅하게 여기는 것인지 바바라를 대하듯 상냥한 태도는 손톱만큼도 보이지 않았다. 어릴 적 새겨진 인식이란 그리도 바꾸기 힘든 것이었다.

소파에 비스듬히 앉은 채로 세드릭은 물끄러미 디아나의 뒷모습을 바라보았다. 은은한 달빛이 내리쬐는 유리 천장 아래. 작달막한 키로 제 몸집만 한 망원경을 이리저리 조절하는 모습이 딱하기도 하고, 기특하기도 했다.

디아나는 재능만 믿고 노력은 일절 하지 않는 채스터티와는 정반대의 부류였다. 암흑의 별 칼리스토를 탄생성으로 타고났을 만큼 재능은 바닥이면서, 마법에 들이는 공은 저택의 누구도 따라잡지 못할 정도였다. 세드릭도 그녀의 성실함에는 일찍이 혀를 내둘렀다.

그래서인지 디아나는 유독 이론에 밝았다. 깨친 지식을 마법으로 구현하지 못할 뿐이지, 서재의 웬만한 서적은 전부 독파했을 만큼 박학다식했다. 한때 악마까지 소환했던 걸 보면 정말로 서재에 숨겨진 책까지 읽었는지도 모르겠다.

그러니 굳이 호오를 가리자면 세드릭은 디아나를 좋아하는 편이었다. 일단 채스터티와 반대되는 부류기에 그러했다. 노력하는 독종이란 점에서 둘은 유사한 부분이 있었고, 어쩌면 비슷하기에 그토록 부딪쳤는지도 몰랐다. 꼬일 대로 꼬였던 어린 세드릭과, 독이 오를 대로 올랐던 어린 디아나는 참으로 진득하게도 싸워 댔다. 돌이켜 생각하면 정말 어처구니없는 이유로 서로에게 갖은 모욕과 상처를 주었다.

그렇기에 세드릭은 쉽게 판별할 수 없었다. 그가 시작한 관계였다. 처음에 단추를 잘못 꿴 것은 그가 먼저였다. 그가 이성적인 사랑을 제대로 알지 못한다는 사실은 차치하고서라도, 만일 채스터티의 말이 맞다면 당연히 들 수밖에 없는 의문이다.

내게 디아나를 좋아할 자격이 있을까?

"어? 세드릭, 이리 와 봐. 아폴리네르가 뜬 것 같아!"

불현듯 디아나가 손짓했다. 세드릭은 느리게 자리에서 일어나 그편으로 향했다. 망원경 렌즈에 눈을 갖다 대니, 실제 관측하기로는 익숙지 않은 별이 망막에 맺혔다.

"그 옆에 있는 별이 순수의 별 아담과 처단의 별 시나폴리야. 겔록의 사다리가 맞는 것 같지?"

"응."

사수의 별 아폴리네르.

역천의 별 무제타와 가장 근접한 별이자, 겔록의 사다리를 이루는 천체. 날씨가 쾌청한 날에도 웬만해서 관측하기 힘든 별로, 요즘처럼 날이 쌀쌀해지는 초가을에나 하루 이틀 겨우 볼 수 있었다. 작년에는 아예 관측하지 못했으니 장장 2년 만에야 겨우 육안으로 보게 된 귀한 별이었다.

"지금 시간이…… 새벽 1시 23분. 스승님께서 언제까지 관측하라고 하셨지?"

"겔록의 사다리는 다 관측하라고 하셨을걸. 심미의 별 베아트리체가 가장 늦게 뜨니 동틀 때쯤에야 끝나겠네."

디아나는 어깨를 늘어뜨리며 바닥에 쪼그리고 앉았다. 앞으로 장장 서너 시간 여기서 대기해야 한다면 오늘 밤은 꼬박 새우는 것이나 다름없었다. 이럴 줄 알았으면 본채에서 책이라도 몇 권 챙겨 올 걸 그랬다.

한참 망원경을 들여다보며 열심히 기록하던 세드릭도 오래지 않아 디아나의 곁에 앉았다. 오랜만에 관측하는 별이지만, 사수의 별 아폴리네르에 대한 기록은 지난 수천 년 동안 어마어마하게 쌓여 왔다. 아주 가끔씩은 변화하는 별도 있기에 마법사라면 응당 망원경을 가까이해야 하지만, 행운인지 불행인지 사수의 별 아폴리네르는 지금까지 단 한 차례의 변화도 기록된 적 없는 불변의 별이었다.

문득 정적이 내려앉았다. 세드릭은 전혀 상관하지 않았지만, 평소 어색한 적막을 못 견뎌 하는 디아나는 달랐다.

"혹시 사수의 별 아폴리네르에 대한 이야기 알아?"

참다못한 디아나가 말문을 열었다. 흘끗 한눈으로 그녀를 본 세드릭이 고개를 저었다. 별에 얽힌 설화 정도는 옛적에 들어 알았지만, 어떻게든 대화를 이어 나가고자 하는 디아나의 눈물겨운 노력을 가상하게 여긴 것이었다.

"되게 신기한 얘기야. 한번 들어 볼래?"

디아나는 신나게 말을 풀어냈다.

요컨대 이런 이야기였다.

옛날 옛적 아폴리네르라는 이름의 청년이 있었다. 젊고 아름다운 청년에게 구애하는 여인이 많았으나, 애석하게도 그는 한 여자만을 사랑하는 순애보였다. 그녀는 바로 별들의 왕 둘시네아였다.

여신의 사랑으로 망각의 강을 건너지 않은 둘시네아는 그 당시 이미 하늘의 질서를 확립하여 별들의 경애를 독차지하는 왕이었다. 사계의 별이 항상 그녀의 곁을 지켰고, 여왕이 내려 준 왕관이 그녀에게 영광을 더했다. 한낱 인간이 마음에 담을 만한 존재가 아니었다.

한데 그즈음 서쪽 하늘에서 불길한 징조가 나타나기 시작했다. 본디 여신의 주적(主敵)으로 감히 여신의 허락도 없이 하늘에 오른 역천의 별 무제타가 바로 그것이었다. 무제타는 변덕스러운 여신을 비난하며, 여신이 왕으로 내세운 시골 처녀 둘시네아에게 전쟁을 선포했다. 무제타의 목적은 다름 아닌 둘시네아의 왕좌였다.

하늘은 다시금 분란에 휩싸였다. 여신은 휘하의 별들로 하여금 역천의 별 무제타에게 맞설 것을 명했으나, 별들은 하나같이 죽음을 두려워했다. 역천의 별 무제타가 이미 별 하나를 집어삼킨 전적이 있기에 더욱 그러했다.

개탄하는 여신의 앞으로 아폴리네르가 용감히 나아갔다.

— 제가 무제타를 무찌르겠습니다.

하지만 여신은 그를 믿지 않았다. 전능한 여신은 아폴리네르가 둘시네아를 척애한다는 사실을 금세 알아챘다.

— 둘시네아는 나의 여인이다. 감히 네게 보여 줄 성싶으냐?

— 그분의 곁에 제가 없어도 상관없습니다. 그저 발치에서라도 지키게 해 주십시오.

결국 여신은 아폴리네르를 하늘로 올렸다. 별들의 왕 둘시네아와 가장 먼 곳으로, 역천의 별 무제타와 가장 가까이 맞닿은 곳으로.

당시 서쪽 하늘은 지키던 별들이 모두 달아나 황량해진 곳이었다. 아폴리네르는 연기 사이로 숨어 때를 기다렸다. 별 하나를 삼키고 기고만 장했던 무제타는 주변 감시가 소홀했다. 그리고 아폴리네르는 그 틈을 놓치지 않았다.

열흘 밤낮 겨누어져 있던 화살이 비로소 무제타의 허리에 박혔다.

역천의 별 무제타의 비명 소리가 온 하늘을 진동했다. 그제야 사태를 파악한 나머지 별들이 진군하여 무제타를 멀리 변방으로 몰아냈다. 아폴리네르가 아니었다면 불가한 승리였다.

그예 여신은 약속대로 아폴리네르에게 무제타의 감시를 맡겼다. 아폴리네르는 비로소 하늘의 별이 되었으나, 호시탐탐 침략할 기회만 노리는 무제타를 경계하느라 사랑하는 둘시네아를 돌아볼 겨를이 없었다. 당연하게도 별들의 왕 둘시네아는 그의 연심을 눈치채지 못했다.

역천의 별 무제타는 아직도 1년에 한 번씩은 꼭 기세를 펼쳤다. 언제가 될지 모르는 그때를 위해 사수의 별 아폴리네르는 매일을 서쪽 하늘만 경계하며 보낼 터. 애당초 그의 원으로 오른 하늘이긴 하나, 과연 아폴리네르는 아직도 둘시네아를 사랑할까. 아니면 이미 옛적에 잊었을까. 입에서 입으로 이야기를 전한 목동들은 항상 아폴리네르의 마음을 두고 내기를 했다고 전해지지만, 기실 답은 별이 보여 주고 있었다.

사수의 별 아폴리네르는 아직까지도 충직하게 변경을 지키고 있었다.

"어떻게 생각해?"

이야기를 끝마친 디아나가 대수롭지 않게 물었다.

"뭐를?"

"사수의 별 아폴리네르 말야. 어떻게 생각하냐고."

디아나의 질문은 어쩐지 오래된 기억을 되살렸다. 그러니까 지금보다 키가 절반은 작았을 무렵, 아직 독립하지 않았던 설리번이 아폴리네르의 이야기를 들려주며 똑같은 질문을 했었다.

'어떻게 생각해?'

'뭐를?'

'사수의 별 아폴리네르 말야. 어떻게 생각하냐고.'

그때 뭐라고 했더라. 가만히 추억에 잠겨 있던 세드릭이 무심코 입을 열었다.

"슬픈 이야기네."

당시도 지금도 사수의 별 아폴리네르에 얽힌 이야기에 대한 감상은 같았다. 슬프다. 슬픈 이야기다. 하지만 설리번과 채스터티는 그의 의견에 동조하지 않았다. 도리어 비웃기 바빴다.

'슬프다고? 대체 어딘가?'

'막내야, 이건 멍청한 얘기지! 세상에 수천 년이 넘도록 한 여자만 사랑한다는 게 말이나 되니? 게다가 사랑을 쟁취할 생각은 못 할망정, 만나지도 못하는 곳에서 내내 무제타만 경계한다고? 세상에, 나는 이렇게나 멍청한 이야기는 처음 들어!'

영원한 사랑은 없다. 그것이 척애라면 더더욱.

그야말로 수많은 마녀·마법사들이 진리처럼 여기는 말이었다. 마법 사회에서 사랑이란 그보다 비논리적인 감정이 없으리라 공공연히 낮잡아 보는 것이었으며, 애끓는 척애는 더욱 그러했다. 합리와 논리를 신봉하는 그들에게 척애만큼 비생산적인 감정도 없었다. 마음에 들면 고백하여 쟁취하고, 만일 상대가 거부하면 포기하거나 강제로라도 마음을 돌리게 하는 것이 인지상정이었다. 사랑을 몰래 품고만 있는 것처럼 바보 같은 짓도 없었다.

그러니 사수의 별 아폴리네르는 세상에 둘도 없는 천치였다. 그는 애정을 말하지도 않았고, 그토록 사랑하는 여인을 오랜 시간 돌아보지도 않았다. 둘시네아는 영영 몰라줄 마음만 품고서 그녀를 지키는 게 과연 무슨 의미가 있을까. 소유하지 않는 사랑에 도대체 어떤 의미를 부여할 수 있을까.

"슬프다고?"

예상대로 디아나 역시 눈을 동그랗게 떴다. 세드릭은 말없이 고개만 끄덕였다. 온전한 사랑을 내어 주지 않는 부모의 뒷모습만 따르며 사랑을 구걸하던 심정을 알지 못하는 이들은 아마 그를 이해할 수 없으리라 여겼다. 마치 설리번과 채스터티가 그러했듯이.

"뭐, 그렇게 생각할 수도 있겠네."

하지만 디아나는 쉬이 수긍했다.

"나는 슬프기보단 대단하다고 느꼈어. 수천 년 동안 변치 않는 사랑은 얼마나 위대할까? 세상에 영원한 사랑은 없다지만, 이만한 사랑이면 영원을 말해도 괜찮지 않을까?"

세드릭은 멍하니 그녀를 바라보았다. 저도 모르게 말이 튀어나왔다.

"둘시네아는 영영 사랑을 몰라주는데도?"

"아폴리네르는 그조차 감내한 거잖아. 여신이 자신에게 기회를 주지 않을 것을 다 알면서도 사랑하는 둘시네아를 지키고자 하늘에 오른 거고. 다른 사람들은 바보 같다고 말할지 모르지만, 나는 아폴리네르가 너무 대단해 보여. 그만한 사랑과 그만한 희생을 대체 누가 할 수 있겠어."

디아나가 가늘게 미소 지었다.

"그러니 나는 아폴리네르가 행복했으면 좋겠어. 아무것도 바라지 않는 사랑이니, 여신도 그 정도는 허락해 주지 않을까?"

디아나는 그리 말하며 세드릭을 돌아보았다. 한 뼘도 되지 않는 거리에서 고요한 미소가 피어났다. 영원한 사랑을 노래하고, 타인의 행복을 기원하며 마치 별처럼 만개했다.

그때서야 세드릭은 서글피 깨달았다.

나는 오래전부터 너를 좋아하고 있었구나.

이듬해, 바바라는 아이들을 불러 모았다.

"오래전 살라티에병(病)에 걸렸단다. 지금까지는 거동에 불편함이 없어 너희에게 말하지 않았다만, 이제는 조금 힘들 것 같구나."

살라티에병은 오직 마법을 부리는 이만이 걸리는 위험한 병이었다. 본디 마녀의 육체는 별의 마력을 담는 그릇이기에 평범한 인간보다 노화가 느렸으나, 살라티에병이 들면 노화가 빨라지고 육신이 약해졌다. 운이 좋다면 평범하게 늙어 죽지만, 불운한 경우 쇠약해진 육신이 마력을 견디지 못하고 일찌감치 망각의 강을 건너는 수가 있었다.

"너희 셋을 모두 돌보기에 내 기력이 예전 같지 않다. 채스터티는 이제 곧 성인이니 승급 시험을 치르도록 하고……."

바바라의 지친 눈이 느리게 세드릭을 향했다.

"세드릭. 넌 아직 열여섯이지만, 승급 시험을 치르기엔 충분할 자질이야. 무리 없이 합격할 수 있을 거다."

세드릭과 채스터티는 차마 반론을 제기할 수 없었다. 매일같이 보는 얼굴이기에 남들보다 노화가 빠르다는 점조차 그들은 눈치채지 못했다. 그녀의 병환을 알게 된 지금에서야 10년은 더 늙어 버린 바바라의 주름진 얼굴이 눈에 들어왔다.

바바라가 오래도록 비밀로 간직했던 먹구름이 저택을 온통 뒤덮었다. 평소 그녀를 잘 따르던 세드릭과 디아나는 물론이요, 장난을 업으로 삼던 채스터티조차 시름에 잠겼다.

뒤늦게 수장의 병환을 접한 자일스 일족도 뾰족한 수가 없기는 마찬가지였다. 살라티에병은 원인도 치료 방법도 밝혀지지 않은 희소병이었다. 바바라처럼 병마가 오래된 경우에는 최대한 스트레스를 피해 편안하게 은거하는 것만이 그나마 오래 살 수 있는 길이었다.

"대체 언제 아신 걸까. 왜 지금까지 말씀 안 하시고."

채스터티가 우울하게 중얼거렸다. 디아나도 마찬가지로 우울한 얼굴이었다.

"우리가 스승님을 너무 힘드시게 한 건 아니겠지?"

"설마……."

채스터티는 수상쩍게 조용한 세드릭을 건드렸다.

"막내. 너 정말 독립할 거니? 나야 이제 성인이라지만, 넌 아직 어리잖아. 괜찮겠어?"

"괜찮지 않아도 어쩔 수 없잖아. 어머니께서 두 사람 돌보기는 힘겨우신 것 같으니."

디아나는 슬그머니 세드릭의 눈치를 보았다. 굴러온 돌이 박힌 돌 빼내는 격이라고, 스승의 친아들을 내보내고 자기만 남는 것이 영 마음에 걸리는 듯했다.

"저기, 세드릭……"

"난 신경 쓰지 않아도 돼. 어차피 윈터를 저택에서 키우기도 슬슬 힘에 부쳤으니까. 이참에 제대로 교육할 장소를 찾아야지."

요사이 눈에 띄게 몸집이 불어난 윈터는 식욕을 비롯한 잔인한 본성에 쉽사리 휘둘리고 있었다. 그나마 세드릭의 말은 들었으나, 다른 사람의 말은 귓등으로도 듣지 않았다. 자꾸 제멋대로 구는 것을 방치하다간 정말로 큰 사달이 일어나는 수가 있었다.

디아나는 조용히 납득했다. 하지만 울적한 표정은 그대로였다. 세드릭과 윈터, 그리고 채스터티까지 모두 떠나간 저택을 상상하니 제법 허전한 모양이었다. 그토록 징글맞다고 여기던 관계도 막상 이별을 앞에 두면 섭섭한 마음부터 드는 것이 인지상정이기에.

오래지 않아 세드릭과 채스터티는 승급 시험을 치렀다. 세드릭은 당연스럽게도 필기와 실기 전부 만점으로 통과했고, 채스터티는 필기는 과락을 겨우 면했으나 실기에서 얼렁뚱땅 점수를 메웠다. 이번 달 실기 시험에서 그녀가 곧잘 하는 비행마법이 문제로 나온 게 주효했다.

그리고 한 달이 흘러, 발푸르기스의 밤이 부쩍 가까워졌다.

"발푸르기스의 밤이 올해 열리는 게 다행이네. 아니었으면 몇 년을 이명도 없이 살 뻔했어."

"넌 발푸르기스의 밤이 문제가 아니라 왕궁부터 들러야지. 국왕과 서약하지 않으면 의뢰도 못 받는 거 알잖아."

"그런 걸 받아서 뭐 해. 어차피 매달 가문에서 보조해 줄 텐데."

채스터티가 입을 비쭉이며 말했다. 세드릭은 갑갑한 마음에 한숨만 삼켜 냈다. 예상하지 못한 것은 아니나, 어쩜 철이 없어도 저렇게나 철이 없는지 알 수가 없었다.

"지난주에 세드릭은 왕궁에 다녀오지 않았어? 그때 같이 가지."

문득 디아나가 물었다. 채스터티는 기함했다.

"싫다, 얘. 막내는 서약 겸 국왕과 계약하러 간 거잖니. 옆에 있다가 내가 무슨 말을 들을 줄 알고. 나는 죽어도 얘처럼 국경에는 안 갈 거야."

"누군 너랑 같이 가고 싶은 줄 알아?"

지난주 세드릭은 국왕과 장기 계약을 맺고 왔다. 윈터를 교련할 장소를 물색하다가 결정한 곳이 바로 국경이었기 때문이다. 거인 서식지와 맞닿은 북서쪽의 국경은 아직도 쉴 틈 없이 총탄이 오간다지만, 세드릭의 목적지는 비교적 평화로운 북동쪽이었다. 해안가에 위치하여 물을 두려워하는 용을 제압하기도 손쉬울뿐더러, 어쨌든 반제와 맞닿은 국경이니만큼 도시에선 좀처럼 느낄 수 없는 긴장감이 흐르는 지역이었다. 아닌 체해도 주변 분위기에 잘 휩쓸리는 윈터의 군기를 잡기엔 가장 적합했다.

"그런데 계약의 대가로 뭘 받기로 한 거야?"

둘의 시선이 곧장 세드릭에게로 모였다. 세드릭은 부러 그들의 시선을 피했다.

"별거 아냐."

"별게 아니긴! 별거니까 그리 숨기는 걸 내가 모를 줄 알고!"

"네가 알아서 뭐 할 건데?"

"물론 호기심을 충족시켜야지."

세드릭이 고개만 내저었다. 조용히 소매를 만지작대던 디아나가 불현듯 입을 열었다.

"그럼 앞으로는 못 볼지도 모르겠네."

"그게 무슨 소리야?"

채스터티가 의아한 표정을 지었다. 디아나는 잠시 뜸을 들였다.

"채스터티 너야 독립해도 부근에서 살 테니 종종 보겠지만, 세드릭은 2년 뒤에나 돌아온다며."

"그런데?"

"2년 뒤엔 나도 독립했을 거 아냐. 그럼 앞으로 볼 일은 없겠지."

지나치게 명쾌한 대답이었다. 세드릭은 침묵했다. 곁에서 채스터티가 공연히 그를 흘깃거리는 게 느껴졌지만, 지금 입을 열거든 무슨 말이 나갈지 몰랐다. 가만히 입 다물고 있는 게 최선이었다.

"디, 디아나 너는 독립하면 언니한테 갈 거랬지?"

채스터티가 과장해 웃으며 물었다. 디아나가 더없이 행복한 얼굴로 고개를 끄덕였다.

"응. 언니랑 같이 살기로 약속했어. 지금도 너무 기대돼."

언니와 함께하는 것은 디아나의 오랜 꿈이었다. 어릴 적부터 아주 입에 달고 살던 말이기에 세드릭도 채스터티도 당연하게 여기던 차였다. 하지만 당연하게 여기는 것과, 디아나가 저리 매몰차게 언니만 바라는 것은 달랐다.

세상에 하나뿐인 가족이라곤 해도 고작해야 1년에 하루 이틀 만나는 사이였다. 세드릭은 디아나가 도대체 무얼 보고 저렇게나 자매를 믿고 따르는지 알지 못했다. 어쩌면 그는 뒷모습만 보았던 자매가 마법 사회에서 드물게도 대단히 훌륭한 인품을 지녔는지도 모르지만, 저희와는 10년을 함께하고도 저렇듯 미련조차 보이지 않는 디아나의 태도가 기꺼울 리 없었다. 속으로만 삭이다가도 가끔은 울컥 치솟는 날이 있었다.

그래도 조금쯤은 아쉬워하는 모습을 보여 주면 좋을 텐데.

하릴없이 그런 생각이 들었다.

"……빨리 그날이 왔으면 좋겠네."

하지만 세드릭은 오늘도 말을 아꼈다. 채스터티는 항상 바보 같은 짓이라 매도하긴 했어도, 마지막에는 되도록 좋은 모습만 남겨 주고 싶었다. 머잖아 헤어질 그로서는 2년 뒤에 좋은 재회를 바라는 것만이 현실적으로 바랄 수 있는 원이었다.

남매는 그렇게 발푸르기스의 밤이 열리는 파펜하임산(山)으로 향했다.

"……저기, 용과 계약한……."

"……과연 자일스의 차기 수장으로……."

"……베가의 낙뢰를 내린다고……."

세드릭은 낯선 이들이 수군거리는 소리를 무시하며 빠르게 걸었다. 이국의 낯선 풍광도, 이국의 낯선 얼굴도 이제는 물리도록 익숙해진 참이었다. 만류를 무릅쓰고 남매와 동행한 바바라가 어젯밤 쓰러진 뒤로 저도 모르게 신경이 날카로워진 것도 같았다.

어째서 격년제로 개최되는지 전적으로 이해가 가는 대집회였다. 주요 마법 가문의 수장을 비롯하여 중앙삼국의 내로라하는 마녀·마법사들이 모인 평의회는 물론이요, 새로운 세대를 기성세대에게 소개하는 자리조차 너절하기 짝이 없었다.

외부 세계에 무관심한 마녀의 성향상 응집력이 떨어지는 것은 당연했지만, 이럴 거면 왜 모여서 회의를 하고 집회를 여는지 당최 납득이 되지 않았다. 다른 중요한 사안은 제쳐 두고, 용에게만 눈을 반짝이는 추태라니. 덕분에 기고만장해진 윈터를 자제시키느라 요 며칠 세드릭만 힘겨웠다.

'하여간 콧대만 높아져서는.'

세드릭이 투덜거리며 옷깃을 세웠다. 날짜로는 늦봄이지만, 반제의 북부 중립 지대에 위치한 파펜하임산은 마치 잉그람의 초봄처럼 쌀쌀했다. 그나마 이번 대집회는 겨울에 열리지 않아서 다행이었다.

"세드릭! 여기야!"

멀리서 채스터티가 팔을 마구 휘두르는 모습이 보였다. 세드릭은 얼른 그편으로 다가갔다. 가까이서 보니 채스터티의 뺨이 발갛게 상기되어 있었다.

"나 아까 수정의 관에 다녀왔어. 내 이명이 뭐냐면—"

"예언의 마녀라며."

"너 어떻게 알았어!"

소개할 기회를 빼앗긴 채스터티가 분개했다. 세드릭이 심드렁한 표정으로 대꾸했다.

"사람들이 수군거리던데. 네가 제노비아 자일스의 이명을 이어받았다고."

이명(異名)이란 마녀·마법사들에게 내려지는 별칭이다. 자질이나 미래 등을 종합적으로 판단하여 별이 내려 주는 이름으로, 채스터티나 세드릭처럼 강력한 마법을 계승한 경우에는 선조들의 이명을 물려받는 경우가 많았다.

"그럼 너는 무슨 이명을 받을까? 섬광은 네 아버지의 이명이니까 아닐 테고."

"대강 비슷하게 받겠지."

세드릭은 아무래도 상관없다는 식이었다. 못마땅하게 그를 흘겨보던 채스터티가 문득 소리 죽여 말했다.

"있지, 그런데 수정의 관 느낌이 되게 이상해."

"어떤데?"

"으음, 너도 들어가 보면 알 거야."

"마력의 농도가 짙다는 건 나도 들어 알아."

"것도 그런데……. 하여간 들어가 보면 알아! 그러고 보니 넌 차례가 어떻게 되길래 아직도 기다리고 있니? 빨리 가 봐!"

세드릭은 채스터티의 등쌀에 밀려 돌계단을 오르기 시작했다. 산 중턱 어드메까지 올라야 한다는 소문이 사실이었는지, 대관절 돌계단은 끝날 기미가 보이지 않았다. 마법으로 이동하면 참으로 편하겠으나, 아쉽게도 수정의 관은 걸어서 올라가는 것이 전통이었다.

수정의 관(the coffin of crystal).

그것은 파펜하임산 중턱 깊디깊은 동굴에 위치한 조그만 호수를 칭하는 명칭이었다. 산 정상의 청정한 만년설을 녹여 호수로 채운 그곳은 종교 없는 마녀의 성지요, 일생에 단 한 번 경험할 수 있는 성인식의 무대였다.

세드릭은 조용히 동굴 안쪽으로 들었다. 촛불로 겨우 밝힌 길을 계속 내려가니, 머잖아 마력으로 충만한 곳에 닿았다.

동그랗게 차오른 호수. 수면으로 떠오른 찬란한 밤하늘이 먼저 시선을 사로잡았지만, 그보다 경이로운 것은 어디서 들려오는지 알 수 없는 수만 가지 속삭임이었다.

도대체 무어라 말하는지 알아들을 수 없었다. 멀어졌는가 하면 가까이 다가오고, 귓가에서 속삭이는가 싶으면 멀리 아득해졌다. 어린아이의 장난스러운 웃음소리 같기도, 노인이 한탄하는 곡소리 같기도 했다. 도무지 갈피를 잡을 수가 없었다.

"세드릭 자일스."

그때, 지척에서 명랑한 목소리가 들려왔다. 세드릭은 흠칫하며 고개를 돌렸다. 이제 보니 수정의 관에는 그 혼자만이 아니었다. 호수의 세 귀퉁이를 차지하고 앉은 세 명의 노인이 물끄러미 그를 바라보고 있었다.

"우리가 누군지는 알지?"

왼쪽에 앉은 노인이 방긋거리며 물었다. 세드릭은 간신히 고개를 끄덕였다.

"상아탑에서 내려오신……."

"응. 맞아. 네가 바바라 자일스의 아들이로구나."

오른쪽에 앉은 노인이 이유 없이 훌쩍거리며 말했다.

"에드윈 베가의 아들이기도 하지."

이번에는 가운데 앉은 노인이 퉁명스럽게 말했다.

"겉은 자일스인데, 알맹이는 베가야. 한데 용의 주인이라고?"

"네……."

"별일이군."

세드릭은 머뭇거리며 고개만 끄덕였다. 까맣게 잊고 있던 사실이 그제야 떠올랐다. 수정의 관에서 성인식을 집행하며 이명을 전달하는 존재들.

바로 상아탑의 사자였다.

"뭐 해? 앉지 않고."

왼쪽의 노인이 변함없이 방긋거리는 얼굴로 말을 건넸다. 세드릭은 머뭇거리며 비어 있는 호숫가 귀퉁이에 앉았다. 느낌이 이상하다던 채스터티의 말이 맞았다. 상아탑에서 내려온 노인들은 가까이서 보니 더더욱 기묘했다.

상아탑이란 백 세가 넘은 몇몇 마녀·마법사들이 부름을 받는 남쪽의 탑으로, 세상에 알려진 것이래 봤자 별이 속삭이는 진리를 전해 듣기 위해 수행한다는 것뿐이었다. 일단 들어가면 나오는 일이 없기에 아직까지도 신비를 유지하는 드문 곳이지만, 마법의 높은 경지를 추구하는 마녀·마법사들에겐 그보다 더한 선망의 대상이 없었다. 오죽하면 상아탑에 들기 위해 장수하는 것이 인생의 바람일까.

하지만 정작 대면하니 이들이 높은 경지에 올랐다는 것이 당최 믿기지 않았다. 왼쪽에서 내내 방긋거리는 노인도, 오른쪽에서 내내 훌쩍이는 노인도, 가운데서 내내 퉁명스러운 노인도 굳이 따지자면 현자보다는 어린아이에 가까웠다. 특히나 감정을 숨기지 않고 그대로 얼굴에 드러내는 점이 그러했다.

"집중해. 이제 시작할 거야."

가운데 앉은 노인이 주의를 주었다. 세드릭이 자세를 바로 하자, 수면 위에 소금처럼 뿌려진 별들이 별안간 황홀한 빛을 뿜어내기 시작했다.

황금빛으로 빛나는 별들의 왕 둘시네아와 지척에서 여왕을 지키는 사계의 별들. 그 외에도 영광과 부활, 전쟁, 자유, 방랑, 낙원, 시간, 순례, 사수, 영웅, 순수 등 수백 가지의 별이 빛을 뿜내며 소리쳤으나 세드릭의 시선은 오로지 한곳에만 머물렀다. 동쪽 하늘에서 고고하게 나시마르크 사탑의 정상을 차지한 푸른 별.

그의 탄생성, 천칭의 별 사피겔.

별빛이 달뜰수록 알아들을 수 없는 속삭임도 점차 소리를 더해 갔다. 그리하여 웃음소리 곡소리 노랫소리 혼잣소리가 귓가를 그득 메운 때, 일순 노인들이 입을 크게 벌렸다.

《 ······판 》

들어 본 적 없는 엄숙한 음성이 내리꽂혔다.

《 심판 》

마치 진노하는 신처럼, 혹은 준엄한 판관처럼.

《 심판의 마법사 》

세드릭은 천천히 눈을 내리감았다. 천지를 들끓는 우레처럼 운명이 떨어졌다.

대집회를 마치고 저택으로 돌아온 세드릭 자일스는 그로부터 열흘 뒤 국경으로 향했다.

그가 돌아온 것은 2년이 지난 늦봄이었다.

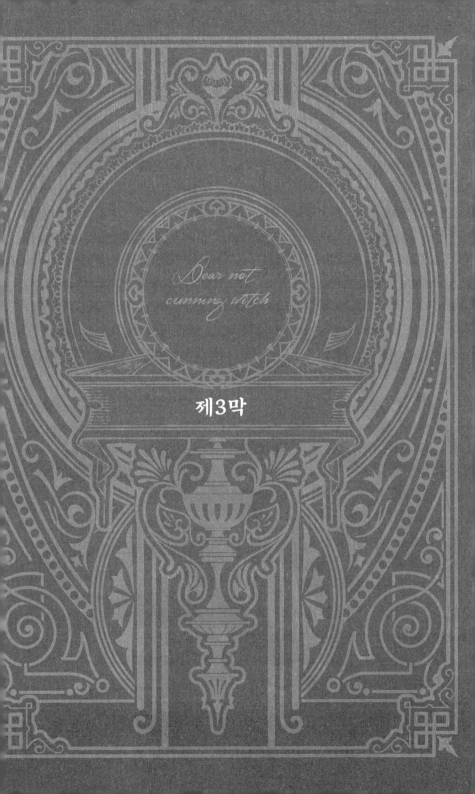

Dear not
cunning witch

제3막

두 명의 예언자

별은 모든 것을 알고 있다.

이는 자일스의 예지를 설명하는 가장 기초가 되는 말이다. 별은 과거
와 현재와 미래에 모두 존재하기에, 별빛 닿는 곳이면 어디고 과거 현
재 미래의 모습을 전부 알고 있었다. 그중에서도 클레멘틴 자일스를 비
롯한 자일스의 예언가들은 사시사철 빛을 잃지 않는 여명의 별 페베의
축복을 받고 태어났다. 그러므로 자일스의 예지란, 정확히 말해 미래를
보는 것이 아니라 탄생성 페베의 기억을 엿보는 것이었다.

그런 연유로 자일스의 예지는 틀리지 않는다. 1년에 한 번씩은 꼭 잠
드는 시기가 있는 다른 별들과 달리, 여명의 별 페베는 입때껏 지상에
서 시선을 돌려 본 적 없는 최고(最古)의 역사가였다. 페베가 보지 못한
지상은 없고, 페베가 보지 못할 지상은 없었다. 그러니 페베의 기억과
연동된 자일스의 예지란 틀릴 수가 없었다. 일어난 일은 일어날 것이
고, 일어났던 일은 언제든 일어나기 마련이므로.

하지만 자일스의 예언가라고 언제나 미래에 능통한 것만은 아니다. 그들은 미래 불확실한 시점의 어느 장면만을 스치듯 엿볼 뿐, 앞뒤 맥락까지 읽어 내지는 못했다. 예컨대 누군가 다른 사람에게 칼을 휘두르려는 장면만을 보았다고 해서, 그이를 살인자라고 매도할 수는 없는 노릇이다. 얼핏 빤해 보이는 상황조차 맥락에 따라 전혀 다른 의미를 지니므로, 자일스의 예언가들은 예로부터 침묵을 미덕으로 삼아 왔다. 자신이 본 미래를 온 세상에 떠벌려도 어차피 바뀌지 않을 미래이기에 더욱 그러했다.

그리하여 먼 옛날, 클레멘틴 자일스는 이런 말을 남겼다.

변치 않을 미래라면 차라리 보지 않는 편이 낫다고.

어쩌면 모든 자일스의 예언가들이 비슷한 생각을 품었는지도 모르겠다.

채스터티는 잠에서 깨어났다.

삽시에 졸음기 달아난 두 눈이 크게 확장된 채 암암한 어둠 속을 헤매었다. 거듭 몰아쉬는 숨이 맥동을 거칠게 몰아냈다. 아득할 만치 고요한 어둠 속을 한참 노려보던 채스터티가 일순 자리를 박차고 일어났다. 옷가지조차 제대로 챙겨 입지 않아 일견 제정신 아닌 모습으로 달려간 곳은 다름 아닌 서재였다.

채스터티는 산만한 책장에서 미친 듯이 무언가를 찾기 시작했다. 그녀의 손이 거세게 지나간 곳곳마다 책들이 기우뚱 쏟아져 내렸다. 그러다가 구석에서 겨우 발견한 앨범을 들고서 마법으로 촛대를 끌고 왔다.

미약한 불빛이 앨범을 내리비추었다. 끄트머리가 변색된 아주 오래된 앨범. 채스터티는 덜덜 떨리는 손으로 표지를 넘겼다. 한 장씩 넘어갈 때마다 조금씩 안도감이 깃들었으나 그것도 잠시, 어언지간 멈춘 손이 덧없이 앨범에서 떨어졌다. 그녀의 시선이 고정된 페이지에는 지금까지도 명성을 이어 가는 아주 고명한 선조의 사진이 붙어 있었다.

제노비아 자일스

거의 40년 전 자살하여 겔렝지어로 돌아간 마녀. 헛되이 죽은 용 페넬로피의 주인이자, 바바라 이전 세대에서 유일하게 미래를 보았던 자일스의 예언자.

또한 채스터티가 금방 꿈에서 보았던 얼굴이 바로 이러했다.

"꿈에서 나를 보았나요?"

별안간 귀에 선 목소리가 들려왔다.

채스터티는 소스라치게 놀라 뒤를 돌아보았다. 불빛이 간신히 닿는 경계에 불청객이 들어와 있었다. 여기는 채스터티 자일스의 이름이 새겨진 자택. 지난 이레 집을 비웠다곤 하나, 평범한 인간이 감히 마녀의 저택을 침범하지는 못할 터였다.

불청객은 느릿하게 다가왔다. 이윽고 암암하던 얼굴이 명확해졌다. 채스터티는 외마디 비명을 내지르며 저도 모르게 주저앉았다.

"다, 당신이 어째서!"

"채스터티, 그대가 본 미래에 내가 있던가요?"

"죽었잖아! 왜 여기 있는 거야!"

"미래의 나는 어떻던가요? 무얼 하고 있었죠?"

황망한 채스터티와는 대조적으로 침착하기 그지없는 목소리였다. 채스터티는 양팔로 머리를 감싸 안으며 외쳤다.

"제노비아 자일스. 당신이 어떻게 살아 있는 거야……?"

불청객, 제노비아 자일스는 물끄러미 어린 후손을 굽어보았다. 충격에 빠진 채스터티는 아무런 말도 듣지 못하는 듯했다. 제노비아의 눈빛에 얼핏 안쓰러움이 맺혔다.

"미안해요. 그대에겐 아무런 원한도 없으나."

제노비아의 옆으로 미끄러지듯 권총이 나타났다.

"내겐 남은 시간이 얼마 없답니다."

그리고 소리 죽인 총성이 쟁쟁하게 울려 퍼졌다.

채스터티는 덧없이 쓰러졌다. 꿰뚫린 가슴팍에서 끝없이 선혈이 흘러나왔다. 그 광경을 안타깝게 지켜보는 제노비아의 곁으로 헤센이 다가왔다.

"아직 숨이 끊어지진 않았을 겁니다."

"그럼 끊어야죠."

냉정한 말에 응하듯 총구가 이번에는 채스터티의 머리를 향했다. 헤센이 무감하게 마법을 부리려던 찰나.

"이봐, 채스터티!"

갑자기 누군가 대문을 쾅쾅 두드렸다. 반사적으로 제노비아와 헤센의 시선이 그편으로 향했다.

"돌아왔으면 돌아왔다고 얘기를 해야지! 오늘은 너희 집에서 파티 열기로 했잖아!"

"얘 자는 거 아냐?"

"채스터티 자일스가? 이 시간에 잘도 자겠다."

꽤 여럿인지 대문 밖에서 들려오는 인기척이 심상치 않았다. 헤센은 차게 굳어 버린 눈으로 죽어 가는 채스터티를 흘깃거렸다.

"우리 들어간다? 열쇠를 준 건 너니까 나중에 헛말하지 마라!"

뒤이어 열쇠 구멍 돌아가는 소리가 적나라하게 들려왔다. 제노비아는 그제야 헤센의 팔뚝을 짚으며 시선을 맞추었다. 순간 두 사람의 그림자가 가깝게 붙었다.

직후 저택으로 쏟아져 들어온 무리는 시끄럽게 바닥을 울리며 집주인의 이름을 불러 댔다. 빈방을 대강 한두 개 열어 본 뒤 마찬가지로 기대 없이 열어젖힌 서재의 문. 정면으로 보이는 참상에 잠시 말을 잃었던 이들이 삽시에 비명을 토해 내기 시작했다.

"채스터티!"

수많은 발소리가 서재를 덮치듯 달려들었다. 긴급히 의사를 연호하는 목소리와 황망히 환부를 동여매는 손아귀가 겹치는 가운데, 제노비아와 헤센의 모습은 어디서도 찾을 수 없었다. 꺼진 촛불처럼 홀연히 사라져 버렸다.

그 시각, 자일스 본성에선 수장의 후계자를 둘러싼 투표가 진행 중이었다. 비록 절반은 베가의 핏줄이나 바바라의 유일한 친자이고 무엇보다도 용 윈터의 주인임을 감안하여 세드릭 자일스가 가장 유력했지만, 일부 원로들은 끝까지 반대했다. 결국 궁지에 몰린 레오나드 자일스가 모든 일족이 참여하는 선거를 제안했으나, 마지막으로 강구해 낸 수조차 그의 염원을 이루어 주지는 못했다.

"세드릭 자일스 27표. 채스터티 자일스 12표. 무효 3표. 기권 9표."

수장 대리 설리번 자일스가 결과를 발표했다.

"차기 수장은 세드릭 자일스입니다."

촛불로만 밝힌 캄캄한 성내, 선거의 종식을 알리는 무거운 북소리가 멀리 퍼져 나갔다.

〈교활한 자일스〉는 그렇게 새 시대를 맞이할 준비를 끝마쳤다.

*Fear not
cunning witch*

1. 발푸르기스의 밤

"언니, 빨리 와!"

"지금 나갈게."

모자를 집어 든 헤스터가 마지막으로 점검하듯 방을 둘러보았다. 앞으로 족히 일주일은 돌아오지 못할 자그만 집은 변함없이 깔끔하게 정돈되어 있었다. 겉으로 보았을 때는 물론이요, 침입을 방지하는 마법 회로도 제대로 작동하는 것을 확인했으니 더는 지체할 시간이 없었다.

미련 없이 방문을 열려던 찰나, 헤스터는 불현듯 문가에 놓인 편지를 발견했다. 오늘 아침 우편함에 꽂혀 있던 편지로 여행 준비에 바빠 아직까지 열어 보지도 못했다.

"디아나. 조금만 기다려 줘."

헤스터는 밖에서 오매불망 그녀를 기다리고 있을 디아나를 안심시키며 얼른 편지를 뜯었다. 관청의 낙인이 찍히지 않은 것으로 보아 납세서는 아닌 듯했지만, 혹 긴급한 소식이라면 늦게 확인해서 좋을 것이 없었다.

편지는 몹시 짤막했다.

「헤스터 솔 귀하,
귀하를 사교 클럽 몬(Mon)으로 초대합니다.」

발푸르기스의 밤.

이제는 마법 사회를 집결하는 대집회이자, 통솔하는 평의회로 자리매김한 이 행사는 아주 오래전에서 기원한다.

때는 아홉 마법 가문을 창설한 아홉 인의 영웅이 이름을 떨치던 시절. 북서부를 중심으로 세력을 넓혀 가던 발부르가 볼크하르트는 어느 날 파펜하임산을 지배하는 악룡 타트라스크 파펜하임을 찾아갔다. 악룡 타트라스크 파펜하임은 본디 마녀와 마법사를 수족 삼아 부리길 즐겼으므로, 저명한 마녀가 자신의 본거지를 방문한 것을 몹시 흡족히 여겼다.

[그대는 무슨 일로 나를 찾았는가.]
'이 산이 마음에 듭니다. 얼마면 내게 팔겠습니까?'

악룡은 발부르가의 제의가 달갑지 않았다. 높고 험준한 파펜하임산은 용이 기거하기엔 더할 나위 없이 훌륭한 장소였기 때문이다.

[억만금을 준대도 팔지 않는다. 하지만 그대가 나의 수족이 된다면 고려해 볼 수는 있겠지.]
'불가합니다. 내가 제안할 수 있는 선은 서쪽의 나임케산(山)과 일흔일곱

의 금궤, 그리고 당신의 양식으로 삼을 백 명의 장정과 백 명의 처녀뿐입니다.'

[나얍케산은 내게는 너무 낮다. 그리고 요 앞 왕국에서 매년 바치는 공물만 치더라도 백 개의 금궤와 수백의 처녀 장정을 훨씬 상회한다. 발부르가 볼크하르트는 마녀로서는 유례없이 대단한 부를 이루었다고 들었는데, 이제 보니 배포가 너무도 작구나.]

악룡의 빈정거림에도 발부르가는 흔들리지 않았다.

'좋습니다. 그럼 금화 하나로 하지요.'
[금화 하나로 무얼?]
'악룡 타트라스크 파펜하임이여, 당신은 금화 하나로 내게 산을 넘길 것입니다.'

발부르가 볼크하르트는 본디 최면에 능한 마녀였다. 악룡은 그녀가 이룬 어마어마한 부에만 관심을 보였지만, 그만한 부를 가능케 한 것이 바로 그녀의 최면이었다. 그래 봤자 한 입 거리도 되지 않을 마녀의 능력이라 여기며 용 본인에게는 티끌만큼의 해도 끼치지 못하리라 자신했겠으나, 바로 그러한 자만심이 악룡 타트라스크 파펜하임을 궁지로 내몰았다.

악룡이 다시 정신을 차린 순간, 그는 더 이상 파펜하임산의 주인이 아니었다. 파펜하임산에는 어느새 볼크하르트를 상징하는 매의 깃발이 꽂혔고, 용의 수중에는 고작 금화 하나가 전부였다. 마녀의 최면에 걸려들어 평생에 걸쳐 일군 거처와 재산을 제 손으로 넘긴 것이었다.

악룡은 크게 노했다. 분기에 눈이 멀어 앞뒤 가리지 않고 파펜하임산으로 달려들었으나, 애석하게도 그곳에는 발부르가 볼크하르트를 비롯한 아홉 인의 영웅이 전부 모여 있었다. 그중에는 대체로 교만하기 짝이 없는 용조차 두려워 피하는 '용 학살자' 오베론 베가도 있었다.

'여기 두려움을 모르는 버러지가 있구나.'

오베론 베가는 자비 없이 낙뢰를 내렸다. 샛말간 하늘에서 떨어진 창날은 삽시간에 용의 몸뚱이를 꿰뚫었다. 눈처럼 하얗던 용이 시커멓게 타기까지는 그리 오랜 시간이 걸리지 않았다.

'클레멘틴 자일스여, 아둔한 용이 되돌아올 것이라던 당신의 예언이 맞았군요.'

여름을 불러오는 마법사, 피오트르 그윈티르가 용이 타 죽는 장관을 즐기며 찬탄했다.

'참, 그대는 눈이 멀어 보지 못하지요?'
'이미 꿈에서 보았습니다. 기껍지 않은 광경, 또 보아서 굳이 눈을 어지럽힐 이유는 없지요.'

클레멘틴 자일스가 나직이 대답했다. 발부르가 볼크하르트가 딱하다는 듯이 혀를 찼다.

'그러기에 일찌감치 내 제안을 받아들였으면 얼마나 좋았을까.'

이윽고 용의 몸뚱이가 비스듬히 기울었다. 어언지간 낙뢰가 멈춘 하늘은 새삼스러운 평화를 되찾았다. 육중한 용이 산기슭에 쓰러진 뒤로는 지상도 별다를 바 없었다.

그러자 마체 팔리아치가 자리에서 일어났다.

'이렇듯 자리를 마련한 발부르가 볼크하르트에게 감사를 표합니다. 또한 예언으로 이처럼 적당한 장소를 알린 클레멘틴 자일스에게도 마땅한 사의를 보냅니다.'

마녀의 조용한 음성이 이어졌다.

'우리가 한자리에 모인 것은 전례가 없으니, 이번 회담은 입에서 입으로 오래도록 전해질 것입니다. 하지만 우리가 여기서 무얼 했는지는 숱한 추측으로만 남아야 합니다. 비밀은 무덤까지. 모두 알고 있으리라 믿습니다.'

여덟 명의 영웅은 침묵으로 동조했다. 마체 팔리아치의 눈이 차게 빛났다.

'그럼 시작하죠.'

숭고한 마체 팔리아치.
가혹한 퀸투스 아스톨포.
교활한 클레멘틴 자일스.
공정한 이즈리얼 알피어스.
고결한 오베론 베가.
냉엄한 발부르가 볼크하르트.
오만한 베르티 오르테가.
잔악한 피오트르 그윈티르.
엄숙한 마그누스 프롬.

삶보다 죽음이 가깝던 시대, 기적 같은 힘으로 가문을 이루어 번성했던 아홉 인의 영웅이 파펜하임산에서 도대체 무얼 했는지는 아무도 모른다. 그들이 영면한 이래로 같은 계절이 수천 번 순환했으니, 이제 와 그런 걸 파헤치기엔 너무 늦었을 터. 그토록 눈부시던 아홉 인의 영웅도 지금은 전설 속 낡은 이름으로만 남았으며, 심지어는 그들의 별칭에서 이름을 제하여 가문으로만 통칭한 지도 제법 오래되었다.

그러나 아홉 인의 영웅을 뒤따른 대집회만은 여전히 존속되고 있었다. 발푸르기스의 밤. 마치 아홉 인의 영웅이 한자리에 모였던 그날처럼 파펜하임산은 여전히 마법 사회의 중심이자 으뜸으로 존재했다. 한때 서로 간의 반목으로 약세를 보인 적은 있어도 와해된 적은 없으니, 200년 전 마법 사회에 평화가 깃든 이후 대집회의 중요성이 더욱 부각된 것도 무리는 아니었다.

그리하여 오늘날 발푸르기스의 밤은 내로라하는 마녀·마법사에겐 그간의 대소사를 논하는 대회의요, 크나큰 죄를 저지른 죄인에겐 판결이 내려지는 엄정한 재판장이고, 이제 막 세상으로 나온 햇병아리에겐 이명을 선사받는 성인식이었다.

그야말로 대집회라 불릴 만하다고, 디아나는 생각했다.

"이름이 어떻게 됩니까?"

"디아나 솔이요."

참석 명부를 확인하던 마법사가 흘끗 그녀를 쳐다보았다. 지난봄 '펜잔스의 참극'이 벌어진 이래 그리젤다 솔의 숨겨진 둘째 딸에 대한 말이 제법 풍성하다 싶더니, 이렇듯 타국에도 소문이 번진 모양이었다. 디아나는 익숙하게 그 시선을 모른 체했다.

다행히 마법사는 금세 무심해진 낯빛으로 손가락을 튕겼다. 자동으로 펼쳐진 명부 위에서 깃펜이 홀로 춤을 췄다.

"디아나 솔 씨. 대회의에는 참여할 수 없지만, 나흘 뒤부터 열리는 재판은 참관할 수 있습니다. 당신처럼 신참 마녀들을 위한 환영식이 내일부터 예정되어 있습니다만, 굳이 참석하지 않아도 상관은 없고요. 다만 성인식에는 반드시 참석해야 합니다. 성인식에 참석하지 않으면 이명을 받지 못하므로, 이명도감에 오를 수가 없습니다."

"성인식은 언제부터 열리는데요?"

"상아탑에서 사자들이 도착하면 바로 시작합니다. 적어도 주말에는 당도한다고 알려 왔지만, 그들이 이제껏 제대로 약속을 지킨 적이 없군요. 하지만 아마 다음 주 중으로는 열릴 겁니다. 정확한 일정이 나오면 전갈이 갈 테니, 되도록 파펜하임산 일대를 벗어나지 마십시오."

디아나는 고개를 끄덕였다. 헤스터가 영예로운 대회의에 참여하는 이상, 어차피 대회의가 끝나기 전에는 돌아가지 못할 터였다. 듣기로 대회의는 짧으면 하루, 길면 한 달을 족히 넘는다고 했으니 기간을 가늠하는 것은 공연한 짓이었다.

참석 명부를 확인하는 줄에서 벗어나자, 다시금 쌀쌀한 기운이 몰려들었다. 디아나는 어깨를 움츠리며 종종걸음 쳤다. 반제의 북부에 위치한 파펜하임산은 겨울이 일찍 도래하는 동토였다. 더구나 오래전부터 마법 사회에선 성지로 이름난 중립 지대인 만큼, 근래 눈부시게 발전한 인간 문명이 닿지 못한 몇 안 되는 오지 중의 오지였다. 당연히 허허벌판일 수밖에 없었다.

'그래도 너무 춥잖아.'

디아나는 내심 투덜거렸다. 10월이면 잉그람에서는 슬슬 단풍이 물드는 청명한 계절이건만, 여기는 완전히 초겨울이나 다름없었다. 그녀가 챙긴 옷가지를 보고 헤스터가 염려하던 것도 무리는 아니었다. 이른 저녁에도 흐릿하게 빛을 발하는 가을의 별 캄페소가 유명무실해지는 순간이었다.

그렇게 얇은 코트 깃을 세우며 얼른 숙소로 돌아가려던 참이었다. 문득 멀리서 그녀를 부르는 소리가 들려왔다.

"디아나."

무심코 고개를 돌린 디아나가 눈을 휘둥그렇게 떴다. 쟤가 왜 여기에 있담?

"세드릭?"

세드릭은 일행에게 짧게 인사하고 단걸음에 다가왔다. 디아나는 멀뚱히 그를 올려다보았다. 세드릭은 늘 그렇듯 망토에 모자까지 잘 차려입은 모양새였다. 아버지를 닮아 섬세하게 잘난 낯짝은 이제 언급하기도 지겨웠다.

"여긴 웬일이야? 내가 모르는 새 자일스 가문의 수장이 바뀌기라도 했니?"

아홉 마법 가문의 수장은 당연히 대회의에 참여했다. 설마 재판받으러 온 것은 아닐 테니, 아직 어려서 공훈이 마땅치 않은 세드릭이 대회의에 들기 위해선 수장 자리를 물려받는 수밖에 없었다.

"어머니를 대신해서 수장 대리로 온 거야."

"왜? 혹시 스승님께서 많이 편찮으셔?"

디아나의 얼굴이 근심으로 물들었다.

"좋진 않으시지."

"건강이 많이 좋아졌다고 편지하셨길래 정말 괜찮으실 줄 알았는데……. 돌아가면 한번 찾아뵈어야겠다."

시무룩하게 흙길을 밟아 내려가던 디아나가 불현듯 세드릭을 돌아보았다.

"그런데 왜 따라와?"

"뭐가?"

"난 숙소로 돌아가는 길이란 말야. 너도 얼른 네 갈 길 가야지."

"나도 숙소로 가는 길인데."

천연덕스러운 대꾸에 디아나는 말문이 막혔다. 하지만 세드릭이 거짓말까지 해 가며 그녀를 졸졸 따라올 이유도 없었다. 더구나 이런 오지에 숙소가 여러 개일 리도 없고.

거기까지 생각이 미친 디아나가 투덜거리기 시작했다.

"그런데 여기 근방의 숙소 다들 너무 비싸지 않니? 전에 언니랑 숙소 예약하겠다고 좀 찾아봤는데 어쩜 가격이 그래? 어차피 이런 오지엔 찾아오는 손님도 얼마 없을 텐데. 발푸르기스의 밤이 열릴 때마다 크게 한탕 하려는 속셈이 분명하다니까."

세드릭은 조금 난처한 기색으로 고개를 끄덕였다.

"음. 아마 그렇겠지."

"그나마 나랑 언니는 대집회 날짜가 고시되자마자 예약해서 다행이야. 엊그제 확인해 보니 그사이 금액이 세 배나 올라서 얼마나 놀랐는지 몰라. 너는 어때?"

"나는……."

세드릭이 그답지 않게 머뭇거렸다.

"가문의 저택이 있어서."

"뭐? 여기에?"

디아나는 깜짝 놀랐다. 파펜하임산이 아무리 중립 지대여도 어쨌든 외국이었다. 반제가 타국의 마법 가문에게 유별나게 배타적인 나라임을 상기하면 좀체 납득하기 힘든 대답이었다.

"실제 저택이 있는 건 아니고. 그래민스터에 있는 저택의 문을 가져왔어."

그에 디아나는 시들하게 수긍했다. 멀리 여행할 때마다 저택과 이어진 문짝을 들고 다니는 것이 그리 드문 일은 아니었다. 물론 그 자체로 까다로운 마법인 데다, 문으로 드나들 시 저택의 보안을 담당하는 마법 회로가 작동하지 않기에 문짝만 빼앗으면 누구든 저택에 침입할 수 있다는 점이 치명적이긴 했다. 하지만 자일스처럼 오만 데에 저택을 소유한 가문이라면, 한둘 문제가 생겨도 크게 개의치 않을 것이었다.

도제 시절에는 체감하지 못했던 자일스의 재력이 이제 와 대단하게 느껴졌다. 디아나는 괜스레 입술을 비죽였다.

"좋겠네. 그래 민스터면 아직 따뜻할 테고."

"빈방은 많으니, 원한다면 헤스터 경과 함께 들어와도 좋아."

"친절도 하셔라. 하지만 벌써 숙소에 선금을 내 버려서 안 돼. 예전에 『잘로모와 늪지의 마법사』에서처럼 단추 팔아 연명할 정도는 아니니……."

별안간 디아나의 말소리가 끊겼다. 세드릭이 의아한 표정을 짓던 찰나, 디아나가 돌연 심각한 얼굴로 세드릭의 구석구석을 살피기 시작했다.

"너 괜찮아?"

디아나는 심지어 세드릭의 망토까지 들추어 댔다. 그제야 돌아가는 상황을 파악한 세드릭이 차분하게 대답했다.

"전에 편지했잖아. 괜찮다고."

"네가 어디 아파도 아프다고 할 위인이니? 괜히 자존심 세우지 말고 솔직하게 말해 봐. 이렇게 추운 날씨에 나와 있어도 돼?"

"……지금 걱정하는 거야?"

디아나는 질문에 순순히 대답하지 않는 세드릭이 조금 짜증스러웠다. 그래서 눈을 치뜨며 그를 올려다보았으나, 어쩐지 날 선 말이 쉽사리 입 밖으로 나오지 않았다. 세드릭의 표정이 헤아릴 수 없을 정도로 미묘했기 때문이다.

세드릭이 거듭 물었다.

"날 걱정했어?"

걱정. 걱정뿐일까. 혹여 죽기라도 할까 봐 울 뻔했다.

디아나는 입술을 사리물었다. 동화 사냥꾼이 정체를 드러낸 그날, 세드릭은 총에 맞아 쓰러졌다. 사경을 헤매는 상태로 며칠을 버티었고, 심지어는 그 몸으로 낙뢰를 내리기까지 했다. 온전한 신체에도 무리가 가는 마법이었다. 그리 엉망진창인 상태로 얼마나 고통스러웠을지 디아나는 차마 짐작하지 못했다.

그러니 디아나가 세드릭을 걱정하는 것은 당연했다. 둘의 관계가 껄끄러운 건 둘째 치더라도, 알고 지낸 지 벌써 10년이 넘었다. 생의 절반을 함께 살았다고 해도 과언이 아닌데, 걱정? 고작 걱정했느냐 묻고 있었다, 세드릭은.

"너 대체 날 뭐로 보는 거야?"

디아나는 그만 울컥했다.

"걱정? 그래, 당연히 걱정했지! 그날 네 아버지가 그렇게 널 데려간 뒤로는 얼굴 한 번 보지 못했는데, 어떻게 걱정이 안 되겠어? 잠깐, 너는 그럼 내가 너 죽었는지 살았는지 신경도 안 쓰고 희희낙락할 줄 알았니?"

"딱히 그렇게 말하지는……."

"그래. 이참에 한번 물어나 보자. 네가 괜찮다고 편지한 게 지난주였지? 너 지금까지 어디서 뭘 했기에 그때까지 감감무소식이었어? 내가 얼마나 많이 편지를 보냈는데! 심지어 채스터티에게도 네 소식을 물었다고! 이렇게 말짱한 줄 알았으면 그런 수고로운 일 절대 안 했을 거야!"

디아나는 끝없이 분노를 쏟아 냈다. 가만히 이야기를 듣던 세드릭이 더디게 말문을 열었다.

"미안해. 네가 그렇게 걱정할 줄은 몰랐어."

"……어?"

"사실 지난주까진 아버지랑 있었어. 아마 네가 알고 있던 주소지에는 없었을 거야. 자일스 저택이 아니었으니까."

세드릭이 솔직하게 사과하자, 디아나는 어쩐지 조금 부끄러워졌다. 아까는 정당하게 화를 낸다고 생각했지만, 껄끄러운 사이에 과했던 것이 아닌가 싶었다.

"뭐어, 그래."

디아나가 겸연쩍게 머리카락 끝을 매만졌다.

"그, 그런데 사실 그렇게 많이 걱정하진 않았어. 정말이야! 만약 채스터티가 너처럼 다쳤어도 똑같이 걱정했을 테니까."

한데 세드릭이 이상하게 잠잠했다. 공연히 초조해진 디아나가 서둘러 말을 덧붙였다.

"그나저나 채스터티 얘는 왜 이렇게 편지가 뜸하지? 허구한 날 시답잖은 일로 괴롭히더니 새로운 장난거리라도 생긴 건가?"

"……채스터티는 당분간 만날 수 없을 거야."

세드릭이 어두워진 낯빛으로 말했다.

"왜?"

"다쳤거든. 심하게."

디아나는 멍하니 그를 쳐다보았다. 세드릭이 담담하게 고했다.

"자택에서 총상을 입은 채로 발견됐어. 본성에서 치료를 받고 있기는 한데 깨어날지는 미지수야. 지금도 사경을 헤매고 있으니까."

샹들리에 불빛이 몹시 눈부셨다.

디아나는 눈살을 찌푸리며 황홀한 천장에서 시선을 내렸다. 실용을 미덕 삼는 마법 사회의 전반적인 기조와는 달리, 200년 전 천년전쟁이 종식한 기념으로 건축되었다는 대회당은 지나치게 화려한 감이 있었다. 발푸르기스 평의회가 열리는 의사당이나 재판장은 아직 가 보지 않아 모르겠지만, 짐작건대 이곳 평화의 홀이 마법 사회에서 가장 화려한 장소이리라.

'세상에나. 저게 다 뭐야?'

바닥부터 천장까지 이어진 대리석은 그러려니 넘길 수 있었다. 화려한 샹들리에나 천장화도 고개 들어 보지 않으면 그만이었다. 하지만 벽면마다 늘어선 석고 조각상은 조금 달랐다. 당최 누굴 표현했는지 몰라 한참 조각상을 들여다보던 디아나는 머잖아 어마어마하게 해괴하기 짝이 없는 사실을 깨달았다. 평화의 홀에 진열된 조각상은 다름 아닌 영웅시대를 개척한 아홉 인의 영웅을 나타내는 것이었다.

대저 마법 사회는 우상화를 배격했다. 신을 그리고 조각하여 널리 신성을 알리는 산티그마 교단과는 달리, 마법 사회는 신을 숭배하지 않기에 우상을 금했다. 아홉 인의 영웅을 필두로 역사상 수많은 영웅이 뜨고 졌지만, 마치 신을 우러르듯 그들을 경배하는 이는 없었다. 신과 같은 기적을 행했는지 몰라도, 그들은 신이 아니었다. 너무나도 명확한 사실이었다.

그렇기에 디아나는 질린 얼굴로 반대편의 조각상도 훑어보았다. 초상화 한 점 남기지 않은 고대 마녀·마법사들의 용모를 알 리 없음에도, 역사학 개론을 한 번이라도 들춰 본 사람이라면 능히 짐작할 만큼 특징을 잘 살린 조각이었다. 예컨대 거대한 폭풍을 일으켜 거인 왕국을 무너뜨린 멸망의 마법사 아벨라르도 아스톨포의 경우, 아스톨포 가문을 상징하는 백사자 깃발을 등에 진 채 한 손으로 바람을 부리는 식이었다.

잘 깎아 만든 조각임은 부정할 수 없었다. 하지만 디아나는 굳이 조각상을 제작하여 홀에 진열한 이유를 가늠할 수 없었다. 아홉 인의 영웅을 비롯한 조각의 주인들은 지금까지 전해지는 초상이 몹시 드물었다. 조각상의 대다수는 장인의 상상력에 기초한 용모일 테니, 실존 인물과는 일말의 관련성도 없는 셈이었다.

"만일 시빌라 알피어스가 되살아난다면 아주 볼만하겠습니다. 본인조차 알아보지 못할 조각상이라니요."

문득 지척에서 낭랑한 목소리가 들려왔다. 낯모르는 마녀가 어느새 지척에 있었다.

"네?"

"시빌라 알피어스. 마녀사냥을 일삼던 교단의 잔인한 이단심문국에게 혹한의 단죄를 내린 겨울의 마녀입니다."

낯선 마녀는 유유히 말을 이어 갔다.

"널리 알려지지 않은 사실이나, 기록에 따르면 그녀는 난쟁이였다고 합니다. 발 받침대가 없으면 침대나 의자에 올라가지 못해서 평생 좌식 생활을 했다더군요. 더구나 어린 시절 조모에게 크게 학대를 당해 오른쪽 얼굴이 짓이겨졌다고 하니, 십중팔구 이 조각상처럼 늘씬한 미녀는 아니었을 겁니다."

"그건 알피어스 가문에서만 전해지는 이야기인가 보지요?"

디아나는 물끄러미 낯선 마녀를 쳐다보았다. 날갯죽지까지 단정하게 기른 은발과, 보석처럼 선명한 벽안. 한눈에 보더라도 알피어스 가문의 마녀였다.

마녀는 그제야 디아나를 마주 보며 손을 내밀었다.

"소개가 늦었군요. 수리 알피어스입니다."

"나는 디아나 솔이에요."

얼음의 마녀, 수리 알피어스. 달리 말하자면 알피어스 가문의 어린 수장.

이즈리얼 알피어스의 후예로 이름 높은 겨울의 마법사 휴고 알피어스를 비롯한 여러 형제자매를 제치고 글로리아 알피어스의 가장 나이 어린 막냇자식이 수장 자리에 올라 몇 해 전 마법 사회가 시끄러웠던 기억이 났다.

디아나는 새삼스러운 눈으로 수리를 살펴보았다. 연치 어리다는 말만 들어 왔지, 이렇게 또래의 마녀일 줄은 생각도 못 했다.

"헤스터 솔 경과 많이 닮았습니다."

"자매니까요. 언니를 잘 아나요?"

"잉그람 마법 공회에서 몇 번 마주친 것이 전부입니다. 다만 그만한 용모라면 쉽게 잊을 수가 없겠죠."

수리가 담담하게 대꾸했다. 어쩐지 어색해진 디아나가 눈알을 데구루루 굴렸다.

"음. 언니는 스노든 천체 관측소 소장님을 뵈어 잠시 자리를 비웠어요."

"그렇습니까?"

수리는 다시금 시빌라 알피어스의 조각상을 돌아보며 조용히 말했다.

"연회장에서 홀로 조각상을 관람하는 사람이 나 말고 한 명 더 있기에 말을 걸어 본 것뿐입니다. 부디 부담스럽게 여기지 않았으면 좋겠습니다."

오늘은 발푸르기스의 밤 첫날.

둘째 날부터 평의회가 소집되는 만큼, 첫날에는 평의회에 참석하는 기성세대와 성인식을 앞둔 신출내기들이 한자리에 모이는 환영식이 열렸다. 디아나가 아득하게 이름으로만 들어 보았던 저명한 이들도 많이 모였지만, 일면식도 없는 관계로 그들과 쉬이 어울릴 수는 노릇이었다. 결국엔 말만 번지레한 환영식이지, 실상은 알음알음 아는 사이끼리 모여 수군대는 사교 모임에 불과했다.

"수리 경은 여기에도 지인이 꽤 있지 않나요? 함께 온 친족도 있을 테고……."

"이번에는 혼자입니다. 당고모이신 유랑의 마녀 헬렌 알피어스 경은 지난달 젤렝지어로 떠나셨고, 작은종조부이신 해독의 마법사 카메론 알피어스 경은 아내와 사별한 뒤로 두문불출하고 계십니다."

"그럼 알피어스 가문에선 경밖에 오지 않은 건가요? 휴고 알피어스 경은요?"

현재 〈공정한 알피어스〉에서 가장 저명한 마법사는 단연 휴고 알피어스였다. 이즈리얼 알피어스를 계승하여 겨울을 불러오는 현존 유일무이한 마법사. 젊은 나이로 백색전당에 이름을 올렸을 만큼 재능이 뛰어나니, 발푸르기스 평의회에서 그를 찾지 않을 리 없었다.

그런데 수리의 반응이 이상했다. 여태까지 딱딱하긴 해도 그다지 변치 않던 표정이 대놓고 일그러진 것이었다.

"진정 모르고 묻습니까?"

"무얼요?"

수리는 한참 디아나의 얼굴을 들여다보았다. 따가운 시선에 디아나가 어쩔 줄 몰라 하자, 수리는 이내 야트막한 한숨을 내쉬었다.

"미안합니다. 소문이 여기까지 번졌기에 사정을 다 알면서 농을 치는 줄 알았습니다."

"곤란하다면 화제를 바꾸어도 괜찮아요."

"아니요. 어차피 당신도, 참, 디아나 씨라고 불러도 되겠습니까?"

디아나는 얼결에 고개를 끄덕였다. 불러도 되겠냐니, 마법 사회에서 이처럼 예의 바른 사람을 찾기도 힘들었다.

"디아나 씨도 곧 듣게 될 겁니다. 성인식이 끝날 때까지 여기 머무르든, 당장 내일 잉그람으로 돌아가든 마찬가지겠죠."

수리가 피곤한 기색으로 읊조렸다.

"이즈리얼 알피어스의 유물에 대해서는 압니까?"

"그건 유명하잖아요. 무슨 반지라고 하던데."

"맞습니다. 별달리 특별한 구석 없는 평범한 반지지만, 이즈리얼 알피어스가 남긴 유일한 유물이기에 가치를 헤아릴 수 없이 귀한 물건입니다. 그래서 다른 가보와는 달리 이즈리얼 알피어스의 유물만은 전통적으로 겨울을 불러오는 후손이 보관해 왔습니다."

휴고 알피어스가 보관하는 유물.

디아나는 이어질 말을 짐작할 수 있었다.

"한데 휴고가 그 유물을 잃어버렸더군요."

역시나. 디아나가 속으로 탄식했다.

"자택에 보관했던 것은 확실한데 얼마나 관리에 소홀했는지, 언제 잃어버린 것인지조차 알지 못합니다. 더욱이 도둑이 들었다면 달리 사라진 귀물은 없는지, 연구는 말짱한지부터 살펴야 인지상정 아닙니까? 그런데도 쓸모없는 악어만 끌어안고 챙기는 꼴이라니……."

말할수록 열이 받치는지 무미건조하던 수리의 목소리가 차츰 뜨거워졌다. 눈앞에 휴고가 있다면 당장에 뺨을 후려갈길 기세였다.

"악어요?"

"네. 휴고는 도마뱀이라고 부르지만, 두 눈 말짱한 사람이라면 백이면 백 악어라고 말할 애완동물이 하나 있습니다. 집도 제대로 못 지키는 얼치기지만 말이죠."

수리는 지끈거리는 관자놀이를 짚었다.

"근래 친족들이 유물을 찾아내라며 꽤나 들쑤신 모양입니다. 며칠 전 악어를 데리고 자취를 감추었더군요. 사태가 가라앉을 때까진 돌아오지 않을 듯합니다만."

"그렇게 귀한 유물이 사라졌는데 쉽게 가라앉을까요?"

"아니겠죠. 하지만 휴고는 신경 쓸 위인이 아닙니다. 애당초 가문에 일말의 소속감조차 없으니까요. 다만 이번 세대에서 겨울을 불러오는 사람이 그뿐이니, 결국에는 친족들이 손발을 들 겁니다. 더는 책하지 않을 테니 돌아오라 하겠죠."

저도 모르게 수리의 한탄을 귀담아듣던 디아나는 어쩐지 그녀가 안쓰러워졌다. 알피어스 가문의 전대 수장이던 글로리아 알피어스 슬하의 자식들은 하나같이 수장 자리를 기피한다더니, 아무래도 막내인 수리도 자진하여 수장이 된 것 같지는 않았다.

"고생이 많겠어요."

"수장이 될 때부터 각오한 일이기는 합니다. 모든 일족이 가문을 생각하는 건 아니니까요."

자연스레 디아나는 설리번 자일스를 떠올렸다. 수장을 열망하는 세드릭이나, 흥미 본위로 움직이긴 해도 가족을 소중히 여기는 채스터티와 달리, 설리번은 휴고와 마찬가지로 지극히 개인주의적이었다.

어쨌든 마법사도 사람이었다. 레오나드 자일스처럼 사사건건 가문의 일에 간섭하는 이도 있는 반면, 독립한 뒤로 얼굴도 보이지 않고 나몰라라 하는 설리번 같은 마법사도 있는 법이었다.

내리 한숨을 쉬던 수리가 시무룩한 얼굴로 디아나를 돌아보았다.

"내 얘기가 길어졌군요."

"아니에요."

디아나가 얼른 손을 내저었다. 그리고 풀 죽은 수리를 위로하려던 찰나.

"디아나 솔?"

한 무리의 마녀·마법사들이 소란스럽게 이편으로 다가왔다. 죄 자작나무처럼 거대한 것을 보면 북방 반제 태생임이 분명했다.

"그리젤다 솔의 숨겨진 둘째 딸이자, 헤스터 솔의 유일한 자매. 바바라 자일스에게서 독립했다는 말을 듣긴 했으나, 이렇듯 발푸르기스의 밤에서 만날 줄은 몰랐습니다."

그중 심해처럼 푸른 머리를 지닌 수려한 마법사가 말했다. 북방인임에도 제법 매끄럽게 중앙어를 구사했지만, 묘하게 이죽거리는 어조였다.

"이명을 받으러 온 거예요."

"올바른 판단입니다. 당신의 어머니는 한 번도 발푸르기스의 밤에 참여한 적이 없죠. 일평생 이명을 받지 않아 이명도감에 이름이 오르지도 못했습니다."

디아나의 눈매가 매서워졌다. 장례식에서 처음이자 마지막으로 본 어머니지만, 생전 처음 보는 사람이 비난하는 소리를 곧이들을 수는 없었다. 자연스레 뾰족한 목소리가 입 밖으로 나오려던 순간, 수리 알피어스가 한 걸음 앞으로 나왔다.

"볼프강 오르테가 경. 빌헬미나 경이 겔렝지어로 떠났다는 소식은 들었습니다. 상심이 크겠습니다."

"다행히도 편히 별세하셨습니다. 내년이면 상아탑으로 떠날 수 있었을 테니, 어머니께서도 그 점만을 아쉬워하셨을 따름입니다."

볼프강 오르테가는 그리 말하며 지팡이를 쥐지 않은 손으로 수리와 악수를 나누었다. 조금 전 디아나를 대할 때와는 사뭇 다른 태도였다.

'아주 잘났다, 그래.'

디아나는 내심으로 투덜거렸다. 볼프강 오르테가는 그녀도 익히 들어 아는 이름이었다. 반년 전 모친인 타라 오르테가의 뒤를 이어 〈오만한 오르테가〉의 수장이 된 인물로, 실제 보니 성탄의 마법사란 별칭과는 달리 아주 시건방진 마법사였다.

"요사이 수장의 교체가 유독 잦습니다. 모르간 아스톨포 경은 곧 상아탑으로 향할 나이고, 자비네 그윈티르 경은 슬슬 자녀에게 자리를 넘겨줄 심산인 듯합니다. 자일스도 이번 대집회에는 세드릭 자일스 경이 수장 대리로 참석했더군요."

"듣기로는 바바라 자일스 경도 오늘내일한다고 합니다."

볼프강 오르테가가 소매를 매만지며 한가롭게 대꾸했다. 부러 그들의 이야기를 흘려듣던 디아나가 눈살을 찌푸렸다.

"누가 오늘내일한다는 거예요? 스승님은 그리 약한 분이 아니세요."

"살라티에병은 무서운 병입니다. 죽음의 사막이라 불리던 가네디아 사막을 비옥한 토지로 되살린 가을의 마녀 모네타 팔리아치도 살라티에병에 걸린 지 3년 만에 눈을 감았지요. 노화에 따르는 합병증은 육신의 문제이지, 정신의 문제가 아닙니다. 더구나 아끼던 수양딸이 어느 날 초주검이 되어 실려 왔는데, 심적으로 공고할 리 있겠습니까?"

디아나는 입술을 깨물며 그를 노려보았다. 바바라에 이어 채스터티까지 건드리는 모습이 몹시 얄미웠다.

그는 이국의 마법 가문 오르테가의 수장. 생판 남이기에 쉽게 말할 수도 있었다. 마법 사회에는 사이가 원만하지 않은 가족도 수두룩하니, 어쩌면 본인의 가족이 둘이나 시름시름 앓고 있는 상황에서조차 저리 매정한 소리를 할 수 있을지도 몰랐다.

하지만 모두가 그런 건 아니었다.

'평범한 인간이었다면 바로 즉사했을 치명상이야. 그나마 마녀라서 지금까지도 숨이 붙어 있는 거지.'

어제 세드릭은 비감을 겨우 삼켜 내며 그리 말했었다. 목소리는 담담했지만, 슬픔이 한가득 깃든 눈빛은 채 숨기지 못했다. 병든 어머니와 사경을 헤매는 누이를 두고 머나먼 타국으로 떠나온 심정이 어떠할까. 제아무리 원수 같던 남매지간이라도 마음 편할 리가 없었다. 다른 마법사들은 그럴지 몰라도 세드릭 자일스는 아니었다.

그리고 그것은 디아나도 마찬가지였다.

"〈교활한 자일스〉는 대대로 용과 예지를 기반으로 번영했습니다. 하지만 용과 예지를 동시에 지녔던 마녀는 40년 전에 죽은 제노비아 자일스가 끝입니다. 이후로 용이 없던 세월이 50년. 몇 년 전에 겨우 새로운 용이 탄생한다 싶더니만, 이제는 예지를 지닌 마녀가 둘이나 쓰러졌군요. 본디 번영과 쇠락을 반복하는 것이 역사이니, 어쩌면 자일스는 새로운 용을 기다렸던 세월만큼이나 새로운 예지를 기다려야 할지도 모르겠습니다."

볼프강 오르테가는 비웃듯 디아나를 내려다보았다. 그를 마주 쏘아보던 디아나가 불현듯 빙긋거리며 웃었다.

"내가 스승님께 배웠기로 자일스의 예지는 대가 끊긴 적이 없어요. 자일스의 예언가가 아닌 이상, 아직 일어나지도 않은 일을 공연히 추측하는 것은 미신을 배척하는 마법사로서 올바른 자세가 아니죠. 그 대신 도둑맞은 귀물이나 찾아내는 게 더 생산적이지 않겠어요?"

한없이 매끄럽던 볼프강의 표정에 처음으로 금이 갔다. 디아나가 언급한 것은 오만하기 짝이 없는 오르테가의 콧대가 사정없이 꺾였던 30년 전을 일컬었다. 다름 아니라 〈잔악한 그윈티르〉의 적자인 헤센 그윈티르가 오르테가의 열두 귀물을 훔쳐 달아난 사건.

마녀의 자택에는 연구 자료나 귀중한 가보가 보관되어 있기에, 경비를 위해 엄중한 마법 회로가 곳곳에 깔려 있었다. 무릇 평범한 인간은 강제로 창문을 여는 것조차 지난하며, 동족인 마녀조차 쉽사리 침입할 수 없는 곳. 하지만 꼭 불가능한 것만은 아니었다. 뛰어난 자질을 지닌 마녀에게 충분한 시간만 주어진다면, 요새처럼 삼엄한 저택에도 숨어 들 수 있었다. 그렇기에 휴고 알피어스의 경우처럼 때때로 절도 사건이 벌어지는 것이다.

하지만 그것은 일반적인 가택의 이야기다. 오르테가쯤 되는 마법 가문의 본성은 수천 년에 달하는 시간 동안 부족한 부분을 메우고 강화하며 나날이 단단해지기 마련이었다. 요새 하나를 뚫는 것은 가할지 몰라도, 겹겹이 쌓인 요새를 뚫어 내는 것은 거의 불가했다. 헤센 그윈티르 이전에 누구도 아홉 마법 가문의 본성에 침입하지 못한 것이 아주 허황된 사실만은 아니었다.

과거, 오르테가는 본성에 오래도록 꼭꼭 숨겨 두었던 열두 귀물을 도둑맞았다. 범인이 헤센 그윈티르임을 알아내기까지도 제법 오래 걸렸으니, 오르테가로서는 그만한 치욕이 없을 것이다.

"하찮은 계집 주제에……."

볼프강 오르테가는 부들거리며 지팡이를 꽉 쥐었다. 디아나를 내려 보는 눈빛이 심상치 않자, 수리가 서둘러 둘 사이에 끼어들었다.

"두 분 말씀에 따르자면 알피어스는 수십 년째 쇠락의 길을 걷고 있는 셈이군요. 휴고가 겨울을 불러오기까지 겨울의 공백이 장장 30년이 었고, 최근에는 이즈리얼 알피어스의 유물까지 잃어버렸으니까요."

수리는 볼프강의 지팡이 위로 가만히 손을 올렸다. 늘 냉정하던 벽안이 유독 써늘하게 빛났다.

"그리고 경은 앞으로 말을 조심하는 편이 좋겠습니다. 15년 전 그리젤다 솔이 경을 조롱한 사건을 기억하는 사람이 아직 많아요. 그러다 그리젤다 솔의 딸에게까지 희롱당한다면, 그야말로 망신이 아니겠습니까?"

"내가 고작 저리 보잘것없는 것에게……!"

살벌하게 노기 서린 목소리가 별안간 끊겼다. 건너편을 응시하는 볼프강 오르테가의 표정이 사뭇 괴이하여 디아나도 무심코 고개를 돌렸다.

때마침 평화의 홀로 들어오던 헤스터가 추상같은 얼굴로 이편을 쏘아보고 있었다.

"헤스터 경."

수리가 반갑게 그녀를 맞이했다. 눈짓으로 인사한 헤스터가 곧장 디아나에게로 시선을 옮겼다.

"디아나. 그만 돌아가자."

헤스터는 미련 없이 돌아섰다. 황급히 언니를 뒤따르던 디아나가 슬쩍 뒤를 돌아보았다. 석상처럼 굳어 버린 볼프강 오르테가야 무시해도 상관없지만, 수리 알피어스는 달랐다. 그녀는 지금까지 디아나가 보아 온 동족 중에서도 인상이 굉장히 좋은 축에 속했다.

수리는 디아나와 시선이 마주치자 살짝 고개 숙여 인사했다. 디아나도 엷은 미소로 화답했다.

촛불로 드문드문 밝힌 의사당.

아스라한 어둠을 어깨에 두른 수십의 마녀·마법사들이 제자리에 앉아 중앙을 응시하고 있었다. 계단식 원형 의사당의 중심은 가장 낮은 바닥. 뒤편의 가장 높은 단에 오른 발푸르기스 평의회 의장, 시오반 미렐그로가 엄중하게 중앙을 굽어보았다.

"이름은 모건 코트니. 나이는 올해로 스물아홉. 세브럼 의과 대학 중퇴 후 투텔 독립군에 입대했으나, 3년 뒤 잉그람 무장 혁명군으로 소속을 바꾸었고, 이후 화염의 마법사 니올로 팔리아치와 합세하여 펜잔스에서 기차를 점거. 그 과정에서 23명의 잉그람 군인이 사망."

평의회 서기가 건조하게 말을 이어 갔다.

"본인이 맞습니까?"

"……맞습니다."

전신이 포박되어 의사당 중앙에 꿇어앉혀진 모건 코트니가 바들거리며 간신히 대답했다.

"내가 아는 것은 전부 잉그람 군부에 털어놓았습니다. 잉그람 무장 혁명군 수뇌부에 대한 정보를 모두 밝히는 대신, 내 고향 투텔의 차별 정책을 철폐하기로요. 설마설마하는 마음으로 말하지만, 나를 비롯한 잉그람 무장 혁명군은 마법 사회를 공격할 의사가 전혀 없었으며……."

"모건 코트니 본인이나 잉그람 무장 혁명군은 중요하지 않습니다. 우리가 관심 있는 것은 당신에게 협력했던 마법사입니다."

의장 시오반 미렐그로가 냉정하게 말을 끊었다. 모건이 의아한 얼굴로 그녀를 올려다보았다.

"니올로 팔리아치라면 이미 죽지 않았습니까?"

"여기에서까지 선문답입니까? 당신과 니올로 팔리아치를 중개한 제삼자가 있다는 사실은 우리도 이미 알고 있습니다."

모건 코트니의 얼굴이 퍼렇게 질렸다.

"그자는……."

"이름을 알고 있습니까?"

"모릅니다. 얼굴 몇 번 마주한 것이 전부예요."

모건은 필사적으로 부인했다. 그의 창백한 낯빛을 끈지게 지켜보던 시오반 미렐그로가 구석을 향해 손짓했다. 그러자 촛불 닿지 않는 어둠 속에서 초상화 한 점이 미끄러지듯 의사당 중앙으로 내려왔다.

"이자의 이름은 헤센 그윈티르. 일명 부활의 마법사입니다."

화려한 금발에 연옥색 눈을 지닌 청년이 고스란히 초상에 담겨 있었다. 척 보기에도 인상 좋은 미남이지만, 어쩐지 초상을 훑는 시선은 편치 않았다. 혈족임에도 초상을 외면하는 그윈티르, 빼앗긴 열두 귀물을 상기하며 다시금 분노하는 오르테가, 본능적으로 죄인을 꺼리는 다른 이들. 그리고 홀로 공포에 몸서리치는 모건 코트니.

"당신은 고향을 위하여 몸담았던 조직을 잉그람 정부에 팔아넘겼습니다. 당신이 얼마나 고향을 아끼는지 대강 짐작할 만합니다. 혹시나 입을 잘못 놀렸다가, 그리도 사랑하는 고향이 이자의 손에 쑥대밭이 될까 두렵습니까?"

"나는……."

"우리는 감히 팔티에로 벨리의 수감자를 탈옥시켜 펜잔스에서 참극을 일으킨 중죄인을 찾고 있습니다. 만일 이자가 맞다면 발푸르기스 평의회 산하 사냥꾼들이 이자를 체포하기 위해 일제히 움직이게 됩니다. 세상은 넓지만, 사냥꾼의 눈과 귀를 피할 수 있는 곳은 많지 않을 터. 내 장담하건대, 죄인은 머잖아 잡힐 것입니다."

시오반 미렐그로가 엄숙하게 물었다.

"그러니 다시 한번 묻겠습니다. 당신에게 협력한 마법사가 바로 이자가 맞습니까?"

모건은 초상화에서 시선을 돌리며 손발을 바르르 떨었다. 오래지 않아 그가 고개를 끄덕였다.

시오반은 눈을 내리떴다. 밤하늘처럼 어두운 감색 눈동자가 나지막하게 아래를 비추었다.

"모건 코트니. 협력에 감사를 표합니다."

의장의 발언이 끝나자마자, 푸른 군복을 갖춰 입은 잉그람의 군인들이 의사당 중앙으로 내려갔다. 군인들의 손에 끌려가는 모건의 뒷모습이 몹시 처량했지만, 더는 그에게 눈길을 주는 자가 없었다.

7시 방향에 앉은 징벌의 마녀, 루이자 볼크하르트가 침묵 속에 말문을 열었다.

"헤센 그윈티르의 동선이 묘하게 니올로 팔리아치와 겹친다 싶더니, 결국 짐작이 맞았군요. 물건이나 훔치던 좀도둑이 그런 참극을 일으킬 줄 누가 알았겠냐만, 이참에 불온 분자의 싹을 뽑아 버리는 것도 그리 나쁘지는 않을 텝니다."

"⋯⋯한동안 잠잠하더니 이런 변고를 꾀하고 있었을 줄이야."

〈잔악한 그윈티르〉의 수장, 자비네 그윈티르가 미간을 찌푸리며 중얼거렸다. 그녀는 헤센 그윈티르의 사촌 누이. 만약 그가 30년 전 오르테가의 열두 귀물을 훔치지 않았다면, 지금 이 자리에서 그윈티르를 대표하고 있는 사람은 헤센이었을지도 모른다.

"니올로 팔리아치의 사망에 대해서는 조사가 끝났습니까? 요새 광인 니올로가 기차에서 악마를 소환했었다는 흉흉한 풍문이 돌더군요."

평의회 서기가 의장의 승인을 얻어 대답했다.

"잉그람 중앙경찰 마법범죄부서와 발푸르기스 평의회 소속 수사관의 합동 조사가 엊그제 끝났습니다. 조사 결과, 니올로 팔리아치의 시신이 발견된 기차 칸에서 악마 소환의 증거가 발견되었습니다."

잠잠하던 의사당이 돌연 떠들썩해졌다. 시오반 미렐그로가 의사봉을 마구 두드리며 외쳤다.

"조용! 서기는 발언을 계속하십시오."

"기차에서 발견된 악마 소환의 증거는 유황입니다. 펜잔스는 황이 재배되지 않는 지역. 승객 중 일부가 유황을 소지했을 가능성도 없지는 않지만, 그렇다면 목이 잘린 니올로 팔리아치의 시신에서도 유황이 검출되지는 않았겠지요."

"광인 니올로의 잘린 머리는 어떻게 되었습니까?"

"찾지 못했습니다."

평의회 의원들의 표정이 침중하게 가라앉았다. 10여 년 전, 광인 니올로가 악마 소환을 이유로 종신형을 하달받은 이래 의사당에서 악마가 언급된 것은 처음이었다. 본디 악마란 잊을 만하면 음산하게 떠오르는 지긋지긋한 화두지만, 그렇다고 대강 처리할 수도 없었다. 유사 이래 악마는 늘 비운을 몰고 오는 존재였기 때문이다.

"그럼 악마가 니올로 팔리아치를 죽였다는 겁니까?"

볼프강 오르테가가 날카롭게 물었다. 서기는 보고서를 팔락거리며 대꾸했다.

"정황상 그렇습니다."

"광인 니올로가 악마를 소환했지만, 도리어 그 악마가 니올로를 죽였다. 대관절 이게 무슨 익살스러운 희극입니까?"

볼프강이 빈정거리자, 의장 시오반 미렐그로는 이맛살을 찌푸렸다.

"볼프강 오르테가 경. 조사 결과에 동의하지 않습니까?"

"그러는 의장은 납득할 수 있겠습니까?"

"내가 납득하고 말고는 중요하지 않습니다. 표를 던지는 것은 내가 아니니까요."

시오반에 뒤이어 수확의 마녀, 칼롯타 팔리아치가 더없이 고상한 자태로 말했다.

"악마가 소환자를 죽이는 것이 아주 전례가 없는 일은 아닙니다. 하지만 드물기는 하지요. 볼프강 오르테가 경은 다른 결론을 짐작하는 듯한데 경의 고견을 듣고 싶습니다."

모두의 시선이 5시 방향에 자리한 볼프강 오르테가를 향했다. 볼프강은 변함없이 교만한 표정으로 입술을 뗐다.

"당시 기차에는 또 한 명의 마녀가 있지 않았습니까?"

디아나 솔.

의사당이 재차 웅성거리기 시작했다. 볼프강에게 모여 있던 시선이 이번에는 9시 방향으로 집중되었다. 늘 그렇듯 곧은 자세로 앉아 있는 헤스터는 자신에게로 쏠린 관심 따위 개의치 않았다. 다만 의장을 향해 뻗어 있던 잿빛 눈이 볼프강을 향해 비스듬히 미끄러졌을 뿐이다.

볼프강은 도전적인 모습으로 말을 이어 갔다.

"디아나 솔은 펜잔스의 참극을 제대로 기억하지 못한다고 들었습니다. 나는 여태 그녀의 말을 의심하는 자가 아무도 없었다는 것이 참으로 놀라울 따름입니다. 디아나 솔이 악마를 소환하여 니올로 팔리아치를 죽였을지 누가 압니까? 광인 니올로가 악마를 소환했다는 확실한 증좌가 없듯, 디아나 솔이 악마를 소환하지 않았다는 증거도 없지 않습니까?"

"하지만 그녀의 스승인 바바라 자일스 경이 이미 증언했습니다. 디아나 솔은 니올로 팔리아치에게 맞서거나, 악마를 소환할 만한 능력이 없다더군요."

칼롯타는 한 손으로 턱을 괴며 말했다. 볼프강이 코웃음을 쳤다.

"하나뿐인 도제를 감싸 주려는 스승의 자비인지도 모르지요. 이번 대회의에 바바라 자일스 경이 참석하지 않은 것이 대단히 아쉽습니다. 듣자 하니 도제를 제법 아꼈다는데, 이와 관련한 추궁이 있을 것을 예견하여 일부러 불참했을지도 모르겠군요."

"볼프강 오르테가 경. 지금은 주요 사안에 대해 의논하는 회의지, 동족을 함부로 비난하는 자리가 아닙니다. 처신에 주의하십시오."

"알겠습니다, 의장."

볼프강은 여유롭게 대답하며 등받이에 등을 기대었다. 못마땅하게 그를 응시하던 시오반 미렐그로가 이번에는 헤스터에게 발언 기회를 주었다.

"헤스터 솔 경. 경의 자매가 이 사건에 연루되어 있지요. 볼프강 오르테가 경의 추측에는 명확한 증좌가 부족하지만, 아주 터무니없는 말도 아닙니다. 이에 대해 경은 어떻게 생각합니까?"

모두가 헤스터를 주목했다. 헤스터는 냉랭한 목소리로 즉시 대답했다.

"우리는 이성과 합리를 신봉하는 마녀입니다. 이런 공적 자리에서조차 증거 없는 추측을 함부로 남발하는 것은 부족한 인간이나 할 짓이지요. 광인 니올로가 일전에 악마를 소환했던 전과가 있음에도 그걸 무시하는 연유가 과연 이성적인 판단에서 근거한 합리적인 의심인지, 아니면 내 모친에 대한 적개심에서 비롯되었는지는 알 수 없으나."

"경!"

"내 말은 아직 끝나지 않았습니다, 오르테가 경. 상대의 발언이 모두 끝나야만 발언할 자격을 얻는 것은 대회의의 기본적인 규율입니다. 수장이 된 지 얼마 되지 않아 대회의에 익숙지 않은 것은 이해합니다만, 지나친 무례는 삼가세요."

헤스터가 날카롭게 쏘아붙였다.

"조금 전 볼프강 오르테가 경의 발언에 대해 한마디만 덧붙이겠습니다. 나의 자매, 디아나 솔은 눈이 붉지 않습니다."

악마를 소환하면 눈이 붉어진다.

역사적으로 광인 니올로를 비롯한 몇몇 선례에서 유래한 속설이었다.

"눈이 붉지 않으니 악마를 소환하지 않았다는 말입니까? 하지만 그건 세간에 전해져 내려오는 견해일 뿐 완벽하게 증명된 사실은 아니지 않습니까?"

"단순히 속설로만 치부하기엔 무리가 있습니다. 어쨌든 마법 사회 전반에서 오래도록 통용되어 왔으니까요."

"오래 사실로 여겨졌다고 속설이 사실이 되는 것은 아니죠. 증명되지 않은 사실을 무턱대고 따르는 것이야말로 마법사로서 지양해야 할 자세입니다."

여러 마녀·마법사가 말을 보탰다. 느긋하게 상황을 지켜보던 루이자 볼크하르트가 말문을 열었다.

"차라리 이 자리에 디아나 솔을 불러오는 것이 어떻습니까? 그리젤다 솔의 둘째 딸이 이명을 받기 위해 대집회에 왔다는 소식을 들었습니다만."

"오, 그러고 보니 어제 평화의 홀에서 그녀를 보았습니다. 수리 알피어스 경과 함께 있더군요."

갑작스레 언급된 수리가 난처한 기색으로 어제 디아나와 말을 나눈 사실을 시인했다. 의사당 곳곳에서 탄식이 잇따랐다. 그리젤다 솔의 숨겨진 둘째 딸에 대한 호기심이 삽시간에 되살아났다.

"그리젤다 솔의 둘째 딸이라. 과연 헤스터 경처럼 자질이 충만한 마녀일까요?"

"아무렴. 그리젤다의 딸이잖습니까."

"하지만 스승이었던 바바라 자일스 경은 제자가 니올로 팔리아치에게 대항할 수 없다고 증언했다지 않습니까?"

"광인 니올로는 유독 파괴마법에 특화된 마법사입니다. 오베론 베가의 후예가 아니고서야 단독으로 그와 맞서기는 쉽지 않습니다."

"미렐그로 의장. 디아나 솔이 파펜하임산에 있다면 의사당으로 부르는 게 좋지 않겠습니까?"

누군가 의장에게 물었다. 상당수의 의원들이 디아나 솔을 직접 보고 싶은 마음에 찬동했다. 그들은 아직까지도 그리젤다 솔이 일구어 낸 수많은 기적을 잊지 못했다. 헤스터 솔이 그러했듯 둘째 딸인 디아나 솔 역시 그리젤다의 역작이리라 믿어 의심치 않았다.

그러나 시오반 미렐그로는 외려 그들을 매섭게 질책했다.

"오늘따라 대단히 어수선하군요. 대회의는 결정하는 자리지 조사하는 자리가 아닙니다. 디아나 솔에 대한 조사는 이미 수사관이 끝마쳤습니다. 만약 그녀를 더 조사해야 한다면, 그건 수사관의 몫임을 부디 주지했으면 합니다."

의장의 경고에 의사당은 도로 무겁게 가라앉았다. 그녀의 말이 대회의 규율과 한 점 어긋나지 않으니 앙버틸 말조차 없었다.

그리 괴괴한 가운데, 이제껏 조용하던 세드릭 자일스가 느릿하게 입을 열었다.

"결국 헤센 그윈티르를 잡으면 해결될 문제가 아닙니까?"

세드릭은 6시 방향 맨 뒷줄, 어둠과 맞닿은 자리에 앉아 있었다. 발언자를 찾아 헤매던 의원들의 시선이 차차 그편으로 모여들었다.

"펜잔스 참극은 실질적으로 헤센 그윈티르가 계획한 것이나 다름없

179

습니다. 니올로 팔리아치와 잉그람 무장 혁명군은 그의 계획을 실천한 일개 체스 말이었을 뿐이고요."

평의회 서기가 보고서를 들추며 얼른 설명을 덧붙였다.

"맞습니다. 조사에 따르면 헤센 그윈티르가 잉그람 무장 혁명군에게 먼저 접근했다고 합니다. 모건 코트니 역시 펜잔스 참극을 실제적으로 기획한 사람은 정체 모를 마법사, 즉 헤센 그윈티르라고 진술했습니다."

"그의 계획에 애초부터 악마 소환이나 광인 니올로의 죽음이 포함되었는지는 알 수 없습니다. 어쩌면 헤센 그윈티르조차 예측하지 못한 변고였을지도 모릅니다. 악마 소환이란 그만큼 뜬금없으니까요."

세드릭이 나지막하게 말했다.

"하지만 생각해 보십시오. 악마 소환이 그러하듯 펜잔스 참극 역시 참으로 뜬금없지 않습니까?"

올 초 느닷없이 발발한 참극. 초반 기차를 점거하고 목소리를 낸 집단은 잉그람 무장 혁명군이지만, 낡은 총기로 무장한 혁명군의 전력을 배가한 이는 니올로 팔리아치였다. 그러나 정작 판을 구상한 주모자는 악명 높은 대도(大盜) 헤센 그윈티르.

잉그람 무장 혁명군은 공공연히 아크라이트 왕가를 반대하던 집단이니, 참극에 동참할 여지가 충분했다. 광인 니올로 팔리아치는 예부터 공격성이 남다르던 마법사. 더구나 지옥 같은 괄티에로 벨리에서 탈출할 수만 있다면 무엇이든 받아들일 터였다.

하지만 헤센 그윈티르는 도대체 무얼 위하여 참극을 일으켰는가?

"세드릭 자일스 경. 도대체 무슨 말이 하고 싶은 겁니까?"

근방에 앉은 풍랑의 마녀, 로시오 아스톨포가 낯을 일그러뜨렸다.

"헤센 그윈티르는 지난 5년간 죽은 듯이 잠잠했습니다. 한창 활동하던 시기에도 절도만 일삼았을 뿐 무의미한 살생은 저지르지 않았지요. 그런데 갑자기 등장해서 참극을 일으켰다? 그것도 동족이 아닌 평범한 인간을 상대로?"

"광인의 생각을 우리가 짐작할 수나 있겠습니까? 헤센 그윈티르는 이미 자신을 쫓던 사냥꾼을 넷이나 살해한 전적이 있어요. 갑자기 살인 욕구가 들끓었는지 누가 압니까?"

"그렇다면 펜잔스를 택하지는 않았겠죠."

세드릭이 차게 웃었다.

"펜잔스에는 겨울의 마법사, 휴고 알피어스 경이 있습니다. 단순한 살육을 원했다면 더 쉬운 장소가 수두룩한데도 헤센 그윈티르는 굳이 펜잔스를 택했습니다. 대신 겨울의 별 발디비아가 가장 잠잠한 시기인 늦봄에, 발디비아와 상성이 좋지 않은 역천의 별 무제타가 가장 강성한 시기인 역천의 날을 기일로 잡았지요. 그리고 다들 아시다시피 광인 니올로는 역천의 별 무제타의 축복을 받은 파괴적인 마법사입니다. 겨울이 지나 다소 허약해진 휴고 알피어스 경에게 맞서기엔 더할 나위 없이 훌륭한 호적수가 아닙니까?"

의장 시오반 미렐그로가 미간을 좁혔다.

"그럼 헤센 그윈티르에게 또 다른 흉계가 있단 말입니까?"

"나도 알 수 없습니다. 다만 단순히 살육을 꾀했다기엔 지나치게 어려운 길을 택했다고 보이는군요. 아마도 다른 목적이 있어 참극을 일으켰다고 짐작합니다만, 정확한 목적은 헤센 그윈티르 본인만이 알 겁니다."

평의회 의원들은 저마다 고개를 끄덕거렸다. 광인 니올로가 화려하게 날뛰었을 뿐이지, 실제 참극의 주모자는 헤센 그윈티르였다. 악마 소환이나 니올로의 변사는 부차적인 문제였다.

"헤센 그윈티르가 대도라 불릴 날도 이제는 머지않은 듯싶습니다."

"그럼요. 사냥꾼들이 죄다 덤비면 도리 없습니다. 도망자 기네비어도 장장 60년의 추격전 끝에 결국 붙잡히지 않았습니까?"

대체로 낙관적인 전망이 평의회의 중론을 이루었다. 하지만 볼프강 오르테가는 지금의 흐름이 마음에 들지 않았다. 디아나 솔과 악마 소환을 연관 지어 어떻게든 그리젤다의 이름을 깎아내리는 것이 그의 목적이었건만, 세드릭 자일스의 발언으로 화제가 완전히 뒤바뀌었기 때문이다.

볼프강은 못마땅한 눈으로 세드릭을 노려보았다.

'수장 대리로 참석했으면 조용히 있다 갈 것이지.'

때마침 루이자 볼크하르트가 다리를 꼬며 비웃듯 말했다.

"글쎄요. 그리 쉽겠습니까? 일전에 에드윈 베가 경도 그를 한 차례 놓치지 않았던가요?"

"에드윈 베가? 낙뢰를 내리는 섬광의 마법사를 말합니까? 설마 그가 놓쳤을 리가요."

"아니요. 나도 언젠가 들은 적 있습니다. 에드윈 경이 헤센 그윈티르를 사살했다고 보고한 바로 이튿날, 헤센 그윈티르가 아스톨포 가문의 본성에 침입했었지요."

의사당이 점차 시끄러워졌다. 오베론 베가를 계승하여 마른하늘에서도 무시무시한 낙뢰를 내리는 에드윈 베가는 수많은 사냥꾼 중에서도 단연 으뜸이었다. 애당초 베가의 낙뢰는 한번 내리치면 막을 방도가 없으니 당연했다.

세드릭의 낯빛이 조금 어두워졌다. 볼프강은 입매를 비스듬히 끌어올렸다.

"사냥꾼의 명성도 예전 같지 않군요. 이래서야 헤센 그윈티르를 잡는 데만도 아주 오래 걸리겠습니다."

그의 말을 기점으로, 열띠게 말을 주고받던 분위기가 차츰 가라앉았다.

기실 이번 평의회는 펜잔스 참극을 수습하기 위해 열린 것이나 다름없었다. 200년 전 천년전쟁이 종식한 이래 마법사가 고의로 이만치 많은 민간인을 죽인 사건은 몇 없었던 만큼, 작금의 평화를 유지하기 위해선 사태를 신속하게 바로잡아야 했다.

하지만 정작 참극의 주모자가 없으니 평의회가 할 수 있는 일은 거의 없었다. 사냥꾼이 헤센 그윈티르를 일차적인 목표로 추적해도 시일을 확정하진 못하는 법. 단단히 마음먹고 숨은 마법사를 찾기란 참으로 지난하기에, 어쩌면 도망자 기네비어처럼 체포에만 수십 년이 걸릴지도 몰랐다.

검지로 의자 손잡이를 두드리던 세드릭이 불현듯 입을 열었다.

"헤센 그윈티르의 이명이 어째서 부활인지 압니까?"

뜬금없는 질문이었다. 무릇 이명이란 별이 선사하는 또 하나의 이름. 이명이 뜻하는 바는 성품에서 기인할 때도 있고, 자질에서 기인할 때도 있었다. 때때로 다르기에 이제 와 이명의 진의를 헤아리는 것은 소용없었다.

헤센 그윈티르의 사촌 누이인 자비네 그윈티르가 조심스럽게 대답했다.

"내가 알기로 헤센의 탄생성이 부활의 별 롬입니다. 별의 이름을 이명으로 받는 경우가 아주 드물지는 않지요."

"맞습니다. 하지만 헤센 그윈티르는 말 그대로 죽었다가 다시 살아나더군요."

일순 의사당이 몹시 소란스러워졌다. 이번에는 의장 시오반조차 소요를 잠재우지 못했다.

"나의 아버지, 에드윈 베가 경에게 일전에 물은 적이 있습니다. 어째서 당신께서 사살했다는 죄인이 세상에 활개 치고 다니느냐고요. 그때 아버지는 이렇게 답하셨습니다.

나는 분명히 헤센 그윈티르에게 낙뢰를 내렸다. 그의 송장은 까맣게 타들어 갔으므로 '그때'는 죽은 것이 확실하다."

"에드윈 경이 사람을 착각한 것이겠죠. 베가의 낙뢰를 맞고도 살아난 사람은 전례가 없습니다."

"나도 최근까지는 그렇게 생각했습니다. 세상에 헤센 그윈티르를 닮은 사람이 한둘쯤은 있겠지, 그리 여겼지요."

세드릭은 잠시 말을 끊으며 무의식적으로 총상을 입었던 복부를 짚었다.

"……두어 달, 전 우연히 헤센 그윈티르를 만났습니다. 그가 먼저 총을 쏘았기에 낙뢰를 내렸죠. 당시 나는 총상을 입어 성치 않은 몸이었지만, 그가 직격으로 낙뢰를 맞은 것을 확인했습니다. 분명 헤센 그윈티르는 그때 숨이 끊어졌어요."

"그가 죽었다는 겁니까?"

"아니요."

촛불이 크게 일렁였다. 세드릭의 차디찬 얼굴 위로 불길한 그림자가 번져 갔다.

"최근 나의 누이, 채스터티 자일스가 자택에서 괴한에게 총을 맞았습니다. 당시 자택의 마법 회로는 정상적으로 작동하고 있었으므로, 평범한 인간은 침입할 수 없었습니다. 범인은 동족이었죠."

총기를 사용하는 마법사는 매우 드물었다. 총은 여느 마법보다 손쉽게 살인할 수 있는 도구지만, 본디 살인은 마법사의 덕목이 아니었기 때문이다. 또한 마법을 다룰 줄 알기에 평범한 인간처럼 자신을 보호할 목적으로 총이 필요한 것도 아니었다.

살인하지 않으면 총을 지닐 까닭이 없었다.

"검사 결과, 채스터티를 관통한 총알과 나를 맞힌 총알은 동일한 총기에서 발사되었다고 합니다."

세드릭이 담담하게 고했다.

"헤센 그윈티르의 이명은 부활. 그는 죽지 않습니다."

헤스터는 느릿느릿하게 자리에서 일어났다. 평의회는 펜잔스 참극 말고도 여러 안건을 논의했지만, 다른 안건은 귀에 잘 들어오지도 않았다. 세상에 둘도 없는 기막힌 소리를 들은 탓이다.

죽지 않는 마법사라니. 정말로 그리그 프롬이 되살아날 이야기였다.

헤스터는 제자리에서 골똘히 고민했다. 그녀가 알기로 세드릭 자일스는 충분히 합리적인 마법사. 헤센 그윈티르가 진실로 불사의 몸을 지녔다고는 여기지 않을 것이다. 또한 내로라하는 마녀·마법사만을 집결한 발푸르기스 평의회 의원들이 그런 허무맹랑한 소리를 믿을 리 없었다.

그러니 무슨 수가 있을 것이다. 용도 죽이는 베가의 낙뢰를 직격으로 맞고도 죽지 않는 비밀스러운 방도가.

"헤스터 경."

문득 가까이서 호명하는 소리가 들려왔다.

사람들이 썰물처럼 빠져나간 의사당. 서늘하게 비어 버린 그곳에 어느덧 단 두 명의 마녀만이 남아 있었다.

"······칼롯타 팔리아치 경."

헤스터는 다소 경계하는 눈빛으로 이국의 마녀를 보았다. 햇볕에 그을린 얼굴과 영롱한 금안은 첫눈에도 호감을 주기 충분한 인상이나, 헤스터는 인상만으로 사람을 판단하는 어수룩한 마녀가 아니었다.

"생각이 많으신가 봅니다. 몇 번 불러도 대답이 없기에 큰 소리를 내었어요."

"내게 용건이 있습니까?"

자신을 살피는 기색이 역력한데도 칼롯타는 전혀 내색하지 않았다. 붉은 입술은 오히려 더욱 깊은 호선을 그렸다.

"평의회가 끝나면 잠시 시간을 내어 줄 수 있나요? 그대와 나누고픈 말이 있습니다."

"무슨 말이죠?"

"글쎄요. 우리의 두 동생들과 관련되었다고 하면 어떨지."

칼롯타가 자그맣게 소리 내어 웃었다. 헤스터는 더없이 차게 얼어붙은 눈으로 그녀를 응시했다.

수확의 마녀, 칼롯타 팔리아치.

메시나의 마법 가문 〈숭고한 팔리아치〉의 수장이자, 난공불락 뮈티레 요새의 성주.

동시에 광인 니올로 팔리아치의 누이였다.

발푸르기스의 밤은 차분하게 진행되었다. 환영식이 열리고 평의회가 소집된 지도 벌써 일주일이 훌쩍 넘었지만 200여 명의 마녀·마법사가 운집한 파펜하임산은 별다른 사건 사고 없이 고요하기만 했다. 이번 대집회를 주최한 아스톨포 가문에겐 참으로 다행이되, 좀 더 굉장한 것을 기대했던 디아나에겐 다소 실망스러운 일이었다.

디아나는 지난 일주일을 빈둥거리며 지냈다. 적어도 이맘때쯤이면 도착하리라던 상아탑의 사자는 아직도 연락이 없는 것인지, 성인식을 시작한다는 전갈은 올 기미조차 없었다. 그나마 흥미가 이는 평의회는 참석할 자격이 안 되므로, 그녀처럼 신출내기가 드나들 수 있는 곳은 고작해야 재판장뿐이었다. 하지만 첫 재판을 참관하러 갔던 날, 몹시 불쾌한 경험을 한 뒤로 재판장 쪽은 쳐다도 보지 않았다.

'볼프강 오르테가, 그 못된 마법사 같으니!'

디아나는 그날을 떠올리면 아직도 이가 바득바득 갈렸다. 일전에 환영식에서는 다행히 언니인 헤스터와 수리 알피어스가 있어 어찌어찌 빠져나갈 수 있었지만, 홀몸이었던 재판장에서는 그조차 불가했다. 게다가 볼프강 오르테가는 고상한 용모와는 달리 아주 영악한 구석이 있어, 주변에 그녀를 도와줄 사람이 없음을 일찌감치 간파한 모양이었다.

'당신이 아는지 모르겠군요. 그리젤다 솔은 일평생 곤궁했습니다. 하루 벌어먹기 위해 비천한 의뢰도 도맡았지요. 바바라 자일스 경이 연민으로 당

186

신을 거두지 않았다면, 아마도 당신은 그리젤다 솔의 빚 대신으로 팔려 갔을 겁니다.'

　볼프강 오르테가는 어머니에게 굉장한 원한이 있는 게 틀림없었다. 그렇지 않고서야 10년도 전에 죽은 사람을 그렇게나 신랄하게 비난할 수는 없었다. 산더미 같은 빚에, 어마어마한 남성 편력에, 일반적인 시선에선 도무지 좋게 보아 줄 수 없는 분방한 성정까지. 볼프강의 혀는 이미 죽고 없는 그리젤다를 아주 도륙 내어 버렸다.
　더욱 짜증 나는 건 디아나가 그의 말을 반박할 수 없었다는 점이다. 볼프강의 말이 부정할 수 없는 사실이기 때문은 아니었다. 디아나는 그저 어머니 그리젤다 솔에 대해 거의 알지 못했다.
　그리젤다 솔. 이제는 전설로 남은 위대한 마녀.
　하지만 디아나는 그리 대단하신 어머니에 대해 다른 사람이 아는 정도로만 알았다. 예컨대 가장 큰 업적으로 회자되는 카스텔리토 화산의 분출을 잠재운 일이나, 세간에서도 유명한 로르제 미술관 방화 사건이 대표적이었다. 그 외 자잘한 일화를 제한다면, 디아나에게 가장 체감되는 어머니란 역시 빚쟁이였다. 언니인 헤스터가 어머니의 빚을 갚겠다고 동분서주하는 모습을 보고 자랐으니, 어쩌면 당연한 일이었다.
　어미의 자질을 그대로 물려받아 강인한 마녀로 성장한 첫째와 달리, 연약하기 그지없게 태어난 자그마한 둘째 딸. 그리젤다는 갓 태어난 둘째를 반편이 노파에게 맡기곤 미련 없이 떠나갔다. 그리해 디아나가 태어나서 처음이자 마지막으로 본 어머니란 관에 조용히 누워 있는 시신이었다.

　'어머니께선 많이 아프셨어. 널 사랑하지 않으신 게 아니란다.'

헤스터는 늘 그렇게 말했다. 마지막 가는 길에서조차 약하디약한 막내딸을 걱정하셨다는 어머니. 동생을 잘 돌보겠다는 첫째의 약속을 듣고서야 편히 눈감으셨다는 어머니. 하지만 어머니를 떠올리며 눈시울을 붉히는 언니와 달리, 그럴 때마다 디아나는 늘 어색하기만 했다. 목소리 한 번, 손길 한 번 받아 본 적 없는 어머니의 존재란 그리도 까마득했다.

어머니를 사랑하는지는 잘 모르겠다. 하지만 생판 남이 함부로 헐뜯는 건 싫다.

그리젤다에 대한 디아나의 감상은 그게 전부였다.

'어쨌든 볼프강인지 보풀인지, 다음에 만나면 기죽지 말고 쏘아붙여야겠어. 혹시라도 언니가 듣기라도 하면 불쾌할 테니까.'

디아나는 그리 생각하며 코트 단추를 여몄다.

오늘은 발푸르기스의 밤이 시작된 지 아흐레째 되는 날. 드디어 평의회가 끝나는 날이었다.

숙소에서 나오자마자 예상했던 추위가 몰아쳤다. 디아나는 구시렁거리며 코트 옷깃을 세웠다. 예전부터 추위를 끔찍하게 싫어하는 디아나는 특히 재판장에서 볼프강 오르테가와 마주친 이후로 숙소 나서기를 꺼려 했으나, 오늘만은 예외였다.

요사이 헤스터는 여드레간의 평의회 대장정으로 지칠 대로 지쳐 보였다. 죽어도 힘들다는 말은 하지 않지만, 피로에 찌든 모습까지 감출 수는 없었다. 그도 그럴 것이, 오전 9시에 시작하는 평의회는 툭하면 자정을 넘겨 끝났고, 숙소로 돌아와서도 이튿날 논의해야 하는 안건을 살펴봐야 하기 때문에 쉴 틈이라곤 전혀 없었다. 강도 높은 노동에 익숙한 헤스터도 간신히 따라가는 강행군이었다.

그래서 디아나는 평의회가 끝난 기념으로 언니를 마중하기로 했다. 그녀만 보면 눈에 쌍심지를 켜는 볼프강 오르테가가 조금 마음에 걸렸으나, 근처에 잘 숨어 있다가 피하면 그만이었다. 그깟 열등감에 사로잡힌 마법사보다는 초주검이 된 언니를 위로하는 것이 더 급한 일이었다.

디아나는 쌀쌀한 칼바람을 맞으면서도 흔쾌히 걸었다. 한때 언니의 사랑을 의심한 적이 있지만, 이제는 아니었다. 사실, 솔직히 말하면 올리버 펜리의 존재가 손톱만큼 마음에 걸리긴 했다. 하지만 여기엔 올리버가 없으므로, 지친 헤스터를 달래 줄 사람은 그녀밖에 없었다.

그러니 추위 따위가 앞길을 막을쏘냐. 디아나는 언니를 위해서라면 극북의 얼음산맥도 넘을 용의가 충분했다.

"……다음은 아마도 후년에나……."

때마침 평의회가 끝난 것인지, 대회당에서 수십의 마녀·마법사들이 쏟아져 나왔다. 디아나는 얼른 근처 측백나무 뒤에 숨었다. 나무가 얼마나 건장한지, 그녀 하나쯤은 충분히 가리고도 남았다.

"마지막에 의장은 아주 쓰러질 기세더군요. 가만 보면 루이자 볼크하르트 경은 평의회의 흐름을 아주 교묘하게 제멋대로 끌고 가려는 경향이 있습니다."

"북방 마법 가문 출신은 원래 그렇지 않습니까. 마흔 명 가까이 되는 그들을 통제해야 하는 의장만 힘들지요."

"이번에 알피어스나 베가의 출석률이 너무 떨어진 것도 이유일 겁니다. 그나마 자리를 지킨 자일스도 정작 수장이 불참했죠. 아홉 마법 가문 외의 출신은 단합이 힘들고, 팔리아치나 아스톨포가 대적하기엔 수적으로 차이가 너무 심합니다."

"휴고 알피어스 경이야 절도 사건 이후로 잠적했다지만, 도대체 아멜리아 베가 경은 왜 소식도 없이 불참한 겁니까? 예전에는 겉치레 삼아 독수리라도 보내더니 이제는 그런 것조차 없군요."

"황혼의 마녀가 언제 책임을 다하는 사람이었습니까? 본인은 불참하더라도 가문의 일족은 참여하도록 언질 주었어야 하는데, 본인이 가문의 수장이라는 걸 아주 까맣게 잊어버린 모양입니다."

"그 여자는 옛날부터 그랬지요. 제자인 헤스터 솔 경은 스승을 닮지 않아 천만다행입니다만."

흘러가는 이야기가 귓전을 붙들었다. 가만히 대화를 주워듣던 디아나가 별안간 깜짝 놀라 나무 뒤로 옹송그렸다. 간발의 차로 볼프강 오르테가 나무를 스쳐 지나갔다. 뒤돌아보지 않고 가 버리는 걸 보면 그녀의 존재를 눈치채지 못한 듯싶었다.

디아나는 안도의 한숨을 내쉬며 바깥으로 고개를 슬쩍 내밀었다. 뒤늦게 대회당을 빠져나오는 언니가 보여 손을 흔들려는데, 그보다 가까운 세드릭과 먼저 눈이 마주쳐 버렸다.

세드릭은 자일스 일족으로 보이는 몇몇과 수리 알피어스와 함께였다. 디아나가 주춤거리며 손을 내리는 새, 세드릭이 고개 돌려 헤스터를 불렀다. 낯선 마녀와 대화를 나누던 헤스터가 비로소 디아나를 보았다.

"디아나? 네가 왜 여기에……."

헤스터가 의아한 표정으로 다가왔다. 디아나는 쭈뼛거리며 앞으로 나왔다.

"오늘 평의회가 끝난다고 해서 마중 나왔어."

디아나는 오킹엄에서도 곧잘 헤스터를 마중하곤 했다. 그때마다 헤스터가 환히 웃는 모습이 좋았을 뿐인데, 어째 지금은 표정이 심상치 않다.

"미안해. 오늘은 선약이 있어서……."

헤스터는 몹시 미안스러운 기색이었다. 디아나가 괜찮다며 고개를 내저으려던 차, 헤스터와 동행한 낯선 마녀가 단걸음에 다가왔다.

"어머나. 당신이 디아나 씨군요?"

마녀는 키가 크고 늘씬한 미인이었다. 볕에 그을린 구릿빛 피부를 보면 남부 메시나인이 틀림없었다. 무엇보다도 육식 동물처럼 예리한 금안은 〈숭고한 팔리아치〉의 상징.

디아나는 대강 마녀의 정체를 짐작할 수 있었다.

"어쩜 그리젤다를 이렇게나 쏙 빼닮았을까. 키가 조금 작은 것만 빼면, 그리젤다가 되살아났다 해도 믿겠어요."

"네에……."

디아나가 어색하게 웃으며 눈을 굴렸다. 그사이 표정을 갈무리한 헤스터가 점잖게 나섰다.

"디아나. 나는 칼롯타 경과 잠시 얘기를 나누기로 했으니 먼저 돌아가렴. 이따가 숙소에서 보자."

"알았어."

헤스터는 칼롯타와 반대편 길로 가 버렸다. 어지간히도 디아나에게 미련이 남는지, 칼롯타는 연신 뒤를 돌아보며 손을 흔들어 댔다. 디아나도 예의상 웃어 주긴 했으나, 어줍기는 마찬가지였다. 마법 사회에서 생면부지에게 저리도 살갑게 구는 사람은 손에 꼽을 것이었다.

멀어지는 헤스터의 뒷모습을 잠시 지켜보던 디아나가 침울한 표정으로 뒤돌았다. 마중하겠다고 미리 말하지 않은 것이 잘못이라면 잘못이겠으나. 바람맞고도 유쾌할 리 없었다.

그런데 뒤편에는 아직도 세드릭이 있었다. 디아나는 얼결에 인사했다.

"안녕."

세드릭은 조금 복잡한 표정이었다. 그가 망설이며 말문을 열려는 찰나, 곁에서 뚫어지게 회중시계를 보던 마법사가 세드릭을 재촉했다.

"시간이 그다지 여유롭지 않습니다. 벨린다는 주말에는 편지를 읽지 않는 마녀예요. 빨리 전서구를 날려야 합니다."

그리 말하는 마법사는 흑발 녹안의 중년 사내였다. 생김새를 보면 자일스 일족인 듯한데, 디아나는 얼굴을 모르는 마법사였다.

결국 세드릭은 마뜩잖은 표정으로 디아나를 돌아보았다.

"성인식이 끝나면 너와 헤스터 경을 정식으로 초대할게."

"응."

디아나는 무심코 고개를 끄덕였다. 세드릭은 그녀와 수리 알피어스에게 정중히 인사한 뒤, 일족을 거느리고 서둘러 걸음을 옮겼다. 그러고 나니 어느덧 수리와 단둘만 남았다.

서먹한 분위기만 감도는 가운데, 수리가 머뭇거리며 입을 열었다.

"내 숙소가 근처입니다. 잠시 몸을 녹였다 가겠어요?"

세드릭처럼 저택의 문짝을 가져왔으리라 예측한 것이 무색하게, 수리는 평범한 숙소에서 지내고 있었다. 1인실이기에 오히려 헤스터와 디아나가 사용하는 2인실보다도 좁았다.

"잉그람이었다면 저택으로 초대했을 텐데 상황이 마땅찮군요. 대접이 보잘것없어도 양해 부탁드립니다."

"아녜요. 초대만으로도 감사한걸요."

아무리 열흘 남짓 사용하는 숙소여도, 기본적으로 마녀는 자신의 공간에 타인을 들이는 것을 꺼렸다. 혹여 연구 자료를 빼앗길까, 귀한 물건을 도둑맞을까 하는 걱정은 부차적이었다. 본디 마녀란 족속이 낯모르는 타인을 몹시 경계할 뿐이었다.

그러므로 디아나는 수리가 순수한 호의로 초대했음을 알았다. 어쩌면 아예 모르는 관계보다 더 멋쩍은 사이지만, 차마 초대를 거절할 수 없었던 것도 그 때문이다.

수리는 벽난로에 불을 피운 뒤 찻주전자를 들고 다가왔다. 마법으로 금세 끓어오른 찻물이 향긋한 내음을 풍겼다.

"차향이 좋네요."

디아나가 어색하게 말문을 열었다.

"차를 좋아합니까?"

"자주…… 마시지는 않지만 좋아해요."

말을 마친 디아나는 일순 공황에 사로잡혔다. 자주 마시지는 않지만 좋아한다? 누가 들어도 썩 좋아하지 않는다로 이해할 말이었다. 물론 평소에 차를 자주 마시는 것은 아니지만, 그래도 겉치레나마 좋아한다고 답하는 게 뭐 그렇게 어렵다고!

그러자 잠깐 침묵하던 수리가 고개를 끄덕거렸다.

"사실 나도 그렇습니다."

다행이다. 디아나는 속으로 한숨을 내쉬었다.

"그래도 고마워요. 잘 마실게요."

"네."

디아나는 황급히 차를 들이켜다가 혓바닥을 델 뻔했다. 이후로 조심스럽게 한 모금 머금었지만, 뜨거워서인지 긴장해서인지 맛이 잘 느껴지지 않았다. 그래도 차가 아주 달다고 성심껏 예의를 차리려던 차에.

"맛이 없군요."

수리가 인상을 찌푸리며 찻잔을 내려놓았다. 디아나는 당황한 나머지 말을 잃었다.

"미안합니다. 코델리아가 선물한 찻잎인데, 그녀의 입맛이 독특하다는 걸 깜빡 잊었습니다."

"코델리아요?"

"코델리아 알피어스. 내 자매입니다."

디아나는 멀거니 고개를 끄덕였다.

"자매와 사이가 좋은 모양이에요. 이렇게 선물도 주고받는 걸 보면."

"다른 형제자매보다는 원만한 축입니다. 어쨌든 코델리아는 아직 연락이 끊기지 않았으니까요."

"대단히…… 좋은 관계네요."

역시 휴고 알피어스만 이상한 게 아니다. 저 집안 형제자매는 전부 이상했다.

"별말씀을. 오히려 헤스터 경과 디아나 씨가 아주 각별해 보였습니다. 마법 사회에서 그렇게나 단란한 가족은 아주 오래간만입니다."

수리는 그리 말하며 찬장에서 쿠키를 꺼내 왔다. 하지만 한 입 먹어 본 표정이 썩어 들어가는 것으로 보아, 저것도 입맛이 특이한 코델리아 알피어스가 선물한 모양이었다.

"언니와 떨어져 지낸 시간이 길거든요. 그래서 더 애틋한 것 같아요."

디아나가 수줍게 말했다. 말을 경청하던 수리가 고개를 갸웃거렸다.

"한데 디아나 씨는 헤스터 경을 언니라고 부르는군요. 보통은 나이 많은 형제자매도 이름을 부르지 않습니까?"

"그게, 실은 아주 어릴 적에는 평범한 할머니 밑에서 자랐거든요. 인간들 틈에서 자라다 보니 어느새 언니라는 호칭이 입에 붙었나 봐요."

수리는 대수롭지 않게 수긍했다. 디아나는 그녀의 눈치를 보며 얼른 말을 이어 갔다.

"그런데 스승님 따라 자일스 저택에 와 보니 다들 이름으로 부르더라고요. 그래서 나도 채스터티나 설리번은 이름으로 부르게 되었어요. 내게 언니는 한 명으로 족하니까요."

"그렇군요."

잠시간 망설이던 수리가 말을 덧붙였다.

"디아나 씨가 부럽습니다."

몸을 녹이려 당최 맛도 모르겠는 찻물을 넘기던 디아나는 그만 전부 뿜어낼 뻔했다.

"왜, 왜요?"

"사이좋은 자매가 있잖습니까. 세드릭 경도 디아나 씨를 많이 아끼는 듯하고요."

수리가 어깨를 조금 움츠리며 말했다.

"내게는 세 명의 형제와 두 명의 자매가 있습니다. 그중 동복형제가 둘이지만, 헤스터 경과 디아나 씨처럼 사이좋은 형제자매는 한 명도 없어요. 사이가 좋기는커녕 꾸준하게 연락이 닿는 사람은 코넬리아뿐입니다. 휴고도 원래는 이런 대소사에 불참하는 일은 없었는데, 망할 악어를 기르면서부터 외출길을 급격히 꺼려 하더군요. 그래도 설마 이런 일이 벌어질 줄은 꿈에도 몰랐지만 말입니다."

어쩐지 '망할 악어'에 방점이 찍힌 것 같지만 디아나는 애써 무시하기로 했다.

"너무 염려하지 마세요. 휴고 경도 곧 돌아올 거예요."

"네. 늦어도 올해 안으로는 돌아올 겁니다. 가문을 통하는 휴고의 계좌를 전부 막아 버렸으니까요."

수리의 말은 다소 섬뜩했다. 하지만 디아나는 그것도 애써 무시했다.

"헤스터 경과 디아나 씨처럼 애틋하게 지낸다는 건 애당초 불가하다는 걸 압니다. 하지만 이렇게 폐를 끼치면 안 되죠. 동족에게 양심을 기대하는 것만큼 미련한 짓도 없다지만, 그래도 사람으로서 일말의 양심이라도 있다면 내게 이러면 안 되는 겁니다."

찻잔을 쥔 수리의 손을 바들바들 떨렸다. 흘끗 본 찻잔 속은 딱딱하게 얼어 있었다. 디아나는 차마 얼어붙은 찻물까지는 무시하지 못했다.

"저, 수리 경……."

"그렇지 않습니까? 막내인 내가 가문의 수장이 된 건 형제자매가 전부 거부했기 때문입니다. 허구한 날 어머니께선 자식을 여섯이나 두었는데 뒤를 이을 놈 하나 없다며 한탄하시고, 그럴 때마다 나오미는 아직 기저귀도 못 뗀 아들을 들이밀며 후계로 삼으라고 난리를 쳤죠. 휴고는 스스로 겨울을 이었으니 수장은 다른 사람이 이으라는 웃기지도 않은 궤변만 일삼았고, 심지어 재스퍼는 단체로 결투를 벌여서 마지막까지 살아남는 사람을 수장으로 하자는 미친 소리나 해 댔습니다. 집안이 그 꼴인데 나라도 수장이 되어야 하지 않겠습니까? 가만 놔두었다간 정말로 풍비박산하게 생겼는데?"

늘 인형처럼 생기 없던 수리가 처음으로 흥분하는 모습을 보였다. 저리 열띠게 털어놓는 걸 보면 모르긴 몰라도 속에 쌓인 것이 아주 많은 듯했다.

"그러게요. 다들 정말 너무하네요!"

그리고 핍박받아 온 동년배의 사연에 디아나는 금세 공감했다.

"세상에나, 결투라니! 늘 못된 장난이나 일삼던 채스터티도 그 정도는 아니었어요!"

"재스퍼는 내 형제자매 중에서 가장 엇나간 사람입니다. 투견 대회가 그의 유일한 취미였죠. 내가 수장이 되기도 전에 연락이 끊겨서 지금은 어디서 무얼 하는지도 모르지만, 어느 날 재스퍼의 사진이 박힌 수배 전단이 날아와도 놀라지 않을 자신이 있습니다. 하지만 다른 형제자매는······."

수리는 음침하게 이를 갈았다.

"다른 형제자매는 적어도 말은 통하는 작자들이라고 생각했습니다. 내가 수장이 되면 적어도 폐는 끼치지 않겠지, 그리 여겼는데 차라리 폐를 끼치는 편이 낫겠습니다. 설마 이렇게나 무책임하게 연락을 끊어 버릴 줄은 상상도 못 했어요."

수리 알피어스는 불과 열다섯의 나이로 가문의 수장이 되었다. 그녀의 모친인 글로리아 알피어스는 당시 예순을 바라보던 나이로, 더는 수장직을 유지할 의지가 전혀 없었다. 여섯이나 되는 자식은 물론이요, 일가친척까지도 후계자 자리를 마뜩잖게 여겨 불가피하게 수장직을 유지하고 있었을 뿐. 어느 날 수리가 용기 내어 당신의 뒤를 잇겠다는 의사를 밝히자, 글로리아는 어린 막내딸에게 보관을 물려주고 희희낙락 외진 별장으로 떠나 버렸다.

그러나 열다섯의 수리 알피어스는 지나치게 어렸다. 별다른 교육도 없이 덜컥 물려받은 수장직을 제대로 수행하기에 그녀는 너무 어렸다.

"수장이 일족들과 불평등 계약을 맺어 강제적인 충성을 이끌어 낼 수 있는 북방 마법 가문과 달리, 알피어스를 비롯한 잉그람의 마법 가문은 수장에게 그런 권력이 없습니다. 말이 좋아 가문의 대표이지, 기껏해야 얼굴마담 정도예요. 마법 사회와 잉그람 정부 사이를 조율하거나, 전국에 흩어진 가문의 재산을 관리하거나, 아니면 일족 간의 다툼을 중재하는 등의 번거로운 일을 수장이란 허울 좋은 직책에게 몰아준 것에 불과하단 말입니다."

수리가 낮게 읊조렸다.

"하지만 나는 그런 일을 어떻게 처리해야 하는지 몰랐습니다. 어머니께선 더 이상 가문의 대소사에 관심이 없으셨는데, 아마도 다른 형제자매들이 어련히 날 도와주리라 여기셨던 모양입니다. 물론 난 그들이 어떤 작자인지 알기에 그런 기대 따위 처음부터 하지도 않았어요."

다만 제자리만은 지켜 줬으면.

다른 책임조차 내게 떠넘기진 말았으면.

"……하지만 그조차 너무 큰 기대였나 봅니다."

수리는 서글픈 표정을 지었다. 디아나는 홀로 고군분투하는 수리가 안쓰러웠다. 자일스 일족은 사사건건 간섭해서 문제였는데, 알피어스는 너무 무관심해서 문제인 것 같았다.

"내가 위로해 줄 수 있는 말이 얼마 없네요. 하지만 수리 경, 지금 골치 아픈 일들 전부 말끔하게 해결될 거예요. 연락이 두절된 다른 형제자매는 몰라도 휴고 경은 계좌가 막혔으니, 곧 돌아올 거라면서요?"

"그렇긴 합니다만……."

수리가 괜스레 손가락을 얽으며 디아나를 흘깃거렸다.

"저번에도 이번에도 디아나 씨에겐 항상 미안합니다. 이렇게나 내 말을 귀담아들어 주는 사람은 정말로 오래간만이라 자꾸 속말을 꺼내게 되네요."

"아녜요. 나는 괜찮아요."

"남의 말을 들어 주는 게 얼마나 힘든지는 나도 잘 압니다. 사이 나쁜 일족을 중재할 때마다 서로 고집만 피우는 이야기를 물리도록 들어 왔으니까요."

수리는 제법 의젓하게 말했다. 그러나 디아나는 자꾸 그녀에게 마음이 쓰였다. 디아나도 스승의 집에서 얹혀살며 꽤나 눈치를 보았다지만, 자일스 일족의 복잡한 신경전만은 남의 일이라고 치며 강 건너 불구경하듯 넘길 수 있었다. 모르긴 몰라도 알피어스도 자일스 못잖게 속사정이 복잡한 듯한데, 그러한 아수라장의 복판에서 20년 가까이 버틴다는 건 상상도 하기 싫었다.

더구나 디아나에겐 힘들 때마다 기댈 수 있는 언니가 있었다.

하지만 수리에게는 누가 있었나?

"그럼 친구를 사귀어 보는 건 어때요?"

디아나가 진지하게 말했다.

"친구요?"

"마음 터놓고 지낼 수 있는 관계는 힘들지 몰라도, 함께 대화하며 즐겁게 시간을 보낼 수 있는 사람이 있다면 좋지 않을까요?"

수리는 순순히 고개를 끄덕였다. 디아나가 눈을 반짝이며 물었다.

"혹시 주변에 친구 삼을 만한 사람이 있나요?"

"의절하고 싶은 사람이라면 아주 많습니다."

"음. 그런 사람들은 아무래도 제외하는 게 좋겠죠?"

디아나는 고민에 잠겼다. 친구를 사귀라고 호기롭게 말하긴 했지만, 사실 그녀도 의식적으로 친구를 사귄 적은 없었다. 세드릭과 채스터티는 스승의 자녀로 오래전부터 알던 사이고, 올리버 펜리는 친구라기엔 뭔가 부족하다. 오히려 경쟁자라면 경쟁자였지.

"채스터티……는 아녜요. 분명 경에게 악영향만 끼칠 게 분명하니까."

디아나가 머뭇거리며 말했다.

"세드릭은 어떨까요?"

"세드릭 자일스 경이요?"

수리가 눈을 동그랗게 떴다. 디아나는 자신 없이 고개를 끄덕였다. 그녀의 좁다란 인맥에서 수리에게 소개할 만한 동년배는 세드릭이 전부였다.

"걔가 어릴 때는 좀 그랬어도 지금은 많이 차분해졌거든요. 경처럼 가문의 수장이 될 테니까, 어쩌면 말이 통할지도 모르고……. 참, 아까 보니 세드릭이랑 함께 있었잖아요. 혹시 친해요?"

"아뇨. 이번 평의회에서 처음 만났습니다. 평의회 의원 중에서 또래는 세드릭 자일스 경 정도고, 이번에 베가 출신 참석자가 적어서 자일스 쪽과 대화를 조금 나눴을 뿐입니다."

"대화해 보니 어때요? 친구로 괜찮을 것 같아요?"

"그건 잘 모르겠습니다. 책임감 있는 분인 것 같기는 한데."

수리가 긴가민가한 목소리로 대꾸했다. 디아나는 시무룩한 표정으로 고개를 끄덕거렸다. 하긴 몇 마디 나눠 봤다고 다 친구가 되는 건 아니었다.

"저기, 그런데 디아나 씨."

한참 망설이던 수리가 느리게 말문을 열었다.

"아까 친구란 함께 대화하며 즐겁게 시간을 보낼 수 있는 사람이라고 하지 않았습니까? 지금이 바로 그런 즐거운 시간이 아닐까요?"

그에 디아나는 멍하니 눈만 깜박였다. 수리의 말을 곱씹고 곱씹다가 비로소 말뜻을 이해했는지, 뒤늦게 뺨이 붉어졌다.

"그, 그런가요?"

"나는 그렇습니다. 만약 디아나 씨는 즐겁지 않다면……."

"아뇨! 나도 즐거워요!"

디아나가 저도 모르게 소리를 높였다. 그녀를 힐끔거리던 수리가 수줍게 웃었다.

"그럼 이제 우리도 친구인가요?"

평화의 홀.

200년 전 백년전쟁이 종식한 기념으로 건축된 대회당 유일한 홀로, 발푸르기스의 밤 첫날에 환영식을 열 때가 아니고서야 사시사철 인적이 드문 곳이었다. 어쨌건 기념관이라는 명목에 맞게 전설로 내려오는 마녀·마법사들의 석상을 세워 두긴 했으나, 우상의 전통이 없는 마법

사회에선 참으로 생경한 정경이었다.

"어째서 여기에 들어온 건가요?"

헤스터는 앞서 걷는 칼룻타의 뒷모습을 바라보며 물었다. 둘은 굳건히 잠겨 있던 문을 마법으로 풀어내고 평화의 홀에 막 들어선 참이었다.

"앞으로 일이 년은 여기 들어올 일도 없을 테니까요. 경도 알다시피 발푸르기스의 밤은 보통 격년으로 열리잖아요?"

칼룻타는 그리 말하며 어느 조각상 앞에 바르게 섰다. 조각상을 올려다보는 얼굴이 그녀답지 않게 공순했다.

한 손으로는 사과에서 싹을 피우고, 나머지 한 손으로는 시들어 죽어가는 들꽃을 되살리는 마법사. 하얀 대리석으로 조각되어 빛깔은 알 수 없으나, 유독 곱슬곱슬한 머리와 두툼한 입술로 헤스터는 조각상의 정체를 능히 짐작해 냈다.

"헤를론 팔리아치입니까?"

"네. 자그마치 800년 전의 선조이지요."

번영의 마법사, 헤를론 팔리아치.

검은 피부는 노예로 천대받던 시기. 노예였던 아버지를 닮아 검은 피부를 타고난 헤를론 팔리아치는 어마어마한 마법 재능을 바탕으로 수십 년간 가문의 수장으로 군림했다. 쟁쟁한 친족들이 검은 피부의 수장을 수긍할 수 있었던 연유는 오직 그만의 고귀한 재능.

성장.

시조인 마체 팔리아치를 비롯하여 역사상 적잖은 팔리아치의 일족이 가을을 불러왔으나, 누구도 헤를론처럼 식물을 성장시키지는 못했다. 갓 발아한 싹도 그의 손길을 거치면 삽시간에 열매를 맺었고, 막 낙엽을 떨어트린 가지도 그의 눈길을 받으면 새로이 푸릇푸릇한 잎사귀를 피워 냈다. 그리하여 헤를론의 생전에 뮈티레 요새는 까마득하게 성장한 풀숲에 가려 어지러운 전란기와 멀어졌다고 한다.

그 시절 〈숭고한 팔리아치〉는 다시없을 황금기를 맞이했다. 당시는 천년전쟁이 한창이었으나, 어떤 인간 왕국도 감히 헤를론 팔리아치가 돌보는 뮈테레 요새를 공격하지 못했다. 용을 부리는 자일스나 낙뢰를 내리는 베가, 혹은 폭풍을 일으키는 아스톨포를 피하듯 마냥 질겁한 것이 아니었다. 씨앗에서 열매를 수확하는 헤를론 팔리아치를 평범한 인간들은 마치 신을 우러르듯 경외했다. 하늘의 신이 땅에 강림했다 믿었으니, 감히 신의 처소를 공격할 자는 많지 않았다.

"팔리아치는 예로부터 가을과 풍요와 번영의 상징이었습니다."

칼롯타는 오래전 선조의 석상을 애틋하게 바라보았다.

"오래전 마체 팔리아치가 그러했고, 헤를론 팔리아치가 그러했지요. 우리는 〈가혹한 아스톨포〉나 〈고결한 베가〉처럼 공포로 군림하는 폭군이 아니라, 풍요와 번영을 약속하는 현군이었습니다. 피 흘리며 다투느니 난공불락의 요새에 들어앉아 성문을 잠갔고, 끝없는 전란으로 황폐해지는 세상을 보다 못해 스스로 적에게 고개 숙였습니다. 폭풍을 일으켜 도시를 무너뜨리지는 못하지만, 풍족한 미래로 나아갈 수는 있습니다. 그것이 바로 우리 팔리아치의 숙명."

문득 소리가 음산해졌다.

"한데 나의 아우는 그러지 못했지요."

헤스터는 싸늘하게 식은 눈으로 그녀를 응시했다. 칼롯타가 쓸쓸하게 헤스터를 마주 보았다.

"나는 니올로를 증오합니다. 아우는 태어나길 처음부터 악마였어요. 그래서 10년 전, 니올로가 악마를 소환했고 또한 명망 높은 동족을 여럿 죽였다는 소식을 들었을 때도 놀라지 않았습니다. 일찍이 아우의 본성을 알았으니까요."

칼롯타 팔리아치와 니올로 팔리아치. 두 이부남매의 관계가 원만치 않다는 것은 익히 유명했다. 자세한 속사정은 알려지지 않았으나, 니올로가 악마 소환과 동족 살인으로 종신형을 하달받았을 때도 칼롯타는 매정하게 아우를 외면했다. 니올로를 탈옥시킨 배후를 밝히는 내내 팔리아치 가문이 함부로 거론되지 않은 것도 바로 그런 연유였다.

"니올로는 팔리아치의 계보에 이름을 올렸되, 천성적으로 가문에 어울리는 인물이 아닙니다. 나의 아우는 파괴와 살육에서 기쁨을 찾는 광인. 그렇기에 나는 열차에서 악마를 소환한 이도 니올로라고 믿습니다. 이미 한 번 범했던 금기, 두 번 범하는 것이 어렵겠어요?"

"칼롯타 경. 내게 하고 싶은 말이 뭡니까."

헤스터가 차분히 물었다. 양손을 감싸 쥐며 속눈썹을 파르르 떨던 칼롯타가 이내 결심한 듯이 고개를 들어 올렸다.

"부활의 마법사, 헤센 그윈티르가 아우를 탈옥시켜 펜잔스에서 살육의 장을 열었다고 하지요. 하지만 그는 극히 일부분에 불과합니다. 헤센 그윈티르의 배후에는 숨겨진 단체가 있어요."

당혹스러운 침묵이 흘렀다. 헤스터는 뒤늦게 말문을 열었다.

"왜 평의회에서 밝히지 않았습니까?"

"아무런 대비책도 없이요? 헤스터 경, 물론 그들이 10년 전 자신을 외면한 내게 원한을 품은 니올로를 이용해서 혹시라도 팔리아치에게 해를 끼칠까 염려스러웠던 것이 사실입니다. 하지만 무엇보다도 그건 어중이떠중이들이나 모인 단체가 아니에요. 워낙에 쟁쟁한 이들이 이름을 올린 단체라 쉽사리 밝힐 수가 없더군요."

"팔리아치의 수장이 저어할 정도로요?"

칼롯타는 지그시 입술을 깨물었다. 그녀는 짤막한 고민 끝에 아주 자그마한 목소리로 속삭였다. 그러자 여태 조각상처럼 굳건하던 헤스터의 무표정이 산산조각 깨졌다.

"그게 사실입니까? 그분이 설마……."

"여기서 내가 단체에 소속된 명단을 읊는다 한들, 경이 곧이곧대로 믿을까요? 증거는 모두 뮈티레 요새의 기록 보관소에 보관되어 있습니다. 하지만 경도 알다시피, 기록 보관소는 자료를 외부로 유출하는 행위를 철저하게 금하고 있지요."

칼롯타가 속살거렸다.

"내가 이 사실을 굳이 헤스터 경에게만 밝히는 이유는 경의 자매 때문입니다. 디아나 씨가 기차 사건에 연루되어 큰 고초를 겪었다고 들었어요. 하지만 그걸로 끝나지 않을지도 모릅니다. 디아나 씨는 본인의 재능이 어떻건 간에 그리젤다의 딸. 그들은 니올로를 이용한 것처럼 디아나 씨를 노릴지도 모릅니다. 그러니 디아나 씨의 절친한 자매로서 경은 내 불안한 심정을 이해하겠지요."

헤스터는 그녀답지 않게 착잡한 표정이었다. 한숨조차 나오지 않는 막막한 상황에서 고민에 골몰하는 사이, 별안간 얇은 종이 한 장이 미끄러지듯 창문 틈새를 비집고 들어왔다.

칼롯타가 종이를 집어 들었다.

"……상아탑의 사자들이 도착했다고 합니다. 내일부터 성인식이 열린다고 하네요."

칼롯타는 마법으로 가볍게 종이를 불태웠다. 잠시 엿보였던 근심과 처연함을 곱게 갈무리한 그녀는 어느덧 팔리아치의 오연한 수장으로 돌아와 있었다.

"오늘 내가 한 말, 한번 잘 생각해 봐요. 발푸르기스의 밤이 끝날 때까지 혹 결심이 서거든 내게 연락을 주면 됩니다."

마지막으로 칼롯타가 우아하게 인사했다.

"뮈티레 요새는 당신을 언제나 환영합니다."

파펜하임산의 기슭.

짙푸른 수풀이 울창한 가운데, 반드러운 돌계단을 얹어 놓은 좁다란 산길이 끝없이 위로 이어졌다. 마법으로 올라갈 수는 있되, 되도록 경건한 마음으로 한 걸음 한 걸음 공들여 오르길 옛 선조들이 기원하던 곳. 수정의 관으로 향하는 길은 그리도 질박했다.

"계단을 쭉 올라가면 큼직한 동굴이 나올 거야. 그리로 계속 들어가면 된단다. 성인식이 치러지는 호숫가에는 이미 상아탑의 사자가 대기하고 있을 테니, 그들의 말을 따르기만 하면 돼."

헤스터는 디아나의 왼손을 부여잡으며 진지하게 말했다. 디아가가 고개를 끄덕이자, 이번에는 그녀의 오른손을 붙잡은 수리가 점잖게 말을 받았다.

"맞습니다. 상아탑의 사자들은 변덕스럽기로는 어린아이와 맞먹지만, 그다지 나쁜 사람들은 아닙니다. 혹시나 그네들이 큰소리를 내더라도 겁먹지 마십시오. 시키는 대로만 따르면 오래지 않아 이명을 받을 수 있을 겁니다."

"비슷한 말을 어제부터 열댓 번은 들은 것 같지만 어쨌든 고마워요, 수리 경. 언니도 고마워."

디아나는 일부러 활짝 웃어 보였다. 하지만 헤스터와 수리는 여전히 마음을 놓지 못했다. 두 사람은 괜히 샛길로 새지 말라는, 어제부터 골백번 반복했던 말을 재차 장황하게 늘어놓은 다음에야 디아나를 놓아주었다. 디아나의 뒷모습이 무성한 나뭇잎에 가려 보이지 않을 때까지, 그녀들의 시선이 집요하게 이어졌다.

비로소 두 사람이 사서 하는 걱정에서 해방된 디아나가 깊은 한숨을 내쉬었다.

하나뿐인 자매가 염려되는 것도, 하나뿐인 친구가 염려되는 것도 전부 이해했다. 그래서 남들 다 보는 앞에서 낯부끄러운 장면을 연출한 것도 이해했다. 하지만 도대체 두 사람이 언제 저렇게 의기투합했는지 이해할 수 없었다. 분명 어제까지만 하더라도 서로 데면데면했는데, 어째서 갑자기 저토록 죽이 잘 맞는지 모르겠다.

'내가 어린애도 아니고. 어련히 알아서 잘 찾아갈까.'

디아나는 속으로 투덜거리며 돌계단 위로 떨어진 낙엽을 가볍게 찼다. 열아홉이나 먹어서 성인식을 치르는 게 어디 자랑스러운 일이라고. 떠들썩하게 이명을 받고 싶은 마음 따위 전혀 없었으나, 두 사람이 기어이 소란을 피워 댔으니, 모르긴 몰라도 파펜하임산 일대에는 그리젤다 솔의 둘째 딸이 이명을 받는다는 소식이 들불처럼 번질 터였다. 그렇잖아도 요사이 원치 않은 관심을 받아 왔던 디아나에겐 무척이나 좋지 않은 징조였다.

그러니 이명을 받고 일전에 차마 거절하지 못한 세드릭의 초대에 응한 직후, 잉그람으로 돌아가는 것이 현재 디아나의 목표였다. 일평생 애국심이란 걸 가져 본 적이 없으나, 이렇듯 이국에 머무르다 보니 자연스레 고국이 그리워졌다. 물론 집에 들러서 행색을 제대로 갖춘 뒤에는 바로 스승님과 채스터티를 보러 엑서터로 가야겠지만.

하지만 그것도 모두 무사히 성인식을 치르고 나서의 이야기였다.

어느덧 디아나는 마지막 돌계단을 밟고 올랐다. 시푸른 녹음이 도처에서 잡풀처럼 일어난 험산. 그 가운데 제법 커다란 동굴이 어둠을 내두르며 그녀를 반기고 있었다.

물끄러미 동굴을 올려다보던 디아나가 이내 어둠 속으로 발을 내디뎠다.

또각또각. 촛불도 그녀의 걸음을 따라 동굴 안쪽으로 전진했다. 어둠을 밝히는 불빛과 디아나의 자그마한 뒤태가 차츰차츰 멀어지고, 마지막까지 전해지던 신발 소리조차 새벽안개처럼 아스라해질 무렵.

이윽고 동굴은 침묵에 잠겼다.

성전(星殿). 즉, 별의 신전.

오래전 파펜하임산이 대집회의 장소로 자리매김한 까닭은 표면적으로는 아홉 인의 영웅을 계승한 것이지만, 실상 성전이라 부를 수 있는 유일무이한 곳이었기 때문이다. 물론 종교의 전통이 없는 마법 사회에서 실제로 별을 숭상하는 전각을 세운 것은 아니다. 신전이란 그저 비유적인 의미일 뿐, 정확히 말하자면 파펜하임산 중턱에 자연적으로 생겨난 암굴을 뜻했다.

그러니까 영웅시대가 막 종식했을 무렵, 발부르가 볼크하르트의 손녀 레기나 볼크하르트는 조모의 유언을 받들어 파펜하임산을 올랐다.

파펜하임산은 용이 기거했을 만큼 험준한 산. 〈냉엄한 볼크하르트〉를 상징하는 매의 깃발이 꽂힌 뒤로는 모두가 두려워 피하는 곳이었던 데다, 당시의 보잘것없는 측량술로는 지도조차 완전치 못했으므로 좌표를 통한 순간이동조차 불가했다. 대체로 육체가 강건하지 못한 일개 마녀가 홑몸으로 인적조차 끊긴 험산을 등반했다는 사실에 의문을 표하는 이들이 많지만, 어쨌든 전해지는 말로는 그러했다.

가파른 산길과 수많은 날짐승, 무엇보다도 허약한 육신. 레기나 볼크하르트에겐 생사를 넘나드는 일이었을지도 모르는 온갖 역경을 생략하면, 그녀가 산머리에서 목도한 장엄한 경관이 펼쳐진다.

파펜하임산 정상을 가득 메운 못. 비할 데 없이 거룩한 호수는 소금 흩뿌려진 듯 황홀한 밤하늘을 그대로 투영하고 있었다.

'레기나, 나의 후계자여. 악룡 타트라스크 파펜하임이 머물던 파펜하임산 정상에는 세상 어디서도 구할 수 없는 보배가 숨겨져 있다.'

레기나는 그제야 조모의 유언을 이해할 수 있었다.

'클레멘틴 자일스가 꿈속에서 파펜하임 산정에 서 있는 너를 보았다더구나. 그 여자의 예언은 백발백중. 그러니 보배를 발견하는 자는 무조건 너다.'

그날, 레기나 볼크하르트가 찾아낸 것은 이른바 파펜하임 정수(淨水)

라 불리는 호수였다. 오래도록 인적이 닿지 않아 자연 그대로의 순수한 상태로 한없이 밤하늘을 담아낸 물. 잔잔하던 호수는 어느덧 만년설로 얼어붙었지만, 기후가 변했다고 태생적인 순수까지 잃어버린 것은 아니었다. 만년설을 녹여낸 정수는 아득한 어둠 속에서라면 늘 밤하늘을 그려 냈다. 억겁의 세월이 흐르도록 하늘과 가장 가까이서 별빛을 간직했던 호수는 너무나도 분명히 밤하늘을 기억하고 있었다.

자고로 마법이란 축복을 내려 준 별에게 기원을 전하는 방법은 다양했다. 세간강(江)의 거친 물결로 양분되는 서부 협곡의 까마득한 지층에서만 채굴되는 요르그 규석이나, 메시나 남부 해안가에서 간간이 발견되는 푸른 진주, 혹은 인어가 슬피 흘리는 눈물도 귀하지만 존재했다. 하지만 그것들은 고작해야 별에게 바칠 공물일 뿐, 그 무엇도 밤하늘을 재현하진 못했다. 오로지 파펜하임 정수만이 가한 일이었다.

어두운 밤하늘을 땅으로.

무수한 별을 당신의 아들딸에게로.

그리하여 지상에 강림한 별은 미욱한 자식이 성심으로 올리는 기도에 귀 기울이고, 전하고픈 이야기를 속삭이는 것이었다.

어언지간 다다른 암굴의 호숫가. 더는 촛불이 진전하지 못하는 암암한 어둠 속에서 수면 위로 떠오른 밤하늘이 희미하게 빛나고 있었다. 그리고 호수를 지키듯 세 귀퉁이를 에워싼 세 명의 노인.

그중 오른편에 앉은 노인이 흐느끼며 말했다.

"네가 그리젤다의 딸이구나."

뒤이어 왼편에 앉은 노인이 싱글벙글 웃으며 입구를 가리키고.

"정말이지 그리젤다를 쏙 빼닮았어. 네 이름이 무엇이었더라."

마지막으로 정면에 앉은 노인이 무표정으로 고했다.

"디아나 솔."

차마 호숫가로 다가가지 못하던 디아나가 느리게 고개를 끄덕였다. 겁먹은 표정에 왼편의 노인이 고개를 갸웃거렸다.

"왜 이리로 오지 않아?"

"여기 이상해요. 마력이 너무 넘쳐 나서…….."

"하늘이 내려오고 별이 뜨는 호수, 수정의 관은 원래 그래해. 산정은 얼어붙었으니, 이제 만년설이 자연적으로 녹아 형성된 호수는 여기뿐이야. 밤낮으로 어두워 밤낮으로 별이 뜨는 곳인데, 당연히 마력으로 충만하지 않겠니?"

까르르 웃는 소리가 뒤섞인다. 하지만 디아나는 여전히 울상이었다.

"이상한 속삭임도 들려요. 대체 누가 말하는 거예요? 여기 우리 말고 또 누가 있나요?"

"별이 있잖아. 이렇게나 많이."

노인은 밤하늘이 펼쳐진 호수를 가리켰다. 디아나는 입술을 꼭 깨물며 고개를 끄덕였다. 당최 알아들을 수 없는 속삭임이 귓가를 간질거렸지만, 아무리 귀를 털어 내도 좀체 멀어지지 않았다. 수정의 관은 언제나 별이 속삭이는 소리로 가득하다는 책의 글귀가 단순한 비유가 아닌 사실일 줄은 꿈에도 몰랐다.

"어서 오렴. 그리젤다의 딸아."

노인이 명랑하게 웃으며 손짓했다. 디아나는 머뭇거리며 비어 있는 호숫가 귀퉁이에 앉았다. 그리고 움츠렸던 고개를 펴자마자 깜짝 놀라고 말았다. 세 명의 노인이 고개를 길게 빼서 그녀의 얼굴을 유심히 뜯어보고 있었다.

"그리젤다와 닮았어."

"너무 닮았지."

"꼭 그리젤다가 살아 돌아온 것 같아."

디아나는 어쩐지 거북한 기분이 들었다.

"어머니는 한 번도 발푸르기스의 밤에 참여하신 적 없다고 들었어요. 그런데도 어머니를 잘 아나 봐요?"

"당연히 잘 알지. 상아탑에 들어가기 전에는 우리도 너처럼 평범한 마녀였으니까."

오른편의 노인이 훌쩍거리며 말했다. 왼편의 노인이 방긋거리며 동의했다.

"그리젤다는 훌륭한 마녀였어. 가히 아홉 인의 영웅에 필적할 만한 재능이었지."

"무슨 소리야. 그리젤다는 아홉 인의 영웅도 해내지 못한 일을 해냈어. 너도 알잖아?"

"그렇기는 하지만 말이야. 결국에는—"

정면에 앉은 노인이 숱 많은 눈썹을 찡그리며 대화를 잘라 냈다.

"쓸데없는 말 하지 마. 우리는 상아탑의 사자. 별의 소리를 듣고 전하기만 하면 돼."

정면의 노인은 그러면서 불편한 심기를 드러내듯 헛기침했다. 나머지 두 노인은 조용히 납득했다. 기묘한 예감을 느낀 디아나가 그게 무슨 말이냐며 물어보려던 찰나, 갑자기 호수가 찬란한 별빛을 뿜어내기 시작했다.

잠잠하던 밤하늘이 비로소 열렸다.

황금빛으로 빛나는 별들의 왕 둘시네아와, 왕을 지척에서 호위하는 사계의 별. 남동쪽 하늘에 우뚝 서 있는 나시마르크 사탑과 오스브롬 삼각형을 지나 남서쪽으로 계속 향하다 보면, 별빛 닿지 못하는 어둠이 하늘 끝자락에 아스라하게 걸려 있다. 왕의 영토와 어둠 사이에서 빛나는 경계의 별 아시엘. 그리고 아시엘을 건너 무지(無知)의 어둠 속에 파묻혀 있는 유일무이한 별.

암흑의 별 칼리스토.

수억의 별빛이 점차 빛을 더해 갔다. 백색, 청색, 녹색, 적색, 수많은 별빛이 뒤섞여 눈앞을 하얗게 물들였다. 그리고 소리를 더해 가는 별의 속삭임, 외침, 아우성. 별빛에 눈이 멀고, 소리에 귀가 멀었다. 그리하여 하얀 어둠과 하얀 소음이 정신을 까맣게 물들일 무렵.

《 ……적 》

노인들이 이구동성으로 부르짖었다.

《 기적 》

마치 운명을 선고하듯.

재차.

《 기적의 마녀 》

그리고 삽시에 사라졌다.

눈을 가리고, 귀를 막던 백색이 일순 자취를 감추었다. 동굴의 어둠을 몰아냈던 찬란한 별빛이 도로 잠들었으며, 자그마한 소음까지도 죄짓밟았던 아우성은 다시 속삭임으로 잦아들었다. 금방 일어났던 일이 전부 착각인 것처럼 평화롭기 그지없는 정경.

디아나는 그제야 숨을 토해 냈다. 도대체 방금 무슨 일이 일어났던 것인지 더디게 반추하다가, 노인들의 입을 빌려 암흑의 별 칼리스토가 쏟아 낸 이명을 뒤늦게 주워 담았다. 이명에 담긴 뜻을 헤아리기엔 아직 정신이 하나도 없었다.

그저 꿈결 같다. 디아나는 그리 생각하며 비척비척 자리에서 일어났다. 노인들은 이제 그녀에겐 일말의 관심도 없다는 듯 눈을 감고 있었다. 그들은 별의 전언을 대언하는 상아탑의 사자. 이명을 전했으니 더는 볼일도 없을 터였다.

"디아나 솔."

그대로 수정의 관을 떠나려던 디아나가 무심코 뒤를 돌아보았다. 정면과 왼편에 앉은 노인은 여전히 부동하는 가운데, 오른편의 노인만이 홀로 눈 뜬 채로 디아나를 응시하고 있었다.

"거인을 찾아가. 그리젤다의 유품이 거기 있어."

디아나는 멍하니 노인을 보았다. 혼란한 중에 더한 혼란이 밀려들었다.

"어머니의 유품이요?"

"그래."

"하지만 거인은 이미 멸종했는데……."

노인이 반달처럼 눈을 접으며 웃었다.

"누가 채스터티 자일스를 그리 만들었는지 궁금하지 않아?"

디아나는 삽시에 석상처럼 굳어 버렸다. 노인은 흔흔히 웃으며 그 말을 끝으로 눈과 입을 닫았다.

별빛만이 오롯하게 빛나는 암굴.

아무도 해답을 주지 않았다. 언제나처럼 알아들을 수 없는 별의 속삭임만 끝없이 흐를 뿐…….

"기적?"

세드릭이 멈칫대며 찻잔을 내려놓았다. 디아나가 떨떠름하게 고개를 끄덕였다.

"어째서 그런 이명을 받았는지 도통 모르겠어."

"좋은 이명입니다. 흔하지도 않고요. 지금은 돌아가신 이모께서 나와 이명이 같아서, 한동안 '얼음의 마녀'라고 소개할 때마다 이모께서 어쩌다 돌아가셨는지 매번 설명해야 했습니다. 참 곤혹스러운 일이었죠."

어쩐지 풀 죽어 보이는 디아나를 위해 수리가 열심히 위로했다. 하지만 디아나는 여전히 낯빛이 어두웠다.

"그런가요? 사실 나는 어둠이나 암흑이란 이명도 각오했거든요. 탄생성의 이름을 딴 이명이 그다지 진귀하진 않으니까요. 다만 이렇게나 생뚱맞은 이명이 나올 줄은 정말 상상도 못 했어요."

"확실히 기적이란 이명이 흔치는 않습니다."

수리는 찬찬히 기억을 더듬었다.

이명이란 별이 내려 주는 또 다른 이름. 이명의 속뜻은 미래일 수도,

잠재된 재능일 수도, 혹은 운명일 수도 있었다. 어떤 이명은 누가 봐도 명확한 뜻을 담고 있는 반면, 죽을 때까지 이명의 진의를 파악하지 못하는 사람도 수두룩했다.

세드릭이 말했다.

"내 이명인 '심판'은 낙뢰를 내리는 베가의 선조들이 숱하게 쓰던 이명이야. 그리고 수리 경의 이명은 알피어스 가문에서 오래전부터 전승되어 내려오는 이명이지. 이명은 그저 별이 지어 주는 이름일 뿐, 너무 의미를 부여할 필요는 없어."

"하지만 역사적으로 기적이란 이명을 사용했던 이들은 모두 범상치 않았습니다. 예컨대 600년 전의 마녀 카산드라 말레는 교단 이단심문국에게 붙잡혀 화형당해 거의 죽어 가던 아들을 살려 냈죠. 비록 본인의 목숨과 맞바꾼 마법이긴 하나 가히, 기적이란 이명에 걸맞은 희생이 아닙니까?"

"그리고 100년 전의 마법사 클라우드 비숍은 일평생 사이비 교주로 행세했지요."

여태 조용하던 헤스터가 말문을 열었다.

"그는 스스로 마법사임을 숨기고 기적을 부리는 신의 아들이라 자칭했습니다. 기적으로 분한 그의 마법에 홀려 수많은 인간들이 금은보화를 자진해 헌납했다고 합니다. 아마도 별은 그를 조롱하기 위해 기적이란 이명을 내린 것이 아닐까요?"

나머지 세 사람은 조용히 수긍했다. 헤스터는 차분히 말을 이었다.

"나의 이명은 '성좌'입니다. 드문 이명이죠. 별의 축복을 받아 겨우 마법을 부리는 마녀에겐 무거운 이름입니다. 하늘의 성좌를 다스리는 건 별들의 왕 둘시네아의 몫이지, 나와는 전혀 관계가 없으니까요."

"상징적인 의미 아닐까? 드물지만 성좌의 이명을 받은 사람들은 전부 둘시네아의 축복을 받았잖아."

"그럴지도 몰라. 하지만 마냥 확신할 수도 없잖니."

헤스터가 가늘게 웃었다.

"내게 왜 성좌란 이명이 내려졌는지는 아직 잘 모르겠습니다. 어쩌면 나 역시 평생토록 깨닫지 못할지도 모르죠. 하지만 나에게 마법이란 축복을 내려 준 별이 그렇게 무의미한 이름을 사했다고 여기기엔 속이 조금 쓰립니다. 흔히 말하길 탄생성은 어버이요, 그의 축복받은 마녀는 자식이라 합니다. 적어도 나는 별에게 무의미한 자식이고 싶지는 않아요."

어지간한 마녀·마법사들은 별이 속삭이는 소리를 듣지 못했다. 상아탑에서 혹독한 수련을 거친 사자들도 순수한 마력과 파펜하임 정수로 가득 차오른 수정의 관에서나 겨우 별의 소리를 알아들을 뿐. 그러니 별이 내려 주는 이름이 무슨 뜻인지 이해하기 어려울 수밖에 없었다.

"세드릭 경은 베가의 낙뢰를 내리기에 심판이란 이명을 받았다고 했죠. 수리 경은 알피어스 가문의 직계이기에 얼음이란 이명을 받았다고 했고요. 하지만 그보다 더한 이유가 있을지도 모릅니다. 낙뢰를 내리는 마녀·마법사들의 이명이 전부 심판이 아니고, 알피어스 가문의 이명이 전부 얼음이 아닌 데는 분명 까닭이 있을 테니까요."

헤스터는 그리 말하며 디아나를 돌아보았다.

"디아나. 네가 어째서 기적이란 희귀한 이명을 받았는지는 나도 모르겠어. 지금까지 기적의 이명을 받았던 이들의 삶은 너무도 제각각이지. 그러니 이명에 너무 구애받을 필요는 없지만, 암흑의 별 칼리스토가 네게 기적이란 이름을 선물한 데는 이유가 있을 거야. 칼리스토는 네게 마법이란 축복을 내렸을 만큼 너를 사랑하는 별. 언젠가 너도 별의 진의를 이해하는 날이 왔으면 좋겠구나."

그러자 디아나는 몹시 감명한 얼굴로 고개를 마구 끄덕였다. 수리도 감격하여 양손을 맞잡았다.

"멋진 말입니다. 마법학 개론 서문에 꼭 들어가야 하는 말이에요."

수리의 벽안이 전에 없이 반짝였다. 실은 그녀가 이토록 헤스터의 발언에 깊이 공감하는 이유는 따로 있었다.

그러니까 몇 년 전, 흔한 이명을 받아 침울해진 수리에게 동복자매

세레나 알피어스가 위로랍시고 이런 말을 건넨 적이 있었다.

'그게 다 미란다 이모와 네가 너무 닮아서 그런 거야. 겨울의 별 발디비아조차 분간하지 못할 정도로 강한 유전이라니! 후년에 머리를 염색하고 다시 수정의 관에 들어가 보면, 분명 발디비아는 네게 다른 이명을 줄 거란다.'

실제로 미란다 알피어스와 수리 알피어스는 모녀간이래도 믿을 만큼 똑 닮았다. 수리는 여태껏 그 사실이 불만스러웠던 적은 없지만, 그래도 세레나는 그리 말하면 안 되었다. 그건 위로가 아니라 조롱이었다.
"세상에, 그런 말을 하다니!"
디아나는 수리의 뒷사정을 듣고 격분했다. 어릴 적부터 자일스 삼 남매와 함께 자라 온 그녀조차 가만히 넘길 수 없는 언사였다.
"정말이지 너무하네요. 수리 경, 자매에게 제대로 사과는 들은 거죠?"
"아뇨. 직후 세레나와 연락이 끊겨서 화낼 기회조차 없었습니다."
디아나는 수리를 위로하려다 말고 입을 다물었다. 지금 수리는 분노할 기회를 잃어버린 것보다 오래도록 자매와 만나지 못했다는 사실이 더욱 서글픈 모양이었다. 다섯 중 무려 네 명의 형제자매와 연락이 두절되었으니, 모르긴 몰라도 제법 심정이 답답할 터다.
그리고 자연스레 디아나는 자매처럼 지내 온 채스터티가 떠올랐다.
"세드릭. 채스터티는 어떻다니? 좀 차도가 있대?"
채스터티, 변덕맞지만 내심으론 정이 깊은 채스터티.
디아나는 지금까지 채스터티의 죽음을 단 한 번도 생각해 보지 않았다. 다른 사람들 다 죽더라도 혼자 아득바득 살아남을 위인이 바로 채스터티 자일스였기 때문이다. 죽어서도 입술만은 동동 떠서 못된 말을 이어 가리라 여겼건만, 이렇듯 난데없이 변고를 당할 줄 누가 알았겠나.

'누구든 죽는 건 싫어. 아는 사람이라면 더더욱.'

채스터티가 숨을 거두는 장면을 상상하면 당장이라도 눈물 흘릴 수 있었다. 어릴 적 그녀를 미워했던 시절이 길지만, 채스터티와 벌써 작별하고 싶지 않았다. 어린애의 치기라고 손가락질해도 상관없었다. 디아나는 채스터티뿐만 아니라 어느 누구와도 영영 헤어지고 싶진 않았다.

"다행히 고비는 넘겼대. 아직 의식 불명이지만, 계속 치료하면 올해 안으로 깨어날 거야."

세드릭이 찻잔을 내려놓으며 답했다. 디아나는 안도의 한숨을 내쉬었다.

그러다 문득 수정의 관에서 마지막으로 들은 얘기가 생각났다.

'누가 채스터티 자일스를 그리 만들었는지 궁금하지 않아?'

디아나는 사실 어머니의 유품에는 별다른 관심이 없었다. 어마어마한 빚만 물려받은 전례를 떠올리면, 지금 거인에게 있다는 유품도 혹 차용증이 아닐까 하는 합리적인 의심이 들었기 때문이다. 물론 어머니를 늘 그리는 언니를 위해서라도 언젠가 유품을 찾아야 하겠지만, 아주 급한 일은 아니었다.

하지만 채스터티를 총격한 범인은 달랐다.

"저기, 채스터티를 공격한 사람 말이야. 내가 실마리를 찾은 것 같은데……."

일순 세 사람의 시선이 디아나에게로 모여들었다. 세드릭이 드물게도 성마르게 되물었다.

"뭐?"

"실은 상아탑의 사자가 그랬거든. 어머니의 유품이 거인에게 있다고."

"어머니의 유품?"

이번에는 헤스터였다. 디아나는 진땀을 빼며 고개를 끄덕였다.

"게다가 갑자기 채스터티 얘기까지 나온 거 보면 조금 관련이 있는

것 같아. 그렇지 않고서야 전혀 상관없는 일에 채스터티 운운할 리가
없잖아."

"거인이라면 이미 멸종하지 않았습니까?"

수리가 고개를 갸웃거렸다.

"나도 그게 마음에 걸리긴 해요. 하지만 설마 상아탑의 사자가 허튼
소리를 하지는 않았을 거 아녜요."

"그렇긴 합니다만…… 그럼 디아나 씨는 앞으로 거인을 찾아볼 생각
입니까?"

"네. 어머니의 유품도 그렇지만, 채스터티를 그렇게 만든 범인을 잡
는 데 조금이나마 도움이 될지도 모르잖아요."

디아나는 굳세게 대꾸했다. 그러자 헤스터가 사뭇 당혹스러운 표정
을 지었다.

"디아나. 나는 당장 오늘 저녁에 뮈티레 요새로 떠나야 해."

"갑자기 그게 무슨 말이야?"

디아나는 깜짝 놀랐다. 어머니의 유품이 달린 문제기에, 당연히 헤스
터가 의욕적으로 나설 줄 알았기 때문이다.

"뮈티레 요새의 기록 보관소를 급히 확인해야 하는 일이 있어서 칼
롯타 경과 동행하기로 했어. 혹시나 네가 신경 쓸까 봐 이명을 받은 뒤
에 말하려고 했는데……."

헤스터가 근심스러운 목소리로 말했다. 거인은 자취를 감춘 지 이미
10년 가까이 된 이종족. 변방에 숨어 살고 있다 한들 추적하기도 힘난
할뿐더러, 예로부터 거인과 마법 사회는 사이가 좋지 못했기에 디아나
를 혼자 보낼 수도 없었다.

수리도 시무룩하게 토로했다.

"나도 돕고 싶은 마음은 굴뚝같지만, 휴고도 잠적한 마당에 가문을
오래 비울 수가 없습니다. 돌아가거든 처리해야 할 서류가 산더미처럼
쌓였을 겁니다."

내심 어릴 적 들어 왔던 모험가처럼 거인을 찾아다니고 싶었던 수리는 못내 아쉬운 모양이었다. 아쉽기로는 졸지에 혼자서 거인을 찾게 된 디아나도 마찬가지였다.

'거인을 혼자서 만나는 건 둘째 치고. 도대체 어디서 찾는담?'

디아나가 알기로 거인은 반제와 잉그람 북부 산악 지대에서 주로 거주하던 이종족이었다. 비록 지루한 섬멸전 끝에 자취를 감추었다지만, 한때 번성하여 악명을 떨쳤던 이들이 고작 수십 년 만에 멸종했다기엔 다소 수상쩍은 구석이 있었다. 하지만 '어딘가' 살아 있겠지 지레짐작하는 것과, 그 '어딘가'를 특정하는 것은 전혀 다른 문제였다.

어쩌면 천년장미관의 장서를 전부 뒤져야 할지도 몰랐다. 하지만 과연 천년장미관에 기록이 남아 있을까? 기록이 남을 정도라면 거인이 멸종했다고 알려지지도 않았을 것이다. 그렇다면 직접 발로 뛰며 수소문해야 한다는 건데.

"디아나. 지금 범인은 사냥꾼들이 쫓고 있고, 어머니의 유품은 급하지 않으니 내가 돌아올 때까지 기다리는 게 어떠니?"

헤스터가 걱정스럽게 물었다. 마침 디아나의 마음도 그 편으로 기울고 있었다. 어차피 혼자서는 불가한 일. 차라리 헤스터가 돌아올 때까지, 천년장미관에서 혹시나 있을지도 모르는 거인의 기록을 뒤지는 편이 나을지도 몰랐다.

그때, 세드릭이 입을 열었다.

"내가 같이 갈게."

디아나는 순간 당황하여 말을 잃었다.

"채스터티는 내 남매야. 범인이 활개 치고 다니는 꼴을 더는 가만히 두고 볼 수 없어."

"범인과 어떻게 연관이 있는지도 확실하지 않아. 그냥 어머니의 유품만 찾고 끝날지도 모르는걸."

"하지만 연관이 있다면?"

세드릭은 고개를 모로 기울였다.

"상아탑의 사자가 어째서 네게 그런 말을 했는지는 모르겠어. 하지만 공연히 채스터티 얘기를 꺼내지는 않았겠지. 어떻게든 관련이 있다고 보는 게 맞아."

잠시간의 머뭇거림 뒤로 말이 이어졌다.

"……그리고 혼자서는 위험할지도 모르고, 범인은 헤센 그윈티르니까."

헤센 그윈티르. 동화 사냥꾼.

"뭐? 하지만 그 사람은."

네 낙뢰를 맞고 죽었는걸.

디아나는 황급히 입을 다물었다. 헤스터는 아직 그 일을 몰랐다. 언니가 괜한 신경 쓸까 봐 비밀로 붙였다.

헤스터와 수리는 돌연 입을 다문 디아나를 의문스럽게 보았다. 디아나가 난처하게 눈을 굴리는 사이, 세드릭이 헛기침으로 공백을 무마했다.

"어쨌든 위험한 사람이니까, 혼자보다는 둘이 나을 거야. 그럼 동의한 거지?"

헤스터는 뮈티레 요새로, 수리는 솔즈베리의 알피어스 본성으로 떠났다. 디아나는 그렇게 둘만 남자마자 세드릭을 붙들었다.

"헤센 그윈티르가 살아 있다고?"

세드릭은 말없이 디아나의 손을 떼어 내며 복도를 걸었다. 담담한 목소리가 뒤이었다.

"몇 년 전에 아버지의 낙뢰를 맞고서도 살아난 전적이 있나 봐. 정말로 죽었다가 되살아난 건지, 아니면 다른 수가 있는지는 모르겠지만."

"……그때, 헤센 그윈티르는 분명히 죽었어."

디아나는 차게 식은 손끝을 그러쥐며 중얼거렸다. 세드릭의 낙뢰를 맞고 새카맣게 타 죽은 동화 사냥꾼의 송장이 아직도 눈에 선했다. 숨이 끊어진 것까지 똑똑히 확인했으니, 되살아났을 리 없었다. 부활은 생명 창조와 마찬가지로 불가능의 영역이었다.

"어쨌든 지금 확실한 건 헤센 그윈티르가 살아 있다는 거야. 아무런 관계도 없는 채스터티까지 공격한 걸 보면 무언가 흉계를 꾸미는 게 분명해."

세드릭은 기민하게 서재의 문을 열어젖혔다. 뒤따라 서재로 들어온 디아나가 의아한 표정을 지었다.

"갑자기 웬 지도야?"

하지만 세드릭은 대답하지 않았다. 대신 마법으로 긁어모은 지도를 하나하나 뒤져 가며 지명을 확인하더니, 오래지 않아 유독 낡은 지도를 꺼내 들었다.

"가자."

"뭐?"

디아나가 황망히 되물었다.

"너 설마 거인이 어디 있는지 알아?"

"아니."

"그런데 어딜 가자는 거야. 거인이 정말 멸종하지 않았는지부터 확인해야 할 판국에."

"대신 알 만한 사람을 알아."

세드릭이 그리 말하며 손을 내밀었다. 디아나는 영 불안스러운 표정으로 지도를 흘깃거렸다.

호그스밀. 잉그람 북부의 국경 도시.

"……좌표나 잘 확인해."

디아나는 세드릭의 손을 맞잡았다.

두 사람은 곧 흔적 없이 사라졌다.

2. 마지막 지상 낙원

   호그스밀은 잉그람 북동부 국경에 자리한 소도시였다. 전국적으로 보자면 그리 눈에 띄는 도시는 아니지만, 시(市)로 승격한 마을을 손에 꼽는 근방에서는 제법 수위권에 드는 도회지였다. 덕분에 이 일대에서는 물자와 사람이 모이는 가교 역할을 하고 있으나, 오킹엄이나 오그 같은 대도시에서 자라난 디아나의 눈엔 그저 평범한 시골 도시에 불과했다.

   "대체 여기에 누가 산다는 거야?"

   디아나가 의심쩍은 기색으로 물었다. 아무리 저녁이 가까워지는 시간이라지만, 시장은 한산하기 그지없었다. 그나마 서성이는 사람들조차 늦가을 추위에 어깨를 움츠리며 집으로 향하는 발걸음을 재촉할 뿐. 나름대로 도시에서 가장 번화가에 속하는 중심 거리일 텐데도 전차는 커녕 마차조차 보기 드물었다.

   세드릭은 질문에 대답하는 대신, 근처에서 입담배를 질겅이는 노점상 상인에게 다가갔다.

   "이 도시에 마법사가 산다고 들었습니다만."

인심 좋게 웃던 상인의 얼굴이 삽시에 일그러졌다. 늙은 상인은 다소 날카롭게 쏘아붙였다.

"마법사?"

"어디 사는지 압니까?"

"알긴 아는데……. 그건 왜 물으시오? 아니, 그 전에 댁은 누구요?"

상인이 몸을 뒤로 내빼며 세드릭을 아래위로 훑었다. 험악한 국경 도시의 거주민답게 생면부지를 경계하는 기색이 역력했다.

"억양을 보면 아래 지방에서 오신 분 같소만……. 이런 외진 곳까진 무슨 일이요?"

상인은 좀체 의심을 버리지 못했다. 그러자 물끄러미 상인을 쳐다보던 세드릭이 매대의 상품을 가리켰다.

"전부 사겠습니다."

"뭐요?"

"얘가 미쳤나 봐, 정말."

디아나가 황급히 세드릭을 만류했으나, 오래간만에 귀한 손님을 맞이하여 곱절은 빨라진 상인의 손놀림까지 막지는 못했다. 상인은 상품을 모두 봉투에 쓸어 담으며 싱글벙글 웃었다.

"아이고, 이런 건 진작부터 말씀해 주셨어야지. 마법사는 번스타인 거리에 산다오. 여기서 왼쪽으로 15분만 걸으면 돼."

세드릭은 묵묵히 값을 지불했다. 적잖은 지출에 애꿎은 디아나만 발을 동동 굴렀다.

"한데 손님, 조심하시오. 거기 마법사는 설인(雪人)이라는 소문이 있어."

"설인이요?"

"그래. 여기 가까이에 설산이 있거든. 거기서 내려온 설인이라고 소문이 아주 파다해. 오죽하면 동네 애들이 그이의 초상화라면서 벽마다 웬 털북숭이 괴물을 그려 대겠어."

상인이 심각한 얼굴로 속닥거리며 둘을 배웅했다. 의외로 세드릭이 빈정거리지 않고 고개만 기우뚱거렸다. 도리어 콧방귀를 뀐 것은 디아나였다.

"저 아저씨, 사기꾼이 분명해. 요즘 세상에 설인은 무슨 설인이야. 그냥 좀 험상궂게 생긴 마법사겠지."

"그런가."

"그렇다니까? 나도 몰랐는데 세상에는 순진한 사람 등쳐 먹는 못된 사람이 너무 많아. 특히 너처럼 세상 물정 모르면서 부유한 애들은 더더욱 조심해야 돼. 아까처럼 괜한 상술에 휘말리면 안 된단 말야."

디아나는 그러면서 세드릭이 양손에 든 종이봉투를 가리켰다.

"특히 그거! 도대체 네가 그걸 어디다 쓰려고? 그럴 돈이 있으면 차라리 거지에게 적선하는 편이 낫겠다."

세드릭이 어깨를 으쓱이며 대꾸했다.

"괜찮아. 쓸데가 있거든."

둘은 오래지 않아 상인이 설명했던 번스타인 거리에 도착했다. 제법 깔끔하고 소박한 건물이 늘어선 가운데, 설인이란 흉흉한 소문에 걸맞게 유독 흉가처럼 보이는 벽돌집이 눈에 띄었다.

"⋯⋯저기겠지?"

"그런 것 같아."

디아나는 침을 꿀꺽 삼키며 아담한 벽돌집을 눈으로 훑었다. 검붉은 벽돌색은 양옆의 건물과 유사하나, 풍기는 냄새부터가 판이했다. 다른 집이 예쁘게 잘 가꾼 화초를 진열했다면, 마법사의 거처로 보이는 벽돌집은 꿉꿉한 냄새를 풍기는 쓰레기 더미로 가득했다. 사람 손길과 멀어진 정원은 잡초로 무성했고, 창문마다 나무판자를 덧대어 얼핏 감옥처럼 보이기도 했다. 어째서 설인이란 소문이 파다했는지 충분히 납득되는 대목이었다.

"들어가자."

디아나가 머뭇거리는 사이, 세드릭이 무덤덤하게 계단을 올라가 초인종을 눌렀다. 한참이 지나도록 안에서는 인기척조차 들려오지 않았으나, 세드릭은 제법 끈질겼다.

"혹시 외출한 거 아닐까?"

"아직 자고 있을걸."

"……지금 오후 5시인데?"

그럼에도 세드릭은 흔들림 없이 초인종을 계속 눌러 댔다. 디아나는 말릴 생각일랑 깔끔히 접고 난간에 걸터앉았다. 근처 골목에서 놀던 아이들이 유심히 지켜보는 시선이 느껴졌지만, 그마저 신경 쓰기엔 지나치게 피곤했다.

이윽고 안쪽에서 쿵쾅거리는 발소리가 들려왔다. 머잖아 문이 활짝 열렸다.

"이 시간에 도대체 누구야!"

노기 충만한 목소리가 쩌렁쩌렁 울려 퍼졌다. 골목에서 훔쳐보던 아이들이 기겁하여 모습을 감추었다. 그리고 디아나는 정말로 눈앞의 마법사가 설인은 아닌지, 평소라면 기를 쓰며 기피했을 비합리적인 의심을 시작했다.

몸에서 풍기는 악취까진 그러려니 이해할 수 있다. 자택에 틀어박혀 연구에만 열중하는 경우, 샤워를 아주 까맣게 잊어버리는 사람도 적지 않다고 들었으니까. 하지만 엉망진창으로 길러 낸 곱슬머리나 수염은 도무지 못 본 체 넘길 수가 없었다. 심지어 색깔조차 해초처럼 푸르죽죽하다. 이렇듯 시퍼런 머리와 수염을 허리까지 기른 거구의 마법사에게 설인이랑 흉문이 붙지 않을 리 없었다.

하지만 그런 흉측한 사내를 마주하고도 세드릭은 한결같이 차분했다.

"어머니께서 부재하실 때마다 늦잠 자는 건 여전하구나."

"……세드릭?"

불현듯 마법사의 목소리가 누그러졌다. 그는 헝클어진 머리 사이로 말간 녹안을 끔벅거리며, 세드릭을 멍하니 바라보았다.

"오래간만이야, 설리번."

세드릭이 옅게 웃었다.

설인이라고 소문난 국경의 마법사. 바로 설리번 자일스였다.

"이게 다 뭐야?"

"네 선물."

세드릭은 금방 매대를 쓸어 온 종이봉투를 내밀었다. 선물이란 말에 설리번의 낯빛이 아이처럼 밝아졌다.

"……이게 뭐야?"

하지만 설리번의 얼굴은 금세 물음표로 가득 찼다.

"인형 옷."

"이걸 어디에 쓰라고?"

"네 사랑하는 요정에게 주면 되잖아."

설리번은 불퉁하게 입술을 내밀었다. 못마땅한 기색이 역력했으나, 면전에서 선물을 내동댕이치면 안 된다는 기본적인 예의범절은 기억하고 있는 모양이었다.

"세드릭. 못 보던 새 많이 인색해졌구나."

"너는 여전하네. 특히 샤워에 인색하다는 점에서."

우아하게 돌려 말하는 비난은 못 들은 척 설리번은 늘어지게 하품하며 돌아섰다. 어기적거리며 복도를 앞장서는 모습은 예전과 변함없었다.

"알고 있겠지만, 괜히 아무거나 건드리지 마. 뭐가 나올지 나도 모르니까."

그러자 부러 멀찌감치 그를 따라가던 디아나가 미심쩍은 목소리로 속삭였다.

"건드리면 뭐가 나온다는 거야? 대체 여기에 뭐가 있길래?"

"글쎄."

세드릭이 짤막하게 대꾸했다. 실은 그도 설리번이 독립한 이래 처음 보는 것이었다. 그래도 아들이라고 바바라는 설리번과 간간이 편지라 도 주고받는 듯했지만, 세드릭이나 채스터티는 괴상한 손위 형제에 대 해 까맣게 잊고 지낸 지가 한참이었다.

"그 시끄러운 요정은 없는 것 같은데."

적막하던 저택을 소란에 빠트렸던 녹색 요정 와조스키. 무리 지어 다 니며 마녀·마법사들의 심장이나 노리는 이종족을 바바라가 반길 리 없 었지만, 다행히도 설리번이 독립하기 직전에 발견되어 별다른 사건 사 고 없이 무마될 수 있었다. 당시 설리번이 이종족에 보였던 집착적인 애정이나, 저택을 떠나기 전날 와조스키의 가족을 찾아 주고 싶다고 토 로했던 걸 보면 요정을 쉬이 잃어버리지는 않았을 터.

세드릭은 점차 추측에 확신이 생겼다.

"여기 아무 데나 앉아."

설리번은 둘을 응접실로 이끌었다. 중앙에 놓인 소파와 탁자가 아니 었다면, 미처 응접실인 줄도 몰랐을 만큼 더럽고 어두운 방이었다.

소파에 두껍게 쌓인 먼지를 몰래 손가락으로 쓸어 본 디아나가 애써 표정을 가다듬었다.

"난 서 있어도 괜찮아."

"마음대로 해."

설리번은 연거푸 하품을 쏟아 내며 소파에 털썩 앉았다. 어둑한 시야 에도 뽀얗게 일어나는 먼지가 훤히 보였다.

"세드릭. 너도 서 있게?"

"난 너처럼 비위가 좋지가 않아서."

"거참. 까다로운 건 여전하네. 한데 같이 온 여자애는 누구야?"

삽시에 디아나의 얼굴이 굳었다. 설리번이 유심히 디아나의 얼굴을 들여다보며 재차 입을 열었다.

"이제 보니 낯이 좀 익은 것 같기도 하고."

"……나는 네가 아직 내 얼굴을 기억한다는 게 너무 놀라워."

세드릭이 한숨 섞어 말했다. 쌀쌀맞은 눈초리로 설리번을 쏘아보던 디아나가 비로소 말문을 열었다.

"디아나 솔이에요. 바바라 경의 도제로 마법을 배웠고요."

"어머니의 도제라고? 다이앤타 말고 다른 도제가 또 있었나?"

"그 다이앤타가 왠지 날 말하는 것 같은데요."

"아, 그럼 네가 다이앤타야?"

"아뇨. 디아나라고요."

디아나는 인내심을 시험하듯 차분히 대답했다. 하지만 설리번은 아무렴 상관없다는 듯 어깨만 으쓱거렸다.

"뭐, 알았어. 만나서 반가워, 디아나 솔."

"정말이지……. 나도 반갑고 싶네요."

디아나가 으득 이를 갈았다. 세드릭이 재빨리 나섰다.

"어쨌든 설리번, 내가 이렇게 널 찾아온 이유는—"

"잠깐! 나 알아! 나도 네게 연락하려고 했거든."

설리번이 자신만만하게 말을 가로챘다.

"1519년 가을 대삼각형의 별빛. 그걸 주려고 온 거지?"

"1519년의…… 뭐? 그게 무슨 소리야?"

"그게 무슨 소리냐니! 만약 수장 선거가 벌어지면 네게 표를 던지는 대신, 1519년 가을 대삼각형의 별빛을 주기로 했잖아!"

세드릭은 말없이 그를 쳐다보았다. 설리번이 그렇잖아도 산발인 머리를 부여잡으며 절망적으로 외쳤다.

"젠장, 내가 이럴 줄 알았어! 너 내가 계약서 찾아올 때까지 여기 가만히 있어!"

계약서가 어디 있더라. 2층이던가, 3층이던가. 설리번이 중얼거리며 자리에서 일어났다. 하지만 그가 응접실을 나가기 직전에 세드릭이 말문을 열었다.

"너나 가만히 있어. 기억하니까."

지금까지와는 달리 낮고 음산한 소리였다. 설리번이 반색하며 뒤를 돌아보았다.

"기억한다고?"

"그래. 1519년 가을 대삼각형의 별빛이 아니라, 하일랜드 요정들의 노랫소리를 주기로 했다는 것까지도 아주 잘 기억해."

느닷없는 침묵이 흘렀다. 설리번이 아주 느리게 제자리로 돌아왔다.

"……음, 세드릭. 그게 말이야."

"내 몫의 계약서는 오킹엄에 있어. 만약 원한다면 지금 가지고 올게. 네 계약서와 비교해 보면, 누가 거짓말을 하고 있는지 금방 밝혀지겠지. 네가 계약서에 장난질만 안 했다면 말야."

설리번은 이제 소파에 파묻히다 못해 땅으로 꺼질 기세였다.

"아냐. 그럴 필요까지는……. 네 말대로 하일랜드 요정들의 노랫소리가 맞는 것 같아. 내가 착각했나 봐."

비참한 패배였다. 패자는 더 이상 말이 없는 법. 세드릭은 우아하게 고개를 끄덕이며 자비를 베풀었다.

"하일랜드 요정들의 노랫소리는 지금 구하고 있어. 연말에는 네 손에 들어올 거야."

"고마워……."

"그리고 오늘 내가 널 만나러 여기까지 온 이유는."

세드릭이 잠시 말을 멈추었다. 예리한 정적 사이로 알 수 없는 긴장감이 흘렀다.

"너, 거인들이 어디 있는지 알지?"

"아니."

설리번이 즉답했다. 세드릭의 눈이 대번에 가늘어졌다.

"정말?"

"정말로 몰라. 거인은 이미 멸종한 종족인데, 내가 그걸 어찌 알겠어."

"아, 거인이 멸종했다고. 멸종한 요정을 찾아 엘가 숲을 뒤진 사람이 누구더라?"

"그때는 내가 운이 좋았던 거야. 아주 운 좋게 와조스키를 만났을 뿐, 거인과는 일절 관계없어."

단호한 대답이다. 하지만 설리번은 저도 모르게 세드릭의 시선을 피하고 있었다. 거짓말에 능숙하지 않은 이들이 잦게 보이는 특징이었다.

세드릭은 설리번에게로 한 걸음 다가갔다.

"1년쯤 되었나. 네가 호그스밀로 이사한 지가."

"그, 글쎄. 벌써 그렇게 되었나."

"아마 그럴 거야. 어머니께서 지나가듯, 네가 호그스밀에 정착했다고 말씀하시는 걸 듣고 의아했던 기억이 나거든. 호그스밀은 엘가 숲과 정반대 방향에 위치했으니까. 그래서 난 네가 요정을 엘가 숲에 도로 풀어 줬거나, 아님 요정의 가족을 찾아 줬다고 생각했어. 지금 요정이 보이지 않는 걸 보면 대충 맞는 것 같네."

세드릭이 응접실을 한가롭게 둘러보며 말했다.

"그런데 문득 이런 생각이 들더라고. 호그스밀은 잉그람 북서부의 국경 도시. 그리고 이 근방에서 가장 최근에 벌어졌던 전쟁은 울마르크 고산 지대의 거인 섬멸전이었지."

울마르크 고산 지대. 옛 거인들의 서식지.

동시에 거인이 자취를 감춘 곳.

"설리번. 너는 예전부터 요정, 거인 가릴 것 없이 모든 이종족에 관심이 많았어. 그런 네가 고작 '멸종했다'는 이유로 거인 찾기를 포기했을까? 이미 멸종했다고 알려진 요정을 만난 적도 있는 네가?"

"아냐. 난 지금 인어에 대해 연구하고 있다고!"

"그렇다면 동부 해안가로 갔어야지. 왜 호그스밀에 정착한 건데?"

세드릭이 날카롭게 물었다. 한참 어물거리며 대답을 찾던 설리번이 이내 어깨를 늘어뜨리며 긴 한숨을 내쉬었다.

"내가 이렇게 적성에도 안 맞는 거짓말을 열심히 하면 좀 봐줄 수도 있잖아. 도대체 무슨 사정이 있길래 캐묻는 거야? 갑자기 거인이 보고 싶어졌을 리는 없고."

"……어머니의 유품을 거인이 갖고 있어요."

디아나가 둘의 눈치를 살피며 조심스레 입을 열었다.

"네 어머니가 누군데?"

"그리젤다 솔이요."

"아, 그리젤다……. 그리젤다 솔?"

갑자기 설리번이 소파에서 튕겨 나가듯 발딱 일어섰다.

"그리젤다 솔? 위대한 마녀?"

"네에……."

"잠깐, 그 마녀라면 괜찮을지도……. 아니지. 그 고집불통 생각을 내가 어찌 알아."

설리번은 아주 자그마한 목소리로 중얼거렸다. 디아나가 부러 헛기침하며 그의 관심을 돌렸다.

"그리고 잘은 모르지만 채스터티와도 관련이 있는 것 같아요."

"채스터티? 갑자기 걔 이름이 왜 나와?"

너무도 천진한 어투에 디아나는 순간 말문이 막혔다. 디아나와 세드릭이 조용히 시선만 주고받자, 설리번이 아무래도 모르겠다는 듯 눈을 동그랗게 뜨며 물었다.

"걔한테 뭔 일이라도 났어?"

"……혹시나 해서 묻는 건데 어머니께 마지막으로 받은 편지가 언제야?"

"한 달 전이던가. 수장 선거를 대신 진행해 줬으면 하시길래 엑서터에 잠시 다녀왔지. 세드릭, 네가 자일스의 차기 수장이라고 공표한 사람이 바로 나란 말이야."

"그래, 그건 그렇다 치고. 그 이후엔 어머니나 다른 친족에게 편지 받은 적 없어?"

"딱히 없는데. 그러고 보니 어머니도 요즘 편지가 뜸하시네. 별일 없으시지?"

설리번이 해맑게 웃었다. 그러자 세드릭과 디아나는 직감했다.

얘 모르는구나.

"설리번. 놀라지 말고 잘 들어."

세드릭이 차근하게 말했다.

"수장 선거가 있던 날, 채스터티는 자택에서 총상을 입은 채로 발견됐어. 한동안 사경을 헤맬 정도로 상태가 좋지 못했지만, 최근에는 많이 호전되었고. 그리고 우리가 추측하기로 범인은 부활의 마법사, 헤센 그윈티르야. 대도, 혹은 동화 사냥꾼이라고 하면 알겠지?"

설리번은 가만히 그를 올려다보았다. 대답도 미동도 없는 모양새가 조금 이상했으나, 그래도 차분해 보이기에 디아나는 내심 안도했다.

"다행이다. 많이 놀란 것 같지는 않지?"

"아니. 저건 설리번이 경악했을 때의 표정이야. 저러다 뒤로 넘어가지만 않으면 좋으련만."

세드릭의 바람대로 다행히 설리번은 기절하지는 않았다. 다만 뒤늦은 사자후가 터져 나왔을 뿐이다.

"뭐라고!"

"그렇게 크게 말하지 않아도 다 들려."

"대도가 왜! 채스터티를 왜 쏴!"

"그건 우리한테 물어보면 안 되지."

세드릭이 냉정하게 대꾸했다.

"분명한 건 헤센 그윈티르가 거인과 관련 있다는 거야. 상아탑의 사자가 직접 말했으니, 괜한 의심은 하지 말고."

"젠장. 채스터티, 걔는 어쩌다 그런 악명 높은 범죄자와 얽힌 거야?

막무가내인 점은 옛날부터 알아봤지만 설마 이 정도일 줄이야!"

설리번은 흡사 머리를 쥐어뜯을 기세로 난리를 피웠다.

"게다가 거인이라니! 이러면 내가 말할 수밖에 없잖아! 말하지 않으면 나중에라도 와조스키에게 된통 혼날 텐데! 어떻게 여동생을 그리 매정하게 외면할 수 있냐면서!"

"식탐만 대단한 줄 알았더니, 가족을 귀하게 생각하는 착한 요정이구나. 그래서 거인이 어디 사는데? 좌표만 말해 봐."

"좌표는 안 돼."

설리번의 표정이 일변했다. 이제까지와는 다른 강경한 어조에 자연히 세드릭의 눈매도 매서워졌다.

"그럼 말해 주지 않겠다고?"

"아니, 그건 아닌데……."

설리번이 우물쭈물했다.

"그게, 내 멋대로 함부로 말할 수 있는 게 아니란 말야. 거기에 거인들만 사는 것도 아니고……."

"아하. 요정도 함께인가 보네."

"뭐? 아니! 절대 아닌데!"

누가 봐도 강하게 부정하는 강한 긍정이었지만, 세드릭은 굳이 캐묻지 않았다. 그는 어리숙한 형의 실수를 덮어 주는 어진 동생이었다.

"좋아. 자세한 사정은 모르겠지만, 함부로 장소를 누설하면 안 된다는 거지?"

"응."

"그럼 네가 안내하면 되겠네."

"응?"

"너도 같이 가자고. 이왕이면 용을 타고 가면 좋겠네. 너 예전부터 용을 보고 싶어 했잖아."

세드릭이 자비롭게 웃었다. 그 모습에 설리번과 디아나는 잠시 넋을 잃었다. 매사 비딱하던 세드릭 자일스가 이토록 온화하게 웃다니, 자일스 일족이 보거든 기절초풍할 노릇이었다.

그러거나 말거나, 세드릭은 변함없이 상냥한 어조로 말했다.

"그럼 일단 씻고 와."

"어?"

"난 윈터의 등에 불결한 건 안 태워. 1시간 줄 테니까 어떻게든 깨끗하게 만들어. 윈터의 장난감이 되기 싫으면 그 머리나 수염도 좀 자르고."

마치 대단히 추한 것을 본 것처럼 세드릭이 미미하게 낯을 찌푸리며 손짓했다. 조금 전 보여 주었던 자비로운 미소일랑 온데간데없었다. 결국 설리번은 제대로 된 항변조차 하지 못하고 욕실로 쫓겨났다.

멀찍이서 형제를 지켜보던 디아나가 속으로 빈정거렸다.

그럼 그렇지.

설리번은 장장 2시간에 걸친 샤워 끝에 본래의 희멀건 피부를 되찾았다. 하지만 해초처럼 늘어진 머리와 수염만은 그대로였다. 세드릭은 차마 속내를 그대로 드러내지는 못하고, 나름대로 순화하여 말했다.

"수염만이라도 어떻게 안 될까?"

"내가 이걸 기르느라 얼마나 고생했는지 안다면 그런 말 함부로 못 할걸."

"그럼 잘 간수하는 게 좋을 거야. 윈터가 씹어 먹을지도 모르니까."

이번에는 디아나가 호기심을 참지 못하고 물었다.

"그런데 머리가 왜 그래요? 원래는 검은색이었잖아요."

본디 설리번은 자일스 가문 특유의 흑발 녹안을 타고났다. 디아나의 흐릿한 기억 속 설리번 자일스는 검은 곱슬머리에 키만 장대처럼 큰 소년이었으므로, 오늘 설리번을 바로 알아보지 못한 것도 무리는 아니었다.

"재작년인가 와조스키가 파란 머리카락을 갖고 싶다고 난리를 부리는 통에 실험을 좀 했거든. 근데 실패해서 내 머리색만 바뀌었어. 칙칙한 검은색보다는 낮지 않아?"

"여러모로 낯설긴 하네요. 완전히 다른 사람 같아서……. 봐요, 얼마나 낯설면 내가 당신한테 경어를 쓰겠어요."

"그런가?"

설리번이 대수롭지 않게 말했다.

"너무 억울해하진 마. 나도 네가 낯서니까."

세 사람을 일단 도시를 벗어나기로 했다. 이제 윈터는 옛날처럼 통제 불능이 아니었지만, 용을 전설로만 아는 시민들에겐 그런 사소한 사실 따위 중요하지 않을 터였다. 시민 너덧이 기절하고 비명 소리로 떠들썩한 가운데 비행하고픈 사람은 아무도 없었으므로, 셋은 근방의 군부대 비행장을 빌리기로 합의했다.

"세드릭 자일스 경? 아, 바바라 경의 아드님이시로군요. 반갑습니다. 한데 이 먼 곳까지는 어쩐 일로……. 비행장을 빌리시겠다고요. 하하, 어디 비행기라도 가져오셨나 봅니다. 네? 용이요?"

부대의 사령관, 캠벨 대령은 용을 타고 비행하겠다는 세드릭의 말을 도무지 믿지 못했다.

"자일스 가문이 용을 다룬다는 것은 알고 있습니다. 경이 최근까지 용을 데리고 동쪽 국경에 주둔했다는 사실도 군에서는 제법 유명하고요. 그런데 용을 탄다니……. 그게 정말 가능한 일입니까?"

"그리 의심스럽거든 멀리서 지켜보십시오."

그리하여 부대에서 놀고먹는 군인들이 전부 비행장으로 모여들었다. 별생각 없이 비행장에 오르던 디아나는 이편을 지켜보는 인파에 깜짝 놀랐다.

"세상에나, 저 사람들 왜 여기 있는─! 뭐야, 이 바람은!"

돌연 거센 바람이 바닥에서부터 용솟음쳤다. 비행장은 근처에서 가장 지대 높은 곳에 위치하여 특히 바람이 많이 부는 곳이었다. 자연 허리까지 늘어졌던 디아나의 머리칼이 마구 휘날리기 시작했다.

"이걸로 묶어."

세드릭은 급한 대로 옷깃을 묶었던 끈을 풀어 건넸다. 디아나가 얼른 머리를 묶었으나.

퍽.

말총머리가 뭉텅이째로 뺨을 찰싹 갈겼다. 엉겁결에 머리로 얻어맞은 디아나는 그저 어안이 벙벙했다.

'이젠 하다못해 내 머리칼로도 맞는구나.'

디아나는 우울한 기분을 겨우 떨쳐 내며, 사방으로 휘날리는 머리를 양손으로 감으려 했다. 하지만 자꾸 손가락 사이로 머리카락 몇 가닥이 빠져나갔다. 잡힐 듯 잡히지 않는 몇 가닥을 쫓아 손이 허공을 유영하던 와중에 불현듯 손끝으로 낯선 온기가 닿았다.

디아나는 반사적으로 양손을 내렸다. 그러자 매끄러운 손길이 그녀를 대신하여 붉은 머리채를 쓸어 올렸다.

"내가 할게."

등 뒤에서 나지막한 소리가 들려왔다.

"위로 올라가면 바람이 더 거세질 거야. 묶는 것보단 땋는 게 나아."

세드릭이었다.

디아나는 얼결에 고개를 끄덕였다. 허락을 구하듯 끝자락만 매만지던 손이 그제야 머리카락 사이를 파고들었다. 조금 억센 손가락이 귀 뒤 여린 살을 스칠 때는 저도 모르게 딸꾹질이 나올 뻔했다.

그러고 보니 머리를 다른 사람에게 맡기는 게 이번이 처음이었다. 디아나는 대개 머리를 풀고 다녔고, 머리를 자를 때는 거울에 비춰 보며 마법으로 직접 가위를 움직였다. 이렇듯 뵈지 않는 곳에서 다른 사람이 머리칼을 매만진 적이 없었다. 심지어는 사랑하는 언니 헤스터조차 전적이 없는 일.

어쩐지 디아나는 마음이 심란해졌다. 그래서 부러 아무렇지도 않은 척 세드릭에게 말을 걸었다.

"머리 잘 땋네. 누구한테 배웠어?"

"채스터티가 옛날엔 머리가 길었잖아. 땋아 달라고 떼를 쓰는 바람에 억지로 배웠어."

그런 적이 있었던가. 기억을 더듬는 사이에 어색한 침묵이 내려앉았다. 디아나가 그 사실을 알아챘을 무렵엔 이미 대답할 적기를 놓친 뒤였다. 뻣뻣하게 굳은 채로 속으로만 전전긍긍할 무렵, 다행히도 세드릭이 땋은 머리끝에 리본을 묶으며 이 껄끄럽기 그지없는 적막도 끝이 보이는 듯했다.

"다 됐어."

그에 디아나는 머뭇거리며 뒤를 돌았다. 본의는 아니었으나, 고맙다는 인사는 건네야 옳았다. 하지만 세드릭의 얼굴로 올라가는 눈길은 무거운 바위가 매달린 듯 더디기만 했다. 아래턱, 입매, 콧날. 얼굴을 더듬어 오르는 시선이 마침내 신록으로 우거진 눈과 맞닿을 무렵.

"세드릭! 나도 머리 묶어 줘!"

멀리서 설리번이 소리쳤다. 세드릭이 왈칵 얼굴을 구겼다.

"네가 묶어!"

"수염도 묶어 줘!"

세드릭이 이를 갈며 돌아섰다. 그렇잖아도 대중없이 길러 산발이던 머리와 수염이 아주 승천할 기세로 설리번의 몸을 휘감고 있었다. 근처 군인들이 경악한 표정으로 설리번을 손가락질하며 수군대는 소리가 들려왔다.

그리고 디아나는 가만히 숨만 내쉬었다.

조금 전 몹시 이상했던 기분은 어느새 신기루처럼 사라지고 없었다. 얼마나 재빠르게 자취를 감추었는지 정체를 추측하기도 어려웠다. 마치 애당초 그런 감정 따위 존재하지 않았던 것처럼 깨끗하게 정돈된 마음이 아리송하기만 했다.

디아나는 고개를 내저었다. 지금은 찰나의 감정을 마음에 둘 만큼 여유롭지 않았다. 저 멀리서 세드릭은 설리번의 악성 곱슬머리와 힘겹게 사투를 벌이고 있지 않나.

"수염은 내가 묶을게!"

디아나가 황급히 그편으로 달려갔다. 가지런히 땋은 머리가 바람결에 가벼이 나부꼈다.

황홀감이 바람을 타고 솟구쳤다.

디아나는 입을 살짝 벌린 채로 아래를 굽어보았다. 비행장을 가득 메운 군인들도, 그들이 내지르는 환호성도, 작별 인사를 대신하여 허공으로 띄워 올리던 군모도 눈 깜짝할 새 멀어졌다. 어느덧 손바닥만큼 작아진 군부대를 뒤로한 채 용은 거침없이 하늘을 유영했다. 날카로운 주둥이로 세찬 바람을 가르며, 휘장처럼 드넓은 날개를 퍼드덕거리며 적막한 천공을 가로질렀다.

이렇듯 하늘을 나는 것은 처음이었다. 각국마다 비행기 개발에 공을 들이는 시대라지만, 디아나는 아직 비행선이니 비행기니 하는 기계에 타 보지 못했다. 아직 상용화되지 않은 까닭에 티켓이 값비쌌을뿐더러, 평소 비행의 당위성을 찾지 못했던 탓이다. 하늘은 춥다. 더구나 언제 돌풍이 불지 몰라 위험했다. 그럼에도 논리적인 이유 없이 하늘을 동경하는 이들을 쉽사리 이해하지 못했다.

하지만 이제는 알 것만 같았다. 전신을 감싸는 부유감이 무척이나 흔흔하고, 팔을 내뻗을 때마다 손끝을 스치는 바람결이 신기로웠다. 생전 처음으로 거스르는 중력에 가슴이 뛰었다. 일평생 이토록 자유로웠던 적이 없었다. 소소한 짐마저 모두 내던지고, 발걸음마다 따라붙던 과거를 따돌리니 비로소 자유가 보였다. 거듭 부풀어 오르는 허파에 기쁨이 가득 차올랐다.

파란 숲과 파란 산이 파도처럼 물결쳤다. 메마른 돌산에 버려진 고대의 흔적에 못내 가슴 저렸다. 그리고 하늘. 날개를 위한 가교요, 세상에서 가장 고요한 천장. 바야흐로 누구도 감히 발자국을 남기지 못할 영원한 미개척지.

용의 등에 올라타, 아무도 없는 천공을 누비며 디아나는 환호했다. 마치 옛이야기 속 모험가라도 된 것처럼 자유를 만끽하며. 잠시 삶의 궤적을 벗어난 시간은 참으로 달콤했고, 달콤한 만큼 쏜살같이 지나갔다.

꿈결 같은 한때였다.

"우웩."

땅에 발 디디기 무섭게 설리번은 나무를 붙잡고 속을 게워 내기 시작했다. 설리번이 오늘 무얼 먹었는지 지켜보는 것만큼 매스꺼운 일도 없었으므로, 세드릭과 디아나는 자연스레 뒤돌아섰다.

"울마르크 고산 지대에서도 꽤 깊숙하게 들어온 것 같지? 설마 국경을 넘은 거 아냐?"

"그럴지도……."

깊디깊은 골짜기였다. 빽빽하게 자리 잡은 나무들은 금방이라도 하늘을 꿰뚫을 듯 솟구쳤고, 바닥을 덮은 풀숲은 무성하기 짝이 없었다. 괴괴한 사위에는 지저귀는 새조차 전무하니, 과연 한 번이라도 인적이 닿았는지 의심스러울 정도로 자연 그대로의 상태였다.

디아나가 마녀다운 호기심을 발휘하여 고목의 밑동을 만지는 동안, 세드릭은 윈터의 투정을 받아 주느라 정신없었다.

"그래. 오랜만이야. 나도 당연히 네가 보고 싶었지."

바바라를 대신하여 발푸르기스 평의회에 참석했던 내내 세드릭은 안건을 살펴보느라 정신이 하나도 없었다. 평의회에 대참하는 것도 급박하게 결정되었기에 미리 준비할 겨를이 없었지만, 그렇다고 아픈 모친에게 하나하나 따져 물어볼 수도 없었다. 생소한 안건은 폭포처럼 쏟아지는데 시간은 턱없이 부족하니, 그간 윈터에게 소홀할 수밖에 없었다.

"갑자기 디아나와 설리번을 태운 것도 미안해. 네가 다른 사람들 태우기 싫어하는 거 당연히 알지. 그런데 아까 말했잖아. 네가 아니면 안 된다고."

세드릭은 삐친 윈터를 아주 능란하게 달랬다. 비위 맞추는 소리가 어찌나 막힘없던지, 용에게 썩 좋은 감정이 없는 디아나조차 기가 찬 표정으로 세드릭을 돌아볼 지경이었다.

"사탕을 달라는 거야? 나중에 저택으로 돌아가면 줄게. 지금은 없어."

"쟤도 참 어지간하다."

설리번이 핼쑥한 얼굴로 다가왔다. 디아나가 떠름하게 물었다.

"저기, 괜찮아요?"

"괜찮지 않아. 당장 들어가서 누워야겠어."

"들어가다니요? 어딜?"

설리번은 대답할 여력조차 없는지 그대로 디아나를 지나쳤다. 그가 향한 곳은 가까운 바위 더미였다. 커다란 바위가 디아나의 키만큼 높게 쌓인 모양새가 자못 위압적이었다.

설리번은 힘겹게 바위 더미에 손을 올리며 속삭였다.

"엘가, 자이거, 소나투레, 주제나."

뜻을 알 수 없는 단어의 나열이었다. 하지만 바위는 고요했다. 설리번이 관자놀이를 긁으며 재차 속삭였다.

"요엘람의 꿀."

침묵이 이어졌다. 설리번의 미간에도 차츰 골짜기가 새겨졌다.

"발카라 전설."

"……."

"오, 수톨베르크는 영원하라!"

"……."

"괴링, 괴링, 괴링!"

디아나는 숨죽인 채 설리번의 눈치를 살폈다. 겨우 윈터를 타이른 세드릭이 때마침 이편으로 다가왔다.

"뭐 하는 거야?"

"암호를 까먹었나 봐."

"아주 가지가지 하네."

세드릭이 눈살을 찌푸렸다.

"설리번. 언제까지 그러고 있을래? 암호를 모르면 아예 방법이 없는 거야?"

"말 시키지 마. 지금 완전히 집중하고 있는 상태라고."

"대답하는 거 보니, 집중하려면 아직 먼 것 같은데."

순간 울컥한 설리번이 눈을 부라렸지만 그조차 잠시였다. 어지간히 초조한 듯 생각나는 대로 말을 내뱉고는 있으나 족족 실패였다. 이러다간 산속에서 밤을 맞을 기세였다.

"여기 밤은 무섭단 말야. 빨리 암호를 생각해 내야 하는데……."

설리번은 안절부절못했다. 디아나가 불안한 눈빛으로 그를 재촉했다. 그렇잖아도 멀리서 들려오는 늑대 울음소리에 오싹하게 소름이 올라오고 있었다. 아직 『잘로모와 늪지의 마법사』에서 보냈던 끔찍한 밤을 기억하는 디아나로선 산속에서 밤을 보내는 것만은 무조건 피하고 싶었다.

세드릭이 조용히 말했다.

"윈터가 있으니 날짐승이 함부로 접근하진 못할 거야."

아무리 사나운 날짐승도 감히 용에겐 비견하지 못했다. 디아나가 새삼스러운 눈으로 윈터를 올려다보았다. 용케 칭찬을 알아들은 윈터가 뻐기듯 턱을 도도하게 들어 올렸다.

"윈터? 용?"

그런 와중에 설리번은 홀로 진중했다. 언젠가의 기억이 실마리가 되어 그의 머릿속에서 재현되고 있었다.

[트라이피나! 자일스의 용, 트라이피나를 찾아! 그녀만이 우리를 이끌 수 있어!]

메아리치듯 반복되었다. 미친 거인이 외치던 소리가.

"……트라이피나."

설리번이 엉겁결에 속살거렸다. 너무 자그마해서 모두가 미처 듣지 못한 소리였다. 하지만 바위 더미는 충실한 문지기답게 암호를 접수했다.

콰르릉.

갑자기 바위 더미가 움직이기 시작했다. 와르르 무너지듯 두 갈래로 갈라지는 바위에 놀라 세 사람이 얼른 뒤로 물러섰다. 곧이어 바위 더미에 가려져 있던 거대한 땅굴이 세상에 드러났다.

"이건 대체……."

아무도 쉬이 나서지 못하는 상황, 설리번이 먼저 익숙하게 땅굴에 발을 들였다.

"내려가자."

디아나가 머뭇거리며 땅굴로 내려가고, 세드릭이 뒤따랐다. 마지막으로 고집스레 스노우볼로 들어가지 않은 윈터까지 기세등등 땅굴로 들어가자, 바위 더미가 도로 닫히기 시작했다. 꿍음을 내며 닫힌 바위 문에는 가느다란 틈조차 없었다. 빛 한 점 들어올 구석이 없었으나, 기묘하게도 땅굴은 어둡지 않았다.

기나긴 땅굴의 맞은편. 빛은 거기서 쏟아지고 있었다.

"저기예요?"

디아나가 못내 불안스러운 기색으로 물었다. 설리번이 고개를 끄덕였다.

"여기부터는 안전해. 암호를 맞히지 못하면 들어올 수가 없으니까."

"그런데 암호가 대체 뭐였어요?"

"트라이피나."

그러자 세드릭이 뜻밖이라는 듯이 물었다.

"트라이피나라면 칼라일 자일스의 용이잖아. 200년 전에 사라지지 않았나?"

"그럴걸."

"그런데 암호가 트라이피나라니……. 너무 뜬금없는데."

"여기 암호는 원래 주기적으로 바뀌어. 궁금하면 이따가 거인을 만나 물어보든지."

설리번이 어깨를 으쓱이며 대꾸했다. 그러고는 뒤편을 흘깃거리며 소리 죽여 물었다.

"그런데 너 용은 저대로 데려갈 거야?"

"……영 스노우볼로 들어갈 생각을 안 하네."

세드릭은 윈터를 설득하길 반쯤 포기한 듯했다. 자신에 대한 이야기인 줄은 귀신같이 알아챈 윈터가 무시무시한 눈으로 설리번을 쏘아보았다. 뜨끔한 설리번이 서둘러 고개를 돌렸다.

"뭐어, 다들 좋아하겠네. 용은 오랜만에 만날 테니까."

세 사람과 용 한 마리는 계속해서 땅굴을 걸었다. 하지만 디아나는 걸을수록 이상함을 느꼈다. 땅굴은 지극히 인위적이었다. 자연적으로 생겨난 굴이라기엔 거인이나 용도 쉬이 드나들 만큼 거대했고, 무엇보다도 암호를 말해야 열리는 조금 전의 바위 더미는 마법이 분명했다.

가장 이상한 지점이 바로 거기였다. 그녀가 알기로 거인이나 요정은 마법을 부리지 못했다. 그 말인즉 어떤 마녀가 이종족을 위해 이렇듯 훌륭한 은신처를 마련했다는 것인데, 당최 누군지 감이 잡히질 않았다. 애당초 마녀란 종족은 핍박받는 타인을 위해 나설 만큼 이타적이지 않을뿐더러, 마법 사회는 이종족을 오래도록 배척해 왔다.

누가 뚫었는지 아리송한 굴도 마침내 끝이 보였다. 초록 잎사귀로 가려진 출구를 헤쳐 앞으로 나아가자, 이윽고 눈부신 햇살이 눈을 찔렀다. 본능적으로 손차양하며 빛을 가리던 디아나는 불현듯 깨달았다.

여기는 굴. 태양이 보일 리 없었다.

"저건 마법이야."

설리번이 무성한 나뭇잎을 쳐 내며 말했다. 그에 디아나는 눈을 가느스름하게 뜨고 태양을 올려다보았다.

"마법이라고요? 저게?"

"마법으로 만든 가짜 태양이지. 상식적으로 땅속에 태양이 있을 리가 없잖아."

디아나는 몹시 혼란스러웠다. 멸종 위기에 처한 이종족을 위해 지하에 가짜 태양을 선물한 마녀. 역사상 수많은 괴짜가 존재했으나, 이토록 터무니없는 자는 듣도 보도 못했다.

"도대체 누가요?"

"누구긴 누구야. 네 어머니지."

디아나는 저도 모르게 걸음을 멈추었다. 설리번은 그녀의 반응은 조금도 개의치 않은 채 멀찍이 앞서 나갔다.

"여기 거인들은 대체로 마법사를 배척하지만, 그리젤다 솔의 딸이라면 흔쾌히 맞이할 거야. 아무렴, 그녀의 마법 덕분에 지금까지 연명했는걸."

밀림을 구경하느라 정신이 하나도 없던 윈터를 다독이던 세드릭이 그즈음 디아나를 따라잡았다. 가만 서 있는 디아나의 뒷모습에 의아하던 찰나, 형용할 수 없을 정도로 복잡한 표정을 마주하고는 세드릭도 절로 심각해졌다.

"무슨 일이야?"

"이 굴을 만든 사람이 어머니래."

디아나가 울적하게 토로했다. 속에 쌓아 둔 말이 많은지, 입술을 달싹거리며 고민하는 시간이 제법 길었다. 본래 디아나라면 애써 속말을 씹어 넘겼겠으나, 세드릭이 마치 이어질 말을 기다리듯 침묵하자 충동적으로 입을 열고 말았다.

"그냥. 어머니는 이종족을 위해서는 이런 말도 안 되는 일까지 저지르셨는데, 죽기 전에 날 한 번이라도 보러 오는 게 그렇게나 힘드셨나 싶어서……."

디아나는 낳아 준 어머니를 장례식장에서 처음 보았다. 관에 누워 있는 어머니는 온기라곤 전혀 느껴지지 않을 정도로 차가웠다. 사람들의 이야기 속 생기 넘치는 어머니를 디아나는 단 한 번도 보지 못했다.

예상치 못한 말에 세드릭은 당황했다. 섣부른 위로는 안 하느니만 못하기에 쉬이 말문을 열 수조차 없었다. 갑작스러운 적막 속에서 오직 윈터만이 달큼한 과일에 눈이 멀어 샐샐거렸다.

"너네 거기서 뭐 해! 빨리 와!"

별안간 설리번이 멀리서 외쳤다. 평소 굼뜨던 설리번 자일스는 어디 갔는지 벌써 멀찌감치 달해 있었다. 더구나 곁에는 초록 요정 와조스키도 함께였다.

세드릭과 디아나는 서둘러 걸음을 옮겼다. 나무에 주렁주렁 열린 과일을 삼키기 바쁜 윈터는 뒤에 남겨 둔 채였다. 몇 년 만에 보는데도 조금도 변치 않은 와조스키가 왜인지 눈에 쌍심지를 켜고 그들을 맞이했다.

[설리. 내가 함부로 외부인을 데리고 오면 안 된다고 그랬지?]

"그, 그렇기는 한데……."

잔뜩 주눅 든 설리번이 세드릭과 디아나를 열심히 힐끔거렸다. 마치 너희가 항변해 보라는 듯 등을 떠미는 눈빛이다.

"실은 여기 빨간 머리 여자애가 그리젤다 솔의 딸이야. 너도 그리젤다 솔이라면 잘 알잖아."

[그리젤다?]

"여기 이 굴을 만들어 준 마녀 말이야."

곰곰이 기억을 더듬던 와조스키가 이내 바람 빠지는 소리를 냈다.

[실그녀가 항상 얘기하는 그 마녀 말이구나? 아우, 얼마나 귀에 못이 박히도록 얘기하던지!]

"실그녀라면 그 미친 거인?"

[응. 그런데 조용히 말하는 게 좋을걸. 실그녀는 문이 열리는 소리가 들릴 때마다 나와서 방문객을 꼼꼼히 확인하잖아. 분명 이번에도 곧 나타날…….]

갑자기 땅이 울리는 진동이 느껴졌다. 나뭇가지가 격하게 꺾이는 소리와 쿵쾅거리며 이편으로 빠르게 다가오는 발소리가 뒤를 이었다. 실로 위협적인 기척이었다.

와조스키가 그럴 줄 알았다는 듯 날개를 두어 번 퍼드덕거렸다.

[봐. 금방 왔잖아.]

머리 위로 그림자가 졌다.

어둑한 자취가 삽시에 볕을 집어삼켰다. 디아나와 세드릭, 그리고 설리번을 모두 감싸고도 남을 만치 거대한 그림자였다. 디아나는 차마 고개 들 용기가 나지 않았다. 그림자의 무게에 짓눌려 숨을 들이쉬는 것조차 버거웠다.

[실그녀, 실그녀. 여기 네가 그리도 좋아하는 그리젤다 솔의 딸이 왔, 으악!]

거인 실그녀가 매정하게도 초록 요정 와조스키를 손짓으로 사납게 쫓아냈다. 분노한 와조스키가 실그녀의 어깨를 꽉 물어 보았지만, 강철처럼 단단한 거인의 피부를 뚫기란 여간해서 어려운 일이었다. 실그녀는 와조스키를 어깨에 매단 채로 천천히 허리를 굽혔다.

이윽고 거인의 얼굴이 세 사람 앞에 놓였다.

[……에드윈 베가.]

그리고 세드릭에게로 모이는 흉흉한 눈빛.

[이번에도 우리를 죽이려고 왔나?]

수십 년에 걸쳐 퀴퀴하게 묵힌 증오의 냄새가 났다. 한시도 잊지 못하여 머릿속으로만 수천, 수만 번 죽여 온 적. 비로소 일생일대의 원수를 마주한 거인 실그녀는 끓어오르는 기쁨에 어쩔 줄을 몰랐다. 시끄럽게 조잘대는 요정은 더 이상 그를 방해하지 못했다. 그저 죽이고픈 욕망으로 가득했다. 먼 옛날 까맣게 타 죽은 동족의 송장에서 풍기던 숯내가 콧잔등에서 비릿하게 올라오는 듯했다.

거인 실그녀는 거대한 주먹을 천천히 들었다. 마법사란 본디 끈질긴 존재. 온몸이 짓무를 때까지 무자비하게 때려서 아주 고통스럽게 죽일 작정이었다. 그만 죽여 달라 간청하는 소리를 듣기 전에는 죽일 수조차 없었다.

크르릉!

불현듯 지척에서 독한 살기가 느껴졌다. 실그녀는 더디게 고개를 들어 올렸다. 빼곡한 나무 틈으로 칠흑처럼 어두운 무언가가 그를 무섭게 노려보고 있었다. 당장이라도 그를 찢어 죽일 듯 희뜩한 금안.

일순간 실그녀는 머리를 얻어맞은 듯 몽롱했다. 그토록 죽이고 싶었던 원수가 목전에 있다는 사실조차 까맣게 잊어버릴 만치 거센 충격이었다.

[트라이피나! 트라이피나!]

거인 실그녀가 돌연 울부짖으며 용에게로 성큼성큼 달려갔다.

[우리를 지하로 데려가 줘! 더는 여기서 살지 못해! 약속을 지켜!]

거인의 느닷없는 돌격에 윈터가 화들짝 놀라 반대편으로 날아가 버렸다. 간발의 차로 용을 잡지 못한 거인 실그녀는 금방 윈터가 있던 자리에서 대성통곡하기 시작했다. 모든 걸 잃어버린 양 구슬픈 울음소리였다.

그리고 겨우 긴장에서 풀려난 디아나는 떠름한 표정으로 거인을 지켜보았다.

대체 뭐 하자는 거지.

"난 윈터에게 가 볼게."

세드릭은 창백한 얼굴로 황급히 되돌아갔다. 다행인지 불행인지, 조금 전 그리도 흉악하던 거인은 곡하느라 세드릭의 존재를 잊은 모양이었다. 세드릭이 거인을 지나쳐 무사히 땅굴로 들어가고서야 디아나는 한시름 놓을 수 있었다.

이제 당면한 문제는 하나뿐이었다.

"참, 세드릭이 에드윈 경을 꼭 빼닮았다는 걸 깜빡했네."

설리번이 어깨를 늘어뜨리며 한숨을 푹 내쉬었다. 그렇잖아도 거센 비행으로 아직 배 속이 울렁거리는데 거인이 우는 소리까지 겹쳐지니 아주 죽을 맛이었다.

"와조스키. 혹시 내가 없는 새 쟤가 더 미친 거야?"

[실그녀는 원래 미쳤잖아.]

"더 이상해진 것 같은데."

설리번은 고개를 내저으며 반쯤 뒤돌았다. 그러다가 불현듯 생각난 것처럼 디아나를 보았다.

"그만 가자, 진저."

"거인은요? 그냥 놔뒀다가 세드릭을 뒤쫓기라도 하면……."

"괜찮아. 실그녀는 미쳤거든."

도무지 알 수 없는 소리였다. 하지만 설리번은 자세히 설명해 줄 의향은 조금도 없는지, 가던 길을 다시 내걸었다. 불안스럽게 뒤편을 흘깃거리던 디아나도 얼른 그의 뒤를 따라붙었다.

"저기, 그런데 내 이름 또 까먹은 거죠?"

"음……."

설리번은 정곡이 찔린 사람답지 않게 한가로이 눈동자를 굴려 댔다. 한눈에도 적당한 화젯거리를 찾는 게 분명했다. 그리고 디아나는 진심으로 고민에 빠졌다. 관심 없는 것엔 정말 일말의 관심도 기울이지 않는 설리번 자일스의 성정을 모르는 것은 아니었으나, 이쯤 되니 그의 기억력을 의심하지 않을 수가 없었다.

"아까 윈터가 너무 빨리 날아서 까먹은 것뿐이야."

게다가 이렇듯 말도 안 되는 변명이나 하는 걸 보면.

디아나는 책망하는 눈빛으로 말없이 설리번을 쳐다보았다. 하지만 일평생 눈치란 걸 키워 본 적 없는 설리번은 디아나가 자신을 어찌 생각하건 말건, 몹시 만족스러운 표정으로 달려 나가는 것이었다.

"다 왔다!"

동시에 울창하던 수림도 끝났다. 천장을 찌를 듯 훤칠한 나무 대신 시야를 가득 메운 것은 야트막한 호수였다. 햇빛이 반사되어 하얗게 빛나는 물결이 손님을 환영하듯 잔잔히 일렁거렸다.

호숫가에서 노닥이던 초록 요정 두어 명이 호기심 가득한 얼굴로 날아왔다.

[어머나, 설리잖아. 오랜만이야.]

[옆에 꼬마 아가씨는 누구?]

고작 손바닥만 한 요정이 꼬마 운운하는 것이 참으로 가소로웠다. 하지만 저리 작게만 보여도 무리 지으면 마녀의 심장을 파먹을 정도로 흉악해지는 종족이 바로 요정.

디아나는 애써 웃는 낯으로 대답했다.

"디아나라고 해요. 어머니의 유품을 찾으러 왔어요."

[네 어머니가 누군데?]

"그리젤다 솔이요. 듣기로는 여기 굴을 만드셨다고 하던데요."

초록 요정이 고개를 갸웃했다.

[으응, 나는 잘 모르겠는걸. 한데 너 토르스텐의 허락을 받은 거야?]

디아나는 어물거리며 대답을 미루었다. 대신 설리번이 사뭇 근심스러운 표정으로 물었다.

"토르스텐이 많이 화내겠지?"

[어머, 그럼 허락도 없이 데리고 온 거야? 설리, 너 큰일 났구나.]

요정들이 까르륵 웃으며 서로의 손뼉을 쳤다. 디아나는 풀 죽은 설리번을 툭툭 건들며 자그맣게 속살거렸다.

"토르스텐이 대체 누군데요?"

"여기 지도자야. 거인인데 무진장 근엄해."

"나랑 세드릭이 허락 없이 들어온 걸 알면 큰일 나요?"

"너는 괜찮을걸. 그리젤다 솔의 딸이니까."

설리번이 어깨를 으쓱거렸다.

"문제는 세드릭이랑 나지. 나야 와조스키랑 다른 요정들이 열심히 변호해 주겠지만 세드릭은……. 뭐, 용이 곁에 있으니 괜찮을 거야."

대단히 미심쩍은 말이었다. 하지만 설리번은 더 이상 생각하는 것조차 귀찮은지 와조스키에게 투정을 부리기 시작했다.

"난 그만 잘래. 여기까지 날아오느라 죽을 뻔했어."

[그래서 아까부터 죽상이었구나? 그래, 어서 자.]

와조스키를 비롯한 요정들이 눈을 반짝이며 힘껏 설리번의 어깨를 밀었다. 설리번은 요정의 손짓을 거부하지 않고 그대로 풀밭에 누웠다. 곤한 눈을 몇 차례 깜박이더니 금세 수마에 빠져들었다.

[설리. 자?]

요정들은 한동안 설리번의 눈을 까뒤집거나 장난삼아 콧구멍을 벌려 댔다. 그러고는 오래지 않아 고불고불한 머리카락이나 수염에 몸을 뉘며, 제각기 편안한 자리를 마련했다. 한둘 하품하며 잠에 빠지고, 한둘 설리번의 머리카락을 여러 갈래로 땋으며 소일거리 삼았다. 오가는 말소리마저 잦아든 지극히 평화로운 정경이었다.

조금 떨어진 곳에서 그들을 지켜보던 디아나는 조용히 자리에서 일어났다. 어쩐지 더는 여기 있으면 안 될 것만 같았다. 설리번과 요정 사이에는 쉽사리 간섭할 수 없는 기묘한 분위기가 어려 있었다. 너무 친밀해서 본의 아니게 남을 배척하는 분위기였다.

디아나는 걸어온 길을 차차 되짚어 나갔다. 어느덧 거인이 우는 소리마저 사라진 굴은 한없이 고요했다. 곡소리가 사라진 것처럼 통곡하던 거인도 더는 보이지 않았다.

땅굴로 도로 들어가기 전에 디아나는 나무에서 탐스럽게 익어 가는 과일 여럿을 미리 챙겼다. 행여 나중에 굴의 재산을 함부로 갈취했다며 요정이나 거인이 날뛸지도 모르지만, 워낙에 나무가 무성해서 열매 몇 개쯤 사라진 건 흔적도 남지 않을 터였다.

과일은 모두 용을 위한 것이었다. 대경하여 땅굴로 날아가 버리기 전까지, 윈터는 어지간히도 배가 고픈지 과일에서 눈을 떼지 못했다. 무려 셋이나 등에 태우고 날았으니 굶주릴 만도 했다. 그러니 용이 만약 허기를 못 이겨 날뛰기라도 한다면 정말로 큰일이었다. 몇 해 전, 저택에서 종종 목격했던 용의 흉포한 모습을 디아나는 생생하게 기억했다. 국경에서 훈련을 거쳤다곤 하지만, 아직까지 용에 대한 믿음은 굳건하지 못했다.

그래서일까. 땅굴로 오르며 심지어는 이런 생각까지 했다.

'혹시 용이 너무 배고파서 세드릭을 잡아먹지는 않았겠지?'

팔에 오소소 소름이 올라올 정도로 끔찍하며 터무니없는 생각이었다. 하지만 어쩐지 불안해진 디아나는 걸음에 점차 속도를 붙였다. 역광을 받아 앞으로 길게 늘어진 그림자가 빠르게 전진했다.

디아나는 머잖아 땅굴의 중간 지점에서 거대한 용을 발견했다. 출처를 알 수 없는 온갖 열대과실이 성벽처럼 주변에 낭자한 가운데, 밤처럼 검은 용은 세드릭을 품에 안으며 경외와 사랑으로 가득한 눈을 빛내고 있었다. 마치 연모하는 연인을 바라보듯, 혹은 존경하는 주군을 우러르듯 열렬한 눈빛이었다.

그리고 세드릭. 용에게 몸을 기댄 채로 무어라 속삭이는 하얀 옆얼굴이 유독 눈에 박혔다. 누구보다 익숙한 얼굴인데 어째서 새삼스러울까. 물끄러미 그를 응시하던 디아나는 곧 이유를 깨달았다.

세드릭은 편안히 웃고 있었다. 가시를 세우지도, 도무지 속을 알 수 없는 소리를 지껄이지도 않았다. 가족 앞에서조차 늘 단정하던 세드릭 자일스가 이토록 풀어진 모습을 디아나는 처음 보았다.

크르렁.

디아나를 발견한 윈터가 갑자기 이편을 무섭게 경계했다. 반사적으로 뒷걸음질하던 디아나는 문득 세드릭과 눈이 마주쳤다.

"디아나?"

세드릭이 의아한 표정으로 몸을 반쯤 일으켰다. 디아나는 윈터의 눈치를 살피며 몇 걸음 내디뎠다.

"그냥…… 별일 있나 싶어서."

윈터와 시선을 맞대며 조심스레 다가오던 디아나가 그만 돌부리에 걸려 휘청하고 말았다. 세드릭이 황급히 튀어 나가 그녀를 붙들었다. 덕분에 넘어지진 않았으나, 균형이 크게 흔들리는 바람에 품 안 가득하던 과일이 죄 바닥으로 떨어지고 말았다.

"아, 고마워."

디아나가 놀라 둥그레진 눈으로 말했다. 세드릭은 디아나를 놓아주고선 말없이 떨어진 과일을 줍기 시작했다.

"어차피 다른 과일들도 많은데 왜 주워."

"윈터가 좋아해."

그러자 디아나도 사방으로 굴러가는 과일을 함께 주워 담았다. 이것으로나마 용의 호의를 사면 좋겠다만, 세드릭과 계속 붙어 있는 탓인지 이편을 노려보는 윈터의 눈빛이 심상치 않았다. 디아나는 까닭 모르게 자신을 싫어하는 용을 도통 좋아할 수 없었으나, 지상에서 가장 강력한 존재의 미움을 받아 고생하긴 싫었으므로 눈치껏 세드릭을 윈터의 품으로 밀어 넣었다.

그리하여 세드릭은 윈터의 품에, 디아나는 멀찍이 그 맞은편에 자리한 아주 이상한 형국이 되었다. 디아나는 눈치 없기로는 제일인 설리번 자일스를 흉내 내어 윈터의 사나운 시선을 못 본 체 외면했다. 그리고 세드릭은 윈터의 주둥이에 과일을 들이밀며 애써 관심을 돌리려 했는데, 다행히도 윈터는 아직껏 식욕에 충실한 어린 용이었다.

윈터가 달콤한 과일을 맛보는 동안, 디아나와 세드릭은 소곤소곤 대화를 주고받았다.

"설리번은 어때? 적성에도 맞지 않는 비행하느라 꽤 고단해 보이던데."

"그렇잖아도 지금 풀숲에서 자고 있어."

"별다른 말은 없고?"

"물어볼 새도 없었는걸."

디아나가 출구 쪽을 살피며 목소리를 죽였다.

"저기, 그런데 넌 웬만하면 여기서 윈터랑 같이 있는 편이 낫겠어. 여기 지도자가 토르스텐이라는 거인인데, 설리번이 말하는 걸로 보면 아무래도 네게 호의적일 것 같지가 않아."

"그렇겠지."

세드릭은 담담히 수긍했다. 마치 예상했다는 태도에 공연히 디아나만 마음이 불편해졌다.

"억울하지 않아? 네 잘못도 아닌데……."

세드릭의 아버지, 에드윈 베가는 수년 동안 국경에서 복무하며 거인을 학살했다. 지지부진했던 거인 토벌전은 그의 공적에 힘입어 울마르크 고산 지대에서 거인을 몰아내는 데 성공했다. 물론 남은 거인들은 이렇듯 깊은 골짜기에 숨어 살고 있으나, 세간에 알려진 바로는 그러했다.

"아버지도 원하신 일은 아니었어."

세드릭이 묘하게 가라앉은 어조로 대꾸했다.

에드윈 베가는 천성적으로 살육을 꺼리는 마법사. 어딘지 잔혹한 구석이 있는 아멜리아와 달리 온화한 성품을 지녔기에, 오베론 베가의 강대한 낙뢰가 아멜리아가 아닌 그에게로 전해진 것이 다행이라 여겨지던 때가 있었다.

그러나 10년 전, 로렌 베가의 죽음으로 상황은 돌변했다.

당시는 잉그람과 반제가 연합한 거인 토벌전이 좀처럼 성과를 거두지 못하던 시기였다. 인간 군대는 흩어져 살던 거인들을 한군데로 몰아넣는 데는 성공했지만, 인간의 무기는 아직 그들을 떼로 죽일 만한 위력은 못 되었다. 자연히 거인의 역습도 잦을 수밖에 없었다.

그러던 어느 날, 거인들은 평소처럼 국경의 어느 산간 마을을 덮쳤다. 거주민이 적어 인명 피해는 크지 않았지만, 그중 로렌 베가가 포함되었다는 것이 문제였다. 로렌 베가는 일찍이 아멜리아 베가가 자신의 후계자로 낙점한 마녀. 거인 토벌엔 일말의 관심도 없던 베가가 공분한 것도 무리는 아니었다.

'에드윈, 네가 가렴.'

수장인 아멜리아를 비롯한 일족의 뜻이 그러했다. 하지만 에드윈은 주저했다. 파괴보다 창조를 높게 치는 마법 사회에서 올곧게 성장한 마법사답게, 그는 마법으로 생명을 앗아 가는 행위에 본능적으로 거부감을 느꼈다.

'내가 가면 낙뢰로 거인을 학살하게 될 거야.'
'그러니 네가 가야지.'

아끼던 후계자를 잃어 시름에 잠긴 아멜리아는 아우의 항변을 철없게 치부했다.

'너는 오베론 베가를 계승한 마법사. 국경으로 가서 감히 나의 후계자를 죽인 거인에게 단죄를 내리려무나. 그것이 너의 책무야.'
'나의 책무라고? 그저 낙뢰를 계승했다는 이유만으로 죄를 강요당하는 게 아니라?'
'어찌 생각하든 네 자유란다. 다만 내 입으로 마법사의 의무 운운하는 일은 없길 바라.'

마녀·마법사들은 1687년 체결된 발롬피에 협약에 따라 각국의 의무에 속박되었다. 그리고 잉그람 정부는 〈잉그람 마법사의 의무〉에 마법사를 강제적으로 동원할 수 있는 근거를 제시하고 있었다. 전쟁도 그중에 하나였다.

누이가 그런 강제적인 수단까지 운운할 줄 미처 몰랐던 에드윈은 배신감에 치를 떨었다.

'좋아, 국경으로 갈게. 대신 다시는 날 찾지 마.'

에드윈은 그렇게 거인 토벌에 참전했다. 그가 국경에서 복무했던 동안 내리친 낙뢰만도 수백이며, 낙뢰를 맞고 사망한 거인은 무려 이백에 달했다. 세간에 에드윈 베가가 거인 학살자로 악명 높은 것도 무리는 아니었다.

하지만 세드릭은 에드윈이 곧잘 그 시절 후회하던 모습을 기억했다. 그는 마법으로 학살을 자행했다는 사실에 괴로워했다. 국경에서의 시간은 여전히 비참한 악몽이었다.

'세드릭. 너는 내 전철을 밟지 않았으면 좋겠구나.'

원해서 저지른 일이 아니라고 죄가 덜어지진 않았다. 간혹 학살의 기억에서 몸서리치는 아버지의 모습에서 세드릭은 그런 자명한 사실을 깨달았다.

"자원하신 일은 아니었지만, 그건 여전히 아버지의 죄야."

그래서 세드릭은 아버지를 변호하지 않았다. 그건 아버지조차 원하지 않을 터.

"하지만 에드윈 경의 죄가 네게로 대물림하는 건 아니잖아. 물론 거인들의 사정은 안타깝지만, 네가 죄책감을 느낄 필요는 없어."

"죄책감이 아니라 그들에 대한 최소한의 예의야. 거인들은 당연히 아버지를 닮은 내가 꼴 보기 싫겠지. 억울한 마음이 아주 없다고는 못하겠지만, 가족과 친구를 끔찍하게 잃은 그들의 상처에 어찌 비하겠어."

세드릭은 차분히 눈을 내리떴다.

"……만일 네가 내 입장이었어도 이렇게 했겠지."

디아나는 입을 다물었다. 그의 말이 맞았다. 만일 언니의 씻을 수 없는 죄로 억울하게 배척받는 상황에 직면한다면, 분명 자신도 세드릭처럼 행동할 것이었다. 상대방의 아픈 처지에 심정적으로 공감한 나머지 가족의 죗값을 얼마간 대신 치르려고 할지도 몰랐다.

하지만 그건 보통의 마녀·마법사들은 납득하지 못하는 행동이다. 아무리 가족이 가까워도 결국은 남. 오히려 혈연의 죄를 구분하지 못하는 상대방의 무분별을 탓할지도 몰랐다. 마법 사회에서 통용되는 예의란 그저 상대를 동등한 존재로 인정한다는 표현일 뿐, 상대의 처지에 공감하여 나를 깎아 내는 것은 아니었다.

그렇기에 디아나는 세드릭의 선택이 놀라웠다. 그녀가 아는 세드릭 자일스란 가족에게도 지극히 냉정하며, 어딘지 독살스러운 구석이 있는 마법사. 비록 자라면서 제법 차분해졌다지만 어린 시절 반목하던 기억이 깊게 각인되어, 그런다고 차디찬 본성이 어디 가겠느냐 여겼다.

좌우지간 그는 〈교활한 자일스〉. 디아나 솔과 세드릭 자일스는 평행선을 걷기에 일평생 마주칠 일 없으리라 장담했던 나날이 선명했다.

늘 그녀에게 송곳처럼 아린 말만 내뱉던 세드릭. 부모의 사랑에 목말라 몸부림치던 세드릭. 제 상처만 아프고 다른 사람 아픈 줄은 조금도 모르던 세드릭.

한데 그러던 세드릭이 한순간에 성장했다. 독하게 저를 노려보던 어린 모습은 물거품처럼 사라지고, 타인의 쓰라린 고통에 공감할 줄 아는 어른의 얼굴로 시선을 마주쳐 왔다. 오랜 편견이 환영처럼 깨져 나간 현실 속 그의 얼굴은 제법 낯설었다.

이쯤 되면 디아나도 인정할 수밖에 없었다.

세드릭 자일스는 변했다.

저녁놀이 굴속을 발갛게 물들였다. 마법으로 띄워 올린 가짜 태양도 이제는 쇠퇴할 시간인지, 그토록 눈부시던 볕이 어스레했다. 시시각각 어두워지는 천장의 동편으로 손톱만 한 조각달이 아무도 모르게 떠올랐다.

그리 천지 만물이 잠들 시간이건만, 어쩐 일로 굴속은 한낮보다 소란스러웠다. 활활 타오르는 횃불을 든 거인들이 그림자 진 흉흉한 얼굴로 무리 지었고, 그 맞은편엔 설리번 자일스를 보호하듯 서너 겹으로 둘러싼 요정들이 날카로운 이빨을 드러냈다.

금방이라도 폭발할 듯 긴박한 대치 국면. 하지만 거인들 틈을 비집고 나온 굴의 지도자, 거인 토르스텐의 말 한마디로 상황은 일단락되었다.

[좋다. 설리번 자일스는 처벌하지 않겠다.]

[야호!]

속없이 환호성을 내지른 어린 요정은 주변의 눈총을 받고 쪼그라들었다. 사납던 기세는 한풀 꺾였되, 여전히 경계하는 기색으로 와조스키가 말했다.

[설리는 처벌하지 않겠다고? 멍청아, 그건 당연한 거야. 설리는 우리 요정들의 은인! 요정이 여기서 함께 살아가는 한 너희 거인들이 멋대로 설리를 괴롭히는 건 절대로 용납하지 않아!]

다른 요정들도 와조스키의 말에 동감하는 것처럼 드세게 고개를 끄덕거렸다. 설리번이 몹시 감명 깊은 얼굴로 속삭였다.

"너희들, 날 그렇게나 소중하게 생각—"

[설리는 우리만 괴롭힐 수 있다고!]

요정 칼란다가 어지간히 분통 터지는지 꽥 소리 질렀다. 예상치 못한 말에 습격받은 설리번이 울상을 지었다.

"은인이라면서 괴롭히는 게 어디 있냐!"

물론 요정들은 설리번을 깔끔하게 무시했다.

[와조스키랑 칼란다의 말이 맞아! 네가 뭔데 설리를 처벌하고 말고를 결정해? 네가 지도자면 다야! 그런 지도자, 나는 용납 못 해!]

[그냥 이참에 지도자를 다시 뽑는 건 어때? 우리가 머릿수는 더 많으니, 투표하면 십중팔구 요정 중에서 지도자가 나올 텐데.]

[지도자엔 역시 내가 가장 알맞지!]

[쉬미카가 또 아픈가 봐. 저러다 페파처럼 사레 걸려서 죽으면 어쩌지?]

똘똘 뭉쳐서 거인에게 대항하던 요정들의 형세가 모래성처럼 허물어졌다. 저마다 반목하며 삿대질과 고함이 마구 오가자, 상대가 잠잠해지길 끈기게 기다리던 거인들도 더는 도리가 없었다.

[그만!]

끝내 토르스텐이 일갈했다. 요정의 새된 고함과는 비교할 수 없는 우렁찬 소리에 그만 요정들은 기가 눌렸다.

[너희의 뜻이 정 그러하다면 설리번 자일스는 어떻든 좋아. 우리는 그의 솜털 하나도 건드리지 않겠다. 하지만 설리번 자일스가 멋대로 데려온 일행은 얘기가 달라.]

[그건 그래. 도대체 설리는 왜 다른 사람을 데려온 거지? 여기가 비밀 장소란 것도 다 알면서.]

[맞아. 지금까지는 약속 잘 지켰잖아.]

요정들의 시선이 설리번에게로 모였다. 설리번이 난감한 기색으로 조심스럽게 말문을 열었다.

"실은 내 동생인 채스터티가—"

[한데 용도 데려왔다며? 정말이야?]

어린 요정이 호기심 어린 얼굴로 설리번의 말을 끊었다. 설리번이 대답할 틈도 없이 공황이 일어났다.

[용? 내가 아는 그 용?]

[용은 200년 전에 전부 사라졌잖아!]

[전부 사라진 건 아니지. 자일스에는 용이 남아 있는걸.]

용.

이야기로만 들어 왔던 아득한 존재가 화두로 오르자, 요정이며 거인할 것 없이 저마다 소리 낮춰 수군대기 시작했다. 마치 근방에 숨어 있을지도 모르는 용이 듣기라도 할까 두려워하는 기색이 역력했다.

그러자 사위를 쭉 돌아본 와조스키가 냉담하게 말을 건넸다.

[너희는 설리가 단순히 '아무에게도 굴의 존재를 알리지 않겠다'는 약속을 어겼다고 이렇게 난리를 치는 게 아냐. 설리가 데려온 사람이 하필이면 세드릭 자일스이기 때문인 걸 누가 모를 줄 알고?]

세드릭 자일스.

그 이름에 거인들의 기세가 다시금 거세게 흉악해졌다. 하지만 와조스키는 변함없이 의연했다.

[안심해. 세드릭 자일스는 우리가 알 바 아냐. 우리는 설리만 무사하다면, 너희가 그를 어떻게 벌하든 상관하지 않을 거니까. 듣기로 세드릭 자일스의 곁에는 용이 버티고 있는 모양이지만, 겁 없이 용에게 덤비다 죽든 말든 우리와 무슨 상관이겠어?]

[저 쥐방울만한 게 진짜!]

와조스키에게 덤비려던 거인을 토르스텐이 막아섰다. 그는 다른 거인들처럼 노여워하지 않았다. 그저 깊디깊은 슬픔의 구렁에 한없이 잠긴 얼굴이었다.

[세드릭 자일스는 아비를 닮아 낙뢰를 내린다지.]

거인 수백을 죽인 낙뢰. 한번 내리치면 막을 방도가 없는 하늘의 재앙. 수없이 지켜보았던 끔찍한 광경을 애써 뇌리에서 흩트리며 토르스텐이 침중하게 말을 이어 나갔다.

[낙뢰에 용까지 지녔으니 여기 모인 거인 수십 명쯤은 일도 아니겠지. 가서 세드릭 자일스에게 전해라. 당신 아버지의 손으로 멸종에 다다른 우리의 비극을 조금이라도 이해한다면, 부디 우리의 마지막 은거지에서 나가 달라고 말이야.]

정중하기 그지없는 부탁이었다. 비교적 어린 거인들이 토르스텐의 결정에 반발했으나, 세상에는 젊은 혈기로도 맞서지 못하는 것이 있는 법이었다. 다행히도 토르스텐은 지금까지 현명하게 굴속에 숨은 생존자들을 이끌어 온 지도자. 살면서 수많은 역경에 봉착했던 거인들은 끝내 토르스텐의 선택에 수긍했다.

그렇게 세드릭 자일스에 대한 건이 일단락되자, 이제는 미처 해결하지 못한 곁다리 문제가 남았다.

[설리번 자일스의 일행은 사람 둘과 용 하나라고 했지. 남은 일행은 누구인가.]

토르스텐이 물었다. 서로를 마주 보며 조잘대던 요정들은 이내 구석으로 밀려 나 있던 디아나를 앞으로 떠밀었다.

[얘야. 이름은 디아나래.]

[그리젤다 솔의 딸이라는데 알아보겠어? 너는 그 여자랑 친했잖아.]

디아나는 긴장이 역력한 기색으로 까마득하게 높은 토르스텐을 올려다보았다. 토르스텐이 눈썹을 꿈틀거렸다.

[그리젤다의 딸?]

토르스텐은 느리게 허리를 수그렸다. 거인의 얼굴이 지면과 맞닿을 지경까지 내려왔을 무렵, 심해에서 길어 올린 듯 깊은 침음이 그의 목울대를 울렸다.

[그리젤다와 아주 닮았어. 조금 어리긴 하지만…… 마치 그리젤다가 살아 돌아온 것 같군.]

토르스텐과 마찬가지로 디아나를 유심히 살펴보던 다른 거인들이 말을 보냈다.

[정말이야. 누가 봐도 그리젤다의 딸이라고 하겠어.]

[내 생전에 저 빨간 머리를 다시 볼 날이 있을 줄이야. 조금 작긴 하지만 그리젤다를 꼭 빼닮았는걸.]

[맞아. 키가 작은 것만 빼면 그리젤다와 아주 비슷해.]

거인 주변을 부산스럽게 날아다니던 요정 칼란다가 머리카락을 꼬며 물었다.

[얘는 어쩔 거야? 세드릭 자일스처럼 쫓아낼래?]

[그게 무슨 소리야? 이 아이는 은인의 딸이야. 세드릭 자일스 따위와는 비교할 수 없다고.]

[하지만 그리젤다의 딸이라고 그리젤다와 동일시할 수는 없어. 이 굴은 우리의 마지막 은신처. 세상에 알려지도록 놔둘 수는 없지.]

[여길 만들어 준 사람이 바로 그리젤다잖아. 세상의 이목을 피해 우리를 숨겨 주었으니, 마땅히 그녀의 딸은 극진하게 대접해야 해.]

[힐손의 말이 옳아. 침입자는 내치는 것이 규칙이지만, 그리젤다의 딸이라면 사정이 다르지.]

조금 전 세드릭에 대한 처우를 논할 때와는 정반대의 분위기였다. 인간 군대와 마법에 쫓기고 쫓겨 멸망만을 목전에 두었던 때, 아무런 대가도 바라지 않고 안전한 은신처를 마련해 준 그리젤다 솔을 아름답게 추억하는 거인들은 그녀의 딸인 디아나도 온화한 시선으로 보았다.

당연히 그리젤다의 딸을 받아들이리라는 기대에 찬 거인들의 시선이 토르스텐에게로 모였다. 물끄러미 디아나를 응시하던 토르스텐이 무겁게 입을 열었다.

[그리젤다는 우리 거인들의 은인. 환대로 보답해야 마땅하다.]

디아나는 딱딱하게 굳은 채로 앉아 있었다. 3m는 족히 넘을 거인의 어깨에 앉아 이동하고 있으니 그럴 만도 했다.

[그래서 그리젤다의 유품을 찾아왔다고?]

문득 토르스텐이 물었다. 디아나가 화들짝 놀라 대답했다.

"네, 네에."

[긴장은 풀어도 된다. 널 해칠 생각이 있었으면 진즉 그리했겠지.]

옳지만 어쩐지 간담이 서늘해지는 말이었다. 디아나가 더 긴장한 줄은 꿈에도 모르고, 토르스텐은 여전히 진지한 표정으로 말을 이었다.

[유품인지는 잘 모르겠으나, 그리젤다가 비밀리에 우리에게 맡긴 물건이 있는 것은 사실이다. 하지만 이상하군. 이 일을 비밀로 하라 신신당부한 사람은 그리젤다 본인이니 바깥으로 새어 나갈 수가 없는 사실인데……. 누구에게 들었지?]

"상아탑의 사자에게서요. 참, 상아탑이 뭐냐면―"

[상아탑이 무언지는 알고 있다.]

토르스텐이 냉정하게 말을 잘랐다.

[그들을 별의 소리를 듣기 위해 수련하는 자들이지. 나는 마법에 대해서는 잘 모르지만, 그네들이라면 그리젤다와 우리의 비밀을 알 만한 방도가 있겠지.]

토르스텐은 잠시 말을 멈추고, 시야를 가리는 넓은 나뭇잎들을 손으로 쳐 내기 시작했다. 디아나를 왼쪽 어깨에 앉히고 있어서 왼팔을 쓰지 못하는 모습이 자못 불편해 보였다.

"저기, 역시 나는 걸어가는 게 낫지 않을까요?"

[여기는 거인의 서식지다. 사람이 지나다니기엔 여러모로 불편한 곳이야.]

그의 말대로 위에서 내려다보는 흙길은 험하기 짝이 없었다. 디아나의 키보다도 큰 바위가 여럿인 데다 나무는 거인의 몸집 정도로 거대했다. 자칫 잘못하다간 영영 길을 잃을지도 몰랐다.

하지만 그건 사람의 입장에서 보았을 때다. 거인이 마녀의 집에서 지낼 수 없듯, 모든 것이 지나치게 거대한 이곳이 거인에겐 편안한 쉼터였다. 깊은 산간 마을에서조차 보지 못했던 울창한 수림과 바위산. 다시 말해, 그리젤다 솔은 단순한 은신처를 마련해 준 것이 아니라, 거인들이 숨어 살면서도 안락하게 지낼 수 있는 둥지를 선사한 것이었다.

"어머니를 잘 안다면서요?"

불현듯 디아나가 물었다.

[여기 거인 중에서는 그래도 잘 아는 편이지.]

"어머니는 어떤 분이셨어요?"

그에 토르스텐은 잠시 디아나에게 시선을 주었다. 짤막한 침묵 뒤로 대답이 이어졌다.

[그건 네가 더 잘 알지 않겠나.]

"나는 어머니를 뵌 적이 없어요. 정확히는 살아 계신 어머니를요."

[……그리젤다의 죽음은 늦게나마 전해 들었다. 조의를 표하지.]

디아나는 무감하게 고개를 끄덕거렸다. 죽은 모친에 대한 그리움이나 애상은 쉬이 찾아낼 수 없는 표정이었다.

토르스텐이 머뭇거리며 말했다.

[내가 그리젤다를 만난 것은 15년 전쯤이다. 그 당시는 거인의 세가 이렇게 약해지기 전이었지. 에드윈 베가가 전선으로 나오기 전이라, 인간 왕국과의 전쟁에서도 승리할 수 있으리란 확신이 남아 있었어.]

아직은 거인의 멸종을 말하기 시기상조였던 시기. 그리젤다 솔은 거인들이 임시로 머물던 돌산에 홀연히 나타났다.

[원래도 우리는 마녀에 대한 감정이 좋지 않았어. 너도 알다시피 예전부터 잦은 분쟁이 있었으니까. 한데 쭉정이라고는 해도 몇몇 마녀·마법사가 인간 군대와 함께 우리를 공격하던 중이니, 당연하게도 그리젤다는 환영받을 수 없는 존재였다.]

토르스텐은 덤덤하게 눈을 내리깔았다. 어느 날 갑자기 나타난 붉은 머리 마녀는 살기등등한 거인 수백 명을 마주하고서도 참으로 침착했었다.

아니, 돌이켜 보면 그건 침착했던 것이 아니라.

[미친 마녀였어.]

저도 모르게 심중의 말을 꺼내고 만 토르스텐이 당혹을 금치 못했다.

[방금은 실언이었다. 미안하다.]

"괜찮아요. 그런 말 많이 들었으니까."

디아나는 아무렇지도 않다는 듯이 어깨를 으쓱였다. 토르스텐은 내심 안심하면서도 더욱 조심스럽게 말을 골랐다.

[어, 어쨌든 우리는 그리젤다를 상대도 하지 않았어. 그도 그럴 것이, 당시로서는 도무지 믿지 못할 얘기만 늘어놓았으니까.]

그리젤다 솔은 매일같이 돌산에 홀연히 나타났다. 쫓아내고 쫓아내도 끈기가 이루 말할 수 없었다. 게다가 돌산을 찾아 하는 말이라곤 악마의 저주를 받았음이 분명한 사특한 이야기뿐이니, 거인들이 그녀의 말을 곧이들을 리가 없었다.

'당신들은 곧 멸망할 거예요.'

[헛소리 마라, 마녀. 용이 자취를 감춘 세상에서 우리보다 강한 이는 없다]

'마법은 여전하고, 인간 왕국은 점차 번영하고 있어요. 당신들은 강하지만 구심점이 없죠. 서로를 믿지 못하면서 어찌 살아남기를 바라나요?'

그리젤다의 말을 귀담아듣지 않기로는 토르스텐도 마찬가지였다. 하지만 뜬구름 잡듯 불명확하던 그리젤다의 말은 어느 순간부터 점차 형체를 갖추기 시작했다.

'분열은 멸망의 전조. 이런 상황에서조차 대의가 아닌 사사로운 욕망을 좇는 이들이 있군요.'

'인간은 약합니다. 하지만 약하기에 강합니다. 자신이 약하다는 걸 너무나도 잘 알기에 뭉쳤고, 뭉쳐서도 약하다는 걸 알기에 아주 집요하게 연구하죠. 결국 어찌 되었습니까? 지금 세상의 대부분을 지배하는 건 거인도 마녀도 아닌 인간이 아니던가요?'

'당신들의 말처럼 대부분의 마녀는 강하지 않습니다. 우리는 파괴보다 창조를 높이 사기에 전사보다는 학자에 가깝지요. 그러나 확신할 수 있나요? 진정 당신들을 죽이는 마법이 없을까요?'

거인이 쉬이 승기를 잡으리란 예상과는 달리, 인간 왕국과의 전쟁은 지지부진했다. 그사이 그리젤다의 말은 마치 예언처럼 이루어졌다. 줄기찬 경고를 무시했던 대가를 치르듯 거인의 세는 좀먹기 시작했다.

그리고.

'하늘의 벌이 내릴 겁니다. 거인이 아무리 강해도 재앙을 피할 수는 없어요.'

낙뢰를 내리는 마법사가 나타났다.

모두가 공분하여 그를 죽이겠다 난리를 치던 때, 토르스텐은 홀로 경악했다. 아무도 귀 기울여 듣지 않았던 그리젤다의 말이 떠올랐기 때문이다. 당시에는 미친 마녀의 말이라 흘려들었던 말이 어언간 사실처럼 못 박혀 있었다. 그녀의 말대로 너무 강해서 역사상 통일된 적조차 얼마 없던 거인들은 전쟁이란 위기를 앞에 두고서도 분열했고, 인간은 더 이상 예전처럼 약하지만도 않았다. 더구나 오래도록 잊고 있었던 '용을 죽이는 마법'이 이제는 그들을 향해 칼끝을 겨누었다.

하지만 가장 무서운 사실은 따로 있었다.

삿된 말을 한다며 모든 거인들이 진저리 치게 혐오하던 그리젤다 솔. 매일같이 돌산에 나타나는 그녀를 죽이자는 목소리는 드높았지만, 어느 누구도 그녀의 머리털 하나 건드린 전적이 없다.

바로, 거인 수백이 모여도 마녀 하나를 죽이지 못하리란 소름 끼치는 깨달음이었다.

[우리가 그리젤다를 봐주고 있던 것이 아니다. 오히려 그리젤다가 우리의 오만을 봐주던 거였어.]

그래서 토르스텐은 그리젤다를 붙들고 물었다. 어떻게 하면 우리가 멸망을 피할 수 있겠느냐. 그리도 배척받으면서 기어코 우리를 찾아 경고하던 너라면 무슨 방도가 있지 않겠느냐. 수년간 그리젤다를 무시하던 것을 떠올리면 참으로 면피 두꺼운 짓이었지만, 당시의 토르스텐은 그토록 절박했다.

그러나 그리젤다는 토르스텐을 탓하지 않았다. 대신 기다렸다는 듯이 말했다.

'누구도 발견할 수 없는 은신처를 만들어 줄게요. 하지만 조건이 있습니다.'

수년을 허비하면서까지 그리젤다가 거인의 곁을 맴돌아야 했던 이유.

[그게 바로 네가 말하는 유품이었다.]

디아나는 물끄러미 토르스텐을 바라보았다. 석상처럼 단단한 거인의 표정에선 아무 것도 읽어 낼 수 없었다. 그래서 직접 물으려던 찰나, 별안간 가까이서 꽝꽝 굴을 울리는 소리가 들려왔다.

토르스텐은 길게 늘어진 나뭇가지를 망설임 없이 쳐 냈다. 울창한 수림이 끝나며, 시야가 확 트였다. 동시에 이전까지는 콧등을 간질이던 물비린내가 억수처럼 쏟아져 내리기 시작했다.

부연 안개가 비산하는 폭포였다. 물줄기는 강강한 기세를 자랑하듯 바위를 난타했고, 우림에 가려져 있던 소리는 귀를 찢을 듯이 요란했다. 지극히 조용하고 평화로운 굴에서 유일하게 드센 생명력을 내보이고 있었다.

[여길 보아라.]

토르스텐은 반대편으로 몸을 돌렸다. 그리고 디아나는 저도 모르게 탄성을 내지를 뻔했다.

굴이 단번에 내려다보이는 곳이었다. 지금까지 토르스텐이 올랐던 우거진 숲이 융단처럼 매끄럽게 사선을 이루고, 그 아래로 요정이 뛰노는 호숫가가 자리했다. 그리고 굴 전체를 감싸 안는 천구(天球). 실제로는 가까울지 모르나, 위대한 마녀의 손길이 스쳐 아득하게만 느껴지는 하늘에는 섬섬하게 굴을 내리비추는 조각달이 홀로 떠 있었다. 별이 뜨지 않는 하늘은 외롭기만 했다.

[그리젤다가 어떤 사람이었느냐 물었지.]

나지막한 속삭임이 귓가를 스쳤다.

[네 어미, 그리젤다는 혼자서 이곳을 만들었다. 힘든 기색을 보이지 않았던 것이 무색할 만큼, 곳곳에 그녀의 마법이 깃들었다. 어찌하여 그녀가 우리를 위해 이렇게까지 헌신했는지는 나도 모르겠다. 멸망을 앞둔 이종족을 가엾게 여긴 것인지, 아니면 조건으로 내걸었던 것처럼 그저 귀한 물건을 숨기기 위함이었는지는 모르겠으나 한 가지는 분명해. 그리젤다는 거인의 은인이다.]

토르스텐은 조심히 디아나를 땅에 내려놓았다. 정중하기 그지없는 손길이었다.

[귀물은 실그녀에게 있다. 그리젤다는 은신처를 만들어 주는 조건으로 귀물을 숨겨 달라 청했으나, 딸이 찾아와 귀물을 청하거든 어찌해야 하는지는 말해 주지 않았지. 귀물을 네게 건네주는 것이 옳은 선택인지는 모르겠다만, 어미의 유품을 찾는 딸에게 거짓을 말할 수도 없는 노릇이야.]

"……고마워요."

[네가 감사할 일이 아니다. 우리는 그저 그리젤다의 조건을 충실히 이행해 왔을 뿐.]

디아나는 가만히 고개를 끄덕였다. 앞으로는 호젓한 숲과 호수가, 뒤로는 험난한 돌산이 자리한 동굴. 누군가의 입을 빌어 들은 이야기였다면 조금도 믿지 못했을 테지만, 이렇듯 눈앞에 펼쳐진 진실까지 외면하지는 못했다.

여기는 위대한 마녀 그리젤다 솔이 귀물을 숨겨 놓은 금고.

또한 거인과 요정을 위한 마지막 지상 낙원이었다.

굴 바깥 골짝에는 부슬비가 내리고 있었다. 세드릭은 후드를 뒤집어쓰며 캄캄한 밤하늘을 올려다보았다.

"방랑의 별 일라리아가 유난히 밝아. 곧 지나갈 비인가 봐."

잉그람에는 세기의 방랑자 일라리아가 지나는 곳마다 가는 빗줄기가 내린다는 속설이 있었다. 물론 산중의 변덕스러운 날씨야 함부로 재단할 수 없으므로, 단순히 디아나를 안심시키기 위한 말에 지나지 않았다.

"정 못 버티겠다 싶으면 먼저 돌아가도 돼. 나는 설리번을 따라가면 되니까."

"괜찮아. 야외 취침은 국경에서도 많이 해 봤어."

덤덤하게 대꾸하는 세드릭과는 반대로 윈터는 야외 취침이 끔찍한 모양이었다. 살가죽에 닿는 차가운 빗방울이 영 달갑지 않은지 윈터가 꼬리를 마구 휘둘러 댔다. 제발 어디로든 들어가자는 무언의 시위였지만, 세드릭은 칼같이 무시했다.

"그보다 어머니의 유품이 실그너란 거인에게 있다면서. 너야말로 괜찮겠어? 그 거인, 전에 마주쳤을 때 조금 위험해 보이던데……"

세드릭이 말을 흐렸다. 내색하진 않았지만, 그 역시 실그녀의 살기에 제법 놀랐던 모양이다.

"그래도 한번 시도는 해 봐야지. 여기까지 왔는데 그냥 포기할 수도 없고."

"혹시 모르니 설리번이라도 데려가. 큰 도움은 안 되겠지만, 주변에 아무도 없는 것보단 나을 거야."

디아나는 묵묵히 고개를 끄덕였다. 겨울이 성큼 다가온 늦가을. 깊은 산중에서 비 맞으며 밤을 지새우는 것이 쉬울 리 없지만, 거인이 그를 받아들이지 않는 이상 다른 방도가 없었다. 그럼에도 세드릭과 윈터만 춥고 어두운 바깥에 내버려 두는 것이 자꾸 마음에 걸렸다.

땅굴로 내려가던 디아나가 머뭇거리며 뒤를 돌아보았다. 그러자 멀지 않은 곳에 검은 사람과 검은 용이 보였다. 마법으로 지핀 불씨를 지키려 안간힘을 쓰는 윈터와, 커다란 몸집으로 안절부절못하는 윈터를 흐뭇하게 바라보는 세드릭. 젖은 장작이 타오르며 피어오르는 잿빛 연기가 그들의 주변을 따스하게 감싸 안았다.

그때, 세드릭이 시선을 느낀 것처럼 고개를 돌렸다. 불현듯 눈이 마주쳤다. 멀뚱히 자신을 보는 디아나를 마찬가지로 마주 보던 세드릭이 조용히 엷은 미소를 띠었다. 마치 그녀의 심란한 마음을 꿰뚫어 보듯, 그답지 않게도 무척이나 다정한 미소였다.

이튿날 아침.

디아나는 긴장이 역력한 얼굴로 돌산을 올랐다. 목적지는 거인 실그녀가 주로 거주하는 스물네 번째 바위로, 요정들이 이르길 폭포수 근처라고 했다. 어젯밤 토르스텐의 어깨에 앉아 힘든 줄도 모르고 올랐던 폭포는 작달막한 소녀가 오르기엔 자못 험난한 곳이었지만, 디아나는 요령껏 마법을 부려 가며 간신히 목적지에 다다를 수 있었다.

그리해 홀로 거인 실그녀와 마주 섰다.

산중에는 흔한 벌레 우는 소리마저 잠잠한 사위. 어쩐지 집요한 구석이 있는 실그녀의 묵묵한 시선을 감내하며 디아나는 속으로 피눈물을 흘렸다.

'이럴 거였으면 어떻게든 설리번을 깨우는 거였는데!'

해 질 무렵이 되어서야 하루를 시작하는 버릇이 몸에 밴 설리번 자일스는 역시나 오늘이라고 특별하진 않았다. 새벽부터 디아나는 요정에게 물어 가며 겨우 호숫가에서 잠든 설리번을 찾아냈지만, 아무리 흔들고 소리쳐도 설리번은 당최 깨어날 생각을 안 했다. 오죽하면 곁을 기웃거리던 요정들이 설리는 깊게 잠들면 발치에 불이 나도 깨지 않는다며 말렸을까.

하지만 어떻게든 깨워야 했다. 어떻게든 깨워서 데리고 왔어야 했다. 세드릭의 말대로 큰 도움이 되진 않았겠지만, 적어도 거인이 미쳐 날뛰거든 마법으로 모면할 시간을 조금이나마 벌어 주었을지 몰랐다.

실그녀의 눈길이 이어질수록 디아나는 그리 후회만 거듭했다. 다행히 실그녀는 세드릭과 마주쳤을 때처럼 무시무시한 살기를 흘리진 않았으나, 어쩌 그녀를 살펴보는 표정이 수상쩍었다. 마치 품평하듯 얼굴 구석구석 뜯어보는 눈빛이었다.

문득 실그녀가 말문을 열었다.

[그리젤다가 아니야. 많이 닮았는데 아니야.]

디아나가 얼른 고개를 끄덕였다.

"그리젤다는 내 어머니예요."

[어머니라고?]

"네. 나는 그리젤다 솔의 둘째 딸, 디아나라고 해요."

[딸? 디아나?]

실그녀는 고개를 갸웃 기울였다.

[그럼 그리젤다는 어디 있어?]

디아나는 입술을 지그시 깨물었다. 어젯밤 실그너에 대해 간략하게 설명해 주었던 토르스텐의 말이 비로소 실감 났다.

미친 거인. 미친 실그너.

그리젤다가 한창 굴을 만들던 때, 모두가 의심으로 기피하던 그녀를 유독 따스하게 대했던 거인이 바로 실그너라고 했다. 일가친척을 전부 낙뢰로 잃었기에 낯선 마녀에게까지 기대고 싶었는지도 모른다. 어쨌든 실그너는 그리젤다를 마치 죽은 가족 대하듯 위했고, 그리젤다도 유난히 살갑게 구는 거인을 거부하지 않았다. 실로 종족을 뛰어넘은 우정이었다고 토르스텐은 회상했다.

[그 시절부터 실그너는 정신이 불안정했다. 조금만 깊게 잠들어도 부모 형제가 타 죽는 악몽을 꾸었지. 가끔씩은 가족이 죽었다는 사실조차 까맣게 잊은 채 죽고 없는 가족을 찾아 울면서 헤매었고, 가끔씩은 가족의 원수를 갚겠다며 잉그람 진영을 덮치려고 했어. 그때마다 실그너는 반쯤 정신이 나간 것처럼 보였다. 말리다 못한 다른 거인들이 그를 뿌리 깊은 고목에 죄인처럼 묶어 둔 적도 많아.]

가족들이 죽음을 자처한 덕분에 실그너는 털끝 하나 상하지 않았지만, 가족들의 참혹한 죽음을 내내 지켜봐야만 했던 그의 마음은 점차 병들었다. 병든 육신이 마음까지 좀먹는 것처럼, 병든 마음은 건강한 육신도 아프게 했다. 마음이 병들어 육신까지 병든 실그너는 해갈되지 않는 고통에 신음했다. 하지만 제 몸 지키기에 급급했던 거인들은 실그너의 상처를 돌보지 않았다. 아픈 실그너의 곁에는 오로지 그리젤다뿐이었다.

돌산에 홀연히 나타나 거인을 위한 은신처를 짓겠다던 그리젤다. 유구한 마법 역사에서도 보기 드문 대단한 마녀라는 위명답게, 그녀는 미친 거인도 금세 얌전한 아이로 돌려놓았다. 당시 둘을 유심하게 지켜보는 이가 없었기에, 도대체 그리젤다가 어떻게 실그녀를 다루었는지는 아무도 몰랐다. 다만 확실한 것은 광포하게 날뛰는 실그녀를 막을 수 있는 사람은 오직 그리젤다 솔뿐이었다는 사실이다.

[이제 와 돌이켜 보면, 아마 마법이 아니었을까 싶다. 마법으로 이런 굴도 만들어 내는 마녀에게 미친 거인의 슬픔을 어루만지는 것 정도는 아주 쉬운 일이었겠지.]

하지만 돈독한 우정에도 이별의 순간은 찾아왔다. 은신처를 완성한 그리젤다가 홀연히 나타났던 것처럼 홀연히 사라진 것이었다. 떠나기 직전 실그녀에게 돌아오겠다는 약속을 했다지만, 수년이 흘러 돌아온 것은 그리젤다 솔의 부고 소식이었다.

[우리는 침묵했다. 실그녀를 제한 모두가 그리젤다의 죽음을 알지만, 누구도 그 사실을 입 밖으로 꺼내지 않아. 실그녀가 그리젤다의 죽음에 어떻게 반응할지 전혀 감을 잡을 수 없었으니까. 아직도 아무런 연락이 없다, 요즘 다른 일로 몹시 바쁘다, 이런 어쭙잖은 거짓말로 조바심치는 실그녀를 잠재웠다.]

실그녀가 미쳤기에 가능한 거짓말이었다.

가족을 잃은 뒤로 반쯤 미쳤던 실그녀는 굴이 완성되어 그리젤다가 떠난 이후에는 완전히 미쳐 버렸다. 일단 잠들면 지난 하루의 기억은 모조리 잊었다. 은신처에 들어오기 전의 기억은 또렷하면서, 은신처에 든 이래로 그가 기억하는 날은 고작 하루뿐이었다.

그리해 실그녀는 영영 돌아오지 않을 그리젤다 솔을 하염없이 기다리고 있었다. 그는 기억하지 못하는 하루하루를 전부 셈하면 10년을 훌쩍 넘는 세월이나, 그에겐 고작 하루뿐일 시간이기에 돌아오겠다는 그리젤다의 약속을 그리도 굳건히 믿고 있는 것이었다. 죽은 사람은 돌아올 수 없다는 자명한 사실을 누구보다 뼈저리게 알면서도, 그리젤다의 죽음이 그에게만은 전해지지 않은 까닭으로.

디아나는 복잡한 마음이었다. 며칠 전, 가족의 원수를 떠올리며 극렬하게 분노를 표현했던 것도 전부 잊어버린 거인은 오늘도 떠나간 벗을 그리고 있었다.

"어머니는 많이 바쁘세요. 그래서 내가 대신 온 거예요."

그리젤다의 부고를 알리지 않는 자신을 기만자라 욕해도 상관없던 토르스텐. 하지만 디아나는 그를 비난할 수 없었다. 이렇듯 실그녀를 마주하자니 토르스텐이 어떤 심정으로 침묵했는지 조금은 알 것 같았다.

[많이 바빠?]

실그녀의 어깨가 눈에 띄게 처졌다. 디아나는 주먹을 꼭 말아 쥐며 고개를 주억거렸다.

"네. 아마도 당분간은 여기 오시지 못할 거예요."

[그럼 언제 오는데?]

"바쁜 일이 끝나면 바로 오겠다고 하셨어요. 어머니께선 당신을 잊지 않으셨으니, 너무 염려하지 않아도 돼요."

뾰로통하던 실그녀가 금세 표정을 풀었다. 그래도 부정적인 대답이 아니라 마음이 놓인 모양이었다. 그에 용기를 얻은 디아나가 한 발자국 가까이 다가섰다.

"그런데 어머니께서 당신에게 맡기신 물건이 있다면서요?"

[있지. 그리젤다가 비밀로 간직하라고 그랬어.]

"어머니께서 그 물건을 찾아오라면서 저를 보내셨어요. 돌려주실 수 있나요?"

[너한테?]

실그녀가 순하게 눈을 끔벅거렸다.

[하지만 그리젤다가 아무에게도 주면 안 된다고 했는걸.]

"원래는 어머니께서 직접 가지러 오려고 하셨는데, 불가피하게 나를 보내신 거예요. 정말 안 될까요?"

디아나의 목소리가 자신감을 잃고 점점 기어들어 갔다. 빤히 그녀를 내려다보던 실그녀가 이내 결심한 듯이 돌아섰다. 그러고는 뒤편의 커다란 바위를 힘껏 옆으로 밀어 버렸다.

그대로 거절당한 줄 알고 의기소침해졌던 디아나가 깜짝 놀랐다. 실그녀는 그녀의 반응에는 전혀 개의치 않고, 바위가 자리했던 곳을 파내기 시작했다. 삽보다 몇 곱절은 거대한 손으로 얼마간 땅을 헤집으니, 금세 깊숙한 구멍이 생겼다.

실그녀는 구멍 속으로 팔을 길게 뻗었다. 다시 지면으로 나온 손에는 디아나의 머리통만 한 상자가 들려 있었다.

[자, 여기.]

얼결에 상자를 건네받은 디아나가 연신 실그녀와 상자를 갈마보았다. 믿을 수 없다는 듯 당혹스러운 목소리가 뒤따랐다.

"이렇게 그냥 나한테 줘도 괜찮아요?"

[넌 그리젤다의 딸이라며. 아니야?]

"아, 아뇨. 딸이에요. 딸은 맞는데……."

어떻게 실그녀를 설득해야 할지 몰라 골머리를 앓던 것이 무색할 정도였다. 디아나는 여전히 얼떨떨한 표정으로 상자에 쌓인 흙먼지를 살살 쓸어내렸다. 품에 들어온 유품이 영 믿기지 않았다.

[너는 괜찮아. 그리젤다랑 아주 똑같으니까.]

"음. 어머니랑 닮았다는 거죠? 그런 말 자주 들어요."

디아나는 이젠 아무런 감흥도 없는 말을 대수롭지 않게 넘기며, 상자 뚜껑을 열어 보았다. 어마어마한 빚만 남겼다는 어머니가 이리도 비밀스럽게 감추어 둔 유품이란 도대체 무엇일까. 기분 좋은 두근거림이 온몸을 울렸다.

"……투구?"

하지만 설레던 것도 잠시, 디아나는 몹시 미심쩍은 눈으로 유품을 들어 올렸다. 이리 보고 저리 봐도 투구였다. 그것도 당장 박물관에 전시되어야 할 법한 아주 옛날의 투구.

[그건 아스톨포의 유물이야.]

귀가 번뜩 뜨이는 소리였다. 디아나는 황급히 실그녀를 쳐다보았다.

"누구의 유물이라고요?"

[아스톨포. 퀸투스 아스톨포의 유물이라고 그랬어.]

퀸투스 아스톨포.

거대한 폭풍으로 모딜리아니 해협을 뒤집어엎은 전설적인 마법사. 동시에 먼 옛날 〈가혹한 아스톨포〉를 개창한 아홉 인의 영웅 중 하나.

"이런 귀한 걸 왜 어머니께서……."

디아나는 저도 모르게 쇄골 부근을 매만졌다. 옷에 감추어진 오래된 목걸이가 손끝으로 느껴졌다. 몇 달 전, 동화 속에서 그리그 프롬이 선사한 마그누스 프롬의 유물이었다.

[있잖아.]

불현듯 실그녀가 말을 걸어왔다. 상념에서 깨어난 디아나가 멍하니 고개를 들자, 실그녀는 묵묵히 어여쁜 화관을 내밀었다.

[그리젤다에게 전해 줘.]

디아나는 말없이 화관을 응시했다. 실그녀의 거대한 손에 비하면 볼품없이 작지만, 사람이 쓰기엔 적당한 크기였다.

"이거…… 혹시 당신이 만든 거예요?"

특별한 구석이라곤 전혀 찾아볼 수 없는 평범한 화관이었다. 꺾은 지 얼마 되지 않은 들꽃으로 장식하여 싱그러운 맛이 있지만, 군데군데 어설픈 매듭이 눈에 띄었다. 심지어 개중에는 못나게 짓눌린 꽃잎도 있었다.

하지만 그조차 거인인 실그녀가 만들었다면 절로 감탄이 나오는 솜씨였다. 사람의 팔뚝만 한 손가락으로 어찌 들꽃을 온전히 꺾었으며,

어찌 들꽃을 엮어 화관을 완성했을까. 기껏 하루 이틀로 갈고 닦을 수 있는 손놀림이 아니었다.

[그리젤다에게 약속했어. 굴에서 처음 피어나는 꽃으로 화관을 만들어 주겠다고.]

순간 디아나는 심장이 내려앉는 기분이었다.

실그녀, 그는 10년을 잃어버린 거인이다. 다른 이에겐 10년이었을 세월이 그에겐 고작 하루에 지나지 않았다. 매일같이 새로운 기분으로 일어나, 몇억 번째 피어나는 꽃일지도 모르는 들꽃을 조심히 꺾어 몇천 번째일지도 모르는 화관을 완성했다. 처음인데도 제법 잘 만들었네, 매번 이렇게 감탄할지도 몰랐다. 머리는 기억하지 못하는 어제를 몸은 기억하고 있으나, 이겨 낼 수 없는 상실로 자기 자신마저 잃어버린 거인은 그조차 알아채지 못했다.

그러니 실그녀는 영영 모를 것이었다. 작년 이맘때의 화관은 토르스텐의 발아래 짓밟혔고, 지난달의 화관은 불에 태워졌으며, 어제의 화관은 깊은 호수로 가라앉았음을. 요정이 뛰노는 저 아름다운 호수 바닥은, 실그녀가 만들었되 그는 기억하지 못하는 수백 수천의 화관으로 뒤덮였음을 오직 그만이 모를 것이다.

디아나는 떠오르는 비감을 모두 끌어안으며 화관을 받아 들었다. 우는 듯, 웃는 듯 기묘한 미소가 입가에 떠올랐다.

"……꼭 어머니께 전해 드릴게요."

끝내 지킬 수 없는 약속을 말하며.

횃불로 밤을 몰아낸 호숫가.

너도나도 소리를 보탠 흥겨운 가락이 끊임없이 이어지고, 서로 손을 맞잡은 춤사위가 그림자를 늘려갔다. 비밀 낙원은 오래간만의 손님을 맞아 흔흔히 부유하고 있으나, 매사 그러하듯 대다수의 기쁨엔 누군가의 고단함이 짓눌리기 마련이었다.

[저기 설리 좀 봐! 어쩜 저리도 뻣뻣할까? 나무토막도 저보단 유연할 거야.]

[박자도 못 맞춰, 동작도 흐트러져. 설리, 제대로 좀 해!]

[다음 노래는 내가 설리랑 춤추고 싶어.]

[얘가 뭐라니? 다음은 칼란다, 그다음은 키르곤, 그다음은 나야. 제대로 순서 안 지킬래?]

요정들은 한데 모여 와조스키와 춤추는 설리번을 구경하고 있었다. 말이 춤이지, 실상은 허우적대는 몸짓에 가까웠다. 대체로 책상머리 지키기를 미덕으로 삼는 마법사답게 설리번은 육체파와는 거리가 멀었지만, 짓궂은 요정들이 그런 사정을 봐줄 리 만무했다. 그러나 손바닥만 한 와조스키에게 질질 끌려가는 모습에서 알 수 있듯, 나날이 실력이 나아지긴커녕 어째 갈수록 생존을 위한 몸짓으로 변모하고 있었다.

설리번으로서는 참으로 억울한 일이었다. 요정은 언제나 그를 은인이라 칭하면서도, 당최 은인다운 대접을 해 주지 않았다. 요정들이 은인을 위해 벌인 일이라곤, 굴이 닳도록 드나드는 설리번을 못마땅하게 여기던 몇몇 거인들과 설전을 벌인 것이 전부였다.

하지만 그의 사정이 어떻든, 설리번 자일스와 요정의 괴상망측한 춤은 시종일관 고요하던 낙원에 웃음소리를 불러들였다. 어쩌면 설리번이 매번 몸을 빼면서도, 결국엔 요정과 함께 스텝을 밟아 나가는 이유일지도 몰랐다.

"나 힘들어. 이제 더는 못 해."

[뭐어? 그런 게 어디 있어! 나랑 추기로 약속했잖아!]

"그건 그냥 너희끼리 순서 정한 거잖아. 내가 언제 약속했어?"

[와, 설리 한 입으로 두말하는 거야? 정말 못됐다.]

[그러게. 설리가 이런 거짓말쟁이인 줄은 상상도 못 했는데!]

디아나는 설리번과 요정들이 옥신각신하는 모습을 조금 떨어진 곳에서 지켜보았다. 굴에 든 지 고작 사흘째인데도 묘하게 익숙한 광경이었다. 그래 봤자 진심으로 다투는 것이 아님을 알기에, 말릴 생각일랑 추호도 들지 않았다.

[어떻게 나랑 춤을 안 출 수가 있어? 와조스키랑은 췄잖아! 내가 뭐가 문제인데!]

[어쩜, 칼란다. 어떻게 너랑 나를 비교하니? 나는 무려 설리의 첫 번째 친구라고.]

[너 지금 말 다 했어?]

[다했다, 왜! 한번 싸우자 이거야?]

……진심으로 다투는 것이 아니다. 아마도.

디아나는 짐짓 순진무구한 표정으로 근처의 토르스텐을 돌아보았다. 갈수록 소리가 격해지는 요정들은 철저히 외면한 채였다.

"저기, 궁금한 게 있는데요."

[뭐지?]

토르스텐도 요정들의 실랑이는 익숙하게 무시했다. 디아나는 그의 곁으로 쪼르르 다가가서 소곤거렸다.

"도대체 설리번이 뭘 했길래 요정의 은인이라는 거예요? 요정들이 저렇게나 좋아하는 걸 보면 단순한 관계가 아닌 것 같은데."

[엘가 숲에서 여기로 옮겨 올 당시 요정들은 도착하는 데만 급급했기 때문에 낙오자가 많았다. 그렇게 무리에서 떨어진 요정들을 하나둘 챙겨서 이리로 데려온 사람이 바로 설리번 자일스야.]

와. 디아나는 저도 모르게 입을 벌렸다. 가족에게조차 일말의 관심도 없던 설리번 자일스가 그토록 남을 위하는 사람인 줄 그녀는 미처 몰랐다. 물론 그가 위할 줄 아는 남이란 이종족에 국한되는 것 같지만 말이다.

[굴이 완성되었을 무렵, 서쪽 엘가 숲에서도 요정들이 내몰리고 있다는 소식을 접했다. 우리는 고민 끝에 그리젤다에게 엘가 숲 요정들에게

이곳의 위치를 알려 달라고 부탁했지. 요정은 우리처럼 대대적인 섬멸전을 겪진 않았지만, 인간들이 자꾸만 숲을 개발하는 통에 생명의 위협을 느꼈던 모양이야. 지금은 저리 수가 불어났어도, 처음 요정 무리가 여기 당도했을 때는 저 절반에 지나지 않았다.]

토르스텐이 침중하게 답했다. 확실히 거인에 비해 개체 수가 많긴 했으나, 요정의 대표적인 거주지로 알려졌던 엘가 숲의 요정이 전부 모였다기엔 턱없이 부족한 숫자였다. 난개발에 집을 잃고, 잉그람 서부에서 동부로 가로지르며 수많은 요정들이 희생되었을 터.

디아나는 울적한 표정으로 요정들을 보았다. 머리채를 잡고 드세게 싸우던 와조스키와 칼란다는 어느새 눈물겨운 화해를 이루고 있었다. 중간에서 설리번이 두 요정을 악수시키는 걸로 보아, 보다 못한 그가 나선 모양이었다.

[그리젤다의 유품은 잘 받았다고 들었다.]

"네. 혹시 어머니의 유품에 대해 더 아는 게 있나요?"

[글쎄. 그리젤다는 늘 농지거리와 진담을 섞어 말했지. 그녀의 말에서 진실로 뜻깊은 것을 찾아내기란 여간해서 쉬운 일이 아니었어.]

토르스텐은 잠시 상념에 잠겼다. 오래된 과거를 더듬는 듯 턱이 단단해졌다.

[그러고 보니 언젠가 우르바노 아스톨포를 평했던 적이 있다. 눈치 하나는 잽싼 늙은이라고 했었나. 몇 마디 덧붙였던 것 같은데 잘 기억이 나질 않는군.]

"어머니가요?"

디아나는 고개를 갸웃거렸다. 우르바노 아스톨포라면 오래전에 병사한 아스톨포 가문의 전대 수장이었다. 그렇다면 어머니는 우르바노 아스톨포와 알고 지내셨던 걸까? 유품으로 퀸투스 아스톨포의 유물을 남겼으니 그쪽과 무슨 관계라도 있지 않았을까 싶었지만, 정확히 무슨 관계인지 아무래도 감이 잡히질 않았다.

[무슨 문제라도 있나?]

"아, 아뇨. 아무것도 아녜요."

그렇게 입을 다무는 듯싶었던 디아나가 별안간 토르스텐에게로 몸을 바짝 붙였다. 토르스텐은 의아한 표정을 지으면서도 순순히 허리를 굽혀 주었다. 디아나는 까치발을 들어 간신히 그의 귓가에만 소리를 흘려 넣었다.

"저, 혹시 헤센 그원티르라는 마법사를 알아요?"

이곳을 찾은 또 다른 이유. 채스터티를 총격한 범인과 거인은 도대체 어떤 관계인가.

[헤센 그원티르? 그원티르의 마법사인가?]

처음 듣는 이름인 듯 도리어 토르스텐이 되물었다.

"네. 혹시 알아요?"

[아니. 잘 모르겠군. 유명한 마법사인가 보지?]

"유명하다고 해야 할지……. 네, 유명한 것 같기는 해요."

디아나가 난처하게 대꾸했다. 참과 거짓을 완벽하게 분간하는 재주는 없지만, 지금 토르스텐이 거짓을 말하는 것 같지는 않았다.

"여길 아는 사람도 설리번뿐인 거죠?"

[이제는 너와 세드릭 자일스도 알고 있지.]

토르스텐은 담담한 얼굴로 호숫가에 가벼이 돌멩이를 던졌다. 물론 거인의 입장에서 돌멩이지, 디아나의 눈에는 충분히 바위라 칭할 만했다. 풍덩, 제법 커다란 소리를 내며 빠진 바위는 그들의 발치까지 물보라를 뿜어냈다. 디아나는 젖은 풀잎을 내려다보며, 저도 모르게 침을 꿀꺽 삼켰다.

"걱정하지 않아도 돼요. 이곳에 대해서는 아무에게도 말하지 않을 테니까. 세드릭한테도 단단히 주의를 줄게요."

[고맙다.]

무덤덤한 목소리와는 달리 표정은 무시무시하기 짝이 없었다. 마치 비밀 약속을 하지 않는다면, 비록 은인의 딸이어도 어쩔 수가 없다는 투였다.

"차, 참. 난 잠시 저쪽에 볼일이 있어서."

[그래. 내일 떠나기 전에 배웅하겠다.]

디아나는 토르스텐이 마음을 바꾸어 붙잡기 전에 황급히 자리를 떴다. 술잔을 부딪치며 고래고래 노래를 불러 대는 거인들과 아직도 춤추기에 바쁜 요정들을 지나쳐 횃불 닿지 않는 숲 속으로 들어서려던 찰나, 불현듯 그녀를 부르는 소리가 들려왔다.

"진저? 어디 가?"

설리번이 양손에 버섯 꼬치를 든 채 멀뚱거리고 있었다.

"아…… 잠깐 바깥에 나갔다 오려고요."

"바깥? 세드릭 보려고?"

"굳이 따지자면 그렇죠."

디아나는 입술을 불퉁하게 내밀었다. 정확히 말하자면, 세드릭 자일스가 보고 싶다기보다는 지금 이 자리가 불편하다고 하는 편이 옳았다. 둔하기 짝이 없는 설리번이라면 결과적으로 세드릭을 보러 나간다는 건 똑같지 않으냐 반문할 테지만, 둘 사이에는 어마어마한 차이가 있었다. 적어도 디아나는 그렇게 믿고 싶었다.

"걔도 참 사서 고생이야. 그냥 먼저 돌아가 있음 되지, 뭘 또 밖에서 기다리겠…… 근데 너 지금 뭐 해?"

"맛있게 잘 먹을게요. 고마워요."

디아나는 자연스럽게 설리번에 손에서 버섯 꼬치를 가져갔다. 눈 깜짝할 새 꼬치를 두 개나 빼앗긴 설리번이 어리둥절하여 주변을 둘러보았다. 그사이 디아나는 이미 캄캄한 숲 속으로 모습을 감춘 뒤였다.

여기저기서 벌레 우는 소리 들려오는 산중 이슥한 밤.

하루 만에 굴에서 올라온 디아나를 맞이한 것은 비 그치고서 풍겨오는 촉촉한 풀 냄새였다. 향긋한 내음에 절로 기분이 좋아진 디아나가 세드릭과 윈터를 찾아 두리번거렸다. 그러나 밤하늘의 별빛 말고는 새카맣기 그지없는 산속에서 검은 용과 검은 후드 뒤집어쓴 세드릭을 맨눈으로 찾기란 참으로 지난한 일이었다.

'이럴 거면 횃불이라도 가지고 나올걸.'

디아나는 울상으로 걸음을 내디뎠다. 다행히 늑대 우는 소리는 들리지 않았지만, 그래도 만약이라는 것이 있었다. 멀리 나갔다가 아주 돌아오지 못하는 수가 있으니, 일단 바위 주변만 둘러보고 그래도 발견하지 못하면 굴속으로 돌아가야겠다 다짐했다.

하지만 그리 다짐한 지 얼마 지나지 않아.

"뭐, 뭐야."

돌연 물컹한 것이 밟혔다. 숨죽인 채로 뒷걸음질할까 고민하던 순간, 갑자기 무언가 종아리를 스르르 쓸고 지나갔다. 그쯤 되면 놀라 펄떡거리지 않는 게 이상했다.

"으악! 악!"

"디아나?"

귀에 익은 목소리와 함께 암암하던 눈앞이 밝아졌다. 갑작스러운 불빛에 디아나는 눈을 가느스름하게 뜨고 얼핏 보이는 인영을 가늠했다.

"……세드릭?"

눈부시던 빛이 차차 잠잠해졌다. 디아나는 그제야 눈앞을 제대로 분간할 수 있었다. 빛나는 구체를 마법으로 띄운 세드릭도 세드릭이지만, 눈을 바로 뜨자마자 마주친 것은 자다 깼는지 둥글게 똬리 튼 채로 이편을 형형하게 쏘아보는 윈터였다.

"윈터."

칼날처럼 떨어지는 세드릭의 경고에 윈터가 불만을 표하듯 꼬리를 마구 뒤틀었다. 발치에서 꿈틀거리는 새카만 꼬리를 멍하니 바라보던 디아나는 조금 전에 밟았던 물컹한 것의 정체를 깨달았다.

"음, 아냐. 세드릭 이번에는 내가 잘못했어. 무심코 윈터의 꼬리를 밟은 것 같아."

그 말에 동의하는 것처럼 윈터가 고개를 붕붕 흔들었다. 졸음이 한가득인 눈빛이며 표정에서 억울한 기색이 만연했다. 그제야 진상을 파악한 세드릭이 삐친 윈터의 턱을 쓸며 따스한 목소리로 속삭였다.

"오해해서 미안해."

"……나도 꼬리 밟아서 미안."

디아나가 윈터의 눈치를 살피며 말을 보탰다. 윈터는 고개를 무겁게 끄덕이며 금세 수마에 잠겼다. 용의 꼬리를 밟은 죄로 저 거대한 발에 짓밟히는 것은 아닌지 염려하던 디아나는 비로소 마음을 놓을 수 있었다.

"밤늦게 어쩐 일이야? 추운데 들어가서 쉬지 않고."

"토르스텐에게 헤센 그윈티르에 대해 물어보고 오는 길이야. 우리 아무래도 상아탑의 사자에게 단단히 속은 것 같아. 헤센 그윈티르의 이름조차 모르던걸."

디아나가 투덜거리며 다가왔다. 풀밭에 느른하게 앉은 채로 그녀를 지켜보던 세드릭이 불쑥 손을 내밀었다.

"발밑이 어두워. 조심해."

물끄러미 세드릭의 손을 응시하던 디아나가 고개 돌려 양손에 쥔 버섯 꼬치를 보았다. 결국 세드릭의 손에 잡힌 것은 디아나의 보드라운 손이 아니라, 반쯤 식어 버린 버섯 꼬치였다.

"설리번이 들고 있던 거니까 맛있을 거야."

세드릭은 어쩐지 심란한 얼굴로 손에 들린 버섯 꼬치를 내려다보았다. 그새 곁으로 다가온 디아나가 풀밭에 엉덩이를 붙였다.

"한데 뭐 하고 있었어? 너도 자고 있었는데, 내가 깨운 건 아니지?"

"아냐. 누워서 하늘을 보고 있었어."

"하늘을?"

디아나는 고개를 높이 꺾었다. 짙은 남빛으로 물든 천공. 반달이 휘영청 밝고, 하얗게 흩뿌려진 별빛이 찬란했다. 비록 북쪽 하늘은 우뚝 솟아난 침엽수림에 가려 보이지 않았으나, 나머지는 탁 트여 한눈에 들어왔다.

"그냥. 이렇게 맑은 밤하늘은 오랜만이라서."

세드릭은 그리 말하며 도로 풀밭에 누웠다. 디아나도 뒤따라 옆에 누웠다.

"……그러게. 정말 맑네."

근래 오킹엄 같은 대도시에서는 보기 드물게 말간 밤하늘이었다. 흉측한 굴뚝을 세우는 것이 유행처럼 번져 나간 요 몇 년, 덕분에 잉그람의 어느 도시를 가든 지평선을 어그러뜨리는 굴뚝을 꼭 하나씩은 마주하게 되었다. 하지만 디아나가 진정으로 굴뚝을 혐오하는 까닭은 따로 있었다. 바로 굴뚝이 토해 내는 시커먼 매연이었다.

"도시는 매연 때문에 하늘이 흐리잖아. 칼리스토처럼 어두운 별은 보이지 않는 날이 태반이고."

"사람이 적게 사는 시골은 그래도 아직 괜찮아. 이렇게나 맑은 별빛은 날씨도 좋아야겠지만."

"나도 언니를 졸라서 시골로 이사하자고 해 볼까."

디아나가 자그맣게 중얼거렸다. 그러고 보니 언니는 어디서 무얼 하고 있을까. 뮈티레 요새에는 잘 도착했을까. 며칠 잊고 지냈던 헤스터의 안부가 느닷없이 꼬리에 꼬리를 물었다. 재능으로는 현존하는 마녀·마법사 중에서도 당당히 수위에 들 자매지만, 아예 걱정을 지우지는 못했다. 몇 개월 함께 살아 본 결과, 디아나는 언니 헤스터가 이상한 구석에서 은근히 순진하다는 걸 깨달았기 때문이다.

불현듯 세드릭이 손을 들어 동쪽 하늘 어드메를 가리켰다.

"저기 목자의 별 단돌보네."

"응? 잠깐, 그러면 가을 대삼각형이 완성되잖아."

디아나가 눈을 빛내며, 가을 대삼각형의 나머지 꼭짓점을 얼른 손가락으로 이었다.

"중간에 가을의 별 캄페소랑, 서쪽에 처단의 별 시나폴리. 그리고 동쪽에 목자의 별 단돌보. 와, 이렇게 보는 것도 오랜만이다. 옛날에 스승님 밑에서 공부할 때는 매일같이 성도 일지를 그려서 제출했잖아, 우리."

"그랬지."

"아, 저기. 네 탄생성인 천칭의 별 사피젤도 옅지만 보이네. 원래 이맘때 뜨는 별은 아니지 않아?"

"여기 하늘이 맑아서 보이는 것 같아. 다른 데선 연말은 되어야 보일 거야."

정식 마녀로 발돋움한 이래 병원에 입원해서, 정신없이 바빠서, 오킹엄 밤하늘이 흐려서, 아주 다양한 이유로 별과 멀어졌던 디아나는 새삼 즐거웠다. 이토록 별빛이 맑은 밤하늘을 만나려면 행운이 따라야 했을뿐더러, 한창 공부에 매진하던 도제 시절이 새록새록 떠올랐기 때문이다.

"역시 칼리스토는 안 보이네."

신이 나서 탄생성을 찾아 헤매던 디아나가 조금 시무룩해졌다. 그녀를 따라 남서쪽 하늘을 헤아리던 세드릭이 위로하듯 말을 건넸다.

"나뭇가지에 가려서 그래. 암흑의 별 칼리스토는 원체 지평선 가까이서 뜨잖아."

"것도 그렇지만⋯⋯."

하긴, 지금은 칼리스토가 빛나는 시기도 아니고. 디아나는 씁쓰레한 마음을 갈무리하며, 드넓은 밤하늘을 가로질렀다. 수많은 별빛이 시야를 스치는 가운데, 아주 귀하디귀한 별빛이 돌연 눈에 들어왔다.

"어, 세드릭! 저기! 사수의 별 아폴리네르 아냐?"

서쪽 하늘 변경에서 역천의 별 무제타를 감시하는 궁수(弓手)이자, 별들의 왕 둘시네아를 지키는 사수(射手). 육안으로 관측하기는 거의 불가능하다고 알려진 별의 등장에 세드릭도 무척이나 놀랐다.

"맞는 것 같아. 아무리 하늘이 맑아도 아폴리네르까지 볼 줄이야."

"난 생전에 저걸 망원경 없이 보게 될 줄은 꿈에도 몰랐어."

소년 소녀는 소리 없는 탄성만 내질렀다. 아무리 눈을 깜박여도 서쪽에서 흐릿하게나마 빛을 발하는 사수의 별 아폴리네르는 변치 않았다. 진정 환상이 아니었다.

신기한 마음에 한참 서쪽 하늘만 올려다보던 디아나는 불현듯 밀려드는 추억에 잠겼다. 그러니까 지금으로부터 삼사 년 전, 오늘처럼 세드릭과 단둘이서 아폴리네르를 관측했던 때가 있었다. 망막하게 펼쳐진 밤하늘, 지극히 투명하던 유리 천장, 거대한 망원경, 유난히 얌전했던 세드릭과 조곤조곤 흘러가던 오래된 이야기.

디아나는 그날 들려주었던 아폴리네르의 이야기를 세드릭이 기억하는지 궁금해졌다.

"있잖아. 옛날에 내가 해 줬던 얘기 기억나?"

"아폴리네르에 얽힌 전설?"

세드릭이 별다른 고민도 없이 대답했다. 초장부터 바로 정답이 나오자 디아나는 적잖이 당황했다.

"그건 줄 어떻게 알았어?"

"이렇게 아폴리네르를 보고 있으니까 그날이 떠올라서."

디아나가 회상하던 그날을 세드릭도 기억 속에서 들춰 본 모양이었다. 디아나는 어쩐지 민망한 기분이 들어 입을 다물었다. 자연스레 둘 사이에는 그윽한 정적만이 흘렀다.

사수의 별 아폴리네르에 오래도록 머물던 디아나의 시선이 비로소 동쪽으로 느릿하게 움직이기 시작했다. 아폴리네르와 함께 겔록의 사다리를 이루는 심미의 별 베아트리체와 처단의 별 시나폴리, 그 외에 수많은 별을 열없이 훑어 내리던 잿빛 눈이 슬금슬금 땅으로 내려왔다. 디아나는 시커먼 그림자로만 뵈는 뾰족한 수림의 가장자리를 공연히 가늠하다가, 종내에는 고개 돌려 옆자리를 보았다.

잠든 세상을 내리비추는 조요한 달빛. 하지만 산중 깊숙한 어둠에 달빛이 함부로 들지 못하듯, 유난히 달빛 머금는 존재도 있는 법이었다. 바로 지금의 세드릭처럼.

단정한 옆모습이 유난히 하얗게 빛났다. 잠이 깃들어 반쯤 감긴 눈두 덩 아래로 속눈썹이 길게 그림자 졌고, 깎아지른 듯 말끔한 뺨 위로는 무수한 별빛이 노닐었다. 어제의 어린 티를 점차 벗어 가는 내일의 얼굴. 가장 익숙한 얼굴이되, 가장 익숙하지 않은 얼굴이기도 했다.

디아나는 물끄러미 그를 바라보았다. 그러고 보면 한때 대화가 끊기고 정적이 찾아오는 것이 싫어 괜한 말로 억지로 이야기를 끌어가던 시절이 있었다. 사수의 별 아폴리네르에 얽힌 서글픈 전설도 적막이 싫어 풀어놓은 이야기였다. 지금처럼 평화로운 정적은 상상도 할 수 없었던, 단둘이서는 그리도 싫고 어색하던 시절이 분명 있었다.

하지만 이제는 침묵 속에서도 편히 숨 쉴 수 있었다. 스승이 내 준 과제가 아니고서도 나란히 누워 밤하늘을 헤아릴 수 있었다. 함께 별을 관측하던 시절은 지났지만, 가끔씩은 별 하나에 얽힌 이야기를 두런두런 주고받으며 이렇듯 밤을 지새우는 것도 나쁘지 않을 성싶었다.

너를 싫어했던 시절이 아직도 선명하다. 그렇지만 이제는 네가 마냥 싫지만도 않다.

네가 변했듯 나도 변한 걸까.

수억의 별이 노래하고, 수억의 빛이 쏟아지는 밤. 쌀쌀한 늦가을 추위를 잠재우듯 포근히 덮이는 별빛을 이불 삼아 디아나도 느리게 눈꺼풀을 덮었다. 오늘은 밤하늘에서 별과 노니는 꿈을 꾸리라는 아주 기분 좋은 예감이 들었다.

별 헤는 밤은 그리 지나갔다.

뮈티레 요새.

메시나 남부 험준한 지롤라모산맥에 자리한 이 요새는 아주 오래전부터 난공불락으로 이름났다. 가파른 협곡을 방패 삼아 배후를 지키고,

매해 보수하여 한 치의 틈도 용납하지 않는 성벽은 예나 지금이나 굳건했다. 그리고 뮈티레 요새라는 둥지에서 수천 년간 번영했던 이들이 바로 마체 팔리아치의 후손들이었다.

숭고한 팔리아치. 가을을 불러들여 풍요를 전하는 그들은 깎아지르는 협곡과 성벽 내부에서 가문의 역사를 안전하게 지켜 왔다. 한때 지롤라모산맥을 지배하던 흉포한 악룡 로기올 티사베르체에게 무릎 꿇은 전적이 있으나, 그것을 제하고는 스스로 요새를 개방한 적이 없었다. 거인의 침입조차 거뜬히 이겨 낸 뮈티레 요새를 세간에선 통곡의 벽이라 불렀다. 또한 바깥세상의 통곡과 단절된 채 가을의 풍요를 독점하는 팔리아치는 영원토록 번영하리라 여겨졌다.

하지만 200년 전, 팔리아치가 산티그마 교단에게 무릎 꿇으며 그리 굳건하던 믿음도 깨졌다.

마법 사회와 산티그마 교단 사이의 천년전쟁이 막을 내린 1687년. 평화를 약속하며 체결된 발롬피에 협약은 겉으로는 협상의 형태를 띠었으나, 내막은 불평등조약에 가까웠다. 협약에 따라 마녀들은 이제 왕국민으로서 일정한 의무를 담보해야 했지만, 왕국과 교단이 그네들에게 내준 것은 고작해야 알량한 국적이 전부였기 때문이다.

그렇다면 마법 사회는 어째서 불평등한 조약을 감내했는가. 바로 팔리아치의 항복 아닌 항복이 기폭제 역할을 했음이다.

교단과의 전쟁이 천 년에 다다르며 마법 사회는 점차 쇠퇴하고 있었다. 생존을 위해 가문을 중심으로 똘똘 뭉쳐 왔지만, 기본적으로 마녀들은 배타적인 성향이 강해서 혈연으로 이어지지 않은 다른 집단과 힘을 합치기는 매우 어려웠다. 게다가 그들의 눈에 인간이란 숫자만 많은 버러지에 불과했다. 먼저 습격당하지 않는 이상, 구태여 인간 왕국을 무너뜨리기 위해 협공해야 하는 필요성을 전혀 느끼지 못했다.

마법 사회가 그리 정체된 사이, 인간 사회는 무섭도록 발전했다. 신처럼 아득한 존재를 적으로 두었던 천 년, 인간은 공포를 원동력 삼아

무궁한 무기를 양산해 냈다. 마법은 아니지만, 마법에 필적할 만큼 정교한 기술이었다. 기술이 발전하며 식량이 늘어났고, 늘어난 식량만큼 먹을 입도 늘어났다. 마녀·마법사들은 예나 지금이나 고만고만한 숫자였지만, 그사이 인구는 몇 곱절이나 증가했다.

그러한 인간 왕국의 발전에 가장 먼저 위협을 느낀 이들이 바로 팔리아치였다. 때는 17세기 초, 지금은 메시나에 합병된 기스파니아 왕국이 기세 좋게 뮈티레 요새를 공격한 적이 있었다. 난공불락의 명성답게 뮈티레 요새는 굳건했지만, 요새에 숨은 팔리아치의 간담을 서늘하게 만들 정도는 되었다. 그 시절 새로이 개발된 대포와 총구가 첫선을 보이며 예상 밖의 파괴력을 펼치자, 인간을 늘 개미보다 못한 존재로 치부하던 마녀·마법사들은 그제야 인간이 자신의 턱밑까지 추격했음을 깨달았다.

눈부신 발전을 거듭하는 인간과, 오래도록 정체된 마법 사회. 지지부진한 전쟁의 승자는 자명했다. 그나마 다행으로 마법 사회는 아집이 적었다. 아직 마법이 강성할 때 화해해야 최대한 몫을 챙길 수 있는 법이므로, 팔리아치가 고개 숙인 이후 발푸르기스 평의회는 마법 사회를 대표하여 산티그마 교단과 발롬피에 협약을 체결했다. 참으로 영악한 계산속이었다.

그리 계산대로 평화로운 200년이 흘렀다.

"헤스터 경. 이쪽으로."

팔리아치의 현 수장이자 뮈티레 요새의 주인, 칼롯타 팔리아치는 흠잡을 구석 없는 우아한 자태로 헤스터를 안내했다. 그녀의 등 뒤로, 11월 늦가을에도 녹음이 드리워진 요새에서 유일하게 볕 들지 않는 건물이 차츰 품을 열고 있었다.

뮈티레 기록 보관소. 팔리아치 가문에서 가장 귀한 문서들을 모아 둔 그곳이 바로 헤스터의 목적지였다.

"발밑을 조심하세요. 여기는 화재의 위험이 있어 촛불을 켜지 않습니다."

칼롯타는 빛나는 구체를 마법으로 띄웠다. 헤스터는 검은 덮개로 가려진 책장을 둘러보며 천천히 그녀를 뒤따랐다.

"팔리아치는 역사가 깊으니, 외부에선 찾을 수 없는 귀한 문서들이 많겠군요."

"물론입니다. 영웅시대 이전의 문서도 여럿 있으니까요. 물론 그리 오래된 문서들은 빛에 취약해서 지하에 보관하고 있답니다."

"그렇습니까."

대화가 끊기자, 자연스레 적막이 차올랐다. 새 지저귀는 소리가 끊임없던 바깥과는 완전히 단절된 듯, 기록 보관소는 몹시 적요했다. 너무나 오래 잠들어 시간을 망각해 버린 문서들은 적막을 벗 삼아 지나간 과거를 추억하고 있었다.

칼롯타는 미로처럼 얽힌 길을 대범하게 나아갔다. 점잖은 손님답게 기록 보관소의 침묵을 존중하던 헤스터는 불현듯 금방 지나왔던 요새의 길목을 떠올렸다. 보드라운 오후의 볕이 내리쬐는 남부의 가을. 푸른 녹음이 흐드러지고, 색색으로 물들어 가는 단풍이 알알이 박혀 있던 요새의 정경은 무척이나 아름다웠다.

또한 괴이할 정도로 고요했다.

"그러고 보니 요새에서 아무도 뵙지 못했군요. 혹 내가 때를 잘못 맞추어 온 겁니까?"

팔리아치는 머릿수만 따지자면, 자일스와 비등할 정도로 커다란 가문이었다. 요새의 성문을 넘어 기록 보관소까지 가로지르는 데만도 족히 40분이 걸렸으니, 그사이 길가에서 팔리아치의 일족과 마주친대도 전혀 이상하지 않았다. 도리어 아무도 만나지 못했다는 사실이 이상했다.

"아마도 날씨가 좋아 다들 야유회를 나간 모양입니다. 이제 곧 남부에도 겨울이 몰려올 테니, 올해의 마지막 야유회가 되겠지요."

칼롯타가 뒤를 돌아보며 싱긋 웃었다.

"도착했군요. 문서를 꺼낼 테니 조금만 기다리세요."

그들이 멈춘 곳은 뒷문이 정면으로 보이는 어느 책장이었다. 칼롯타는 검은 덮개를 걷어 낸 뒤, 책장에 놓인 자그만 금고를 매만지기 시작했다. 헤스터는 기록 보관소의 문을 기꺼이 열어 준 칼롯타 팔리아치에게 예의를 표할 겸 정중하게 뒤돌아섰다.

끼익 끼익. 칼롯타의 마력을 인식한 금고가 잠금장치를 해제하기 시작했다. 헤스터는 뒷문 틈새로 가늘게 들이치는 볕을 무료하게 응시했다. 볕이 자꾸만 일렁이는 걸 보면, 문밖에서 들고양이라도 한 마리 노니는 모양이었다.

"헤스터 경. 미오테티타(Miotetita)를 아나요?"

문득 칼롯타가 물었다. 헤스터는 순순히 대꾸했다.

"영웅시대 이전에 존재했다는 비밀 단체가 아닙니까. 순수하게 마법 연구를 목적으로 했다고 들었습니다만."

"그렇다면 알게르 푸르게스크(Alger Furgesk)도 알겠군요."

헤스터는 미간을 좁혔다. 알게르 푸르게스크라면 천년전쟁이 한창이던 중세, 북방의 내로라하는 마녀·마법사들이 모여 비밀 연구를 자행했던 집단이다. 북방에서 악마 소환이 빈번하게 벌어졌던 가장 큰 이유가 바로 그들이기에, 해체된 지 오래된 지금까지도 악명이 자자했다.

"미오테티타. 알게르 푸르게스크. 타라벨라. 이들이 전부 같은 단체였다면 어떨까요?"

"……도대체 무슨 말을 하고 싶으신 건지."

"이들이 이름을 바꾸어 아직도 존속한다면 믿을 수 있겠습니까?"

입술을 짓씹던 헤스터가 참지 못하고 돌아섰다. 칼롯타는 새빨간 입술을 고상하게 뒤틀며 책장에서 한 걸음 떨어졌다. 어느덧 활짝 열린 금고가 헤스터를 반기고 있었다.

"헤센 그윈티르의 배후에서 니올로 팔리아치를 탈옥시키고, 경의 자매를 위험에 빠트린 비밀스러운 집단. 여기 진실이 있습니다. 읽어 보세요."

헤스터는 칼롯타를 경계하면서도 조심히 책장으로 다가갔다. 휑히 입을 벌린 금고에는 빳빳한 문서가 담겨 있었다. 몹시 수상쩍으면서도,

몹시 유혹적이었다.

헤스터는 금고로 손을 뻗었다.

미오테티타, 알게르 푸르게스크, 타라벨라, ……혹은 몬(Mon).

그리고 문서를 펼치자마자, 그녀는 강한 기시감을 느꼈다.

몬. 어딘지 낯익은 이름.

헤스터는 벼락같은 깨달음에 황급히 외투 주머니를 뒤졌다. 그토록 긴박하게 찾던 것은 구겨진 편지였다.

「헤스터 솔 귀하,

귀하를 사교 클럽 몬(Mon)으로 초대합니다.」

파펜하임산으로 떠나기 위해 수선을 떨던 당일, 오킹엄의 집으로 배달되었던 의문의 편지. 한참 편지를 노려보던 헤스터가 다시금 문서로 시선을 옮겼다.

문서는 그다지 길지 않았다. 고대에는 미오테티타였고, 중세에는 알게르 푸르게스크였으며, 한때는 타라벨라였던 비밀 단체는 오늘날 사교 클럽 몬으로 둔갑하여 존속하고 있다는 사실. 그리고 현존하는 회원들의 목록.

"보아하니 내가 보낸 초대장은 잘 받은 것 같군요."

칼롯타가 변함없이 녹녹한 목소리로 말을 건넸다. 헤스터는 느릿하게 그녀를 돌아보았다. 어언지간 열린 뒷문 너머로 팔리아치의 일족들이 가득 길목을 메우고 있었다. 저물어 가는 태양이 그들의 얼굴에 짙은 그림자를 남겼다.

"헤스터 솔. 우리와 함께하겠어요?"

칼롯타 팔리아치가 진하게 웃었다.

유일하게 별 닿지 않는 곳에 서 있던 헤스터가 서서히 고개를 들어 올렸다. 황금빛으로 물든 눈이 어둠 속에서 형형하게 빛났다.

"으, 속이 안 좋아."

설리번이 핼쑥한 얼굴로 중얼거렸다. 어째 윈터의 등에서 내린 직후와 비교해도 한 점 나아지지 않은 혈색이었다.

"집에 다 왔잖아요. 조금만 버텨 봐요."

"아냐. 난 이제 끝났……. 우욱."

"아, 진짜! 여기선 토하면 안 된다니까요!"

디아나가 성질을 부리건 말건, 설리번은 한 손으로 대문을 짚으며 허리를 굽혔다. 그러나 이미 한차례 속을 게워 냈던 터라 한없이 노란 위액만 고일 뿐이었다. 디아나는 시큼하게 올라오는 냄새에 기겁하며 황급히 대문을 넘었다.

멀찍이서 걸어오던 세드릭이 현관에 널린 쓰레기 더미를 마법으로 대강 치우며 비웃었다.

"용이 보고 싶다며 그렇게나 난리 치더니."

"내가…… 다시는……."

"다시는 비행하지 않겠다고? 알았으니까 적당히 하고 들어와."

안타깝게도 세드릭 자일스는 구토하는 형제의 등을 두드려 줄 만큼 다정하진 못했다. 세드릭은 매정하게 설리번을 지나쳐 계단을 올랐다. 현관에는 디아나가 먼저 도착해 있었다.

"저기 있잖아, 세드릭."

디아나가 그의 옷자락을 붙잡으며 창가를 가리켰다. 나무판자로 덧댄 창가에 비둘기 한 마리가 조용히 앉아 있었다.

"전서구인가?"

"아니, 그렇긴 한데 비둘기 발목을 봐. 검은 용이면 자일스의 상징이잖아."

비둘기는 자일스의 전서구였다. 세드릭은 얼굴을 찌푸리며 흘끗 설리번을 보았다. 하지만 아직도 위액을 토해 내기 바쁜 모습에 절로 고개가 돌아갔다.

세드릭은 거리낌 없이 전서구로 손을 뻗었다. 다리에서 살살 편지를 꺼내니 소임을 다한 비둘기가 곧장 하늘로 날아올랐다. 전서구를 보낼 정도면 제법 긴급한 소식일 터, 가문의 중대사를 한둘 머릿속으로 헤아리던 세드릭이 별안간 싸하게 굳었다.

"왜 그래? 무슨 일 있어?"

얼어붙은 세드릭을 의아하게 쳐다보던 디아나가 까치발을 했다. 그녀의 얼굴이 삽시간에 창백해졌다.

「바바라 자일스 위독.」

3. 여명은 지고

요물 고양이 데이지는 어디서든 창문을 열며 하루를 시작했다. 주인인 바바라 자일스가 아담한 저택을 선호하기에 그녀를 따라 잉그람을 전전할 때는 하루 이삼십 분이면 모든 창문을 열 수 있었으나, 엑서터의 본성에선 꿈도 못 꾸는 일이었다. 동서남북으로 자그마치 30층짜리 탑이 세워진 자일스 본성은 천년전쟁이 한창이던 시기, 일족이 전부 모여 살았다는 기록이 남았을 만큼 거대했다. 가히 로엔그렌 궁전에 비할 만한 크기이니, 고양이 혼자서 모든 창문을 여는 것은 불가능에 가까웠다.

하지만 데이지는 본성에서도 꿋꿋하게 창문을 열어 왔다. 물론 손님이 자주 드나드는 아래층과 바바라가 머무는 3층, 그리고 데이지를 비롯한 시종들이 머무는 별채에 한해서였다. 데이지의 노고로 본성의 저층은 늘 산뜻하게 하루를 시작했으나, 단지 하룻밤 묵힌 공기를 환기시키는 것만이 목적은 아니었다.

데이지는 새벽녘 창문을 열었을 때 물씬 풍겨 오는 신선한 공기와,

동트기 직전 서늘한 어둠에 감겨 있는 윈우드 숲의 풍광을 좋아했다. 다리아의 후손을 제외한 나머지 용은 200년 전 모두 사라졌고, 다른 이종족도 인간 왕국의 핍박을 못 견뎌 점차 자취를 감추었으니 이제 세상에 남은 신비란 마법이 전부였으나, 새벽녘 엑서터의 정경은 이제는 잊힌 신화를 떠올리게 하는 구석이 있었다.

악룡이 험산을 지배하고, 심술궂은 거인이 툭하면 산사태를 일으키며, 깊은 숲 속에서 요정이 노래하던 시절. 마법이 신처럼 군림하던 고대의 기억을 엑서터는 애틋하게 간직하고 있었다.

그리하여 착실한 요물 고양이 데이지는 오늘도 새벽같이 일어나 바지런히 창문을 열던 참이었다. 아침을 준비해야 하는 요리사조차 아직 단잠에 빠져 있을 시간, 쥐 죽은 듯이 고요한 복도는 고양이의 총총거리는 발소리만 잠시 울리다 사라지길 반복했다. 데이지가 지나가는 곳마다 창문이 열리며, 서늘한 새벽 공기가 물밀듯 들어왔다.

근래 본성은 침중한 분위기가 이어지고 있었다. 가문의 수장이자, 엑서터의 성주인 바바라 자일스가 앓아누웠기 때문인데, 상당히 호전되었던 병세가 최근 급작스레 악화되어 시종들의 근심이 이만저만이 아니었다. 그것은 바바라를 오래도록 보필해 온 데이지도 마찬가지였다. 아무리 맛난 요리를 먹고 여여쁜 꽃을 보아도 금세 걱정이 밀려오니, 요 며칠 데이지의 낯빛이 좋지 않은 것도 무리는 아니었다.

데이지는 차츰 걸음을 줄이며 한숨을 내쉬었다. 아무리 강한 마법으로도 죽음을 피할 수는 없는 법. 위대한 마녀 그리젤다 솔조차 끝내 요절을 면치 못했던 것처럼, 엑서터의 성주도 그다지 길지 않은 생의 끝을 바라보고 있었다. 그녀를 진찰한 의사가 친지를 불러들이라 조용히 일렀던 것이 불과 어제. 이제는 주인이 가족의 품에서 편안히 눈감을 수 있도록 분위기를 조성하는 것이 시종의 마지막 소임인지도 몰랐다.

어느덧 동틀 무렵이다. 부옇게 밝아 오는 새벽빛이 창문 틈으로 비스듬히 고개를 내밀며 고양이의 그림자를 희롱했다. 복잡한 눈으로 윈우드 숲을 내다보던 데이지가 이내 발걸음을 돌렸다. 이만 돌아가서 바바라가 좋아하는 차를 준비해야겠다는 생각을 가다듬는 때였다.

쿵.

시무룩하게 처져 있던 데이지의 꼬리가 바짝 하늘로 치솟았다. 무슨 소린지 가늠하기도 전에 연이어 괴성이 들이닥쳤다.

쿵쿵.

데이지는 시퍼렇게 질린 얼굴로 뒤돌아보았다. 쿵쾅대는 소리가 빠르게 가까워지고 있었다. 도둑? 강도? 혹 포사티아가 어제 성문을 잠그는 걸 깜빡 잊은 걸까? 그 전에 이렇게나 대놓고 자일스 본성에 침입할 만큼 아둔한 천치가 있던가?

온갖 잡생각이 휘몰아쳤다. 간신히 공황에서 벗어난 데이지가 느리게 뒷걸음질했다. 일단, 일단은 경비를 불러와야겠다. 조잡한 마법이나 부릴 줄 아는 요물 고양이는 결단코 마법사에 대항할 수 없었다.

그러나 데이지가 채 달아나기도 전, 멀찍이 층계참에 흉측한 인영이 나타났다. 마치 옛이야기 속 설인처럼 시퍼런 곱슬머리와 수염을 지저분하게 기른 사내였다. 어지간히도 야위었는지, 펑퍼짐한 옷 사이로 비쩍 마른 뼈마디가 불거진 모습이 못내 섬뜩했다.

한참 멍하니 복도를 굽어보던 사내가 비척거리며 이편으로 빠르게 다가오기 시작했다. 장대처럼 기다란 몸이 위태로이 흔들거렸다. 시시각각 가까워지는 침입자를 직면하여 어쩔 줄 몰라 하던 데이지는 도망치려던 생각을 고치고 굳건히 자리를 지켰다. 복도 끄트머리에는 환후가 중한 바바라 자일스의 침실이 있었다. 여기서 데이지가 도망치거든 아무도 바바라를 지킬 사람이 없었다.

어느덧 지척으로 다가온 사내가 느릿하게 허리를 굽혔다. 데이지는 부러 눈에 힘을 주어 코앞으로 닥친 사내의 얼굴을 쏘아보았다.

"다, 다, 당신 대체 누구예요? 뭘 원하는 겁니까?"

대중없이 떨리는 목소리가 참으로 볼품없었다. 데이지가 애써 목소리를 가다듬으며 재차 입을 열려던 찰나, 갑자기 콧등으로 미지근한 물 방울이 떨어졌다. 데이지는 저도 모르게 앞발로 젖은 콧등을 매만지다 쏜살같이 고개를 들어 올렸다. 얼굴을 반쯤 가린 시퍼런 산발 사이로 물기 어린 녹안이 언뜻언뜻 비쳤다. 어쩐지 낯익은 눈매였다.

데이지는 믿을 수 없다는 투로 중얼거렸다.

"설마······."

"설리번!"

별안간 기다려 마지않던 이의 목소리가 울려 퍼졌다. 데이지가 반색 하며 고개를 쭉 뺐다.

"도련님!"

"설리번, 혼자서 그렇게 먼저 가 버리면 어떡······. 데이지?"

급히 달려오던 세드릭이 데이지를 발견하곤 발걸음을 멈추었다. 데 이지가 감격하여 황급히 달려갔다.

"도련님! 대체 어디 계셨던 건가요? 파펜하임산에서부터 행방이 묘 연해지셔서 이 데이지가 어찌나 노심초사했는데요!"

"사정이 있어서. 미리 알리지 못해서 미안해."

"아휴, 그럼요. 당연히 사정이 있으셨겠지요. 도련님께서 어디 다른 분들처럼 책임감이 없으신 것도 아니고. 어떻게 연락을 받고 오셨으니 그걸로 족합니다."

데이지는 앞발로 눈물을 찍어 내며 안도했다. 한결 마음이 놓이자, 세드릭의 뒤에 쭈뼛거리며 선 디아나도 그제야 눈에 들어왔다.

"에구머니나, 진저도 왔네?"

"으응. 오랜만이야, 데이지."

디아나가 어색하게 웃으며 인사했다. 데이지도 얼떨결에 화답했다.

"네가 독립한 지 반년 만인가? 이렇게 보니 반갑다. 때가 때이니만큼 환영식은 무리겠지만, 그래도 와 주어서 고마워. 주인님께서도 분명 기 뻐하실 거야."

돌연 등 뒤에서 훌쩍거리는 소리가 들려왔다. 아니나 다를까, 설인처럼 시퍼런 사내가 줄줄 흐르는 눈물을 팔등으로 훔치며 울고 있었다.

데이지는 침을 꿀꺽 삼키며, 세드릭의 다리에 찰싹 붙었다.

"도련님, 저분 말이에요."

"설리번이야."

세드릭이 담담하게 대꾸했다. 형제가 어린애처럼 흐느끼는 모습을 조용히 응시하던 그가 재차 입을 열었다.

"어머니께선 좀 어때?"

"위독하다는 편지는 보셨지요? 말 그대로 좋은 상황은 아니에요. 의사가 마음의 준비를 하라고 했던 걸 보면."

설리번이 우는 소리가 차츰 커져 갔다. 혹여 바바라가 깰까 봐 발소리조차 죽이며 걷던 데이지도 차마 그를 말리지는 못했다. 썰렁한 복도 가득 청승맞은 울음이 번져 갔다.

그때, 복도 끄트머리에 자리한 바바라의 침실 문이 스르르 열렸다. 뒤이어 나온 사람은 아무래도 어수룩해 보이는 청년이었다.

"데이지. 무슨 일이길래 이렇게 시끄러워?"

그는 벌겋게 부어오른 눈을 비비적대다가 처량하게 울고 있는 설리번을 발견했다. 곧이어 냉엄한 판관처럼 차분한 세드릭과 눈이 마주침에 불쌍한 청년은 바짝 얼어붙고 말았다.

해리 듀어든. 바바라가 총애하는 어린 애인이었다.

"저, 도련님. 따뜻한 차라도 드릴까요?"

삭막한 응접실. 이리저리 상황을 재던 데이지가 조심스럽게 물었다. 다행히 세드릭은 무던하게 고개를 끄덕였다.

"그래. 디아나, 너도 뭐 마실래?"

"나도 그냥 똑같은 걸로 줘."

"그리고 설리번은……"

설리번은 방구석에서 아직도 훌쩍훌쩍 울고 있었다. 정신이 반쯤 나간 듯 멍한 표정에 세드릭이 얕은 한숨을 내쉬었다.

"설리번은 따뜻한 우유라도 갖다 줘. 저러다 쓰러지기라도 하면 큰일이니까."

"네. 알겠습니다."

데이지는 얼른 방을 빠져나갔다. 솜씨 좋게 침묵을 깨트리던 요물 고양이도 사라지니, 이제 응접실에는 무거운 적막만이 감돌았다. 디아나는 가시방석에 앉은 기분으로 탁자에 둘러앉은 두 사람을 지켜보았다. 세드릭은 깊게 골몰한 듯 조용했고, 해리 듀어든은 맞은편의 세드릭을 살피느라 정신이 하나도 없어 보였다. 참으로 숨 막히는 침묵이었다.

말없이 입술만 매만지던 세드릭이 곧 손을 내려 팔걸이를 규칙적으로 두드리기 시작했다. 그 소리에 초조하게 앉아 있던 해리 듀어든이 흠칫 놀랐다. 지켜보는 사람이 철렁할 만큼 소스라친 몸짓이었다.

무릇 강력한 마법사에겐 상대를 압도하는 힘이 있기 마련이었다. 세드릭 본인은 자각하지 못했는지 몰라도, 그의 불편한 심사는 자연스레 상대방의 숨통을 조르고 있었다. 얄팍한 가면으로 덧씌운 차분한 얼굴과 침착하기 그지없는 손짓, 그리고 무지근한 침묵. 겉으로만 본다면 평소의 세드릭 자일스와 다를 바 없는 모습이지만, 만일 마력에 색을 덧입힐 수 있다면 현재 세드릭의 마력은 칠흑같이 검으리라 쉬이 짐작할 수 있었다.

물론 방금 나눈 대화가 속 뒤집어지는 내용이긴 했다. 디아나조차 너무도 어안이 벙벙해서 당장이라도 저이의 멱살을 잡고 싶었으니. 그러니 디아나가 뒤늦게나마 세드릭을 말린 것은 해리 듀어든이 안쓰러워서라기보단, 이곳에 환자를 더 늘리고 싶지 않은 마음 때문이었다.

"세드릭."

디아나의 부름에 세드릭이 문득 정신을 차렸다. 가만히 시선을 마주쳐 오는 모습에 디아나는 말없이 맞은편을 눈짓했다. 해리 듀어든은 금방이라도 숨이 넘어갈 것처럼 해쓱했다.

"……아. 미안합니다. 잠시 생각에 잠겨 있느라."

세드릭이 느릿하게 말문을 열었다. 해리 듀어든은 차마 목소리는 내지 못하고 고개만 푹 수그렸다. 그의 갈색 더벅머리를 물끄러미 내려다보던 세드릭이 툭 던지듯 말했다.

"그러니까 당신이 밤에 창문을 닫는 것을 깜빡 잊었다고요."

"그, 그게. 실은 바바라가 바깥 공기를 쐬고 싶다고 했습니다. 한데 늦게까지 간호하다가 깜빡 잠이 드는 바람에……."

해리의 눈이 축축하게 젖어 들었다.

"전부 내 잘못입니다. 의사와 데이지가 교대해서 간호하겠다고 했는데도, 나 혼자서 충분하다고 객기를 부렸어요. 그때는 바바라도 병이 많이 호전되어서 정말로 괜찮은 줄 알았습니다."

바바라의 병은 한둘이 아니었다. 살라티에병의 가장 무서운 점이 바로 그것이었다. 살라티에병으로 마력이 빠져나가고 노화가 촉진되는 몸은 으레 노인들이 그러하듯 온갖 병마에 노출되었다. 다른 환자들과 마찬가지로 바바라 역시 서너 가지 합병증에 시달렸는데, 개중에서도 가장 심각한 병은 결핵이었다. 피를 토할 정도로 증상이 심한 결핵 환자에게 늦가을 산중의 차디찬 밤공기는 독이나 마찬가지였으리라.

그러니 겨우 나아가던 바바라의 건강을 퇴보시킨, 어쩌면 더 악화시켰을지도 모르는 해리 듀어든은 죄책감에 시달릴 수밖에 없었다. 모자라고 어린 애인을 늘 부드럽게 감싸 주었던 바바라를 기쁘게 해 주지는 못할망정, 날카로운 비수를 꽂아 버린 셈이었으므로.

"죄송합니다. 진심으로 죄송합니다."

해리 듀어든이 눈물 흘리며 사죄했다. 복잡한 눈으로 그를 지켜보던 디아나는 흘끗 세드릭을 보았다가 그만 혀를 깨물 뻔했다.

세드릭은 지극히 무미건조한 얼굴이었다. 하지만 디아나는 세드릭 자일스가 저토록 노한 모습을 본 적이 없었다. 지옥에서 올라오는 냉기처럼 싸늘한 분노가 서서히 그를 달구고 있었다.

"저기, 세드릭……."

"사과는 어머니께 직접 하십시오. 내가 들을 말은 아닌 듯합니다."

세드릭은 냉정한 말을 끝으로 자리에서 일어났다. 디아나는 커다란 보폭으로 응접실을 가로지르는 그를 차마 붙잡지 못했다. 때마침 다기와 우유를 바리바리 들고 온 데이지가 자신을 쌩하니 비껴가는 세드릭을 의아하게 올려다보았다. 도련님을 부르는 소리가 흔적도 없이 사그라졌다.

디아나는 휑하니 열린 문가를 걱정스러운 눈으로 바라보았다. 가슴에 돌덩이가 얹힌 듯 무겁기만 했다.

"솔직히 말씀드리자면 바바라 경은 이제 가망이 없습니다. 결핵도 문제지만, 심장 기능도 옛날 같지 않아요. 기적처럼 결핵이 호전된다면 한두 달은 버틸 수 있겠지만, 그 이상은 무립니다."

"마법으로도 불가합니까?"

"마법이든 인간의 의학 기술이든 바바라 경의 신체는 이미 손쓸 수 있는 상태가 아닙니다. 근본적인 문제는 살라티에병이에요. 에둘러 말해서 노화를 촉진하는 병이지, 실제로는 신체를 죽음으로 이끄는 병입니다. 원인도 치료 방법도 규명되지 않은 불치병에 걸리고도 무려 8년을 버티셨다는 게 놀라울 따름이에요."

노화를 촉발하는 병. 하지만 많은 이들이 간과하는 점이 있다면, 노화의 끝에는 죽음이 있다는 사실이었다. 그러니 살라티에병을 달리 말하자면, 죽음을 앞당기는 병과 진배없었다.

"지금 의사로서 바바라 경께 드릴 수 있는 것은 진통제뿐입니다. 적어도 마지막 순간까지 고통을 느끼실 일은 없을 겁니다."

의사가 위로하듯 말했으나, 안도하는 이는 아무도 없었다. 설리번은 이제 울 기운도 없는지 소파에 멍하니 파묻혔고, 세드릭은 말없이 서재에 틀어박혔다.

데이지를 비롯한 본성의 시종들은 애타는 마음에 발만 동동 굴렀다. 그나마 설리번은 가만히 앉아서 시종의 수발을 받았으니 망정이지, 세드릭은 서재의 문조차 열어 주지 않았다. 그가 염려스러운 것은 디아나도 마찬가지였지만, 차마 무슨 말을 건네야 할지 몰라 서재 앞을 마냥 서성거릴 뿐이었다.

사실상 성주의 죽음을 선고받은 엑서터의 본성은 참담하게 가라앉았다. 곁에 많은 사람을 두길 병적으로 싫어하는 바바라 자일스의 성정으로, 원래도 한산하던 복도에는 지나다니는 이들의 그림자조차 드물었다. 심지어는 전서구를 맞이하기 위해 열어 놓은 창문도 감감무소식이니, 윈우드 숲에 둘러싸인 고성이 외딴섬처럼 느껴지는 것도 무리는 아니었다.

"스승님께서 저리도 위독하시면, 다른 친족들이 어서 와야 하지 않아? 세드릭이나 설리번은 충격이 커 보이고, 채스터티는 아직도 깨어나지 못했다며. 혹시나 무슨 일이라도 벌어지거든 수습할 사람이 있어야 하잖아."

디아나가 데이지의 귀를 붙들고 걱정스럽게 속삭였다. 의사의 말대로 바바라가 사경을 헤매고 있다면, 어쩌면 머잖아 장례를 치를 일이 생길지도 몰랐다. 그러나 바바라는 자일스 가문의 수장이었다. 이렇게 자식들의 품에서만 조촐히 떠날 사람이 아니었다.

"내 말이 바로 그거야. 어제 편지를 보냈으니 웬만해서는 다 소식을 들었을 텐데, 나타난 사람이 도련님들과 너뿐이라는 게 말이 되니? 이럴 때만이라도 재깍재깍 도착하면 얼마나 좋아!"

데이지가 왈칵 성을 냈다.

"망할 마녀, 망할 마법사! 내 이럴 줄 알았어. 편지 하나로 그 무거운 엉덩이를 움직일 리가 없지."

어제 부랴부랴 잉그람 각지의 모든 자일스 일족에게로 편지를 부쳤음에도 본성으로 들이치는 답장이 얼마 없었다. 그나마 받은 회답에는 '바바라가 얼마나 위독한가' 혹은 '언제쯤 가야 임종을 지킬 수 있을까' 하는 쓸데없는 질문뿐이었으므로, 이미 오래전 마녀·마법사에 대한 기대를 상당히 내려놓은 데이지조차 분통이 터질 지경이었다.

"안 되겠다. 편지를 다시 보내야겠어. 내가 도와줄게."

결국 디아나가 직접 손을 걷어붙였다.

노동은 시간을 죽이는 가장 좋은 방법이었다. 깃펜 수십 개를 마법으로 동시에 놀리고, 편지를 넣은 전서구를 하늘로 날려 보내기까지 그리 오랜 시간이 걸리진 않았으나, 디아나는 그동안 심란한 마음을 어느 정도 다잡을 수 있었다. 10년을 부모 대신 돌보아 준 스승이 영영 떠날지도 모른다는 사실이 아직 제대로 실감 나지 않기 때문일까. 혹은 의사의 말대로 기적처럼 스승의 병세가 호전될 수도 있기에 침착한지도 모르겠다.

디아나는 마지막 비둘기를 떠나보내며 마음을 굳게 먹었다. 설리번은 물론이요, 매사 차분하던 세드릭까지 정상이 아니니 그녀만이라도 똑 부러지게 자리를 지켜야 했다. 병마와 외로이 투병하고 있을 스승을 생각해서라도 지금 무너지면 안 되었다.

그리 간절한 바람이 이루어졌는지, 오늘은 별 탈 없이 조용하게 흘러갔다. 내내 바바라의 침실을 지키던 의사도 연거푸 한숨만 내쉴 뿐 별말은 없었고, 설리번도 더는 아이처럼 울지 않았다. 의사의 심부름으로 몇 차례 침실을 들락거렸던 시종 포사티아의 말로는 바바라의 상태는 딱히 나아지지도, 나빠지지도 않았다고 했다. 그러자 디아나는 이제 온종일 서재에만 틀어박힌 세드릭이 은근히 걱정되었다.

서재는 지극히 고요했다. 분에 겨워 물건을 집어 던지거나, 감정을 못 이겨 포악하게 마법을 부리지는 않는 모양이었다. 하지만 디아나는 어쩐지 서재에 감도는 서늘한 정적이 못내 신경 쓰였다. 저 안에서 홀로 도대체 무얼 하고 있는지 전혀 감이 잡히지 않았다. 행여나 예전의 그녀처럼 잘못된 선택을 할까 봐, 그것이 무척이나 두려웠다.

하지만 걱정은 기우였다. 자정이 가까운 시각, 세드릭은 아침과 전혀 달리지지 않은 모습으로 서재를 나왔다.

"어머니 곁에는 내가 있을게."

설리번은 지쳐 잠든 지 오래고, 당연하게도 해리 듀어든에겐 더 이상 간병을 맡길 수 없었다. 이제 간병이래 봤자 바바라의 상태를 조용히 지켜보는 것뿐이었기에, 디아나는 데이지를 따라 밤새 스승의 곁을 지킬 작정이었다. 굳이 간병만이 아니더라도 할 수 있는 일은 뭐든 하고 싶었다.

"너 많이 피곤해 보여. 오늘은 내가 할 테니까 가서 눈 좀 붙여 봐."

가까이서 보니 세드릭의 눈에 시뻘건 핏발이 서 있었다. 모르긴 몰라도 서재에서 한가롭게 쉰 모양새는 아니었다. 혹여 저 상태로 간병하다가 일이라도 그르칠까 저어된 디아나가 거듭 그를 말렸지만 세드릭은 단호했다.

"괜찮아. 너야말로 좀 쉬어."

세드릭은 그리 말하며 바바라의 침실로 들어갔다. 데이지가 걱정하지 말라는 듯 눈을 찡긋거리며 그를 뒤따랐다. 소리 없이 닫히는 문을 가만히 지켜보던 디아나는 끝내 떨어지지 않는 발걸음을 옮겼다. 세드릭은 해리 듀어든과 달리 야무진 성정이니 별다른 사고를 치진 않을 테지만, 죽어 가는 어머니 곁에서 마음 편할 리 없었다. 가늠할 수조차 없는 상실의 고통이 자꾸만 디아나를 뒤척이게 했다.

파리하다.
그것이 2주 만에 어머니와 재회한 세드릭의 첫 감상이었다.

데이지가 분주하게 차를 준비하는 사이, 세드릭은 시체처럼 잠든 어머니의 얼굴을 가만히 굽어보았다. 2주 전에도 나이보다 늙어 보이던 어머니는 이제 초로의 여인처럼 노쇠했다. 병세가 호전되며 간신히 살이 차올랐던 뺨은 전보다도 푹 꺼졌고, 뼈가 도드라지는 눈가에는 주름이 자글자글했다. 심지어 머리는 백 세 노인처럼 하얗게 셌다.

고작 2주 만의 변화라기엔 지나치게 극적이었다. 침상에 앉은 채로 배웅하던 어머니의 모습이 아직도 눈에 선명하건만. 정신이 들지 않은 채 스터티와, 아픈 어머니를 두고 차마 파펜하임산으로 떠나지 못해 머뭇거리던 그를 독려하던 어머니는 이제 어디도 없었다. 여러 병마와 싸우면서도 늘 의연하던 어머니는 이제 약에 의존해서 겨우 잠들 만큼 나약해졌다. 이토록 늙어 버린 어머니가 낯설었다. 낯설어서 더욱 서글펐다.

세드릭은 뱃속에서 울컥울컥 치솟는 감정을 애써 억누르며, 조심스레 어머니의 손을 잡았다. 마르다 못해 한겨울 나뭇가지처럼 앙상해진 손마디는 그저 미지근했다. 그것이 마치 생명이 빠져나가는 전조 같아 못내 가슴이 저렸다. 세드릭은 어머니의 손을 꼭 부여잡았다. 드릴 수 있는 전부를 드리고 싶으나, 내어 드릴 것이 기껏해야 온기뿐이었다.

그리고 고개를 든 세드릭은 실로 놀랐다.

"어머니?"

금방까지 굳게 닫혀 있던 바바라의 눈이 크게 확장된 채 천장 어드메를 헤매고 있었다. 세드릭은 저도 모르게 의자를 박차고 일어났다.

"어머니. 정신이 드세요?"

"에구머니나, 주인님!"

데이지는 찻주전자를 내팽개치고 침상으로 달려왔다. 세드릭과 데이지가 연이어 말을 걸어 보았지만, 바바라는 멍하니 눈만 흡뜰 뿐 아무런 반응도 없었다. 그에 심장이 덜컥 내려앉은 데이지가 황급히 침실을 나섰다.

"의사, 의사를 불러올게요! 조금만 기다리세요, 주인님!"

이후로도 계속 어머니를 연호하던 세드릭은 입술을 지그시 깨물었다. 바바라는 눈만 떴지, 아들을 바라보지 않았다. 그녀의 눈은 이 세상이 아닌, 다른 세상을 보고 있는 듯 몽롱하기만 했다.

갑자기 바바라가 격하게 기침하기 시작했다. 세드릭이 얼른 그녀의 입가에 수건을 대자, 새하얗던 수건이 금세 핏물로 젖어 들었다.

"세드릭……?"

간신히 기침을 멈춘 바바라가 힘겹게 눈을 떴다. 세드릭은 그녀의 손을 붙잡으며 침대맡에 무릎 꿇었.

"네, 어머니. 세드릭이에요."

눈물을 억누르는 탓에 초라하게 떨리는 목소리였다. 다행스럽게도 시야가 흐려 아들의 애처로운 낯을 알아채지 못한 바바라가 가늘게 미소 지었다.

"아주 오래간만에 꿈을 꾸었단다. 다시는 보지 못할 줄 알았는데, 이렇게 마지막에나마 앞날을 보는구나."

"무슨 꿈을 꾸셨나요."

문득 바바라의 야윈 손이 세드릭의 뺨에 닿았다. 그녀의 입가에 흐뭇한 미소가 가까스로 매달렸다.

"행복해 보이더구나."

"……."

"네가 사랑하는 사람들이 주변에 가득하고, 널 사랑하는 사람들이 가득했어. 아주 잘 장성했다. 다행이야. 정말로 다행이야."

바짝 경직되어 있던 세드릭의 얼굴이 당혹으로 물들었다. 바바라는 발갛게 물든 아들의 눈가를 조심히 쓸며 말을 이었다.

"너는 항상 내가 주지 못하는 것을 바랐지. 나는 네가 늘 걱정스러웠단다. 네게 주고 싶어도, 내겐 남은 것이 없었어. 그래서 내가 아닌 다른 이를 통해서나마 네가 행복하길 바랐는데……. 드디어 내 마지막 원이 이루어졌구나."

"어머니, 그게 대체 무슨……."

세드릭이 이를 악물었다.

"그리 말씀하시지 마세요. 그렇게 곧 떠나실 것처럼……."

"사람은 누구나 떠나야 할 때가 있는 법이다. 내 시간은 이미 다했어."

"아녜요. 저는 아직 어머니의 품이 필요해요. 어머니 없이 어찌 제가 행복해질 수 있……."

참다못한 세드릭이 고개를 깊게 수그렸다. 하얀 솜이불 위로 눈물이 후드득 떨어져 내렸다. 갈기갈기 찢긴 마음처럼 애달픈 자국이었다.

"세드릭. 사랑하는 내 아들."

바바라가 힘겹게 세드릭의 얼굴을 들어 올렸다. 서럽게 젖은 뺨에 죽어 가는 손이 겹쳐졌다.

"세상에 상실을 겪지 않는 사람은 아무도 없단다. 그건 마법으로도 피할 수 없어. 그러니 너무 걱정하진 마려무나. 넌 괜찮을 거야."

"전 괜찮지 않아요. 괜찮지 않을 거예요."

"괜찮아. 나는 알고 있단다."

바바라는 고단하게 눈을 내리감았다. 이미 지나간 기억을 더듬듯 확신에 찬 소리가 이어졌다.

"너는 행복할 거야. 내가 보았으니, 분명……."

스승이 깨어났다는 소식에 디아나는 바람처럼 침실로 달려갔다. 정신없이 뛰다가 슬리퍼가 벗겨졌는지 아님 처음부터 슬리퍼를 깜빡하고 뛰쳐나왔는지 모르겠으나, 침실에 당도하고 보니 맨발인 채였다. 하지만 디아나는 슬리퍼 생각일랑 조금도 하지 못했다. 바로 스승의 침실에서 벌어지는, 웃기지만 차마 웃을 수 없는 상황 때문이었다.

"디아나?"

문가에 멍하니 서 있는 디아나를 발견한 바바라가 반갑게 웃었다. 한참 숨을 몰아쉬던 디아나는 후들거리는 다리를 간신히 움직여 다가갔다.

"스승님……."

"얼굴이 왜 그 모양이니. 너도 울려고?"

바바라가 장난스럽게 말을 걸었다. 그에 긴장이 풀린 디아나는 평소 바바라 앞에서는 내숭을 부리던 것도 잊고 성질을 부리고 말았다.

"진짜, 스승님! 제가 얼마나 걱정했는데요!"

"이런. 걱정하지 않았으면 서운할 뻔했구나."

막 깨어난 바바라는 옛날처럼 생기가 넘쳤다. 요전번 문틈으로 잠든 모습을 슬쩍 엿보았을 때와는 천지 차이라, 디아나는 혹 정말로 기적이 일어나서 스승의 병환이 호전된 것인지 헷갈렸다.

침실에는 디아나를 제하고도 세드릭과 설리번, 의사, 데이지가 모여 있었다. 그들의 얼굴을 차례차례 훑던 바바라가 문득 의아한 기색으로 설리번을 가리켰다.

"한데 누구신가요?"

설리번이 삽시에 돌처럼 굳었다. 마치 혼자만 벼락 맞은 것처럼 소스라친 모습에 도리어 바바라가 당황했다.

"데이지. 여기 이분은 누구시니?"

바바라가 소리 죽여 데이지에게 물었다. 하지만 그녀가 간과한 것이 있다면, 설리번은 침상과 매우 가까워서 아무리 소리를 죽인들 듣지 못할 수가 없다는 사실이었다.

"어, 어머니가 어떻게 날……."

창백하게 질려서 온몸을 부르르 떨던 설리번이 갑자기 침실을 뛰쳐나갔다. 누구도 말릴 새가 없었다. 어머니라는 호칭에 놀라 그에게로 팔을 내뻗던 바바라가 허공에 손을 멈춘 채로 망연히 중얼댔다.

"설리번?"

설리번이 다시 바바라의 침실로 돌아온 것은 그로부터 10분가량 지나서였다. 금방 벌어졌던 차마 웃지 못할 일을 되새기던 이들은 설리번의 모습에 다시 한번 놀랄 수밖에 없었다.

"너 머리가……."

디아나는 조금 전에 바바라가 그러했듯 멍하니 설리번을 가리켰다. 세드릭이 그리도 핀잔주었을 때는 꿈쩍도 안 했던 설리번이 머리와 수염을 깨끗하게 자른 채로 나타난 것이다. 급하게 잘라 엉망이긴 했지만, 적어도 얼굴이 훤히 보이기는 했다.

"어머니는?"

설리번이 훌쩍거리며 침대를 흘깃거렸다. 데이지는 심약한 첫째 도련님이 더는 상처받지 않길 바라는 마음으로 상냥하게 대답했다.

"주인님께서는 방금 다시 잠드셨어요. 아휴, 그나저나 도련님 이렇게 뵈니 얼굴이 아주 훤하시네요! 진저, 너도 그렇게 생각하지 않……."

하지만 데이지는 말을 끝마칠 수 없었다. 결국 바바라와 말 한마디 주고받지 못한 설리번이 구슬픈 울음을 터트렸기 때문이다.

"아이고, 도련님. 이렇게나 눈물이 헤프셔서야 어쩌려고 그러세요! 이럴 때일수록 마음을 굳게, 윈터의 비늘처럼 굳게 다지셔야지요!"

데이지가 설리번을 토닥이며 옆방으로 이끌었다. 따뜻한 우유를 권하는 말에 울면서도 꼬박꼬박 대꾸하는 설리번이 안쓰럽기보단 어처구니없어서 디아나는 픽 웃고 말았다.

다시금 조용해진 침실에선 의사가 잠든 바바라를 마저 진찰하고 있었다. 의사의 낯빛은 여전히 어두웠다. 디아나는 걱정스러운 마음이 들어 슬그머니 그의 곁에 앉았다.

"스승님은 좀 어떠세요?"

"그게……."

의사가 흘끗 벽면에 등을 기대선 세드릭의 눈치를 보았다. 디아나는 불안한 예감을 지워 내며 의사를 재촉했다.

"왜 그러는데요. 아까는 괜찮아 보이시던데 무슨 문제라도 있는 거예요?"

"문제라기보다는 이대로라면 곧……. 이제 내가 할 수 있는 일은 거의 없습니다."

의사는 애써 디아나를 외면했다. 잠시간 조용하던 디아나가 양손으로 의사의 어깨를 붙잡고 억지로 몸을 돌렸다. 잿빛 눈이 형형하게 타올랐다.

"이대로라면 곧 뭐요. 뭔지 제대로 말해 줘야 할 거 아녜요."

"……이만 마음의 준비를."

"그러니까 무슨 마음의 준비를 하냐고요! 의사란 사람이 제대로 설명도 못 한다는 게 말이나 돼요? 스승님께서 지금 정확히 어떤 상태신지, 많이 위독하시다면 얼마나 남았는지 알아들을 수 있게 설명해—"

별안간 디아나의 손등 위로 세드릭이 손을 겹쳤다. 디아나는 순간 말문이 막혔다. 세드릭의 손가락이 손가락 사이를 점차 파고들어 손등 위로 깍지를 꼈다. 의사의 어깨를 꽉 부여잡던 손이 끝내 세드릭의 손길에 이끌려 허공으로 떨어졌다.

"그만해, 디아나."

세드릭이 조용히 일렀다. 디아나는 비감한 표정으로 시선을 내렸다. 세드릭에게 잡혀서 대롱대롱 매달린 오른손이 못내 애처로웠다.

"미안해요. 당신의 잘못이 아닌데."

디아나는 파들파들 떨리는 눈을 감으며 사과했다. 의사는 침묵했다. 여태 그러했듯 그저 묵묵히 환자를 살필 따름이었다.

세드릭은 여전히 손을 붙잡은 채로 디아나를 복도로 데리고 나왔다.

"방으로 데려다줄게."

그 말에 디아나는 고개 들어 세드릭의 얼굴을 바라보았다. 그러고 보니 아까는 경황이 없어서 세드릭은 살펴보지도 못했다. 분명 아플 텐데, 설리번처럼 엉엉 울고 싶을 텐데 이상하게 차분한 모습이 자꾸만 마음에 걸렸다. 지금의 심정을 가늠할 수조차 없어서 더욱 심란했다.

그때, 디아나의 왼손이 세드릭의 눈가에 닿았다. 자세히 보지 않으면 알아채기 힘들 정도로 눈가가 살짝 붉었다. 놀란 듯이 얼굴을 굳히는 세드릭을 올려다보며 디아나가 복잡한 목소리로 물었다.

"너도 울었어?"

세드릭은 말없이 디아나의 왼손을 잡아 내렸다. 그리고는 여전히 오른손을 꼭 잡은 채로 복도를 걷기 시작했다.

앞서 걷는 세드릭의 등을 물끄러미 쳐다보던 디아나가 이내 창밖으로 고개를 돌렸다. 깊은 밤, 유난히 별빛 흐린 하늘이 좁은 유리창 너머로 괴괴하게 존재감을 발하고 있었다. 그것이 마치 어지러운 심중을 대변하는 듯하여 디아나는 고개를 떨굴 수밖에 없었다.

이튿날.

엑서터로 자일스 일족이 하나둘 모여들기 시작했다.

"게일, 벨린다, 알렌, 모니카, 엘레노어……. 어라, 실비아 님은 아직 안 오셨어?"

"아침에 보니까 전서구가 편지를 그대로 달고 돌아왔더라. 아무래도 집을 비우신 것 같아."

"나 참, 평소에는 방구석에만 처박혀 있더니 왜 하필 이럴 때 외출한 거래? 그럼 로레인 님은? 혹시 여기도 편지가 반송된 거야?"

"그건 아닌데 더 심각해. 오늘 밤에 나시마르크 사탑을 관측해야 한다고 내일 중으로 독수리를 대신 보내시겠대."

"에이, 똥이나 먹어라."

데이지를 비롯한 본성의 시종들은 일족의 명부에서 성에 도착한 이들을 제외하느라 여념 없었다. 아직 소식이 없는 이들에게 재차 편지를 보내기 위함이었는데, 그 와중에 별 시답잖은 이유로 불참을 선언하는 이들에 대한 악담도 소소하게나마 이어졌다.

"그나저나 레오나드 님이 늦으시네. 제일 먼저 달려오실 줄 알았는데 말야."

"그러게. 별것도 아닌 일에 속속들이 참견하는 게 그분 취미잖아."

"것도 이제는 힘들걸. 왜, 저번에 수장 선거를 제안하셨다가 도리어 세드릭 도련님이 확실한 후계자가 되셨잖아. 속이 좀 쓰리셨겠지."

"하긴. 그러길래 수장 선거는 왜 하신 거야. 어차피 채스터티 아가씨는 후계자 자리에 별 관심도 없으시던데."

토실토실한 데이지와는 달리 날씬한 여우 시종 포사티아가 길게 하품하며 말했다.

"그나저나 디아나 아가씨는 주인님 뵈러 안 가세요? 편지는 우리끼리 써도 충분해요."

멍하니 명부를 읽어 내리던 디아나가 어색하게 웃어 보였다.

"그래도 이왕 시작한 거 끝까지 도와줘야지."

"포사티아 말이 맞아. 편지 보내는 것도 중요하지만, 아무렴 주인님보다 중할까. 다시 잠드시기 전에 어서 얼굴이라도 비치고 와."

데이지가 포사티아를 거들었다. 디아나는 머뭇거리며 펜을 내려놓았다. 그리고도 한참을 미적거리다가 따끔한 야단을 듣고야 말았다.

"진저. 너는 엑서터에 주인님의 제자로 와 있는 거야. 요즘 손이 부족해서 네 도움을 받았다지만, 네가 원래 있어야 할 곳은 여기가 아니라 주인님의 곁이라고. 너를 부려 먹었다고 우리가 주인님께 혼나는 모습을 보고 싶은 게 아니라면 그만 돌아가 줘."

그런 소리를 듣고도 자리를 차지하고 있을 만큼 디아나는 낯짝이 두껍지 못했다. 끝내 시종들이 일하는 집무실에서 나와 터덜터덜 2층으로 올라가자, 어제까지만 하더라도 인적 드물던 복도에 사람 그림자가 여럿 어른거리는 것이 보였다. 점차로 디아나의 발걸음이 느려졌다.

디아나는 자일스 일족이 어려웠다. 그녀가 바바라 슬하에서 수학했던 12년 동안 마주쳤던 열댓 명의 일족을 상기하면 조금 의아한 일인지도 모르겠다. 하지만 언제나 자신을 스승에게 얹혀사는 더부살이 정도로만 여겼던 디아나는 스승과 혈연으로 얽힌 그네들을 지레 겁먹은 채로 대했었다. 주로 그들의 손에 쫓겨날지도 모른다는 어린아이 특유의 근거 없는 망상 탓이었지만, 바바라를 찾아오던 일족들이 대체로 그녀를 곱지 않은 눈으로 보았던 것도 한몫했다.

어릴 적 디아나는 스승의 친지들이 어째서 자신을 싫어하는지 제대로 이해하지 못했다. 행여나 못난 제자가 바바라의 위명을 해칠까 저어한다는 식으로 두루뭉술하게 납득했을 뿐이다. 하지만 점차 자라면서 그뿐이 아님을 깨달았다.

그들은 디아나에게서 그리젤다 솔을 보았다. 그리젤다의 딸로 불과 열다섯에 스승을 뛰어넘은 헤스터 솔을 보았다. 적당히 출중한 재능은 찬사받지만, 유일무이한 재능은 배척받는 법. 그들은 혹 디아나가 그리젤다처럼, 혹은 헤스터처럼 스승을 짓밟고 세드릭과 채스터티를 꺾어 버릴까 봐 두려워했던 것이다.

돌이켜 보면 터무니없는 기우였다. 다행인지 불행인지 디아나는 어머니와 자매의 재능에 한참 미달했으며, 세드릭이나 채스터티에 비해서도 보잘것없었다. 도시마다 하나씩은 꼭 있을 법한 흔하디흔한 마녀가 바로 디아나였다. 덕분에 스승의 위명은 여전히 빛나고 세드릭은 날개를 잘 펼치고 있으니, 자일스 일족은 제법 만족스러울 터였다. 그렇다고 디아나의 존재가 달갑지는 않을 테지만 말이다.

어느덧 디아나는 바바라의 침실에 다다랐다. 시종들이 자주 드나드는지 방문이 활짝 열려 있었다. 어제까지만 하더라도 자못 한가롭던 침실은 부랴부랴 본성으로 몰려든 일족으로 가득했는데, 죄다 까마귀처

312

럼 새카만 가운데 홀로 푸르죽죽한 설리번이 유독 눈에 띄었다. 혼자만 유달리 키가 껑충 커서 시선이 집중되는 것도 있었다.

어젯밤, 어머니와 말 한마디 나누지 못해서 울음을 터트렸던 설리번은 오늘도 훌쩍거리고 있었다. 다행히 이번에는 바바라가 아들을 알아본 모양이었다. 문 앞을 지나다니는 일족 사이로 설리번을 토닥이는 바바라의 모습이 눈에 들어왔다.

그 뒤편에는 세드릭이 서 있었다. 그는 일전에 발푸르기스의 밤에서도 보았던 중년 사내와 진지하게 대화를 나누며, 중간중간 인사를 건네는 다른 이들에게 여유롭게 화답하기도 했다. 언젠가 어머니의 사랑이 고파 투정 부리던 어린애의 치기 어린 얼굴은 온데간데없고, 대신 차분한 어른의 얼굴로 자리를 지키고 있었다.

그렇게 문밖에서 침실을 들여다보던 중, 불현듯 검은 옷을 차려입은 여자가 시야를 가렸다. 처음 보는 낯선 얼굴이되, 딱딱한 무표정이 완전히 정착한 아주 낯익은 얼굴이었다. 저이를 어디서 보았는지, 잠시 기억을 더듬던 디아나는 곧 깨달았다. 무미건조하게 살아온 대다수의 동족이 바로 저러한 표정을 짓고 있었다.

어쩌면 나도 저런 얼굴일까. 디아나가 울적하게 고민하는 사이, 여자는 조용히 침실의 문을 닫았다. 서서히 좁혀드는 문틈으로 또 다시 눈물을 쏟아 내는 설리번과 힘겹게 숨을 몰아쉬는 바바라, 그리고 진중하게 상대의 말을 경청하는 세드릭이 차례차례 모습을 감추었다.

쾅.

디아나는 닫힌 문을 오랫동안 바라보았다. 차마 문을 열고 들어갈 용기는 없어서, 하는 수 없이 발을 옮겼다. 그러나 도로 시종들의 집무실로 돌아갈 수도 없고, 그렇다고 자일스 일족이 곳곳에 진을 친 본성을 하염없이 돌아다닐 수도 없는 노릇이었다. 갈 곳 잃은 디아나는 결국 근래 가장 인적이 드문 방으로 향했다. 바로 혼수상태에 빠진 채스터티의 방이었다.

채스터티 자일스가 깊은 잠에 빠진 지도 벌써 한 달이 넘었다. 헤센 그윈티르의 짓이라고 추정되는 총상은 마법의 힘을 빌려 이미 옛적에 나았지만, 대량 출혈로 까마득해진 정신은 아직 돌아오지 않았다. 의사도 이제는 그녀가 정신을 차리길 기다리는 수밖에 없다며 내내 수액만 주입하고 있었다.

마법은 외상을 치료하는 데만 탁월할 뿐, 이처럼 혼수상태에 빠진 정신까지 불러들이지는 못했다. 마녀의 신체란 별의 마력을 담는 그릇. 섬세하기 짝이 없는 그릇에 타인의 마력을 강제로 주입하다간 아예 산산조각이 나는 수가 있었다.

그러니 내일은 깨어나길, 아니면 모레는 깨어나길 매일같이 바랄 뿐이었다. 의사는 스승의 명줄이 오래 남지 않았다고 말했으며, 스승도 자신의 죽음을 담담하게 받아들이는 눈치였다. 상상하기도 싫지만, 만일 그런 날이 온다면 채스터티는 남매와 함께 어머니의 임종을 지켜야 했다. 사경을 헤매는 딸을 두고 눈을 감는 어머니의 심정이나, 훗날 깨어나 어머니의 죽음을 전해 들어야 하는 딸의 심정을 디아나는 차마 헤아릴 수 없었다.

"그러니까 빨리 일어나, 바보야."

디아나는 침대맡에 앉아 채스터티의 머리를 조심스레 쓰다듬었다. 이제는 도무지 이해할 수 없었던 그녀의 기행조차 그리울 지경이었다. 채스터티라면 작금 침잠된 본성에 활력을 불어넣을 수 있을 터. 디아나는 생을 포기한 듯한 스승에게 기쁨을 선사하고 싶었다. 아무리 생각해도 설리번의 눈물과 세드릭의 무표정은 스승에게 도움이 될 것 같지가 않았다.

하지만 이튿날도 사흘날도 채스터티는 깨어나지 않았다. 바바라는 약에 취해 잠드는 시간이 더욱 길어졌고, 그에 따라 엑서터 본성을 뒤덮은 죽음의 그림자도 나날이 짙어져만 갔다. 꾸역꾸역 밀려드는 자일스 일족이 대체로 검은 상복을 입은 것도 침울한 분위기에 한몫했다.

그러던 어느 날, 바바라가 야심한 시각에 깨어나 말했다.

에드윈이 보고 싶다고.

"유언장은 지난달 변호인을 비롯한 증인 두 명의 입회 아래 작성되었습니다. 세드릭 도련님께서 상속인이자 유언 집행자로 손수 주인님의 유언을 행하실 예정입니다."

시종 데이지가 코를 훌쩍이며 종이를 읽어 내렸다.

"유언은 일전에 주인님께서 구두로 약조하셨던 내용과 크게 다르지 않습니다. 우선 설리번 도련님께는—"

"잠깐, 데이지. 유언은 내 사후에 밝혀도 되지 않겠니."

바바라가 데이지의 말을 잘라 냈다. 그녀는 침대에 누운 채로 안온히 웃어 보였다.

"지금은 아이들에게 다른 말을 전해 주고 싶구나."

"물론이지요. 주인님의 뜻에 따르겠습니다."

데이지가 공손히 물러났다. 바바라는 깡마른 팔을 들어 올려 오른편에 앉은 설리번의 손을 잡았다. 그녀가 가만히 눈을 마주쳐 오는 것만으로도 설리번의 눈가는 촉촉하게 젖어 들었다.

"설리번, 내 아들."

바바라가 나직하게 속삭였다.

"내 직접 너를 낳지는 않았으나, 늘 너를 내 배로 품은 아들이라 여겼단다. 부족한 어미였음에도 이토록 착하게 자라 주어 고맙구나."

"어머니……."

설리번이 꾸역꾸역 울음을 눌러 참았다. 그럼에도 채 막지 못한 눈물방울이 바바라의 손등을 점점이 적셔 갔다. 바바라는 몇 번이고 그의 눈가를 닦아 주려 했지만, 노쇠한 팔은 설리번의 턱에도 닿지 못하고 연이어 추락할 뿐이었다.

"울지 말렴. 나를 아들의 눈물조차 닦아 주지 못하는 어미로 만들 셈이니?"

"싫어요, 어머니. 가지 마세요."

"이렇게 눈물이 많아서야 내가 어찌 편안히 눈을 감을 수 있겠어."

바바라가 쓰게 웃었다.

"셀리번. 부디 내가 너에게 좋은 추억이었기를 바란다."

셀리번은 울면서 고개를 마구 주억거렸다. 그를 서글피 보던 바바라가 이내 반대편으로 고개를 돌렸다. 그곳에는 아이처럼 흐느끼는 셀리번과 달리, 얌전하게 눈을 내리뜬 세드릭이 창백한 안색으로 앉아 있었다.

바바라는 힘겹게 왼손을 들어 세드릭의 손을 부여잡았다.

"네겐 미안한 것이 너무나도 많구나. 그간 내가 많이 원망스러웠지?"

세드릭은 말없이 고개를 내저었다. 바바라는 어느덧 장성한 막내아들을 따뜻한 눈으로 응시했다.

"너는 누구보다도 자랑스러운 자일스란다. 긍지를 가지렴."

자일스인 어머니와, 베가인 아버지. 자일스의 용과, 베가의 낙뢰. 세드릭의 정체성은 그리도 모호했다. 어디도 속하지 못한 채 외로이 죽어갈 것을 두려워하던 아들의 심정을 바바라라고 모를 리 없었다. 중립을 지킨다며 아들을 외면했던 과거의 선택을 후회하지는 않지만, 그럼에도 아들을 제대로 돌보지 못했다는 죄책감에 밤잠 못 이루던 날이 적잖았다.

그나마 올곧게 자라서 다행이라고 스스로 다독이던 때도 있었다. 하지만 섬세하기 그지없던 아이가 바위처럼 단단해지기까지 얼마나 지난한 고통을 속으로 삭여야 했을지, 또한 어머니를 향한 기대와 실망을 한없이 반복하며 얼마나 숱한 원망을 쌓아 왔을지. 작금 차분해진 아들의 모습과, 허리춤에 매달려 사랑을 갈구하던 어린 아들이 겹쳐질 때면 바바라는 꼭 가슴을 할퀴어 내는 듯한 고통에 사로잡혔다.

옳은 선택이었다. 그래서 후회하지 않는다.

하지만 죄의식은 마땅히 그녀의 몫이었다.

"세드릭, 너는 나보다 나은 수장이 될 거야."

바바라는 기원을 담아 말했다. 마녀가 간절히 말하면 이루어진다는 속설처럼, 그녀는 부디 자신의 마지막 원이 이루어지길 바랐다. 무정한 어머니와 떠나간 아버지에게 매달리지 않고, 홀로 치열하게 여기까지 올라온 아들이 끝내 온당한 영광을 누리길 바랐다.

그리하여 사랑하는 사람과, 사랑해 주는 사람 사이에서 행복하길.

바바라는 간절하게 바랐다.

"디아나, 이리로 가까이 오렴."

뒤이어 바바라는 세드릭 뒤편에 서 있던 디아나를 불러냈다. 디아나는 발갛게 물든 코를 훌쩍이며 침대맡으로 다가왔다.

"스승님……."

디아나는 금방이라도 눈물을 흘려 낼 것처럼 울상이었다. 바바라가 옅게 미소 지었다.

"디아나. 우리 처음 만났을 때를 기억하니?"

"당연하죠. 어머니의 장례식에서 처음으로 뵀었잖아요."

"그래, 그랬지. 그리젤다의 장례식에서……."

오래된 과거를 더듬는 바바라의 눈빛이 차츰 흐릿해졌다.

"거기서 너를 처음 보았을 때 실은 무척이나 놀랐단다. 지금도 마찬가지지만, 그 시절에도 너는 그리젤다를 아주 빼닮았었어."

바바라는 젊은 시절 벗의 얼굴로 앉아 있는 제자를 다정하게 바라보았다.

"네가 많이 속상했다는 걸 안다. 그리젤다와 헤스터의 후광은 네게 썩 무거운 짐이었겠지. 알지도 못하면서 멋대로 널 재단하는 사람들이 밉고 네게만 재능을 물려주지 않은 그리젤다도 미웠겠지만, 아마도 가장 미워했을 사람은 평범하게 태어난 네 자신이었을 거야."

그리젤다를 닮은 아이. 동시에 그리젤다를 닮지 않은 아이.

"하지만 디아나, 나는 네가 그리젤다를 닮지 않아서 좋았단다."

내내 시무룩하던 디아나가 번쩍 고개를 들었다. 바바라는 빙긋 웃으며 말을 이어 갔다.

"세상에 완벽한 사람은 없어. 오른손에 쥔 것이 많으면, 자연히 왼손은 비기 마련이다. 네 어미인 그리젤다도 양손이 가득하진 못했어. 그러니 부디 네 자신을 아껴 주렴. 부족한 면만 보고 탓하기에 너는 너무나도 귀한 존재란다."

디아나의 잿빛 눈이 크게 일렁였다. 점차로 붉어지는 눈가에 이슬이 맺히는 모습을 지켜보며 바바라는 그새 쉬어 버린 목소리로 말을 끝맺었다.

"행여나 앞으로 힘든 일이 있거든 널 소중히 여기는 사람들을 떠올리려무나. 헤스터와 세드릭과 설리번과 채스터티, 그리고 적어도 나는, 네가 그리젤다 솔의 둘째 딸이 아닌 디아나 솔로 족하다는 사실을 기억하렴."

"스승님……."

디아나가 양손에 얼굴을 묻었다. 흐느끼는 소리가 손가락 사이사이로 흘러나왔다. 바바라는 힘겹게 눈을 내리감으며 한숨처럼 말했다.

"마지막으로 채스터티는……. 죽기 전에 그 아이의 목소리를 꼭 한 번 듣고 싶었는데, 가할지 모르겠구나."

사위가 숙연해졌다. 바바라는 눈을 깜박이며 가물가물해지는 시야를 애써 다잡았다.

"채스터티에게 남기는 편지가 있다. 데이지가 보관하고 있으니 훗날 채스터티가 깨어나거든 보여 주렴."

"알겠습니다, 어머니."

"그이는 아직 연락이 없니?"

누구도 선뜻 입을 열지 못했다. 멍하니 천장을 올려다보던 바바라가 힘없이 웃었다.

"해리에게 남길 말이 있다. 다들 자리를 비켜 주렴."

침실을 지키던 사람들이 해리 듀어든만을 남기고 일사불란하게 움직였다. 디아나는 연신 소매로 눈물을 닦아 내며 문턱을 넘었다. 먼저 복도로 나온 세드릭이 서서히 닫히는 문틈으로 해리 듀어든에게 조곤조곤 속삭이는 바바라를 지켜보고 있었다.

디아나가 훌쩍이며 물었다.

"세드릭. 에드윈 경은 안 오시겠대?"

"오실 거야."

세드릭이 강경하게 대답했다. 굳건하게 닫힌 문을 묵묵히 노려보는 눈빛이 깎아지른 듯 강퍅했다.

물끄러미 그를 올려다보던 디아나가 서글피 중얼거렸다.

"빨리 오셨으면 좋겠다."

저토록 절절하게 기다리시는데…….

그날 밤, 에드윈은 암암한 어둠을 몰고 왔다.

자일스 일족은 무표정한 석상처럼 도열하여 그를 맞이했다. 에드윈이 바바라의 곁을 지키던 젊은 시절, 베가 출신인 그를 못마땅하게 여기던 치들도 대놓고 그를 박대하지는 못했다. 에드윈은 그들을 무심히 외면하며 서둘러 발걸음을 재촉했다. 그가 지나간 곳마다 스러져 가는 늦가을 밤바람이 묻어났다.

금방이라도 숨이 멎을 것처럼 위독하던 바바라는 에드윈이 도착하자마자 상태가 호전되었다. 의사도 영문을 몰랐다. 시종들은 잠시나마 호흡이 안정된 바바라를 걱정스럽게 뒤로한 채 침실 문을 닫았다.

이윽고 둘만 남은 침실에는 적막만이 감돌았다. 에드윈은 침대맡에 앉아 설운 눈으로 바바라를 굽어보았다. 바바라는 그가 마지막으로 보앉을 때보다 곱절은 더 늙고 쇠약해졌다. 처녀 적 발그레하던 뺨은 백지장처럼 창백하고, 두 눈두덩은 움푹 들어갔다. 야위어 거죽만 남은 목은 마치 사신이 옥죄는 것처럼 주름이 선명했다.

오래지 않아 잠에서 깨어난 바바라가 파들거리며 눈꺼풀을 들어 올렸다. 약에 취해 몽롱해진 눈이 한참 허공을 헤집다가 기쁘게 휘어졌다.

"에드윈. 나를 보러 와 주었군요."

가물가물한 시야에도 어쩐지 그의 형상만은 또렷했다. 진실로 에드윈이 눈에 비치는 것인지, 아니면 기억 속 에드윈의 모습이 허상처럼 나타난 것인지 알 수 없었다. 하지만 어찌 되었든 상관없다고 바바라는 생각했다.

"늦어서 미안합니다."

에드윈이 조심히 바바라의 손을 잡았다. 뼈마디만 앙상하게 남은 손이 그의 손길을 따라 축 늘어졌다.

"와 준 것만으로도 충분히 고마운걸요. 그나저나 바다에서 왔나 보네요."

"어찌 알았습니까?"

"당신에게서 바다 내음이 나요."

바바라는 눈을 내리감으며 천천히 숨을 들이쉬었다. 쓰디쓴 약품 냄새에 어느덧 비릿하고 짭조름한 냄새가 스며 있었다. 당장이라도 냄새가 묻어 온 곳을 떠올릴 수 있을 정도로 싱그럽지만, 한편으로는 아주 오래되어 빛바랜 추억을 자극하는 구석이 있었다.

언제였더라. 어디였더라. 약기운이 흩어 놓은 기억을 하염없이 더듬어 올라가던 바바라가 불현듯 가느다란 미소를 지었다.

"에드윈. 우리 첫 만남을 기억하나요?"

"물론입니다. 아리아나 해변에서 당신을 처음 만났죠."

"그때 해가 솟고 있었던가요, 아님 지고 있었던가요?"

"새벽이었습니다. 어두운 하늘에 여명의 별만이 밝게 빛나고 있었으니까요."

에드윈이 나직하게 속삭였다. 바바라는 고개를 끄덕이듯 노곤히 눈을 깜박였다. 그녀의 머릿속으로 스무 해도 더 지난 날이 어제처럼 선연하게 떠올랐다.

제노비아 자일스가 그리 덧없이 가 버린 뒤로, 바바라는 어린 나이에 가문의 수장이 되어 하루도 편히 보낸 적이 없었다. 완고한 원로들은 수장의 모자람을 좌시하지 않았으므로, 바바라는 어제의 모자람을 채우기 위해 오늘을 고군분투해야 했다. 매일이 새로운 배움과, 새로운 질책과, 새로운 좌절로 진창이 되어 끝났다.

그러던 어느 날, 창밖으로 푸릇푸릇한 봄철의 정경을 멍하니 내다보던 바바라는 충동적으로 자리를 박차고 일어났다. 그저 당연하게만 여겼던 일과에서 벗어난 최초의 일탈이었다. 하지만 성에서만 곱게 자라온 마녀가 달리 갈 곳이 있을 리 없었다. 고민하던 바바라는 언젠가 책에서 읽었던 동부의 아리아나 해변으로 향했다. 수장으로 선정된 이래로 늘 숲과 산을 끼고 살았던 그녀에게 바다란 미지의 세계였다.

바바라는 그곳에서 꼬박 하루를 지새웠다. 아름답기로 유명하다는 글귀가 사실이었던지 해변은 놀러 나온 가족과 연인으로 가득했지만, 난생처음 마주하는 바다의 장엄한 광경에도 바바라는 다소 시큰둥했다.

다만 돌아가기 싫었을 뿐이다. 윈우드 숲 한복판에 자리한 성채는 지독히도 적막하고 쓸쓸했다. 아무리 높은 탑에 올라가 봤자 보이는 것은 망망대해처럼 펼쳐진 삼림밖에 없으니, 그곳에서 외로운 마음 의탁할 곳이란 고작해야 별이 쏟아질 듯 산란한 밤하늘뿐이었다. 고독이 오래도록 좀먹은 그녀의 마음은 무척이나 헛헛했다.

그리 얼마간 상념에 잠겨 있던 사이 밤이 물러나고 새벽이 몰려왔다. 다른 별은 일제히 잠들어 어둑한 하늘에 오직 여명만이 떠오른 고요한 새벽녘. 갓 태어난 태양이 바닷물을 붉게 물들이며, 동편에서부터 기어

오르기 시작했다. 마치 걸음마 하는 아기처럼 더디고 느리게, 어둠에 잠겨 있던 해변을 환히 내리비추었다.

그 순간, 바바라는 그를 보았다.

일출을 보러 해변으로 몰려든 구경꾼도, 그네들이 시끄럽게 내지르는 환호성도 그 순간 바바라의 세상에는 없었다. 떠오르던 태양조차 빛을 잃고, 사시사철 빛나는 여명마저 얼굴을 가렸다. 오직 그만이 빛났다. 모두가 멎어 버린 세상, 오직 그만이 살아 숨 쉬고 있었다.

바바라는 그에게로 다가갔다.

거리는 삽시에 좁혀들었다. 이제 사이에는 아무도 없었다. 마치 세상에 둘뿐인 것처럼 열렬한 시선이 오갔다. 단둘뿐인 침묵 속에서 언어로 치환할 수 없는 수많은 말소리가 오갔다.

스무 해도 더 지난 언젠가, 둘의 역사는 그리 시작되었다.

"이제 와 믿을지 모르겠지만, 사실 나는 처음 보자마자 당신이 누군지 알았어요. 당신은 아멜리아와 참 많이 닮았으니까요."

어느덧 죽음을 앞둔 바바라가 그리 말했다. 그녀의 곁에는 꼭 지난날처럼 젊고 싱그러운 모습으로, 하지만 속은 바바라만큼이나 늙어 버린 에드윈이 있었다.

"그랬습니까."

"네. 물론 당신은 날 알아보지 못했었죠. 어렴풋하게 자일스의 마녀임을 알아챘을 뿐."

더디게 이어지는 말소리마다 잔기침이 그득했다. 에드윈은 서글픈 눈으로 죽어 가는 아내를 보았다. 하지만 바바라는 그를 돌아보지 않았다. 그녀는 이미 지나간 날들을 하나씩 반추하고 있었다.

"하지만 당신이 누군들, 내가 누군들 무엇이 중요했을까요. 그 시절 나는 당신밖에 보지 못했고, 당신은 나밖에 보지 못했으니……."

온 세상 별빛이 만개하던 나날이었다. 그렇게나 살벌하던 원로들의 호통도 달콤한 밀어로 들릴 만큼 세상 만물이 찬란했다. 어둠은 빛이고

빛은 더한 광명일지니, 그와 함께라면 세상천지 두려울 것이 없었다. 마법으로 이루지 못하는 경지도 사랑이라면 이루어 낼 수 있을 것만 같았다.

사랑. 마법으로도 피워 내지 못하며, 과학으로도 흉내 내지 못하는 신비.

그토록 불가사의한 힘이 온몸을 불살랐던 젊은 날, 둘은 아픈 줄도 모르고 행복했었다.

바바라는 그때가 너무도 그리웠다.

"에드윈. 그 시절 우리는 얼마나 아름다웠던가요."

"당신은 여전히 아름답습니다."

"그렇지 않아요. 나는 이토록 늙어 버렸는걸요."

마냥 젊음이 그립지는 않다. 하지만 젊음의 대담함은 그리웠다. 앞뒤 돌아보지 않고 달려 나가는 무모함이, 계산 오가지 않는 순수함이 그리웠다. 오직 사랑에 눈멀 수 있었던 시절이 그리웠다.

"바바라. 마음을 굳게 먹어야 합니다. 마음이 약해지면 병을 이길 수 없어요."

에드윈이 간절하게 속삭였다. 그러나 바바라는 힘없이 고개를 저었다.

"오늘을 버티면 그때처럼 살 수 있나요? 내일을 버티면 그 시절의 내가 돌아오나요?"

"돌아옵니다. 그때처럼 살 수 있어요. 살아만 있다면 무엇이 불가능하겠습니까."

"아니요, 아니에요. 내게는 그늘이 너무 많아요. 그리워할 것이 너무 많아요."

그리움이란 그늘. 간혹 삶에 지칠 때마다 쉴 곳이 되어 주곤 하지만, 그늘진 곳에는 영영 볕 들지 못하는 법이다.

하루하루 쌓아 온 시간처럼, 하루하루 늘어난 그늘이 어느새 마음을 전부 차지하고 말았다. 더 이상 햇살이 들이치지 않는 그늘 속에서 바바라는 매일매일 어제를 그리며 살아왔다. 더는 그러고 싶지 않았다. 그러기엔 너무 지쳐 버렸다.

"그늘 없는 삶이 그립습니다. 그리워할 것이 없던 시절, 우리는 얼마나 용감했던가요. 행복한 줄 모르고 행복했던 그때가 너무도 그리워요. 다시는 돌아오지 않을 그 시절이⋯⋯."

바바라는 힘겹게 고개 돌려 에드윈을 보았다. 세월의 더께가 쌓인 녹안에 회한이 번져 갔다.

"에드윈. 나는 진실로 당신을 사랑했어요."

쿵. 쿵. 쿵.

수장의 부고를 알리는 북소리가 성내에 울려 퍼졌다. 밤을 깨트리는 충격이 널리 번져 갔다.

그리고 모든 자일스 일족이 모인 로비. 추적거리는 빗소리 사이로 뼛골에 사무치는 북소리가 가득 울렸다. 누구도 쉬이 입을 뗄 수 없는 스산한 적막 속에서, 가장 먼저 충직한 시종들이 몸을 낮게 엎드리며 곡했다. 자애로운 주인이 망각의 강으로 떠나기 전에 부디 한 번만이라도 돌아보길 바라는 간곡한 마음이었다.

세드릭은 2층으로 향하는 복도를 멍하니 바라보았다. 자욱한 어둠 속에선 계속해서 둔중한 북소리가 흘러나오고 있었다. 세드릭은 그 의미를 모르지 않았다. 반듯하게 도열했던 시종들이 서럽게 곡하는 연유를 모를 리 없었다.

빗줄기가 점차로 굵어졌다. 성채를 흠씬 때리는 빗소리가 북소리와 곡소리를 잡아먹을 듯 커져만 갔다. 뒤이을 재앙을 예고하듯 먹구름 군데군데 허연 불빛이 스쳤다. 그때마다 로비가 한낮처럼 환했다 도로 어두워지길 반복했다.

쿵. 쿵. 쿵.

기세 올리는 빗소리에도 북소리는 멈추지 않았다. 서로 눈치만 보던 일족들은 이제 한둘 고개를 숙이기 시작했다. 시종들처럼 수장의 죽음을 애도하기 위함이 아니었다. 마법사에게 이미 지나간 것은 무의미했다. 그들은 오로지 새로운 수장을 경배하는 마음으로 예를 취했다.

다시 한번 로비가 훤해졌다. 쓰러져 곡하는 시종들의 등 위로, 엄숙하게 고개 숙인 일족들의 까만 머리 위로 허연 그림자가 너울졌다. 참으로 기괴한 광경이었다.

쾅!

별안간, 거센 폭풍우 몰아치는 성 밖으로 낙뢰가 내리쳤다. 분노한 신이 세상을 난도질하듯 낙뢰가 연이었다. 일족들은 두려워 떨며 더욱 깊게 조아렸다.

세드릭은 그제야 느릿하게 그들에게로 고개를 돌렸다. 하얗게 드러난 얼굴 반쪽이 놀랍도록 사늘했다. 그러나 어둠에 잠긴 나머지 반쪽 얼굴에는 한없이 눈물이 흘렀음을 누구도 알지 못했다.

벨리엄의 베가 본성.

야트막한 야산을 망토처럼 두른 이 고성은 예로부터 인적 드물기로 유명했다. 바로 성주에 대한 낭설이 인근에 파다한 까닭인데, 소문인즉 성에 홀로 거주하는 아리따운 마녀가 처녀의 피를 마시며 젊음을 유지하고 있다는 것이었다. 실로 천년전쟁이 한창이던 중세에나 통용되었을 법한 터무니없는 소문이지만, 으스스한 고성의 정경을 보고 있노라면 어째서 인근 주민들이 소문을 철석같이 믿고 있는지 알 듯도 했다.

이제는 고성으로 향하는 유일한 길목조차 흐릿해진 때, 아주 오래간만에 성을 찾은 손님이 있었다. 손님은 가꾸지 않아 무성해진 정원을 익숙하게 가로질러 곧장 본채로 들었다. 하늘을 찌를 듯 높이 치솟은 첨탑으로 둘러싸인 본채는 담쟁이넝쿨로 뒤덮여 자못 음산한 분위기를 자아냈으나, 손님은 무심히 걸음을 재촉할 뿐이었다.

버려진 성처럼 황폐한 외관과 달리, 성내는 먼지 한 조각 찾아볼 수 없이 깨끗했다. 복도마다 양초 꽂힌 촛대들이 늘어서 객을 맞이했고, 바닥에 깔린 붉은 융단에선 윤기가 줄줄 흘렀다. 사람 사는 흔적일랑 전혀 남아 있지 않음에도 잘 관리된 모습이다.

촛불은 멀찍이 앞선 복도를 비추며 손님을 응접실로 안내했다. 응접실은 복도와 마찬가지로 두꺼운 커튼에 가려 어둑했지만, 벽난로에서 타오르는 불빛이 인근을 환히 비추고 있었다. 손님은 벽난로 근처에 앉아 장작에서 전해지는 열기를 기꺼이 즐겼다. 겨울이 성큼 다가온 야산에서 이만치 귀한 것도 없었다.

오래지 않아 성주가 인기척도 없이 등장했다.

"내일은 황혼의 별이 동쪽에서 뜨겠구나. 네가 나를 다 찾아오고."

새가 노래하듯 경쾌한 목소리였다. 성주는 도톰한 숄을 두른 채로 맞은편 소파에 늘어지게 앉아 얼마간 손님의 얼굴을 살펴보았다.

"나는 잘 지냈다. 보아하니 너도 그럭저럭 지낸 듯한데, 여기까진 어쩐 일이니?"

그에 헤스터는 말없이 얇은 서류를 내밀었다. 턱을 괸 채로 물끄러미 서류를 보던 성주가 가벼이 마법을 부렸다. 헤스터의 손을 떠나 허공으로 떠오른 서류가 성주의 눈앞에서 한 장, 한 장 넘어가기 시작했다. 성주는 금세 서류를 완독했다.

"사실입니까?"

헤스터가 물었다. 성주는 감흥 없는 눈으로 그녀를 건너보았다.

"그걸 물어보려고 온 거니?"

"사실인지 여쭈었습니다."

"어째서 내 대답이 중요한지 모르겠구나. 어차피 너는 다 알고 왔으면서."

성주는 마법으로 헤스터에게 서류를 돌려주었다. 그렇잖아도 한 번 구겨졌던 서류가 헤스터의 손아귀에 다시 억세게 잡혔다.

"그렇다면 전부 사실이군요. 도대체 당신들을 무어라고 불러야 합니까? 미오티테타? 알게르 푸르게스크? 타라벨라? 아니면 몬?"

"이름이 무어 중요하겠나. 이름이 어떻든 본질은 동일한 것을."

권태롭기 그지없는 성주의 태도에 헤스터는 가만히 입술을 짓씹었다. 속에서부터 격렬한 노기가 끓어올랐다.

"살가운 분이 아니심은 일찌감치 알았으나, 옳고 그름조차 분간하지 못할 정도로 어긋나신 줄은 미처 몰랐습니다."

"너는 나이가 들더니 교만함만 늘었구나."

"제가 교만하다면 당신은 어떤 분이십니까? 최소한의 윤리조차 저버린 타락한 마녀십니까, 아니면 질투에 사로잡혀 어린 제자를 내친 고약한 스승이십니까?"

"헤스터 솔."

"어디 한번 대답해 보십시오. 도대체 당신은 어떤 분이십니까, 스승님."

헤스터는 지독히도 싸늘한 눈으로 스승을 노려보았다.

황혼의 마녀, 아멜리아 베가.

미에 둔감한 마법 사회에서조차 세월에 퇴색되지 않는 미색으로 이름 높지만, 변덕스러운 성정을 제하면 외부에 알려진 바가 극히 적은 베일 속의 마녀. 베가의 수장이자, 벨리엄 본성의 성주인 그녀가 바로 헤스터의 옛 스승이었다. 아름다운 사람이 아름다운 마음씨를 지녔다고 으레 착각하듯 어릴 적 헤스터 역시도 인어처럼 아리따운 스승의 외양에 깜빡 속고 말았으나, 실제 아멜리아 베가는 선량함과는 동떨어진 인물이었다.

모든 것은 그저 마음 가는 대로. 세간에서 여기길 벗이요, 본인이 여기길 적수였던 그리젤다의 딸을 제자로 받아들인 것도, 그리 받아들인 제자를 방치한 것도, 방치하다 못해 성인도 되지 못한 아이를 내친 것도 전부 아멜리아가 내키는 대로였다. 또한 그 과정에서 제자인 헤스터가 심적으로 얼마나 고통스러웠는지 전혀 고려하지 않았던 것처럼, 강대한 마녀 아멜리아는 자기 멋대로 선택한 결과를 전혀 책임지지 않았다. 책임을 지긴커녕 일말의 관심도 기울이지 않는 인물이었다.

그래서 헤스터는 아멜리아에게 아무것도 기대하지 않았다. 다만 그녀가 구하는 것은 답이었다.

"내가 어떤 사람이냐고?"

아멜리아가 깔깔거리며 웃었다.

"진정 그리 물었니? 네가 궁금한 건 내가 아닐 텐데. 언제까지 변죽만 울릴 작정이야."

"답은 주실 겁니까?"

"글쎄. 그건 내 마음에 달렸겠지."

피처럼 붉은 입술이 호선을 그렸다. 아멜리아는 창백한 백금발을 손가락으로 꼬며 말을 이었다.

"네가 어디까지 아는지는 모르겠다만, 사교 클럽 몬은 네 생각처럼 극단적인 집단은 아니다. 물론 아주 예전에는 그러했던 적이 있었지. 하지만 요즘에는 그저 학술 모임일 뿐이야. 악마 소환이니 인간 몰살이니 하는 것들은 이제 관심도 없단다. 그건 진즉에 사장된 주제야."

"그런 집단이 악마 소환자인 니올로 팔리아치를 탈옥시켰습니까?"

"니올로 팔리아치? 광인 니올로? 여기서 그자의 이름이 왜 나오는지 모르겠구나."

아멜리아가 짐짓 의아한 표정을 지었다. 그 순진무구한 얼굴에 헤스터는 구역질이 났다.

"모르는 척하지 마십시오. 당신들이 헤센 그윈티르의 배후라고 이미 칼롯타 팔리아치에게서 들었습니다."

"부활의 마법사라면……. 네 지금 제노비아 자일스의 심복을 일컫는

게로구나."

"전대 예언의 마녀는 수십 년 전에 죽었습니다."

"죽었다고 알려졌지."

성에 들어온 이래 헤스터는 처음으로 당황을 내비쳤다.

"제노비아 자일스가 살아 있다고요?"

아멜리아는 빙긋 웃기만 했다. 그리고 대답 대신으로 뜬금없는 말을 풀어놓았다.

"충고 하나 할까? 네 어린 자매 말이다, 그 아이에게 너무 정 붙이지 말렴."

"……저의를 모르겠습니다. 디아나는 제 유일한 가족이에요."

"너 정말 아무것도 모르는구나? 그리젤다가 넌지시 알려 주지 않던?"

놀리는 어조에 헤스터는 말없이 미간만 찌푸렸다. 아멜리아는 입술을 비틀며 헛웃음을 터트렸다.

"가련한 제자에게 한마디 선사하자면, 실은 그 아이 네 생각보다 훨씬 대단한 존재란다."

"……."

"그리고 곧 죽을 거야."

헤스터는 고요했다. 무표정한 제자를 가만히 바라보던 아멜리아가 배부른 사자처럼 느른하게 소파에 몸을 묻었다.

"가족이래 봤자 특별하게 가치 있는 존재는 아니잖니. 이미 그리젤다를 떠나보낸 적 있으니, 너도 잘 알겠지만—"

"스승님도 관여하실 겁니까?"

돌연 헤스터가 아멜리아의 말을 잘라 냈다. 아멜리아는 조금 당혹스러운 기색으로 낯을 찡그렸다.

"뭐?"

"스승님도 제 자매에게 손대실 작정이시냐고 여쭈었습니다."

"아둔하구나. 내가 그럴 작정이었으면 이렇듯 네게 귀띔해 주었겠니? 더구나 내가 디아나 솔을 죽여서 무슨 이득이 있다고."

어처구니없다는 듯 아멜리아가 말했다.

"먼젓번에 밝혔듯이 클럽은 일종의 학술 단체다. 제노비아 자일스가 아주 흥미로운 연구 주제를 내놓았기에 클럽은 그녀가 연구를 완성할 수 있도록 조금씩 보조할 뿐 직접적으로 연구에 관여하진 않아. 적어도 내가 알기로는 그래. 제노비아 자일스가 광인 니올로를 끌어들였다는 것도 나는 이번에 처음 듣는구나."

"제가 그 말을 믿을 것 같습니까?"

"네가 믿든 믿지 않든 상관없어. 어차피 너도 클럽에 가입하면 곧 알게 되겠지만, 클럽의 회원이라고 돌아가는 상황을 모두 꿰뚫지는 못해. 각자 관심 있는 연구에 집중하기도 바쁘다."

"어째서…… 제가 클럽에 가입한다고 단정하시는지 모르겠습니다."

헤스터가 고개를 모로 기울이며 차분하게 대꾸했다.

"지금 심정으로는 당신들 전부 죽여 버리고 싶은데."

아멜리아는 말없이 헤스터를 쳐다보았다. 어느덧 미소 가신 얼굴이 빙하처럼 차가웠다.

"이곳이 내 성임을 잊지 마라. 제자를 죽인 스승이란 오명을 쓰기는 싫으니."

"저를 해할 수는 있으신가요?"

"헤스터."

"누가 들으면 스승님께서 아량을 베푸시는 줄 알겠습니다. 실은 저를 죽이지 않는 게 아니라 죽이지 못하시는 거잖아요."

헤스터가 사근사근 속삭였다. 아멜리아는 비틀거리며 자리에서 일어났다. 어깨를 감싸던 숄이 스산하게 떨어졌다.

"……나가."

삽시에 성내가 뒤틀리듯 죄이기 시작했다. 어언지간 벽난로 불빛이 잦아들며 사위에 어둠이 자욱해졌다. 그럼에도 아멜리아의 창백한 얼굴만은 또렷했다.

"내 성에서 당장 나가!"

그토록 아리땁던 얼굴이 야수처럼 흉측하게 일그러졌다. 성주의 분노를 따르듯 성이 불안스럽게 박동했으나, 헤스터는 지극히 여유로운 몸짓으로 스승에게 작별을 고할 뿐이었다.

"부디 속내의 괴물은 잘 감추세요. 아름다운 용모마저 망가진다면, 세상천지 누가 당신을 칭송하겠습니까?"

헤스터는 그리 고성을 떠났다. 그녀가 지나는 길목마다 문이 차례로 닫혀 갔다. 마지막으로 대문이 괴성을 울리며 다물리자, 멀리서 여인네의 비명처럼 날카로운 까마귀 울음소리가 불길하게 울려 퍼졌다.

지하 묘지에 드물게 횃불이 들었다. 횃불이 일렁이며 주위의 어둠을 몰아내자, 천 년이 넘도록 볕 든 적 없는 암암한 지하도 잠시간 밝아졌다.

오늘은 바바라 자일스가 숨을 거둔 지 엿새째 되는 날이었다. 엿새가 되도록 되살아날 기미가 없는 시신은 완전히 이 세상을 떠났다고 판단하여 관에 묻는 것이 마법 사회의 마지막 장례 절차다. 친지들은 그 엿새간 기적이 일어나길 기도하지만, 아직까지 죽은 이가 살아 돌아온 전례는 없었다. 그리고 지난 세월 그러했듯 이번에도 기적은 일어나지 않았다.

바바라는 묘지에서 유일하게 열린 석관에 누워 있었다. 하얗게 센 머리는 단정하게 풀어 내리고, 흰 수의보다 더욱 창백한 손등은 가슴팍에 얌전히 자리했다. 도화지처럼 시허연 얼굴에 횃불 그림자가 끊임없이 현세의 흔적을 남겼으나, 굳게 닫힌 눈꺼풀은 열릴 줄 몰랐다. 일족들은 전부 검은 상복 차림으로 암흑과 동화되어 오로지 죽은 그녀만이 희게 빛났다.

일족들은 횃불 너머에 반듯이 도열했다. 이제 바바라는 영원한 어둠에 묻힐 터였다. 지하 묘지란 시간이 무의미하며, 기억은 더더욱 무의미한 곳. 그들은 수십 년간 가문을 이끌어 온 수장을 떠나보내며 마지막으로 비감한 곡조를 읊조렸다.

떠나소서. 떠나소서.

그대여, 차가운 땅을 떠나소서.

건너소서. 건너소서.

그대여, 망각의 강을 건너소서.

따르소서. 따르소서.

그대여, 황금의 종을 따르소서.

그리하여 별빛 저물지 않는 낙원으로.

그리하여 별빛 가득 고이는 낙원으로.

여명이시여,

그대의 딸이 당신에게로 가나이다.

여명이시여,

그대의 딸을 기쁘게 반겨 주소서.

디아나는 멀찍이서 세드릭을 지켜보았다.

가문의 수장은 그렇게나 할 일이 많은지 아니면 자일스만 이토록 유난인지 모르겠으나, 세드릭은 지하 묘지에서 올라오자마자 일족에게 붙잡혀 요르그 규석의 대량 매입 건을 의논 중이었다. 게다가 지나가는 이들이 한마디씩 덧붙이는 바바라의 유산 문제에도 대답해야 했고, 무엇보다도 엉엉 울면서 계단을 올라오는 설리번을 달래야 했다.

"데이지. 설리번을 방으로 안내해 줘."

설리번은 지난 엿새간 끊임없이 울어 댔다. 달래 봤자 그치지 않을 눈물임을 알아, 세드릭은 건조한 위로 몇 마디만 건네며 데이지에게 설리번을 떠넘겼다. 엉겁결에 키만 멀쑥한 첫째 도련님을 떠맡은 데이지가 자못 근심스러운 표정으로 세드릭을 올려다보았다.

"도련님은 괜찮으세요?"

"나는 걱정하지 말고, 가서 설리번이나 챙겨 줘."

세드릭이 피로한 미소를 지어 올리며 대꾸했다. 데이지는 더는 말을 잇지 못하고, 침통하게 설리번을 데려갔다. 멀리서 그들의 대화를 엿듣던 디아나가 속으로 빈정거렸다.

'괜찮기는 무슨.'

지하 묘지에서 석관을 닫는 것으로 엿새의 장례는 모두 끝났다. 애초부터 바바라와 사적인 연이 깊지 않았던 다른 일족들은 그걸로 말끔하게 전대 수장을 잊었는지 몰라도, 세드릭이 고작 엿새로 어머니 잃은 슬픔을 지워 냈을 리 없다. 다른 사람은 몰라도 세드릭 자일스는 절대 아니라는 걸 디아나는 확신했다.

그럼에도 장례를 치르는 동안 세드릭은 눈물 한 점 비치지 않았다. 평소보다도 차분하고 가라앉은 모습으로 장례를 주도하고 조문객을 맞이했다. 중간중간 설리번의 넋두리를 들어 주는 일도 그의 몫이었다. 설리번은 돌아가신 어머니에 대해 얘기하면서 꼭 눈물로 마침표를 찍었지만, 그조차 세드릭은 묵묵하게 듣기만 할 뿐이었다. 참으로 놀라운 자제력이었다.

"······프레스턴 은행에 문의하겠습니다. 우리 가문과는 오래 교류했으니, 긍정적인 답변을 내 줄 겁니다."

"알겠습니다."

얼마간 세드릭과 신중하게 이야기를 주고받던 남자가 바삐 자리를 떴다. 텅 비어 버린 로비에서 세드릭은 겨우 혼자가 되었다. 엿새 만에 느껴 보는 적막이 영 낯설어 멍하니 서 있던 그가 문득 고개를 돌렸다. 그제야 디아나의 존재를 알아차렸는지 내리 침착하던 얼굴에 야트막한 파란이 일었다.

디아나는 조용히 그에게로 다가갔다. 허겁지겁 차분함을 가장한 표정을 덧씌우는 모습이 통쾌하면서도 한편으로는 울분이 일었다. 지난 엿새 동안 참아 왔던 분기가 다시금 들끓고 있었다. 화난 이유는 명확한데, 화를 풀어낼 대상이 마땅찮아 더욱 화가 났다.

디아나는 세드릭의 코앞에서 걸음을 멈추었다. 지척에서 보니 생각보다도 낯빛이 더 해쓱했다. 그새 살이 내렸는지 미려하던 얼굴선이 가날파졌고, 눈 밑 그늘도 짙었다. 그런데도 꼿꼿하게 버티고 선 모습에 기가 찼다. 저 담담하기 짝이 없는 낯짝을 당장이라도 뜯어내고 싶었다.

그리 디아나가 무섭게 쏘아보는데도 세드릭은 지극히 평온했다. 혹은 평온해 보였다. 그는 도무지 속내를 모르겠는 얼굴로 손을 올려 디아나의 눈가를 매만졌다. 지하 묘지에서 번졌던 눈물 자국이 못내 거슬렸던 모양이다. 아무렴, 슬픔을 완벽하게 속으로 삭여 내는 이가 보기에 얼마나 칠칠맞았을까.

디아나는 입술을 짓씹으며 세드릭의 손을 차갑게 쳐 냈다. 성마른 목소리가 튀어 나갔다.

"너 왜 그래?"

"……뭐가."

"너 하나도 괜찮지 않잖아. 그런데 왜 아무렇지도 않은 척해?"

말없이 그녀를 내려다보던 세드릭이 차분하게 대꾸했다.

"피곤해 보인다. 들어가 쉬어."

"쉬라고? 너 지금 그런 말이 나오니?"

디아나가 분을 이기지 못하고 소리를 높였다. 세드릭은 깊은 한숨을 토해 내며 몸을 틀었다. 어떻게든 지금을 모면하려는 기색이 역력했다.

디아나는 황급히 그의 앞을 막아섰다.

"왜, 나한테도 아까처럼 괜찮다고 해 봐. 네 빤한 거짓말에 나도 속는지 한번 보자고."

장례를 치르는 내내 세드릭은 대체로 괜찮아 보였다. 얼핏 보기에는 진짜로 말짱해 보였다. 목 놓아 우는 설리번을 달래던 시종들이 가끔씩 의심스러운 기색으로 세드릭을 살폈지만, 그때마다 괜찮다는 말로 시종들의 근심을 지워 냈다. 괜찮아. 나는 괜찮아. 걱정하지 않아도 돼. 정말이지, 지난 엿새 동안 골백번도 들어 왔던 소리다.

"나중에 하자. 피곤해."

"나중에 언제? 이러다 네 속이 문드러질 때까지? 너 이렇게 계속 참아 내면 언젠가 괜찮아질 것 같니? 그래서 이래?"

세드릭은 정말로 괜찮아 보였다. 정말로 잘 이겨 내는 것만 같았다.

하지만.

"네가 괜찮을 리가 없잖아."

"……."

"네가 어떻게 괜찮아."

어린 시절, 세드릭은 맹목적으로 어머니만을 좇았다. 돌아보지 않는 어머니를, 바라는 만큼 사랑해 주지 않는 어머니를 늘 찾아 헤매었다. 심지어는 어머니가 연민으로 보살피는 또래 아이를 미워할 정도로 애타게 사랑했다.

그러니 다른 사람은 몰라도 디아나만은 저 세드릭 자일스가 얼마나 어머니를 사랑하는지 알았다. 어머니를 그리는 마음이 어쩌나 드넓은지 세상천지 그녀보다 잘 아는 사람도 없을 테다. 어릴 적, 디아나는 세드릭이 어머니를 사랑하는 만큼 괴로웠으므로. 세드릭이 그녀를 미워했던 만큼 어머니를 그렸다는 것을 누구보다도 잘 알기에.

"그러니까 괜찮은 척 좀 그만하란 말이야. 누가 너보고 죽도록 힘들어도 참으라디? 스승님이 네게 그런 걸 바라셨어? 아니잖아!"

"그럼 나보고 어쩌라고!"

참다못한 세드릭이 일갈했다.

"여기서 무너지면 누가 날 돌봐 줄 건데? 이제 내 뒤에는 아무도 없어. 멋모르는 어린애 행세도 이젠 끝이야!"

"아니, 넌 그냥 무서운 거야. 한번 무너지면 어디까지 무너질지 몰라서 지레 겁먹은 거잖아!"

"그게 잘못된 거야? 나는 이제 무너지면 안 돼. 내가 무너지면 가문은 어쩌라고!"

"이 멍청아! 너 진짜 이럴래?"

디아나가 성난 나머지 세드릭의 어깨를 세게 밀었다. 어느덧 뺨이 눈물로 축축했다. 흐느끼는 와중에도 노기 가득한 소리가 고래고래 이어졌다.

"그리 무서우면 에드윈 경이든 설리번이든 데이지든 아님 아직도 잠들어 있는 채스터티든! 누구 하나든 붙잡고 울란 말이야! 그 사람들이 네가 무너지도록 마냥 내버려 두겠니? 네 가족을 그렇게나 못 믿겠어?"

"……설리번은 제 감정 추스르기도 바쁘고, 아버지는 너도 아까 봤잖아. 아직도 지하 묘지에 홀로 계시는 거. 그런 분께 어떻게 나까지 짐이 되겠어."

"그럼 나는."

디아나가 어깨를 달싹거리며 울었다.

"그럼 나라도 붙잡고 울어. 너 힘들잖아. 내가 이렇게 힘든데 너는 얼마나 힘들겠어."

세드릭은 그만 말문이 막혔다. 디아나는 숨을 헐떡거리며 겨우 말을 이어 갔다.

"나도 너무 힘들어. 다시는 스승님을 뵙지 못한다는 것도 너무 슬픈데 네가 자꾸 괜찮은 척하니까 더 짜증 나. 내가 언제까지 널 대신해 울어야겠어? 응?"

디아나가 젖은 눈으로 세드릭을 쏘아보았다. 세드릭은 황망히 입술만 달싹거렸다.

"나는……."

하지만 대답은 제대로 이어지지 않았다. 내리 이어지는 침묵에 숨통이 막힐 지경이었다. 오래지 않아 디아나의 얼굴에 실망감이 깃들었다. 디아나는 떨리는 입술을 지그시 감쳐물며 뒤돌아섰다.

"됐어. 이젠 네가 알아서 해. 나도 더는 신경 쓰기 싫으니까."

상심한 마음을 대변하듯 걸음이 자꾸만 바닥에 끌렸다. 디아나는 남몰래 치맛자락을 사납게 움켜쥐었다. 말도 못 하게 속이 상했다. 가슴 속에 무거운 바위가 들어앉은 것처럼 무진 답답했다.

어째서 마음 편히 울지 못할까. 어릴 적엔 누구보다도 감정에 솔직했으면서 왜 저리도 감춰 대는 걸까. 디아나는 어느 순간부터 감정을 솔직하게 드러내길 꺼려 하는 세드릭을 이해하지 못했다. 그토록 사랑했던 어머니를 잃은 순간조차 결벽적으로 스스로를 꽁꽁 싸매는 행태를 어찌 이해한단 말인가. 세드릭은 자존심은 강해도 눈물이 메마른 사람은 아니었다. 오히려 감수성이 풍부하고 예민한 아이였다.

화가 났다. 화난 이유는 알지만, 풀어낼 대상이 마땅치 않아 더욱 화가 났다.

그런데 불현듯 누군가 조심스럽게 손목을 감아 왔다.

"가지 마. 내가 잘못했어."

잔뜩 억눌린 음성이 귓전을 파고들었다. 디아나는 저도 모르게 걸음을 멈추었다. 세드릭이 어린 짐승처럼 그녀의 어깨에 얼굴을 파묻었다. 애끓는 소리가 너무도 선명하게 들려왔다.

"아파……."

세드릭은 목메어 흐느꼈다.

"너무 아파……."

간신히 토해 내는 소리가 듣기조차 못내 고통스러웠다. 입술을 잘근거리며 버텨 내던 디아나는 끝내 눈물을 쏟아 내고 말았다.

눈물 마르지 않는 나날, 남겨진 사람들은 이토록 괴로웠다.

며칠 뒤, 헤스터가 엑서터로 찾아왔다.

"언니!"

디아나는 쏜살같이 달려가 헤스터의 품에 안겼다. 파펜하임산에서 헤어진 지 고작해야 3주 정도 지났을 뿐인데도, 언니의 얼굴을 보자마자 핑그르르 눈물이 돌았다. 반갑기는 마찬가지였는지 헤스터도 디아나를 꼭 껴안아 주었다.

"잘 지냈지?"

"그럼. 언니는 별일 없었어?"

"……나도 괜찮았어."

디아나가 꼼지락거리며 헤스터의 품속에서 고개를 들었다. 잠시간의 침묵에서 무언가 이상함을 감지한 모양이었다. 헤스터는 설명을 덧붙이는 대신 가늘게 웃어 보였다.

"일단 안으로 들어가자."

성내는 고요했다. 장례가 끝난 직후 대부분의 일족은 썰물처럼 본성을 빠져나갔고, 그나마 남아 있던 이들도 며칠 사이 안녕을 고했다. 이제 본성에 남은 사람이라곤 자일스 삼 남매와 에드윈, 그리고 디아나뿐이었다.

"바바라 경이 유명을 달리하셨다는 소식은 들었어. 너도 임종을 지켰니?"

헤스터가 휑한 복도를 거닐며 물었다. 언니를 만나 한창 들떴던 디아나가 도로 울적해졌다.

"아니. 에드윈 경만 임종을 지키셨어. 그래도 스승님의 유언은 들어서 다행이지만……."

"내가 조금 더 일찍 올 걸 그랬구나. 마지막으로 감사 인사를 드렸어
야 했는데."

"감사 인사라니?"

디아나는 고개를 갸웃거렸다. 그녀가 알기로 헤스터와 바바라는 별
다른 친분이 없었다. 자매의 안위를 걱정한 헤스터가 디아나 몰래 1년
에 너덧 번 정도 서신을 보낸 것이 전부였다.

"그동안 너를 잘 돌보아 주셨잖니. 수백 번 감사를 드려도 모자란 일
이야."

헤스터가 지당하다는 듯이 말했다.

"너는 어렸을 때라 잘 기억나지 않겠지만, 어머니의 장례식에서 네
거취가 상당히 시급한 문제였어. 어머니는 재산을 물려주지 않으셨고,
당시의 나는 도제 신세라 일을 구할 수도 없었지. 누군가에게 돈을 주
어 너를 맡길 수도 없었던 상황에서 바바라 경이 흔쾌히 널 맡아 주겠
다고 나서신 거야."

"스승님께서?"

헤스터의 말대로 디아나는 어머니의 장례식이 또렷하게 기억나지
않았다. 기억하는 것이라곤 고작해야 장례식장으로 데려다주고 마지막
으로 작별 인사를 건네던 아흔 살 노파와, 하얀 수의를 입은 어머니의
시신, 그리고 그날 처음 만났던 언니뿐이었다. 스승님은 장례식이 거의
끝나 갈 즈음에야 다정하게 손을 내밀며 등장했었다.

'앞으로는 내가 널 돌봐 주마.'

어린 디아나는 순순히 바바라의 손을 잡았다. 호기심과 악의로 가득
한 군중 사이에서 바바라 자일스는 그녀에게 호감을 보이는 거의 유일
한 사람이었다. 짐작건대 헤스터도 그걸 알아 바바라에게 디아나를 맡

겼을 것이다.

"……살아 계실 적에 더 잘해 드릴걸."

돌이켜 보면 바바라는 늘 인자한 스승이었다. 세드릭이나 채스터티에게 종종 엄격한 모습을 보였던 것과 달리, 디아나만은 칭찬과 갈채로 길러 왔다. 디아나는 스승의 그런 면모를 그저 부족한 제자를 북돋아 주려는 것으로만 이해했지만, 어쩌면 바바라 나름대로 애정의 표현이 있었는지도 몰랐다. 그에 부응하지 못한 것이 이제 와 속 쓰리게 애석했다.

"바바라 경이라면 네 이런 마음도 다 알고 계셨을 거야."

헤스터가 위로의 말을 건넸다. 디아나는 풀 죽은 채로 고개를 끄덕였다.

어느덧 그들은 세드릭의 방 앞에 도착했다. 헤스터가 방문했다는 소식은 시종이 이미 전했겠지만, 헤스터는 성을 찾은 손님으로서 성주인 세드릭에게 인사를 전해야 마땅했다. 하지만 열린 문틈으로 보이는 실내에는 선객이 들어 있었다.

"에드윈 경이네."

디아나는 슬며시 안을 들여다보았다. 벽난로에서 장작이 타닥거리며 타오르는 가운데, 불빛 가까이로 모여 앉은 부자가 소곤소곤 이야기를 주고받고 있었다. 간간이 웃음소리가 들려오는 따스한 광경이었다. 세드릭이 환하게 웃는 옆모습을 물끄러미 지켜보던 디아나는 조용히 방문을 닫았다.

"언니. 세드릭이랑은 나중에 인사하는 게 좋겠다. 일단 내 방에서 쉴래?"

"그러자."

디아나는 헤스터를 데리고 방으로 돌아갔다. 그새 불이 꺼진 방 안은 늦가을 추위가 스며들어 사뭇 싸늘했다. 헤스터가 마법으로 손쉽게 불을 붙였다. 그리고 조금 전 에드윈과 세드릭 부자가 그러했듯 벽난로

앞에 러그를 깔고 앉아 사이좋게 담요를 나눠 덮었다.

"이렇게 있으니까 꼭 집에 돌아온 것 같다."

난로의 따뜻한 온기를 쬐며 디아나가 즐거이 말했다.

"집이 그립니?"

"딱히 그런 건 아니야. 내겐 언니가 있는 곳이 집인걸."

"그럼 지금은 집에 있는 거네?"

자매는 마주 보며 까르르 웃었다. 오래간만에 둘만 남으니 자연스레 이야기꽃이 피었다.

"그런데 언니는 아버지가 누군지 알아?"

문득 디아나가 물었다. 불쏘시개로 장작을 들쑤시던 헤스터가 멈칫하며 그녀를 돌아보았다.

"갑자기 아버지는 왜?"

"그냥 아까 에드윈 경을 보니까 생각나서. 세드릭은 에드윈 경을 아주 끔찍하게 생각하거든. 걔는 스승님도 끔찍하게 여겼지만."

디아나는 입술을 불퉁하게 내밀었다.

"나는 어머니에 대한 기억도 없고, 아버지는 아예 모르니까, 세드릭이 그리 부모님을 위할 때마다 잘 이해가 안 돼. 아마도 내가 언니를 사랑하는 마음이랑 비슷하겠지?"

"그렇지 않을까? 그리고 아버지는……. 실은 나도 아버지를 뵌 적은 한 번밖에 없어서 아버지를 사랑하는 마음이 어떤지는 잘 모르겠어."

유유히 말을 경청하던 디아나가 느닷없이 고개를 쑥 내밀었다. 하얀 얼굴에 경악이 가득했다.

"뭐? 아버지를 만난 적이 있다고?"

"내가 말한 적 없니?"

"그런 말 한 번도 못 들었어!"

이번엔 헤스터가 당황했다.

"달리 특별한 이야기도 아냐."

"그게 어떻게 특별한 이야기가 아니야! 어서 말해 봐!"

디아나가 재촉했다. 헤스터는 미간을 살짝 찌푸리며 오래된 기억을 반추했다.

"음, 그러니까……. 몇 년 전에 어떤 남자가 아버지라면서 날 찾아왔었어. 신문에서 내 사진을 봤다고 했나. 내가 태어날 당시 어머니의 연인이었다는 증거는 하나도 없었는데, 워낙에 나랑 비슷하게 생겨서 그러려니 했지."

"그래서?"

"그게 끝인데?"

헤스터가 의아한 기색으로 눈을 동그랗게 떴다. 디아나는 기가 막힌 나머지 소리를 높였다.

"어떻게 그게 끝이야? 그리고 바로 연락이 끊겼어?"

"나중에 연락이 오긴 했어. 아버지가 돌아가셨다고."

"그래서 장례식엔 갔고?"

"아니. 내가 연락을 받았을 때는 이미 돌아가신 지 오래라서 무덤에만 한 차례 다녀왔어."

마치 남의 얘기하듯 담담하기 그지없는 목소리였다. 디아나는 무릎을 끌어안으며 괜스레 헤스터의 눈치를 살폈다. 그녀의 말처럼 정말 특별한 구석은 조금도 없는 이야기였다.

"언니랑 비슷하다면 미남이셨겠다."

"젊을 적엔 배우셨대. 그때 어머니를 잠깐 만나셨나 봐."

"잠깐 만난 것치고는 언니를 용케 알아보셨네."

"아니면 말고 식으로 한번 찔러보신 것 같아. 차림으로 봐선 그다지 부유해 보이지 않으셨거든. 그때는 나도 어머니의 빚을 갚느라 빈털터리 신세였지만 말야. 아마도 그래서 이후로 연락이 없으셨던 게 아닐까?"

어쩐지 갈수록 환상이 깨어지고 있었다. 디아나는 차마 얼굴도 모르는 언니의 아버지를 욕하진 못하고 애꿎은 담요만 쥐어뜯었다.

헤스터가 온화하게 웃으며 물었다.

"너도 아버지가 누군지 알고 싶니?"

"아니. 평생 몰랐으면 좋겠어. 무지가 축복이란 말도 있잖아."

세상에는 수많은 비밀이 숨겨져 있었다. 개중에는 밝혀져야 하는 비밀도 있지만, 외려 밝혀지지 않는 편이 나은 비밀도 있었다. 디아나가 여기기에 아버지란 존재는 후자에 속했다.

"지금까지 아버지 없이도 잘 살아왔는걸."

디아나는 자신만만하게 말했다.

디아나는 내심 며칠 새로 엑서터를 떠날 생각이었다. 스승의 장례식도 끝난 마당에 계속 성에서 지내기도 불편했을뿐더러, 가족 간의 화목한 시간을 방해하는 기분이 들었기 때문이다. 마침 헤스터도 볼일을 마쳤겠다, 이대로 오킹엄으로 돌아가는 게 최선이라 여겼다.

하지만 돌아갈 날은 영영 요원해졌다. 다름 아니라 채스터티가 깨어난 것이었다.

"채스터티!"

디아나가 소식을 듣고 부리나케 달려갔을 때는 이미 바바라의 죽음이 전해진 뒤였다. 방의 분위기는 장례가 한창이던 암울한 시절로 돌아가 있었다. 얌전히 침대에 기댄 채로 설명을 듣는 채스터티는 시체보다 창백한 얼굴이었다.

세드릭은 말없이 편지를 건넸다. 죽기 전 바바라가 끝내 얼굴을 보지 못한 딸에게 남기는 마지막 전언이었다. 멀거니 편지를 바라보던 채스터티가 겨우 손을 내밀었다. 곱게 접힌 편지지를 펴내는 손길이 꼭 사시나무 떠는 듯했다.

채스터티는 하염없이 편지를 읽었다. 마치 편지에는 바바라가 살아 있기라도 한 것처럼 시선이 떠나질 못했다.

하지만 그것도 잠시, 파르라니 질려 있던 얼굴이 차츰 무너지기 시작했다. 어머니가 작고했다는 소식에 차마 되묻지도 못했던 입에선 도무지 알아들을 수 없는 소리가 마디마디 끊겨 나왔다. 곧이어 눈물이 빗방울처럼 투둑투둑 떨어져 내렸다.

채스터티는 오래도록 울었다. 편지가 다 젖도록 서글프게.

"맞아. 이 사람이 날 쐈어."

채스터티는 대번에 헤센 그윈티르의 사진을 짚었다. 디아나가 저도 모르게 낯을 구겼다.

"못된 놈. 이젠 아주 막 나가는구나. 가는 곳마다 사고인데 도대체 언제쯤 잡히는 거야?"

"사냥꾼들이 이자만 노리고 있으니 곧 단서가 잡히겠지."

세드릭이 단조롭게 대꾸했다. 그리고 무심결에 채스터티를 스쳐보던 찰나, 사진을 쥔 채로 가늘게 떨리는 손을 발견하고 말았다.

"채스터티?"

"……이 사람이 문제가 아니야. 한 명 더 있었어."

채스터티가 음산하게 말했다.

"제노비아 자일스."

방 안은 정적에 휩싸였다. 모두가 침묵하는 와중에 설리번이 코를 풀어 내며 어물거렸다.

"제노비아 자일스라면 어머니 전대의 수장 아냐? 옛날에 죽었잖아."

"안 죽었어. 밤중에 날 찾아왔다고."

채스터티가 날카롭게 쏘아붙였다. 흘러내리는 담요를 다시 옥죄는 손길이 자못 신경질적이었다.

"그날, 제노비아 자일스의 꿈을 꾸었어. 당연히 예지였으니까 괜히 말 끊지 마, 설리번. 그 여자도 내가 자신의 꿈을 꾸리라는 걸 예지했는지, 날 찾아와서 무슨 꿈을 꾸었느냐 겁박했어. 내가 털어놓지 않으니 헤센인지 뭔지가 날 이 지경으로 만들었지만."

"뭐야. 정말 살아 있다고?"

설리번이 멍하니 중얼거렸다. 세드릭이 심각한 얼굴로 물었다.

"어떤 꿈이었는데?"

"글쎄……. 어두운 밤이었어. 제노비아 자일스가 뭘 놓쳤는지 아래로 손을 내뻗으며 비명을 지르고 있었고. 무슨 상황인지 감도 안 잡혀."

자일스의 예지는 미래의 단편적인 장면만을 보여 주었다. 그래서 미래를 보고서도 제대로 이해하지 못하는 경우가 많았다.

"예지로 봤다면 제노비아 자일스가 진짜로 살아 있다는 거잖아!"

설리번이 부스스 몸을 일으키며 외쳤다. 골난 채스터티가 힘껏 베개를 던졌다.

"그럼 내가 헛것을 봤게? 지금까지 내 말을 뭐로 들은 거야!"

"죽은 사람이 어떻게 되살아나!"

"멍청아, 되살아나긴 누가 되살아났대? 애초에 죽질 않은 거잖아!"

세드릭이 동감했다.

"채스터티의 말이 일리가 있어. 내 기억으로 제노비아 자일스는 한동안 행방이 묘연했다가, 강물에서 시체로 발견됐으니까. 그만한 마녀라면 시체를 만들어서 죽음으로 위장하는 것도 마냥 불가능한 일은 아니야."

"하지만 왜? 그럴 이유가 있어? 생전 본 적도 없는 자기 핏줄인 채스터티를 공격할 이유도 마땅히 없잖아."

디아나가 당혹스러운 기색으로 물었다. 모두가 의문스럽되, 오직 제노비아 자일스만이 답할 수 있는 질문이었다.

채스터티는 울적한 얼굴로 헤센 그윈티르의 사진일랑 내던지고 축축하게 젖은 바바라의 편지를 쥐었다. 하도 울어서 울긋불긋 짓무른 눈가에 다시금 슬픔이 어렸다.

"그 여자만 아니었어도 어머니 곁을 지킬 수 있었을 텐데……."

이제는 이루어질 수 없는, 덧없는 속삭임이었다.

당분간 안정을 취해야 한다는 의사의 권고로 채스터티만을 침실에 남겨 둔 채, 나머지는 응접실로 향했다. 도중에 디아나는 헤스터를 데리고 와선 금방 들었던 믿을 수 없는 사실을 구구절절 설명했다.

"30년 전에 죽었다던 마녀가 살아 있다니 정말 말도 안 되지 않아? 채스터티가 자일스의 예언자라지만 솔직히 덥석 믿기는 힘들어."

"제노비아 자일스라면 확실히 살아 있어."

하지만 디아나의 예상과는 달리 헤스터는 지극히 담담했다. 심지어는 제노비아 자일스의 생존을 확신하기까지 했다.

"혹 알고 계신 게 있습니까?"

세드릭이 진지하게 물었다. 헤스터는 기다렸다는 듯 품속에서 얇은 서류를 꺼냈다.

"뮈티레 요새의 기록 보관소에서 가져온 문헌입니다. 한번 읽어 보세요."

디아나와 세드릭, 그리고 설리번은 옹기종기 모여 서류를 읽기 시작했다. 그다지 길지는 않지만, 내용은 가히 충격적이었다. 종이를 넘길 때마다 세 사람의 낯빛이 점점 시퍼렇게 굳어 갔다.

설리번이 충격에 휩싸인 채로 말했다.

"말도 안 돼. 미오테티타가 아직도 명맥을 이어 오고 있다고?"

"그게 문제가 아냐. 미오테티타랑 알게르 푸르게스크가 실은 똑같은 조직이었단 거잖아! 어떻게, 미오테티타처럼 순수한 학술 단체가 어떻게 알게르 푸르게스크 따위의 미치광이 모임으로 변질된 거야? 파란의 아르테미시아, 신속의 발터하임, 몽환의 카야. 이 사람들이 실제로는 알게르 푸르게스크의 미치광이들과 마찬가지였다는 거야?"

고대의 비밀결사 미오테티타와 그 일원을 남모르게 흠모했던 디아나는 크게 경악했다. 원탁에 둘러앉아 마법의 경지를 논하던 이들이 훗날 북부에서 악마 소환이나 해 대던 미치광이로 변모했다는 것은 아무래도 믿기 힘들었다.

"제일 놀라운 건 회원 명부야. 루이자 볼크하르트, 볼프강 오르테가, 모르간 아스톨포, 칼롯타 팔리아치, 아멜리아 베가. 아홉 마법 가문의 수장 절반 이상이 명부에 이름을 올렸어. 심지어 레오나드 자일스 경도 있네."

세드릭이 서류를 팔락거리며 기가 막힌다는 듯 헛웃음을 내뱉었다. 명부는 그만치 익숙한 이름으로 가득했다. 대충 가늠해도 발푸르기스 평의회 의원의 삼분지 일이 소속되어 있었다.

"그리고 제노비아 자일스."

세 사람은 명부의 끄트머리를 노려보았다. 그곳에 제노비아 자일스의 이름이 당당하게 적혀 있었다.

"처음에는 동명이인인 줄 알았습니다. 아니면 명부를 오랫동안 갱신하지 않았든가요. 하지만 제노비아 자일스는 확실하게 살아 있습니다. 내 스승인 아멜리아 베가가 그리 단언했어요."

"어, 아멜리아 베가라면……."

디아나가 명부와 헤스터를 번갈아 쳐다보았다. 헤스터는 희미하게 미소 지으며 말했다.

"실은 나도 최근에 사교 클럽 몬에서 초대장을 받았습니다. 알고 보니 칼롯타 팔리아치가 보낸 것이더군요. 그녀는 광인 니올로와 헤센 그 윈터르를 운운하며 나를 뮈티레 요새로 끌어들였는데, 다행히도 요새로 들기 전 미리 사냥꾼들과 접선한 덕분에 무사히 요새에서 빠져나올 수 있었습니다."

갑자기 문을 두드리는 소리가 들려왔다. 반쯤 열린 문틈으로 에드윈이 양해를 구하듯 노크하고 있었다.

"문이 열려 있길래 그만."

농롱한 자색 눈이 자상하게 휘어졌다. 세드릭이 황망하게 중얼거렸다.

"그 사냥꾼이 설마⋯⋯."

"나는 아니야. 헤스터 솔 경이 내게 연락한 것은 맞지만, 당시 나는 동부에 있었거든. 그래서 메시나를 헤집고 다니던 다른 사냥꾼을 연결해 주었을 뿐이란다."

에드윈은 엉거주춤 일어서는 디아나를 손짓으로 만류하며 소파에 배슥하게 기대어 섰다.

"그때는 헤센 그윈티르와 관련된 단서를 조금이나마 얻을 줄 알았는데. 이제 보니 대어가 잡혔구나."

"아버지도 사교 클럽 몬에 대해서 아시나요?"

"물론이지. 나도 한때 몬의 회원이었으니까."

나머지 네 사람은 소리 없이 경악했다. 에드윈이 웃음을 터트리며 가볍게 손을 내저었다.

"그리들 놀랄 건 없습니다. 10년 전에 가입만 해 두고 전혀 활동하지 않았으니 지금쯤 제명되었겠지요."

"맞다, 명부에 에드윈 경의 이름은 없었어요. 제명되신 걸 축하해요."

"고맙구나, 설리번."

에드윈은 장난스럽게 팔을 내저어 예를 취했다.

"뮈티레 요새의 기록 보관소에서 가지고 나온 명부라면 십중팔구 정확하겠지만, 그렇다고 명부에 적힌 사람을 모두 배척할 필요는 없습니다. 예전에는 어땠는지 몰라도 작금의 사교 클럽 몬은 이름 그대로 사교 단체를 표방하고 있으니까요. 물론 서로 친분을 다지는 과정에선 필연적으로 마법 연구에 대한 이야기가 오가겠지만요."

"스승님도 그리 말씀하시더군요. 사교 클럽 몬은 순수한 학술 단체에 불과하다고. 악마학이나 저주술은 이미 사장된 연구라고 했습니다."

"맞습니다. 악마학은 중세에나 활발하던 연구였죠. 다만 몬의 전신인 알게르 푸르게스크가 북부에서 공공연히 악마 소환을 자행했으니,

아마도 그와 관련된 수많은 연구가 몬에 남아 있을 겁니다. 기실 악마학뿐만이 아니에요. 미오테티타, 알게르 푸르게스크, 타라벨라, 그 외에도 명칭만 다른 비밀결사가 역사상 헤아릴 수 없이 많이 존재했습니다. 그중 어디까지가 사교 클럽 몬의 전신인지는 모르겠으나, 짐작건대 몬에는 상상 이상의 연구가 축적되어 있을 겁니다. 개인적으로는 상아탑도 몬과 연결된 것이 아닌가 추측하고 있어요."

사교 클럽 몬의 원류로 추측되는 미오테티타는 무려 4,000년 전에 존재했던 학술 단체다. 이후로 명맥이 끊임없이 유지되었다면, 사실상 몬에는 장장 4,000년에 달하는 마법 연구가 집적된 셈이었다. 게다가 에드윈의 추측대로 베일에 싸인 상아탑과도 관계되었다면, 외부에 드러나지 않은 몬의 지적 자산이 얼마인지는 가히 상상할 수조차 없었다.

"지식의 보고네요."

디아나가 멍하니 혼잣말했다. 에드윈은 선선하게 고개를 끄덕였다.

"그리 말할 수도 있겠군요."

"그럼 제노비아 자일스는 몬과 어떤 관계인가요? 헤센 그윈티르는 또 뭐고요? 대체 그 사람들이 채스터티는 왜 공격한 건지……."

디아나는 시무룩하게 고개를 숙였다. 광인 니올로와 대도 헤센 그윈티르까지는 그럭저럭 버틸 만했다. 하지만 옛날에 죽었다던 제노비아 자일스나, 4,000년의 역사를 간직한 비밀결사는 결단코 아니었다. 머릿속으로 그려 본 적조차 없는 일들이 자꾸만 주변을 맴도는 것에 디아나는 숫제 두려움마저 느끼고 있었다.

"제노비아 자일스가 살아 있을지도 모른다는 생각은 예전부터 갖고 있었습니다. 나는 오래전부터 헤센 그윈티르를 추적해 왔는데, 그는 종종 제노비아 자일스로 추정되는 여자와 함께였으니까요. 하지만 최근까지도 그들이 단독으로 움직이는 줄만 알았습니다. 배후에 사교 클럽 몬이 있는지는 미처 몰랐어요."

에드윈은 그리 말하며 헤스터를 돌아보았다.

"아까 들으니 아멜리아와 만났다고요. 누이가 뭐라던가요?"

"제노비아 자일스가 아주 흥미로운 연구를 진행 중이라고 했습니다. 몬은 그녀가 연구를 완성할 수 있도록 보조할 뿐 직접적으로 관여하진 않는다더군요."

"아마도 아홉 인의 영웅이 남긴 유물과 관련 있을 겁니다. 헤센 그윈티르는 유독 유물에 집착했어요. 세간에는 오르테가의 본성에 침입하여 베르티 오르테가가 남긴 열두 귀물을 훔쳤던 일화만 알려졌지만, 그외에도 다른 마법 가문 본성에 수두룩하게 침입한 전적이 있습니다."

"유물이요?"

디아나가 깜짝 놀랐다. 석연찮은 반응에 에드윈이 의아한 표정을 짓자, 세드릭이 얼른 입을 열었다.

"디아나에게 두 개의 유물이 있습니다. 마그누스 프롬이 남긴 펜던트와, 퀸투스 아스톨포가 남긴 투구요."

"그게 사실이니?"

헤스터가 표정을 싸하게 굳히며 디아나를 응시했다. 디아나는 처음 보는 언니의 차가운 눈빛에 주눅 들어 말없이 펜던트를 끌렀다.

"왜, 여름에 언니가 잠깐 자리를 비웠을 때 도서관에 갔었거든. 거기서 우연히 그리그 프롬이 집필한 동화 속으로 빨려 들어갔었어, 세드릭이랑 같이. 헤센 그윈티르도 거기서 만났는데…… 난 하나도 안 다쳤어! 정말 말짱한데 언니가 괜히 걱정할까 봐 말 안 했던 거야."

디아나가 황급히 말을 덧붙였다. 세드릭이 크게 다치긴 했지만 그녀는 아주 멀쩡했으므로, 한 치의 거짓도 없는 진실이었다. 디아나는 부디 헤스터가 잠잠히 넘어가 주기만을 바랐다.

그러자 이번에는 에드윈이 물었다.

"퀸투스 아스톨포의 투구는 어디서 구했습니까?"

"아, 그게."

디아나는 에드윈의 눈치를 보았다. 거인이 숨어 살고 있다는 사실을 누구에게도 말하지 않겠노라 토르스텐에게 약속했기 때문이다. 심지어 에드윈은 거의 원수였기에, 사정이 이렇다 한들 그에게 비밀을 털어놓는 것은 토르스텐과의 신의를 저버리는 꼴이었다.

"디아나의 어머니가 투구를 유품으로 남기셨습니다. 아무도 모르는 곳에 숨겨 두셨어요."

세드릭이 디아나를 대신하여 답했다. 에드윈은 별다른 의심 없이 수긍했다.

"헤센 그윈티르는 베니그노 지하성에 침입한 전적이 있습니다. 퀸투스 아스톨포의 유물도 그때 훔친 줄 알았는데, 누군가 미리 빼돌린 모양이군요. 그나마 다행입니다."

"그런데 제노비아 자일스와 헤센 그윈티르는 아홉 인의 영웅이 남긴 유물로 도대체 뭘 하려는 걸까요?"

불현듯 설리번이 고개를 갸웃거리며 물었다. 하지만 아무도 대답하지 못했다. 아홉 인의 영웅은 전설적인 존재. 위명이 오래도록 회자된 것과는 별개로 그들에 대한 기록은 많지 않았다.

그때, 헤스터가 조용히 말문을 열었다.

"디아나. 너는 당분간 이곳에 숨어 있으렴."

"뭐?"

디아나는 반박하려다 말고 입을 다물었다. 마주한 헤스터의 얼굴이 전에 없이 간절했다. 언제나 견고했던 언니가 이토록 위태로운 모습을 본 적이 없었다.

"제노비아 자일스가 너를 노리고 있어."

이튿날, 에드윈은 성을 떠났다.

"죽은 사람이 살아 돌아올 수 있는 방법은 없습니다. 생명 창조가 불가능하다는 것은 이미 역사상 수많은 선조들이 증명했으니까요. 그러니 헤센 그윈티르가 여러 차례 죽음을 경험하고도 멀쩡히 살아 있는 까닭은 따로 있을 겁니다."

"까닭이라면……."

"추측건대 헤센 그윈티르의 본체는 숨겨져 있을 거예요."

헤센 그윈티르는 에드윈과 세드릭에게 낙뢰를 맞고서도 멀쩡하게 모습을 드러냈다. 두 사람 모두 낙뢰를 내린 직후 헤센의 숨이 멎은 것을 똑똑히 확인했으니, 낙뢰를 맞았을 당시 그는 죽은 것이 맞았다.

사자가 이승으로 돌아오는 것은 불가능했다. 그러므로 가장 유력한 가설은 인형술이었다.

"중세 북부에선 수많은 금기가 행해졌다고 합니다. 공공연히 악마 소환을 자행했던 알게르 푸르게스크는 빙산의 일각에 지나지 않아요. 저주술, 강령술, 인형술, 사술 등 지금은 엄격하게 통제되는 술법이 북부 마법 가문을 중심으로 깊게 연구되었습니다. 천년전쟁이 한창이던 시기인 만큼 인간에 대적하기 위한 목적도 있었으나, 한편으로는 사사로이 원한을 쌓은 이를 해치려는 의도도 있었습니다. 〈잔악한 그윈티르〉 역시도 사정은 다르지 않았고요."

인형술이란 기본적으로 타인의 의식을 지배하는 마법이었다. 의식을 지배하면 자연스레 육신을 지배할 수 있으므로, 인산인해로 덤비는 인간 군대에 맞설 수 있는 가장 좋은 대비책이었다. 다만 천년전쟁이 종식한 이후 악용될 가능성이 높다고 판단하여 발푸르기스 평의회는 일찍이 인형술을 금한 바 있었다.

하지만 금기로 지정되었다고 옛날의 연구가 일제히 사장되는 것은 아니었다. 북부 마법 가문에는 여전히 중세의 연구 자료들이 그대로 남아 있었고, 그윈티르의 촉망받는 적자였던 헤센이 그걸 모를 리 없었다.

"인형술에는 여러 갈래가 있는데, 그중 무생물체인 인형에 의식을 옮겨 심는 술법도 있습니다. 인형을 마치 자신의 수족처럼 움직일 수 있지만, 생명은 어디까지나 본체에 깃드는 만큼 인형이 망가진다고 죽지는 않습니다. 헤센 그윈티르도 그런 원리로 끊임없이 부활하는 것이겠죠."

"그럼 본체를 찾아내야 하는군요."

"20년 전, 헤센 그윈티르가 오랫동안 잠적했던 시기가 있습니다. 사냥꾼의 끈질긴 추적으로 위험천만한 부상을 입었었죠. 아마도 그때 인형술을 부렸으리라 추정됩니다. 나는 지금까지 20년 전 헤센의 흔적을 찾아 헤맸는데, 그가 상처 입은 몸을 이끌고 줄리모어 군도에 오래 머물렀음을 최근 알아냈습니다. 헤센 그윈티르의 본체는 아마도 그곳에 숨겨져 있을 겁니다."

줄리모어 군도에서 헤센의 흔적을 뒤지던 에드윈은 바바라가 위독하다는 급보에 엑서터로 달려왔다. 장례도 끝났고 세드릭도 어느 정도 마음의 정리를 했으니, 이제 군도로 다시 돌아가야 했다.

다만 이번에는 설리번이 그의 뒤를 쫄래쫄래 따라붙었다.

"줄리모어 군도라면 인어의 서식지잖아! 에드윈 경, 절대 폐 끼치지 않을 테니 나도 데려가 줘요!"

설리번은 대체로 만사에 무심하지만, 이종족에 한해서라면 광적인 집착증을 자랑했다. 요정과 거인을 섭렵한 그가 인어에게로 눈길을 돌리는 것은 당연한 이치였으므로, 에드윈조차 감히 그를 만류하지 못했다.

설리번이라는 한바탕 소란이 지나간 성은 무척이나 적요했다. 남은 세 사람은 궁리 끝에 마그누스 프롬과 퀸투스 아스톨포의 유물을 지하 금고에 보관하기로 했다.

세드릭이 말했다.

"세상에 아홉 마법 가문의 본성보다 방비가 단단한 곳은 없어. 유물을 보관하기에도, 네가 숨어 있기에도 일반 저택보다는 여기가 나을 거야."

헤센 그윈티르는 무려 오르테가의 본성에 침입했던 대도. 마법 회로가 깔린 채스터티의 저택도 손쉽게 뚫었을 정도로 내침에는 일가견이 있었다. 당연히 천 년에 걸쳐 보안을 겹겹이 쌓아 온 본성에 머무르는 편이 안전했다.

"그럼 조금만 신세 질게."

디아나는 이만 집으로 돌아가고 싶은 마음이 굴뚝같았지만, 제노비아 자일스와 헤센 그윈티르가 자신을 노린다는 말을 듣고도 고집부릴 만큼 겁 없지는 않았다. 외려 그들을 피해 숨어 있을 만한 곳이 있어 다행이라 여길 판국이었다.

하지만 그렇다고 불안감이 완전히 가시지는 않았다. 디아나는 어째서 제노비아 자일스가 자신을 노리는지 이해할 수 없었다. 그녀는 위대한 마녀 그리젤다 솔의 딸임에도 모두가 인정하는 평범한 마녀였다. 어머니의 빛나는 재능은 조금도 이어받질 못했으며, 많고 많은 별 중에서 하필이면 암흑의 별 칼리스토의 축복을 받은 비운의 마녀가 바로 디아나 솔이다.

'대체 날 어쩌려는 걸까.'

디아나는 시무룩하게 서재에 틀어박혔다. 평소라면 기꺼워했을 어마어마한 서적도 불안으로 일렁이는 마음을 위로하진 못했다. 누군가와 대화라도 나누며 실마리를 찾고 싶었지만 헤스터는 전서구를 날리고 자료를 뒤지느라, 세드릭은 본성의 설계도를 살펴보느라 정신이 하나도 없었다. 그나마 헤스터가 에드윈처럼 바로 성을 떠나지 않은 것이 유일한 위안거리였다.

반나절 동안 건성으로 책장을 넘기던 디아나는 결국 자리를 박차고 일어났다. 머릿속을 잠식한 우중충한 불안감을 하루빨리 몰아내야 했다. 책으로도 안 된다면 나가서 상쾌한 공기라도 쐬는 편이 나았다.

그나마 다행스럽게도 본성의 정원은 아름답게 가꾸어져 있었다. 시종들을 제하면 과연 1년에 몇 명이나 정원의 경치를 감상할까 싶었지만, 지금 이 순간은 정원사의 성실함에 감사하기로 했다. 덕분에 조금이나마 기분이 나아졌질 않은가.

디아나는 흰칠한 정원수 사이를 거닐었다. 윈우드 숲을 그대로 옮긴 정원은 겨울을 맞이하여 벌거숭이가 되었으나, 의외로 녹음이 져 버린 경치도 제법 운치 있었다. 군데군데 겨울에도 잎을 떨구지 않는 침엽수가 자리했기 때문인지 마냥 삭막하지만도 않다.

별일 없을 것이다. 아무 일도 없을 것이다.

디아나는 한가로이 걸으며 그리 뇌까렸다. 이렇게라도 불안감을 억누르지 않으면 정체 모를 공포에 사로잡힐 것만 같았다. 이유도 모른채 적의 표적이 되어 버린 무지의 공포, 자꾸만 최악의 상황만을 상정하는 상념의 공포, 그리고 본능적으로 생겨나는 섬뜩한 예감이 서서히 기어오르고 있었다. 마치 앞일을 경고하는 것처럼 내딛는 걸음 하나에도 심장이 쿵쿵 뛰었다.

그때, 낙엽을 지르밟는 발소리가 들려왔다.

"아이참, 회로도를 어디까지 확인하시려고요? 정말 이걸 다 보실 거예요?"

시종 포사티아가 바닥에 산더미처럼 쌓인 회로도를 힐끔거리며 물었다. 척 듣기에도 질린 기색 다분한 목소리였으나, 세드릭은 추호도 흔들리지 않았다.

"이게 전부인 건 확실하지?"

"그럼요. 전부이긴 한데 정말로 다 보시려고요?"

"응."

"어제오늘 틀어박히셔서 겨우 3층까지 보셨다면서요. 본채만도 10층이 넘는데 별채 열두 관이랑 첨탑 네 개는 언제 다 확인하시려고요."

"정원도 봐야 해."

세드릭이 건성으로 대꾸했다. 포사티아는 노련한 시종답게 삽시간에 경악을 갈무리했다.

"도련, 아니 주인님. 수장이 되신 지 며칠 지나지도 않았잖아요. 벌써부터 이러실 필요 없어요. 그간 장례를 치르느라 힘드셨을 텐데 조금이라도 쉬셔야죠."

"난 괜찮아."

"혹시 성의 보안이 걱정되어 그러세요? 하지만 여기는 천 년 넘게 마법 회로를 쌓고 또 쌓은 곳이에요. 아스톨포의 폭풍이나, 베가의 낙뢰가 아니면 무너질 일이 없다는 건 주인님도 잘 아시잖아요."

"조심해서 나쁠 건 없잖아. 언젠가 헤센 그윈티르가 오르테가의 본성에 침입해서 열두 귀물을 훔쳐 가기도 했고."

"오르테가는 사정이 다르죠. 거기는 미치광이 선조가 성을 홀딱 태워 먹어서 새로운 성으로 옮긴 지 얼마 되지도 않았잖아요. 이곳에 비하면 당연히 보안이 취약해요."

그러나 세드릭은 더 이상 포사티아의 말을 귀담아듣지 않았다. 어지러운 마법 회로를 따라 바삐 움직이는 눈을 보다 못한 포사티아가 공연히 한마디 던졌다.

"정말이지, 제노비아 님이 어련히 알아서 잘 손보셨을까. 바바라 님도 보안에는 손대지 않으셨는데."

일순 세드릭의 움직임이 멎었다.

"······방금 뭐라고 했어?"

"네? 아이고, 들으셨어요? 그게, 바바라 님이 일전에 회로도를 보시고는 보안이 완벽하다면서 마법 회로는 건들지 않으셨거든요."

"아니. 그 전에."

이상하리만치 긴장한 소리였다. 포사티아는 고개를 갸웃거리며 대답했다.

"제노비아 님이요? 전전대 수장이시잖아요. 그분이 옛날에 본성의 마법 회로를 전체적으로 손보셨다고 들었는데요."

디아나는 경계심 가득한 얼굴로 한 발자국 뒤로 물러섰다.

바싹 마른 낙엽을 밟으며 나타난 사람은 낯선 여자였다. 단정하게 땋아 내린 머리는 검고 온화하게 뜨인 눈은 녹색이니, 한눈에도 자일스 일족임이 분명했다. 하지만 바바라의 장례를 치르는 내내 마주친 적 없는 얼굴이라 좀처럼 경계를 늦추지 못했다.

"누구세요?"

디아나가 물었다. 하지만 여자는 물끄러미 그녀를 쳐다보기만 할 뿐 답이 없었다. 조급해진 디아나가 재차 입을 열었다.

"스승님의 장례라면 이미 끝났어요."

"바바라 자일스의 장례 때문이 아닙니다. 당신을 보러 왔죠."

별안간 등 뒤에서 올찬 목소리가 들려왔다.

"오래간만입니다. 진저."

헤센 그윈티르였다. 디아나는 입술을 덜덜 떨며 겨우 말을 꺼냈다.

"다, 당신이 여길 어떻게……."

"정말 그게 궁금합니까? 내 생각으로는 별반 중요하지 않을 듯합니다만."

헤센은 그리 말하며 투구와 펜던트를 가볍게 들어 올렸다.

"그보다는 본인 걱정이나 하는 편이 낫지 않겠어요?"

그의 말이 끝나기 무섭게 하얀빛이 땅을 가로질렀다. 세 사람을 감싸 안는 원이 그려지고, 무수한 선과 도형과 기호들이 오갔다. 디아나는 황망히 마법진을 굽어보았다. 원으로 기어드는 뱀과 해독할 수 없는 언어, 이건 평범한 마법이 아니었다. 오히려 이것은.

내내 침묵하던 여자, 제노비아 자일스가 말문을 열었다.

"마르고트……."

익숙하되 익숙하지 않은 이름. 디아나의 얼굴이 경악으로 일그러졌다. 불려선 아니 되는 기억이 악몽처럼 되살아났다.

유황 냄새가 스멀스멀 지하에서 기어오르고, 검은 연기가 음습하게 마법진을 타고 흘렀다. 기억과는 다른 광경에 디아나는 그제야 이상함을 느꼈지만, 미처 대처할 겨를이 없었다. 꺼멓게 피어오른 연기가 기민하게 세 사람을 감싸 안았다.

잠시 후, 세 사람은 온데간데없이 사라졌다.

디아나가 사라졌다.

본성의 시종까지 죄다 동원되어 성내를 샅샅이 뒤졌지만, 날이 어두워지도록 그녀의 머리털 하나 발견하지 못했다. 성내에 치밀하게 깔린 마법 회로는 침입자를 알리는 경보를 울리지 않았으나, 제노비아 자일스가 일전에 마법 회로에 손댄 적 있기에 마냥 믿을 수만도 없었다.

이윽고 윈우드 숲에도 밤이 찾아들었다. 한밤의 암막을 몰아내는 횃불이 성벽에 오르고 복도마다 촛불이 길을 밝혔다. 시종들이 저마다 디아나를 불러 대는 소리가 곳곳에서 빗발쳤지만, 서재에서 끊긴 디아나의 행방은 여전히 오리무중이었다. 날이 어두워지면 돌아오리란 낙관적인 기대도 시들었으므로, 이제는 최악의 상황을 상정할 수밖에 없었다.

그리고 마침내, 정원에서 의심쩍은 흔적이 발견되었다.

"마법진인 것 같은데 도저히 무슨 마법인지 모르겠어요."

데이지는 꼬리를 축 늘어뜨렸다. 세드릭은 말없이 횃불로 흙바닥을 비춰 보았다. 마법진이 새까맣게 타들어 간 자국이 고른 바닥에 선명히 남아 있었다.

"보통은 이렇게 자국이 남지 않죠?"

데이지가 세드릭의 눈치를 보며 물었다. 세드릭이 싸늘하게 날이 선 얼굴로 침묵하는 사이, 헤스터가 헐레벌떡 달려왔다.

"세드릭 경. 마법진이 발견되었다고요?"

"오셨군요."

간략하게 헤스터를 맞이한 세드릭이 곧바로 데이지에게 명했다.

"서재에서 책 한 권만 가져와 줘. 제목은 『고대의 암호와 상징』, 저자는 바실리오 콘살비야."

"지금 당장 가져다드릴게요. 잠시만 기다리세요!"

충직한 시종 데이지는 명을 받들어 잽싸게 본채로 달려갔다. 헤스터는 영문을 몰라 눈만 깜박였다. 『고대의 암호와 상징』은 대부분 도제 시절에 통째 암기하는 기본서 중의 기본서. 지금 상황에서 세드릭에게 필요한 참고 서적은 결단코 아니었다.

그러나 헤스터의 의문을 풀어 줄 생각이 없는지, 세드릭은 데이지가 자리를 비우자마자 시커멓게 타들어 간 흙을 한 줌 쥐어 냄새를 맡았다.

"유황 냄새입니다."

헤스터의 낯빛이 일변했다. 서둘러 마법진을 횃불에 비춰 보는 기색이 심상찮았다.

"헤스터 경도 잘 아시겠지만, 마법진의 흔적이 남는 경우는 거의 없습니다. 그조차 대체로 불길을 일으키거나 뜨거운 열기를 발산하는 경우예요. 하지만 이렇게 유황 냄새가 진하게 남지는 않습니다."

세드릭이 흙 묻은 손을 털어 내며 팔짱을 꼈다. 헤스터는 말없이 마법진 위로 한쪽 무릎을 굽혔다. 자세를 낮추자 부정할 수 없이 짙은 유황 냄새가 풍겼다. 그들은 유황이 뜻하는 바를 모르지 않았다.

헤스터가 힘겹게 말문을 열었다.

"……경이 어떻게 받아들일지 모르겠습니다. 디아나가 실은."

"악마를 소환한다고요?"

세드릭이 건조하게 말을 끊어 냈다. 헤스터가 당황하여 그를 돌아보았다.

"알고 있었습니까?"

"오래전에 알았습니다. 나는 오히려 경이 알고 있다는 사실이 놀랍군요. 디아나라면 다른 사람은 몰라도 경에게는 무조건 숨기려고 했을텐데."

가만히 눈만 깜박이던 헤스터가 오래지 않아 마법진으로 시선을 떨구었다. 축 처진 어깨가 어쩐지 시무룩해 보였다.

"디아나가 악마를 소환했을까요?"

"아니요. 악마 소환진과는 조금 다릅니다."

세드릭은 그리 말하며 마법진의 중앙에서 둥글게 똬리 튼 뱀을 가리켰다.

"예전에 보았던 소환진에선 뱀이 마법진을 완전히 통과했습니다. 하지만 이건 오히려 원 안으로 들어와 있어요."

"악마 소환진을 직접 본 적이 있습니까?"

"어릴 적 디아나가 악마를 소환하는 걸 목격했습니다. 디아나는 내가 그때를 기억한다는 걸 모릅니다만."

물끄러미 그를 쳐다보던 헤스터가 말했다.

"이 사실을 아는 사람이 경뿐이라 다행이에요."

"나도 마찬가지입니다."

두 사람은 말없이 시선을 주고받았다. 하지만 그것도 잠시, 두 쌍의 눈은 도로 미련 없이 제 갈 길을 향했다. 횃불 두 개가 나란히 땅을 훑으며 마법진의 문양을 비추었다.

"역시 별에게 올리는 기도문은 없군요."

"소환은 별에게 청하는 것이 아니라 악마에게 청하는 것이니까요. 별에게 기도한다고 악마가 소환되지는 않겠죠."

세드릭은 왼쪽 가장자리에 그려진 모래시계를 짚었다.

"이건 악마 소환진에도 있었습니다. 모래시계는 시간의 상징. 아마도 여기와 악마가 사는 세상의 시간대가 다르기 때문에 필요한 것 같습니다."

"흔히들 악마는 지옥에서 올라온 악귀라고 하죠. 하지만 악마 설화가 구전된 지역에 따라, 혹은 악마학을 서술하는 판본에 따라 지옥은 종종 지하 세상으로 대체되기도 합니다. 이제 와 악마학의 원전을 찾을 수는 없으니 지하 세상이 뜻하는 바를 알아내기는 힘들겠으나, 지층 아래에 악마의 세상이 존재한다기보단 지하처럼 어두운 세상을 은유한다고 보는 편이 맞겠죠. 짐작건대 여기와는 완전히 다른 세상일 겁니다."

헤스터는 그리 말하며 마법진의 원을 따라 빼곡하게 적힌 문자를 살폈다.

"아바도어는 아닙니다. 생전 처음 보는 글자예요."

"악마의 문자일까요?"

"가능성은 높습니다."

당최 용도를 알 수 없는 마법진은 문자와 선, 각종 도형과 기호로 빼곡했다. 하지만 해석이 불가한 문자와 군데군데 흔적이 희미해진 부분을 제하면, 정확히 확인할 수 있는 것이란 고작해야 모래시계와 지하 세상을 암시하는 기호, 그리고 원 안에서 둥글게 똬리 튼 뱀 문양뿐이었다.

"가장 마음에 걸리는 것은 역시 뱀입니다. 내가 기억하는 악마 소환진과 가장 다른 부분이에요."

세드릭은 어둡게 가라앉은 눈으로 뱀을 굽어보았다.

자고로 마법학에서 뱀이란 다양하게 해석되었다. 때로는 독을, 때로는 탐욕을, 때로는 탈피를 은유했다. 속되게는 용을 낮잡아 이르는 말이기도 했다. 그러나 악마학에 국한한다면.

"악마."

뱀이란 곧 악마의 상징이었다.

"마법진을 감싸는 원은 보통 마법사 개인을 뜻하지만, 어떤 마법의 경우는 세계를 뜻하기도 합니다. 그렇다면 악마 소환진에서 원을 통과하는 뱀이란 즉, 악마가 세계를 뛰어넘었다는 것을 말하겠지요. 본래의 세상을 넘어 지상에 강림한 이단자, 이계인, 혹은 피소환자. 하지만 이 마법진에서 뱀은 세계를 뛰어넘지 않았습니다. 오히려 본래의 세상에서 가만히 몸을 움츠리고 있어요. 마치 무언가를 보호하듯."

세드릭이 낮게 읊조렸다.

"악마는 소환되지 않았습니다. 그는 여전히 제 세상에 있어요. 도리어 흔적도 없이 사라진 것은 디아나입니다."

뜻하지 않은 변고.

결국 마법진이 뜻하는 것은 명확했다.

"……역(逆)소환진."

헤스터가 황망히 중얼댔다. 세드릭은 피로에 젖은 눈을 가만히 내리감았다.

"아마도 디아나는 지하 세상으로 끌려갔을 겁니다."

괴괴한 정적이 내려앉았다. 도무지 믿기지 않는 사실에 두 사람 모두 넋이 빠져나간 모양으로 숨만 몰아쉬었다. 주변을 어른거리는 음습한 그림자의 실체가 차차 드러나기 시작했을 때부터 수만 가지 미래를 예상하고 덧그렸으나, 그중에도 이런 무지막지한 상황은 없었다. 예상은 모조리 비껴갔다. 마치 제 뜻대로 미래를 이룩하려던 교만을 깔깔 비웃듯이.

망연자실 발끝만 내려다보던 헤스터가 문득 고개를 들어 올렸다. 끌려갔다면 되찾아 오면 그만이었다. 그곳이 땅끝이든 별세상이든 아님 지하 세상이든 관계없었다. 앞이 막막한 상황에도 실은 방도가 아주 많았다. 언제나 중요한 것은 자신의 모두를 내걸 수 있는 절박함이었으므로.

덧없이 꺾였던 잿빛 눈에 다시금 이채가 돌았다. 방도는 적은 수나마 분명 있었다. 그리고 헤스터는 그 모든 방도를 행해서라도 지하 세상으로 갈 작정이었다. 디아나가 간 곳에 그녀가 가지 못할 리 없었다.

한편, 세드릭은 기묘한 기시감에 사로잡혀 있었다. 그는 헤스터와 마찬가지로 빠르게 공황에서 벗어나 지하 세상으로 갈 방도를 찾고 있었는데, 역시 가장 처음으로 떠오른 방도는 악마 소환이었다. 악마를 소환해서 성공적으로 계약한다면 지하 세상으로 갈 수도 있었다. 물론 대가가 따르겠지만, 그는 물론이요 자매를 끔찍하게 아끼는 헤스터 솔이라면 제 몸뚱이를 다 내주어서라도 디아나를 구하려 들 것이었다.

하지만 과연 그 수밖에는 없는가.

깊이 골몰하던 중에 근자의 일이 부옇게 떠올랐다.

[트라이피나! 트라이피나!]

광적으로 울부짖던 미친 거인. 그리고 거인의 말을 듣자마자 화들짝 놀라 달아나던 용.

그때, 거인이 뭐라고 했더라.

하염없이 입술을 매만지던 손이 별안간 툭 떨어졌다. 아득한 충격에 휩싸인 그를 좨치듯 미친 거인의 외침이 머릿속에서 쟁쟁하게 울려 퍼졌다.

[우리를 지하로 데려가 줘! 더는 여기서 살지 못해! 약속을 지켜!]

4. 귀향

먼 옛날, 별의 소리를 듣는 마법사가 있었다.

아홉 인의 영웅은 악룡 타트라스크 파펜하임을 몰아내고 파펜하임 산을 차지했다. 그들은 원탁에 둘러 앉아 몇 날 며칠이 지나도록 열띤 토론을 벌였다. 문제는 단 한 가지, 겔렝지어로 떠난 어느 마법사가 남긴 유산이었다.

마체 팔리아치가 말했다.

'별은 닿을 수 없기에 별이고, 빛은 몰아낼 수 없기에 빛입니다. 마찬가지로 기적은 일어나지 않기에 기적입니다. 기적은 일어나지 않기에 찬양받을 뿐, 일어난 기적은 더 이상 기적이 아닙니다. 일어난 기적은 세상에 혼란을 초래할 뿐입니다.

오늘, 우리는 기적을 쪼개기 위해 모였습니다. 지고의 경지에 오른 마법사가 남긴 유산은 헛된 욕망에 눈먼 자들을 꾀어낼 것입니다. 유산은 누구도 넘보지 못할 찬란한 기적이되, 세상을 뒤흔들 분란의 씨앗이 될 것입니다.

그러나 우리는 비극적인 미래를 좌시하지 않습니다. 사특한 이들이 기적의 냄새를 맡고 몰려오기 전에 천지에 다시없을 기적을 아홉 갈래로 가릅시다. 그리고 다시는 합쳐지지 않도록, 다시는 기적이 나타나지 않도록 아무도 모르는 어둠 속에 감추어 둡시다.

자, 기적을 봉인할 기물을 내어놓으시오. 세상이 멸망하는 날까지도 안전하게 기적을 잠재울 그릇을, 삿된 자들의 이목을 피할 단단한 그릇을.'

숭고한 마체 팔리아치는 곡식을 수확하는 낫을 내어놓았다.

가혹한 퀸투스 아스톨포는 폭풍우로부터 스스로를 보호하는 투구를 내어놓았다.

교활한 클레멘틴 자일스는 세상을 비추는 거울을 내어놓았다.

공정한 이즈리얼 알피어스는 겨울에 복속한 이들이 입을 맞춘 반지를 내어놓았다.

고결한 오베론 베가는 대지를 가르는 낙뢰처럼 날카로운 창을 내어놓았다.

냉엄한 발부르가 볼크하르트는 칼보다 강하고 꿀보다 달콤한 금화를 내어놓았다.

오만한 베르티 오르테가는 죽어 가는 노인도 걷게 하는 지팡이를 내어놓았다.

잔악한 피오트르 그윈티르는 천 명의 사람을 베어 낸 단검을 내어놓았다.

엄숙한 마그누스 프롬은 부모가 자식에게 전하는 목걸이를 내어놓았다.

아홉 기물이 원탁에 모였다. 기적이 다시 합쳐질 것을 염려한 마그누스 프롬은 목걸이에 강한 기원을 담았다.

'부디 마법사의 유산이 세상을 도탄에 빠트리지 않기를.'

마법사의 유산은 그리 아홉 갈래로 쪼개졌다. 그리고 교활한 클레멘틴 자일스가 예언했듯 아홉 갈래의 유산이 기적으로 화하는 일은 오래도록 없었다.

어두운 지하 세계.

혹한의 땅에서도 드물게 얼어붙지 않은 그라피우스강 기슭에는 피로 물든 돌을 하나씩 쌓아 올린 붉은 성채, 일명 참극성이 우뚝 서 있었다. 겸양을 모르고 염치는 더더욱 모르는 악마들이 유일하게 두려워 피하는 곳이 참극성일지니. 그곳의 주인이 바로 드넓은 동방을 다스리는 동방 군주요, 오래전 열하나의 군주와 예순여섯의 군단을 압도적인 무력으로 무릎 꿇린 참극공인 까닭이다.

그러던 어느 날, 사시사철 무덤처럼 적막하던 참극성에 자그만 소요가 일어났다. 대전에서 참극공을 알현하던 일곱 번째 군단장이 어떤 광경을 목도하고 까무러쳤다는 풍문이 음지에서 나돌았는데, 그것이 사실인지는 누구도 확인할 수 없었다. 일단 흉악하기로 이름 높은 일곱 번째 군단장 드루카 알마타데마는 놀란 나머지 졸도할 만큼 심성이 여린 자가 아니거니와, 근래 자신을 둘러싼 뜬소문에 입을 꾹 다물고 침묵했기 때문이다. 다만 드루카 알마타데마가 대전에서 '지금껏 본 적 없는 존재'를 목격했다는 말만 알음알음 퍼져 나갔다.

그렇다면 '지금껏 본 적 없는 존재'란 대관절 무엇인가. 악마는 섭식으로 육신을 교체하는 종족이기에, 동방 군주에게 충성하는 예순여섯 군단의 수십만 악마들이 드나드는 참극성은 그야말로 수만 가지 육신이 한데 모이는 전시장이나 다름없었다. 그러므로 숱한 전장에서 악귀처럼 뛰놀던 군단장 드루카 알마타데마가 생경한 육신을 보고 혼절했다는 소문은 아무래도 믿기 힘들었다.

하지만 악마들이 믿든, 믿지 않든 참극성에서 소란이 일었다는 사실은 변치 않았다. 드루카 알마타데마가 입성했던 날, 대전에는 예기치 못한 불청객이 들었고 악마보다 악마 같다던 군단장은 까무러치게 놀라 기절하고 말았다. 엄연한 사실이 빤한 거짓으로 치부될 만치 어처구니없는 일이었다.

태어난 이래 이토록 자존심에 금 간 일이 없을 군단장에겐 그나마다행으로, 소문은 대개 우스갯소리로 취급되었으며 무엇보다도 '지금껏 본 적 없는 존재'의 생김새에 대해선 전혀 알려지지 않았다. 그러니까, 전장의 흡혈귀라 불리는 드루카 알마타데마가 세 명의 인간을 보고졸도했다는 사실을 아는 자는 거의 없었다.

서기관 톨레두스크 군드라흐는 그날을 이렇게 기억했다.

아주 적은 수의 호위만을 대동한 참극공은 여느 때처럼 소탈하게 군단장을 환영하고 있었는데, 갑자기 바닥에 괴이쩍은 문양이 그려지더니 세 명의 인간이 나타났다. 군단장이 기절하고 호위들이 첨예하게 긴장한 가운데, 유일하게 참극공만이 여유롭게 불청객을 환영했다. 마치기다리고 있었다는 듯이.

세 명의 인간은 대전에 나타나자마자 맥없이 쓰러졌다. 시종들은 참극공의 명령에 따라 그네들을 성채에서 가장 안전하고, 가장 높은 곳으로 날랐다. 충실한 서기관 톨레두스크 군드라흐는 군주의 설명을 고대했으나, 야속하게도 참극공은 회한의 숲에서 마흔세 번째 군단이 패퇴했다는 급보에 직접 군대를 이끌고 전장으로 나아갔다. 군주가 흘리는 무시무시한 노기에 시종과 서기관은 그저 납작 엎드려 승리를 염원할 뿐이었다.

그리하여 참극성 꼭대기에는 극소수의 악마들만 아는 불청객이 있었다. 시종들은 손님을 친절히 모시라는 군주의 명을 받들어 성심을 다했다. 그러나 악마 시종을 볼 때마다 비명을 질러 대는 빨간 머리 인간만큼은 당최 모시기가 힘들다며 저들끼리 쑥덕대는 것까지는 어찌할 수가 없었다.

디아나는 깊은 한숨을 내쉬었다.

부지불식간에 지하로 끌려온 지도 벌써 사흘째였다. 실은 하늘이 종일 어두워서 사흘째인지 나흘째인지 제대로 가늠하지도 못했다. 다만 체감상으로는 대강 사흘쯤 지난 것 같았다.

처음에는 지하로 끌려온 줄도 몰랐다. 검은 연기가 사방을 뒤덮으며 시야가 뒤집히고 귀가 먹먹해지더니, 갑자기 온몸이 마디마디 아프기 시작했다. 마치 속에서 용암이 끓는 듯한 고통이었다. 저도 모르는 새 까무룩 정신을 놓았고, 이후로는 눈도 뜨지 못하는 열기 속에서 누군가 흘려 주는 물만 간신히 넘겼다. 생전 그토록 아프기는 처음이었다.

그리 만 하루가 지났다. 겨우 정신을 차린 디아나는 눈을 뜨자마자, 송곳니가 날카로운 토끼 머리에 원숭이 몸이 붙은 괴기한 생명체를 마주했다. 터져 나간 비명은 본능이었다. 디아나는 성치 않은 몸으로 비명을 질러 대며 주변을 마구잡이로 헤집었다. 처음 보는 종족, 처음 보는 양식, 처음 보는 가구, 그리고 처음 보는 어둡고 황량한 창밖 정경.

'당신은 악마인가요?'

불현듯 디아나는 그리 물었다.

'여기는 지하고요?'

지하. 악마들의 세상.

그제야 여기로 끌려오기 직전의 기억이 되살아났다. 자일스 본성에서 우연히 마주친 제노비아 자일스와 헤센 그윈티르. 난데없이 땅바닥에 그려지던 소환진은 디아나에게도 낯익은 종류였으나, 응당 나타나야 할 존재는 나타나지 않고 도리어 그녀만 낯선 땅에 떨어지고 말았다. 그날 보았던 소환진이 제대로 기억나진 않아도 지금 상황에서는 분명했다.

역소환진. 소환자를 역으로 소환하는 마법이었다.

문제는 그뿐만이 아니었다. 그날 제노비아 자일스가 부른 악마는 필시 마르고트였다. 악마에게 다중 계약을 금하는 법은 듣도 보도 못했으니, 마르고트는 충분히 다른 사람과 계약할 수 있었다. 더욱이 디아나와는 정식으로 계약을 체결하지 않았으므로, 마르고트는 계약에 한해 자유로웠다.

그러나 제노비아 자일스가 말한 마르고트의 전체 이름.

디아나는 그것만 생각하면 머리가 복잡했다. 과연 자신이 맞게 들었는지, 정확하게 기억하는지 자꾸만 의심하게 되었다. 그도 그럴 것이, 도무지 마르고트와 연결할 수 없는 이름이었기 때문이다.

'차라리 여기 있으면 물어보기라도 할 텐데.'

기괴한 토끼 머리의 시종이 말하길, 마르고트로 추정되는 '군주'는 며칠 전 반란을 제압하기 위해 회한의 숲으로 떠났다고 한다. 회한의 숲이 어딘지는 몰라도 금방 돌아올 것 같지는 않았다. 디아나는 마르고트에게 묻고 싶은 것이 참으로 많았으나, 정작 본인이 없으니 궁금증은 하루가 다르게 비대해져만 갔다.

디아나는 몇 번째일지 모르는 한숨을 내쉬며 멍하니 창밖을 내다보았다. 밤낮 가림 없이 어두운 하늘에는 별빛 한 점 보이지 않았다. 다만 성벽 근처에 걸린 조그만 달만이 휘황하게 빛나며, 지하 세상을 얌전히 내리비출 따름이다.

"무슨 달이 저렇게 작대."

"달이 아니니까요."

별안간 우아한 목소리가 끼어들었다. 어느새 활짝 열린 문 앞, 악마 여럿을 대동한 제노비아 자일스가 반듯하게 서 있었다.

"당신……."

디아나가 황망히 중얼댔다. 제노비아는 조용히 방을 가로질러 침대 맡으로 다가왔다. 그녀는 조금 전까지 디아나가 구경했던 창밖을 응시하고 있었다.

"달이 아닙니다. 지하 세계를 유일하게 비추는 별이지요."

"별이요?"

"어떤 별인지 모르겠습니까?"

갑작스러운 질문에 디아나는 우물쭈물했다.

"지하의 별을 내가 어찌 알아요."

"다른 이는 몰라도 그대는 알아야지요. 그대에게 축복을 내려 준 별이 아닙니까."

제노비아가 건조하게 말했다. 멍하니 그녀를 바라보던 디아나가 창밖으로 더디게 시선을 돌렸다. 성벽 부근에서 찬란하게 빛을 발하는 별. 아무리 봐도 디아나가 알던 흐릿한 별이 아니었다.

"그러니까 저게……."

암흑의 별 칼리스토.

디아나는 망연자실한 표정이었다. 뜻 모를 눈으로 하늘을 올려다보던 제노비아가 혼곤하게 눈을 깜박였다.

"암흑의 별이라기엔 지나치게 밝지요. 그대가 알아보지 못하는 것도 무리는 아닙니다. 지하 세상의 주민들도 저 별을 달이라 여기니까요. 지하는 별빛 닿지 못하는 세상이라던 속설이 마냥 그릇되지도 않습니다."

제노비아는 그리 말하며 디아나를 돌아보았다. 시선은 오래갔다. 얼굴 구석구석을 샅샅이 훑는 시선에 질린 디아나가 끝내 고개를 돌릴 때까지도, 제노비아 자일스는 제법 끈졌다.

"……정말 그리젤다를 꼭 빼닮았군요."

마치 꿈꾸듯 몽환적인 음성이었다. 디아나를 파헤치는 시선도 먼 과거를 떠올리듯 혼몽하기 그지없었다. 그러자 디아나는 제노비아가 몹시 불편해졌다. 비록 어머니라 할지라도 자신에게서 타인을 보는 사람이 반가울 리 없었다.

디아나가 망설이며 말문을 열었다.

"저기, 당신이 날 지하로 데려온 거죠?"

그제야 제노비아는 백일몽에서 깨어났다. 가물가물하던 눈에 어두운 총기가 돌아왔다. 물끄러미 디아나를 보던 제노비아가 습관처럼 미소 지었다.

"정확히는 동방 군주가 우리를 이곳으로 이끌었습니다."

"동방 군주라면 마르고트를 말하는 거예요?"

제노비아가 고개를 끄덕였다. 디아나는 입술을 지그시 깨물었다.

"마르고트랑 계약했어요? 그동안 어째서 날 노린 건데요? 지하로 끌고 오려고? 왜요?"

"그대의 심정은 이해합니다. 궁금한 것이 많겠지요. 하지만 동방 군주가 돌아오거든 물으세요. 나는 그대가 의문하는 것을 전부 알지는 못합니다."

"웃기지 말아요. 당신도 지하로 왔잖아요. 이유도 모르고 왔다는 거예요, 지금?"

"그 질문이라면 나도 답할 수 있겠군요."

책을 읊는 것처럼 무미건조한 소리였다. 디아나는 떨리는 손에 힘주어 이불을 쥐었다. 그 모습을 본 제노비아가 얼핏 웃었다. 유령처럼 열 없던 얼굴이 처음으로 열띠었다. 미물의 부질없는 발악을 지켜보는 것처럼 오연한 태도였다.

"나는 기적을 펼칠 겁니다."

제노비아가 경외하듯 말했다.

"그리젤다를 되살릴 거예요."

온몸을 들끓던 신열이 가라앉은 이후, 디아나는 두려움을 무릅쓰고 악마 시종에게 궁금한 점 몇 가지를 물었다. 동방 군주라 불리는 마르고트의 세력과 지하 세계에 대한 기본적인 상식, 그리고 지금 그녀가 머무는 참극성에 대해서였다. 다행스럽게도 시종이 제법 친절하게 대답해 준 덕분에, 육식하는 토끼 머리에 대한 디아나의 인식도 아주 조금이나마 나아졌다.

시종의 말에 따르면, 지하 세계는 혹한과 약육강식의 땅이었다. 태양이 뜨지 않는 세상. 지하를 내리비추는 천체는 오직 서쪽 하늘에 걸린 달뿐이다. 1년 내내 추위가 몰아치는 까닭에 불이 없으면 단 이틀도 버티지 못하며, 풍요로운 곡식은 꿈도 못 꿨다. 도저히 온화한 동물이 태동할 수 있는 환경이 아니었다. 서로 죽고 죽이며 사는 약육강식이야말로, 이 무질서한 세계의 유일무이한 질서였다.

그러한 약육강식의 피라미드의 정점에 선 자가 바로 동방 군주 마르고트였다. 옛 동방에 난립하던 열하나의 군주와 예순여섯 군단을 무자비하게 복속시킨 유혈 군주. 별빛 닿지 못하는 지하 세계에서 동방 군주 마르고트와 유일하게 대적할 만한 상대는 통곡의 절벽 너머 머나먼 서방을 지배하는 서방 군주뿐이었으나, 동방의 악마들이 여기길 만일 마르고트에게 날개가 있어 통곡의 절벽을 넘을 수만 있다면 전 세계를 지배할 것이었다.

듣고도 믿기지가 않는 얘기였다. 디아나가 아는 마르고트는 악마답게 잔혹한 구석이 있으나, 기본적으로 다정하고 친절했다. 그렇지 않고서야 열 살 남짓한 어린아이를 달래 줄 리 없으며, 디아나가 버릇없이 굴 때마다 마냥 받아 줄 이유도 없었다. 그녀의 환심을 사려는 계획적인 행동이었다고 치부하기에 마르고트는 자못 헌신적이었다.

'너는 날 사랑하지?'
[세상에 너처럼 사랑스러운 아이는 없단다.]

고독에 몸서리치던 어린 날, 눈물을 닦아 주던 손과 따스하게 안아 주던 품이 있었다. 그 손길이 어찌나 부드러웠는지, 품이 어찌나 푸근했는지 디아나는 똑똑히 기억했다. 비록 잔악한 성미에 질려 어느 순간부터 꼴도 보지 않았다지만, 그럼에도 마르고트는 디아나의 유년기에서 몇 안 되는 따사로운 추억이었다. 그래서 디아나는 쉽사리 마르고트의 선의를 부정할 수 없었다. 마르고트를 부정하는 것이야말로 그녀의 유년기를 송두리째 뒤흔드는 짓이었기 때문이다.

곁에 있다면 붙들어 질문을 쏟아 내고 싶었다. 제노비아 자일스와는 어떤 관계인지, 나를 왜 지하로 불러들였는지. 하지만 마르고트는 멀리 있었고, 돌아올 날은 요원했다. 혼자서 골몰하던 디아나는 속이 갑갑해진 나머지 머리를 산발로 헤집으며 베개에 머리를 박았다. 저도 모르게 마력이 방출되어 가구들이 기우뚱 흔들렸다.

"바깥 구경 좀 할래요."

아프지 않으니 하루가 무료했다. 방은 제법 널찍했으나 ,온종일 갇혀도 괜찮을 만큼 광활하진 않았다. 언제 돌아올지도 모르는 마르고트를 이대로 기다리자니 눈앞이 캄캄했다.

[바깥이라면 어디를 이르십니까?]

"어디든 좋아요. 이 방만 아니면 돼요."

[하지만 군주께선 손님을 안전히 모시라 명하셨습니다.]

악마 시종이 주저하며 말했다. 디아나는 이를 까득 갈았다. 통제할 수 없는 마력을 부러 부추기자, 가구들이 시종을 으르듯 진동하기 시작했다.

"날 안전히 모시고 싶거든 어디로든 데려가요. 감금되어서 미치는 꼴이 보고 싶어요?"

그러자 시종은 창백하게 질린 얼굴로 당장 준비하겠노라 고했다. 디아나는 악마 시종이 부리나케 달려 나가는 뒷모습을 씁쓸하게 지켜보며 마력을 가라앉혔다. 본래라면 순식간에 마력을 갈무리했겠으나, 이번에는 삼사 분가량 시간이 소요되었다.

지하로 끌려와서 좋은 점이 하나 있다면, 바로 이전과는 비교할 수 없이 증폭된 마력일 것이다. 지상에선 그토록 흐릿하던 암흑의 별 칼리스토는 지하에선 달로 추앙받을 만치 휘황했다. 세상을 유일하게 내리비추는 천체로서 존재감이 대단했다. 자연히 그의 축복을 받는 디아나의 체내로 이전의 몇 곱절은 될 법한 마력이 흘러들어 왔다.

다만 디아나는 늘어난 마력을 운용하는 데 애를 먹고 있었다. 주의를 기울이지 않으면 곧잘 마력이 바깥으로 흘렀고, 가벼운 마법을 부리려 해도 좀체 뜻대로 움직이질 않았다. 계속 연습하면 언젠가는 이전처럼 수월하게 마력을 운용하겠으나, 아직은 때가 아니었다.

그러므로 지금은 성의 구조를 파악하는 것이 급선무였다. 어디가 소란스럽고, 어디가 조용한지. 어디가 경계 심하고, 어디가 이목을 피하는지.

그리고 어디가 출구인지.

디아나는 마르고트를 믿고 싶었다. 지금까지 마르고트가 보여 줬던 헌신을 가짜라고 매도하긴 싫었다. 하지만 만에 하나 마르고트가 그녀를 배신한다면, 혼자서 어떻게든 살길을 찾아야 했다. 상상만으로도 끔찍한 일이나 미리 준비해서 나쁠 건 없었다.

여기는 언니도 스승님도 하다못해 세드릭도 없는 지하 세계. 함부로 믿어선 안 되며, 함부로 의지해서도 안 되었다. 무사히 살아 돌아가려면 정신 똑바로 차리는 수밖에 없었다. 지하로 끌려온 처지를 비관하며 눈물 흘릴 겨를조차 지금은 사치였다. 광인 니올로의 손아귀에서 살아남은 것처럼, 동화 속에서 빠져나온 것처럼 이번에도 그녀는 살아 돌아갈 것이었다. 그리 믿어야 했다.

[일단 이걸 걸치십시오.]

오래지 않아 돌아온 악마 시종이 검은 로브를 내밀었다.

"참극성에서 손님의 존재를 아는 악마는 아주 드뭅니다. 군주께서 인간과 계약하셨다는 걸 아는 악마도 드물지요. 더구나 군주를 제외한 악마들은 인간을 본 적이 없으니, 행여나 손님이 인간임을 알아차린다면 어떻게 나올지 모릅니다. 물론 호위가 함께하겠지만 혹시 모르니까요."

시종은 콧등의 땀을 닦아 냈다. 긴장한 기색이 역력했다.

"혹시 날 내보내면 당신이 벌을 받아요?"

[아마…… 아닐 겁니다. 손님의 외출을 금하라는 명령은 받지 못했습니다.]

디아나는 말없이 고개를 끄덕였다. 검은 로브를 걸쳐 모습을 감추고 나가니, 네댓 명의 악마 호위가 조용히 뒤따랐다. 시종이 앞장서서 안내했다. 어떻게든 디아나를 안전히 모시려는 심산인지 인적 드문 길만 속속 골라잡았다.

참극성은 고요했다. 시종의 말로는 마르고트는 주변에 사람을 많이 두는 편이 아니었다. 덕분에 들키지 않고 성내를 구경할 수 있으니, 디아나나 시종이나 만족스러운 외출인 듯했다.

그러나 꽤 아래층으로 내려왔을 무렵, 불현듯 멀리서 와자지껄한 소음이 들려왔다. 디아나는 까치발을 들어 조심스레 창밖을 내다보았다.

횃불로 어둠을 몰아낸 공터. 악마 여남은이 조그만 공을 차며 놀고 있었다. 공놀이하는 모습이 꼭 지상에서 어린아이들이 노는 모습과 비슷했다. 악마가 인간보다 체구가 크고, 힘도 곱절은 세서 그런지 의외로 지켜보는 재미가 쏠쏠했다.

그때, 허공으로 솟구친 공이 이쪽으로 날아들었다. 디아나는 깜짝 놀라 양팔로 머리를 감싸며 몸을 웅크렸다.

쨍그랑!

별안간 근처의 유리창이 산산조각 깨졌다. 복도로 난입한 공이 데구루루 바닥을 굴렀다. 악마 시종이 위험하게 무슨 짓이냐 창밖으로 소리를 고래고래 질러 댔으나, 디아나는 놀란 가슴을 진정하느라 여념 없었다. 금방이라도 심장이 튀어나올 것처럼 펄떡댔다.

"······이만 돌아가요."

디아나가 시종에게 겨우 말했다. 그리고 일어서려던 차에 공이 그녀의 발치로 굴러왔다. 디아나는 무심코 공을 들어 올렸다. 진흙으로 뒤범벅인 걸 알아채고 뒤늦게 후회했으나, 오래가진 못했다.

그건, 공이 아니었다.

짓뭉개진 콧대와 이리저리 뒤틀린 입술. 뽑혀 나간 머리카락. 그럼에도 선명한 붉은 눈.

디아나는 멍하니 '그것'과 눈을 마주했다. 뚫린 구멍마다 구더기가 징그럽게 꿈틀댔지만, 새빨간 눈알에 못 박힌 시선은 떠나질 못했다. 일전에 본 적 있는 눈이었다. 분명 면식 있는 얼굴이었다. 곧이어 벼락같은 깨달음이 내리쳤다.

니올로 팔리아치.

디아나는 까무룩 혼절했다.

그날 이후로 디아나는 방에서 꼼짝하지 않았다. 악마 시종은 이불 속에 파묻힌 디아나를 의아해하면서도 한편으로는 달갑게 여겼다. 그날의 외출은 누구에게도 새 나가지 않았으므로, 참극성 꼭대기에 인간이 머문다는 사실은 여전히 극소수만이 알고 있었다.

이윽고 수일이 흘러 마르고트가 돌아왔다. 반란군의 피로 진창인 군주를 참극성의 악마들은 소리 높여 맞이했다. 오늘도 마르고트는 승리의 횃불을 들고 돌아왔다. 단 한 번도 패퇴한 적 없는 동방 군주는 지고의 영웅이요, 유례없는 학살자였다.

마르고트는 참극성으로 귀환하자마자, 디아나를 귀물의 방으로 불러들였다. 그곳은 군주가 허락한 자만 들 수 있는 내밀한 방이자, 동방의 온갖 금은보화가 가득하다고 전해지는 비밀의 방이었다.

[곧 군주께서 당도하실 겁니다.]

시종은 방문 앞에서 총총히 물러갔다. 물끄러미 시종의 뒷모습을 지켜보던 디아나가 조심스레 마법으로 문을 열었다. 안에는 아무도 없었다.

창문 없는 자그만 방이었다. 밤처럼 어두운 가운데, 문가에 꽂힌 여린 촛대만이 흐릿하게 눈가에 어른거렸다. 디아나는 촛대를 빼 들고 깊숙한 곳으로 들어갔다. 방에는 흔한 가구조차 없었다. 오직 뚜껑 열린 관만이 중앙에 가지런히 놓여 있을 뿐이었다.

디아나는 촛불로 관을 비추었다. 발간빛이 시체의 창백한 뺨에 닿았다. 잠든 것처럼 감긴 눈과 유려한 콧대, 그리고 다물린 입매가 차례로 밝아졌다. 촛불보다 붉은 머리채가 부드러이 손끝을 스쳤다.

디아나는 오랫동안 시체의 얼굴을 바라보았다. 얼핏 무감해 뵈는 잿빛 눈은 생각을 읽기 어려웠다.

[기억하느냐?]

심해처럼 깊디깊은 목소리가 울려 퍼졌다. 디아나는 돌아보지 않고 대꾸했다.

"잊을 리 없잖아. 어머니의 얼굴인데."

[그리젤다가 알면 기뻐하겠구나.]

어둠 속에서 검은 털로 뒤덮인 손이 튀어나와 촛대를 채 갔다. 마르고트는 디아나의 등 뒤에 바짝 붙어서는 몹시 그리운 눈으로 관을 굽어보았다.

[네가 이렇게 성장한 모습을 그리젤다가 보지 못해 아쉽구나. 지금이라도 눈을 뜨면 좋으련만.]

"어머니는 돌아가셨는걸."

[그래. 죽은 자는 눈을 뜰 수 없지. 하지만 나는 아직도 가끔씩 그리젤다의 눈빛이, 나를 부르던 목소리가 그립구나. 너는 어찌 생각하느냐?]

마르고트가 열띤 소리로 물었다. 디아나는 고개를 모로 기울이며 느릿하게 대답했다.

"⋯⋯잘 모르겠어."

[그리젤다와 함께한 시간이 적어 그럴 게다. 어찌 어머니가 그립지 않겠느냐.]

"그럴 수도 있고."

디아나는 대수롭지 않게 수긍했다.

"한데 말이야. 네 이름을 들었어."

[훌륭한 이름이지. 예전부터 네게 알려 주고 싶었다만, 행여나 네가 놀랄까 봐 말하지 못했다.]

"많이 놀라긴 했어. 그래도 네가 직접 알려 주면 좋았잖아. 괜히 다른 사람 입으로 듣게 하고."

[미처 거기까진 생각하지 못했구나. 미안하다.]

"사과는 됐어. 그보단 설명을 해 줘야지."

디아나가 나지막하게 속삭였다.

"마르고트 솔."

비로소 이름을 불린 악마가 한껏 웃었다. 디아나는 반쯤 고개를 틀었다. 스산한 시야에 입꼬리 쭉 찢어진 염소가 들어찼다.

"내게 할 말 없어?"

그에 마르고트는 오래된 이야기를 시작했다. 세상이 모르는 위대한 마녀의 일대기가 굼실거리며 풀어졌다.

그리젤다 솔.

그녀는 별의 소리를 듣는 마녀였다. 어미의 자궁에서부터 별의 축복이 함께였으며, 별의 속삭임이 늘 주위를 맴돌았다. 밤하늘에 소금처럼 흩뿌려진 수억 별 가운데 오직 하나의 축복을 받는 다른 동족과 달리, 그리젤다는 모든 별이 축복하는 마녀였다. 그렇기에 산고에 몸부림치는 어머니의 비명이나 이름을 불러 주는 아버지의 음성보다도 수억 별의 속삭임을 먼저 들었다. 그녀의 생에서 최초의 사랑, 최초의 음성, 최초의 축복은 전부 별이었다.

그리젤다는 일찌감치 부모를 잃었다. 가난을 이기지 못한 부모가 가장 어린 그리젤다를 구빈원에 맡긴 것이다. 그리젤다는 스무 밤이 지나데리러 오겠다는 부모의 말을 믿지 않았으며, 부모도 다시는 어린 딸을 찾지 않았다. 부모를 위시한 가족은 그렇게 그리젤다의 삶에서 영영 지워졌다.

구빈원 생활은 마냥 녹록치만은 않았다. 별의 소리를 듣는 그리젤다가 다른 사람의 눈에 평범하게 비칠 리 없었다. 또래 아이들은 그리젤다를 두려워했고, 구빈원을 관리하던 수녀는 그리젤다를 악령 쓰인 아이로 판단하여 억지로 구마를 행했다. 하지만 그때마다 하늘이 노한 듯 땅이 흔들리고 성물이 산산조각으로 깨지자, 신실한 수녀도 더는 그리젤다에게 손대지 못했다. 그렇게 그리젤다는 고립되어 갔다. 하지만 그리젤다의 세상은 여전히 별빛으로 충만했으므로 고독을 느낄 새가 없었다.

그러던 어느 날, 고상하게 차려입은 젊은 여자가 구빈원을 찾아왔다.

"별의 축복을 받은 아이를 데리러 왔습니다."

"여기 악령이 쓴 아이는 있어도 축복받은 아이는 없습니다."

"그대는 눈뜬장님이로군요."

수녀의 방해에도 여자는 한눈에 그리젤다를 알아보았다.

"꿈에서 그대를 보았습니다."

여자는 자애로운 손길로 그리젤다를 품었다. 그리젤다는 여자가 내미는 손을 순순히 맞잡았다. 여자를 따라 그리젤다가 달한 곳은 구빈원에 비할 바 없이 훌륭한 저택이었다.

"나는 제노비아 자일스. 〈교활한 자일스〉의 수장입니다. 그대의 이름은 무언가요?"

"그리젤다 솔."

"혹시 내게 궁금한 점이 있습니까?"

"이미 여명이 알려 줬어요."

수억 별의 속삭임에는 당연히 여명의 별 페베의 소리도 있었다. 페베는 하루도 빛을 잃지 않는 만큼 몹시 수다스러웠다. 자신이 가장 아끼는 딸에 대해 침묵할 리 없었다.

마법이란 축복을 내려 준 페베를 경외하던 제노비아는 과히 반색했다.

"페베의 소리를 듣습니까?"

"여명뿐만이 아니라 하늘의 별이 말하는 소리를 들어요. 전부 알아듣지는 못하지만."

"과연 그대는 하늘의 축복을 받은 마녀입니다. 별의 사랑으로 충만한 그대의 세상은 어떤가요? 찬란한 별빛만큼이나 아름답습니까?"

그리젤다는 고개를 기우듬했다.

"내 세상은 언제나 밝고 시끄러워요. 나는 어두운 밤을 모르고 고요를 모른답니다. 이게 아름다운 건가요?"

"별이 보듬는 세상이라면 필시 아름다울 테지요. 그대는 진정 축복받은 사람입니다. 부디 스스로를 귀히 여기세요."

제노비아가 말하길, 세상에는 그리젤다처럼 수억 별의 축복을 받고 태어나는 아이가 있었다. 물론 흔하지는 않았다. 기록으로 짐작하건대 짧으면 수백 년, 길면 천 년에 한 번꼴로 그리젤다와 같은 아이가 등장했다. 제노비아도 직접 보기로는 처음이라 했다.

"내 생애 그대를 만날 줄은 몰랐습니다. 이 또한 여명께서 안배하신 운명이겠지요."

제노비아가 흔흔히 말했다.

"그대가 자랄 때까지 내가 돌보겠습니다. 집이 필요하다면 집을 드리고, 돈이 필요하다면 돈을 드리겠어요. 내겐 주인 없는 집이 많고, 평생을 써도 부족한 금화가 넘쳐 납니다."

"어째서 날 위하나요?"

"나는 그대가 건강하길 바랍니다. 장수하길 바라요. 그대는 마법의 진화를 이끌 선각자이자, 우리를 새로운 길로 인도할 영도자. 부디 오래오래 살아서 감흥 없는 내 세상에 기쁨이란 축복을 내려 주길 고대합니다."

그리젤다는 제노비아에게 공감하진 못했으나, 그녀의 지원은 흔쾌히 받아들였다. 구빈원의 꾀죄죄한 어린아이는 삽시간에 시골 저택과 금궤의 주인이 되었다. 제노비아는 필요하면 연락하라는 말을 마지막으로, 그녀가 세상에서 유일하게 사랑하는 용의 곁으로 떠나갔다.

저택은 한산한 숲 속에 지어진 조그마한 이층집이었다. 전국에 걸쳐 수많은 저택을 소유한 자일스 가문에선 거의 잊힌 집이나 다름없으나, 그리젤다 혼자서 생활하기엔 넉넉했다. 무엇보다도 서재가 풍족했다. 그리젤다는 그곳에서 책을 벗 삼아 유년기를 보냈는데, 마을에서 저택이 동떨어진 까닭으로 낯선 이와 조우하는 경우는 드물었다.

제노비아는 잊을 만하면 찾아왔다. 그녀가 들려주는 이야기는 별이 들려주는 이야기와는 다르기에 새로웠다.

"훗날 그대도 세상으로 나가게 되겠지요. 만인이 그대를 주목할 겁니다. 어떤 이는 그대가 두려워 찬양할 것이고, 어떤 이는 그대가 두려워 억압할 겁니다. 부디 억압을 좌시하지 마세요. 그대는 유일무이한 마녀. 누구도 그대를 속박하지 못합니다."

제노비아가 경고했다.

"그러나 단 하나만 주의하세요. 중죄를 지으면 아니 됩니다. 만일 그대가 살인을 저지르거나 마법으로 금화를 위조한다면, 중앙삼국과 발푸르기스 평의회 산하 사냥꾼이 일제히 그대를 쫓을 것입니다. 그대는 누구보다 강하지만, 만인과 맞서지는 못합니다. 나는 그대가 고귀한 여생을 감옥에서 보내길 바라지 않아요."

그리젤다는 수긍했다. 제노비아는 안도하여 돌아갔다.

시간이 흘러 그리젤다는 어느덧 소녀로 자라났다. 이제는 평화로운 전원생활도 점점 물리던 차에, 그리젤다는 광활한 서재에서 마지막 책을 꺼내 들었다.

마지막 책은 거의 처음으로 그녀의 관심을 이끌어 냈다. 다름 아니라 지하 세계와 악마에 대한 책이었다.

그리젤다는 호기심에 반짝거리는 눈으로 악마를 소환했다. 이빨이 날카로운 돼지 머리에 징그러운 파충류의 몸을 지닌 악마는 본능적으로 그리젤다의 위대함을 깨달았다.

[너 대단한 마녀로구나.]

악마는 탐욕스러웠다. 어찌나 욕심 많던지, 계약의 대가로 무조건적인 복종을 요구할 정도였다.

[내게 복종하지 않겠다면 이 자리에서 당장 널 죽이겠다.]

바로 그러한 탐욕이 불행의 단초였다. 그리젤다는 악마의 거만한 태도에 수틀린 나머지 악마를 궤짝에 가두고 말았다. 악마는 좁다란 궤짝에서 마구 몸부림쳤으나, 마법으로 봉인된 문은 꼼짝도 안 했다. 욕심 많은 악마는 그리 굶주려 죽을 운명인 듯했다.

그러나 다행인지 불행인지, 그리젤다는 여전히 지하 세계가 궁금했다. 그녀에게 수억 가지 이야기를 전해 주는 별들은 대부분 지하에 무지했으며, 유일하게 지하에서 빛나는 암흑의 별 칼리스토는 목소리가 너무 작아서 다른 속삭임에 묻히기 일쑤였다. 그리젤다는 악마가 갇힌 궤짝에 앉아 곰곰이 생각에 잠겼다. 늘 그렇듯 길은 여럿이었다.

이튿날, 그리젤다는 무리에서 벗어나 숲 속을 헤매는 산양을 데려왔다. 궤짝에 갇힌 악마와는 달리 순하고 실한 놈이었다.

"널 영원히 살게 해 줄게."

그리젤다는 산양의 머리에 입을 맞추었다. 그리고 궤짝을 열었다.

[내게 이러고도 무사할 줄 아느냐!]

굶주린 악마가 궤짝에서 기어올라 왔다. 그리젤다는 무심히 대꾸했다.

"너는 위대하게 만들어 줄게."

바닥에 둥그런 원이 나타났다. 하얀빛이 원을 노닐며 숱한 선분과 도형을 그려 냈다. 지금까지 누구도 시도하지 않은 최초의 마법이며, 누구도 상상하지 못한 최초의 마법이었다. 하늘의 수억 별이 그리젤다가 걷는 최초의 길을 찬란히 축복했다.

마침내 마법이 완성되었다.

징그러운 파충류의 몸에 산양의 머리를 얹은 악마는 순하게 눈을 끔벅거렸다. 그리젤다는 비로소 흡족하게 웃었다.

"마르고트. 네게는 특별히 내 이름의 반쪽을 줄게."

마르고트 솔.

그녀의 첫 작품이었다.

대도시마다 막 전선과 전차가 깔리던 시대, 그리젤다는 세상으로 나왔다. 도시는 부푼 꿈을 안고 시골에서 상경한 촌뜨기로 붐볐으며, 겉보기로는 그리젤다도 그들과 다르지 않았다. 제노비아처럼 한눈에 그녀의 위대함을 알아채는 사람은 거의 없었으므로, 그녀는 한동안 누구의 주목도 받지 않았다. 마치 도시를 배회하는 유령처럼 세상에 녹아들었다.

하지만 그로부터 1년도 되지 않아, 그리젤다의 이름이 널리 알려지는 사건이 발발했다. 바로 카스텔리토 화산의 폭발이었다.

당시 그리젤다는 메시나와 국경을 접한 남부의 대도시 피터스트에 머물고 있었다. 도시 근방에 자리한 카스텔리토 화산은 마지막으로 폭발한 지가 어언 400년을 훌쩍 넘겨 사실상 사화산으로 취급되고 있었다. 그러므로 어느 날 갑자기 화산이 폭발했을 때, 피터스트가 아주 무방비하게 용암에 노출된 것도 무리는 아니다.

도시는 몹시 혼잡했다. 시민들은 집안 살림도 내던지고 달아나기 급급했으며, 공포에 질린 군중을 통제하는 이도 없었다. 그사이 화산재가 혼탁하게 하늘을 물들이고, 쪼개진 암석이 한둘 도시로 떨어져 내리기 시작했다. 화산에 뒤덮여 사라졌다는 고대 도시처럼 피터스트도 영영 용암에 파묻힐 것만 같았다.

그때, 그리젤다가 나타났다.

사람들은 새처럼 유연하게 하늘을 날아오르는 그리젤다를 주목했다. 그녀는 붉은 머리채를 흩날리며 분화구에서 터져 나오는 암석과 용암을 부드럽게 피했다. 그리고 높디높은 하늘에서 시뻘건 용암이 끓어오르는 화산을 굽어보았다. 지옥이 도래한 듯 무시무시한 광경이었다.

그런 절체절명의 순간, 그리젤다는 불현듯 노래를 흥얼거리기 시작했다. 명랑한 노랫소리가 바람을 타고 지상으로 전해졌다. 도시를 들끓던 처절한 비명이 일순 쥐 죽은 듯 가라앉았으며, 시민들은 자연스레 아름다운 곡조에 귀 기울였다. 누구도 들어 본 적 없는 즉흥곡이자, 하늘의 수억 별에게 바치는 찬가. 노래의 불가사의한 힘이 단숨에 그들을 매료시켰다.

그날, 화산은 기적적으로 잦아들었다. 하지만 신의 은총에 감읍하며 십자가에 경배하는 자는 없었다. 피터스트의 시민들은 웬 붉은 머리 소녀가 분노한 화산을 노랫소리로 부드러이 달래던 광경을 똑똑히 목격했다. 기적이 아니고서는 달리 표현할 수 없었으므로, 만일 인간을 가엽게 여긴 신이 지상에 강림한 것이라면 무조건 소녀일 수밖에 없었다. 자연히 사람들은 신의 권능을 행한 소녀를 찾아 헤매었다.

곧 어느 일간지에서 그리젤다의 정체를 밝혀 냈다. 산티그마 교단과 그의 신실한 교도들은 한낱 마녀가 구원자로 받들어지는 분위기를 탐탁잖게 여겼지만, 여론을 의식한 잉그람 국왕은 그리젤다에게 기꺼이 명예로운 작위를 내렸다.

하지만 그리젤다는 갑작스레 자신에게로 쏠린 시선이 몹시도 싫증 났다. 매일같이 그리젤다 솔을 신봉하는 피터스트가 꼴도 보기 싫어 한적한 소도시로 거주지를 옮겼고 파리 떼처럼 몰려드는 기자들을 무례하게 쫓아냈다. 그에 반감을 품은 기자들이 득달같이 악의적인 기사를 쏟아 냈으나, 그리젤다는 조금도 개의치 않았다. 그녀에게 사회적인 위신이란 쓸모없기로는 길거리에 굴러다니는 돌멩이와 진배없었다.

그리젤다를 괴롭히는 것은 그뿐만이 아니었다. 피터스트에서 일어난 마법이 얼마나 대단한지는 오히려 그녀와 같은 동족들이 더욱 뼈저리게 체감했으므로, 웬만해서는 심해처럼 잠잠한 마법 사회가 요동친 것도 무리는 아니었다. 더욱이 마법의 주인공이 대집회에 참여해서 이명을 받긴커녕 승급 시험을 통과한 적조차 없는 무명의 마녀라면. 오래도록 외부 세계에 무관심했던 치들마저 혜성처럼 등장한 신예에게 주목했다.

발푸르기스 평의회는 당장 그리젤다에게 편지를 부쳤다. 요지는 발푸르기스의 밤에 참석해서 마법 사회의 정당한 일원으로 거듭나라는 것이었다. 평의회를 비롯한 마법 사회는 그리젤다의 불참을 생각지도 않았으나, 그녀는 마지막 날까지도 파펜하임산에 나타나지 않았다.

훗날, 그리젤다는 대집회를 권하는 바바라 자일스에게 이렇게 말했다.

"내가 왜 가야 하나요? 동굴에서 노인네들이 일러 주는 이명이나 들으러? 하지만 별이 말하는 소리는 지금도 듣고 있는걸요. 나는 대집회에 갈 이유가 전혀 없어요."

그리젤다는 어느 한 군데에 속하길 병적으로 싫어했다. 그것이 조국인 잉그람이든, 동족을 자처하는 마법 사회든 마찬가지였다. 그리젤다는 소속을 속박으로 여겼고, 속박을 억압으로 여겼다. 구빈원에서 풀려난 이래 늘 자유롭게 살았던 그녀에게 소속감을 강제하는 마법 사회는 일방적으로 그녀를 구국 영웅으로 치켜세우는 잉그람 정부와 조금도 다르지 않았다.

"당신도 마녀잖습니까. 어째서 동족과 함께하길 거부하는 거죠?"

당시 혈기 왕성한 청년이었던 볼프강 오르테가가 치기 어린 마음에 그리젤다를 공개적으로 지탄했다. 비난에는 무시로 일관하던 그리젤다가 웬일로 반응을 보였다.

"동족이라고요? 나와 당신이?"

그리젤다는 우스꽝스러운 농담이라도 들은 것처럼 폭소했다.

"당신은 폭발한 화산을 잠재울 수 있나요? 죽어 가는 사람을 살려 낼 수 있나요? 그도 아니면 운명을 거스를 용기는 있나요?"

"나는 봄을 불러오는 〈오만한 오르테가〉의 적자. 당신이 아무리 기적 같은 마법을 부렸다곤 하나, 이렇게 나를 무시할 수는 없습니다."

"당신은 가문이 드높인 명예가 아니면 내세울 것이 없는 모양이죠?"

볼프강은 수치심에 얼굴을 붉혔다. 그리젤다는 비꼬듯 종언을 고했다.

"내 세상은 당신과 달라요. 그러니 내게 아무것도 강요하지 마요."

신예를 기대하던 마녀·마법사들은 크게 실망했다. 볼프강과의 설전에서 그리젤다가 마법 사회에 얽매이지 않겠노라 천명한 것이나 다름없기 때문이었다. 혹자는 그녀를 광인으로, 혹자는 괴짜로 평했다. 그리젤다와 개인적으로 친분을 쌓은 이들조차 그런 평가에 반론을 제기하지 못했다.

그리젤다는 부표처럼 내내 떠돌아다녔다. 어제는 이 도시고, 오늘은 저 도시였다. 그녀는 도시의 소음을 질색했으나, 한편으로는 저물지 않는 도시의 환락에 광적으로 빠져들었다. 술과 음악, 그리고 서로의 젊음을 탐하는 손길은 그녀가 이제껏 경험하지 못한 쾌락을 선사했다. 열락에 젖은 단꿈이 그리젤다를 단숨에 집어삼켰다.

"피터스트의 영웅이라면 언제든 환영입니다."

은행은 무일푼의 그리젤다에게 호의적이었다. 강대한 마녀는 언제고 목돈을 벌 수 있는 기회가 널렸으므로, 은행은 마땅한 집 한 채 없는 그녀의 상환 능력을 비정상적으로 높이 평가했다. 그리젤다는 일반인은 꿈도 못 꿀 저이자로 큰돈을 빌려 하룻밤 도박으로 날리길 거듭했다.

실로 방탕한 생활이었다. 그녀는 깨어 있는 동안 대체로 술에 취했고, 가끔은 약에 취했다. 밤마다 고급 술집을 드나들며 종업원의 한 달 봉급에 달하는 술을 궤짝째로 사들이니 자연스레 사람이 모였다. 돈을 물 쓰듯 하는 졸부, 낯짝 반반한 배우, 한탕을 노리는 도박꾼. 그리젤다가 어울리는 자들은 제각각이었다.

"당신은 일하지 않아요? 항상 유흥가에만 있는 것 같아."

누군가 물었을 때 그리젤다는 깔깔 웃고 말았다. 그녀는 마법으로 돈을 벌어 본 적이 거의 없었다. 세상에는 재미난 것이 너무나도 많았다. 일하느라 시간을 허비하기엔 주어진 생이 너무 짧았으므로, 언제나 쾌락을 좇아 살았다. 건설적인 일은 접어 두고 시답잖은 일에만 마법을 써 대는 그녀를 혹자는 타락한 탕아라 손가락질했으나, 그조차 거들떠보지 않았다. 오직 열락만이 그녀를 채웠다.

그렇게 그리젤다는 차츰 별에게서 멀어졌다. 술집에서 흐르는 통속가요, 취객이 내지르는 고성, 약에 젖은 웃음소리가 수억 별의 속삭임을 파묻었다. 마치 먹구름이 별빛을 가리듯 그리젤다의 세상은 어느새 도시의 잿빛 소음으로 가득했다.

그러던 어느 날, 그리젤다는 머리가 깨질 듯한 두통으로 깨어났다. 아직 동트지 않은 퍼런 새벽녘. 처음 보는 침대에서 처음 보는 남자와 함께였다.

"나는 네가 살인을 즐기지 않는 게 신기해."

남자는 담배에 불을 붙이며 중얼댔다. 그녀를 잘 아는 투였으나 그리젤다는 남자를 몰랐다.

"너는 흥미로우면 뭐든 하잖아. 아직 살인에는 취미를 붙이지 못한 건가? 미치광이의 말로는 주로 살인자던데."

"살인은 너무 쉽잖아요. 재미가 없는걸."

그리젤다는 지극히 당연한 사실을 말했다. 그때 남자의 표정이 어떠 했는지는 까맣게 잊어버렸다.

"임신입니다."

예상치 못한 선고였다. 그리젤다는 드물게 당황했으나, 낙태를 권하는 말에는 말없이 고개를 내저었다. 흔히 말하길, 마녀가 만들어 낼 수 있는 최대의 역작은 자식이라 했다. 그리젤다는 이참에 자식이란 역작을 낳아 보기로 했다.

하지만 그로부터 일곱 달 뒤, 그리젤다는 끔찍한 산고를 겪으며 다시는 이딴 짓을 하지 않겠노라 다짐에 다짐을 거듭했다. 진통만 족히 10시간을 넘는 난산이었다.

"예쁜 아기네요."

마침내 아이가 쩌렁쩌렁 목청을 터트리며 세상으로 나왔다. 산파는 강보에 싼 아이를 그리젤다의 품에 안겨 주었다. 그리젤다는 아이를 보는 둥 마는 둥 하며 곧바로 산파에게 아이를 넘겼다.

"이름은 뭐로 하시게요?"

"글쎄요."

"어머, 아직 안 정하셨어요? 아이 아빠랑 상의는 하셨고요?"

그리젤다는 녹초가 된 몸으로 멍하니 눈만 깜박거렸다. 그러고 보니 아이의 생물학적 아버지에 대해서는 전혀 생각도 못 했다. 어차피 아이는 그리젤다의 성을 이어받을 그리젤다의 딸이지만, 평범한 산파에게 마법 사회의 풍습을 설명하기에 그리젤다는 너무 지쳤다.

"당신, 이름이 뭐예요?"

아이는 산파의 이름을 땄다. 헤스터 솔. 그럭저럭 괜찮은 이름이었다.

그리젤다는 젖 한 번 물리지 않은 갓난아기를 그대로 위탁 가정에 맡겼다. 그녀는 이제 예전처럼 유흥을 즐기진 않았지만 대신 유랑에 몰두했다. 도시의 어두운 뒷골목을 벗어나 바위산, 숲, 바다, 발 닿는 곳이면 어디고 갔다. 도중에 은행에서 압류가 들어오며 아이마저 빼앗길 위기에 처했으나, 다행히도 〈가혹한 아스톨포〉의 수장 우르바노 아스톨포에게 급전을 빌려 해결했다. 그는 그리젤다의 재능을 귀히 여기는 늙은 마법사였다.

"아이를 돌보십시오. 그대가 돌볼 자신이 없다면 적당한 스승이라도 찾아 주는 것이 도리입니다."

우르바노 아스톨포가 조언했다. 그리젤다는 그제야 아이를 만나러 갔다. 출산한 지 무려 5년 만이었다.

"어머니."

아이는 쭈뼛거리면서도 공손히 인사했다. 그리젤다는 영 생경한 기분으로 아이의 조목조목을 살펴보았다. 눈도 제대로 뜨지 못하던 갓난아기가 이렇게나 조숙한 아이로 자랐을 줄은 꿈에도 몰랐다.

"가자. 네게 스승을 찾아 주마."

그리젤다는 아이를 안아 들고 벨리엄으로 향했다. 야트막한 야산이 자리한 시골 도시에는 베가의 본성이 우뚝 서 있었다.

"타락한 탕아, 그리젤다 당신이 여기까진 어쩐 일인가요?"

베가의 수장, 아멜리아 베가가 아리따운 자태로 그들을 맞이했다.

"당신은 성에 차는 재능이 아니면 제자를 들이지 않는다고 들었어요. 내 딸이라면 당신에게도 흡족할 겁니다."

"그렇다면 내가 지금까지 단 한 명의 제자도 들이지 않았다는 것을 잘 알겠군요. 돌아가세요. 나는 제자가 필요 없습니다."

"하지만 당신은 늘 빛나는 재능을 갈구하지 않나요?"

비단처럼 매끄럽던 아멜리아의 낯이 흉하게 어긋났다.

"나는 당신이 미워요."

"내 재능은 사랑하잖아요."

"너무 사랑해서 죽여 버릴지도 몰라요."

"염려 말아요. 내 딸은 결코 나와 같은 경지에 오르지 못합니다."

아멜리아는 입술을 짓씹었다. 그녀는 죽어서도 닿지 못할 지고의 경지를 탐하는 시선이 자꾸만 아이에게로 향했다.

"어째서 나를 찾아왔어요? 바바라 자일스라면 너그러운 마음으로 당신의 청을 받아들였을 텐데."

"그녀는 지금 상황이 좋지 않아요. 또 유산했다더군요."

"당신이 그런 사정을 고려할 위인이었던가요?"

아멜리아가 비웃었다.

"좋아요. 내가 당신의 딸을 가르치죠. 다만 많은 것을 바라지 마요. 나는 좋은 스승이 되지 못합니다."

그리젤다는 아이를 품에서 내려놓았다. 아이가 불안스러운 눈으로 어머니를 올려다보았다.

"베가의 가르침은 귀하단다. 좋은 제자가 될 필요는 없다만 스스로에게 좋은 채찍이 되어라."

"무서워요, 어머니."

"너무 걱정하지 말렴. 아멜리아는 냉정하긴 해도 사람을 죽이는 마녀는 아니야."

아이가 못내 서글픈 표정으로 손가락을 얽었다. 그리젤다는 떠나지 말라는, 혹은 자기도 데려가 달라는 말을 짐작했다. 하지만 아이는 생각지도 못한 말을 꺼냈다.

"사랑해요."

순간 그리젤다는 말문이 막혔다. 아이는 대답을 기대하지 않았는지, 공손히 인사하곤 총총히 성내로 들어가 버렸다. 그리젤다는 어린 딸의 뒷모습을 멍하니 바라보았다.

헤스터.

아이의 이름을 한 번도 불러 준 적 없다는 사실을 그제야 깨달았다.

그리젤다는 하염없이 세상을 떠돌았다. 주로 인적 드문 산천과 고대의 유적지를 찾아 헤맸는데, 때로는 대도시에 들러 의뢰를 받기도 했다. 그리젤다는 이제 마법으로 간간이 돈을 벌었다. 그간 이자가 불어 어마어마해진 빚을 갚기엔 역부족이었지만, 적어도 매달 이자를 충당하기엔 족했다.

세상은 여전히 따분했다. 다디단 꿈을 선사하던 향락도 이제는 전처럼 환상적이지 않았다. 물처럼 마셔 대던 술은 쓰게만 느껴졌고, 거짓된 밀어를 속삭이던 수많은 연인들은 지나간 추억도 되지 못했다. 그리젤다는 잠 못 이루는 밤이면 예전처럼 도시의 뒷골목을 찾았지만, 이튿날이면 몽롱한 숙취에 시달렸다. 이제는 도시의 잿빛 소음이 싫증 났다. 인적 드문 곳이면 다시금 되살아나는 별의 소리가 그리웠다.

가끔은 방탕하고, 가끔은 성실했다. 그리젤다는 그저 목적 없이 흘러가는 대로 살았다. 부리는 마법마다 만인이 경탄했으나, 자신을 칭송하는 외침조차 무의미했다. 그리젤다는 명상적인 우울함에 빠져 무작정 발길을 옮겨 댔다. 잉그람 전역을 돌아다니는 것으로도 모자라 국경을 넘어 머나먼 메시나와 반제로도 향했다. 때로는 그녀를 환영하고, 때로는 그녀를 적대하는 도시를 건너다니며 그런 생각을 했다.

삶은 어쩌면 이토록 지루한가.

그리젤다는 열심히 노동하는 사람들과, 열렬히 사랑하는 사람들을 이해하지 못했다. 간절하게 삶을 이어 가는 사람들을 전혀 이해하지 못했다. 그녀에게 죽음은 머나먼 존재가 아니었다. 세상을 떠나는 죽음이 가깝기에 세상을 전전하는 삶이 멀게만 느껴졌다. 삶의 유일한 기쁨이던 쾌락이 시들며 그리젤다는 더는 기쁨을 만끽하지 못했다. 이 세상 모든 것이 무의미했다.

그러던 어느 날, 그리젤다는 쓰러져 가는 시골 마을에서 아주 반가운 얼굴을 조우했다. 오래전 부질없이 죽었다던 제노비아 자일스였다.

"무슨 미련이 그리도 많기에 죽어서도 이승을 떠도는 건가요?"

"페넬로피……."

"술내가 대단하네요. 이제는 나도 못 알아보는 거예요?"

제노비아가 느릿하게 고개를 들어 올렸다. 늘 총기로 반짝이던 눈이 취기로 흐려져 있었다.

"그리젤다 솔. 이게 꿈인가요?"

"설마요."

"하지만 당신을 꿈에서 보았는데……."

제노비아는 가물가물한 눈으로 힘겹게 말을 이어 갔다.

"당신의 장례식이었어요. 하나뿐인 딸이 서럽게 곡하더군요."

자일스의 예언자가 꾸는 꿈이라면 필시 예지몽이었다. 그리젤다는 흥미롭다는 얼굴로 슬며시 턱을 괴었다.

"내가 죽나요? 언제요?"

"정확히는 모릅니다. 외동딸이 아직 어렸으니 그리 멀지만은 않았겠죠."

제노비아는 차츰 정신을 차렸다. 흐려져 뭉툭하던 눈매가 재차 날카로워졌다.

"한데 당신이 여긴 어쩐 일입니까?"

"도리어 내가 묻고 싶은 말이에요. 죽었다던 당신이 어째서 이런 궁상맞은 술집에 쓰러져 있죠?"

"당연할 걸 묻는군요. 죽지 않았으니까요. 나만 못나게 생을 이어 가고 있으니까요."

제노비아가 헛헛하게 웃었다. 그리젤다는 물끄러미 그녀를 쳐다보았다.

"용이 죽었다고 들었어요."

"10년도 더 지난 이야기죠."

"하지만 당신은 아직도 잊지 못했잖아요."

"당연한 소리. 나는 죽어서도 페넬로피를 잊지 못해요. 지금도 눈을 감으면 페넬로피가 선한 것을요."

마치 꿈꾸듯 몽롱한 얼굴이었다. 그리젤다는 무덤덤하게 말했다.

"그래서 이자벨 베가의 일가를 모조리 죽였나요?"

제노비아는 말없이 미소만 지었다. 무언의 수긍이었다.

"아주 놀랐어요. 내게는 살인하지 마라, 도둑질하지 마라, 금화를 위조하지 마라. 일장 연설을 늘어놓던 사람이 그리 대범한 짓을 저지를 줄 누가 알았겠어요?"

"그대가 괜한 착각을 하는군요. 나는 무자비한 살인자가 아닙니다. 오히려 준엄한 처형자죠. 이자벨 베가의 죄가 엄중하기에 그만한 형벌을 내려 준 것뿐입니다."

"이자벨의 죄가 도대체 무엇인데요? 페넬로피를 죽인 죄? 하지만 그전에 당신이 이자벨 베가의 아들을 사지로 내몰았잖아요. 진실한 예언을 왜곡한 사람이 도대체 누구였죠?"

"어차피 도리안 베가는 죽을 운명이었어요!"

제노비아가 분노했다.

"자일스의 예지는 절대로 비껴가지 않습니다. 내가 사실대로 말해도, 거짓으로 말해도 예언은 어떻게든 이루어지게 되어 있어요. 그런데도 내 잘못인가요? 그의 운명이 내 탓이에요?"

"하지만 예언을 왜곡한 건 당신의 선택이잖아요. 도대체 왜 그런 짓을 했나요? 어차피 바뀌지 않을 미래인데 무엇이 그리도 안달 났던가요."

자일스의 예지는 미래를 보는 것이 아니었다. 정확히는 여명의 별 페베의 기억을 엿보는 것이었다. 사시사철 빛을 잃지 않는 여명의 별은 과거, 현재, 미래에 이르기까지 지상의 모든 일을 굽어보므로 지상에 한해 페베의 기억은 틀리지 않았다. 페베의 기억과 연동된 자일스의 예지도 틀릴 수가 없었다.

"먼 옛날, 수없는 미래를 보았던 클레멘틴 자일스는 이런 말을 남겼다고 합니다. 변치 않을 미래라면 차라리 보지 않는 편이 낫다. 나는 능숙한 길이 아니라 서투른 길이 걷고 싶다."

제노비아가 서글피 읊조렸다.

"예지가 얼마나 괴로운 능력인지 그대는 모릅니다. 미래를 선별해서 볼 수도 없을뿐더러, 미래를 알아도 내가 할 수 있는 일은 거의 없어요. 끔찍한 미래를 볼 때마다 어떻게든 미래를 바꾸기 위해 아등바등하지만 결국엔 그대로 이루어져요. 사람들은 나를 예언자라 불렀지만 틀렸습니다. 나는 예견된 실패자입니다. 세상에 나처럼 비참한 이는 없어요."

말끝마다 사무친 회한이 묻어났다. 골똘히 생각에 잠겼던 그리젤다가 불현듯 환하게 웃었다.

"미래를 바꾸고 싶나요?"

"가능하다면 악마에게 영혼이라도 팔겠습니다."

"그러지 않아도 돼요. 당신의 소원, 내가 이뤄 줄게요."

내가 미래를 바꿔 줄게요.

제노비아가 멍하니 눈을 깜박였다. 그리젤다는 어느새 흔적 없이 사라졌다. 마치 짧은 꿈이라도 꾸었던 것처럼 마지막 목소리만 환청처럼 울렸다.

해 기우는 저녁.

그리젤다는 인적 드문 갈대밭에서 악마를 불러냈다. 언젠가 버릇없는 악마와 순한 산양을 제물 삼아 만들어 낸 악마로, 그녀의 성을 붙여 마르고트 솔이라 불렀다.

[그리젤다. 오래간만에 불러 주었구나.]

산양의 머리에 붉은 황소의 몸을 붙인 악마 마르고트는 몹시 감격했다. 그리젤다가 조르듯 양팔을 내밀었다.

"날 지하로 데려가 줘."

[그게 무슨 소리지? 지하는 이곳처럼 따사로운 곳이 아니다. 춥고 냉정한 땅이야.]

"알아. 하지만 여명이 없는 곳으로 가야 해."

마르고트는 그리젤다의 고집에 못 이겨 영문 모르는 채로 지하로 향했다. 다행스럽게도 당시는 마르고트가 열하나의 군주와 예순여섯 군단을 무참히 짓밟아 동방의 유일무이한 군주로 등극한 지 오래되지 않은 시점이었다. 자연스레 악마들은 마르고트가 머무는 참극성을 두려워해 피했으므로 붉은 성채에 인간이 당도했음을 누구도 알지 못했다.

이윽고 별빛 닿지 않는 곳에 달한 그리젤다는 무척이나 감탄했다.

"여긴 아주 조용하구나."

별이 소금처럼 흩뿌려진 지상과 달리, 지하는 오로지 별 하나가 내리비추는 세상이었다. 지상에선 어둡기 그지없던 별이 지하에선 달이나 마찬가지였다.

"칼리스토의 목소리가 들려."

그리젤다는 흥분된 얼굴로 눈을 감았다. 늘 다른 별들의 속삭임에 묻혀 들리지 않던 암흑의 별 칼리스토의 목소리가 몹시도 선명했다. 수억 별의 소리가 얽히고설켜 매일같이 산란하던 세상이 비로소 고요하게 가라앉았다. 이제 그리젤다의 세상은 이따금 들려오는 칼리스토의 전언을 제하고는 정적에 휩싸였다. 처음 맞이하는 정적이 새롭고 놀라웠다.

마르고트가 근심스러운 기색으로 다가왔다.

[그리젤다. 어찌하여 지하를 청했느냐?]

"여기는 여명이 없으니까."

[여명을 피해야 하는 일이라도 있느냐?]

그리젤다는 말없이 싱긋 웃었다. 그녀는 판판한 배에 손을 올리며 속살거렸다.

"나는 기적을 잉태할 거야."

마르고트는 그녀에게 기꺼이 꼭대기 층을 내주었다. 그리고 직접 시중을 들며 거친 지하 세계로부터 그리젤다를 안전히 보호했다. 마르고트는 자신을 창조한 그리젤다를 마치 신을 우러르듯 모셨으므로, 그녀와 함께하는 나날이 곧 기쁨이고 행복이었다. 무자비한 참극공도 꼭대기에서는 언제고 순한 산양이었다.

그리 하루가 지나고, 이틀이 지났다. 날을 넘길수록 마르고트는 점차 이상함을 깨달았다. 판판하던 그리젤다의 배가 하루가 다르게 부풀어 올랐던 것이다.

"너무 놀라지 말렴. 아이를 가져서 그래."

그리젤다는 부드럽게 배를 쓰다듬으며 말했다. 마르고트는 대단히 놀랐다.

[아이라고? 설마 임신한 채로 온 것이냐?]

"아니야."

[그럼 아이의 아버지는 누구지?]

"없어. 하지만 괜찮아. 나도 부모가 없었는걸."

한참을 침묵하던 마르고트가 물었다.

[어째서 이런 짓을 하는 것이냐?]

"글쎄, 왜 그럴까. 재미있잖아."

그리젤다가 새처럼 웃었다.

"이 아이는 최고의 걸작이 될 거야."

그리젤다의 배는 나날이 부풀어 갔다. 지하에 당도한 지 고작 열흘 만에 만삭이 되어 진통을 시작했다. 참극성에 달리 산파가 있을 리 없었다. 하는 수 없이 마르고트가 아이를 받아 냈다.

지독한 난산이었다. 그리젤다는 첫아이를 낳을 때보다도 곱절은 더 고통스러워했다. 수없이 기절하고, 수없이 비명을 내지른 끝에 아이가 세상으로 나왔다.

여명이 없는 세상. 오직 지하의 달만이 아이를 축복했다.

[이름은 무엇으로 하겠느냐?]

그리젤다는 땀에 젖은 눈을 간신히 들어 올렸다. 영롱한 달빛이 촛불도 몸을 사리는 암암한 사위를 꿰뚫어 눈가에 드리워졌다. 그녀는 창밖으로 보이는 고독한 달을 홀린 듯이 바라보았다. 정적을 태우며 축복을 속삭이는 소리가 끊임없이 귓전으로 흘러들었다. 난산으로 탈진한 몸이 점차 달뜨기 시작했다.

마침내 그리젤다가 입을 열었다.

"Diana(달)."

그리젤다는 엉거주춤 갓난아기를 안아 들었다. 아기도 어미의 품이 불편한지 연신 칭얼댔다. 보다 못한 마르고트가 올바른 자세를 잡아 줄 정도였다.

[아이를 데려갈 심산인가?]

"당연하지. 인간을 여기 둘 수는 없잖아."

그리젤다가 의아한 표정을 지었다. 마르고트는 못내 아쉽다는 듯이 조심스레 아이의 뺨을 쓰다듬었다. 하고픈 말을 속에만 쌓아 두는 티가 역력했다.

"그새 정이라도 붙었니? 도대체 뭐가 문제야?"

[마법으로 잉태한 아이다. 행여나 너희 종족과 다르게 자랄까 봐 염려되는구나. 그럴 바에야 차라리 내가 거두는 편이 낫지 않겠느냐?]

"이 아이는 마녀야."

[알고 있다만 아무래도…….]

문득 마르고트가 말을 멈추었다. 그리젤다의 빤한 시선이 느껴졌기 때문이다.

"내 딸이야. 내가 죽거든 장례식에 참석해야 하는 딸."

[장례식이라니? 어째서 그런 말을 하는 것이냐? 금방 내 말로 기분이

상했다면 사과하마. 그러니 앞으로 그런 말은 꺼내지도 말거라.]

마르고트가 안절부절못했다. 그리젤다는 소녀처럼 웃으며 몸을 틀었다.

"알았으니 오늘은 그만 헤어지자. 여긴 조용해서 좋지만, 오래 머물기엔 너무 추워."

그러자 기다렸다는 듯 그리젤다의 발밑으로 새하얀 마법진이 그려졌다. 마르고트는 아쉬운 기색이 역력했으나 차마 그녀를 붙잡지 못했다. 하얀빛이 빠르게 마법진을 완성하는 사이, 바닥에서 스멀스멀 피어오른 검은 연기가 이내 장막처럼 둘 사이로 드리워졌다.

그리젤다는 건조한 눈으로 아기를 내려다보았다. 아기는 그새 잠들어 있었다. 아직은 알아보기 힘들지만, 점차 자라면서 이목구비가 또렷해지거든 그녀를 쏙 빼닮을 것이었다. 아기는 오롯한 그리젤다의 딸이기에 다른 핏줄이 끼어들 여지가 없었다.

'당신의 장례식이었어요. 하나뿐인 딸이 서럽게 곡하더군요.'

제노비아 자일스는 그리 예언했다. 정확히 말하자면 여명의 별 페베가 목격한 미래가 바로 그러했다. 지금 품에서 잠든 아기가 어미의 장례식을 보지 못하고 죽을 가능성도 있지만, 그보다는 다른 명확한 이유가 있었다. 그리젤다는 어째서 페베가 그런 미래를 보았는지 알았다.

그녀는 불임이었다.

때는 첫째 딸을 출산한 직후. 산통에 질릴 대로 질린 그리젤다는 다시는 임신하지 않을 생각으로 난소를 전부 들어냈다. 더는 임신할 수 없는 몸으로 둘째 딸을 낳을 리 만무하니, 페베가 그리젤다의 장례식에서 '외동딸'을 본 것은 어찌 보면 당연했다. 그것이 이치에 맞기 때문이었다.

하지만 그리젤다는 여명이 닿지 못하는 곳에서 기적을 낳았다. 마법으로 잉태한 아이는 어느 한 군데 흠잡을 구석 없는 완벽한 마녀였다.

아마 이대로 지상에 닿거든 수다쟁이 여명은 대경할 것이었다. 홀몸으로 떠났던 마녀가 둘이 되어 나타났으니, 어찌 놀라지 않겠는가. 또한 머지않은 미래에서 그리젤다의 둘째 딸을 보지 못했던 스스로의 기억에 얼마나 혼란스럽겠는가.

흔히들 자일스의 예지는 변치 않는다고 한다. 다시 말하자면 여명이 목격한 미래는 결코 변치 않는다는 뜻이다. 그리젤다는 대체로 그 말이 옳다고 인정했다. 하지만 세상에 '절대'는 없었다. 세간의 착각과는 달리 별은 완벽하지 않았다. 그렇지 않고서야 모든 별의 축복을 받은 그녀가 이토록 불완전할 리 없었다.

별은 시야를 과신하며, 기적을 예단했다.

그렇기에 이치만을 따지던 교만한 별은 이번 기회로 절감할 것이었다. 당신이 얼마나 부족하고 나약한 존재인지를. 당신의 빛이 닿지 못하는 암흑의 땅이 얼마나 드넓은지를. 그리고 기적이 어째서 기적인지를.

"무사히 자라렴. 그래서 내 장례식에서 보자꾸나."

그리젤다는 가느스름하게 웃으며 아기의 이마에 입 맞추었다.

"아기 이름이 뭐죠?"

"디아나. 디아나 솔."

주로 마법 사회의 아이들을 맡아 기르는 반편이 노파가 갓난아기를 받아 들었다. 육아에 지친 눈이 빠르게 아기의 몰골을 훑었다.

"아기는 건강하군요. 오히려 그쪽이 병원에 가 봐야겠는데요."

"신경 쓰지 마요."

그리젤다는 강파른 손길로 선금을 지불했다. 노파는 어깨를 으쓱거리며 탁자를 턱짓했다.

"자주 오지 않을 거면 아기에게 편지라도 남겨요. 그래도 꼴에 부모라고 그리워하는 애들이 종종 있으니까."

"보통 뭐라고 써요?"

"보통은 안 쓰죠. 알잖아요. 댁들이 얼마나 무심한지."

때마침 요람에 누워 있던 다른 아이가 빽빽 울어 댔다. 노파가 그편으로 달려간 사이 우연찮게 혼자 남겨진 그리젤다는 펜을 만지작대며 고민했다.

솔직히 말하자면, 아기에게 딱히 남길 말이 없었다. 어째서 다른 마녀들이 편지를 남기지 않는지 이해되는 대목이었다. 하지만 그렇다고 이대로 사라지자니 어째 마음 한구석이 뻑적지근했다.

'사랑해요.'

첫째 딸은 그리 말했었다. 얼마 보지도 못했던 무심한 어머니의 어디가 그리도 좋은지 알 수 없으나, 거짓으로 사랑을 고하는 기색은 아니었다. 쓸데없는 기억은 쉽사리 잊는 그리젤다가 아직도 기억할 정도면, 어디서 주워들었는진 몰라도 어린 나이에 제법 깜찍한 말을 하는 아이였다.

기실 그리젤다는 사랑을 몰랐다. 어미의 자궁에서부터 수억 별의 속삭임이 함께였으므로 고독을 몰랐다. 누구도 가르쳐 주지 않았고, 누구도 필요하다고 알려 주지 않았다. 그러나 사랑과 고독을 모르고도 충분히 잘 살아왔기에 후회하지 않았다. 이제 와 그런 걸 알고 싶지도 않았다.

다만 아기는 달랐다. 아기는 완벽한 마녀로 태어나, 평범한 마녀로 자랄 것이었다. 심지어는 첫째 딸처럼 재능이 충만하지도 않았다. 아기는 지하에서 태어난 탓에 지하의 유일한 별 칼리스토의 축복을 받았다. 칼리스토가 달처럼 빛나는 지하가 아니고서는 마녀로서 사뭇 불운한 운명이라 평해도 좋았다.

그러니 아기는 그녀처럼 자라면 안 되었다. 평범하게 성장할 테니, 평범한 사람처럼 자라야 했다. 그리젤다는 이해하지 못하는 세상의 질서를 따르며 무던히 살아가야 했다.

그저 재미로 낳은 아기에게 한순간 품은 유감이나 연민이라 책해도 좋았다. 이유는 몰라도 그리젤다는 지금의 심정이 영 탐탁잖지만도 않았다. 오히려 조금 기꺼운 마음으로 글씨를 휘갈겼다.

「사랑한다.」

오래지 않아 노파가 돌아왔다. 그녀는 의외라는 표정으로 쪽지를 보았지만, 구태여 캐묻지 않았다.

"양육비는 매달 보내 줘야 해요. 며칠 늦는 것쯤이야 인간적으로 이해할 수 있지만, 석 달을 넘어가면 나도 곤란해요. 그럼 애는 바로 고아원으로 보낼 거니까, 나중에 군말하지 말고요."

노파는 그리 주절거리며 아기를 요람에 뉘었다. 아기는 잠자리가 바뀐 줄도 모르고 새근새근 잘만 잤다. 그리젤다는 노파의 말은 대강 흘려들으며 멀거니 아이만 보았다.

"잠시만요. 아기에게 전할 말이 있어요."

그리젤다는 황급히 쪽지에 무어라 적었다.

"이건 나중에 내가 죽거든 아기에게 전해 줘요."

"이게 대체 뭐길래……. 뭐라고 읽는 거예요, 이건?"

노파가 해괴한 표정으로 쪽지를 펼쳐 들었다. 그리젤다는 한 손으로 쪽지를 덮으며 엄숙하게 속삭였다.

"누구에게도 보여 주면 안 돼요. 알았죠?"

노파는 떠름하게 고개를 끄덕거렸다. 그리젤다는 안심한 기색으로 집을 떠났다. 아기를 안쓰럽게 여기던 마음일랑 여름밤의 미몽처럼 덧없이 흩어졌다.

본디 그리젤다는 위탁 가정에 아기를 맡기고 한동안 쉴 생각이었다. 고작 열흘간 마법을 품어 만삭으로 부풀린 것은 그녀로서도 쉽지만은 않았다. 자연히 기력이 쇠하고, 육신이 망가졌다. 지하는 지상보다 시간이 빠르게 흐르는 데다, 지루한 마법을 무려 열 달이나 품을 자신이 없었기에 선택을 후회하지는 않았다. 그러나 피를 토하는 고통이 마냥 달갑지도 않았다.

그때, 〈가혹한 아스톨포〉의 수장 우르바노 아스톨포가 운명처럼 나타났다.

"그대에게 청이 있습니다."

우르바노는 아주 오래되어 녹이 슨 투구를 내밀었다. 언뜻 보기엔 평범한 유물이었으나, 그리젤다는 한눈에 투구의 정체를 알아보았다.

"이게 전부가 아닐 텐데요."

"맞습니다. 이것은 일부에 불과하지요. 나머지는 조각조각 흩어져 있습니다. 조각은 아무런 힘이 없지만, 만일 전부 모인다면 재앙이 일어날 겁니다. 한데 근래에 재앙을 기원하는 이들이 있어요. 나는 그들이 참으로 염려스럽습니다."

요컨대 학술 단체를 표방하는 사교 클럽 몬의 일원인 헤셴 그윈티르가 수년 전부터 다른 조각들을 모으기 시작했다는 것이다. 그리젤다는 우르바노의 이야기에 흥미를 보였다.

"도대체 무슨 마법이기에 아홉 갈래씩이나 나눈 건가요?"

"전해지는 말로는 기적을 일으키는 마법이라 합니다."

우르바노 아스톨포가 속삭거렸다.

"사자(死者)를 되살린다고 하더군요."

그리젤다는 드물게 놀랐다. 그녀도 두 명의 목숨을 제물 삼아 악마를 창조한 전적이 있고, 또 최근에는 육신의 건강을 포기하면서까지 낳을 수 없는 아이를 낳았다. 그러나 죽은 사람을 되살리는 것은 근본적으로 마법의 결이 달랐다. 육신을 되살리기는 쉬워도, 이미 떠나간 넋을 불러오기는 어려웠다. 생전의 기억과 성격, 품었던 모든 감정을 그대로 살려 내기는 거의 불가능에 가까웠다.

그래서 기적이었다. 이미 한 차례 기적을 잉태했던 그리젤다도 성공을 장담할 수 없었다. 그러나 애초에 시도하지도 않을 마법이었다.

그리젤다는 죽은 사람을 되살리려는 심정을 추호도 이해하지 못했다. 일단 무수한 대가를 치르면서까지 되살리고 싶은 사람이 없었고, 그만치 사랑하는 사람도 없었다. 죽음은 그녀에게 머나먼 존재가 아니었다.

"내게 이걸 보여 주는 저의가 뭔가요."

그리젤다는 물끄러미 투구를 쳐다보았다. 어쩐지 흥미가 가시는 기분이었다.

"〈오만한 오르테가〉와 〈잔악한 그윈티르〉는 이미 헤센의 손을 거쳤습니다. 칼롯타 팔리아치와 루이자 볼크하르트가 헤센 그윈티르에게 협조적이라고 하니, 어쩌면 팔리아치와 볼크하르트의 유물도 그에게 넘어갔을지 모르지요. 그는 머잖아 아스톨포를 노릴 겁니다."

"그래서요?"

"이 유물을 아무도 모르는 곳에 숨겨 주십시오."

그리젤다는 침묵했다. 우르바노는 차분하게 말을 이었다.

"내가 숨길 만한 곳은 한정되어 있습니다. 당연히 그들도 어렵지 않게 찾아내겠지요. 믿을 만한 사람은 오직 그대뿐입니다."

"그렇다면 당신의 판단이 틀렸군요. 유물이 모여 죽은 자가 되살아난들 나와는 아무런 관계도 없습니다. 굳이 상관하고 싶지도 않고요."

냉정한 거절에도 우르바노는 빙긋 웃었다.

"그대에게 정의를 바라진 않았습니다. 하지만 그대는 내게 빚이 있지요. 지금까지 한 푼도 갚지 않아 제법 액수가 불어났습니다. 그대가 이토록 방탕하게 살다 죽는다면 가엾은 딸이 전부 갚아야겠지요. 죽어서까지 원망만 듣고 싶습니까?"

"이제 보니 진정 교활한 사람은 당신이었군요."

"그리 여기지만은 마십시오. 나는 그저 제안할 뿐입니다. 내 청을 받아들인다면 빚을 전부 탕감하겠노라."

그리젤다는 씩씩거리며 투구를 뺏어 들었다.

"도대체 얼마만큼 단단한 금고를 원하나요? 지금 당장 심해에 빠트릴까요? 아니면 가네디아 사막 한복판에 묻기를 바라요?"

"그 정도로는 안 됩니다. 외딴곳에 비밀 금고를 만들고, 강한 문지기를 두십시오. 적어도 동족이 두려워 피할 정도는 되어야 합니다."

우르바노가 숙연하게 말했다.

"헤센 그윈티르가 지나가도 언젠가는 또 다시 유물을 노리는 자가 나타날 겁니다. 더는 안전하게 보관하는 것으로 족하지 않아요. 재앙의 불씨는 이쯤에서 사라져야 마땅합니다."

그리젤다는 퀸투스 아스톨포의 유물을 품고 세상을 헤매었다. 우르바노가 원하는 만큼의 금고와 문지기를 찾기란 몹시 지난했다. 가끔은 차라리 돈을 벌어 우르바노에게 빚을 갚는 편이 나으리란 생각도 들었지만, 쉽사리 투구를 포기할 수 없었다.

그리젤다는 이미 예감하고 있었다.

'이게 내 마지막 업이로구나.'

육신은 날이 갈수록 무너지고, 진즉 노화가 시작되었다. 그녀는 아마 오래 살지 못할 터였다. 기적을 잉태한 대가는 이토록 거대했다. 기적을 낳은 것은 후회하지 않지만, 적어도 마지막에는 스스로 만족할 만한 업적을 세우고 싶었다.

까다로운 선별 끝에 유물을 보호할 문지기로 거인을 선정했다. 별다른 이유는 없었다. 용이 떠나간 세상에서 단신으로 마녀를 상대할 수 있는 존재는 거인이 유일했기 때문이다.

그리젤다는 거인을 찾아 북쪽 국경으로 향했다. 때마침 거인들은 인간과 전쟁을 벌이고 있었다. 한눈에도 승패가 명확했으나, 오로지 거인만이 상황을 낙관하고 있었다.

"당신들은 곧 멸망할 거예요. 마법은 여전하고 인간 왕국은 번영하고 있어요. 당신들은 강하지만 구심점이 없죠. 서로를 믿지 못하면서 어찌 살아남기를 바라나요?"

거인들은 그녀를 괄시하며 믿지 않았다. 하지만 강력한 낙뢰를 내리는 베가의 마법사가 전장에 나타나자, 그녀를 신뢰하는 거인이 한둘 나타났다.

[그동안 너를 믿지 못해 미안하다. 염치없다고 욕해도 좋아. 우리를 도와 다오.]

거인 토르스텐이 고개를 숙였다. 그리젤다는 기쁘게 웃었다.

"누구도 발견할 수 없는 은신처를 만들어 줄게요. 대신 조건이 있습니다."

그리젤다는 인적 드문 산속에 토굴을 만들기 시작했다. 거인들이 숨어 살기에 넉넉했고, 숲과 연못과 하늘이 있어 건강하게 유물을 지킬 수 있었다. 그러면서도 지상에선 흔적조차 찾지 못하는 천혜의 은신처였다.

하루하루 그리젤다는 녹초가 되었다. 기적에 비할 바는 아니나, 무너지는 육신으로는 그조차 힘겨웠다. 거인들은 대부분 그녀를 욕하며 손가락질하거나 재촉하기 급급했지만, 오직 실그너만은 그러지 않았다.

[마나가 그랬어. 뻐꾸기가 마흔두 번 울면 다음 날 비가 올 거랬어. 그러니까 내일은 비가 올 거야.]

실그너는 전쟁에서 가족을 잃고 미친 거인이었다. 그리젤다는 늘 엉뚱한 말을 떠들어서 동족조차 기피하는 거인을 편안히 여겼다. 어쩌면 그가 미쳤기에 가한지도 몰랐다.

토굴이 완성되자, 그리젤다는 실그너와 토르스텐에게 유물을 맡겼다.

"누구에게도 건네면 안 됩니다. 염탐하는 자가 있거든 쫓아내고, 빼앗으려는 자가 있거든 죽이십시오."

[약조는 지키겠다.]

토르스텐이 다짐했다. 홀연히 떠나려는 그리젤다를 실그너가 붙잡았다.

[어디 가?]

"이만 떠나야 해요."

[왜?]

"내가 많이 아파요."

[그럼 언제 돌아오는데?]

그리젤다는 말없이 실그녀를 올려다보았다. 거인은 가족을 잃었던 것처럼 영영 그리젤다를 잃을까 봐 근심하고 있었다. 그리젤다는 문득 거인이 가엾었다.

"반드시 돌아올게요."

실그녀는 약속을 믿었다.

[굴에서 처음 피어나는 꽃으로 화관을 만들어 줄게. 그때까지는 꼭 돌아와야 해.]

그리젤다는 조용히 웃기만 했다. 숱하게 겪어 왔던 이별이 난생처음 으로 기껍지가 않았다.

기적을 행한 뒤로 제대로 수습하지 못했던 육신은 반작용을 톡톡히 내보이기 시작했다. 건강을 회복하긴커녕 거대한 마법까지 부려 댔으 니, 육신이 조각나는 것은 당연했다. 마녀의 육신이란 곧 마력을 담는 그릇. 그릇이 깨지자 심지어는 마법조차 완벽하지 못했다.

그리젤다는 조용한 시골 도시에서 몸을 돌보았다. 그녀의 육신은 이 미 회복할 수 있는 수준을 넘어섰으므로, 힘들여 의사를 찾지도 않았 다. 그대로 죽을 날만을 기다렸다. 내내 무료하던 인생에서 가장 무료 한 시간이 내리 흘러갔다.

죽음은 이르게 찾아왔다. 계절을 잊은 그리젤다는 창문을 활짝 열어 놓은 채로 침대에 누워 있었다. 때마침 별들의 왕 둘시네아가 하늘에 떴는지 왕의 도래를 축복하는 소리가 간간이 거리에서 흘러들었다. 몹 시 소란한 가운데, 왕의 근엄한 음성이 수억 별이 속삭이는 소리를 짓 누르며 울렸다.

그리젤다는 마지막으로 마르고트를 소환했다.

"안녕."

마르고트는 그리젤다의 창백한 안색을 보자마자 울상을 지었다. 곧장 눈물을 떨굴 것처럼 가련한 얼굴이었다.

[그리젤다, 네 어찌…….]

"나는 곧 죽어."

[아니다. 그럴 리가 없어. 너처럼 위대한 마녀가 벌써 세상을 등질 리 없다.]

"내 몸은 내가 잘 알아. 나는 이제 망각의 강을 건널 거야. 그리고 무(無)로 흩어지겠지."

그리젤다가 가늘게 웃었다.

"다른 이들을 죽어 젤렝지어로 가길 원하지만, 나는 그렇지 않아. 더는 살고 싶지 않은걸. 나는 지쳤어. 생은 지루하고 허무할 뿐이야."

끝내 마르고트는 눈물을 참지 못했다. 그리젤다는 가만히 천장을 응시하며 말을 이었다.

"네게 부탁이 있어."

[무엇이든 말해라. 네 부탁이라면 뭐든 들어줄 테니.]

"지하에서 낳았던 둘째 딸에게 네 이름을 남겼어. 만일 그 아이가 어려운 상황에 처한다면 기꺼이 도와주겠니?"

[그리하겠다.]

마르고트가 망설이며 재차 입을 열었다.

[한데 네 시신을 내가 가져가도 되겠느냐? 네가 죽더라도 널 잊고 싶지 않구나.]

"마음대로 하렴. 죽은 뒤에 어찌 되든 무슨 상관이겠니."

그리젤다는 고단하게 눈을 내리감았다. 마르고트가 미련스럽게 매달리려던 차에, 갑자기 문이 발칵 열렸다.

"어머니!"

어린 헤스터가 눈물을 흩뿌리며 안으로 뛰어들었다. 마르고트는 곧장 어두운 그림자 속으로 모습을 감추었다.

"어째서 미리 연락을 주지 않으셨어요. 제가 너무 늦은 건 아니지요? 그렇지요?"

헤스터가 흐느끼며 이불에 얼굴을 파묻었다. 그리젤다는 힘겹게 눈을 떴다.

"헤스터."

"어머니, 아직은 가시면 안 돼요. 건강하셨잖아요. 어머니처럼 위대하신 분이 어째서 지금 세상을 떠나려 하세요."

"사람은 각자 때가 있는 법이야."

"하지만……."

헤스터가 목 놓아 울었다.

"제겐 어머니밖에 없는걸요. 어머니마저 떠나시면 저는 정말로 혼자 남을 거예요."

아이는 고독이 두려워 눈물지었다. 그리젤다는 그제야 헤스터가 자신을 사랑하는 이유를 알았다. 얼굴 몇 번 보이지 않은 매정한 어머니를 사랑할 수밖에 없었던 딸의 심경을 처음으로 짐작했다.

"너무 외로워요, 어머니."

"너는 혼자가 아니야."

그래서 그리젤다는 무심결에 말했다.

"아가. 네게 동생이 있단다."

눈물로 흠뻑 젖은 헤스터의 눈이 미세하게 커졌다. 그리젤다는 이불을 더듬어 딸의 손을 쥐었다.

"어미를 모르는 아이에게 네가 가족이 되어 주렴."

이것으로나마 네게 위안이 된다면.

그리젤다는 아이를 낳은 것을 후회하지 않았다. 다시 과거로 돌아간다 한들 아이를 외롭게 하지 않을 자신도 없었다. 다만 낳아서 책임지지 않은 일말의 죄책감은 있었다. 절절하게도 어머니만을 그렸던 아이가 이제는 고독하지 않길 바라는 마음이었다.

기만이라 해도 좋다. 염치없다 욕해도 좋다.

다만 거짓이나마 아이를 위로하고 싶었다.

"사랑한다."

그리젤다는 평생토록 누군가를 사랑한 적이 없었다. 평범하게 사랑하기에 그녀의 세상은 너무도 특별했다. 세상 사람들이 그녀를 이해하지 못하는 것처럼, 그녀도 사람들을 이해하지 못했다. 너무 외로운 나머지 무정한 어머니에게 매달리는 딸을 이해하지 못하기는 매한가지였다. 언제나 수억 별의 속삭임이 함께였던 그녀는 고독을 몰랐다.

하지만 그것도 이제는 끝이다. 도무지 이해할 수 없는 세상과 맞서 진을 빼는 것도 오늘로 끝이었다. 그리젤다는 죽음을 강하게 예감했다. 코끝을 맴도는 악취가 그토록 반가울 수가 없었다.

제발 어머니를 데려가지 말라며 끊임없이 별에게 기도하는 목소리가 점점이 들려왔다. 아마도 헤스터일 것이다. 부질없는 짓이라 말해 주고 싶었으나, 도무지 입이 떨어지지 않았다. 하지만 괜찮다. 헤스터가 누구인지도 곧 까맣게 잊을 테니.

눈앞이 까맣게 물들었다. 기억할 수 있는 가장 오래전부터 귓가를 맴돌던 수억 별의 속삭임도 차차 멀어져 갔다. 그리젤다는 밀려드는 정적이 반가웠다. 그만 고요한 곳에서 쉬고 싶었다. 이제는 생각조차 지겨웠다.

그리하여 영원한 안식을—

마침내 종막이었다.

마르고트는 언약대로 장례가 끝난 그리젤다의 시신을 지하로 들여왔다. 그리고 아무도 들지 못하는 귀물의 방에 고스란히 보관하여 종종 그리울 때마다 들여다보았다. 북극의 차디찬 얼음으로 감싼 시신은 조금도 상하지 않았으나, 덕분에 그리움만 나날이 늘어 갔다. 이윽고 동방의 군주는 쓸쓸했다.

그러던 어느 날, 누군가 지상에서 그의 이름을 끈지게 불러 댔다. 마르고트는 시끄러운 벌레를 털어 내듯 소환에 응했다. 소환자는 검은 머리를 단정하게 땋아 내린 마녀였다.

"그대, 그리젤다 솔과는 무슨 관계입니까?"

마녀가 성마른 목소리로 물었다. 마르고트는 권태로운 눈빛으로 그녀를 응시했다.

[너는 누구지?]

"나는 예언의 마녀, 제노비아 자일스입니다. 그러니 어서 대답해요. 어째서 그리젤다의 이름을 지닌 겁니까?"

[그리젤다가 날 만들었으니까.]

제노비아는 멍하니 마르고트를 올려다보았다. 초점 없는 눈에 차츰 광기가 서렸다. 곧이어 실성한 듯한 웃음소리가 얇은 입술 사이로 터져 나왔다.

"설마 진짜였을 줄이야! 정말로 생명을 창조했을 줄이야!"

마르고트는 광적으로 웃어 대는 마녀가 몹시 거북했다. 광인과는 상종하지 말아야 하는 법. 다시 지하로 돌아가려던 찰나, 심상찮은 말소리가 그의 발목을 붙들었다.

"그리젤다가 그립지 않습니까?"

새빨간 혀가 요사스럽게 악마를 꾀어냈다.

"내게 그녀를 살려 낼 방도가 있습니다."

제노비아는 아주 오래전 아홉 인의 영웅이 아홉 조각으로 갈라낸 마법에 대해 들려주었다. 지금은 이름이 전해지지 않는 천재적인 마법사가 남긴 유산으로, 죽은 사람을 되살리는 지고의 마법이라 하였다.

"그리젤다를 되살려 내기 위해 필요한 것은 세 가지입니다. 아홉 조각이 모여 완벽해진 마법, 그리고 그리젤다의 시신."

[시신은 지하에 있다.]

제노비아는 고개를 끄덕였다. 말간 녹안이 위험하게 빛났다.

"마지막으로 사자가 강한 기원을 불어넣은 마법."

사자는 생전의 기원을 따라 이승으로 돌아올 것이고, 기원이 깃든 마법을 제물 삼아 부활하리라.

오래전 신의 경지에 이르렀던 마법사는 그리 유언했다.

"나는 그리젤다가 강하게 기원했던 마법을 둘이나 압니다. 하나는 그대이니, 나머지를 제물로 준비하면 되겠지요."

제노비아가 입술을 뒤틀어 웃었다. 마르고트는 말없이 입꼬리만 덜덜 떨었다. 소리 없는 환희가 뱃속에서 마구 솟구쳐 올랐다.

이후로 마르고트는 하루를 1년처럼 살았다. 아홉 유물을 모으기가 쉽지만은 않던지 제노비아는 자꾸만 시일을 차일피일 미루었다. 지상의 시간보다 다섯 곱절은 빠른 지하에서 마르고트는 벌써 수십 년을 시신만 들여다보며 허송세월했다. 그럼에도 그리젤다를 되살릴 수 있다는 희망은 조금도 꺾이지 않았다.

그리 지난한 세월이 흘러 비로소 유물이 완성되었다. 시신은 안전하고 제물도 있었다. 이제는 별의 주기를 계산하여 마땅한 기일을 정하기만 하면 되었다.

[디아나. 네가 건강히 자라 주어 다행이다. 행여나 유물을 모으기도 전에 네가 잘못되기라도 할까 전전긍긍했단다.]

마르고트는 무릎 꿇고 앉아 디아나의 머리를 조심히 쓰다듬었다. 바들바들 떨리는 작은 몸이 안쓰러웠으나, 그보다는 그리젤다와 재회할 날이 얼마 남지 않았다는 희열이 세차게 끓어 올랐다.

수십 년을 기다렸다. 며칠 더 기다리는 건 일도 아니었다.

[이렇듯 무사히 내게 와 주었구나.]

디아나는 황망히 마르고트를 보았다. 잿빛 눈에 눈물이 가득 차올랐다.

"날 사랑한다고 그랬잖아……."

끝내 왈칵 울음이 터졌다. 마르고트는 그조차 어여쁘다는 듯 만면에 미소를 지었다.

[사랑한다. 그리젤다와 이렇게나 닮았는데, 어찌 사랑하지 않고 배기겠느냐.]

잔인한 고백이었다. 목전에 닥친 파국이 두려워 흐느끼는 소리가 점차 높아졌으나, 마르고트는 그조차 환희의 찬가로 들었다. 사방에서 기쁨의 선율이 울렸다.

오래전 어린 마녀의 손길로 새로이 태어난 악마는 무척 행복했다.

통곡의 절벽 너머 머나먼 서방 세계.

별빛 닿지 못하는 암암한 사위는 그대로되, 깎아지르는 절벽으로 갈라진 서방과 동방은 참으로 다른 세상이었다. 일단 동방에선 개미처럼 들끓는 악마가 서방에는 하나도 없었으며, 오래전 악마들이 짓밟아 초목이라곤 반란 세력이 숨어든 회한의 숲밖에 없는 동방과 달리 서방은 나름대로 달빛 머금어 살아가는 풀숲과 나무가 잔존했다. 서방 세계 역시도 지하의 일부로서 약육강식의 질서를 존중했으나, 악마가 없다는 점에서 결단코 동방처럼 무자비한 세상은 아니었다. 남의 육신을 탐내어 죽이는 종족은 감히 서방에 발붙이지 못했다.

다만, 그럼에도 서방을 지배하는 종족이 있었다. 수십만에 달하는 악마에 비하면 극히 소수지만, 적은 머릿수로도 능히 다른 이를 굴복시키는 강대한 힘을 지녔다. 하늘을 찢는 날개와 별을 꿰는 발톱, 그리고 땅을 으깨는 이빨은 악마들이 가장 욕심내는 육신이기도 했다.

서방 신민은 그들의 강함에 기꺼이 고개 숙였다. 그들은 강대한 자들이 으레 그러하듯 변덕스럽고 잔인하며 이기적이었지만, 악마의 잔악함에 비할 바가 아니었다. 태생적으로 강한 육신을 타고난 그들은 스스로 머리 조아리는 이들에게 제법 인자했다. 그리하여 천 년 전에는 악마에게 핍박받는 그네들을 모두 등에 태우고 아득한 통곡의 절벽을 넘어오기도 했다.

악마가 없는 서방 세계는 지극히 평화로웠다. 지난 세월, 서방의 신민은 오랜 평화에 젖어 태만해졌다. 오래도록 변하지 않은 평화의 땅에는 자연스레 나태가 팽배했다. 하지만 누구도 그걸 나쁘게 여기지 않았다. 평화로우면 게을러지기 마련이었다. 그들은 이제 옛이야기로만 전해지는 흉악한 악마란 종족에 대해 깊이 생각하지 않았다. 까마득한 옛날, 동방에선 날개 있는 종족의 씨가 말랐으므로, 감히 통곡의 절벽을 넘어올 악마가 없었던 까닭이다.

그래서 어느 날 갑자기 지상의 사람이 나타났을 때, 서방에는 익숙지 않은 자그만 소란이 일어났다.

윈터는 시무룩하게 날개를 늘어뜨렸다. 오늘로 지하 세계로 내려온 지 이틀째. 하지만 세드릭은 아직도 깨어날 생각을 안 했다. 깨어나긴 커녕 온몸을 들들 끓는 열은 한 치도 내려가질 않았다.

역시 지하로 데려오는 게 아니었다. 보석처럼 예쁜 눈으로 더없이 간절하게 바라봐도, 사탕처럼 다디단 말로 꾀어내도 코웃음 치며 모른 체했어야 했다. 윈터는 늘 세드릭의 감언이설에 속아 왔지만, 이토록 후회한 적은 없었다. 똑똑한 세드릭은 언제나 올바른 선택을 내려 왔고 그에 윈터도 영특한 주인을 믿어 의심치 않았으나, 이번만은 아니었다. 세드릭은 틀렸다. 그렇지 않고서야 타고나길 강골인 몸으로 저리 앓을 수는 없었다.

[어머나, 걔 아직도 안 죽었네?]

보랏빛 용 비엘스카가 슬그머니 다가왔다. 윈터는 반사적으로 그르렁거리며 날개로 세드릭을 감쌌다.

[저리 안 가?]

[뭘 그렇게 경계하고 그래. 내가 걜 잡아먹기라도 할까 봐?]

[너 따위가 어떻게 세드릭을 잡아먹는단 말야? 세드릭은 아주아주 강한 마법사라서 너 정도는 단번에 숨통을 끊어 놓을걸?]

윈터가 뻐기듯 말했다. 하지만 무시무시한 겁박에도 비엘스카는 그다지 감흥이 없었다. 왜냐하면.

[내 숨통을 끊어 놓으려면 일단 살아나는 게 먼저잖아. 아무리 봐도 오늘내일하는 모양샌데.]

[아니야! 세드릭은 귀신같이 살아날 거거든? 씨, 너 자꾸 불길한 말만 하려거든 저리 가 버려!]

윈터가 흉흉한 기색으로 날개를 휘둘러 댔다. 가볍게 공격을 피한 비엘스카가 깔깔대며 웃었다.

[나라면 걔가 영영 일어나지 않길 바랄 거야. 지금은 걔네가 아파서 가만히 있는 거지, 네가 금기를 어겼다고 어르신들이 얼마나 노하셨는지 몰라. 모르긴 몰라도 네 날개 하나쯤은 당연히 찢어발기실걸?]

비엘스카는 끝까지 조롱을 잊지 않았다. 윈터는 분한 눈으로 멀리 날아가는 비엘스카의 자취를 좇았다. 당장이라도 따라가 저 못된 주둥아리를 콱 물어 주고 싶었지만, 그러면 세드릭의 곁이 비었다. 그렇잖아도 지상의 사람을 둘씩이나 지하로 데려온 윈터를 못마땅하게 여기는 치들이 수두룩한 상황에서 쉽사리 세드릭을 떠날 수야 없었다.

'내가 없는 사이 무슨 짓을 저지를 줄 알고.'

윈터는 씩씩거리며 콧김을 뿜어냈다. 행여나 자신이 자리를 비운 사이에 나쁜 일이라도 벌어질까 봐 벌써 이틀째 먹지도 마시지도 잠들지도 못했다. 평소 졸음이건 허기건 갈증이건 육체적인 결핍은 조금도 이겨 내지 못했던 윈터에겐 자못 고통스러운 하루하루였다. 만일 세드릭이 알거든, 예쁜 목소리로 칭찬해 주었을 텐데. 윈터의 꼬리가 울적해진 기분을 따라 축 늘어졌다.

[어?]

문득 꼬리에 이상한 게 닿았다. 윈터는 의아한 기색으로 고개를 돌렸다. 등 뒤에는 생각지도 못했던 고기며 물이 한가득 쌓여 있었다.

윈터의 눈이 대접만 하게 커졌다. 조금 전에 속을 뒤집어 놓았던 비엘스카가 가져온 게 틀림없었다. 이런 걸 가져왔으면 가져왔다고 말을 해야지, 왜 공연한 말만 잔뜩 늘어놓고 갔담. 또래의 쑥스러움은 추호도 이해하지 못하는 둔감한 용 윈터는 어쨌든 감사한 마음으로 배를 채우기로 했다.

하지만 허기가 얼마간 가시자 더는 고기도 과일도 물도 들어가질 않았다. 세드릭이 눈앞에서 사경을 헤매는데 혼자서 맛있는 걸 독점하자니 없던 입맛도 싹 가시는 기분이었다.

'나는 네가 맛있게 먹는 모습만 봐도 배가 불러.'

불현듯 떠오르는 세드릭의 말에 윈터는 찔끔찔끔 울기 시작했다. 윈터가 그동안 식탐을 자제하지 않았던 건 그리 게걸스럽게 먹는 모습도 흐뭇하게 지켜보던 세드릭 때문이었다. 윈터는 세드릭이 웃는 얼굴이 좋았고, 세드릭이 즐거워하는 모습이 좋았다. 그냥 세드릭이 좋으면 윈터도 기분이 좋았다. 그러니 평소 식탐으로는 세계 제일이라 으쓱대던 윈터도 세드릭이 이유 모를 열병으로 쓰러지자 도무지 예전처럼 즐겁게 식사하지 못했던 것이다.

[세드릭, 빨리 일어나…….]

윈터는 먹던 고기도 내려놓고 크게 울기 시작했다. 멀리 숨어서 지켜보던 비엘스카가 혹시 지하의 음식은 입에 맞지 않는 걸까, 하면서 초조해하는 것도 모르고.

그리고 윈터의 간곡한 원이 이루어져, 이튿날 세드릭이 눈을 떴다.

"······윈터?"

세드릭은 병색이 완연한 얼굴로 간신히 윗몸을 일으켰다. 아직 낯빛이 좋지 않았지만, 그래도 열은 많이 내렸다. 세드릭이 곧 깨어나리라 굳게 믿으면서도 한편으론 의심을 키워 가던 윈터는 황망히 세드릭이 일어나는 모습을 지켜보기만 했다. 커다란 금안에 눈물이 아롱아롱 차올랐다.

[세, 세드릭. 나는 네가 정말로 잘못되는 줄만 알고······.]

그러나 윈터가 입을 떼기 무섭게 세드릭이 형용할 수 없는 표정을 지었다. 윈터가 고개를 갸웃 기울였다.

[왜 그래?]

"······방금 네가 말한 거야?"

[여기에 나 말고 또 누가 있어.]

의아하게 대꾸하던 윈터가 곧 감을 잡았다.

[참, 내 목소리를 너는 처음 듣겠구나!]

"말을······ 할 줄 알았다고?"

[물론이지! 요정도 말하고 거인도 말하는데 설마 나처럼 위대한 용이 말을 못 하겠어?]

윈터가 으스댔다. 세드릭이 께름한 표정을 지었다.

"그럼 지금까진 왜 말을 안 했어?"

[안 한 게 아냐. 못 한 거지.]

"지금은 하잖아."

[여기니까 할 수 있는 거야. 지상에서는 못 해. 금기거든.]

세드릭이 눈썹을 찌푸렸다. 이렇게나 유창하게 말할 수 있는 용이 지상에서만 말을 못 한다니. 세드릭이 알기로 그건 오직 강력한 마법으로만 가능한 금기였다.

"누가 네게 마법을 걸었어?"

[나한테? 음, 그걸 나한테 걸었다고 해야 하나? 옛날에 칼라일 자일

416

스가 더 이상 용이 지상에서 말하지 못하도록 마법을 부렸다고 들었어.]

칼라일 자일스라면 200년 전 자일스의 수장이었다. 그리 오래되지 않은 과거임에도 이상하리만치 기록이 전무한 마법사. 그에 대해 알려진 점이라곤 고작 용 트라이피나의 주인이었다는 사실뿐이었다.

"칼라일 자일스가 왜? 어째서 용에게 그런 마법을 건 거야?"

[혹시라도 비밀을 말하면 안 되잖아.]

"비밀? 용이 지하로 통한다는 거?"

[그것도 그렇고…….]

윈터가 드물게 말을 흐렸다. 세드릭은 기민하게 질문을 바꾸었다.

"혹시 200년 전에 용이 지상에서 사라진 것과 관련됐어?"

[음, 아마…….]

세드릭의 추궁에 저도 모르게 대답하던 윈터가 퍼뜩 정신을 차렸다.

[아이참, 그거야 나도 모르지. 너도 알다시피 나는 알에 담긴 채로 지상에 왔는걸. 나도 얼마 들은 게 없어.]

"그럼 누구에게 물어야 해?"

[누구긴 누구야. 우리 할머니지.]

별안간 비엘스카가 땅에 착지하며 끼어들었다. 윈터가 눈을 부라리며 세드릭을 날개로 감쌌다. 어제 귀중한 식량을 받은 은혜는 까맣게 잊은 듯했다.

비엘스카가 도도하게 턱을 치켜들었다.

[할머니가 부르셔. 다른 인간도 마저 깨어나면 산 정상으로 올라오렴.]

가운데 돌산.

실제로는 북동쪽으로 치우친 이 야트막한 돌산이 '가운데'란 이름을 하사받은 이유는 오직 서방 군주가 기거하는 곳이기 때문이다. 지난 천

년, 수없이 세력이 갈려 무의미한 쟁투를 벌여 온 동방과 달리 서방은 한 명의 군주가 오래도록 통치를 이어 가고 있었는데, 이 서방 군주란 그저 명예로운 직함일 뿐 실상 크게 간섭하는 바가 없었다. 다만 서방에서 가장 연로한 자로서, 크고 작은 사건이 발생할 때마다 깊은 연륜에서 비롯된 조언을 건네는 정도였다.

그럼에도 서방 신민은 천 년째 군림하는 군주를 마음 깊이 존경했다. 먼 옛날 군주가 핍박받는 종족을 등에 태우고 통곡의 절벽을 쉰일곱 번이나 횡단한 일화는 전설처럼 전해지고 있었다. 종족 대이동 시대를 기억하는 자는 이제 온 세상을 뒤져도 서방 군주뿐이지만, 현존하는 서방 신민은 군주의 은덕으로 목숨을 부지한 선조의 후손으로서 마땅히 군주를 존중했다. 물론 서방 군주와 혈연으로 얽힌 용은 언급할 필요조차 없었다.

[할머니. 그만 일어나셔요. 손님이 왔습니다.]

용 오빌로트가 껌벅껌벅 조는 용을 깨웠다. 넓적한 바위에 드러누워 졸음과 사투를 벌이는 이 늙은 용이 바로 서방 군주 트라이피나였다.

[칼라일 자일스의 후손이 왔어요. 무척이나 보고 싶어 하셨잖아요.]

[으응? 누구의 후손이라고?]

[칼라일 자일스요. 할머니의 오랜 벗이요.]

용 폰타네까지 가세하고서야 트라이피나는 겨우 눈을 떴다. 늘 단조롭기 그지없던 노구가 아주 오래간만에 활기찼다.

[칼라일의 후손?]

트라이피나는 나이 들어 혼탁해진 눈을 껌벅거렸다. 오빌로트가 멀찍이 떨어진 세드릭을 기민하게 불러들였다. 세드릭은 깨어난 지 얼마 되지 않아 비틀거리는 헤스터를 부축하여 늙은 용 가까이로 다가왔다.

"……세드릭 자일스입니다."

세드릭이 머뭇거리며 인사했다. 트라이피나는 흐릿한 눈으로 오랫동안 세드릭을 응시했다. 마치 기억을 더듬는 듯 아스라한 눈빛이었다.

[자일스, 자일스라. 참으로 오래간만에 들어 보는 이름이로구나.]

멍하니 추억을 뒤좇던 트라이피나가 머잖아 현실로 돌아왔다.

[한데 닮지가 않았어. 칼라일은 이렇게 생기지 않았다.]

[세드릭은 칼라일 자일스의 먼 후손이니까 당연히 다르게 생겼지. 할머니의 주인이 죽은 지도 지상의 시간으로 벌써 200년이라고요.]

윈터가 호기롭게 끼어들었다. 하지만 직후 쏟아지는 원로 용들의 따가운 시선에 입을 다물 수밖에 없었다.

"나는 칼라일 경의 직계 후손이 아닙니다. 칼라일 경은 자식을 남기지 않았기에 오래전 대가 끊겼어요."

세드릭이 조심스럽게 말을 꺼냈다. 트라이피나는 아련하게 고개를 끄덕였다.

[맞아. 그랬던 것 같아. 칼라일은 결혼하지 않았어.]

[어머? 전에 칼라일 자일스는 아리따운 공주와 결혼했다고 하셨잖아요.]

[비엘스카. 조용히 하렴.]

폰타네가 어린 딸에게 주의를 주었다. 비엘스카는 입을 비쭉이며 뒤로 빠졌다. 다행스럽게도 추억에 잠겨 있느라 비엘스카의 말을 듣지 못한 트라이피나가 불현듯 세드릭에게 물었다.

[너는 칼라일에 대해 얼마나 알고 있느냐?]

"……실은 아는 바가 거의 없습니다. 칼라일 경에 대한 기록은 거의 남아 있지 않아요. 이상할 정도로."

[역시 그렇게 되었구나.]

트라이피나가 울적하게 꼬리를 늘어뜨렸다. 세드릭이 초조하게 입술을 깨물며 한 발 앞으로 나섰다.

"용이 그동안 자일스에게 베푼 은혜가 얼마나 깊은지 압니다. 먼 옛날, 자비로운 선조 에리얼 자일스가 용 다리아에게 베풀었던 사랑은 이미 오래전 대갚음하고도 남았지요. 다른 이들이 용과 사투를 벌일 때 자일스만은 다리아의 비호를 받으며 번성했고, 이렇듯 용이 모두 떠나간 지금도 꼭 한 마리의 용이 지상에 남아 자일스를 수호합니다. 에리얼 자일스의 후손을 수호하리란 다리아의 맹세를 잊지 않은 그대들에게 몹시 감읍하지만—"

[다리아의 맹세라니? 고릿적 얘기는 왜 꺼내는 것이야?]

"예?"

세드릭이 당황했다. 멀뚱히 그를 내려다보던 트라이피나가 느리게 웃기 시작했다.

[아무래도 꼬마가 착각한 모양이구나. 아니, 아니지. 칼라일을 모르니 아직도 다리아의 맹세를 운운할 수밖에 없겠어.]

[하지만 아무리 그래도 그렇지. 어쩜 지상의 시간으로도 천 년을 훌쩍 넘긴 다리아의 맹세가 아직도 유효하다고 여길까. 꼬마야, 어린 다리아를 성체로 길러 낸 에리얼 자일스의 은혜가 그토록 값지다고 생각하니?]

용 지칼파가 짓궂게 물었다. 세드릭이 머뭇대는 사이에 트라이피나가 인자하게 고개를 내저었다.

[괜찮다. 모르면 새로이 알면 되지. 칼라일의 후손에게 칼라일에 대해 이야기하는 것은 지난 세월 누리지 못한 기쁨. 아주 오래간만에 심장이 뛰는구나.]

트라이피나는 그리 오래된 이야기를 풀어냈다. 시기는 지상의 시간으로도, 지하의 시간으로도 환산할 수 없는 아주 오래전이었다.

[용이란 본디 지하에서 탄생한 생명이란다. 궂은 날씨와 척박한 땅으로 강해질 수밖에 없는 세상에서도 유달리 강대했지. 하지만 타인의 육신을 빼앗아 힘을 축적하는 뱀이 어느 순간부터 급증했다. 그것이 바로 악마야. 지상에서 부르는 명칭이 그대로 굳어져서 지금은 악마라 부르지만, 본래 그들의 원천은 땅을 기는 하찮은 뱀이었다.]

악마는 생명을 취할수록 강해졌다. 요정, 인어, 거인 가릴 것 없이 전부 그네들의 먹잇감이었다. 그러더니 하늘을 나는 위대한 존재를 감히 올려다보지도 못했던 뱀이 언젠가부터 용의 견고한 육신을 탐하기 시작했다. 우후죽순처럼 늘어난 악마를 용조차 막을 수 없었다.

그래서 용은 몇몇 따르는 종족을 품어 지상으로 향했다. 커다란 날개로 하늘을 찢어 날아간 그곳은 낮이면 태양이, 밤이면 별이 빛나는 찬란한 세상이었다.

그들은 악마가 없는 평화로운 세계에서 오래도록 번성했다. 마법이란 신묘한 힘을 부리는 족속이 눈엣가시였으나, 오직 성내에만 틀어박히는 그네들은 이종족의 박멸을 꾀할 만큼 활동적이지 못했다. 머릿수 많기로는 제일인 인간은 심지어 우스울 정도로 약했다. 그리하여 변덕스러운 용을, 탐욕적인 거인을, 잔혹한 요정을, 사특한 인어를 제어할 자가 없었다. 악마가 들끓는 지하에 비한다면 그곳은 진정 낙원이었다.

약육강식의 세상에서 강해졌던 이들은 천적이 없는 따사로운 낙원에서 차츰 나태해졌다. 요정은 칼날처럼 날카롭던 날개를 잃었고, 거인은 쇠도 뚫어 내던 힘을 잃었으며, 인어는 고래도 단번에 물어뜯던 송곳니를 잃었다. 오직 지하와 통하는 용만이 본래의 강강함을 잃지 않았다.

그렇게 아주 오랜 세월이 흘렀다. 척박한 고향과 악마란 천적을 잊어버릴 만큼 까마득한 세월이었다.

그리고 그 세월, 세상이 뒤집히기엔 충분했다.

'숭고한 팔리아치는 이제부터 산티그마 교황을 성심으로 섬기겠습니다.'

어느 날, 팔리아치 가문이 난공불락의 뮈티레 요새를 자진하여 열었다. 유사 이래 인간이 마법과 대등했던 적은 단 한 번도 없었기에 자못 경악스러운 일이었다. 이후 마법 사회는 팔리아치를 필두로 중앙삼국과 발롬피에 협약을 체결하여 공식적으로 천년전쟁을 종식했다. 겉으로는 화해였으나, 실제로는 마법의 패배나 다름없었다.

[바야흐로 인간의 시대다. 시대를 거스를 수는 없는 법.]

용은 마법의 쇠퇴를 지켜보며 긴장했다. 인구는 해마다 빠르게 늘어났으며, 나뭇가지와 돌로 시작한 기술은 눈부신 발전을 거듭했다. 마법이 그러했듯 발전이 정체되면 꼬리가 잡히기 마련이었다. 이대로라면 용은 필시 몰락할 것이었다.

[한때 강대했던 이들이여, 돌아갑시다. 돌아가서 우리의 용맹을 되찾읍시다.]

본디 용이란 하늘을 찢고, 별을 꿰며, 땅을 으깨는 자. 그들은 낡은 게으름을 벗어던지고 본연의 용맹을 되찾기로 했다. 그러기 위해 필요한 것은 새로운 도전이었다.
귀향.
언젠가 달아났던 곳으로 돌아가 처음부터 다시 시작하려는 것이었다.

[우리는 돌아가지 못합니다. 너무 나약해졌어요. 살벌한 고향을 버티지 못할 겁니다.]

그러나 함께 지상으로 올라왔던 종족들은 하나같이 부정적이었다. 그들은 도래하는 인간의 시대를 인정하지 않았다. 지금까지 그러했듯 앞으로도 평화로우리라 지레짐작하며, 이렇듯 따사로운 땅을 떠나려는 용을 이해하지 못했다.

용은 그네들을 아둔하고 가엾게 여겼다. 하지만 선택은 어디까지나 그들의 몫이었다. 무겁게 지상으로 올라왔던 용은 가벼이 지하로 내려갈 것이었다. 귀향의 날은 하루하루 다가오고 있었다.

그런데 뜻하지 않은 문제가 발생했다.

'용이 지상을 떠난다고 합니다. 이대로라면 용을 연구할 기회는 영영 사라집니다. 어떻게든 몇 마리라도 붙잡아서 살을 가르고, 내장을 살펴야 합니다. 그들의 강함에는 분명 이유가 있어요.'

그 시절, 용이 지하에서 올라왔음은 공공연한 사실이었다. 용이 숨기지 않았고, 함께 올라온 이종족도 거리낌 없이 떠들어 댔으니 당연했다. 하지만 용이 지하로 영영 떠난다는 사실이 알려지자, 용의 힘을 본뜨려는 인간들과 아직 밝혀지지 않은 용의 비밀을 파헤치려는 마녀들이 합심하여 용을 노렸다. 대포와 마법의 합공을 버티지 못하는 용이 점차 늘어 갔다.

그러자 칼라일 자일스가 개탄했다.

'탐욕이 들끓는구나. 세상이 용의 비명으로 가득하다.'

그는 동족의 고통으로 괴로워하는 용 트라이피나를 위로했다.

'걱정하지 마라. 내가 너를 보낼 것이다. 네가 그토록 고향으로 돌아가길 기원한다면, 나 또한 그리 기원하겠다.'

칼라일 자일스는 목숨을 걸어 마법을 부렸다. 벗이자 형제이자 연인이자 자식인 트라이피나를 아끼는 마음으로 간절히 기원했다. 지상에

드러난 용의 자취가 사라지기를. 지상에 드러난 사실이 비밀로 돌아가기를. 그리하여 트라이피나가 안전하게 지상을 떠나기를.

그렇게 지상은 용을 잊었다. 용이 지하에서 올라왔다는 기록이 지워지고, 용이 곧 지상을 떠난다는 사실이 잊혔다. 칼라일의 인도로 용이 일제히 지상을 떠났을 때, 세상은 영문을 몰랐다. 고작 마법사 하나의 희생만으로 전부 지워지지 않은 비밀이 간간이 수면 위로 떠올랐으나, 대체로 증거 없는 헛소리라 치부되었다.

칼라일 자일스는 죽었다. 그토록 많은 업적을 남겼던 마법사가 세상에서 까마득하게 잊혔다.

[거대한 마법에는 늘 대가가 따르기 마련이지.]

트라이피나는 슬프게 중얼거렸다.

칼라일 자일스.

200년 전 〈교활한 자일스〉의 수장이자, 사라진 용 트라이피나의 주인. 특히 성도학 분야에서 특출한 업적을 남겼던 마법사치고 전해지는 기록이 전무하기에 평소 수상하게 여기긴 했다. 물론 이만한 뒷이야기가 숨어 있는 줄은 미처 몰랐으나, 그만한 마법사가 어찌해 역사에서 도려졌는지 족히 납득할 만했다.

마법의 반동. 여태 고려하지 않았던 게 이상할 정도로 아귀가 들어맞는 사유였다.

"세상이 잊은 선조의 이야기를 들려주어 고맙습니다. 잊혀서는 안 될 이가 잊혀 안타까울 따름입니다."

하지만 지금은 그게 문제가 아니다.

세드릭은 초조한 기색을 애써 감추었다. 웅대한 용 수십 마리가 둘러싼 상황이 부담스럽지 않다면 거짓이었다. 하지만 여기서 흔들리면 지하로 내려온 의미가 없었다. 지금도 이 드넓은 지하 세계 어디선가 고초를 겪고 있을 디아나를 떠올리면 속에서 천불이 일었다.

하릴없이 어머니를 잃었다. 디아나까지 잃을 수는 없었다.

"하지만 나는 칼라일 경의 자취를 쫓아 여기까지 온 것이 아닙니다."

세드릭이 또렷하게 읊조렸다. 매섭게 벼린 눈에 의기가 묻어났다. 달콤한 말로 꾀어도, 차디찬 손길로 아무리 내쳐도 물러나지 않으리란 굳건한 결심. 수십의 원로 용들이 엄중한 눈빛으로 은인의 머나먼 후손을 굽어보았다. 그들은 나름대로 세드릭 자일스의 내심을 재단하고 있었다.

어린 용이 금기를 어겨 가며 지하로 내려온 이유.

결코 용서받지 못할 죄를 감행한 까닭은 대체 무엇인가.

"목숨보다 소중한 사람이 악마의 사특한 농간에 걸려 지하로 끌려갔습니다."

세드릭은 제자리에서 단정히 무릎 꿇었다. 찰나의 굴욕은 아무것도 아니라는 듯 두 눈이 얌전하게 내리깔렸다.

"나는 지하에 무지합니다. 악마를 모릅니다. 나 혼자서는 구할 수가 없어요."

지하에 달하자마자 이유 모를 열병에 시달렸다. 그리고 열이 가신 직후에는 직감적으로 깨달았다.

그는 디아나를 구할 수 없었다.

"부디 도와주십시오."

그러나 용이라면. 용이 돕는다면.

기회가 목전에 어른거리는 상황에서, 짧은 생애에 공들여 다듬었던 자존심은 일말의 가치도 없었다. 누구에게도 꿇어 본 적 없는 무릎이라고 다르지 않았다. 등 뒤에서 윈터가 안절부절못하며 주둥이를 비벼 댔으나, 세드릭은 꼼짝도 하지 않았다. 디아나만 구할 수 있다면 이 정도는 아무것도 아니었다. 더한 굴욕도 감내할 뜻이 충분했다.

[허튼소리! 우리는 칼라일 자일스의 후손을 수호할 뿐 너희의 종이 아니야!]

예상했듯 용들의 분노가 거센 불길처럼 몰아쳤다.

[도와 달라는 말 한마디로 우리가 흔쾌히 나설 것 같나? 우리는 무려 천 년 전에 악마를 피해 이곳으로 달아났다. 널 위해 다시 그곳으로 돌아가란 말인가!]

[어쩜 저리도 교만할까. 천 년 전에 우리를 도운 마법사는 네가 아니라 칼라일 자일스건만, 어쩜 저리도 뻔뻔하게 우리를 사지로 내몰려는 걸까. 갓 태어난 알을 외로운 지상으로 보내어 너흴 수호하는 것만으로도 우리는 충분히 칼라일 자일스의 은혜를 갚고 있어.]

[애당초 저들을 지하로 데려오면 아니 되었다.]

오빌로트가 차디찬 눈으로 윈터를 응시했다.

[용은 알에서 깨어나자마자 마주친 이를 부모로 섬기지. 동족이 없는 세상에서 네가 얼마나 저이를 소중히 여겼을지 능히 짐작한다. 하지만 네가 진정으로 저이를 아꼈다면 금기를 어겨서는 아니 되었다. 너를 지상으로 보내기 전 우리가 그토록 경고했건만, 지상에서 용의 목소리를 금하는 칼라일 자일스의 마법도 네 아둔함을 막지는 못했구나.]

나머지 용들도 깊이 공감했다. 실은 윈터가 지상의 사람을 태우고 지하로 내려왔을 때부터 금기를 어긴 용에 대한 처벌이 논의되던 참이었다. 날개 하나쯤은 가볍게 찢어 버리고도 남으리란 비엘스카의 말이 정녕 허언이 아니었다.

[금기를 어기고도 무사할 수는 없는 법.]

[일단 징계부터 결정하는 것이 어떠한가?]

화살이 단숨에 윈터를 향했다. 어리어리하게 돌아가는 상황을 지켜보던 윈터가 날개를 접으며 오들오들 떨었다. 지상에선 거칠 것 없던 어린 용도 원로들은 두려운 모양인지 겁먹은 기색이 완연했다.

세드릭이 분연히 나섰다.

"윈터를 탓하지 마십시오. 내가 윈터를 강제했습니다. 나를 지하로 데려가지 않으면 다른 악마를 소환해서라도, 어떤 대가를 치러서라도 지하로 내려가리라 단언했습니다."

[그래서 지금 이 사달이 났지. 너희가 오기까지 서방은 지극히 평화로웠다. 그리고 우리는 혼란을 좌시하지 않을 것이야.]

용 킬키스가 엄정하게 고했다. 세드릭은 입술을 너덜너덜하게 짓씹으며 그를 쏘아보았다. 갑갑한 마음에 눈가로 열이 몰렸다.

[자, 진정들 해라. 어찌 이리들 흥분했어.]

한가로이 사태를 관망하던 트라이피나가 이윽고 입을 열었다. 열띠게 의견을 주고받던 용들이 금세 조용해졌다. 갑작스러운 적막 속에서 트라이피나의 노쇠한 목소리가 울렸다.

[칼라일의 어린 후손아, 이름이 세드릭이라고 했나? 내 너에게 궁금한 것이 있으니. 조금 전에 말했기로 네 소중한 사람이 악마에게 끌려갔다고 하였는데 그 악마의 이름을 아느냐?]

"마르고트입니다."

토론으로 타오르던 정상이 삽시에 찬물을 맞았다. 세드릭은 의아한 얼굴로 쩅하게 얼어붙은 용들을 돌아보았다. 이상하리만치 싸해진 분위기가 영 심상찮았다.

[마르고트라⋯⋯.]

트라이피나가 앓는 소리를 내었다. 세드릭은 불안한 예감이 들었다.

"어떤 악마인지 아십니까?"

[알다마다. 모를 리가 없지.]

트라이피나는 자조했다.

[마르고트, 그자의 본명은 마르고트 솔이다. 동방에서 난립하던 열하나의 군주와 예순여섯의 군단을 징벌하고 스스로 옥좌에 오른 유일무이한 동방 군주. 수십만 병사를 거느린 악마들의 왕이자, 뜻에 반하는 세력은 반드시 학살로 보답하는 잔인한 인물이지.]

세드릭은 그저 아연했다. 돌덩이를 삼킨 듯 말문이 막힌 그를 트라이피나가 안타까이 위로했다.

[딱하지만 그자에게 끌려갔다는 아이는 포기하는 편이 낫겠구나. 자

신의 모든 것을 바쳐 우리를 무사히 지하로 이끌어 준 칼라일을 생각해서라도 내 너를 도와주고 싶으나, 안타깝게도 그만한 역량이 되질 않아. 이조차 야속하게 들리는 것을 안다. 하지만 이해해 주렴. 네게 그 아이가 소중하듯, 나는 내 후손이 소중하단다.]

완곡하게 돌려 말하긴 했으나, 분명한 거절이었다. 세드릭은 망연자실 시선을 떨구었다. 눈앞이 암담했다.

낑낑거리며 세드릭의 눈치를 보던 윈터가 자그맣게 속삭였다.

[세드릭, 세드릭. 내가 가 줄게. 나랑 가자.]

[아가, 너는 아직도 정신을 못 차렸구나. 방금 할머니께서 안 된다고 하신 거 못 들었니?]

용 폰타네가 혀를 찼다. 윈터가 뿔난 얼굴을 들었으나, 비 오듯 쏟아지는 매몰찬 시선에는 도리 없었다. 허공을 마구 헤집던 꼬리가 시무룩하게 땅으로 내려앉았다.

[그리고 보니 칼라일의 후손이라면 너도 마법사겠구나.]

트라이피나가 혼곤한 눈을 깜박이며 세드릭을 보았다. 세드릭은 끈 떨어진 인형처럼 고개를 끄덕거렸다. 트라이피나의 눈빛에 은근한 기대가 서렸다.

[만약 너희가 내 생애 마지막 소원을 들어준다면, 재고할 용의도 있는데…….]

"말하십시오."

[아주 오래전 지상에서 보았던 것이다. 칼라일이 마법을 부려 주었지. 잘은 기억이 나지 않지만 오직 마법으로만 가한 소원이란다.]

애틋한 추억에 잠긴 목소리였다. 그러나 행복한 과거에 도취된 트라이피나와 달리, 세드릭은 일순간 품었던 희망을 모조리 빼앗기고 다시 나락으로 떨어졌다.

"……지하에선 마법을 쓰지 못합니다."

세드릭이 바들거리며 눈을 치떴다. 참담하게 일그러진 눈가가 붉게 달아올랐다.

열병이 가신 뒤로 그는 본능적으로 깨달았다. 육신에 마력이 흐르질 않았다. 황망히 올려다본 지하의 하늘은 그저 새카말 뿐 별이 온데간데 없었다. 단순히 뜨지 않은 게 아니다. 이 세상에는 별이 없었다.

여신이 버린 땅. 별이 사라진 땅. 그리하여 별빛 닿지 않는 암암한 세계.

별이 없는 세상에서 마법이란 축복이 거둬진 것은 당연한 이치였다.

[그래? 그것 참 안타깝구나.]

트라이피나는 실망한 기색이 역력했다. 다른 용들이 그녀를 달랬으나, 낙심한 마음은 좀체 풀리지 않았다.

그때, 헤스터가 힘겹게 말문을 열었다.

"소원이 무업니까?"

그러자 모두가 여태껏 침묵하던 헤스터를 보았다. 아직도 열에 시달리느라 안색이 몹시 나빴지만, 형형한 안광만은 누구 못지않았다. 도리어 광기가 흐르는 눈빛이었다.

트라이피나는 찬찬히 눈을 내리감았다. 세상이 잊어버려 이제는 얼굴조차 제대로 기억나지 않는 칼라일 자일스를 더듬고 더듬으며 늙은 용이 조용하게 뇌까렸다.

[아름다운 선율. 아름다운 곡조. 생애 한 번도 들어 보지 못했던 아름다운 소리야말로 나의 마지막 소원이다.]

비엘스카는 심심하게 꼬리를 흔들었다. 조금 전 공연히 나섰다가 어미에게 꾸중을 들어 뒤편으로 내쫓긴 참이었다. 다행히 뒤쪽에서도 어른들이 나누는 대화는 전부 들렸지만, 조그만 사람과 윈터라는 또래 용을 보지 못하는 것이 참으로 안타까웠다.

[실피. 방금 들었지? 쟤네가 원래 마법사인데 여기서는 마법을 못 쓰나 봐. 마법이란 걸 한번 보고 싶었는데 아쉬워.]

비엘스카가 주둥이를 비쭉였다. 오래간만에 재미난 일이 벌어지는 줄 알았는데, 영 글러 먹은 모양이었다.

[그나저나 쟤네도 참 멍청하다. 동쪽에 악마가 얼마나 많은데 거길 가 달라고 부탁하다니. 거기 갔다가 몸을 빼앗기면 어떡해? 그렇지 않…… 어라, 실피?]

주변에 아무도 없었다. 이리저리 두리번거리던 비엘스카가 의아한 표정을 지었다.

[방금까지 여기 있었는데. 얘가 어딜 갔담?]

"악마란 몰지각한 종족입니다."

헤센 그윈티르가 말했다.

"그렇지 않고서야 적당한 기호 식품조차 없다는 게 말이나 됩니까? 악마들은 그저 배 불릴 수만 있다면 무엇이든 입에 넣고 보더군요. 그것이 응당 끓여 마셔야 하는 찻잎이든, 먹으면 탈이 나는 독초든, 부모 형제의 살점이든 전혀 상관하지 않고요. 발전한 문명사회에서 태어나 자란 것이 그저 다행일 뿐입니다."

문가를 지키는 악마는 전혀 개의치 않는 언변이었다. 몇몇 악마들이 울컥하여 도끼눈을 떴으나, 헤센은 그들에겐 눈길조차 주지 않았다. 그는 방에 들어왔을 때부터 줄곧 집요하게 침대만을 보고 있었다.

"이제는 시종에게도 괜한 횡포를 부리지 않는다고 들었습니다. 마법으로 공연한 문제를 일으키지도 않고요. 잘 생각했습니다. 포기할 때를 아는 것도 현명한 마녀의 덕목이지요."

침대는 미동도 없었다. 그러나 불룩한 이불 속에서 디아나가 눈 시퍼렇게 뜨고 있음을 헤센은 모르지 않았다.

"몸이 이상하게 좋지요? 아마 기력이 샘솟을 겁니다. 지하에선 암흑의 별 칼리스토가 달처럼 빛나니, 암흑의 축복을 받은 당신은 지상에서와 비교할 수 없는 대단한 마녀입니다. 그러나 마력이 넘쳐 난들 분명한 한계가 있어요. 한계를 뛰어넘는 것을 우리는 기적이라 부르지만, 장담컨대 당신은 한계를 뛰어넘지 못합니다. 진저는 그리젤다 솔이 아니니까요."

마법을 잃은 마법사는 한가로이 다리를 꼬았다. 지하에 도착하자마자 장장 이틀간 온몸에서 마력이 빠져나가는 열병을 앓았으나, 병색 없이 말끔한 얼굴만은 예나 지금이나 똑같았다.

"그러니 탈출을 단념한 것은 참으로 장한 선택입니다. 이곳 참극성에만도 수천의 악마가 상존하며, 드넓은 동방에 걸쳐 수십만의 악마 군단이 흩어져 있습니다. 자고로 지하의 동방은 악마의 땅이지요. 당신이 아무리 대단한 마법을 부린대도 인산인해로 덤비는 악마 군단을 막진 못할 텝니다. 설령 참극공의 시야를 피하더라도 지하에서 당신이 갈 곳은 없어요. 운 좋게 참극성을 빠져나간들 십중팔구 악마에게 잡아먹힐 겁니다. 그런 개죽음을 당하느니, 차라리 위대한 마법의 제물로 바쳐지는 것이 낫지 않겠습니까?"

부드러운 목소리가 열기를 띠었다. 마치 신을 우러르는 사제처럼, 그는 마음 깊이 신봉하는 사실을 설파하고 있었다.

"진저, 부디 내 말을 믿으세요. 당신의 희생은 값질 것입니다. 유사 이래 단 한 번도 벌어진 적 없는 기적을 받치는 최초의 주춧돌로서 모두가 당신의 이름을 기억할 거예요."

헤센은 벅찬 가슴을 갈무리하며 자리에서 일어났다. 눈을 매끈하게 휘며 인사를 전하는 모습은 북부의 신사답게 절도 있었다.

"그럼 열흘 뒤에 보지요. 그날만을 손꼽아 기다리겠습니다."

경쾌한 발소리가 점점이 멀어져 갔다. 이윽고 문이 여닫히는 소리가 끝맺고서야 내내 잠잠하던 침대가 요동치기 시작했다. 이내 신경질적으로 이불이 걷히며 디아나가 산발로 등장했다.

"……나쁜 놈."

디아나는 거칠게 씩씩거리며 문을 노려보았다. 하지만 그런다고 얄미운 혜센 그윈티르가 돌아오지는 않았다. 설사 돌아오더라도 맘껏 그를 해코지할 수도 없었다. 혼자만 마법을 부릴 수 있다고 날뛰다간 작금 누리는 호화스러운 생활일랑 전부 끝이었다.

해소하지 못한 울분은 자연히 주변을 향했다. 돌연 커다란 베개가 문가에 굳건히 버티고 선 악마의 안면을 강타했다.

"나가."

뿔이 난 사자 머리에 이족 보행 하는 허연 털북숭이 몸을 지닌 악마가 자못 불편한 기색으로 고개를 들었다. 악마의 이름은 소제 가네트뤼포. 마르고트가 그녀에게 붙인 호위 겸 감시였다.

"나가라고."

디아나가 재차 쏘아붙였다. 그럼에도 악마가 미동하지 않자 기어이 잿빛 눈에 불똥이 튀었다.

"안 나가? 이번엔 샹들리에로 맞아 볼래? 아님 내가 내보내 줘?"

마녀의 분노를 대변하듯 가구들이 위협적으로 흔들리기 시작했다. 금방이라도 문가로 칼날을 겨눌 것처럼 난폭한 겁박이었다. 그러자 악마는 몹시 할 말이 많은 표정으로 문을 열었다. 방을 나서는 걸음마다 미련이 뚝뚝 떨어졌다.

문이 닫히자, 방은 고요하게 가라앉았다. 숨소리조차 까맣게 묻히는 정적 속에서 디아나가 불현듯 고개를 쳐들었다. 조금 전 폭풍처럼 일렁이던 분노는 죄 잊은 듯 무서울 정도로 차분한 얼굴이었다. 이제 방에는 아무도 없었다. 드디어 혼자였다.

디아나는 소리 없이 신속하게 침대에서 내려왔다. 그리고 마법으로 혜센이 앉았던 의자를 치우고, 바닥에 깔린 두꺼운 러그를 거둬 냈다. 맨낯이 드러난 돌바닥은 온갖 수식과 기도문, 마법진으로 빼곡했다.

"하여간 고집은 세요."

디아나는 지나치게 완고한 악마 호위를 떠올리며 몸을 부르르 떨었다. 실은 누군가를 협박하는 데 일말의 재주도 없지만, 지하로 내려와 충만해진 마력이야말로 살벌한 무기가 되었다. 디아나는 남부럽지 않게 늘어난 마력이 기껍다가도, 예전처럼 못난 마녀여도 좋으니 집으로 돌아가고픈 일념이 간절했다. 어차피 열흘 뒤면 제물로 바쳐질 운명. 이대로는 대단한 마녀든 아니든 소용없었다.

그러니 돌아가야 한다.

디아나는 쓸데없는 잡념은 모두 접어 두고 오직 그 생각만을 반복했다. 마르고트의 배신에 치를 떨고, 코앞으로 닥친 이른바 운명에 절망하는 건 하루로 족했다. 남은 열흘 동안은 어떻게든 지상으로 돌아갈 방도를 찾아야만 했다.

하지만 답은 쉽사리 나오지 않았다. 디아나는 악마 소환진과 역소환진을 바탕으로 여러 방안을 짜냈는데, 산출되는 결과마다 영 마땅치 않았다. 악마학에 문외한인지라 이제 와 연구 방향을 바꾸지도 못했다. 여러모로 갑갑한 상황이었다.

디아나는 한숨을 삼키며 창밖으로 고개를 돌렸다. 칼리스토만이 환하게 빛나는 하늘은 오늘도 변함없이 어두웠다. 낮인지 밤인지도 구분되지 않는 암흑의 세상. 따지자면 이곳이 그녀의 고향이었으나, 디아나는 좀처럼 지하에 마음 붙일 수가 없었다. 그러기엔 상황이 여의치 않았을뿐더러 본능적인 불쾌감이 앞섰다.

마법으로 잉태한 아이.

원래부터 없던 아버지, 진짜로 그런 존재가 없다 한들 엄청난 충격은 아니었다. 그러나 내심으로 믿었던 어머니가 그저 호기심만으로 열흘 품어 낳았다는 사실은 도무지 받아들이기가 힘들었다. 따스한 목소리조차 들어 보지 못한 어머니지만, 널 사랑하셨노라 장담하던 언니의 말을 무심코 믿은 모양이었다. 그래서 실제로는 배신한 적조차 없는 어머니에게 쓰디쓴 배신감을 느끼는지도 몰랐다.

눈앞에 어머니가 있다면 지금이라도 묻고 싶다.

어째서 나를 낳았느냐. 기어이 낳았으면 비밀은 잘 숨겼어야지, 왜 그리도 허술해서 이런 사달을 냈느냐. 어쩌다 마르고트 같은 악마를 믿어 나를 이런 절망으로 밀어 넣었느냐. 기적을 이루어 놓고 왜 그리 덧없이 죽었느냐.

가슴이 답답했다. 난데없이 직면한 진실과 열흘 앞으로 다가온 종말이 아직도 믿기지가 않았다. 보고픈 사람들과 꿈꿨던 미래가 산산이 흩어졌다. 그러나 무엇보다 속이 뒤틀리는 건 그녀의 죽음으로 원수 같은 이들이 행복해진다는 사실이었다. 그녀의 죽음으로 되살아나는 자가 그토록 무책임한 어머니란 사실이 미치도록 싫었다.

그러니까 어떻게든 돌아가야 했다. 무슨 수를 써서라도 훼방할 것이었다. 끝내 돌아갈 방도를 찾지 못한다면 제단에 누워 혀라도 깨물 작정이었다. 아니면 마침 꼭대기 층이니 창문에서 떨어져 죽는 것도 나쁘지 않았다. 죽어도 그네들의 원이 이루어지는 꼴은 못 보았다. 디아나는 세상 무엇보다도 죽음이 두려웠지만, 어차피 죽을 목숨이라면 마르고트와 제노비아 자일스의 오랜 계획을 파탄 내고 죽는 것도 나쁘지 않으리라 여겼다.

디아나는 바닥에 빼곡히 적힌 흔적을 무섭게 쏘아보았다. 독기 그득한 두 눈에 하릴없이 눈물이 맺혔다. 디아나는 소매로 눈가를 박박 문대며 마음을 다잡았다. 지금 약해지면 안 된다. 그러니 마음 약해지는 생각일랑 전부 기억 언저리에 묻어 두어야 했다.

그때, 갑자기 창가에서 인기척이 들려왔다.

똑똑.

처음에는 지나가는 바람 소리인 줄만 알았다. 상식적으로 누가 꼭대기 층 창문을 두드린다고 여기겠나.

하지만 불규칙적인 노크 소리는 계속되었다.

똑똑.

디아나는 그제야 조심스레 창가로 다가갔다. 자연히 창밖을 의심하는 기색이 역력했다. 그녀는 지하 세상에 대해 조금도 알지 못했으므로, 집으로 돌아가는 방도를 찾기 전에는 최대한 몸을 사리는 편이 나았다.

[빨리 열어 줘!]

그러나 창밖에는 정말로 예상치 못한 손님이 있었다.

디아나가 황급히 창문을 열었다. 틈이 벌어지자마자 손바닥만 한 요정이 쏜살같이 안으로 날아들었다. 멍하니 낯선 요정을 바라보던 디아나는 머리칼을 흩트리는 찬 바람에 놀라 창문부터 잠갔다.

[아휴, 들키는 줄 알았네.]

초록색 요정이 초록색 머리칼을 매만지며 바닥에 철퍼덕 앉았다. 디아나가 아연한 표정으로 물었다.

"누구세요?"

[내가 누군지는 알 거 없고. 네가 악마에게 붙잡혀 끌려왔다는 맹추니?]

디아나가 낯을 와락 구겼다.

"너 뭐야? 뭔데 날 알아?"

[널 구해 주러 왔어.]

"웃기시네. 그걸 내가 어떻게 믿어?"

그러자 요정이 대놓고 한숨을 토해 냈다.

[너 아주 의심쟁이구나? 알았어, 알려 주면 되잖아. 나는 실피야. 보다시피 요정이고.]

"그래서 난 어떻게 안 건데? 구해 주러 왔다는 건 또 뭐고."

[말 끊지 말고 귀담아들어 봐. 이제부터 설명할 거니까.]

요정 실피가 시건방진 태도로 말했다.

[나는 통곡의 절벽 너머 서방에서 날아왔어. 내가 다른 요정보다 날개가 컸으니 망정이지, 아님 중간에 힘들어서 날갯짓도 못 했을 거야.

게다가 참극성에 몰래 숨어드느라 무지 힘들었다고. 넌 나한테 백번 감사해도 모자란데 이렇게 박대하다니……. 어쨌든 네 존재를 알게 된 건 며칠 전 가운데 돌산에 나타난 지상의 사람들 때문이야. 한 명은…… 옳지, 너랑 되게 닮았고 나머지 한 명은 까만 머리였어. 군주님의 벗이었던 칼라일 자일스의 머나먼 후손이라던데?]

그에 디아나는 아연하게 질렸다. 언니와 세드릭이었다. 어찌 지하로 내려왔는지는 몰라도 같은 세상에 있었다.

"나, 날 구하러 온 거야? 다들 어디 있는데? 왜 너만 왔어?"

[말 끊지 말라니까 그러네. 하여튼 갑자기 나타나선 악마에게 잡혀간 애를 구해 달라고 부탁하는데, 군주님도 그렇고 다른 용들도 그렇고 썩 달가워하지 않던걸. 너, 다른 악마도 아니고 하필이면 동방 군주에게 붙잡혔잖아. 아무리 참극성이 통곡의 절벽에서 가까워도 악마가 무진장한 궁전에 오고 싶겠니? 차라리 절벽에서 뛰어내리는 편이 낫겠다.]

"하지만 언니랑 세드릭은 훌륭한 마법사란 말야. 마법을 쓰면 어떻게 될……."

다급히 말을 이어 가던 디아나가 입을 다물었다. 지하에선 암흑의 별 칼리스토만이 빛났다. 제노비아 자일스와 헤센 그윈티르가 마법을 잃은 것처럼, 헤스터와 세드릭도 마찬가지일 터였다.

[그래서 내가 왔잖아. 넌 나한테 백번 감사해도 모자르다고.]

실피가 디아나를 아래위로 훑으며 말했다.

[근데 너도 좀 많이 크구나? 지상의 사람들은 다들 너만 하니? 나처럼 조그마하면 그럭저럭 쉽게 빠져나갈 수 있을 텐데, 넌 좀 어렵겠다.]

요정이 조잘대는 소리가 이토록 반가울 수가 없었다. 하지만 디아나는 전부 흘려들으며 차분히 생각을 가다듬었다.

지금까지 그녀는 오로지 지상으로 돌아갈 방법만을 강구했다. 참극성에서 달아나더라도 갈 곳이 없으며, 외려 멋모르는 악마에게 붙잡혀 잡아먹힐 가능성만 농후했기 때문이다. 그래서 참극성을 탈출할 생각

은 처음부터 없었다. 차라리 제물로 바쳐지는 그날까지 이곳에서 호의
호식하며 남몰래 집으로 돌아갈 방도를 찾는 게 안전하리라 여겼다.

하지만 헤스터와 세드릭이 지하로 내려왔다면 이야기는 달라졌다.
이제는 다른 길이 있었다. 답도 안 나오는 문제로 몇 날 며칠 골머리를
썩는 대신, 참극성에서 빠져나가 어떻게든 그들이 있는 곳에 달하면 되
었다. 성 밖에 안전한 곳이 있다는 것만으로도 크나큰 수확이었다.

"정말 고마워!"

디아나가 난데없이 실피를 꽉 껴안았다. 실피가 소리 죽인 비명을 내
질렀지만, 역동하는 기쁨을 막기엔 역부족이었다. 마음 약해질까 부러
떠올리지 않았던 이들이 여기까지 찾아왔다는 것이 놀랍고도 고마웠
으며, 이렇듯 반가운 소식을 전해 준 조그만 요정에게 무척이나 감사
했다. 결국에 지상으로 돌아가지 못하거든, 제단에서 죽을 각오로 매일
밤 지새우던 하루하루가 파노라마처럼 흘러갔다.

이제야 겨우 살길이 보였다.

디아나는 죽어도 여기서 죽고 싶지 않았다.

요정 실피는 회한의 숲에 숨은 가족을 구하러 왔다고 한다.

[동방이 악마의 땅이라고들 하지만, 나 같은 요정이나 다른 종족도
소수지만 살고 있어. 뭐, 다들 회한의 숲에 숨어 있지만 말야.]

"아까는 서방에서 왔다면서."

[원래는 나도 회한의 숲에서 태어났어. 악마를 피해 거기서 쭉 숨어
살았지. 그런데 어느 날 악마 군단이 숲을 공격하는 바람에 가족이랑
떨어졌지 뭐야. 악마에게 쫓기고 쫓기다가 하는 수 없이 통곡의 절벽으
로 날아갔어. 용이 아니고서야 통곡의 절벽을 넘을 수 없다고 엄마가
늘 신신당부했는데, 다행히도 나는 다른 요정보다 날개가 커서 겨우 서
방에 닿았지.]

실피가 자랑하듯 날개를 펼쳤다. 예전에 보았던 와조스키의 날개보

다 확실히 컸는데, 그보다는 날개가 칼날처럼 날카로운 점에 눈길이 갔다. 분명 와조스키는 저러지 않았다.

'지하는 뭐든지 흉흉한 모양이야.'

디아나는 쉬이 납득했다. 이렇게 어둡고 싸늘한 세상에서 살아남으려면 보통 마음가짐으로는 어림도 없을 터였다.

[나는 아직도 회한의 숲에서 두려움에 떨며 살아갈 가족을 구하고 싶어. 우리 가족은 날개도 나보다 작은 데다 악마에게 날개가 뜯긴 경우도 많아서, 용이 돕지 않으면 거기서 벗어날 수가 없거든. 그런데 게으름뱅이 용들은 어찌나 엉덩이가 무거운지 평화로운 서방에서 꼼짝도 하지 않는단 말야. 그런 와중에 널 구하러 지상의 사람이 둘이나 나타난 거지.]

한마디로 디아나를 회한의 숲에 숨겨 놓은 뒤, 실피가 얼른 서방으로 날아가 용을 불러오는 계책이었다.

[군주님이 칼라일 자일스의 후손을 꽤나 아끼시던걸. 네가 동방 군주의 손아귀에서만 벗어난다면, 필시 널 구하러 오실 거야.]

실피가 당당하게 말했다. 200년 전의 마법사 칼라일 자일스가 서방 군주 트라이피나에게 베푼 은혜를 들은 디아나도 꽤나 일리 있는 추측이라 생각했다. 그의 은혜를 잊지 못해 200년이 지난 지금까지도 용알을 지상으로 올려 보내는 정성이라면, 참극성에서 빠져나온 디아나를 구하러 올 가능성이 높았다. 겸사겸사 회한의 숲에 숨어 있는 실피의 가족도 구하고 말이다.

사실 디아나는 회한의 숲에서 굳이 용을 기다릴 필요가 없었다. 실피의 말로는 통곡의 절벽 너머 서방에 닿기까지 바닥을 알 수 없는 구렁텅이가 망막하게 펼쳐졌다지만, 디아나는 지하에서만큼은 누구 못지않게 출중한 마녀였다. 서방이 얼마나 먼지는 몰라도 실피가 건널 수 있는 거리라면 족히 마법으로 가할 터였다.

"알았어. 참극성을 빠져나가면 회한의 숲에서 얌전히 기다릴게."

그러나 디아나는 실피의 말을 따르기로 했다. 실피가 가족을 구할 기회는 어쩌면 이것이 마지막인지도 몰랐다. 악마에게 쫓겨 죽음을 각오하고 통곡의 절벽을 넘은 실피가 악마의 본거지인 참극성으로 숨어들기까지 얼마나 두려웠을지 차마 상상조차 불가했다. 비록 가족을 구하려는 선택이었으나, 덕분에 헤스터와 세드릭이 지하로 내려왔다는 소식을 접한 디아나로선 섣불리 실피를 외면할 수가 없었다.

"지금부터 마법을 부릴 거야. 너랑 내 모습이 가려지는 마법이니까 괜히 놀라지 마."

실피는 잔뜩 긴장한 표정으로 고개를 끄덕거렸다. 디아나는 정신을 집중했다. 오래 유지하기엔 마력이 지나치게 소모되지만, 쓸데없이 마력이 넘치는 지금은 몹시 유용한 마법이었다.

[내 몸이 안 보여!]

"조용히 좀 해. 밖에서 다 들겠다."

디아나가 핀잔했다. 실피는 급히 양손으로 입을 막더니 작은 목소리로 소곤댔다.

[이제 보니 너 제법이구나? 그 마법이란 걸로 못된 악마들 깡그리 죽이고 달아나면 안 돼?]

"마법이 만능인 줄 아니? 난 누굴 죽여 본 적도 없고, 죽이는 방법도 몰라. 게다가 괜히 악마를 해하겠다고 설치다가 들키면? 성내에만 악마가 수천이라면서. 걔네를 다 뚫고 도망가자고?"

디아나는 냉정하게 자신의 능력을 판단했다. 아무리 마력이 배로 늘어났어도 그녀의 본질은 같았다. 다른 마녀들이 그러하듯 디아나도 학문으로서의 마법을 갈고 닦았을 뿐, 광인 니올로처럼 마법으로 누굴 해하는 데 능숙하지 않았다. 더욱이 〈가혹한 아스톨포〉처럼 거대한 폭풍을 일으키거나 〈고결한 베가〉처럼 낙뢰를 내리지도 못하며, 당연하게도 스승인 바바라조차 생명을 쉬이 거두는 방법을 알려 주지 않았다. 그런 끔찍한 마법 따위 바바라도 모를 터였다.

그러니 들키지 않고 조용히 성을 빠져나가는 게 최선이었다. 갑자기 늘어난 마력에 도취되어 악마를 벌하겠노라 객기를 부리다간 아주 골로 가는 수가 있었다. 디아나는 악마 수천에 맞설 용기도 능력도 없었다. 죽음이 일상인 악마와 송장만 봐도 덜덜 떠는 그녀는 시작부터 달랐다.

　"일단 아래층으로 내려갈 거야. 여기는 창문이 좁아서 내가 나갈 수 없지만 아래층은 창문이 꽤 컸거든."

　[네 마법으로 나만큼 작아질 수는 없어?]

　"마녀의 육신은 함부로 다루는 게 아냐. 육신이란 마력을 담는 그릇. 만일 그릇이 잘못되거든 영영 마법을 사용하지 못할지도 몰라."

　디아나가 단호하게 말했다.

　"그래도 너무 걱정하지 마. 며칠 전에 내려갔을 때 복도에 아무도 없었으니까. 설령 누군가 있어도 우릴 보지 못하니까 괜찮을 거야."

　[으음, 그러니까 아래층으로 내려가서 창문을 열고 탈출하겠다는 거지? 너 제대로 날 수 있어?]

　"모르긴 몰라도 내가 너보단 빠를걸?"

　실피가 입을 비쭉댔다. 디아나는 소리 죽여 웃는 와중에도 내심 불안했다.

　사실 가장 빠르고 안전하게 탈출하는 길은 따로 있었다. 이동마법을 사용해서 바깥으로 나간 뒤, 하늘을 날아 성채를 빠져나가는 방법이었다. 그녀가 감금된 탑은 겹겹이 쌓인 성벽으로 시야가 차단되었으나 다행히도 아래에 공터가 있었다. 좌표가 없는 상황에서 이동마법은 육안에만 의존하므로, 며칠 전이었다면 당장 그 방법을 택했을 것이다.

　하지만 공터는 며칠 전부터 악마 군단으로 득시글거렸다. 어디서 소집 명령이라도 떨어졌는지 줄어들긴커녕 매일같이 수가 불어나고 있었다. 비록 마법으로 모습을 가렸다곤 하나, 디아나는 차마 악마가 저리도 빼곡한 곳으로 이동하지 못했다. 기회는 단 한 번뿐. 들키면 끝이었다.

[정말 복도에는 악마들이 없는 거 맞지?]

"어제 감시인한테 물어봤어. 저런 졸병들은 성으로 들어올 수 없대."

그러니 최대한 조용하고 안전한 길을 택해야 한다. 그녀가 언제 어디로 사라졌는지도 모르게끔. 사라졌다는 소식조차 뒤늦게 알려져서 성채가 온통 혼란에 휩싸이길 바랐다. 실피가 용을 데려올 때까지 회한의 숲에 숨어야 하는 디아나로선 그것만이 최선이었다.

디아나와 실피는 서로 마주 보며 고개를 끄덕였다. 이제 시작이었다.

"저기요!"

처음은 호위 겸 감시, 소제 가네트뤼포였다.

조금 전 디아나의 억지로 방을 나갔던 악마가 곧장 문을 열고 들어왔다. 하지만 문을 열기 무섭게 커튼이 그의 시야를 가렸다. 그리고 실피가 바위도 씹어 먹는 이빨로 당황한 악마의 뒷목을 꽉 깨물었다.

소제 가네트뤼포는 즉시 거품을 물며 쓰러졌다. 디아나는 마법을 부려서 이불과 커튼으로 그의 온몸을 칭칭 동여맸다.

[악마는 머리가 본체라서 머리를 파괴하지 않으면 안 죽어. 그래도 급소를 당했으니 당분간은 깨어나지 않을 거야.]

실피가 피를 퉤 뱉어 내며 말했다. 디아나는 긴장한 얼굴로 말없이 문손잡이를 잡아당겼다. 인적 없는 복도가 몹시 냉랭했다.

디아나는 발소리를 죽이기 위해 신발까지 벗어 두고 복도를 걸었다. 방에서 쉼 없이 조잘대던 실피도 복도로 나오자마자 입을 단단히 잠갔다. 둘은 계단에 이를 때까지 누구와 마주치지 않았으며, 원형 계단을 내려가면서도 인기척을 듣지 못했다. 그저 바깥에서 들려오는 악마 군단의 함성만이 아스라하게 전해질 따름이었다.

그들은 며칠 전 악마 시종을 따라 내려왔던 길을 그대로 걸었다. 훗날 탈출할 기회를 엿보며 시종을 닦달해 방을 나왔던 것이 이토록 도움이 될 줄 그날은 꿈에도 몰랐다. 역시 기회는 준비된 자에게만 주어지는 법. 디아나는 정확히 그날만큼 계단을 내려갔다. 이제는 거대한 회랑을 가로지르기만 하면, 유난히 창문이 넓은 복도에 다다랐다.

회랑으로 이어지는 문 앞에서 실피가 재촉하듯 바삐 날갯짓했다. 디아나는 한결 가벼워진 표정으로 문을 밀었다. 점점 벌어지는 문틈으로 밝은 불빛이 새어 들었다. 눈부신 빛에 한 손으로 눈가를 가리며 회랑으로 들어선 순간.

[……그러더군. 66군단은 내일 도착한다고.]

유독 째진 목소리가 쟁쟁하게 울렸다.

[거기 군단장은 아직도 공석인가?]

[군주께서 새로이 임명하셔야 하는데, 영 마땅한 인물이 없나 봐.]

[하긴 소제 가네트뤼포만 한 악마가 또 어디 있겠어. 참극성이 세워지고 나서야 겨우 군주께 복속한 군단이잖아, 거긴. 원래부터 소제 가네트뤼포에게 충성스럽기로 유난인데, 다른 악마를 군단장으로 모시기가 쉽겠어?]

디아나는 그 자리에서 얼어붙었다. 회랑에는 열 명 남짓한 악마들이 모여 있었다.

[그러게 소제 가네트뤼포는 왜 군주의 심기를 거슬러선……. 잠깐, 저기 문이 원래 열려 있었나?]

별안간 여우 머리 악마가 이편을 돌아보았다. 다른 악마들이 의아한 기색으로 말을 보탰다.

[저긴 위층으로 이어지는 문이잖아.]

[시종이 깜빡 잊고 열어 뒀나 보지.]

[여기로 시종이 들어왔었나?]

한가로운 대화가 이어지는 도중에, 여우 악마가 문가로 성큼성큼 다가왔다. 디아나는 숨 막히는 긴장으로 굳어 버린 몸을 겨우 움직였다. 아주 찰나로 곁을 스쳐 지나간 악마가 단숨에 문을 닫았다. 간신히 비켜섰던 디아나는 뒤늦게 깨달았다.

이젠 돌아갈 수 없다.

[들리는 소문으로는 소제 가네트뤼포가 군주에게 회한의 숲에 대해 직언했다던데. 무의미한 사냥은 그만하라고.]

[뭐? 그딴 멍청한 소리가 어디 있어?]

[멍청한 소리라니, 그럼 너도 회한의 숲에 숨은 연놈들을 멸종시켜야 마음이 놓이겠어?]

[당연하지! 벌레만도 못한 놈들이 코앞에 숨어 있는 꼴을 어떻게 두고 봐!]

[그래 봤자 거기 숨은 요정들은 너무 조그매서 육신으로 취하지도 않잖아.]

[지금 그 잡것들에게 자비를 베풀라는 말이냐?]

악어 머리 악마가 위협하듯 그르렁댔다. 그러나 늑대 악마도 만만치 않았다.

[자비를 베풀라는 게 아니라 무의미한 짓은 그만하라는 소리다. 그리 회한의 숲을 짓밟으면 다음은 어딜 향할 거지? 그다음은? 그렇게 깡그리 멸족시키면 다음에는 군단끼리 전쟁인가?]

[그래, 차라리 내전이라도 벌어지면 좋겠어! 그럼 너처럼 약한 소리하는 놈들은 무참히 밟아 버릴 텐데!]

[뭐라고?]

어쩐지 돌아가는 분위기가 심상치 않았다. 디아나는 악마들을 계속 주시하는 한편, 벽에 달라붙어 조금씩 전진하기 시작했다. 저들은 저렇게 싸우게 두고 조용히 회랑만 빠져나가면 되었다. 맨발이라 발소리가 나지 않는 것이 천만다행이었다.

[적당히 해. 그러다가 들키면 이번에는 국물도 없어.]

[국물도 없는 건 저 자식이지! 감히 군주를 능멸한 죄로 군단장 직위를 빼앗긴 소제 가네트뤼포에게 동조하다니, 군주께서 아시거든 대경하실 거다!]

[하여간 48군단 놈들은 다 똑같아. 미련스러워서 도무지 말을 섞을

수가 없군.]

[저 새끼가 진짜!]

악어 머리 악마가 느닷없이 상대에게 달려들었다. 시큰둥하게 말리던 이들은 도리어 몸싸움을 반겼다. 마치 경기를 관전하는 것처럼 바닥을 세게 구르며 환호성을 내질렀다.

[무슨 일이야?]

난데없는 소란에 다른 악마들도 속속 몰려들었다. 싸움이 벌어졌다는 말이 물밀듯 번지며 복도에서 뛰어드는 이도 있었다. 한산하던 회랑은 금세 난장판이 되었다. 오직 벽에 달라붙은 디아나만이 아연한 표정으로 몰려드는 악마들을 지켜볼 뿐이었다.

'어쩌지?'

이러지도 저러지도 못하는 상황. 실피가 그녀의 옷깃을 잡아당기며 복도로 이어지는 문을 손짓했다. 활짝 열린 문. 저기만 통과하면 거의 탈출한 셈이었다.

디아나는 굳은 얼굴로 고개를 끄덕였다. 여기까지 왔으면 앞으로 나아가는 수밖에 없었다. 하물며 돌아가지도 못하는 상황이었다. 두렵고 무서워도 견뎌야 했다.

그리 디아나가 벽에 거머리처럼 달라붙은 채로 조심스레 걸음을 내딛는 동안, 싸움은 점점 규모를 키워 갔다. 그저 심심하다는 이유로 참전한 이들만도 여럿이었다. 게다가 구경하다가 우연히 맞아 분노한 이들도 여럿, 멀찍이서 관전하다가 서로 시비가 붙어 새로운 싸움을 시작한 이들도 여럿, 심지어는 싸움을 말리다가 휘말린 이들도 여럿이었다. 더는 악마 두 명의 싸움이 아니었다. 여지없는 난전이었다.

사방에서 욕설과 비명이 낭자했다. 광적으로 웃어 대며 주먹질하는 자도 적지 않았다. 디아나는 정신없이 내달렸다. 맞아서 나가떨어진 악마들이 곁을 스칠 때마다 오소소 소름이 올라왔다.

그때.

[이 드루카의 핫바지가!]

눈앞에서 피가 튀었다.

디아나는 저도 모르게 걸음을 멈추었다. 온몸을 덮친 핏물이 금방이라도 화상 입을 듯 뜨거웠다. 속눈썹마다 핏물이 엉겨 붙어 제대로 눈조차 뜨지 못했고, 파르르 숨을 들이쉴 때마다 뼛속으로 역겨운 피 냄새가 스몄다. 마치 온몸의 피가 역류하는 느낌이었다.

디아나는 끈적거리는 눈꺼풀을 간신히 들어 올렸다. 속눈썹에 엉킨 핏물 사이로 붉디붉은 세상이 보였다. 시야를 가로막은 거대한 곰의 육신이 새빨간 핏물로 젖어 들고 있었다. 깔끔하게 목이 베인 상흔에선 아직도 피가 솟구쳤다. 디아나는 멍하니 그 모습을 바라보았다. 오래지 않아 목 없는 시체가 눈앞에서 비틀거리며 쓰러졌다.

그리고 눈이 마주쳤다.

[저, 저게 대체……]

흉측한 곡도로 동족을 베어 넘긴 악마가 부들거리며 손을 들어 올렸다. 송곳니를 드러내며 내내 광소를 터트리던 이가 처음으로 소스라쳤다.

디아나는 황망히 고개를 돌렸다. 조금 전까지만 하더라도 동족과 아군을 가리지 않고 닥치는 대로 주먹을 휘두르던 이들이 이편을 가만히 응시하고 있었다. 신기하게도 수십 명의 표정이 전부 같았다. 눈앞의 악마가 그러하듯 일제히 경악을 금치 못하는 얼굴이었다.

어느덧 사위가 쥐 죽은 듯이 고요했다. 목이 베인 시체에서 끊임없이 흘러나오는 핏물이 계속해서 번져 갔다. 디아나는 맨발이 젖는 것을 느꼈다. 턱 끝에서 핏방울이 점점이 뭉쳐 떨어지는 감각이 끔찍하리만치 선명했다.

돌연 디아나가 바닥을 박찼다. 악마들이 대경하여 몸을 틀었다. 디아나는 그 틈으로 마구 내달렸다. 새하얀 돌바닥에 붉은 발자국이 꽃잎처럼 내려앉았다. 자국은 복도로 향했다.

어느 악마가 외쳤다.

[침입자! 침입자다!]

그러자 다른 악마들도 한둘 소리를 보태기 시작했다. 수많은 목소리가 섞여 기괴한 불협화음을 자아냈다. 그들은 여전히 소스라친 채로 붉은 발자국을 따라 달려 나갔다. 드넓은 회랑에 우르르 둔탁한 발소리가 울렸다.

둥! 둥! 둥!

경보를 알리는 북소리가 빠르게 뒤따랐다. 자격이 못 되어 성내에 들어오지 못했던 졸병도, 저층에서 군주의 명을 기다리던 군관도 게걸스럽게 회랑으로 몰려들었다. 복도에서 들이닥친 악마들이 해일처럼 눈앞을 메우고, 천장에서 기둥을 타고 내려온 악마들이 샛길을 막았다. 사방으로 열린 문마다 가지각색의 악마들이 꾸역꾸역 밀려들었다. 회랑 전체가 마치 개미 떼처럼 오글거렸다.

숨이 턱에 받치도록 달리던 디아나도 그예 멈추었다. 등을 떠밀듯 닥치던 북소리는 어느새 완전히 멎었다. 사방이 악마 떼로 가득했다. 핏물 맞은 허공을 두려워하면서도 틈을 노려 살점을 뜯으려는 이들이 주변을 둥글게 에워쌌다.

그때, 멀리서 수런거리는 소리가 났다. 아우성은 점차 가까워졌다. 두려워 피하는 역병처럼, 혹은 우러러 모시는 군신처럼 황급히 길을 비켜섰다. 살육으로 생을 증명하는 이들이 외경하며 탄식하며 숭배하며 목을 조아렸다. 그들을 짓밟아 왕위에 오른 단 하나의 지배자를 증명이라도 하듯 온몸을 내던졌다.

마치 숨통을 옥죄는 기분이었다.

[디아나.]

경쾌하고도 거만한 걸음걸이가 어느새 그쳤다. 마르고트는 몹시도 한가로운 작태로 핏물 흐르는 허공을 쓰다듬었다. 그의 손이 지나간 곳마다 붉은 핏물이 얼룩졌다. 섬약한 보물을 매만지듯 제법 다정한 손길이었으나.

[아주 깜찍한 장난을 쳤더구나.]

목소리에는 채 숨기지 못한 노기가 차올랐다. 마르고트는 싸늘한 눈으로 아래를 굽어보았다.

[내가 어찌해야 모습을 보이겠느냐?]

핏물만 뚝뚝 떨어지던 허공이 차츰 모습을 갖추기 시작했다. 악마들은 숨죽인 채로 집중했다. 시야를 가리던 마법이 거둬지며 이윽고 디아나가 엉망진창으로 드러났다. 여기저기 할퀸 상처로 가득했지만, 온통 피를 뒤집어쓴 와중에도 마르고트를 죽일 듯이 쏘아보는 눈만은 여전했다. 그러나 손끝으로 전해지는 떨림은 부정할 수 없었다. 마르고트는 그녀의 공포가 무척이나 흡족했다.

[착하구나.]

산양이 징그럽게 웃었다.

디아나는 대전으로 끌려갔다. 악마 호위들이 마르고트의 명을 받들어 정중하게 모셨지만, 사실상 연행이나 다름없었다. 대전으로 향하는 내내 호기심과 탐욕으로 뒤섞인 시선이 집요하게 따라붙었다. 디아나는 굳어 가는 핏물을 털어 내며 애써 꼿꼿하게 걸었으나, 군데군데 찢어진 옷자락과 피 묻은 맨발은 초라하기 짝이 없었다.

대전은 실로 엄숙했다. 잉그람의 로엔그렌 궁전처럼 미려하진 않아도, 드높은 천장을 수많은 촛불로 장식하여 장엄한 분위기가 돋보였다. 무엇보다도 가장 높은 단에 자리한 황금 옥좌가 그러했다. 저 옥좌가 주인을 찾을 때까지 얼마나 많은 목숨이 희생되었는지 동방의 악마치고 모르는 자가 없었으므로, 악마들은 대전에 들어서자마자 겸손히 고개 숙이며 옥좌와 그 주인에게 충정을 표했다. 그것이 바로 악마들이 내보이는 최선의 순종이었다.

마르고트는 느긋이 옥좌에 앉았다. 그는 손잡이에 팔을 걸친 사뭇 방만한 자세로 손을 까딱였다. 그러자 구석에서 대기하던 악마들이 뿔 달린 사자 머리 악마를 질질 끌고 나왔다. 사자 머리 악마, 소제 가네트뤼포는 강제적인 손길에 여전히 반항했다.

[아둔하고 아둔하도다. 소제 가네트뤼포여.]

마르고트는 오만하게 아래를 굽어보았다.

[반년 전 감히 나를 모욕했음에도, 내 너를 아끼어 목숨을 거두지 않고 호위 삼아 네 명예를 지켜 주었다. 한데도 오늘 이렇게 나를 실망시키는구나. 어린아이 하나 지키는 일이 무어 그리도 어렵더냐? 한때 지옥귀라 불리며 최고의 군단장으로 이름을 떨쳤던 과거도 이제는 옛일이 되었구나.]

곳곳에서 비웃는 소리가 빗발쳤다. 마르고트는 그들을 책망하지 않았다. 오히려 조소를 머금은 채로 언젠가 대적자였으며, 한때는 용맹한 장군이었던 자를 야유할 뿐이었다.

[용서를 구하면, 용서를 주겠다. 잘못을 고하면, 잘못을 사하겠노라. 어디 한번 뚫린 입으로 맘껏 떠들어 보아라.]

소제 가네트뤼포는 피 섞인 가래침을 뱉어 내며 흘끗 옥좌를 보았다. 예나 지금이나 그는 마르고트 솔에게 진심으로 복종하지 않았다.

[내 군대를 돌려주시오.]

[너에겐 군대가 없다.]

[군주는 내게서 군단장의 이름을 앗아 갔으나, 내게는 아직도 충성하는 군대가 남았소.]

무릇 악마란 무조건적인 강함에 복종했다. 마르고트는 열하나의 군주와 예순여섯의 군단을 무자비한 폭력으로 짓밟았으나, 그럼에도 마지막 군단은 여전히 옛 군단장에게 충성했다. 소제 가네트뤼포가 마르고트의 심기를 그르쳐 한낱 호위로 강등된 이후로도 마찬가지였다. 마르고트는 그것이 탐탁잖으면서도 동시에 만족스러웠다. 그 역시 악마로서 강한 동족을 반겼다.

[만일 네게 군대를 돌려준다면 무얼 하겠느냐?]

[지상의 사람을 죽이겠소.]

소제 가네트뤼포는 형형한 눈으로 디아나를 쏘아보았다. 마르고트가 의문을 표했다.

[디아나를 어찌? 저 아이에게 속아 혼절한 것이 그리도 수치스러운가?]

[내 명예 따위 이젠 하잘것없소. 한낱 호위가 그만한 명예를 가지기도 우스운 일이 아니겠소?]

[한낱 호위가 참으로 방자하구나.]

[내 이런 줄 모르고 거두시었소?]

일순 악마의 눈이 날카롭게 빛났다.

[다만 지상의 사람은 가만히 두고 볼 수가 없소이다. 저런 힘은 듣도 보도 못했소. 보이지 않고 들리지 않으니, 만일 저이가 흑심을 품으면 돌이키지 못할 것이외다.]

[일리 있는 말이군.]

마르고트는 턱을 쓰다듬으며 옥좌에서 일어났다. 천천히 단을 내려오는 걸음이 못내 한가로웠다.

[하지만 너에게 명한 것은 디아나를 안전하게 보호하라는 것이지, 멋대로 판단하여 디아나를 해하라는 것이 아니었다. 호위는 그저 주군의 명을 받들면 그만이지. 그렇기에 네가 참으로 방자하다는 것이다.]

마르고트는 어느덧 소제 가네트뤼포 앞에 섰다. 소제 가네트뤼포는 강제로 무릎 꿇은 자세로 꿋꿋하게 고개를 쳐들어 그를 마주했다. 마르고트가 피식거리며 고개를 돌렸다.

[디아나. 이리 가까이 오거라.]

미동하지 않는 디아나를 악마가 떠밀었다. 디아나는 엉거주춤 마르고트에게로 다가갔다. 군데군데 핏물로 얼룩진 얼굴이 몹시 창백했다.

마르고트는 양팔로 그녀의 여린 어깨를 감싸며 몸소 허리 굽혀 시선을 맞추었다. 디아나가 흠칫하며 반사적으로 고개를 뒤로 물렸다. 가없이 흔들리는 시야에 부드럽게 웃는 산양의 얼굴이 가득 들어찼다.

[디아나. 나는 지금부터 널 안전히 지키지 못한 호위를 벌할 것이다. 하지만 네게도 기회를 줘야지. 감히 너를 죽이겠다는 버러지가 여기 있다. 어때, 네 손으로 직접 벌하겠느냐?]

마르고트는 그리 말하며 슬그머니 예리한 단검을 내밀었다. 직접 벌하기를 은근히 바라는 투였다. 하지만 디아나는 검에는 조금의 눈길도 주지 않았다. 그녀는 오직 마르고트만을 직시할 뿐이었다.

"……미쳤구나."

끔찍한 정적 속, 디아나가 파들거리며 속삭였다.

"넌 정말 미쳤어. 그렇지 않고서야 네가 어떻게 그런 말을 해?"

[네 뜻을 당최 모르겠구나. 무엇이 또 마음에 들지 않는 것이냐?]

"날 죽이려는 건 너잖아!"

디아나가 진저리 치듯 마르고트를 힘껏 밀어 냈다. 하지만 마르고트는 바위처럼 굳건했다. 디아나는 이를 앙다물며 거세게 마법을 부렸다. 순식간에 뒤로 밀쳐진 마르고트가 싸늘하게 굳은 표정으로 디아나를 돌아보았다.

"네가 지금 날 죽이려고 들잖아! 그런데 뭐? 내 손으로 직접 벌하겠냐고? 그럼 너는? 날 죽이려는 너는!"

[나는 너를 덧없이 죽이려는 것이 아니다. 모두 그리젤다를 위한 희생일 뿐이야. 나의 순수한 마음을 어찌 그리도 곡해하느냐?]

마르고트가 몹시도 억울한 기색으로 항변했다. 그러나 디아나는 더욱 아연했다. 희생. 그는 디아나의 죽음을 희생이라 불렀다.

"내가 왜……? 대체, 내가 왜 희생해야 하는데?"

디아나는 죽어서 간다는 낙원을 믿지 않았다. 죽으면 그걸로 끝이었다. 완전한 종말이기에 두렵고 허무했다. 아직 삶에 미련이 덕지덕지 남은 디아나는 오래오래 살아 행복을 누리고 싶었다. 이제야 겨우 함께하는 언니와, 이제야 겨우 가까워진 세드릭과, 이제야 겨우 만난 사람들과 오래도록 어울리고 싶었다. 그들과 수많은 이야기를 이어 가고 싶었다.

그래서 희생이란 어불성설이었다. 자고로 희생이란, 사랑하는 사람을 위해 기꺼이 목숨을 바치는 것이다. 사랑하지도 않는 사람을 위해 목숨을 바치는 것은 그저 개죽음이었다. 본인에게 아무런 가치 없는 존재에게 전부를 내어놓는 셈이기 때문이다.

[그리젤다는 네 어머니이지 않으냐.]

"날 사랑하지도 않은 어머니야."

[하지만 널 낳아 주었지.]

"그래서 사랑하지도 않는 어머니에게 내 목숨을 바치라고?"

디아나가 눈물 고인 눈으로 그를 쏘아보았다. 마르고트는 천천히 다가와 디아나의 뺨을 쓰다듬었다. 어릴 적 고독에 몸서리치는 디아나를 달래던 것처럼 숫양의 눈이 반달처럼 휘어졌다.

[너무 걱정하지 마라. 그리젤다가 다시 너를 낳아 줄 것이다.]

순간 등골이 오싹했다.

디아나는 소스라치듯 뒤로 물러섰다. 흡사 백지장처럼 허옇게 질린 얼굴로 미친 듯이 고개를 내저었다.

"어머니가 다시 낳는다고 그게 나야? 웃기지 마, 나는 지금의 나밖에 없어. 죽으면 다시 돌아오지 않아."

[디아나. 그러지 말고 내 말을 좀 들어 보아라.]

"헛소리 작작해!"

디아나가 다시금 뻗어 오는 마르고트의 팔을 매섭게 뿌리쳤다.

"그만해! 그만하라고, 제발! 네가 이런다고 내가 기꺼이 제물이 될 것 같아? 스스럼없이 내 목숨을 바칠 것 같냐고! 싫다고, 이렇게는 못 죽는다고 몇 번을 말해야 알아듣겠어!"

누군가에겐 삶이 궁극적인 목표였다. 하지만 누군가에겐 타인의 삶이 한낱 도구로 전락했다. 디아나는 그것이 비참했다. 그녀의 숨통을 쥐고 뒤흔드는 이들이 너무나도 끔찍했다.

"난 죽어도 이렇게는 안 죽을 거야. 설령 네 손에 이끌려 제단으로 향한대도 그렇게 덧없이 가지는 않아. 차라리 혀 깨물고 죽고 말지!"

디아나가 눈물 흩뿌리며 소리쳤다.

"그러니까 넌 절대로 소원을 이루지 못할 거야! 내가 죽어서도 방해할 거니까! 내가 죽어도 어머니는 되살아나지 않을 테니까!"

[그만.]

소름 끼치게 낮은 목소리가 비집고 들어왔다. 가만히 발끝만 내려다 보던 마르고트가 일렁이는 불빛 아래 고개를 들어 올렸다. 역광 드리워진 산양의 얼굴이 엄숙하게 가라앉았다.

[그간 보지 못한 새에 버릇이 없어졌구나.]

마르고트가 느릿하게 다가왔다. 머다랗던 거리가 대번에 좁혀 들었다. 악마의 짙은 그림자가 디아나의 몸뚱어리를 게걸스럽게 집어삼켰다.

[나쁜 아이에겐 합당한 벌을 내려야겠지.]

끔찍한 예감에 마법으로 참극성을 벗어나려던 디아나는 마르고트의 말 한마디로 좌초되었다.

[회랑에서 피를 맞고 날아가는 무언가를 목격한 이가 많더구나.]

디아나가 흠칫했다. 마르고트는 집요하게 그녀의 표정을 살폈다.

[지하의 동방에서 날개를 단 종족이란 요정이 유일하지. 머잖아 회한의 숲을 몸소 토벌할 예정이었는데, 이참에 다시는 회생하지 못하도록 짓밟는 것도 나쁘진 않겠구나.]

마치 조롱하는 것처럼 말끝마다 웃음기가 번졌다. 디아나는 온몸을 바들바들 떨었다. 끓어오르는 분노로 눈앞이 시뻘겠다.

"네가 저주스러워."

[안타깝구나.]

"한때나마 너를 믿었던 내가 어리석었지. 하지만 무엇보다도 널란 존재를 만든 어머니가 가장 원망스러워."

디아나는 눈물을 뚝뚝 떨구었다.

"어머니는 어째서 너를 만드신 걸까? 왜 하필이면 너처럼 사악한 악마를 만드신 거지?"

[글쎄. 나 같은 미물이 어찌 그리젤다의 원대한 뜻을 헤아리겠느냐. 다만 훗날에 물어볼 기회가 있겠지.]

마르고트가 히죽 웃으며 디아나의 팔뚝을 쥐었다. 디아나는 절망에 얼룩진 눈으로 그를 노려보았다.

"나쁜 자식……."

마음이 동요하면 자연히 마력도 흔들리기 마련이다. 정처 없이 나부끼는 마력에 이끌려 대전에도 써늘한 바람이 맴돌았다. 칼날처럼 에는 삭풍이 천장의 수백 촛불을 단숨에 꺼트렸다. 대전은 삽시에 시커먼 어둠으로 휩싸였다.

마르고트는 디아나를 지하로 끌고 내려갔다. 별빛 닿지 못하는 암암한 세상에서 태어난 악마들은 빛보다 어둠이 친숙했다. 한 치 앞도 헤아릴 수 없는 암흑 속을 거침없이 나아가는 악마들 틈바구니에서 디아나는 이리저리 채였다. 돌바닥에 짓이겨지고 짓눌린 맨발에서 핏기가 배어 나왔다.

오래지 않아 그들은 육중한 석문 앞에 다다랐다. 마르고트의 손짓으로 여러 악마들이 힘겹게 문을 열어젖혔다. 내부는 눈앞이 암담할 정도로 캄캄했다. 금방이라도 무서운 괴물이 튀어나올 듯 미지의 어둠이 똬리 튼 공간이었다.

마르고트는 미련 없이 그 속으로 디아나를 내팽개쳤다. 부지불식간에 어둠에 먹힌 디아나가 정신없이 사지로 기었다. 유일하게 빛이 들이치는 출구로.

하지만 이미 석문은 닫히고 있었고, 빠르게 좁아지는 문틈으로 마르고트의 웃는 낯만이 또렷하게 비쳤다.

[열흘 뒤에 보자꾸나.]

이윽고 문이 닫혔다.

사방이 캄캄했다. 멍하니 어둠 속을 바라보던 디아나가 느리게 양손을 들었다. 손끝으로 석문의 감촉이 느껴졌다. 차갑고 단단했다. 디아나는 이제 주먹으로 천천히 문을 두드리기 시작했다.

"열어 줘······."

처음에는 노크하듯 조심스레 두들기는 손짓이었다. 하지만 문밖은 내리 고요했다. 아무도 응하는 사람이 없었다. 조급해진 디아나가 주먹에 힘을 더했다. 점점 손뼈가 조각날 정도로 거세졌다.

"열어 달라고! 열어 줘! 내 말 안 들려? 당장 열어!"

목이 찢길 정도로 고래고래 소리를 질러도 돌아오는 답이 없었다. 디아나는 손톱을 깨물며 불안스럽게 주변을 흘깃거렸다.

한 치 앞도 보이지 않는 어둠. 여기서 열흘을 버티라는 건 죽으라는 소리나 매한가지였다. 기실 열흘을 버텨 봤자, 어차피 제단으로 끌려갈 운명이다. 버티든 버티지 못하든 결국엔 죽음으로 이어졌다. 디아나의 목숨에만 관심 있는 마르고트는 그녀가 공포에 미쳐 버려도 전혀 개의치 않을 터였다.

디아나는 흐느끼며 바닥에 주저앉았다. 무릎을 끌어안고 몸을 옹송그렸으나, 여전히 무서웠다. 끝을 헤아릴 수 없는 어둠이 무섭고, 여기서 견뎌야 하는 열흘이 무서웠다. 견디지 못해 미쳐 버릴 미래가 무서웠다. 하지만 무엇보다도 지난한 열흘이 지나 닥쳐올 죽음이 무서웠다. 디아나는 죽고 싶지 않았다. 무엇이 도사린지도 모르는 어둠이 미친 듯이 무서우면서도, 차마 자진할 용기는 없었다. 마르고트도 그걸 알아 독방에 감금시킨 것이었다.

"아, 아냐. 마법이면 문을 열 수 있을 거야."

불현듯 떠오른 생각에 디아나가 더듬거리며 자리에서 일어났다. 왜 그 생각을 미처 못 했을까. 지하에서 그녀는 누구 못지않은 마녀였다. 온몸에 별의 축복이 흐르고 마력이 넘쳐 났다. 악마 여럿이 달라붙어 겨우 여는 문도 마법이면 쉬이 열릴 터였다.

하지만 문을 열면? 그다음에는?

마르고트는 실피의 존재를 알았다. 그래서 회한의 숲을 운운하며 겁박한 것이다. 그녀가 이곳에 얌전히 갇혀 있지 않으면, 필시 실피를 비롯한 요정들을 전부 도륙할 심산이었다. 평소에도 심심찮게 회한의 숲에서 사냥을 일삼던 악마 군단이 본격적으로 요정을 멸족할 것이었다. 누군가에게는 무엇보다 소중할 목숨을 무자비하게 거두면서도 일말의 죄책감도 느끼지 않을 터. 결국에 그 죄책감은 전부 디아나의 몫이었다.

내가 죽였다. 나 혼자 살아남겠다고 그들을 저버렸다. 일평생 그런 죄악감에 시달릴지도 몰랐다.

그러나 한편으로는 이기적인 생각이 싹텄다. 어차피 실피를 제하면 얼굴도 모르는 타인. 지금 그녀가 달아나지 않더라도 마르고트는 언젠가 회한의 숲을 짓밟을 것이다. 그는 동족의 목숨이 가볍듯, 이종족의 목숨은 깃털보다 가볍게 여겼다. 애당초 악마들은 살육으로 자신을 증명하는 자들이었다. 시기의 문제일 뿐, 숲의 비극적인 운명이 온전한 그녀의 탓이 되지는 못했다.

그러니 문을 열고 나가자. 눈앞을 막는 이가 있거든 전부 쓸어버리자. 충분히 그럴 만한 힘이 있고, 충분히 분노할 이유가 있었다. 억압에서 벗어나 자유를 쟁취하는 것은 본능이다. 모두가 추구하는 일생의 목표였다. 억압에 순응하는 것만큼 어리석은 짓도 없었다.

하지만 과연 그것으로 충분할까. 정녕 다른 길은 없는 걸까. 정말로 외길인가.

디아나는 양손으로 눈을 덮으며 가만히 생각했다. 행여나 고난을 피하려는 이기적인 마음이 눈앞을 가려 다른 길을 미처 보지 못한 것은 아닌지 두려웠다. 그저 하루빨리 언니와 세드릭을 만나고픈 마음에, 그저 하루빨리 안온한 일상으로 돌아가고픈 마음에 쉬운 길만 주시하는 것은 아닌지 두려웠다. 그러다가 어느 날 문득 새삼 다른 길이 있었음을 깨닫는다면 평생토록 죄악감에 몸서리칠 것이었다. 그녀는 너무나도 약했다. 악마처럼 나를 위해 거리낌 없이 나머지를 희생할 수가 없었다.

악마의 희생양으로 잡혀 왔다. 그래서 마르고트를 욕하고 악마를 비난했다. 그렇기에 차마 그들처럼 될 수는 없었다.

디아나는 헤스터를 떠올렸다. 세드릭을 떠올렸다. 그녀를 아껴 여기까지 내려온 이들을 떠올렸다. 만일 여기서 악마들이 들끓는 지옥으로 추락한다면, 그들을 볼 면목이 없었다. 무사히 살아 돌아간들 그녀의 영혼은 이미 그들이 그토록 구하길 바랐던 순수를 잃어버렸을 테다. 적어도 그들에게 고민 없이 타락한 영혼을 내보이고 싶진 않았다.

그러므로 함부로 쉬운 길을 택하지 않겠다. 가시덤불로 가득한 고난의 길이어도, 그것이 옳다면 그 길을 걷겠다.

디아나는 눈물로 젖은 뺨을 깨끗이 닦아 냈다. 양다리에 힘을 주고 버텨 섰다. 암흑을 똑바로 쏘아보는 눈빛이 비로소 올곧았다.

그녀를 위하는 헤스터와 세드릭의 진심을 믿었다. 지금까지 보았던 그들의 마법을 믿었다. 올곧게 살고픈 스스로의 신념을 믿었다. 마지막으로 그녀에게 축복을 내려 준 암흑의 별 칼리스토의 사랑을 믿었다.

그러니 기적이 이루어지리라.

디아나는 허공에 불을 지폈다. 불꽃이 타오르며 단숨에 어둠을 집어삼켰다.

5. 기적의 마녀

모닥불 타오르는 동굴.

깊게 도사린 어둠을 불빛으로 거둬 낸 사위가 추적거리는 빗소리로 가득했다. 종족이 다른 네 사람이 함께 있지만, 오가는 말소리는 전무했다. 세드릭은 모닥불 앞에 앉아 가만히 생각에 잠겼고, 헤스터는 불빛이 닿지 않는 어둠 속에서 벽을 더듬고 있었다. 둥글게 똬리 튼 윈터만이 세드릭을 힐끔거리며 아무래도 어려운 침묵을 헤아릴 뿐이었다.

결국 정적을 이기지 못한 비엘스카가 먼저 말문을 열었다.

[혹시나 오해하면 안 돼. 우리는 악마가 무서워서 동방으로 날아가지 못하는 게 아니라고. 걔네는 머릿수만 많지 실제로는 내 발톱에 채면 끝이야.]

남이 거들먹대는 꼴은 죽어도 못 보는 윈터가 콧방귀를 꼈다.

[웃기시네. 너는 악마를 만난 적도 없잖아. 누가 모를 줄 알고?]

트라이피나가 일족을 이끌고 서방으로 날아온 것은 지하의 시간으로 무려 천 년 전이었다. 용 폰타네의 딸로 무리에서 어린 축에 속하는 비엘스카가 종족 대이동을 겪었을 리 없다.

[넌 뭐든 겪어 봐야 아니? 할머니가 귀에 못이 박히도록 말씀해 주셨단 말이야.]

[할머니는 강한 용이니까 충분히 그럴 수 있지만, 너는 아니잖아. 내가 장담하는데 너는 악마랑 마주치자마자 줄행랑을 칠걸?]

[흥. 됐네요. 어차피 마주칠 일도 없을 텐데. 네 친구는 할머니의 소원을 이루어 줄 수 없다면서?]

토라진 비엘스카가 홱 고개를 돌렸다. 트라이피나에게 거절당한 이래로 세드릭이 얼마나 애태웠는지 아는 윈터는 그만 속이 상했다.

[너 쓸데없는 소리 말고 저리 가 버려!]

윈터가 사납게 꼬리를 휘둘렀다. 하지만 여유롭게 공격을 피한 비엘스카는 도도하게 턱을 치켜세우며 느긋하니 불을 쬐었다. 씩씩거리던 윈터가 공연히 세드릭의 눈치를 살폈다. 차라리 소란함에 짜증이라도 부리길 바랐으나, 창백한 얼굴에는 별다른 표정이 떠오르지 않았다.

세드릭이 곡기를 거의 끊다시피 한 것이 벌써 며칠째였다. 그간 윈터가 울상으로 온갖 먹을거리를 갖다 바쳤지만, 그다지 소용은 없었다. 세드릭은 그저 디아나를 구할 방도를 찾느라 여념 없었다. 그것은 자연히 마력을 되찾으려는 시도로 이어졌다.

[내가 동방으로 데려다줄게. 그러니 몸을 귀하게 여겨 줘.]

하지만 별빛 닿지 못하는 세상에서 마력이 돌아올 리 없었다. 윈터는 며칠 전 세드릭이 손수 손목에 상처를 내서 피를 줄줄 흘리는 모습을 보고 기함했었다. 몸이 상한다고 마력이 돌아올 리 없음을 세드릭이라고 모를 리 없었다. 그럼에도 별별 해괴한 방법을 다 시도할 만큼 필사적이었다. 용이 돕지 않는 이상, 마법 없이는 디아나를 구할 수 없기 때문이다.

'너까지 위험에 빠트릴 수는 없어.'

세드릭은 훌쩍이는 윈터를 그리 달랬다. 윈터는 자신을 소중히 여겨주는 세드릭의 마음에 감격한 동시에 의문을 품었다.

도대체 디아나 솔이 뭐라고 저토록 절절하게 매달리는 걸까.

[있지, 나 궁금한 게 있는데…….]

윈터가 호기심을 이기지 못하고 조심스레 물었다.

[디아나가 네게 그렇게 소중한 사람이야? 사실 그 애, 가족도 아니고 네게 살가운 것도 아니잖아.]

어릴 적부터 남매처럼 함께 자라 온 사이라지만 둘은 엄연히 남이었다. 더구나 디아나 고 계집애는 세드릭을 볼 때마다 야멸치기 일쑤였다. 이렇게 본인이 위험에 처했을 때 세드릭이 물불 가리지 않고 구하러 와 줄 줄 알았으면, 양심에 찔려서라도 그리 쌀쌀맞진 못했을 것이다.

하여간에 윈터는 디아나가 싫었다. 악마 냄새를 풀풀 풍기는 것도 그렇고, 세드릭의 마음을 몰라주는 것도 그랬다. 세상 누구보다 세드릭이 소중한 윈터는 아무리 보아도 특별한 구석을 찾을 수 없는 여자애한테 목매는 세드릭이 꼴 보기 싫었다. 하지만 차마 세드릭을 미워할 수는 없기에 대신 디아나를 미워하는 것이었다.

[그냥 궁금해서 물어본 거야. 대답하지 않아도 돼.]

어색한 침묵이 이어지자, 윈터가 얼른 말을 덧붙였다. 괜한 말을 꺼냈다는 자책도 뒤따랐다. 부끄러운 마음에 날개로 얼굴을 가리는 윈터를 물끄러미 지켜보던 세드릭이 물었다.

"너는 왜 날 좋아해?"

[으응? 나는 당연히 널 좋아하지.]

"그러니까 어째서?"

느닷없는 질문이지만 윈터는 성실하게 고민했다. 실은 한 번도 심각하게 생각해 본 적 없는 문제였다. 그도 그럴 것이 윈터는 알에 들어 있을 때부터 세드릭을 좋아했기 때문이다. 늘 따뜻한 불빛을 쬐이며 다정다감하게 속내를 풀어놓던 목소리. 진심으로 용의 존재를 반기던 어린 손길. 그 시절 윈터는 이미 세드릭을 사랑했다. 심지어는 빨리 알을 깨고 나오라는 세드릭의 말 때문에 굳이 무리해서 세상으로 나오기까지 했다.

[너는 나한테 항상 다정하고 친절하고 또 맛있는 것도 많이 주고……]

"그게 전부야?"

윈터는 고개를 도리도리 저었다. 윈터가 세드릭을 좋아하는 마음은 고작 그 정도가 아니었다. 이처럼 제대로 설명할 수 없는 깊이가 바로 사랑이었다.

세드릭이 가만히 웃었다.

"나도 그래."

가느스름한 미소에 불빛이 번졌다. 윈터는 그 모습을 한참 바라보았다. 세드릭이 누군가를 저토록 위하는 모습이 사뭇 낯설었다.

[그럼 그 애가 악마에게 잡혀 있으면 안 되잖아.]

"그래서 방도를 생각하고 있어."

[내가 데려다줄게.]

"전에 말했지만 너까지 위험에 빠트릴 수는 없어."

세드릭이 차분하게 대꾸했다. 하지만 윈터는 저 놀라울 정도의 자제력이 마음에 들지 않았다. 무엇보다도 자청하여 돕겠다는 것을 굳이 거절하는 이유를 몰랐다. 마치 너와의 관계는 여기까지라는 듯 일방적으로 선을 긋는 모양새였기 때문이다.

그래서 윈터는 슬슬 화가 났다. 세드릭은 윈터가 얼마나 극진하게 그를 위하는지 모르는 게 분명했다. 그렇지 않고서야 저리도 냉정할 리 없었다. 윈터는 디아나가 싫지만, 그 마음을 깨끗하게 접고 디아나를 구하러 갈 정도로 세드릭을 아꼈다. 디아나가 싫은 것보다, 디아나를 잃어 괴로워하는 세드릭이 훨씬 싫었다. 윈터는 세드릭을 아끼는 만큼 세드릭이 행복하길 바랐다. 세드릭의 행복을 위해서라면 목숨을 걸 용의도 충분했다. 그토록 사랑하는 마음이 원대했다.

윈터는 그 마음을 전하고 싶었다. 하지만 어떻게 표현할지 몰라 우물쭈물하는 사이, 헤스터가 먼저 침묵을 비집고 들어왔다.

"세드릭 경."

헤스터는 동굴 벽을 뚫어져라 응시하고 있었다.

"불을."

그러자 세드릭이 횃불을 들고 곁으로 다가갔다. 헤스터는 건네받은 횃불로 천천히 벽을 비추었다. 내리 깜깜하던 벽에 불빛이 드리워지며, 아주 오래된 벽화가 드러났다.

"용과 인어인가요? 아니면 거인?"

벽화는 온통 지하 세상의 주민들로 가득했다. 거대한 날개를 펼치며 포효하는 용, 주먹으로 돌산을 뚫는 거인, 호수에서 노래 부르는 인어, 숲 속에서 날개를 퍼드덕거리는 요정, 땅을 기어 다니며 호시탐탐 강한 육신을 노리는 악마…… 이제는 멸종하여 사라진 종족과, 아직도 번창하는 종족으로 가득했다.

그리고 머나먼 하늘이 있었다. 지금처럼 연약한 달빛으로 횅뎅그렁한 밤하늘이 아니라, 수억 개의 빛으로 찬란한 밤하늘.

[누가 그렸는지 몰라도, 아주 옛날 세상은 이러했대.]

비엘스카가 벽화를 기웃거리며 말했다.

[하늘에 꽃이 만개하던 시절. 하늘에 보석이 박혔던 시절. 하늘에 유리알이 산개했던 시절. 참으로 꿈같은 얘기지?]

어린 용이 키득댔다. 하지만 헤스터는 듣지 못한 듯 멍하니 벽화로 손을 올렸다. 손끝으로 수억 개의 꽃송이가, 보석이, 유리알이 스쳤다. 마치 깨진 유리 조각에 스친 것처럼 손끝이 따가웠다. 손끝의 고통이 가슴을 찌르르 울렸다.

헤스터는 불현듯 강한 예감을 느꼈다.

이튿날, 행방이 묘연했던 요정 실피가 나타났다.

[실피!]

평소 실피와 절친하던 비엘스카가 황망히 뛰쳐나왔다. 실피는 온몸에 피가 덕지덕지한 채로 초주검이 되어 있었다.

[너 그동안 어딜 갔었던 거야? 몸은 또 왜 이렇고!]

[동방에……]

돌연 실피가 마른기침을 토해 냈다. 비엘스카가 황급히 실피의 입가로 물방울을 떨어뜨렸다. 실피는 게걸스럽게 물을 받아 마시며 간신히 말을 이었다.

[동방에 다녀왔어.]

[뭐?]

비엘스카가 깜짝 놀라 물그릇을 엎질렀다. 때마침 서방 군주 트라이피나를 대신하여 산자락으로 내려온 용 오빌로트도 표정을 굳혔다.

[지상의 사람들이 찾던 여자애를 봤어. 이름이 디아나랬지?]

"디아나를 봤다고?"

세드릭이 나섰다. 실피가 힘겹게 고개를 끄덕였다.

[빨간 머리에 회색 눈. 너처럼 작은 사람을 찾는 거지?]

"맞아."

[그 애는 지금 참극성에 붙잡혀 있어. 나랑 탈출하려다가 그만 악마들에게 들켰거든. 나는 그나마 간신히 여기로 도망쳤지만……]

실피는 차마 말을 잇지 못했다. 악마에게 들켰던 순간의 아찔함이 다시금 뇌리를 강타하며 그저 몸만 부르르 떨어 댔다.

[그만 둥지로 돌아가서 쉬자.]

비엘스카가 오빌로트의 눈치를 보며 슬며시 날개를 펼쳤다. 하지만 실피가 손짓으로 만류했다. 실피는 다친 날개를 꾸역꾸역 움직이며, 오빌로트의 발치로 구르듯 낙하했다. 펄썩거리며 일어나는 흙먼지 사이로 실피가 죄인처럼 몸을 웅크렸다. 곡하듯 어깨가 들썩거렸다.

[제발 동방으로 가 주세요.]

실피는 흐느끼며 말했다.

[악마 군단이 참극성으로 모여들고 있어요. 생전 보지 못했던 어마어마한 수였어요. 필시 회한의 숲으로 향하겠지요. 그럼 우리 가족은 이번에야말로 전부 죽을 거예요. 악마의 잔악한 칼날 아래 누구도 살아남지 못할 거예요.]

오빌로트는 말없이 눈만 내리떴다. 실피가 거듭 간청했다.

[악마들은 통곡의 절벽을 경계하지 않아요. 지난 세월 고요했듯 앞으로도 고요하리라 지레짐작했을 거예요. 그러니 절벽을 건너오는 당신들을 막을 자는 아무도 없어요. 동방은 악마들의 땅. 하지만 등 뒤를 습격하는 용을 당해 내진 못할 거예요.]

[다시는 동방을 넘보지 말라 이르지 않았더냐.]

[하지만 가족이 저기에 있는걸요. 오빌로트 님도 부모가 있고 자식이 있으시잖아요. 정녕 제 마음을 모르시겠어요?]

실피가 훌쩍거리며 머리를 조아렸다. 오빌로트는 침중하게 고개를 저었다.

[우리는 악마를 이겨 내지 못해 서방으로 건너왔다. 그때 구하지 못한 너의 선조들은 안타깝지만 어쩔 수 없어.]

[아직 길이 열려 있어요. 지금 구하시면 되잖아요.]

[어려운 길이다. 지난한 길이야. 기적이라도 일어나지 않는 이상 불가능하다.]

[그럼 당신들이 기적을 일으키세요.]

실피는 눈물로 얼룩진 눈을 치떴다.

[기적이 별건가요? 나처럼 하찮은 미물에게나 별세계 이야기지, 당

신처럼 강한 존재는 능히 기적을 이루어 낼 수 있잖아요. 용이 동방에 도래하는 것만으로도 우리에겐 족히 기적이에요. 천 년 전 군주님을 미처 따르지 못해 핍박받는 우리를 진정으로 가엾게 여긴다면, 부디 마지막으로 한 번만이라도 우리를 굽어살펴 줘요. 제발 한 번만 뒤를 돌아봐 줘요.]

간절하게 읍하는 소리가 이어졌다. 침통하게 실피를 내려다보던 오빌로트가 깊은 한숨을 지으며 한 걸음 뒤로 물러섰다.

[모든 결정은 할머니께서 하신다.]

[그럼 군주님을 뵙게 해 주세요! 애걸할 기회라도 주세요!]

오빌로트는 괴로운 시선을 피하듯 날아가 버렸다. 발작적으로 그를 뒤따르려던 실피를 비엘스카가 급히 붙들었다. 실피는 멀어지는 오빌로트의 자취를 좇으며 눈물만 덧없이 흘려 냈다.

[실피. 내가 다음에 할머니한테 말씀드릴게. 응? 울지 마.]

실피를 달래던 비엘스카도 함께 눈물지었다. 실피는 비엘스카의 품에서 길게 오열했다. 애끊는 심정이 마디마디 섧게도 묻어났다.

세드릭은 멀거니 그들을 지켜보았다. 지하에서 처음으로 접한 디아나의 소식에 안색이 밝아진 것도 잠시, 어느새 시퍼런 납빛으로 굳어버렸다. 파르라니 날 선 눈빛이 가없이 흔들렸다. 그토록 위태로운 모습을 본 적 없는 윈터도 그만 덜컥 겁이 났다.

[저기, 세드릭⋯⋯.]

그때, 달빛이 점차 잦아들기 시작했다. 지하를 외로이 내리비추던 창백한 달빛이 거둬지며 사방에서 어둠이 피어올랐다. 이제는 턱없이 미약해진 빛이 금방이라도 사그라질 듯 지평선 언저리에 간신히 걸렸다. 유일하던 달이 존재감을 잃자, 자연히 세상은 암암한 도탄에 빠졌다.

곧이어 무수한 빛이 쏟아졌다.

모두가 영문을 몰라 하늘을 올려다보았다. 오직 달만이 거닐던 황량한 밤하늘. 그 고독한 폐허에 아름다운 꽃이 한둘 피어나기 시작했다.

오래전 여신이 씨앗을 뿌렸되 이제는 지상으로 떠나 버린 수없는 보석이 제자리로 돌아왔다. 마치 빼앗긴 들을 되찾은 것처럼, 버려졌던 하늘이 다시금 무수한 별빛을 품에 안았다. 고된 억겁의 시간이 흘러 비로소 외로운 밤하늘이 황홀하게 물들었다.

기적이었다.

마르고트는 황급히 지하 석실로 내려갔다. 서기관과 숱한 호위들이 그를 뒤따랐다.

[군주!]

악마들은 조금 전 하늘에서 벌어진 변고로 몹시 불안했다. 변고를 목도하자마자 지하 계단을 뛰어 내려가는 참극공의 모습에 두려움이 증폭된 것은 당연지사였다. 참극공은 무언가 아는 듯했지만, 불안에 떠는 악마들에게 아무런 설명도 해 주지 않았다.

한가로이 석문을 지키던 문지기는 갑작스러운 군주의 등장에 화들짝 놀랐다.

[문을 열어라.]

문지기는 두말없이 석문을 밀었다. 꼼짝도 하지 않던 석문은 호위가 힘을 보태고서야 간신히 움직이기 시작했다. 휘황한 횃불이 모이며 점차로 암암한 석실이 드러났다.

그리고 문이 반쯤 열렸을 무렵, 악마들이 하나둘 코를 찡긋댔다. 석실에서 익숙한 피 냄새가 흘러나오고 있었다. 평소라면 반갑게 맞이할 기척이지만 이번은 조금 달랐다.

폭력과 살육이라면 사족을 못 쓰던 악마들이 별안간 희게 질린 낯빛으로 물러났다. 횃불로도 쉽사리 몰아내지 못하는 석실의 어둠 속, 가히 짐작하기도 어려운 공포가 똬리 틀고 있었다. 자연히 악마들은 본능적인 공포감에 몸서리쳤다.

쾅.

이윽고 석문이 전부 열렸다.

어렴풋하던 피 냄새가 거세게 밀려들며 무거운 정적이 내려앉았다. 악마들은 서로 눈치만 살필 뿐 누구도 먼저 나서는 이가 없었다. 그러자 뒤편에서 무시무시한 눈으로 상황을 지켜보던 마르고트가 횃불을 뺏어 들고 성큼성큼 석실로 들어섰다.

석실은 그야말로 피바다였다. 그게 아니고서야 달리 설명할 방도가 없었다. 불빛이 닿는 곳마다 피로 짜낸 글씨가 가득했다. 울퉁불퉁한 벽면, 차디찬 바닥, 높은 천장, 모두가 피로 적어 낸 기도문이었다. 지하의 유일한 달이요, 유일한 별에게 바치는 기원은 그토록 처절했다.

마르고트는 아연한 얼굴로 석실을 둘러보았다. 사방에 가득한 피 냄새를 맡으며 하염없이 기도문을 읽어 내리던 차, 문득 구석에 내팽개쳐진 자그만 몸집을 발견하고 말았다.

[디아나!]

마르고트가 헐레벌떡 그편으로 달려갔다. 한 손으로 후다닥 디아나를 감싸 안는데, 어쩐지 느낌이 불길했다. 마르고트는 저도 모르게 긴장하며 횃불로 디아나를 비추었다.

실로 처참한 몰골이었다. 안색은 푸르죽죽해서 송장과 다를 바 없고 두 눈은 힘겹게 감긴 채였다. 그러나 무엇보다도 양팔이 참혹했다. 마구잡이로 난도질되어 살가죽이 너덜너덜했다. 아직도 피가 멈추질 않았다.

마르고트는 떨리는 손으로 디아나의 야윈 팔을 들어 올렸다. 손끝에 닿는 체온이 얼음처럼 차가웠다. 하지만 충격은 끝이 아니었다. 비로소 불빛 아래 드러난 손이 이상하게 뭉뚝했다. 가느다란 손가락마다 물어뜯은 잇자국으로 낭자했으나, 그건 그나마 나은 축이었다. 뼈가 부러져 덜렁거리는 검지. 그리고 절반이 날아간 약지. 희게 드러난 뼈마디가 소름 끼치도록 섬뜩했다.

[맙소사…….]

혼잣말이 석실을 쟁쟁하게 울렸다. 하지만 굳게 감긴 눈은 뜰 줄을
몰랐다.

[……이게 대체…….]

[……세상이 망할 징조…….]

서방 군주 트라이피나는 세월에 짓눌린 눈꺼풀을 간신히 들어 올렸
다. 그녀가 졸 때면 알음알음 조용해지던 사위가 어쩐지 소란스러웠다.
늙어 무뎌진 감각으로도 족히 시끄러울 정도였다.

[할머니!]

용 킬키스가 잠에서 깨어난 트라이피나를 반겼다. 모두의 시선이 삽
시에 그녀에게로 모였다.

[할머니가 일어나셨어!]

[큰일 났어요!]

[하늘을 좀 보셔요! 이게 대체 무슨 변고인가요?]

평소 한가롭기 그지없던 정상이 용으로 바글바글했다. 트라이피나
는 도대체 무슨 일인지 모르겠다며 내심으로 투덜댔다. 천 년이나 묵은
늙은 용에게 더 이상 놀라운 일은 없었다. 놀라기에 그녀는 세상을 너
무 오래 보았기 때문이다.

그러나 고개를 들기 무섭게, 트라이피나는 탄성을 내지르고 말았다.

어두운 시야로 쏟아지는 무수한 빛. 새카맣기로는 통곡의 절벽 너머
구덩이와 진배없던 하늘이 눈부시게 반짝거리고 있었다. 소금처럼 흩
뿌려진 보석은 내리 은은한 광채를 뿜어냈지만, 오래도록 지하의 어둠
에 익숙해진 눈에는 그조차 지나치게 시렸다. 마치 외로이 지하를 내리

비추던 달이 산산조각 쪼개진 것처럼 온 하늘이 반짝이는 보석투성이였다.

하지만 트라이피나는 오래지 않아 깨달았다. 그녀는 저런 밤하늘을 본 적이 있었다. 저게 보석이 아니고 저게 달이 쪼개진 조각이 아님을 알았다. 그녀는 저 광채의 이름을 알았다.

[할머니. 하늘에도 황금이 박혀 있나 봐요.]

어린 용이 속닥댔다. 그러나 트라이피나는 감상에 젖은 채로 고개를 내저었다.

저건 황금 따위가 아니었다. 황금보다 귀하디귀한 하늘의 보석. 세상에서 가장 빠르고 멀리 나는 용조차 닿지 못하는 경지.

[저게 바로 별이란다.]

어느덧 트라이피나의 메마른 눈에도 이슬이 맺혔다. 화석처럼 산 채로 굳어 가던 용이 아주 오래간만에 감정을 내비쳤다. 그것은 회한이고 그리움이었다.

오래된 상념이 부지불식간 늙은 용을 덮쳤다. 이제는 얼굴도 기억나지 않는 오랜 벗과 함께하던 시절. 녹음이 우거진 숲을 거닐고, 청명한 하늘에서 노닐던 행복한 과거가 주마등처럼 뇌리를 스쳤다.

아아, 칼라일…….

트라이피나는 그녀의 안전을 바라 스스로를 내던진 벗을 추억했다. 세상이 덧없이 잊어버린 한 마법사를. 다른 이는 잊어도 그녀만큼은 잊어서는 아니 되는, 그럼에도 까맣게 잊어버리고 만 사람을 헤아렸다.

"트라이피나."

누군가 그녀를 현실로 잡아끌었다.

트라이피나는 혼곤한 눈을 깜박였다. 머나먼 과거를 덧그리던 눈에 불현듯 붉은 머리칼이 스쳤다. 오래된 추억은 온데간데없고, 지상에서 내려온 마녀가 어느덧 시야를 메웠다.

"내가 당신의 소원을 이루어 주겠습니다."

아스라한 별빛이 넘실대며 정상으로 쏟아져 내렸다. 트라이피나는 멍하니 마녀를 바라보았다.

제노비아는 차가운 물수건을 디아나의 이마에 얹었다. 식은땀에 젖은 머리카락 몇 가닥이 물수건에 짓눌렸다. 물끄러미 그 모습을 보던 제노비아가 손을 뻗어 머리를 정돈해 주었다.

다행스럽게도 천불처럼 들끓던 열은 많이 가라앉았다. 덕분에 곧 죽을 사람처럼 얕던 숨소리도 한결 나아졌다. 안색은 여전히 창백했지만, 다 죽은 송장처럼 시퍼런 빛은 가셨다. 아주 위험한 고비는 넘긴 듯싶었다.

그제야 제노비아는 적잖이 안심한 기색으로 의자에 몸을 묻었다. 갑자기 하늘에서 무수한 별빛이 쏟아지며 어리둥절하던 것도 잠시, 마르고트가 시체처럼 늘어진 디아나를 안고 그녀를 찾았을 때는 정말로 심장이 떨어지는 줄만 알았다. 사흘 뒤 그리젤다의 부활식을 거행하려면 무엇보다도 디아나의 생명이 필요했다. 이럴 줄 알았으면 디아나를 막무가내로 석실에 가두던 마르고트를 어떻게든 막았어야 했다.

그나마 마력이 돌아온 것이 다행이었다. 여명의 별 페베가 뜨자 제노비아는 곧바로 지상에서처럼 온전한 힘을 되찾았다. 하지만 그에 감사할 겨를도 없이 죽어 가는 디아나를 되살리기에 골몰했다. 너덜너덜한 팔에 새살을 돋우고, 썩어 들어가는 손가락을 치료했다. 마법이 아니었다면 디아나가 죽어 가는 꼴을 넋 놓고 지켜보기만 했을 터. 상상만으로도 끔찍한 가정이었다.

그러니 의아할 수밖에 없다.

"……그대는 어째서 우리의 밤하늘을 바란 건가요?"

석실에 다녀온 헤센이 말하길, 벽이며 천장이 온통 피로 적은 기도

문이었다니 작금의 밤하늘은 필시 디아나의 작품이 분명했다. 제노비아는 아직 석실을 보지 못했으나, 디아나의 처참한 몰골로 대강 짐작은 했다. 별이 없는 세상으로 별을 불러오려면 웬만한 성심으로는 불가할 터였다.

누구나 불가능하다고 여길 마법이었다. 목숨을 걸지 않는 이상 불가능하며, 목숨을 걸어도 장담할 수 없었다.

그래서 기적이었다.

"하지만 어째서……."

제노비아는 디아나를 이해하지 못했다. 그녀가 알기로 디아나는 순순히 제물이 되길 거부했다. 아직도 살고픈 욕심이 가득했으므로, 만일 별에게 기도한다면 이 상황을 모면할 수 있는 길을 택했을 것이다. 그리고 단언컨대, 지상의 별을 불러오는 것은 막다른 길이었다.

지하는 암흑의 별 칼리스토가 유일하게 내리비추는 세상. 지상에선 별 볼 일 없는 마녀였던 디아나도 여기서만큼은 누구 못지않게 대단한 마녀로 행세할 수 있었다.

그러나 지상의 수억 별이 떠 버린 하늘에서 칼리스토는 더 이상 예전처럼 빛나지 못했다. 이제는 디아나도 예전처럼 못난 마녀였다. 역으로 지하에서 무능하던 제노비아와 헤센은 지상에서처럼 강대한 마법사로 돌아왔다.

도무지 이해할 수 없는 선택이었다. 자신은 약하게, 적은 강하게 만드는 것이 어찌 탈출구가 될 수 있을까. 아무리 생각해도 디아나가 절망으로 미쳤다는 것으로밖에 설명할 길이 없었다. 그럼에도 이유 모르게 심장이 뻑적지근했다. 모든 것이 분명한 상황에서 어딘지 불확실한 감이 존재했다.

그때, 갑자기 악마가 벌컥 문을 열고 들어왔다. 제노비아는 고개도 들지 않고 물었다.

[무슨 일입니까?]

조금 전부터 어쩐지 성내가 요란스러웠다. 마르고트가 분풀이하러 회한의 숲으로 사냥을 나간 것이 불과 몇 시간 전이니 아직 돌아왔을 리는 없었다. 그렇다면 예상치 못한 사고라도 발생한 것인가.

악마가 초조한 기색으로 속삭였다. 순간 제노비아의 얼굴이 딱딱하게 굳었다.

"군주에겐 연락했습니까?"

[금방 회한의 숲으로 파발을 보냈습니다.]

"그럼 내가 나가겠습니다. 성내에 남은 군단을 서쪽 성벽으로 모조리 모으세요."

제노비아는 신속하게 생각을 정리했다. 그리젤다의 시신과 아홉 유물은 헤센이 귀물의 방에서 지키고 있으니 안전했다.

문제는.

"일단은 그대가 여길 지키세요. 바로 다른 호위를 보내겠습니다."

악마가 얼결에 고개를 끄덕였다. 제노비아는 흘끗 침대를 보더니 이내 방을 나섰다. 우물쭈물하며 침대를 힐끔거리던 악마도 부리나케 문을 열고 빠져나갔다.

도로 적요해진 방.

홀로 남은 디아나가 반짝 눈을 떴다. 금방 깨어났다고는 믿을 수 없을 정도로 명료한 눈빛이었다.

디아나는 소리 없이 이불을 걷어 내고 침대에 걸터앉았다. 제노비아가 무슨 신묘한 마법이라도 부렸는지 특별하게 아픈 구석은 없었다. 그저 온몸이 나른하고 힘이 들어가지 않을 뿐. 마력이 제대로 돌지 않는 것은 대규모 마법의 여파라고 친다면 놀라울 정도로 말짱한 상태였다.

그러니까, 고작 손가락 두 마디로 별을 불러들인 것은 참으로 남는 장사였다.

디아나는 구슬픈 눈으로 왼손을 내려다보았다. 기도문을 쓰기 위해 살갗을 깨물고 베어 냈던 상처는 제노비아의 헌신으로 말끔하게 사라졌다. 하지만 절단된 손가락은 그녀도 어찌할 수 없었던 모양이다. 어두운 석실 곳곳을 뒤지면 찾아낼 수 있겠지만, 그리 한가할 겨를은 없었다. 어쩌면 기도문으로 엉망인 석실을 청소하던 악마가 발견하여 지금쯤 그의 배 속으로 들어갔을지도 모르는 일이다.

"괜찮아……."

디아나는 그리 중얼대며 짤따란 왼손 약지를 매만졌다. 아직은 사라진 손가락 두 마디만큼의 감각이 선명했다. 아마도 점차 시간이 흐르면 사라질 터였다. 그렇게 거대한 마법을 부리고도 살아남은 것에 만족하지 못하고, 고작 손가락 두 마디가 아쉬운 작금의 아둔한 심정도 점차 나아질 것이다. 살아 돌아가기만 한다면 훗날 운 좋았던 오늘을 회상하며 별에게 감사를 올릴 것이었다.

그러니 괜찮다.

디아나는 결연하게 눈을 떴다. 이제는 돌아갈 시간이었다.

악마는 초조하게 방문 앞을 거닐었다. 지상의 사람이 보내 준다던 호위는 아직도 감감무소식이었다. 당장이라도 서쪽 성벽으로 돌아가고 싶었지만, 함부로 자리를 벗어났다간 마녀의 요술로 혼쭐이 날 것이었다. 다른 악마들이 듣거든 수치도 모르는 놈이라 욕할 것이 분명한데도, 그는 두려움을 감출 길이 없었다.

악마는 고작 석 달 전에 동방 군주 휘하 19군단으로 들어온 신참이었다. 운 좋게 강한 육신을 얻은 덕분에 약자를 괴롭히기는 누구보다 자신 있었다. 회한의 숲에서 벌레 같은 요정들을 잡아 죽이는 것도 아주 능수능란했다. 하지만 지상의 사람이 부리는 정체 모를 요술은 달랐다.

어젯밤, 상관의 명령으로 지하 석실을 청소하러 내려갔던 그는 지옥 같은 광경을 목도했다. 질리도록 익숙하던 피비린내가 그토록 역겨울 수 있음을 그곳에서 처음으로 깨달았다. 벽이며 천장, 바닥 가릴 것 없이 손발 닿는 곳이면 어디고 핏물이 낭자했다. 고통으로 짜낸 피가 도무지 읽을 수 없는 글자로 이어진다는 사실을 깨달았을 즈음엔 저도 모르게 석실을 뛰쳐나가고 말았다.

그는 생전 그러한 공포를 목격한 적이 없었다. 시체로 산을 쌓아 나아가던 전장에서도 흥분이 끓어올랐을 뿐, 죽음은 악마와 늘 가까웠기에 새삼스럽게 두렵지는 않았다. 그러나 석실은 달랐다. 석실의 어둠 속에는 악마가 모르는 미지가 도사리고 있었다.

악마는 무지해서 두려웠다. 그래서 석실에 갇혀 있었다던 지상의 사람이 무척 두려웠다.

끼익.

난데없이 방문이 스르르 열렸다. 뒤이어 지상의 사람이 휘청대며 복도로 나왔다.

"아파……."

지상의 사람은 붉은 머리채를 커튼처럼 드리운 채 몸을 옹송그렸다. 머리칼 사이로 잿빛 눈이 흐릿하게 빛났다.

"너무 아파요……."

악마가 흠칫하며 뒤로 물러났다. 지상의 사람이 한 발자국 가까이 다가왔다.

"너무 아파서……. 제노비아를 불러 줘요."

악마는 꺼림칙한 눈으로 그녀를 살폈다. 목소리가 유난히 가늘긴 했으나, 진실로 아픈지는 확신할 수 없었다. 악마의 관점에서 지상의 사람은 너무나 작았다. 그냥 웅크리고만 있어도 적잖이 아파 보일 터였다.

하지만 악마는 곧 스스로를 설득했다. 석실을 뒤덮을 정도로 피를 쏟아 냈으니 아프지 않은 게 이상했다. 게다가 정말로 아픈 걸 놔두었다가 큰일이라도 벌어지면, 모두 그의 책임이 될 것이었다.

[여, 여기서 기다리고 있어.]

악마가 뒷걸음질하며 경고했다. 점차로 그녀에게서 멀어지는 발소리가 유독 흔쾌했다. 악마는 날듯이 달리며 곧 모퉁이 너머로 모습을 감추었다.

복도는 다시금 고요해졌다. 한껏 몸을 움츠렸던 디아나가 슬그머니 척추를 곧게 폈다. 어깨를 이리저리 돌리며 기지개하는 모습에선 고통의 기운일랑 조금도 느껴지지 않았다. 디아나는 악마가 사라진 방향을 힐끗거리며 반대편으로 달음박질했다. 총총거리는 발소리가 돌바닥을 살짝 울렸다.

서쪽 성문이 공격받고 있다는 소식이 정말인지 성내는 이상할 정도로 괴괴했다. 아무리 마르고트가 군대를 이끌고 회한의 숲으로 떠났다 한들, 남겨 둔 군대만도 상당할 텐데 복도마다 인적 없이 싸늘했다. 길을 모르는 디아나에겐 그나마 다행이었다. 미로처럼 얽힌 참극성에선 어디고 망망대해의 외로운 조각배 신세일 테지만, 눈에 익은 곳에 미처 도달하기도 전에 붙잡힐 일은 적은 듯싶었다.

[……서쪽에 지금…….]

[……회한의 숲으로 파발을 보냈…….]

하지만 그리 안심하려던 찰나, 건너편 복도에서 악마들이 두런거리는 소리가 전해졌다. 자꾸만 꺾이는 무릎에 힘주어 달리던 디아나는 멈칫하며 뒷걸음질했다. 창백하게 질린 채로 주변을 둘러보았지만 마땅히 숨을 곳조차 없었다. 그러는 사이에도 악마들의 발소리는 점차 가까워졌다.

[……하필이면 지금 나타난 거야?]

그 순간, 뒤에서 커다란 손이 나타나 얼굴을 덮쳤다. 디아나는 숨을 내쉴 겨를조차 없이 거센 손길에 질질 끌려갔다. 이제껏 힘겹게 달려왔던 복도가 다시 멀어졌다. 그리고 눈앞으로 허름한 목조 문이 조용히 닫혔다.

디아나는 공황에 휩싸였다. 등 뒤에서 오르락내리락하는 털북숭이 몸이 선명하게 느껴졌다. 게다가 얼굴을 뒤덮은 거대한 손은 두말없이 악마였다.

[방금 이상한 소리 들리지 않았어?]

문득 복도를 울리던 발소리가 멎었다. 아주 지적인 듯 목소리가 유달리 가까웠다.

[무슨 소리?]

[문 닫히는 소리 비슷하게 들렸는데.]

[바람결에 창문이라도 닫혔나 보지.]

[그런가?]

다행인지 불행인지 그들은 발걸음을 재촉했다. 수런거리던 말소리도 차츰 멀어지며 오래지 않아 문밖 복도는 완전히 잠잠해졌다.

정체 모를 악마는 그제야 얼굴에서 손을 뗐다. 디아나는 소스라치며 뒤를 돌아보았다.

"당신은……."

뿔이 난 사자 머리에 허연 털북숭이 육신. 일전에 그녀의 호위였던 소제 가네트뤼포였다.

"당신이 어째서 여기에."

멍하니 중얼거리던 디아나가 불현듯 말을 멈추었다. 그러고 보니 참극성을 탈출하겠다고 실피와 작당을 부릴 적, 저이를 속여 기절시킨 전적이 있었다. 더군다나 마르고트에게 붙잡혀 대전으로 끌려갔을 때는…….

[지상의 사람을 죽이겠소.]

디아나는 일순 얼어붙었다. 기회만 주어진다면 자신을 죽이겠노라 선언하던 이와 단둘이 남았으니 족히 그럴 만했다.

하지만 그녀의 심정을 아는지 모르는지, 소제 가네트뤼포는 지극히 미묘한 표정이었다. 디아나를 아래위로 훑어보는 시선이 유난히 예리했다.

[네 짓이냐?]

문득 소제 가네트뤼포가 물었다. 디아나는 흠칫하며 놀랐다.

"뭐, 뭘요?"

[하늘을 저 꼴로 만든 게 네 짓이냐고 물었다.]

척 듣기에도 불편한 감정이 여실한 목소리였다. 디아나는 공연히 치맛자락을 꼭 부여잡으며 조심스레 고개를 끄덕였다. 그러자 소제 가네트뤼포는 다시금 기나긴 침묵에 잠겼다.

디아나는 공황 속에서도 간신히 기억을 되짚었다. 저이는 그녀를 죽이려 했다. 마르고트처럼 끔찍스러운 음모를 꾸미는 것은 아니었다. 그는 마법을 두려워했다. 보지도 듣지도 못하는 힘이 훗날 막을 수 없는 돌풍을 몰고 올까 봐 못내 두려운 것이었다.

그걸 깨달은 순간, 디아나는 단숨에 낮게 엎드렸다.

"제발 살려 주세요."

디아나가 바들바들 떨며 말했다.

"나는 문제를 일으킬 생각이 전혀 없어요. 애당초 내가 여기에 오고 싶어서 온 것도 아닌걸요. 마르고트가 날 끌고 왔어요. 그는 날 죽일 생각이에요."

소제 가네트뤼포는 여전히 잠잠했다. 이제 디아나는 숫제 용서를 구하는 죄인처럼 고개까지 수그렸다.

"날 못 본 척해 준다면 다시는 당신 앞에 나타나지 않을게요. 다시는 이 세상에 발걸음도 하지 않을게요. 그러니 그냥 보내 줘요. 당신이 우려하는 일은 절대로 없을 거예요."

[그걸 내가 어떻게 믿지?]

소제 가네트뤼포가 날카롭게 쏘아붙였다. 디아나는 파들거리는 눈꺼풀을 내리며 겨우 입을 열었다.

"만약 내가 문제를 일으킬 생각이었거든, 하늘을 저리 만들진 않았겠죠. 나는 그저 집으로 돌아가고 싶을 뿐이에요."

집.

이제는 멀게만 느껴지는 단어를 입 밖으로 내자, 일부러 잊고 지냈던 기억이 새록새록 떠올랐다. 졸음과 사투를 벌이던 아침 식사, 출근하는 사람들로 붐비는 거리, 고소한 빵 냄새가 풍기는 카페, 창밖 화창한 오후, 노을을 지고 돌아오는 언니, 도시의 흐린 밤하늘……. 그때는 무심결에 넘겼던 일상의 조각이 지금은 무엇보다도 소중했다. 그토록 일상이 그리운 마음에 여기까지 왔다.

돌아가기 위해 죽음도 무릅썼다. 불가능을 가능으로 이루어 냈다. 그렇게 가장 어려운 난관을 넘기고 여기서 죽을 수는 없었다. 억울해서라도 그리는 안 된다.

디아나는 분연히 고개를 들어 올렸다.

"날 돌아가게 해 줘요."

소제 가네트뤼포는 말없이 눈을 내리떴다. 어쩐지 수그러진 기백에서 디아나는 희망을 엿보았다.

하지만 다음 순간, 돌연 눈앞이 캄캄해졌다. 악마가 포대를 뒤집어씌웠다는 사실은 뒤늦게 깨달았다.

[죽기 싫으면 조용히 해라.]

서늘한 목소리가 귓전으로 흘러들었다. 디아나는 너무 놀라 딸꾹질도 잊었다. 소제 가네트뤼포는 돌처럼 굳은 디아나를 포대째로 어깨에 둘러맸다. 순식간에 거꾸로 매달린 디아나가 밀려드는 어지럼증에 입부터 틀어막았다.

소제 가네트뤼포는 거침없이 문을 열고 복도로 나아갔다. 그가 돌바닥을 드세게 밀고 나아갈 때마다, 새카만 모포에 가려진 시야가 위태롭게 흔들렸다. 디아나는 떨리는 양손으로 입가를 단단히 봉한 채 겨우 호흡했다. 몰려드는 불안에 자꾸만 숨결이 불규칙했다. 호흡이 불안정해지며 머릿속도 빙빙 돌기 시작했다.

그 와중에 소제 가네트뤼포는 악마 무리가 삼삼오오 모여든 계단으로 접어들었다. 게걸스럽게 고기를 뜯는 소리와 경박한 웃음소리가 아래위로 뚫린 층계를 쟁쟁하게 울렸다.

[이거 군단장님 아닙니까?]

누군가 대놓고 조롱했다. 소제 가네트뤼포는 킬킬대는 소리를 무던히 넘기며 계단 아래쪽을 턱짓했다.

[지나가게 좀 비켜 봐.]

[군단장님이 납시셨으니 당연히 비켜 드려야죠. 참, 이제는 군단장이 아니셨지?]

[이거 어떻게 불러 드려야 하나?]

악마 무리가 그를 에워싸며 비웃었다. 언젠가 동방에 악명이 자자했던 군단장이 한낱 호위로 전락했다는 사실은 일개 군사가 보기에도 족히 우스꽝스러웠다.

[한데 어깨에 그건 뭐야?]

누군가 포대로 손을 내밀었다. 소제 가네트뤼포는 콧등을 꿈틀거리며 즉시 손을 쳐 냈다.

[저리 꺼져.]

[뭐? 지금 나한테 그랬어?]

[이거 아직도 군단장인 줄 착각하고 있는 거 아냐? 주제를 알아야지. 군주의 심기를 거스르고도 아직도 정신을 못 차렸구먼?]

악마 무리가 분개했다. 소제 가네트뤼포는 코웃음 쳤다.

[너희 32군단 소속인가?]

끊임없이 빗발치던 야유가 멈추었다. 느닷없는 정적에 당혹스러운 기색이 만연했다. 소제 가네트뤼포가 그럴 줄 알았다는 듯 턱을 들어 올렸다.

[66군단이 내일 참극성에 도착한다. 한때 내가 이끌었던 군대는 아

직도 날 군단장으로 섬기지. 언젠가 동방을 호령했다는 자존심이 드높아, 짐작건대 나를 향한 모독을 군단을 노린 모독으로 받아들일 것이다.]

그러자 악마 무리는 못내 불만스러운 기색으로 한둘 물러났다. 소제 가네트뤼포는 당당하게 계단을 내려갔다. 뒤에서 홧김에 뼈다귀를 내던지는 소리가 층계를 요란하게 울렸다.

이후로는 삭은 적막만이 그득했다. 더는 마주치는 자가 없었고, 무심결에 지나치는 대화도 없었다. 오직 원형 계단을 부단히 내려가는 악마의 규칙적인 발소리만이 기저에 내리깔렸다. 잊을 만하면 멀리서 아득하게 들려오는 함성이 간혹 귓전을 뒤흔들었다.

디아나는 숨죽인 채로 소제 가네트뤼포의 어깨에 인형처럼 내리 매달렸다. 아래로 쏠려 피가 몰린 머리는 그저 멍했고, 축축 처진 사지는 맥없이 흔들리는 대로 흔들렸다. 금방이라도 토악질할 것처럼 속이 울렁거리면서도 컴컴한 시야가 더없이 아득했다. 눈꺼풀이 이상하게 무거웠다. 야트막한 호흡이 색색대며 입가에서만 맴돌았다.

그즈음 소제 가네트뤼포는 계단에서 벗어나 낡은 문을 열었다. 좀처럼 드나드는 이가 없는지 바닥에도 먼지가 두껍게 쌓여 있었다. 그는 횃불로 방을 비춰 보더니 이내 무심한 손길로 디아나를 내려놓았다.

삽시에 바닥으로 내동댕이쳐진 디아나가 가까스로 포대에서 기어 나왔다. 딱딱한 돌바닥에서 구른 어깨며 등이 몹시 아팠지만, 덕분에 몽롱하던 정신이 순식간에 깼다. 디아나는 신음을 목울대로 넘기며 위태롭게 일어났다. 도무지 힘이 들어가지 않는 다리가 몇 번이고 꺾였으나, 양손으로 벽을 짚어 가며 결국에는 스스로 섰다.

그리고 직립하기 무섭게, 무거운 모피가 온몸을 덮쳤다.

[입어라.]

디아나는 끙끙거리며 모피를 끌어 내렸다. 그제야 숨통이 트였다. 하지만 콧속으로 들어오는 공기가 유달리 찼다. 디아나는 싸늘한 북풍을 맞으며 느릿하게 고개를 돌렸다. 찬 바람이 새어 드는 곳. 소제 가네트뤼포가 바깥으로 이어지는 문을 반쯤 열어젖힌 채로 서 있었다.

[너처럼 살갗을 드러내면 얼어 죽기 십상이다. 어서 입어.]

소제 가네트뤼포가 재차 경고했다. 그러나 디아나는 얼떨떨한 표정을 지을 뿐이었다.

"……날 내보내 주는 거예요?"

도무지 믿을 수 없다는 어조였다. 소제 가네트뤼포는 미미하게 낯을 찌푸리며 대꾸했다.

[아까 눈빛을 보니, 널 죽이면 꿈자리가 영 흉흉할 것 같다.]

멍하니 그를 바라보던 디아나가 흠칫하며 얼른 모피를 껴입기 시작했다. 소제 가네트뤼포는 덤덤하게 말을 이었다.

[서쪽으로는 가지 마라. 거긴 지금 전쟁터야.]

"하지만 그곳으로 가야 해요."

[어째서?]

"용이 난입했다면서요."

디아나가 새파랗게 눈을 빛내며 고개를 들었다. 조금 전 제노비아를 급히 찾아왔던 악마는 그리 속삭였다. 느닷없이 용이 나타나 서쪽 성문을 공격하고 있다고.

"용은 필시 날 구하러 왔을 거예요. 그곳으로 가야 해요."

[글쎄. 넌 아마도 용을 만나기 전에 악마와 마주칠 거다. 그보다는 남쪽으로 가는 게 좋아.]

소제 가네트뤼포는 바깥으로 보이는 강물을 가리키며 말했다.

[저 강변을 따라 내려가라. 계속 내려가다 보면 오른편으로 유난히 높은 언덕이 보일 거야. 그 언덕만 넘으면 통곡의 절벽이다. 차라리 그곳에서 용을 기다리는 편이 나아.]

용은 통곡의 절벽을 넘어 동방으로 날아왔다. 당연히 보금자리인 서방으로 돌아가려면 통곡의 절벽을 다시 넘어야 했다. 소제 가네트뤼포가 일러 준 길은 전쟁터보다 훨씬 안전했다.

그새 모피를 둘러 입은 디아나가 문가로 다가갔다. 지상의 겨울과는 비할 바 없이 싸늘한 바람이 몰아쳤지만, 그나마 두꺼운 모피로 온몸을 감싸 한결 나았다. 디아나는 마지막으로 모피로 얼굴을 감싸며 천천히 소제 가네트뤼포를 돌아보았다.

"고마워요."

악마에게 순수한 호의를 받기는 처음이었다. 성정이 포악해도 자신을 위하는 마음만큼은 진실하다고 믿었던 마르고트에게 처참히 배신당한 뒤로 다시는 악마를 믿지 못하리라 여겼건만, 설마 죽이겠노라 당당히 외치던 이가 도울 줄은 꿈에도 몰랐다. 미처 예상치 못했기에 은혜로운 마음이 더욱 컸다.

하지만 소제 가네트뤼포는 감사를 받지 않았다. 도리어 비웃기만 했다.

[네가 대전에서 난리를 친 덕분에 군주의 칼날이 나를 비켜 갔다. 오직 그뿐이야.]

"그래도 고마워요."

디아나가 거듭 일렀다. 소제 가네트뤼포는 모피에 가려진 얼굴을 잠시간 쳐다보았다. 무뚝뚝한 말소리가 뒤이었다.

[돌아가라. 그리고 다시는 나타나지 마.]

디아나는 묵묵히 고개를 끄덕였다. 바깥으로 돌아선 등이 유난히 작았다. 어두운 밤을 말없이 응시하던 그녀가 이윽고 차디찬 동토로 발을 내디뎠다. 한숨이 나올 만큼 좁은 보폭으로, 그러나 거침없이 나아갔다.

소제 가네트뤼포는 한동안 그 뒷모습을 지켜보았다. 드물게 자그마한 몸집은 거센 바람에 마구 흔들리면서도 결코 넘어지지 않았다. 금방이라도 밤에 집어삼켜질 것처럼 연약한데 벌써 저만치 멀어졌다. 아마 다시는 볼 일이 없을 지상의 사람. 악마는 미련 없이 돌아섰다.

이젠 빼앗긴 군대를 되찾을 시간이었다.

거센 강바람이 몰아쳤다.

디아나는 모피를 여미며 힘겹게 걸었다. 다리에서 조금이라도 힘을 빼면 당장 넘어질 것처럼 위태로웠다. 강바람을 도무지 견딜 수가 없어서 최대한 강변에서 떨어져서 걷는데도 이리 힘겨웠다.

사방은 지극한 어둠에 휩싸여 있었다. 디아나는 강물에 반사되는 별빛을 횃불 삼아 부단히 나아갔다. 차디찬 삭풍이 모피 틈새로 새어 들어 온몸이 에였지만, 여기서 멈출 수는 없었다. 바위를 모래로 깎아 내며 드세게 흘러가는 강물이 그녀를 좨치듯 앞서 나갔다. 귓전을 시끄럽게 울리는 물소리가 마치 등을 떠미는 듯했다.

그리 무수한 별이 내리비추는 황량한 강변을 홀로 거닐었다. 한때 지하의 유일무이한 천체였던 암흑의 별 칼리스토는 외딴 지평선으로 물러갔지만, 대신으로 하늘을 가득 채운 수억 별빛이 그녀의 앞길을 고요히 조망했다. 굽이굽이 이어지는 물줄기를 따라 휘황한 빛이 쏟아져 내렸다.

디아나는 하얀 숨결을 내뿜으며 머나먼 하늘을 올려다보았다. 금방이라도 떨어질 듯 알알이 박힌 별빛이 못내 눈물겨웠다. 지하에서 이토록 낯익은 정경을 보게 될 줄은 몰랐다. 똑같은 하늘 아래 이토록 다른 세상이 펼쳐질 줄 누가 알았겠나. 그렇기에 익숙한 밤하늘이 반가우면서도 그리웠다. 정작 당시에는 아끼지 못했던 모든 순간이 그리웠다.

이제는 돌아가고 싶었다. 언제라고 돌아가고 싶지 않았겠느냐만, 지금에 이르러선 간절하다 못해 절절한 심정이 죄 타들어 갈 지경이었다. 당장이라도 얼어붙은 땅에 무릎을 뉘며 통곡할 수 있었다. 지하에서 보낸 하루하루가 모여 눈물이 되고, 설움이 되었다. 냉혹한 삭풍에 옹송그린 슬픔을 전부 흘려보내고 여길 떠나고 싶었다. 더는 버틸 수가 없었다.

디아나는 끓어오르는 울음을 간신히 삼켜 냈다. 지하 어딘가에 있다는 언니와 세드릭이 자꾸만 눈앞에서 어른거렸다. 행여나 마음이 약해질까 억지로 기억에서 지웠던 얼굴이 이제야 새록새록 떠올랐다. 그리고 어찌할 수 없는 회한이 뒤따랐다. 함께할 적 잘해 주지 못했던 과거가 안타까웠다. 공연히 매몰찼던 말소리가 몹시도 후회스러웠다.

다시 만나면, 다시 만날 수만 있다면 모든 걸 내어 줄 텐데.

나의 가난한 영혼이라도 긁어모아 전부를 내어 줄 텐데.

똑같은 하늘 아래 서 있다는 그들이 보고팠다. 그들을 만나러 가는 길이 어렵고 지난하기에 더욱 간절했다. 이제는 끝이 보이기에 더욱 들끓었다. 불가능을 넘어 기적을 이루었기에 더더욱 포기할 수 없었다.

목숨을 걸어 여기까지 왔다. 디아나는 이제 살고 싶었다. 사랑하는 사람들과 함께하고 싶었다.

[……서쪽으로 용이…….]

그즈음 어디선가 쉰 목소리가 들려왔다.

디아나는 단번에 땅에 엎드렸다. 사방은 어둡고 물소리로 가득했다. 그러나 악마의 기척은 끊어질 듯 말 듯 계속해서 이어졌다.

[……군주는…….]

[……일단 성으로 가서…….]

목소리가 무척이나 가까웠다. 디아나는 곧바로 엉금엉금 기었다. 마침 근처에 커다란 바위가 있었다. 디아나는 바위에 몸을 숨기며 떨리는 양손을 맞잡았다. 부디 이대로 마주치지 않길, 이제는 멀어진 그녀의 별에게 간곡히 기도했다.

귓가는 여전히 꽝꽝 진동하는 물소리만이 그득했다. 어두운 시야에는 별빛 반사하는 강물만 언뜻 보일 뿐이었다. 목소리는 더 이상 들리지 않았으나, 정말로 악마가 완전히 멀어졌는지는 장담할 수 없었다. 디아나는 그저 몸을 웅크린 채로 덜덜 떨었다. 잊었던 추위가 그새 밀려들었다. 밤하늘을 올려다보며 녹아내렸던 마음이 다시금 단단하게 얼어붙었다.

시간은 그리 하염없이 흘러갔다. 멍하니 앉아 있던 디아나가 불현듯 고개를 들었다. 언제까지 여기에 머무를 수는 없었다. 다시 발걸음을 재촉해야 했다.

그런데 이상하게 눈앞이 어두웠다.

밤보다 어두운 그림자가 몸뚱이를 뒤덮었다.

[어디서 냄새가 나더라니…….]

별안간 등 뒤에서 악마가 킬킬대며 몸을 굽혀 왔다. 디아나는 소스라치며 자리를 박차고 일어났다. 곳곳에서 수많은 악마들이 몰려들었다. 족히 한 군단은 모였는지 강변이 온통 악마 떼로 바글거렸다.

디아나는 허옇게 질린 채로 사방을 둘러보았다. 여기저기 악마로 가득했다. 흉측한 무기를 든 채로 침을 다시는 모습이 더없이 끔찍했다.

[이건 대체 뭐야?]

갑자기 어느 악마가 억세게 모피를 끌어 내렸다. 창백한 별빛 아래, 디아나의 얼굴이 적나라하게 드러났다. 악마들의 표정이 미묘해졌다.

[……지상의 사람이잖아?]

누군가 속삭였다. 충격이 일파만파 퍼져 갔다.

[지상의 사람이라면 군주의 몫이지 않아?]

[건드리면 안 돼.]

[대전에서 분란을 일으켜서 군주께서 노하셨다며.]

[하늘을 저 꼴로 만든 게 지상의 사람이라고 들었어.]

[말로만 들었던 요술쟁이인가?]

악마들이 두려운 기색으로 물러났다. 미지를 겁내는 본능적인 공포가 짙게 내리깔렸다. 어느새 싸늘하게 가라앉은 사위는 거센 물소리만이 가득했다.

[그런데 말이야.]

문득 누군가 입을 열었다.

[저걸 먹으면 요술을 부릴 수 있는 건가?]

멀뚱히 서로를 마주 보던 악마들이 느릿하게 고개를 돌렸다. 공포로 물들었던 분위기는 더 이상 온데간데없었다. 오로지 탐욕으로 번들거리는 섬뜩한 시선이 일제히 디아나에게로 몰려들었다. 육신을 탐하는 수십 수백의 징그러운 눈빛이 그녀를 단단히도 옭아맸다.

그저 눈앞이 캄캄했다. 아무런 생각도 들지 않았다.

다만 이렇게 죽고 싶지는 않았다.

라라라…….

그 순간, 아름다운 노랫소리가 흘러들었다.

악마들이 어리둥절하여 고개를 비틀었다. 소름 끼치도록 요요한 선율은 시끄러운 물소리를 잠재우며 시시각각 소리를 키워 갔다. 생전 들어 본 적 없는 매혹적인 곡조에 자연스레 만인의 시선이 헤매었다. 정체 모를 가희를 찾아, 노래하는 가객을 찾아.

그리고 별빛 반사하는 강물에서 한둘 꽃이 피어나기 시작했다.

거센 물줄기를 부드러이 달래고, 도저히 이 세상 것이라 믿기 어려운 소리를 자아내며 가없이 완염하게 피어오르는 그것은, 황금의 꽃 둘시네아였다.

[오, 저것은…….]

트라이피나는 긴긴 세월에 짓눌린 눈꺼풀을 힘겹게 밀어 올렸다. 노환으로 흐릿해진 시야에 황홀한 불티가 어지러이 날렸다. 쏟아지는 별빛보다 더한 광명이 나이 들어 어두워져 가는 눈을 밝혔다.

황량한 지하 세상은 어느덧 눈부신 꽃으로 가득했다. 물이 고인 곳이면 어디고 씨앗 없이 피어나는 황금의 꽃이 저마다 목청을 높였다. 풀한 포기 제대로 자라기 힘든 암흑의 땅을 비추며, 세상 가장 낮은 곳에서 만발했다.

하지만 신비는 그에 멈추지 않았다. 트라이피나는 축 늘어진 목을 세우며 세상에 만연한 노랫소리에 가만히 귀 기울였다. 마치 아스라한 별세계에서 전해지는 가락처럼 요요한 소리가 귓전을 메웠다. 도무지 사람의 솜씨라고 생각하기 어려운 선율이었다.

트라이피나는 이러한 광경이 낯설지 않았다.

이제는 기억을 더듬어 올라가기도 지난한 아주 오래된 시절. 사랑하는 용을 무사히 떠나보내기 위해 스스로의 존재를 세상에서 지워 낸 어느 마법사가 있었다. 그렇게 잊혀선 안 되는 이가 덧없이 사라졌다. 심지어는 그의 사랑하는 용조차 그의 이름밖에 간직하지 못했다.

하지만 트라이피나는 이제 알았다. 헤아릴 수조차 없는 먼 옛날, 사랑하는 벗이 손수 피워 냈던 황금의 꽃을. 곧 도래할 왕의 앞길을 밝히며 땅의 어둠을 몰아내던 광명의 꽃을. 그리하여 하늘에 오른 별들의 왕이 얼마나 눈부신 빛을 뿜어냈으며, 어버이의 별빛을 온몸으로 받아내던 벗이 얼마나 휘황했는지를.

[칼라일…….]

늙은 용의 눈가에 눈물이 고였다. 그녀는 오래전 잊었던 벗을 기억해 냈다. 자신을 돌아보던 얼굴과, 자신을 부르던 목소리가 비로소 되살아났다. 천 년에 걸쳐 어두운 과거를 하염없이 헤매던 용은 드디어 그토록 간절하던 벗을 찾아냈다.

트라이피나는 소리 없이 오열했다. 나이 어려 미숙한 용들이 헐레벌떡 그녀를 둘러쌌으나, 기나긴 오열은 좀체 멈추지 않았다.

한편, 헤스터는 산정보다 높은 곳에 떠올라 황금빛으로 산란한 정상을 무심히 스쳐보았다. 이제 그녀와 밤하늘 사이를 가로막는 방해물은 없었다. 헤스터는 가림 없이 쏟아지는 별빛을 만끽하며, 황금의 꽃이 밝히는 길을 따라 도래할 왕을 손꼽아 고대했다. 신성한 왕은 당신을 경배하는 노랫소리를 들어 기나긴 잠에서 깨어날 것이었다.

오래지 않아 비어 있던 하늘의 권좌가 주인을 찾았다.

별들의 왕 둘시네아.

하늘의 정중앙에서 황금빛이 폭포수처럼 쇄도했다. 주인이 부재하던 들판을 맘껏 뛰놀던 수억 별이 아주 오래간만에 지하로 내려온 왕에게 순종했다. 사계의 별이 왕을 호위하듯 예리한 빛을 내뿜고, 오밀조밀하게 모인 북쪽의 별들은 여신이 둘시네아에게 선사한 왕관을 이루었다. 모두가 자비로운 왕을 경배했다. 여신이 내린 권위가 널리 만천하로 퍼져 나갔다.

헤스터는 벅찬 가슴으로 어버이의 별빛을 즐겼다. 이제 그녀의 몫은 끝났다. 하지만 완전한 종결은 아니다. 끝은 새로운 시작을 위한 가교였다.

그리고 새로운 시작은 남동쪽에서 번질 터.

남동쪽 하늘에서 천칭의 별 사피겔이 유달리 푸르게 빛났다. 터럭 같은 죄도 용납하지 않으며, 미약한 혼란도 결코 좌시하지 않는 하늘의 엄중한 재판관. 자비로운 왕이 사사한 검이 이윽고 땅을 굽어살피기 시작했다.

황금의 꽃은 물줄기를 따라 점차로 번져 갔다. 처음에는 외로이 피어났던 꽃송이가 어느덧 강물을 온통 뒤덮었다. 그저 희미하게만 빛나던 강물이 이제는 찬란한 금빛으로 넘실댔다. 실로 황금빛 물결이었다.

꽃은 하염없이 노래했다. 매혹적인 곡조가 세찬 물소리를 덮으며, 들판 곳곳으로 퍼져 갔다. 그러자 처음에는 노랫소리에 몽롱하게 귀 기울이던 치들도 차츰 경계하는 빛을 띠었다. 지난 수천 년 지하에선 유례없던 일에 흉측한 악마조차 두려움이 앞섰다. 도무지 정체를 알 수 없는 미지가 그들의 숨통을 서서히 죄어 왔다.

[도대체 어쩐 일이야?]

악마들은 당혹스러운 기색으로 주변을 두리번거렸다. 하지만 다른 악마라고 사태를 파악했을 리 없다. 그들은 회한의 숲에서 퇴각하여 이편으로 달려오고 있을 군주를 맥없이 기다리는 한편, 본능적으로 강가에서 점점 뒷걸음질했다. 이미 강물은 수백 송이 꽃을 띄우고 동쪽으로 거세게 흐르고 있었다. 꽃송이가 제각기 노래하는 소리는 점차 성량을 더해 갔다.

그중 오직 디아나만이 강가에서 멀어지지 않았다. 그녀는 환희와 비감이 뒤섞인 얼굴로 하릴없이 황금의 꽃을 지켜볼 뿐이었다. 거센 물살을 가르며 기어이 망울을 맺는 수백 꽃송이가 눈에 아프게 박혔다. 저 꽃의 정체를 알기에, 언니가 어떤 심정으로 저 꽃을 피워 냈는지 알기에 함부로 기뻐할 수만은 없었다.

어느새 하늘에서도 찬란한 금빛이 쏟아지기 시작했다. 왕의 부드러운 손길이 메마른 땅을 촉촉하게 적셔 갔다. 어설프게 벗겨진 모래밭에 별빛이 어리고, 황폐하게 버려진 들판에도 은총이 내렸다. 자비로운 왕은 아무도 돌보지 않은 지하를 다채로운 빛으로 감싸 안았다.

시초는 서쪽이다. 머나먼 서쪽에서 시작된 들불이 사방으로 번져 가고 있었다. 디아나는 꽃송이가 내려온 서쪽으로 고개를 틀었다. 그다지 멀지 않은 곳에서 물줄기가 급히 남쪽으로 꺾이고, 서쪽으로는 유달리 높은 둔덕이 이어졌다. 일전에 소제 가네트뤼포가 설명했던 언덕이 틀림없었다.

저 둔덕만 넘으면 통곡의 절벽이다.

디아나는 무심코 발걸음을 뗐다. 황금의 꽃에 정신이 팔렸던 악마 몇몇이 그녀의 수상한 움직임을 눈치챘다. 누군가는 그녀에게 손을 내뻗기도 했다. 군주가 아끼는 지상의 사람을 이렇듯 쉽사리 놓칠 수는 없었다.

그러나 누구도 닿지 못했다.

끼아아아악—!

멀리서 기이한 울음소리가 울려 퍼졌다. 악마들은 귀를 틀어막으며 황망히 서쪽을 보았다. 생전 들어 본 적 없는 기괴한 울음소리는 그곳에서 전해지고 있었다.

망막한 어둠에 휩싸인 둔덕. 일순 거대한 용이 솟구쳤다. 귓속을 파고드는 예리한 쇳소리를 부단히 뿜어내며 한둘 하늘로 날아올랐다. 활짝 펼쳐진 날개가 별빛을 가렸다. 수많은 용이 육중한 몸집에 걸맞지 않은 속도로 눈 깜짝할 새 서쪽 하늘을 뒤덮었다.

그리고 새카만 누군가 둔덕을 넘었다. 거센 돌풍을 몰며 메마른 땅을 박찼다. 검은 옷자락이 바람에 연신 펄럭거렸다. 얼굴을 반쯤 가린 옷 아래, 녹색 안광이 형형하게 빛났다.

디아나는 멍하니 그를 바라보았다. 마치 세상에 단둘인 것처럼 시선이 그에게 못 박혔다. 이루 말할 수 없는 감정이 속에서만 들들 끓었다.

콰르릉!

별안간 새하얀 낙뢰가 내리쳤다. 전조 없이 내리꽂히는 천벌을 감히 피할 자가 없었다. 낙뢰를 맞은 악마들이 삽시에 새카맣게 타 죽었다. 기겁하여 달아나는 악마 떼를 무수한 벼락이 뒤쫓았다.

그리 디아나는 홀로 남겨졌다. 연이어 내리는 낙뢰가 그녀를 감쌌다. 그 와중에도 수많은 용이 강변을 따라 악마들을 추격했다. 용의 거대한 날갯짓에 자꾸만 삭풍이 일었다. 마른 모래가 허공에서 하느작거리며 뺨을 스쳤다. 귓전은 온갖 소음으로 그득했다. 너무 시끄러워서 도리어 고요했다.

어느덧 모든 용이 그녀를 넘었다. 이제 눈앞에는 한 사람뿐이었다. 디아나는 얼어붙은 석상처럼 우두커니 섰다. 달음박질하는 모습이, 시시각각 가까워지는 모습이 망막에 고스란히 맺혔다. 그럼에도 마치 꿈꾸듯 가물가물했다. 도무지 그의 존재를 믿을 수가 없었다. 눈 깜빡이는 순간 덧없이 사라질 환영처럼 위태로웠다.

디아나는 발갛게 달아오른 눈으로 그를 응시했다. 어느새 목전이었다. 지하로 내려온 이래, 늘 마음속으로만 그렸던 얼굴이 진실로 눈앞에 실재했다. 기억과 한 점 달라지지 않은 모습으로 차츰 다가왔다. 달뜬 눈빛이 허공에서 얽혔다.

문득 손에 익숙한 온기가 닿았다.

세드릭은 디아나의 손을 틀어쥐고, 그대로 뒤돌아 내달렸다.

차디찬 북풍에 살갗이 아리게 긁혔다. 디아나는 멍하니 눈을 깜빡였다. 제법 멀었던 둔덕이 점차 근접하고 있었다. 이상하게도 달리는 감각은 전혀 느껴지지 않았다. 마치 환상을 거닐 듯 몽롱한 와중에도 바람결에 나부끼는 검은 머리칼만은 선명했다.

[디아나!]

순간, 날카로운 호명에 정신이 깼다.

디아나는 화들짝 놀라 뒤를 돌아보았다. 저 멀리, 용으로 뒤덮인 하늘 아래 마르고트가 우뚝 서 있었다. 그녀를 애타게도 부르며 마구 달려오고 있었다.

[안 된다! 가면 안 돼!]

몹시도 애끓는 소리였다. 디아나는 어쩐지 그가 측은했다. 동시에 후련했다. 그래서 뒤돌아보지 않고 달렸다. 거듭 들려오는 목소리에서 벗어나듯 거세게 달음질했다. 마냥 세드릭에게 끌려가던 몸이 점차 추진력을 얻었다. 손 맞잡은 팔이 어느덧 수평으로 당겨졌다.

디아나는 그를 돌아보았다. 그리해 벅찬 시선이 서로 맞닿았다.

둘은 함께 둔덕을 내달렸다. 숨이 턱 끝까지 치달을 정도로 다리에 힘주어 달렸다. 그리 둔덕을 넘자, 이윽고 시야가 확 트였다.

통곡의 절벽.

지하를 둘로 양분하는 벼랑 너머에는 끝을 알 수 없는 암암한 구렁텅이가 한없이 펼쳐져 있다. 그 구렁을 넘어야만 용의 거처요, 날개 없는 악마가 닿지 못하는 평화의 땅에 도달할 수 있었다.

둘은 마주 잡은 손에 더욱 힘을 주며 계속해서 달렸다. 광활한 구렁텅이를 조금도 겁내지 않았다. 깎아지르는 벼랑이 금세 가까웠다. 그리절벽에 이르러 세차게 땅을 박찼다.

둘은 화려하게 떨어졌다. 아무런 지지대 없는 허공에서 재차 눈이 마주쳤다. 환희로운 미소가 차츰 번져 갔다.

그렇게 낙하하는 둘을 용이 떠받쳐 올랐다.

윈터가 길게 울었다. 퍼드덕거리는 날갯짓이 유독 힘찼다. 용은 어두운 구렁텅이에서 솟구쳐 강강하게 서쪽으로 날았다.

[디아나!]

어느덧 절벽에 이른 마르고트가 슬피 부르짖었다. 디아나는 세드릭의 허리를 꽉 붙든 채로 흘끗 뒤돌아보았다. 하지만 이미 절벽에서 멀어져 그의 얼굴이 분간되지 않았다. 악마는 닿지 못하는 거리가 아득했다.

디아나는 음산한 안개로 뒤덮인 절벽을 향해 영원한 작별을 고했다.

안녕, 마르고트.

"디아나!"

헤스터가 황급히 달려 나왔다. 윈터의 등에서 내려온 디아나가 제대로 중심을 잡기도 전, 헤스터는 휘청대는 디아나를 얼싸안았다.

"언니……."

갑작스러운 포옹에 놀란 디아나가 이내 울상을 지었다. 헤스터가 어깨에 얼굴을 파묻은 채 흐느끼는 진동이 고스란히 느껴졌다.

"언니. 나 얼굴 좀 보여 줘. 응?"

디아나가 코맹맹이 소리로 애원했다. 헤스터는 눈물로 젖은 얼굴을 겨우 들어 올리며, 양손으로 디아나의 뺨을 감쌌다. 오래간 생이별했던 자매의 안색을 살피는 눈길이 자못 꼼꼼했다.

"어디 다친 곳은 없지?"

이러다간 숫제 머리카락 한 올까지 살펴볼 기세였다. 디아나는 헤스터의 손등 위로 손을 겹치며 말없이 고개를 끄덕였다. 근심으로 가득하던 헤스터의 낯빛이 삽시간에 흙빛으로 질렸다.

"너 손가락이⋯⋯."

디아나는 아차 했다. 다친 왼손을 서둘러 등 뒤로 감추려 했지만, 잡아채는 손길이 더욱 빨랐다. 밝은 횃불 아래 두 마디 잘려 나간 약지가 적나라하게 드러났다.

"악마가 그랬니?"

하염없이 약지를 내려다보던 헤스터가 불현듯 물었다. 나지막한 소리가 어쩐지 심상치 않았다. 긍정하거든 당장에 동방으로 천벌을 내릴 기세였다.

디아나는 얼른 고개를 내저었다.

"아냐. 밤하늘에 별을 불러오느라 그랬어."

비록 듣도 보도 못한 거대한 마법을 완성하느라 양팔과 양손이 너덜너덜하도록 피를 뽑아냈으나, 거기까지 자세하게 설명할 생각은 추호도 없었다. 제노비아 자일스에게 유일하게 고마운 점이 있다면, 단연코 언니가 보기 전에 상처를 치료해 준 것이었다.

"네가 별을 불러왔다고?"

"응. 언니랑 세드릭이 날 구하러 왔다고 실피가 그랬는데⋯⋯. 참, 실피는 돌아왔어?"

디아나가 다급하게 물었다. 그런데 별안간 차가운 손이 그녀의 이마를 파고들었다. 디아나는 깜짝 놀라 뒤로 물러섰다. 어느새 세드릭이 지척으로 다가와 있었다.

"뭐, 뭐야?"

세드릭은 늘 그렇듯 속내를 짐작하기 어려운 얼굴이었다. 그러나 이상하게도 평소보다 곱절은 피로하고 어지러운 표정으로 재차 손을 내밀었다. 디아나는 차마 그 손길까지 뿌리치진 못했다. 다시금 이마를 짚는 손이 무척이나 차가워서 어지럼증은 한결 나아졌다.

"……열이 심해."

세드릭이 쉰 목소리로 중얼댔다. 놀란 헤스터가 곧바로 디아나의 이마를 짚었다. 재회로 감격했던 얼굴에 다시금 긴장감이 어렸다.

"세드릭 경. 빨리 돌아가야겠습니다."

"아냐, 나 괜찮아."

"열이 펄펄 끓는데 어떻게 괜찮아."

"하지만 실피는……."

디아나가 고집을 부리며 두리번거렸다. 실피는 그녀에게 은인이나 마찬가지였다. 만일 실피를 두고 왔다면 이대로 떠날 수는 없었다.

그때, 비엘스카가 삭풍을 일으키며 땅에 내려앉았다.

[실피라면 지금 둥지에서 요양하고 있어. 기력이 많이 쇠했거든.]

디아나는 그제야 가슴을 쓸어내렸다. 비엘스카가 유심히 그녀를 살펴보았다.

[네가 악마에게 끌려갔다던 천치구나? 참으로 아둔하기 짝이 없지만, 그래도 네가 단초가 되어 실피의 가족을 구할 수 있게 되었어. 고마워.]

"실피의 가족을요?"

[네 자매가 할머니의 소원을 이루어 준 덕분에 어른들이 겸사겸사 회한의 숲으로 향하셨거든. 널 구했으니 지금쯤 회한의 숲에서 실피의 가족을 나르고 계실 거야.]

디아나는 멍하니 고개를 끄덕였다. 어찌 된 영문인지는 몰라도 잘 마무리된 모양이었다.

[그나저나 지금 가려고?]

비엘스카가 물었다. 헤스터는 말없이 고개를 끄덕였다.

[할머니께서 섭섭해하실 텐데……. 할머니가 깨어나실 때까지만 기다려 주면 안 돼?]

"디아나가 많이 아파요."

"나 정말 괜찮다니까?"

디아나가 호기롭게 외쳤다. 하지만 무리해서 소리를 높인 것이 화근이었는지, 갑자기 시야가 뱅글뱅글 돌기 시작했다. 휘우듬하게 기울어지는 디아나를 누군가 급히 받쳐 들었다.

"윈터!"

세드릭이 다급히 불렀다. 멀찍이서 맛없는 풀을 뜯던 윈터가 반색하며 날아왔다. 세드릭은 디아나를 안아 윈터의 등에 조심스레 눕혔다.

[진짜 위험해 보이긴 하네.]

비엘스카가 떠름하게 말했다.

[알았어. 할머니께는 내가 잘 말씀드릴게.]

"고맙습니다."

[그건 내가 할 소리지.]

비엘스카는 금빛으로 물들어 가는 정경을 목도하며 구슬피 곡하던 트라이피나를 떠올렸다. 조용히 죽어 가는 고목처럼 단단하던 할머니가 그토록 감정을 쏟아 내는 모습은 그녀도 처음 보았다. 노래하는 꽃에서 무슨 감상을 느끼셨는지 알 길 없으나, 비엘스카는 황금의 꽃 한 송이를 품어 잠든 할머니가 새롭고도 반가웠다. 산 채로 굳어 가던 할머니가 처음으로 살아 숨 쉬는 용처럼 보였다.

[할머니를 위로해 줘서 고마워.]

헤스터는 가만히 웃기만 했다.

오래지 않아 세 사람은 윈터의 등에 올라탔다. 맨 앞에 세드릭이, 맨 뒤에 헤스터가, 가운데는 디아나가 앉았다.

"언니, 나 정말로 괜찮은데……."

디아나가 힘겹게 허리를 곧추세웠다. 하지만 헤스터는 디아나의 몸을 끌어당기며 단호하게 고했다.

"출발하세요. 세드릭 경."

그에 윈터가 거세게 날갯짓했다. 땅을 박차는 진동이 그대로 전해졌다. 마구잡이로 흔들리는 몸을 움츠리며 가까스로 신음을 삼키는 사이, 땅이 아득하게 멀어졌다.

디아나는 실눈을 뜨고 아래를 굽어보았다. 금빛 물결로 출렁이는 황폐한 대지가 발아래 드넓게 펼쳐져 있었다. 그리고 영원히 지하 세상을 떠나는 그들을 배웅하듯 어린 용 몇 마리가 하늘로 날아올랐다. 춤추듯 부드러이 허공을 유영하는 몸짓이 마치 그림처럼 아름다웠다.

디아나는 입가에 가느다란 미소를 매단 채로 언니에게 편안히 등을 기대었다. 젖혀진 목으로 차디찬 바람이 감겨들었으나, 마냥 불쾌하지만은 않았다. 청량한 공기를 들이켜자 도리어 어지럽던 정신이 맑게 개었다.

윈터는 거침없이 하늘을 올랐다. 날갯짓할 때마다 일어나는 돌풍이 게으른 구름을 드세게 흩트렸다. 들뜬 기분을 이기지 못하고 날카로운 발톱을 휘두를 때마다 땅으로 내려오던 별빛이 조각조각 부서졌다. 하늘을 오르는 길은 갈수록 험난했으나, 맹렬한 용이 맘껏 뛰놀기엔 충분했다. 비좁은 대지로 만족하지 못하던 용은 비로소 오늘 하늘에서 흡족했다.

용은 그렇게 층층이 쌓인 구름을 꿰뚫으며 높디높은 밤하늘로, 수억 별이 떠오른 바다로 날아들었다. 무수한 별빛이 하늘의 손님을 환영했다. 이제는 구름조차 몸을 물리며 길을 비켰다.

쏟아지는 별빛을 만끽하던 디아나가 천천히 손을 들어 올렸다. 손가락 사이사이로 흘러드는 눈부신 빛이 눈가로 드리워졌다. 디아나는 눈을 감았다.

이윽고 광명이 찾아들었다.

마르고트는 구렁텅이 너머를 한없이 바라보았다. 절벽 끄트머리에서 부동하는 그를 여러 군사들이 조마조마하게 지켜보고 있었다.

[군주. 용들이 전부 회한의 숲으로 몰려갔습니다.]

[66군단의 움직임이 심상치 않다는 보고도 있습니다. 속히 성으로 귀환하셔야 합니다.]

비보가 연이어 빗발쳤다. 회한의 숲으로 몰려간 용은 그렇다 치더라도, 참극성 인근에 주둔한 66군단은 주의 깊게 살펴야 했다. 옛 군단장 소제 가네트뤼포를 잊지 못한 66군단은 본래의 주인을 되찾을 기회만 틈틈이 엿보고 있었다. 자칫 잘못하다간 군단의 반란으로 이어지는 수가 있었다.

하지만 마르고트는 여전히 침묵했다. 군사들도 더는 그를 독촉하지 못하고, 속으로만 조바심쳤다. 오랫동안 동방 군주를 모셔 온 그들도 군주의 이런 모습은 낯설었다. 수많은 시체를 짓밟아 왕좌를 차지한 악마에게 절망이란 끔찍이도 어울리지 않는 단어였다.

그즈음 제노비아 자일스가 황급히 달려왔다.

"군주!"

제노비아는 아홉 유물을 한 아름 안고 마르고트의 곁으로 다가왔다. 마르고트는 절벽 너머에 시선을 고정한 채로 말문을 열었다.

[공들여 기일을 정하는 것이 아니었다. 데려오자마자 의식을 치러야 했어.]

제노비아와 헤센은 지하로 내려오자마자 그리젤다를 부활시킬 날을 공들여 정했다. 기회는 단 한 번뿐이므로 최대한 악운을 피하기 위함이었다. 그러니 마르고트는 지금 이제껏 손 놓고 기다렸던 그 시간을 탓하는 것이었다.

제노비아가 싸늘한 눈으로 그를 올려다보았다.

"그래서 포기할 겁니까?"

[디아나가 서쪽으로 떠났다.]

"그래서 포기할 것이냐고 물었습니다."

마르고트는 깊은 침음을 흘리며 하릴없이 양손에 얼굴을 묻었다. 제노비아도 더는 대답을 기다리지 않았다.

"서쪽으로 갑시다. 내겐 마법이 있어요. 당신과 휘하의 군단을 모조리 절벽 너머로 이끌겠습니다."

[하지만 디아나가 이미 지하를 떠났으면?]

"그럼 내가 다시 끌고 오겠어요."

제노비아가 마르고트의 팔뚝에 손을 얹었다. 짙은 녹안이 광기로 번들거렸다.

"그리젤다는 반드시 부활합니다."

마르고트는 멍하니 그녀를 내려다보았다. 제노비아는 미소를 띤 채로 가벼이 발걸음을 옮겼다. 마법으로 허공을 걷는 것 정도는 그녀에게 일도 아니었다. 절벽 너머 구렁텅이를 건너가는 모습에 악마들이 놀라 수군거렸다.

기실 제노비아는 아직도 자신이 있었다. 가장 근접했던 기회를 눈앞에서 놓친 것이 분하고 아쉽긴 하지만, 기회는 다시 만들면 그만이었다. 디아나는 살아 있고 무엇보다 아홉 유물이 그녀에게 있었다. 디아나와 유물만 멀쩡하다면, 언제든 그리젤다를 되살릴 수 있었다.

지금까지 수십 년을 기다렸다. 좌절만을 맛보았던 세월에 비한다면, 지금의 기다림은 차라리 행복이었다.

바로 그 순간, 품에서 목걸이가 흘러내렸다.

제노비아는 무심결에 아래를 보았다. 떨어지는 목걸이를 잡으려 팔을 내뻗었으나, 미처 닿지 못했다. 하지만 그녀에겐 마법이 있었다. 떨어지는 물건을 잡아 올리는 것쯤은 숨 쉬는 것보다 쉬웠다.

그런데 마법조차 빗나갔다.

제노비아는 멍하니 눈을 깜박였다. 있을 수 없는 일이었다.

재차 마법을 부렸다. 이번에도 빗나갔다. 다시 마법을 부렸다. 마찬가지였다. 마법을 부리는 족족 빗맞았다. 그새 목걸이는 자취를 감추었다. 끝을 모르는 암암한 구렁텅이로 굴러떨어졌다.

"안 돼……."

제노비아가 중얼대며 아래로 팔을 뻗었다. 다른 유물은 온전히 품었
는데도 목걸이만 빠져나간 것이 도무지 믿기지가 않았다. 그래서 미친
듯이 품을 살펴보았으나, 목걸이는 여전히 없었다. 진정으로 떨어뜨리
고 만 것이다.

"안 돼. 안 돼. 안 돼!"

제노비아는 실성한 것처럼 절규했다. 절망한 소리가 하늘에도 닿았
으나, 그녀의 탄생성인 여명의 별 페베는 늘 그렇듯 냉엄하게 지상을
주시할 따름이었다.

'부디 마법사의 유산이 세상을 도탄에 빠트리지 않기를.'

기적이 다시 합쳐질 것을 염려한 마그누스 프롬이 목걸이에 담았던
기원.

최고(最古)의 역사가 페베는 영웅의 묵은 기원이 이루어지는 광경을
똑똑히 기억했다.

파펜하임산에서 열렸던 아홉 영웅의 회합은 그리 끝났다. 그런데 거
처로 돌아가려던 클레멘틴 자일스를 마그누스 프롬이 비밀스럽게 붙잡
았다.

'그대가 보기엔 어떻습니까. 진실로 기적이 도래하는 날이 없을까요?'

마그누스 프롬은 별의 소리를 듣는 마법사가 남긴 유산을 진심으로
우려했다. 기적이 일어나 도탄에 빠질 세상이 염려스러웠다. 그리하여

유산을 아홉 갈래로 쪼갰음에도 걱정은 가시질 않았다.

　그러자 미래를 보는 클레멘틴 자일스가 은밀히 속삭였다.

'근심하지 마십시오. 적어도 내가 보는 앞날에는 없습니다.'

눈먼 예언가의 입에서 뱀처럼 교활한 웃음소리가 흘러나왔다.

'그대의 공이 참으로 큽니다.'

6. 마지막 매듭

1880년 겨울. 지상에서 유례없는 일이 벌어졌다.

신년을 환영하는 축제도 점차 잦아들던 무렵, 여느 때처럼 강풍이 몰아치던 밤에 별빛이 일제히 사라진 것이다. 마치 정전된 도시처럼 새카맣게 가라앉은 밤하늘에서 오직 달만이 외로이 자리를 지켰다. 남은 별일랑 고작해야 지평선에 간신히 걸린 암흑의 별 칼리스토뿐이었다.

그러자 문제는 마녀와 마법사들이었다. 본디 별의 은총으로 마법을 부리는 그네들은 별이 사라진 세상에서 자연스레 은총을 잃었다. 심한 열병을 앓은 뒤로 그들은 평범한 인간이나 마찬가지였다.

온 세상이 혼란에 휩싸였다. 마법을 잃은 마녀와 마법사들은 어떻게든 밤하늘을 되돌리기 위해 필사적으로 애썼다. 하지만 마법을 부리지 못하는 이들이 할 수 있는 일이란 뻔했다. 암흑의 별 칼리스토의 축복을 받아 유일하게 마법을 잃지 않은 이들도 하늘의 변고를 열심히 연구했으나, 애당초 그들은 일정한 경지에도 오르지 못했으므로 그다지 유의미한 결과는 내지 못했다. 별의 실종은 그렇게 오리무중으로 남는 듯했다.

하지만 일주일 뒤, 무수한 별빛이 돌아왔다.

전조 없이 사라졌을 때처럼 갑작스러운 귀환이었다. 사람들은 영문을 몰랐으나 어쨌건 돌아온 별빛을 열렬히 환영했다. 축복이 돌아온 마녀·마법사들은 심지어 오열하며 별을 반겼다.

그리 온 세상이 시끄럽던 때, 디아나는 조용히 지상으로 돌아왔다.

디아나는 멍하니 창밖을 내다보았다. 지난 한철 머무르며 제집처럼 익숙해졌던 창밖 거리도 어느새 낯설게만 느껴졌다. 집을 떠났던 기간이 길어서 그런 것인지, 아니면 눈 덮인 거리는 처음 보아서 그런 것인지 알 수 없었다. 다만 확실한 것은 그녀가 부재했던 기간, 집은 놀랍도록 변치 않았다는 점이다.

달력은 차차 추위가 물러가는 2월 말을 가리키고 있었다. 하지만 지난여름이 유난히 더웠듯 이번 겨울도 유난히 추웠던 모양인지, 엊그제부터 내리 퍼붓던 눈은 이제야 겨우 그쳤다. 이즈음의 폭설은 전례 없다며 떠들썩해야 마땅할 라디오 채널은 이상하게도 잠잠하기 그지없었다. 하긴 밤하늘에서 별빛이 사라졌던 것이 불과 3주 전이니 폭설쯤이야 대수롭지도 않았다.

세드릭이 전하는 근자의 소식은 한결같았다. 마법 사회며, 인간 사회 가릴 것 없이 별의 실종과 귀환에 대해 열을 올린다고 했다. 그중에서도 생존과 직결되는 마법 사회가 특히 열중했는데, 최근 가장 유력한 가설은 별들의 세력 다툼이 날로 거세지며 일순간 밤하늘에 악영향이 끼쳤다는 것이다. 내막을 아는 디아나로선 실로 코웃음 나는 주장이었다.

'내가 저지른 짓이라고는 꿈에도 모르겠지.'

디아나는 뭉툭하게 잘린 약지를 매만지며 생각했다. 신산한 고통을 견뎌 내며 지하로 별을 불러들였던 그날은 아마도 평생에 가장 위태롭되 눈부신 순간이었을 것이다. 여기서 떠벌린다 한들 누구도 믿지 않을 테고, 또 밝혀진다 한들 피곤하기만 할 테지만 그래도 역사상 유례없는 기적을 일으켰음에도 이렇게 소리 소문 없이 잊힌다는 것이 조금은 서글펐다.

하지만 디아나는 잠깐의 명예를 위해 평범한 일상을 포기할 생각일랑 추호도 없었다. 사람은 늘 잃어버리고서야 진정한 가치를 아는 법. 강제로 지하로 끌려가 말로 다 못 할 고초를 겪었던 디아나는 이제 일상이 간절했다. 예전에는 그저 지겹게만 여겨졌던 순간순간이 새삼 다르게 다가왔다.

그러니 앞으로 평화로운 일상이 지속된다면 더 바랄 게 없었다. 디아나는 그리 바라며 창문에 고개를 기대었다.

"디아나. 이만 식사해야지."

헤스터가 문틈으로 고개를 쏙 내밀며 말했다. 디아나는 고개를 돌리며 밝게 웃었다.

"내가 부엌으로 갈게."

"아냐. 가져다줄게. 침대에서 기다리렴."

헤스터는 대답도 듣지 않고 서둘러 부엌으로 돌아갔다. 침대에서 나오려던 디아나가 입을 비쭉대며 도로 이불 속에 다리를 묻었다.

지상으로 돌아온 이래, 헤스터는 디아나를 무척이나 싸고돌았다. 처음 며칠은 디아나도 크게 앓느라 정신이 하나도 없었다지만, 열이 내린 지도 벌써 일주일이나 지났다. 열병에 시달리느라 떨어졌던 체력도 웬만큼 회복되어서 마냥 침대에 누워 있기도 지겨운 참이었다. 그래서 디아나는 온몸으로 건강함을 표했지만, 언니의 과보호는 변함없었다. 심지어는 하루 한 번꼴로 찾아오는 세드릭조차 그러했다.

'세드릭. 네가 언니한테 얘기 좀 해 줘. 나 이제 정말로 괜찮다니까?'

'당분간 안전하게 지내는 편이 좋아. 아직 제노비아 자일스와 헤센 그윈티르가 잡히지 않았잖아.'

아니, 그럼 제노비아 자일스와 헤센 그윈티르가 잡힐 때까지 침실에 처박혀 있어야 한다는 말인가? 둘이 지하에서 언제 돌아올 줄 알고? 또 지난 수십 년 잡히지 않았던 이들이 지상으로 돌아온들 바로 잡히겠는 가? 도무지 납득할 수 없는 설명이었다.

하지만 디아나는 차마 나가겠다며 떼를 쓰지는 못했다. 헤스터와 세 드릭은 오로지 그녀를 구하겠다는 일념만으로 지하로 내려왔다. 아 직 주모자가 잡히지 않은 상황에서 그녀를 자유롭게 풀어 주기는 마음 이 놓이지 않을 터였다.

디아나는 무릎을 끌어안으며 한숨을 내쉬었다. 사실 걱정스럽기는 그녀도 마찬가지였다. 운 좋게 마르고트의 손아귀에서 빠져나와 집으 로 돌아왔다지만, 그들에겐 아직 아홉 유물이 있었다. 디아나와 아홉 유물만 건재하다면 언제든 그리젤다 솔을 되살릴 수 있으므로, 그들이 쉽사리 뜻을 포기할 리 없었다. 이만한 실패로 포기하기에 그들의 집념 은 지나치게 광적이었다.

'결국엔 또 어머니야.'

디아나는 신경질적으로 이불을 걷어 내며 머리를 쓸었다. 이래서 침 대에 가만히 누워 있기가 싫었다. 게으를수록 잡념이 늘어나는 것은 당 연한 이치. 하지만 잡념은 대체로 그녀는 알지 못하는 지하의 사정으로 흘러갔으며, 종국에는 어머니에 대한 생각으로 끝났다. 도저히 답이 나 오지 않는 문제라 접으려고 했지만, 언제나 그렇듯 상념의 바다는 그녀 의 뜻대로 흐르지 않았다. 지하에선 살기 위해 덮어 두었던 문제가 기 어이 터져 나온 것이다.

어머니. 디아나는 얼굴만 기억하는 여자를 떠올렸다. 헤스터는 늘 어 머니께서 우리를 사랑하셨노라 일렀지만, 이제 와 디아나는 언니의 말 을 믿을 수가 없었다. 모른 척하고 믿기에 너무나 대단한 사실을 알아 버렸다. 아마도 평생토록 이해하지도, 소화해 내지도 못할 진실이었다.

그래서 디아나는 어머니에 대한 진실을 토로하지 않았다. 그저 마르고트와 제노비아 자일스가 어머니를 되살리려 작당했다는 사실만을 밝혔을 뿐이다. 헤스터와 세드릭은 어머니의 부활에 어째서 디아나가 필요한지 쉬이 납득하지 못했으나, 그건 나도 모른다며 얼버무리는 그녀에게 더는 캐묻지 않았다. 행여나 숨기는 기색을 알아챘어도 상관없다. 디아나는 앞으로도 진실을 밝힐 의사가 없었다. 이것이야말로 무덤까지 간직해야 하는 비밀이었다.

식사가 거의 준비되었는지 바깥에서 향긋한 냄새가 전해졌다. 디아나는 열없이 고개를 들었다. 쓸데없는 상념은 잊고 다시 일상으로 돌아가려던 순간, 난데없이 창을 두드리는 소리가 들려왔다.

똑똑.

디아나는 경계하는 기색으로 창문을 보았다. 땅거미 지는 저녁 하늘에 물들어 가는 까마귀 몇 마리가 창가에 옹기종기 모여 있었다. 다리에 편지를 매단 것으로 보아 마녀의 시종이 분명했다.

조심스레 창문을 열기 무섭게 까마귀 떼가 실내로 날아들었다. 어수선한 날갯짓에 디아나는 소스라치며 양팔로 얼굴을 가렸다. 깍깍대며 마구잡이로 방을 휘젓던 까마귀들은 금세 창문으로 빠져나갔다. 갑작스러운 소란에 놀란 헤스터가 곧바로 들이닥쳤다.

"무슨 일이니?"

디아나가 산발이 된 머리를 매만지며 대답하려던 찰나, 바닥에 나뒹구는 잡동사니가 시선을 사로잡았다. 헤스터도 적잖이 당황한 기색으로 그중 하나를 들어 올렸다.

"이건 옛날 투구인데……. 누가 보냈니?"

디아나는 딱딱하게 굳은 표정으로 투구를 응시했다. 거인의 은신처에 숨겨져 있던 어머니의 유품이자, 먼 옛날 퀸투스 아스톨포가 남긴 유물.

그리고 사자를 되살리는 마법의 조각.

디아나는 아연한 표정으로 바닥을 샅샅이 살펴보았다. 한눈에도 오래된 것으로 보이는 유물이 총 여덟 개였다. 지난여름, 그리그 프롬에게 받은 목걸이를 제한 나머지 유물이 전부 모였다.

어쩐지 등골이 오싹했다. 디아나는 눈앞에서 언니가 염려하는 것도 잊고, 덜덜 떨리는 손으로 발치에 떨어진 편지를 집어 들었다.

「2월 26일 pm 10:00, 도체스터 천체 관측소」

"절대로 안 돼."

헤스터가 드물게 강경한 어조로 말했다.

"그 작자들이 또 무슨 음모를 꾸몄을지 알고. 아까 세드릭 경도 말했잖니. 거긴 위험해. 정히 만나고 싶다면 사냥꾼이 신병을 확보한 뒤여도 괜찮잖아."

"그렇긴 하지만……."

디아나는 우물쭈물했다. 상식적으로도 언니의 말이 맞았기에 함부로 반박할 수 없었다. 게다가 정작 본인도 도체스터 천체 관측소로 가야 하는 이유를 모르니, 남을 설득하기란 불가능에 가까웠다.

"천체 관측소에는 사냥꾼이 갈 거야. 만일 제노비아 자일스가 나타난다면 십중팔구 붙잡힐 테고, 나타나지 않는다면 다시 추적하면 그만이야. 이제 너는 얽힐 필요가 없어."

헤스터가 간절하게 일렀다. 애써 반박하려던 디아나도 끝내 수긍하고 말았다. 그녀를 위해 지하로 내려오는 것까지 감수한 언니에게 더한 걱정거리를 안겨 줄 수는 없었다.

그날 저녁은 그렇게 지나갔다. 자매는 평소처럼 인사하고, 제각기 방으로 돌아가 취침했다. 야심한 시각이면 간간이 들려오던 취객의 고성

방가도 사라진 아주 고요한 밤이었다. 덕분에 자매는 이른 아침 출근하는 사람들의 발소리에 깨지 않고 기나긴 숙면을 즐겼다.

이튿날도 더없이 평화로운 하루였다.

느지막한 아침에 일어난 자매는 늘 그렇듯이 함께 요리하고 식사했다. 소박한 음식이 차려진 식탁에는 일상적인 대화와 웃음소리가 내리 흘렀다. 세상은 완연한 겨울인데도 가느다란 볕이 스미는 식탁은 홀로 봄이었다.

식사를 마친 뒤 헤스터는 서재에서 학술지를 탐독했다. 지상으로 돌아온 이후로 그녀는 최대한 외출을 자제했다. 부득이하게 나갈 일이 생기거든 꼭 세드릭을 집으로 부르곤 했다.

디아나는 까탈스러운 고양이 미라벨의 털을 빗기거나, 침대에서 독서하며 시간을 보냈다. 못 견디게 지루한 오후에는 창가에서 꾸벅꾸벅 졸기도 했다. 낮잠에서 깨어났을 때는 이미 저녁놀이 만개한 시간이었고, 디아나는 그제야 점심을 걸렀다는 사실을 깨달았다. 더군다나 매일같이 얼굴을 내밀던 이도 오늘은 감감무소식이었다.

"언니. 세드릭은 오늘 안 온대?"

"글쎄. 연락이 없네. 바쁜 일이라도 있는 게 아닐까?"

디아나는 고개를 갸웃거리면서도 대수롭지 않게 넘겼다. 그래 봬도 자일스의 수장이니 남들은 모르는 잡일이 산적할 만했다. 실은 지난 3주간 하루도 빼먹지 않고 방문했던 것이 별나다면 별난 일이었다.

오늘따라 유난히 조용한 저녁 식사가 이어졌다. 매일 저녁 식사를 함께하던 세드릭이 부재해서 그런 것인지, 아니면 금방 낮잠에서 깨어난 디아나가 몽롱한 잠기운에 시달렸기 때문인지는 아무도 몰랐다. 다만 흥미로운 이야기와 명랑한 웃음소리로 가득하던 식탁은 오래간만에 적막에 휩싸였다. 오직 식기 부딪치는 소음만이 이따금 들려올 따름이었다.

어느덧 어둑어둑한 밤이었다. 디아나가 침대에서 뒹굴뒹굴하며 요새 유행하는 추리 소설을 탐독하던 때, 헤스터가 찻잔 두 개를 쟁반에 받쳐 들고 방으로 들어왔다.

"엊그제 수리 경이 보내 준 찻잎으로 끓여 봤어. 이번에는 입맛에 맞을 거야."

근래 디아나가 아프다는 소식을 접한 수리 알피어스는 건강에 좋다는 오만 가지 찻잎을 소포로 보내왔다. 안타깝게도 어젯밤에 마셨던 차는 좋은 말로도 달다고 할 수 없었으나, 다행히도 오늘 밤에 마실 차에선 향긋한 내음이 풍겨 났다.

헤스터는 디아나에게 찻잔을 건넸다. 눈을 감고 향기를 즐기던 디아나가 문득 말했다.

"언니. 저번에 세드릭이 선물한 과자 있잖아. 그거랑 마시면 좋을 것 같아."

"참, 그렇겠구나."

헤스터가 반색하며 부엌으로 향했다. 그녀의 뒷모습을 눈으로 좇던 디아나가 고개를 내려 찻잔 가득 차오른 찻물을 유심히 살폈다. 붉은 찻물에 미세한 물결이 점차로 번져 갔다.

디아나는 지체 없이 언니와 자신의 찻잔을 바꾸었다. 오래지 않아 헤스터가 과자 상자를 들고 돌아왔다.

"어머나. 로즈 벨리스톤에서 만든 과자인가 보네. 어서 먹어 보렴."

"언니도 얼른 먹어."

자매는 색색의 과자를 가운데 두고 한가로이 차를 즐겼다. 종종 오가는 대화는 평범하기 그지없었다. 고작해야 내일의 식단이나, 목욕을 끔찍하게 여기는 미라벨을 어떻게 꾀어낼지에 대한 상의였다.

그리 찻잔을 거의 다 비웠을 무렵, 헤스터가 무척이나 곤한 눈으로 중얼거렸다.

"미라벨은 당근으로 구슬려야……."

헤스터는 그대로 풀썩 침대에 쓰러졌다. 디아나는 조용히 협탁에 찻잔을 내려놓으며 자리를 정리했다. 헤스터를 침대에 바로 눕힌 뒤 이불을 덮어 주는 손길이 자못 꼼꼼했다.

사실 디아나는 도체스터 천체 관측소로 갈 생각이었다.

아마도 헤스터도 그걸 직감해서 찻물에 수면제를 탔을 터. 비록 언니가 오늘 밤을 그냥 넘기지 않으리라는 디아나의 추측으로 실패했으나, 어쨌건 자매가 이대로 포기하지 않으리라는 헤스터의 예감도 마냥 틀리지만은 않았다. 도리어 너무 들어맞은 탓에 일을 그르치고 말았다.

평소라면 어떻게든 대화로 문제를 해결할 자매가 이토록 대립한 까닭은 애당초 대화로 해결할 수 없는 문제이기 때문이었다. 도체스터 천체 관측소에는 십중팔구 제노비아 자일스가 있을 것이며, 만일 없더라도 다른 함정이 숨어 있을 터였다. 그곳에는 얼씬도 하지 않아야 한다는 헤스터의 주장이 일견 타당해 보였다.

하지만 디아나는 그걸 알면서도 고집을 부렸다. 논리적인 이유가 아예 없는 것은 아니었다. 일단 제노비아 자일스가 보낸 여덟 유물이 그러했다. 어젯밤 헤스터와 세드릭, 그리고 몇몇 사냥꾼까지 달라붙어 대강 감식한 결과 유물은 진짜였다. 마법으로 정교하게 만들어 낸 가짜라면 필히 남았을 마법의 흔적이 전혀 발견되지 않은 것이었다.

그래서 디아나는 어느 정도 안심했다. 마그누스 프롬의 목걸이가 없는 것이 마음에 걸리긴 했지만, 아홉 유물이 전부 모여야만 사자를 되살리는 마법이 완성되는 만큼 나머지 유물을 돌려보낸 것 자체로 조심스럽게 제노비아 자일스의 항복을 간주할 수 있었기 때문이다.

게다가 제노비아 자일스는 너무나도 분명한 주소와 시간을 적어 보냈다. 그녀는 그 시각, 그 장소에 디아나 혼자만이 나타나리라 예상할 만큼 순진한 마녀는 아니었다. 그렇다고 도체스터 천체 관측소를 염려하기엔 증거가 부족했다. 온종일 천체 관측소를 뒤진 사냥꾼들이 전하길 별다른 이상은 없다고 했다. 그러니 사냥꾼이 득시글대며 몰려들 것이 뻔한데도 굳이 디아나에게 편지를 보낸 이유는 따로 있었다.

디아나는 긴장된 마음을 추스르며 집을 나섰다. 불 꺼진 복도가 마치 헤아릴 수 없는 앞날을 보는 듯했지만, 계단을 내려가는 걸음에는 망설임이 없었다. 밤잠 설쳐 가며 고심했던 시간이 그녀에게 확신을 주었다.

안전히 보관한 여덟 유물을 믿었다. 유물이 그녀에게 있는 한 어머니를 되살리는 제물로 생을 마감할 일은 없었다.

또한 도체스터 천체 관측소에 진 쳤을 사냥꾼을 믿었다. 그들은 에드윈 베가의 추천으로 은밀히 모은 정예 중의 정예. 마법 사회를 어지럽히는 두 악인을 두고 볼 리 없었다.

마지막으로 자신의 직감을 믿었다. 예전에는 귀한 줄 몰랐어도 이제는 알았다. 위대한 어머니로부터 물려받은 몇 안 되는 재능에서 가장 귀중한 것이 바로 직감이었다. 수없이 위험을 알리고, 도사린 악을 경고하던 직감이 이번에는 도체스터 천체 관측소로 향할 것을 종용했다. 그곳에서야 비로소 이 끈질긴 악연을 끝낼 수 있을 것만 같았다.

디아나는 결연히 아파트 정문을 열었다. 늦겨울 차디찬 밤바람이 밀려드는 가운데, 어디선가 귀에 익숙한 목소리가 들려왔다.

"역시 나왔구나."

디아나는 황급히 고개를 돌렸다. 정문 가까운 벽에 삐뚜름히 기대어 섰던 세드릭이 느슨하게 몸을 일으켰다.

"네가 왜 여기에……."

"천체 관측소로 갈 거잖아."

세드릭은 검은 목도리를 조이며 대수롭지 않게 말했다. 제법 오랫동안 기다렸는지, 목도리로 가려지지 않은 귓가가 불그스름했다.

디아나는 아연한 표정을 지었다.

"그래서, 너도 말리려고?"

만일 세드릭이 작정하고 만류하면 도리 없었다. 실은 헤스터도 직접적으로 막는 대신 우회하는 방식을 택했기에 망정이지, 그렇지 않았다면 아직도 집에서 옴짝달싹하지 못했을 것이다. 디아나가 주장을 관철하기에 둘은 너무나도 강대했다.

하지만 세드릭은 뜻 모를 눈으로 마주 보기만 했다.

"말리면 들을 거야?"

일순 디아나는 말문이 막혔다. 그럴 줄 알았다는 듯 세드릭이 조그맣게 웃었다.

"내가 말려서 들을 거였으면, 여기까지 나왔을 리도 없지. 그래도 헤스터 경은 어떻게 따돌렸구나."

"지금 뭐 하자는 거야. 마법이라도 부리려고?"

디아나가 속으로 자책하며 입술을 깨물었다. 저도 모르게 방어적인 소리가 튀어나갔다. 걱정하는 마음으로 기다린 사람에게 할 말은 결코 아니었다.

세드릭은 물끄러미 그녀를 쳐다보았다. 도무지 속내를 짐작하기 어려운 시선에 디아나가 애써 고개를 돌리려던 찰나, 대답보다 손이 먼저 다가왔다.

"……같이 가 줄게."

고요한 사위. 나지막한 음성이 점점이 스며들었다.

"혼자는 무섭잖아."

천체 관측소에는 사냥꾼들이 몰려 있겠지만. 말을 덧붙인 세드릭이 눈썹을 살짝 찡그리며 웃었다.

디아나는 내밀어진 손을 멀거니 보았다. 그의 선택이 영 믿기지 않는 듯했다. 그러면서도 손잡을지 말지 망설이는 기색이 역력했다. 하지만 그것도 잠시, 우는 듯 웃는 듯 묘한 표정으로 가만히 서 있던 디아나가 조심스레 그의 손을 맞잡았다.

이상하게도 겨울밤에 얼어 버린 손이 무척이나 따스했다.

도체스터 천체 관측소.

제노비아는 옥상 난간에 기댄 채로 멀거니 하늘을 올려다보았다. 공장이 내뿜는 회색 연기로 밤하늘이 가려진 도심과 달리, 오킹엄 교외는 마치 시골처럼 별빛이 맑았다. 아직은 기세 강강한 겨울의 별 발디비아가 시린 빛을 내뿜는 가운데 수억 별이 제각기 얼굴을 드러내는 면면이 참으로 경이로웠다.

"제노비아. 사냥꾼이 빈틈없이 포진했습니다."

불현듯 헤센이 말을 걸어왔다. 옥상의 가장자리를 거닐며, 곳곳에 숨은 사냥꾼의 숫자를 헤아리는 기색이라기엔 자못 한가로웠다.

"낯모르는 얼굴이 제법 됩니다만, 그래도 발푸르기스 평의회는 우리를 쉽사리 벌하지는 못할 텝니다. 몬이 우리의 죄를 알듯 우리도 그들의 죄를 속속들이 아니까요."

마법 사회의 대소사를 관장하는 발푸르기스 평의회에는 사교 클럽 몬 출신이 꽤나 많았다. 물론 악명이 널리 알려진 헤센 그윈티르야 조금 고초를 겪겠으나, 이미 죽었다고 알려진 제노비아 자일스는 별다른 무리 없이 풀려날 것이다. 그리고 헤센은 제노비아만 무사하다면 자진하여 콸티에로 벨리로 입성할 의향도 있었다.

"과연 진저가 올까요?"

헤센이 고개를 기우듬하며 물었다.

"게다가 꼭 대면할 필요가 있나요? 어차피 당신이 볼일 있는 사람은 진저가 아니라 세드릭 자일스잖습니까. 그에게는 전언을 전할 방법이 아주 많은걸요."

제노비아는 말없이 웃기만 했다. 그러자 헤센은 양손을 들어 올리며 대답 듣기를 포기했다. 제노비아의 입이 바위보다 무겁다는 사실은 지난 수십 년 경험으로 알았다.

옥상은 고즈넉하게 가라앉았다. 사냥꾼이 사방에서 이곳을 주시하고 있는데도 유유히 밤하늘을 관측하는 것처럼 자유분방한 분위기였다. 그사이 시곗바늘이 힘차게 달려서 어느덧 10시를 앞두었다. 제노비아는 여전히 고개를 꺾어 하늘을 보는 채로 천천히 입을 열었다.

"헤센. 축성경을 가져다주겠어요?"

마법으로 일으킨 빛 무리를 가지고 놀던 헤센이 의아한 표정을 지었다.

"곧 진저가 올 텐데요?"

"부탁합니다."

그러자 헤센은 두말없이 옥상을 내려갔다. 이제 옥상에는 제노비아 뿐이었다. 그녀는 무수한 별빛을 영접하며 손님을 기다렸다. 그동안 한 없이 무념하고 싶었으나, 긴긴 기다림 사이로 자연스레 오래된 소회가 스며들었다.

제노비아 자일스.

한때 그녀는 자애로운 마녀였다. 빛나는 재능과 영예로운 가문을 등에 업었으므로 명예와 재화가 마를 날이 없었다. 심지어는 대체로 강팍하고 음습한 동족과 달리, 못난 자에게 베풀 줄 아는 마음씨를 지녔다. 전부 용 페넬로피의 덕이었다.

제노비아에게 페넬로피는 가족이요, 연인이요, 벗이었다. 지상의 어떤 단어로도 페넬로피를 논하지 못했다. 기억할 수 없는 어린 시절부터 함께 자랐기에 말하지 않고도 서로의 마음을 짐작했으며, 서로가 서로를 사랑하는 마음을 누구보다 잘 알았다. 그들 사이는 의혹이 싹트기엔 지나치게 청명했다.

그래서 제노비아는 가진 것을 넉넉하게 베풀었다. 굶주린 동족을 후원하고, 고통에 신음하는 자를 치유했다. 태생부터 다정한 페넬로피가 고아와 병자를 두고 보지 못했기에 제노비아가 대신하여 그들을 돌본 것이다. 혹자는 그녀를 괴짜라 칭했으나, 제노비아에겐 세상 무엇보다 페넬로피의 기쁨이 귀했다. 용이 눈물이라도 흘리는 날엔 세상이 무너지는 줄만 알았다.

하지만 제노비아는 강대한 마녀. 강자에겐 언제고 찾아드는 권태가 하릴없이 그녀를 덮쳤다.

그녀의 권태는 예지였다.

제노비아는 클레멘틴 자일스를 계승한 마녀로 일찌감치 미래를 보았다. 만인이 찬탄하는 능력이 그녀에겐 숨 쉬는 것만큼이나 자연스러웠다. 천년전쟁이 종식한 평화의 시대에는 예지가 귀하게 쓰일 날이 드물었으므로 제노비아의 예지는 때깔 고운 장식품에 지나지 않았다. 그래서 크게 의미를 두지 않았던 능력에 어느 날 의문이 생겼다.

어차피 바뀌지 않을 미래. 예언한들 무슨 소용인가?

제노비아는 이제 시시때때로 찾아오는 예지가 몹시 싫증 났다. 스스로 선별하지도 조절하지도 못하는 능력이기에 더욱 그러했다. 의지와는 상관없이 꿈을 급습하여 바꾸지도 못하는 미래를 보여 주는 여명의 별 페베가 원망스러웠다. 마법이란 축복을 내려 주어 마땅히 존숭해야하는 탄생성에게 그리도 무례했다.

하지만 제노비아는 그만치 삶이 지겨웠다. 강대한 마녀로 추앙받는 그녀도 예지 앞에서는 무력한 개인에 지나지 않았다. 그러한 무력감이 분했다. 동시에 한계를 뛰어넘고픈 호승심이 발했다.

그리해 예지한 미래를 뒤바꾸려는 일련의 시도가 이어졌다. 모조리 실패하면서도 좀처럼 포기하지 못했다. 페넬로피가 근심하는 줄 알면서도 예지를 깨 버리겠다는 집념은 나날이 부풀었다.

그러던 어느 날, 제노비아가 예언했다.

"석 달 뒤 공회당에서 피가 낭자할 것입니다."

석 달 뒤로 예정되었던 마법 공회는 긴급하게 두 달 앞당겨졌다. 자일스의 예지는 불변하므로, 석 달 뒤 공회당에서 참극이 벌어질지언정 일자가 변경된 마법 공회는 안전할 것이었다.

하지만 이 모두 계략이었다. 제노비아는 일부러 거짓으로 예언했다. 이래도 과연 미래가 바뀌지 않을까 하는 의문이었으나, 지금껏 그러했듯 이번에도 미래는 불변했다.

그렇게 예언은 실현되었다. 다만 제노비아가 간과한 것은 피해자의 절규였다.

"내 거짓된 예언자를 용서하지 않으리라."

당시 베가의 수장이던 이자벨 베가는 공회당에서 벌어진 참사로 아들을 잃었다. 그녀의 진노는 제노비아가 유일하게 사랑하는 용을 향했다. 상실의 슬픔을 똑같이 대갚음하겠다는 일념이었다.

"페넬로피!"

페넬로피는 무려 사흘이나 벼락을 맞아 죽었다.

제노비아의 세상이 와르르 무너졌다.

용을 잃은 자일스는 크게 분노했다. 일족은 이자벨 베가를 벌하기 위해 재판을 열었으나, 재판장에서는 도리어 제노비아의 예언을 의심하는 소리가 드높았다. 여명의 별 페베의 기억을 엿보는 자일스의 예지는 잘못 해석할 여지는 있어도 이렇게 틀릴 수는 없었다. 사람들은 제노비아가 어떠한 억하심정으로 거짓 예언을 고했는지 궁금해했다.

그러나 제노비아는 재판장에서 다른 예언을 했다.

"이자벨 베가. 그대의 핏줄은 이어지지 못할 것입니다."

수많은 추측이 있었다. 혹자는 저주라 했고, 혹자는 예언이라 했다. 하지만 모두 틀렸다. 제노비아는 손수 이자벨 베가의 핏줄을 멸할 작정이었다.

그리 죄 없는 피가 흘렀다. 독사한 펠리시티 베가. 압사한 그리핀 베가. 그리고 살인귀에 손에 참혹하게 살해당한 캐롤라인 베가 일가. 이자벨 베가의 후계자였던 캐롤라인 베가를 위해서는 특별히 미치광이로 이름난 '붉은 손' 셀레나 아스톨포를 베가의 본성으로 유인하기도 했다. 눈앞에서 모든 직계를 잃은 이자벨 베가마저 덧없이 절명했으니, 감히 페넬로피를 해한 대가로는 충분했다. 그러나 제노비아의 상실감은 여전했다.

제노비아는 이제 자살을 생각했다. 그녀에게 페넬로피 없는 삶은 무가치했으므로, 더는 살아갈 의미가 없었다. 하지만 스스로 생을 끊어 내기 직전, 헤센 그윈티르가 예상치 못한 새로운 희망을 안겨 주었다.

"사자를 되살리는 마법이 있습니다. 부디 생을 포기하지 마세요."

다시는 페넬로피를 만나지 못하리라 짐작했던 제노비아는 새로운 길목에서 눈을 떴다. 바로 사랑하는 용을 만나러 가는 길이었다.

먼 옛날, 별의 소리를 듣는 마법사가 남긴 유산은 아홉 영웅의 손에 아홉 갈래로 나뉘었다. 마법 역사에 통달했던 제노비아조차 들어 본 적 없는 위대한 업적이었다. 부모에게서 자식으로 전해져 내려온 아홉 유물의 진실을 기억하는 사람은 이제 극소수였다. 일전에 은덕을 베풀었던 헤센이 그중 하나라는 사실은 제노비아에게 더없는 축복이었다.

"그대에게 진심으로 감읍합니다."

"당신이 살아갈 수만 있다면 족합니다. 당신이 내게 새로운 생을 선사했던 것처럼 나도 당신에게 살아갈 의미를 주고 싶어요."

둘은 세상을 누비며 아홉 유물을 모으기 시작했다. 그래도 명색이 아홉 영웅이 남긴 유물이라고 몰래 훔쳐 내기가 여간 어렵지 않았다. 그러나 마법 회로를 풀어내는 데 비상한 헤센의 능력으로, 또한 부활에 관심을 보이는 사교 클럽 몬의 몇몇 회원 덕분으로 무사히 유물의 절반을 모았다.

그때까지는 모든 것이 순조로웠다. 기쁨에 도취된 제노비아는 진실로 페넬로피와 재회할 날이 얼마 남지 않았다고 여겼다. 페넬로피의 다정한 음성이 금방이라도 들려올 것만 같았다.

하지만 착각이었다.

"용을 되살리겠다고?"

퀸투스 아스톨포의 유물을 훔치러 베니그노의 지하성으로 숨어든 날, 둘은 백발이 성성한 우르바노 아스톨포와 마주쳤다. 제노비아는 협조를 구할 셈으로 차분히 설명했으나, 우르바노는 폭소할 뿐이었다.

"유물은 이곳에 없습니다. 원체 시절이 불안하여 외딴곳에 숨겼지요."

"어디 있습니까?"

"찾지 마십시오. 유물로는 그대의 원을 이루지 못합니다."

제노비아는 그의 말을 이해할 수 없었다.

"그게 무슨 말입니까?"

"딱하여라. 그토록 총명했던 예언의 마녀가 어찌 이리도 순진해졌답니까? 진정으로 모르겠습니까?"

우르바노가 노환으로 죽어 가는 눈을 탁하게 빛냈다.

"아홉 유물은 죽은 사람을 되살리는 마법입니다. 영웅시대에 사람이란 도대체 누굴 말하겠습니까?"

순간 벼락이 치는 듯했다.

영웅시대.

악룡이 산정을 지배하고, 거인이 돌산을 거처 삼으며, 요정이 숲을 가득 메우던 머나먼 옛날. 수많은 종족이 서로를 적대시하며 세력을 불려 가던 시절에 다른 종족을 사람으로 칠 리 없었다. 그 시절, 마녀에게 용은 더없이 강대한 괴물이고, 다른 종족은 버러지에 불과했다. 인간을 벌레만도 못하게 취급했던 것이 불과 수백 년 전이다.

"위대한 마법사는 괴물을 되살리는 마법을 남기지 않았습니다. 사람을 되살리는 마법을 남겼지요. 한데 그대의 용이 사람이던가요?"

노인의 웃음소리가 천둥처럼 울렸다.

제노비아는 눈앞이 아득해졌다.

"내가 다른 방도를 찾아내겠습니다."

헤센이 간곡하게 부탁했다. 그러나 제노비아는 아무런 말도 듣지 못했다. 크게 부풀었던 희망인 만큼 삽시에 꺼져 버린 충격이 더했다.

이제 제노비아는 술과 약으로 시간을 죽였다. 여러 차례 자살을 시도

했으나, 강대한 마력이 깃든 몸은 쉽사리 죽지도 못했다. 겨우 정신이 가물가물해질 즈음에는 헤센이 나타나 도로 살려 내곤 했다.

"사는 의미가 없어요. 날 그냥 죽게 둬요."

"죽겠다는 나를 굳이 살려 낸 게 당신입니다. 그러니 당신이 이대로 떠나 버리면 안 돼요. 나는 어찌하라고요?"

헤센은 그녀의 죽음을 용납하지 않았다. 그래서 제노비아는 자살조차 포기했다. 무언가에 절절히 매달리기에 그녀는 너무나 약했다.

시간은 흘러갔다. 제노비아는 모래알처럼 덧없이 흘려보내는 시간이 조금도 아깝지 않았다. 페넬로피와 함께하지 않는 시간이란 그리도 무가치했다.

"그리젤다 솔이 죽었다고 합니다."

그러던 어느 날, 몰래 장례식을 다녀온 헤센이 말했다.

"어린 딸이 어미를 빼닮았더군요."

제노비아는 평소처럼 침대에 흐트러진 채로 누워 멍하니 창밖만 내다보았다. 언젠가 꿈에서 보았던 광경이 선명하게 떠올랐다.

"인물은 그리젤다보다 낫던걸요."

"첫째는 그렇죠. 하지만 둘째는 꼭 어린 그리젤다를 보는 것 같았습니다."

"둘째라니요?"

돌연 제노비아가 황망히 윗몸을 일으켰다. 헤센은 의아한 표정으로 대답했다.

"예지로 보지 못했습니까? 장례식에 어린 둘째 딸이 참석했습니다. 누가 봐도 그리젤다의 딸이던데요."

제노비아는 멍하니 그를 바라보았다. 술과 약으로 기억이 희미해졌다기엔 언제나 예지만은 또렷했다. 그리고 꿈에서 보았던 그리젤다의 장례식에는 오직 외동딸뿐이었다.

그 순간, 오래전 잊어버렸던 만남이 떠올랐다.

'미래를 바꾸고 싶나요?'

'가능하다면 악마에게 영혼이라도 팔겠습니다.'

'그러지 않아도 돼요. 당신의 소원, 내가 이뤄 줄게요.'

온몸에 소름이 끼쳤다.

제노비아는 당장에 그리젤다의 둘째 딸을 찾아 나섰다. 하지만 바바라 자일스가 이미 장례식에서 그녀를 제자로 받아들인 뒤였다. 아무리 제노비아여도 함부로 명망 높은 마녀를 건들 수는 없었다.

하릴없이 그리젤다가 둘째 딸을 맡겼던 위탁 가정으로 향했다. 아이를 돌보았던 반편이 노파는 다행히 그 나이에도 제법 기억이 온전했다.

"맞아요. 붉은 머리 마녀였어요."

"따로 아이에게 남긴 것은 없습니까?"

헤센은 노파에게 금화를 쥐여 주며 은근히 속삭였다. 노파는 얼른 금화를 받아 챙기며 그들을 안으로 이끌었다.

"메모 두 개를 남겼어요. 실은 장례식 당일에 급보가 와서 아이가 짐을 전혀 챙기지 못했거든요. 아마 메모도 두고 갔을 거예요."

침대를 뒤적거리던 노파가 이내 베개 밑에서 색이 바랜 종이를 두 장 꺼냈다. 제노비아는 첫 번째 메모를 열어 보았다.

「사랑한다.」

물끄러미 메모를 바라보던 제노비아가 픽 웃었다. 아무래도 그리젤다는 통속 소설을 무척이나 감명 깊게 읽은 모양이었다. 그렇지 않고서야 평범한 인간 흉내를 낼 리가 없었다.

제노비아는 미련 없이 다음 종이를 열었다. 그리고 그대로 굳어 버렸다.

"악마의 이름인가요?"

헤센이 종이를 힐끔거리며 자신 없이 중얼거렸다. 제노비아는 느리게 고개를 끄덕였다.

"하지만 전체 이름이 아닙니다."

그날부터 둘은 악마학에 관련된 서적을 최대한 쓸어 모았다. 대개 악마학 서적에는 악마의 이름이 꼭 하나씩은 적혀 있었다. 그들을 차례로 소환하며 불완전한 악마의 이름에 대해 물었다.

[마르고트 솔. 우리의 위대하신 동방 군주시다.]

마침내 어느 악마가 답을 주었다. 그러나 제노비아는 예상보다 대단한 악마의 정체보다 이름에 더욱 놀랐다. 그리젤다와 악마의 이름이 겹치는 것을 마냥 우연이라 치부할 수 없었다.

제노비아는 마르고트 솔을 소환했다. 산양의 머리에 사람과 유사한 육신을 지닌 악마는 지금까지 소환했던 무지렁이 악마와는 판이했다. 온몸에서 뿜어져 나오는 기백으로 살이 다 떨릴 지경이었다.

제노비아가 떨리는 목소리로 물었다.

"어째서 그리젤다의 이름을 지닌 겁니까?"

[그리젤다가 날 만들었으니까.]

악마는 권태롭게 대답했다. 멍하니 그를 올려다보던 제노비아가 문득 흐느끼기 시작했다. 슬피 우는 소리가 아니었다. 광증이 도진 웃음소리였다.

"설마, 진짜였을 줄이야! 정말로 생명을 창조했을 줄이야!"

제노비아는 아주 오래간만에 환희로웠다. 아홉 유물을 모아 페넬로피를 되살리겠다는 계획이 무너진 이래 이토록 기뻤던 적이 없다. 숨막히는 삶에 얼핏 탈출구가 보이는 듯했다.

"그리젤다가 그립지 않습니까?"

악마의 눈이 처음으로 일렁였다. 제노비아는 그것으로 악마에게 내재된 깊은 그리움을 알아챘다.

"내게 그녀를 살려 낼 방도가 있습니다."

악마와 마녀는 그리 결탁했다. 그들의 목표는 단 한 가지, 그리젤다의 부활이었다.

그제야 심각성을 알아차린 헤센이 근심하며 물었다.

"제노비아. 어찌해서 그리젤다를 부활시키려는 겁니까? 아무리 그리젤다가 생명을 둘이나 창조했다 한들 오래전에 죽은 페넬로피를 되살릴 수 있을까요?"

"새로운 생명을 창조하는 것. 죽은 사람을 되살리는 것. 모두 불가능의 영역입니다. 모두 기적이에요. 이미 기적을 이룬 마녀라면 다른 기적도 충분히 이룰 수 있습니다."

"그리 낙관할 수만은 없습니다. 이론적으로 전자보다 후자가 어렵다는 것은 당신도 잘 알잖아요."

"헤센. 누가 뭐래도 나는 그리젤다를 되살릴 겁니다."

제노비아가 빤히 그를 쳐다보았다.

"이제 내게는 이것밖에 남지 않았어요. 올바른 선택인지는 두고 봐야 알겠지만, 당장에 동아줄이라도 잡지 않으면 내가 어찌 되겠습니까? 진정으로 날 살리고 싶다면 말리지 마십시오."

그에 헤센은 말문을 닫았다.

계획은 이러했다. 디아나 솔이 바바라에게서 독립할 때까지 아홉 유물을 모은다. 그리고 하늘의 질서가 단순한 지하로 디아나를 납치하여 그곳에서 그리젤다를 부활시킨다.

지극히 단조로운 계획이지만, 세상사 뜻대로 흘러가지만은 않았다. 일전에 모으지 못했던 나머지 절반의 유물을 훔쳐 내기가 무척이나 지난했다. 특히 이즈리얼 알피어스의 유물을 물려받은 휴고 알피어스를 자택에서 쫓아내기 위해 니올로 팔리아치와 잉그람 무장 혁명군을 이용했을 적, 설마 그네들이 점거한 기차에 디아나 솔이 탑승할 줄은 꿈에도 몰랐다. 마지막에 악마를 소환했으니 망정이지, 그대로 객사했다면 모든 계획이 좌초될 뻔했다.

　문제는 이후로도 산적했다. 동화 사냥꾼으로 악명을 떨쳤던 헤센 그윈터르는 마그누스 프롬의 유물을 찾으러 동화로 들어갔다가, 우연히 디아나 솔과 세드릭 자일스를 마주쳤다. 디아나가 그리그 프롬의 동화책으로 들어온 경위는 모르겠으나 세드릭 자일스의 사정은 대강 알 만했다. 그의 아버지, 에드윈 베가는 오래전부터 헤센을 뒤쫓는 사냥꾼이었다. 필시 그와 연관된 게 틀림없었다.

　헤센은 그곳에서 뜻하지 않게 낙뢰를 맞아 유물을 빼앗겼다. 하지만 제노비아는 괘념치 않았다.

　"그나마 디아나에게 유물이 있어 다행입니다."

　제노비아는 아예 마지막 남은 퀸투스 아스톨포의 유물까지 디아나에게 맡기기로 했다. 몇 해 전 세상을 떠난 우르바노 아스톨포는 그리젤다에게 유물을 맡겼고, 그리젤다는 그걸 거인에게 맡겼다. 여기까지 알아내는 데만도 몇 년이 걸렸지만, 거인이 가득한 은신처로 숨어들지 못하는 게 문제였다.

　"은인의 딸이라면 거인도 받아들여 주겠지요."

　일리 있는 생각이었다. 제노비아는 아홉 유물과 관련된 연구를 조력하던 사교 클럽 몬 덕분으로 상아탑의 사자에게 은밀히 접근했다. 오직 진리만을 탐구하는 그들은 '그리젤다의 부활'이란 불가능한 목표에 흔쾌히 찬동했다.

　그리고 디아나는 퀸투스 아스톨포의 유물을 찾아냈다. 마침내 부활의 날이 다가오고 있었다.

　"한데 이렇게 무참히 실패할 줄이야……"

　제노비아는 쓰게 웃으며 눈을 내리감았다. 디아나를 무사히 지하로 데려왔던 날, 암흑의 별 칼리스토만이 빛나는 지하에서 공들여 날짜를 정하던 나날, 갑작스러운 용의 침공과 사라진 디아나, 그리고 끝을 모르는 나락으로 떨어지는 목걸이. 모두가 아직도 눈에 선했다. 이번에는 정말로 기적에 가까이 다가섰는데, 끝내 실패하고 말았다. 그리젤다는 두 번이나 이루었던 기적이 어째서 제겐 이다지도 어려운지 모르겠다.

아마도 그릇의 차이일 터.

제노비아는 그리 생각하며 천천히 눈을 떴다. 점차 명료해지는 시야로 두 명의 손님이 들어왔다. 제노비아는 습관처럼 미소 지었다.

"오래간만입니다, 디아나. 그리고 처음 뵙는군요, 세드릭."

디아나는 남몰래 치맛자락을 움켜쥐었다. 수십의 사냥꾼이 어둠에 숨어 주위를 에워쌌는데도, 제노비아 자일스는 손짓으로 악마를 부리던 지하에서와 별반 다르지 않았다. 변함없이 단단하고, 변함없이 위엄 있었다. 마치 작금의 상황을 타개할 방도가 있는 듯 숫제 여유로워 보이기까지 했다.

"무사히 지상으로 돌아와 다행입니다. 행여나 그곳에 발이 묶일까 봐 걱정했어요."

제노비아가 친근하게 말을 건넸다. 디아나는 기가 막혔다.

"애당초 지하로 끌려가지만 않았어도 이런 일은 없었잖아요. 도대체 무슨 생각으로 하는 말이에요?"

"걱정했다는 말은 진심입니다. 이제 나는 그대를 해할 필요가 없으니까요."

제노비아는 양팔을 난간에 올리며 한가롭게 등을 기대었다.

"어젯밤 여덟 유물을 받지 않았던가요? 그대도 알다시피 유물이 없으면 그리젤다를 되살리지 못합니다. 그 정도면 그리젤다의 부활을 포기했다는 의사를 확실히 전한 듯한데요."

"아하. 그런데요, 이왕 포기할 거였으면 나머지 하나도 내놓지 그랬어요. 아무리 찾아도 마그누스 프롬의 목걸이가 없어서 이번엔 어떤 계략을 꾸미는 건지 한참을 고민했잖아요."

"목걸이는 이제 내 손에 없습니다."

무력한 음성이었다. 순간 디아나는 놀라 말을 잃었다.

"……없다고요?"

"네."

"어째서요?"

"잃어버렸습니다."

제노비아는 시름없이 읊조렸다.

"통곡의 절벽 너머 끝을 모르는 구렁텅이로 떨어졌습니다. 몇 날 며칠 목걸이를 찾아 헤맸지만, 어디도 보이지 않더군요. 의심하지 않아도 좋아요. 이제 아홉 유물이 한데 모이는 일은 없을 테니."

도무지 믿을 수 없는 말이었다. 다른 이유도 아니고 잃어버렸다니. 구렁텅이로 떨어졌다니. 모든 여건이 갖춰진 상황에서 부활의 날을 공들여 잡을 정도로 신중했던 마녀가 그리 귀중한 유물을 함부로 다룰 리 없다. 설령 떨어트렸어도 곧장 마법으로 주우면 될 일이었다.

하지만 디아나는 오래지 않아 기억해 냈다. 목걸이를 건네주던 그리그 프롬의 말소리를.

'마그누스 프롬의 기원이 당신을 지켜 줄 겁니다.'

과연 그는 앞날을 꿰뚫었던 걸까. 그러나 예지는 오직 〈교활한 자일스〉만의 전유물이었다. 무려 500년 전의 마법사가 작금의 현실을 헤아렸을 리 없다. 심지어 늪지의 마법사는 오래전에 죽은 그리그 프롬의 아주 자그만 일부분일 뿐, 살아 있는 마법사도 아니었다.

하지만 그저 우연이란 걸 알면서도 어쩐지 온몸에 전율이 흘렀다.

"그래서 무슨 용건입니까?"

여태 잠잠하던 세드릭이 나지막하게 물었다. 제노비아는 그제야 그에게 시선을 주었다. 초면임에도 제법 따스한 눈길이었다.

"우리는 꽤 가까운 친족이죠. 바바라가 나의 종질이니, 그대는 내 손자뻘이겠군요."

"이제 와 혈육 타령하기엔 너무 늦지 않았습니까?"

"저런, 너무 예민하게 반응하지 마요. 가족 운운하며 살길을 마련해 달라 매달리진 않을 겁니다. 어차피 그럴 사이도 아니잖습니까."

제노비아가 가볍게 웃었다.

"하지만 그대에게 부탁이 있는 건 사실입니다. 실은 그대에게 용건이 있으니까요."

세드릭이 미미하게 미간을 찌푸렸다. 하지만 제노비아는 개의치 않았다.

"프레스턴 은행 본점에 소피 필립스란 이름으로 금고가 하나 있습니다. 거기에 페넬로피의 유골이 있어요."

잠시 말이 끊어졌다. 제노비아는 숨을 몰아쉬며 겨우 말을 완성했다.

"부탁이니 페넬로피의 유골을 동족에게 전해 주십시오. 내가 바라는 것은 그것뿐입니다."

역소환진으로 지하에 내려간들, 마법을 부릴 수 없으니 통곡의 절벽을 넘지도 못했다. 그러므로 페넬로피의 유골을 동족에게 전하는 방법은 지상의 유일한 용 원터를 통하는 길뿐이었다.

세드릭이 어처구니없다는 듯 헛숨을 내뱉었다.

"참으로 뻔뻔하군요. 감히 디아나를 납치해 놓고 그런 말이 나옵니까?"

"종국에는 모두가 무사하지 않나요."

"그건, 적어도 당신이 할 말은 아닙니다."

세드릭이 이를 갈며 말했다. 제노비아를 쏘아보는 눈빛이 자못 선득했다.

"저기, 묻고 싶은 게 있어요."

갑자기 디아나가 대화에 끼어들었다. 제노비아는 말없이 고개를 끄덕였다. 디아나는 애써 꼿꼿한 시선으로 그녀를 보았다.

"도대체 어머니를 되살려서 뭘 하고 싶었던 건가요?"

마르고트는 그리젤다가 그립다고 했다. 하지만 제노비아는 딱히 그런 기색을 보이지 않았다. 그리젤다의 부활에 무척이나 집착하면서도 그리젤다 자체에는 무관심했다. 그렇다고 단순한 학문적 호기심이라기엔 지나치게 절절했으니, 무언가 감정적인 이유가 있는 게 틀림없었다.

"페넬로피를 살려 달라 청할 생각이었습니다."

제노비아는 쓸쓸한 얼굴로 읊조렸다. 디아나는 잠시 침묵했다. 겨우 가라앉았던 속내가 음산하게 일렁이기 시작했다.

"……그럼 유물로 되살리면 됐잖아요."

"유물은 오직 동족만을 되살립니다. 용은 살려 내지 못해요."

"그래서 날 제물로 바치려 했다고요?"

"네."

디아나의 얼굴이 허탈하게 일그러졌다. 차라리 학문적 호기심이었다면, 속이라도 풀리게 마구 욕을 퍼부었을 테다. 하지만 이건 아니다. 감정적인 이유라면 별다르지 않으리라 짐작했지만, 그래도 이건 아니었다. 사람이 이토록 이기적일 수는 없었다.

"당신은 자기에게 소중한 것밖에 모르죠. 죽은 용이 아니면 세상에 귀하게 여기는 것이 있긴 하나요?"

"내게 소중한 것을 아끼며 살아가는 데도 벅찹니다. 어째서 다른 무가치한 것까지 귀하게 여겨야 합니까?"

"당신에게 소중하지 않다고 무가치한 건 아니잖아요."

디아나가 간절하게 속삭였다.

"당신에게 용이 소중하듯 나도 마찬가지예요. 당신이 용을 아끼듯 날 아껴 주는 사람들이 있다고요. 그런데 당신이 무슨 권리로 날 희생시키려 들어요?"

"내겐 그럴 만한 힘이 있으니까요."

제노비아가 단조롭게 대꾸했다. 디아나는 멍하니 그녀를 쳐다보았다. 마구 솟구치던 분노가 맥없이 사그라졌다.

"……내게 미안하긴 해요?"

사과를 바라지는 않았다. 그만한 인물이라면, 애당초 다른 사람을 억지로 희생시키면서 원을 이루려 들지는 않았을 테니. 다만 아주 조금의 가책이라도 느끼길 바랐다. 훗날 사냥꾼에게 잡혀 벌을 받더라도 스스로 잘못한 줄은 알길 바랐다.

하지만 세상에는 그조차 불가능한 사람이 있었다.

"당신은 정말 구제불능이야."

디아나가 질린 목소리로 못 박았다.

"그렇다고 죽은 용이 기뻐할 것 같아요? 남을 죽이면서 얻어 낸 부활이 만족스러울 것 같냐고요! 페넬로피가 정상적인 용이라면 절대로 아닐걸요. 제발 정신 차려요. 그건 사랑이 아니에요. 역겨운 집착이고 독단이지!"

"그리 성낼 필요가 있나요. 어차피 페넬로피는 돌아오지 않을 테니, 그 아이의 심중은 헤아릴 길이 없는 것을요."

지극히 무기력한 대답이 이어졌다. 디아나는 끝내 진력난 얼굴로 고개를 내저었다.

"페넬로피가 당신의 이런 모습을 보지 못해서 다행이에요. 이토록 끔찍한 사람인 줄은 미처 몰랐을 텐데."

"……페넬로피가 가엾습니까?"

제노비아가 퍼뜩 고개를 들었다.

"그렇다면 내 부탁을 들어줘요. 나마저 없다면 이 넓은 지상에서 그 아이의 유골을 돌봐 줄 사람이 아무도 없습니다. 죽어서나마 동족의 품으로 돌아가게 해 줘요."

광기 어린 소리였다. 디아나는 숫제 창백해진 안색으로 뒷걸음질했다. 자신을 비난하는 말조차 저이에겐 들리지 않는 듯했다. 마지막까지 제 하고 싶은 말만 쏟아 내는 행태가 너무나도 지독했다.

세드릭이 몹시 질색하는 얼굴로 확언했다.

"당신이 아니라 페넬로피를 위해 하겠습니다. 대신 마땅한 벌을 받으십시오."

"벌?"

"이자벨 베가 일가의 몰살과 관련하여 죄가 있다면 낱낱이 밝히고, 금기를 저지른 죄와 디아나를 납치한 죄를 받으란 말입니다. 설마 사냥꾼들이 헤센 그윈티르만 노린다고 생각하진 않겠죠?"

갑자기 제노비아가 웃음을 터트렸다. 고요한 밤중에 낭랑한 소리가 울려 퍼졌다. 세드릭이 슬며시 낯을 찌푸릴 무렵에야, 제노비아는 가까스로 웃음을 갈무리했다.

"미안합니다. 하지만 죄라니요. 이제 그런 건 상관없습니다."

누구도 그녀의 말을 납득하지 못했다. 하지만 제노비아는 자세히 설명할 기력조차 없었다. 극심한 피로가 사지에 주렁주렁 매달린 듯했다.

제노비아는 고개를 한껏 꺾었다. 쏟아질 듯 많은 별들이 하염없이 펼쳐진 하늘. 이렇게 탁 트인 하늘을 바라보면, 세상사 모두가 무의미하게 느껴지곤 했다. 지상의 역사가 헤아릴 수 없이 오래 흘러가는 동안 오직 별빛만은 그대로였으니, 저 망막한 하늘에 비하면 사람이란 얼마나 보잘것없는 존재인가.

그러니 지금의 시련도 고통도 슬픔도 아무런 의미가 없는 것을.

"이만 떠나고 싶어……."

제노비아의 몸뚱이가 기우뚱 뒤로 기울었다. 중심을 잃은 몸이 순식간에 난간을 넘었다. 그리 덧없이 추락하는 도중에도 별빛이 무수하게 쏟아져 내렸다. 언제나 지상을 굽어보는 여명의 별 페베도 딸의 마지막을 놓치지 않았다.

사랑하는 별, 동시에 증오하는 별.

도대체 내게 무력한 앞날을 보여 주는 까닭이 무언가요?

어쩌면 이렇듯 삶이 권태로운 것도, 하나에 집착하지 않으면 살지 못하는 나약한 정신도 전부 별을 미워했기 때문인지 몰랐다. 일평생 감사해도 모자란 별을 감히 증오한 죄로 이토록 끔찍한 형벌을 받는 것이었다.

하지만 이제는 끝이다.

제노비아는 눈을 감았다.

혜센은 축성경을 들고 옥상으로 올라가던 참이었다. 지금쯤 제노비아는 디아나 솔과 세드릭 자일스를 대면하고 있을 터. 과연 세드릭 자일스가 제노비아의 부탁을 들어줄지는 모르겠으나, 페넬로피의 유골따위 그의 관심사가 아니었다. 그는 제노비아를 무사히 살려 내는 걸로 족했다.

그때, 창문 너머로 추락하는 제노비아가 눈을 스쳤다.

멀거니 창가를 응시하던 혜센이 축성경을 내던지며 달려갔다. 잠긴 창문을 어찌어찌 깨부수고 고개를 내미니, 머리가 깨진 채로 죽어 가는 제노비아가 보였다. 일순 심장이 덜커덕 흔들렸다.

제노비아. 그녀는 일찍이 낫지 않는 부상으로 죽음을 바라던 혜센에게 고통스럽지 않은 생을 선사했다. 중세에 횡행했던 인형술을 접목하여, 건강한 인형의 몸에 정신만 이식한 것이었다. 종종 본체와 연결이 약해질 때면 마법이 뜻대로 이루지지 않았으나, 고통스럽지만 않다면 그쯤은 능히 감내할 수 있었다.

그러니까 제노비아는 새로운 생을 열어 준 사람이었다.

"조금만 기다려요. 내가 치료해 줄게요."

아프지 않은 삶은 값지다. 죽음을 각오할 정도로 고통에 몸부림쳤던 혜센은 건강한 삶이 얼마나 귀한지 잘 알았다. 그래서 늘 무기력하게 살아가는 제노비아를 이해하지 못했다. 그녀가 그에게 새로운 삶을 선사했듯, 그도 그녀에게 똑같이 베풀고 싶었다.

하지만 그 순간, 헤센의 몸이 끈 떨어진 인형처럼 허물어졌다. 남은 것은 차갑게 식어 가는 인형뿐이었다.

콰르릉!

평화로운 줄리모어 군도에 별안간 낙뢰가 떨어졌다. 해변에서 한가로이 헤엄치던 인어들이 깜짝 놀라 물속으로 숨어들었다. 새 우짖는 소리조차 멈춘 바닷가는 무척이나 적요했다.

설리번은 그답지 않게 경악한 얼굴로 에드윈의 뒷모습을 바라보았다. 언젠가 세드릭이 내리던 낙뢰를 본 적 있지만, 방금에 비한다면 그건 애들 장난이었다. 한번 내리치면 막을 방도가 없다던 베가의 낙뢰. 저토록 위압적인 줄은 미처 몰랐다.

끼이익.

낙뢰를 된통 맞은 벽면이 점차 갈라지기 시작했다. 설리번은 다리가 풀린 나머지, 엉금엉금 기어서 에드윈의 곁에 찰싹 달라붙었다. 그러자 발아래, 바위 더미에 교묘하게 감춰져 있던 조그만 건물이 선명하게 보였다.

기실 건물이라기엔 사방이 막힌 네모난 방에 가까웠다. 마법사들이 문짝만 보관하며 흔하게 사용하는 창고와 비슷했지만, 저건 단순한 창고가 아니다. 그보다는 훨씬 비밀스럽고 음습한 존재가 숨어 있었다.

이윽고 벽면이 완전히 쪼개졌다. 그리고 붕괴된 벽돌 사이로 새카맣게 타 죽은 사체가 언뜻 보였다.

"저게 헤센 그윈티르예요?"

설리번이 코를 움켜쥐며 물었다. 에드윈은 느릿하게 고개를 끄덕였다.

이윽고 사냥의 종결이었다.

사냥꾼들이 조용하게 화단으로 모여들었다. 정원수 그림자가 짙게 드리워진 잔디밭에 제노비아가 피 흘리며 쓰러져 있었다. 평범한 인간이라면 즉사했을 출혈이지만, 다행인지 불행인지 강대한 마녀는 이 정도 상처로는 죽지 못했다. 당장 의사를 붙인다면, 살아서 재판을 받을 수 있을 것이다.

제노비아가 난간 너머로 추락한 뒤 서둘러 아래로 내려온 디아나는 멀찍이서 그들을 지켜보았다. 아직 그녀의 숨이 붙어 있는 걸 알면서도 쉽사리 다가가지 못했다. 여기부터는 사냥꾼의 소관이었다. 저들이 제노비아 자일스의 죄를 낱낱이 밝혀, 재판관이 중형을 선고하기만을 바랄 수밖에 없었다. 과연 사교 클럽 몬 출신이 대거 포진한 발푸르기스 평의회에서 얼마나 공정한 판결을 내릴지는 짐작하기 어려웠지만 말이다.

디아나는 떨리는 숨을 몰아쉬었다. 직감을 믿어 여기까지 오긴 했어도, 이런 결말은 미처 상상하지 못했다. 그녀가 바라던 것은 제노비아 자일스가 처참한 몰골로 사냥꾼에게 끌려가는 모습이지, 결단코 자살은 아니었다. 제노비아는 여생으로 죗값을 치러야 했다. 미약하게나마 숨이 붙어 있는 것이 다행이었다.

그때, 여러 사냥꾼이 다급히 곁을 스쳐 지나갔다. 무심결에 고개를 돌렸던 디아나는 뜻밖의 사람을 마주했다. 눈을 흐리멍덩하게 뜬 채로 허공에 실려 가는 이는 다름 아닌 헤센 그윈티르였다.

"그는 죽었어."

세드릭이 천천히 다가왔다. 디아나는 황망한 표정으로 멀어져 가는 헤센을 바라보았다.

"······죽었다고?"

"아버지가 그의 본체를 파괴하신 모양이야. 저건 본체와 연결되었던 인형일 뿐이고."

디아나는 멍하니 고개를 끄덕였다. 예상치 못한 죽음이 아직은 실감 나지 않는 듯, 한때나마 헤센 그윈티르였던 인형에서 도무지 눈을 떼지 못했다. 그러자 물끄러미 그녀의 옆얼굴을 응시하던 세드릭이 무겁게 입을 열었다.

"제노비아 자일스는 마땅한 벌을 받을 거야."

디아나가 느리게 그를 돌아보았다. 세드릭이 똑바로 시선을 마주하며 단단히 새기듯 말했다.

"내가 그리 만들게."

그는 자일스의 새로운 수장이자, 발푸르기스 평의회에 소속된 마법사. 또한 제노비아의 혈족이기에 이번 사건에서 제법 중대한 영향력을 발휘할 수 있었다. 그러나 할 수 있는 것과, 실제로 행하는 것은 천지 차이였다.

힘겨운 투쟁이 될 것이다. 사교 클럽 몬에서 간접적으로나마 제노비아를 지원했던 이가 무려 칼롯타 팔리아치와 루이자 볼크하르트며, 그들에게 찬동하는 이가 얼만지도 정확히 몰랐다. 게다가 자일스 가문 내부에서도 명성 높은 수장이었던 제노비아를 동정하는 목소리가 높을 터였다. 절반은 베가의 피를 타고난 세드릭을 늘 못마땅하게 여기던 가문의 원로들이 이만한 사건을 두고 볼 리 없었다.

하지만 세드릭은 결연했다. 마치 앞으로의 고난은 아무것도 아니라는 듯. 디아나는 그게 이상했다. 굳이 따지자면, 본인과 직접적으로 관련 있는 일이 아닌데도 이렇게나 힘든 길을 자처하는 이유를 도무지 몰랐다. 가까운 혈육도 아니면서, 자진하여 지하로 내려왔던 이유도 마찬가지다. 어디 마법사가 그토록 남을 위하는 존재던가.

아니다, 실은 디아나도 어렴풋하게 알고 있었다. 언젠가 예감했으나,

낯설어 지금까지 외면해 왔던 이유. 디아나는 그걸 알면서도, 알고 싶지 않았다. 이율배반적이지만, 진실한 속내가 그러했다. 그녀는 겨우 돌아온 일상에 갑작스러운 파란을 일으키고 싶진 않았다. 여태껏 피해 왔던 그의 감정을 마주하기가 무척이나 겁났다.

다만, 지금은 건네야 하는 말이 있었다.

"……고마워."

세드릭이 가만히 입을 다물었다. 조금 놀란 눈치였다. 디아나는 한 걸음 가까이 다가갔다.

"고마워."

언니를 잠재우고 집을 나서기까지 얼마나 두려웠는지 모른다. 사냥꾼이 있으니 괜찮으리라 스스로 다독이는 것도 한계가 있었다. 어떻게든 가야 하는데도, 혼자서 제노비아를 마주해야 한다는 사실이 못내 아찔했다. 행여나 다시 지하로 끌려가는 것은 아닐지, 어머니를 되살리는 제물로 바쳐지는 것은 아닐지. 이루어질 수 없는 미래가 자꾸만 발목을 잡아챘다.

그래서 세드릭을 만났을 때 내심 안도했다. 붙잡지 않고, 뜻을 강제하지 않고, 여기까지 동행해 주어서, 실은 눈물겹게 고마웠다.

어느덧 지척으로 다가온 디아나가 힘겹게 팔을 뻗었다. 떨리는 손으로 세드릭을 꼭 끌어안았다. 울음기 섞인 목소리가 간신히 넘쳐 흘렀다.

"……그때, 구하러 와 줘서 정말 고마워."

암암한 세상에 나타난 단 하나의 구원자.

둔덕을 넘어 달려오던 세드릭은 그토록 기적적인 존재였다. 살아 돌아가리라 애쓰면서도 한편으로는 덧없이 꺾여 가던 희망이 만개하는 순간.

디아나는 그날을 생각하며 조금 울었다. 너무 급박하여 그날엔 미처 쏟아 내지 못했던 상흔이었다. 그리고 한참이나 가만히 숨만 내쉬던 세드릭이 아주 더디게 손을 올렸다. 여윈 등을 다독이는 손길이 제법 다정했다.

　이튿날.

　디아나는 해 저무는 저녁에 어머니의 묘비를 찾았다. 불그스름한 노을로 물들어 가는 공동묘지는 평일답게 아주 한산했다. 묘지를 찾은 조문객도 일찌감치 자리를 떴는지, 세월에 무뎌진 묘비마다 간간이 꽃다발이며 사진이 놓여 있었다.

　하지만 그리젤다의 묘비만은 텅 비어 있었다. 홀로 묘비를 돌보던 헤스터도 요사이 정신이 없어서 미처 이곳에는 들리지 못한 모양이었다. 장례식 이래 처음으로 어머니를 찾은 디아나는 서름한 얼굴로 가만히 묘비를 내려다보았다.

Griselda Sol

1830 — 1866

　아무래도 서먹한 이름이었다. 디아나에게 어머니란 아홉 영웅만큼이나 머나먼 존재였다. 만인이 위대하다고 찬양하지만, 정작 그녀는 어머니의 목소리 한번 들어 보지 못했다. 그래서 디아나가 아는 어머니는 눈을 감은 채로 관에 가지런히 누운 송장에 불과했다.

　디아나는 슬며시 한 손으로 묘비를 쓸었다. 공동묘지에 묻힌 다른 사람들과 달리, 어머니는 묘비 아래 잠들어 있지 않았다. 위대한 마녀의 시신은 오래전 사악한 악마가 지하로 데려갔으므로, 여긴 쓸모없는 묘지고 비어 버린 관이었다. 그러나 어머니의 흔적이 남은 곳이 여기뿐이었다. 광활한 지상에서 어머니가 보고파 갈 곳이란 고작해야 가짜 묘지밖에 없었다.

"……날 조금이라도 사랑하긴 했나요?"

아주 어릴 적, 디아나는 항상 두 개의 쪽지를 품어야만 잠들었다. 하나는 사랑한다는 쪽지고, 다른 하나는 도무지 읽을 수 없는 문자였다. 고작 그뿐인데도 어머니가 남긴 유일한 전언이라기에 그리도 소중히 여겼었다. 어머니가 돌아가셨다는 급보에 황급히 위탁 가정을 떠나느라 미처 챙기지 못했던 빛바랜 쪽지가 그 시절엔 그토록 애석했다.

하지만 디아나는 이제 어머니의 사랑을 믿지 못했다. 어린 시절 사랑을 속삭이던 전언도, 어머니의 사랑을 확신하는 언니의 말도 더는 믿을 수가 없었다. 그러기엔 너무나 커다란 비밀을 알아 버렸다. 고작 자일스의 예지를 깨트리고자, 여명의 별 페베의 시선을 피하고자 탄생한 것이 바로 그녀였다. 그리해 기적이지만, 기적에 꼭 사랑이 필요한 것은 아니었다.

"언니는 몰라요. 언니는 아직 어머니를 사랑하니까. 아마도 평생 그리워할 테니까 말하지 못하겠어요."

그렇지만 어머니의 사랑을 믿지 못하는 건 그녀로 족했다. 디아나는 언니까지 구렁텅이로 끌어들이긴 싫었다. 이건 그녀만의 숙명이었다. 누구와도 공유할 수 없기에, 혼자 짊어지고 무덤까지 이고 들어가야 하는 비밀이었다.

"언니가 그렇게나 어머니의 사랑을 확신하는 이유가 궁금해요. 사실 내겐 잘 와닿지가 않거든요. 그렇잖아요. 어머니 같은 분이 자식이라고 무조건적으로 아꼈을 리가 없는데……."

디아나는 담담하게 읊조렸다. 내리뜬 잿빛 눈이 어슴푸레하게 빛났다.

"하지만 말예요. 실은 어머니가 날 사랑하지 않았어도 괜찮아요. 아버지가 존재하지 않았어도 상관없어요. 어머니가 날 사랑했든 사랑하지 않았든, 아버지가 있든 없든 나란 존재는 변함없으니까요."

그런 건 실재하는 '나'에게 아무런 영향도 끼치지 않았다. 어머니가 사랑했다고 디아나 솔이 귀중한 존재가 되고, 사랑하지 않았다고 하찮은 존재가 되진 않으므로. 그러니까 디아나에게 그런 건 하등 중요한 사실이 아니었다.

"나는 그저 나예요."

디아나가 속삭이듯 말했다. 자그만 음성이 무척이나 단단했다.

저물어 가는 하늘 아래, 고요하게 늘어선 묘비가 차츰 어스레한 황혼으로 잠겨 갔다. 인적 없는 공동묘지에는 한적한 적막만이 감돌 뿐. 언젠가 유족들이 남긴 꽃다발과 사진, 여러 자질구레한 소품이 외로운 묘비를 극진하게 위로했다.

그중 끄트머리 묘비에는 시들어 가는 화관이 가지런히 걸려 있었다. 공들여 만든 기색이 다분한데도 이상하게 매듭이 엉성한 화관이다. 이걸로 주인 잃은 묘비를 달래진 못하겠으나, 적어도 외로운 거인에겐 위로가 될 터. 따뜻한 손길로 피어난 화관은 그만큼이나 따뜻하게 이울어 갔다.

문득 바람이 불어왔다. 말라붙은 꽃잎이 섧게 흔들렸다.

에드윈이 말했다.

"고대어로 악마는 뱀입니다. 그 시절 마법 사회에는 악마란 개념이 없었어요. 은연중 뱀이라 불리던 종족에 악마란 이름이 붙은 것은 사실상 고대 말기입니다."

악마는 산티그마 교단이 주창하는 신이 버린 종족이며, 어둠을 모시는 악의 무리다. 하지만 오늘날 악마라 불리는 종족은 경전 속 악마와는 전혀 달랐다. 오래전 그들의 흉측한 외형에 질겁한 인간이 멋대로 악마란 이름을 붙였을 뿐, 실제로는 용이나 거인 같은 지하 종족에 불과했다.

"이상한 일이기는 합니다. 천년전쟁이 벌어진 이유 중에 하나가 바로 마법 사회가 악마와 결탁했다는 의심이었지만, 실상 인간이 배척하는 악마는 상상 속의 존재니까요. 자기네들이 멋대로 악마라 명명한 존재에게 경전이 가르치는 삿된 편견을 씌우는 것부터가 어불성설이죠."

"악마의 힘을 두려워했기 때문이 아닐까요?"

곰곰이 고심하던 디아나가 물었다.

"왜, 세상에는 여러 유언비어가 있잖아요. 악마가 심심풀이로 도시를 멸망시킨 일화, 악마의 손이 닿아 불임이 된 마녀의 이야기, 악마에 홀려 동족을 배반한 마법사의 전설. 그런 건 스승님께서도 가르쳐 주셨는걸요."

"디아나 양이 생각하기엔 어떻습니까? 악마가 진정으로 무시무시한 존재일까요?"

그에 디아나는 말문이 막혔다. 지하에서 보았기로, 악마는 전해지는 이야기처럼 무지막지하진 않았다. 무척이나 잔인하고 끈질기지만, 눈 깜짝할 새 도시를 멸망시킬 만큼 강대하진 못했다.

"악마가 그렇게나 강력한 존재였다면, 지금처럼 악마학이 경시될 리 없지요. 악마의 진정한 강함은 머리가 파괴되지 않는 이상 끊임없이 육신을 재생시키는 놀라운 생명력과, 어마어마한 개체 수입니다. 하지만 그런 건 우리의 관심사가 아니죠. 실제로 사교 클럽 몬에서 악마학은 진즉 사장된 주제입니다."

"그럼 어째서 악마 소환이 금해진 건가요?"

"악마 소환으로 벌어지는 일들이 지나치게 위험하니까요. 악마는 생각만큼 위험하지 않지만, 마녀와 악마가 결탁하면 상상하기 어려운 일들이 벌어지곤 합니다. 예컨대 악마가 심심풀이로 도시를 멸망시켰다는 일화가 마냥 헛되지는 않습니다. 다만 도시를 멸망시킨 주체가 실은 악마가 아니라 마녀일 뿐이죠."

에드윈은 한가로이 찻잔을 들어 올렸다.

"악마와 계약하기 위해선 대가가 필요합니다. 때로는 신체의 일부고, 때로는 목숨이 되기도 하지요. 물론 대가는 악마가 가져갑니다만, 대가의 진정한 쓰임새는 마법에 있습니다. 내가 마법을 이루기 위해 무려 이러이러한 값을 희생했다, 그렇게 별에게 정성을 보이는 겁니다. 백발백중 성공한다 말하기는 힘들어도, 정상적인 방법으로 마법을 부리는 것보다는 아무래도 성공할 확률이 높겠지요."

그러자 세드릭이 예리하게 질문했다.

"일종의 헌신인가요?"

"그래. 거대한 마법을 이루려면 그에 걸맞은 헌신을 별에게 보여야 하잖니. 요즘에야 헌신하는 방법이 체계적으로 정형화됐지만, 중세까지만 하더라도 지역별로 다양한 방법이 있었단다. 대부분 너무 어려워서 사장되었거나 너무 위험해서 금지되었다만. 악마 소환도 그중 하나일 뿐이야."

악마가 공포의 대상으로 자리매김한 것치고는 다소 맥 빠지는 뒷사정이었다. 하지만 조용히 대화를 경청하던 헤스터는 영 낯빛이 좋지 못했다. 근심 어린 시선이 곧 디아나를 향했다.

"너는 무얼 대가로 주었니?"

세 사람의 눈길이 디아나에게로 모였다. 디아나가 머뭇거리며 대답했다.

"내가 죽으면 시체를 가져가겠다고 했어."

"정식으로 계약했습니까?"

"아니요. 구두 계약이었어요."

"구두 계약이어도 효력은 비슷할 겁니다. 흔히들 마녀의 말에는 마법이 깃들었다고 하죠. 언약은 때때로 서명보다 더한 구속이 되기도 합니다."

에드윈이 지끈거리는 관자놀이를 매만지며 설명했다. 디아나는 시무룩하게 고개를 끄덕였다. 언약은 형체가 없기에 일방적으로 잘라 낼수도 없었다. 미꾸라지처럼 계약에서 빠져나올 기대는 애당초 품지도 않았다.

마녀는 말을 조심하라.

공연히 귀에 못이 박히도록 들어 온 소리가 아니었다.

"일단 내가 다른 방도가 없는지 찾아볼게."

헤스터가 차분하게 말했다. 하지만 디아나는 고개를 내저었다. 짐짓 쾌활한 목소리가 뒤따랐다.

"괜찮아. 어차피 죽은 뒤인걸."

나머지 세 사람은 여전히 불안스러운 기색이었지만, 디아나는 애써 긍정적으로 생각했다. 숨이 끊어지는 순간 영혼은 육신을 떠나 저 멀리 망각의 강을 건너게 된다. 망각의 강을 건너면 어차피 이번 생은 모조리 잊힐 터. 영혼이 떠나간 육신이 어찌 되든 알 게 뭔가. 죽은 뒤를 염려하기엔 현실을 살아가는 것도 충분히 고달팠다.

그러니 마르고트는 정말로 안녕이다.

디아나는 환하게 웃어 보였다.

동부의 어느 무인도.

연이은 소요로 들짐승이 자취를 감춘 숲 속에 꺼림칙한 기운이 재차 일렁이기 시작했다. 한낮의 눈부신 볕조차 밀어 내지 못하는 미지의 기운이다. 세드릭은 숲 속 한복판에서 눈을 감은 채로 서서히 마력을 끌어 올렸다.

이윽고 부르튼 입술이 뒤틀리며 기괴한 소리가 흘러나왔다.

"마르고트 솔."

새카맣게 타 버린 흙바닥에 다시금 소환진이 그려지기 시작했다. 세상을 뜻하는 거대한 원과 악마를 상징하는 뱀 한 마리, 이리저리 뒤얽히는 직선과 곡선, 그리고 해독할 수 없는 문자가 연이어 나타났다. 그리 빠르게 완성되는 마법진을 으스스한 검은 연기가 뒤덮자, 비로소 이형의 생물체가 지상으로 기어올라 왔다.

[디아나…….]

산양의 머리를 얹은 악마, 마르고트 솔이 흉흉한 안광을 뿜어내며 날카로운 앞발로 땅을 짚었다.

[디아나는 어디 있느냐…….]

대답은 들려오지 않았다. 대신 청명한 하늘에서 백색 낙뢰가 내리쳤다.

콰르릉!

낙뢰는 전조 없이 수직으로 떨어졌다. 삽시에 땅이 갈라질 듯 진동했다. 천지를 뒤흔드는 우렛소리로 귀가 멀어 버릴 것만 같았다.

[끄아아아악!]

마르고트는 처절한 비명을 내지르며 힘겹게 땅을 기었다.

[디아나, 디아나는 어디에…….]

"그 애는 여기 없어."

세드릭이 눈을 내리뜨며 낮게 읊조렸다. 악마의 시커먼 눈알이 그를 향해 치솟았다.

[너는, 세드릭 자일스.]

"용케 내 얼굴을 기억하는구나."

세드릭의 입가에 가느스름한 미소가 떠올랐다. 마르고트는 몹시 분개했다. 노한 음성이 거대한 우렛소리를 비집고 들려왔다.

[네놈이 결국……. 당장 디아나를 데려와…….]

"너는 여기서 죽을 거야."

그러자 마르고트는 고통에 겨운 와중에도 폭소했다.

[나는 이 정도로 죽지 않는다.]

"그래. 다른 악마에게 물어보니, 네 육신은 유독 단단하다더군."

세드릭이 가볍게 뒤쪽을 턱짓했다. 뒤편에는 새까맣게 타 죽은 악마들이 자그만 동산처럼 쌓여 있었다.

"하지만 괜찮아. 낙뢰는 네가 죽을 때까지 내리칠 거니까."

[그러고도 네가 무사할 것 같으냐!]

용 페넬로피를 죽이기 위해 사흘 밤낮 낙뢰를 내리쳤던 이자벨 베가는 그로부터 1년을 넘지 못하고 죽었다. 심지어는 죽을 때까지 간단한 마법조차 제대로 부리지 못할 만큼 몸이 크게 상했다고 한다.

그러나 세드릭은 요동치지 않았다.

"무사할 거야."

낙뢰가 한 차례 더 내리쳤다.

"나는 혼자가 아니거든."

마법진의 건너편으로 에드윈이 천천히 걸어 나왔다. 마르고트는 무려 두 개의 낙뢰를 맞으며 짓눌릴 대로 짓눌렸다. 땅에 납작 엎드린 채로 하염없이 낙뢰를 받아 내는 순간순간이 못 견디게 고통스러웠다. 극심한 괴로움에 금방이라도 정신이 나가 버릴 지경이었다.

[디아나가, 이를 용납할 것 같으냐……]

끝내 마르고트는 눈을 까뒤집으며 허연 거품을 토해 냈다. 악마의 놀라운 생명력으로 끊임없이 신체를 재생하고는 있으나, 그조차 영원하진 못할 것이다. 용도 견뎌 내지 못하는 낙뢰를 한낱 악마가 이겨 낼 리 없었다.

"그 애는 너무 다정해서, 자신을 해하려던 악마의 죽음도 슬퍼하겠지."

세드릭이 가만히 악마를 굽어보았다. 짙은 녹안이 음산하게 빛났다.

"그러니 영영 모르게 할 거야."

종막

아리아나 해변에서

봄꽃이 싹을 틔우는 3월의 오킹엄.

앰브로즈 광장이 한눈에 내려다보이는 카페 뤼미에르의 2층 테라스
는 평일 오후를 맞아 한산하기 그지없었다. 평범한 시민이라면 한창 근
무할 시간대인 만큼 따스한 봄볕을 즐기러 나온 노부부나 외국인 관광
객이 손님의 대부분이었지만, 난간 가까이에 가장 좋은 자리를 차지한
세 사람은 그중 어디에도 속하지 않는 듯했다. 열띠게 이야기꽃을 피우
는 다른 손님들과 달리, 내내 어색한 기류를 자아내는 것도 그런 판단
에 일조했다.

아니나 다를까, 건너편에 앉은 알피어스 남매의 눈치를 살피며 우물
쭈물하던 디아나가 슬그머니 작은 상자를 내밀었다.

"이걸 드리려고 두 분을 뵙길 청한 거예요."

휴고는 한가로이 찻잔을 들어 올리며 상자를 흘끗 보았다.

"그게 뭡니까?"

"음, 직접 열어 보시는 게 좋을 것 같아요."

"어째서죠?"

아무래도 친족들의 성화를 피해 은거했던 지난 반년, 휴고 알피어스는 나태와 권태만 잔뜩 짊어지고 돌아온 듯싶었다. 디아나가 말문이 막힌 사이, 도끼눈으로 형제를 쏘아보던 수리가 등등하게 상자를 채 갔다.

"내가 열어 보겠습니다."

상자를 열기 무섭게 수리의 표정이 일변했다.

"이건…… 이즈리얼 알피어스의 반지가 아닙니까? 대체 이걸 어디서 찾은 겁니까?"

유물이란 말에 휴고도 흠칫하며 상자로 시선을 돌렸다. 디아나가 애매하게 웃으며 대꾸했다.

"실은 지난달에 에드윈 베가 경과 다른 사냥꾼들이 대도 헤센을 붙잡았거든요. 그때 찾았다고 들었어요."

"헤센 그윈티르가 잡혔단 말입니까? 살아 돌아온 제노비아 자일스만 잡힌 줄 알았는데, 정작 중요한 소식이 묻혔군요."

"잡혔다고 해야 할지……. 헤센 그윈티르는 죽었다고 알고 있어요."

근래 마법 사회는 죽었다던 제노비아 자일스가 난데없이 살아 돌아온 것으로 시끌벅적했다. 제노비아의 장례가 치러진 지 무려 30년이나 흘렀으니, 웬만한 사건에는 콧방귀만 뀌는 마녀·마법사들이 대경한 것도 무리는 아니었다. 더군다나 한때 명성이 자자했던 예언의 마녀가 실은 이자벨 베가 일가를 몰살시킨 주범이며, 대도 헤센의 공범이었다는 점에서 많은 이들이 공분을 표하고 있었다. 오직 옛 수장의 영광을 잊지 못하는 자일스의 원로들만이 그녀를 안타까워했을 뿐이다.

"그런 파렴치한은 일평생 괄티에로 벨리에서 썩어야 마땅합니다. 재판도 받지 않고 죽은 것이 안타까울 따름이군요."

평소 무심하기 짝이 없던 휴고가 드물게도 헤센 그윈티르에게 반감을 내비쳤다. 순수하게 유물을 아끼는 마음이라기보단, 유물을 잃어버린 탓에 친족들의 등쌀에 시달렸던 기간이 진저리 나는 듯했지만 말이다.

"그나마 유물은 무사해서 다행이에요. 사냥꾼에게 듣기로 대도 헤센에게 도둑맞은 오르테가의 열두 귀물은 대다수가 행방이 묘연하다고 하더라고요."

"그래요? 만일 반지도 그리되었다면 참으로 볼만했겠습니다. 〈공정한 알피어스〉의 역사에 경솔하고 아둔한 휴고 알피어스의 이름이 남았다면 아주 재미있었을 텐데."

수리의 말끝마다 차디찬 냉기가 묻어났다. 유물을 잃어버린 것으로 모자라 일언반구도 없이 반년씩이나 은둔했던 형제에게 아직도 악감정이 남은 듯했다. 정작 악감정의 표적인 휴고는 변함없이 유유한 상황에서 홀로 안절부절못하던 디아나가 얼른 상자를 가리켰다.

"원래는 에드윈 경이 전해 드려야 하는데 상황이 여의치가 않아서 대신 전해 드리는 거예요. 혹시 모르니 다시 한번 확인해 보세요."

그에 알피어스 남매는 머리를 맞대고 반지를 꼼꼼히 살펴보기 시작했다. 이미 사냥꾼들이 감정을 마쳤지만, 알피어스의 혈족만이 알아보는 흔적이 있는지도 몰랐다. 여태 옥신각신하던 것도 잊고 남매가 합심하여 반지를 이리저리 돌려 보는 사이, 디아나는 남몰래 한숨을 내쉬며 애써 긴장을 풀어냈다.

제노비아가 붙잡힌 지 오래지 않아, 디아나는 이번 사건의 공을 에드윈에게 돌리기로 했다. 만일 아홉 유물을 이용해서 그리젤다 솔을 되살리려던 제노비아의 계략이 세상에 완전히 드러나거든 상상할 수조차 없는 파란이 일어날 것이기 때문이다. 특히나 내로라하는 마녀·마법사들이 포진한 사교 클럽 몬과 악마 마르고트가 연루되었다는 점에서 더욱 그러했다.

그러나 무엇보다도 디아나는 자신의 정체가 탄로날까 두려웠다. 사자를 되살리는 마법은 유구한 마법 역사에서도 전례를 찾아볼 수 없는 기적. 비단 지식욕에 눈먼 동족이 아니더라도 죽음을 초월하려는 인간들마저 눈에 불을 켜고 연구할 것이 빤했다. 그러거든 악마에게 붙잡혀 지하 세계로 끌려갔던 디아나의 정체를 의심하며 끈지게 파고드는 자가 생겨날지도 몰랐다.

'나는 고작해야 헤센 그윈티르의 본체를 찾았을 뿐입니다.'

에드윈은 연신 손사래를 쳤지만, 헤스터나 세드릭이 여기기에도 그만한 적임자가 없었다. 죽었다던 제노비아 자일스가 살아 돌아온 것으로 이미 마법 사회는 떠들썩했고, 드높은 관심은 자연히 제노비아를 잡은 수훈자에게로 몰렸다.

세상에 알려지길, 제노비아 자일스는 죽음을 위장하여 대도 헤센과 각지를 떠돌아다닌 중범죄자. 게다가 이자벨 베가 일가를 몰살시킨 장본인이라 스스로 증언했으니, 저명한 사냥꾼인 에드윈 베가가 나서는 것이 여러모로 이치에 맞았다.

'경에게 너무 무거운 짐을 드려서 죄송해요. 하지만······.'
'압니다. 사건을 이쯤에서 마무리하려면, 내가 전면에 나서야겠지요.'

의식을 회복한 뒤로, 제노비아 자일스는 내내 무의미하게 시간을 보낸다고 들었다. 온종일 질문을 던져도 돌아오는 대답은 많아야 두서넛뿐. 육신은 살아 있되, 정신은 일찍이 망각의 강을 건너 버린 것만 같았다.

'걱정하지 마십시오. 더는 당신의 이름이 거론되는 일은 없을 겁니다.'

에드윈은 그리 디아나와 헤스터를 안심시키며 돌아갔다. 하지만 그럼에도 디아나는 여전히 불안감을 지워 내지 못했다. 어두운 밤이면 종종 제노비아가 언제고 수틀려서 전부를 토로할지도 모른다는 근심으로 잠 못 이루었다. 그럴 리 없다는 논리적인 귀결이나 주위에서 위로하는 말도 근거 없이 부풀어 오르는 불안감을 완전히 가라앉히지는 못했다.

그러나 사건은 이미 그녀의 손을 떠나갔다. 당분간은 잠자코 엎드려 있는 것이 에드윈을 돕는 길이었다.

"……디아나 씨?"

문득 들려오는 소리에 디아나는 퍼뜩 정신을 차렸다. 맞은편에서 수리가 의아한 표정을 짓고 있었다.

"무슨 일이라도 있습니까?"

"아뇨. 잠깐 딴생각하느라. 죄송해요, 방금 뭐라고 하셨어요?"

"혹 이번 주에 시간이 되는지 물었습니다."

수리가 그녀답지 않게 쑥스러운 얼굴로 말했다.

"귀한 반지를 찾아 주었으니, 그만한 대접을 해야죠. 솔즈베리의 본성으로 초대하겠습니다. 언제든 편한 날짜를 일러 주세요."

버릇처럼 거절을 말하려던 찰나, 디아나는 기대에 찬 눈빛으로 자신을 바라보는 수리를 보았다. 저도 모르게 생각지도 못한 답변이 나갔다.

"그럼 이번 주말은 어떨까요?"

"주말, 나는 좋습니다. 휴고도 괜찮을 거예요."

"내가?"

그리 되묻는 휴고를 사뿐히 무시하며 수리가 말을 이었다.

"참, 그러고 보니 감사하다는 인사를 잊었군요. 디아나 씨, 가문의 소중한 보물을 돌려주어 진심으로 고맙습니다."

"아녜요. 어차피 에드윈 경이 다 하신걸요. 전 그저 전해 드린 것밖에 없어요."

"그래도요. 에드윈 경에게는 따로 감사를 전할 테니 부디 인사를 받아 주세요."

디아나는 어쩔 줄 몰라 하며 고개를 끄덕였다. 잠시 어색한 분위기가 흐르는 중에 갑자기 수리가 팔꿈치로 휴고의 옆구리를 찔렀다. 지루한 얼굴로 광장을 내다보던 휴고가 느리게 고개를 돌리자, 수리는 가시눈으로 디아나를 흘깃거렸다. 휴고는 그제야 무언갈 깨달은 것처럼 짧은 탄성을 터뜨렸다.

"고맙습니다."

이어지는 감사에 디아나는 조금 겸연쩍게 웃었다. 건조하기 짝이 없는 인사지만, 마냥 기분이 나쁘지는 않았다.

알피어스 남매와 헤어질 때는 이미 해가 뉘엿뉘엿 지는 저녁이었다. 한가롭던 거리도 어느새 퇴근하는 인파와 장을 보러 나온 사람들로 북적였다. 디아나는 거리에 가득한 사람들을 헤치며 익숙하게 전차에 올라탔다. 처음에는 상종도 하지 않으리라 다짐을 거듭하던 전차지만, 익숙해지니 이처럼 값싸고 편리한 교통수단도 없었다.

그리 집으로 돌아온 디아나를 반긴 것은 고소한 스프 냄새였다.

"언니?"

디아나가 실내화로 갈아 신으며 목청을 높였다. 멀찍이 부엌에서 달그락대는 소리와 함께 헤스터의 목소리가 전해졌다.

"디아나 왔니?"

"응. 뭐 해?"

"요리하고 있어. 이제 식사해야지."

그에 디아나의 안색이 푸르죽죽해졌다. 대체로 만사에 능통한 헤스터가 유일하게 낙제점을 받는 것이 있다면 단연코 요리였다. 조금만 조리 과정이 복잡하거든, 도무지 정체를 알 수 없는 요리가 나왔다. 그쯤 되면 깔끔히 포기하고 외식하는 편이 나을 텐데도, 어릴 적부터 절약하는 습관이 몸에 밴 헤스터는 그리 쉽사리 주머니를 여는 성격이 못 되었다.

"이것 좀 보렴. 새로 나온 제품인데 끓는 물에 가루를 풀기만 하면 스프가 완성돼."

부엌에서 쪼르르 달려 나온 헤스터가 밀봉된 종이봉투를 내밀었다. 디아나는 호기심 어린 눈으로 봉투를 열어 보았다. 그러나 무언가 신기한 게 들어 있으리란 기대와 달리, 봉투에는 누런 가루만 가득했다.

"이거 밀가루 아냐?"

"아니라니까. 이리로 한번 와 봐."

헤스터는 디아나를 끌고 부엌으로 갔다. 펄펄 끓는 냄비에 놀란 디아나가 얼른 마법으로 불부터 줄였다.

"언니, 스프는 이렇게 펄펄 끓이면 안……."

"봐. 정말 스프잖니. 물에 가루를 풀었을 뿐인데 맛도 괜찮아. 신기하지 않니?"

아무래도 헤스터는 신제품의 위력에 놀라 아무것도 들리지 않는 모양이었다.

"확실히 신기하긴 하네."

"그렇지? 이런 걸 인간의 기술로 만들었다는 게 너무 놀라워. 왜 우리는 진즉 이런 생각을 못 했을까?"

"굳이 시간을 들여서 스프를 연구하고 싶은 사람은 없지 않을까……."

디아나가 지독히도 회의적인 목소리로 말했다. 그녀만 하더라도 웬만큼 보상이 높지 않은 한 구태여 스프를 연구하고 싶진 않았다. 스프를 폄하하는 것이 아니라, 마법과 전혀 관계없는 분야기 때문이다.

"그건 내가 할게."

이제 헤스터는 마법으로 프라이팬에 기름을 두르고 있었다. 옆에 베이컨과 계란을 잔뜩 꺼내어 놓을 걸 보면 신기로운 가루 스프 덕분에 요리할 의욕이 넘치는 듯싶었다. 디아나로선 마냥 반갑지만은 않았으나.

"아냐. 너는 식탁에서 빵을 좀 잘라 주겠니?"

헤스터는 식탁 구석에 놓인 바게트 빵을 눈짓했다. 디아나는 유달리 강한 불을 힐끔거리며 식탁으로 향했다. 저토록 강대한 마녀도 부엌에서는 꼭 물가에 내놓은 아이처럼 불안하기만 했다.

마법으로 떠오른 칼이 고르게 빵을 썰기 시작했다. 식탁에 앉아 멍하니 그 모습을 지켜보던 디아나가 길게 하품했다. 그러고 보니 오늘은 저녁만 먹고 일찌감치 잠들어야 했다.

"언니. 나 내일 새벽에 나가."

"참, 세드릭 경이랑 약속이 있댔지?"

디아나는 의자에 몸을 깊이 묻으며 곤한 눈을 깜박였다. 며칠 전, 세드릭에게서 편지가 왔다. 거두절미하고 보여 줄 게 있으니 내일 새벽 만나자는 것이었다. 요즘 제노비아 자일스와 얽혀서 정신없이 바쁠 텐데 무슨 일로 보자는 건지 모르겠다.

'시간이 남으면 쉬든가.'

그렇잖아도 세드릭은 얼마 전에 쓰러진 전적도 있어 염려되지 않을 수가 없었다. 심지어는 며칠 심하게 앓은 이유가 낙뢰 마법을 과도하게 사용했기 때문이라고 했다. 지하에서 악마 군단을 멀리 내쫓던 수많은 낙뢰를 기억하는 디아나로선 마음이 불편할 수밖에 없었다.

디아나는 울적한 얼굴로 식탁에 엎드렸다. 이상하게 가슴이 갑갑했다. 그래서 허공에서 떨어진 칼이 식탁을 나뒹구는 줄도 모르고 몸을 들썩거리기만 했다.

똑똑.

그때, 창가에서 노크 소리가 들려왔다.

"내가 볼게."

디아나는 요리하는 헤스터 대신 창가로 향했다. 다리에 편지를 매단 비둘기가 계속해서 부리로 창문을 쪼고 있었다. 창문을 열어 편지를 받기 무섭게 비둘기는 쏜살같이 하늘로 날아올랐다.

열없이 편지를 펼치려던 디아나가 멈칫했다.

"언니……."

아스라한 목소리에 헤스터가 고개만 빼서 물었다.

"왜 그러니?"

"공모전 결과 나왔나 봐."

갑자기 부엌에서 식기 떨어지는 요란한 소리가 났다. 뒤이어 헤스터가 바람처럼 달려 나왔다.

"뭐라고 쓰여 있어?"

"떨려서 못 열겠어……."

디아나가 울상으로 그녀를 올려다보았다. 헤스터는 굳은 표정으로 동생을 안심시켰다.

"괜찮아. 별것도 아닌데, 응?"

"하지만 부랴부랴 개요 짠다고 일주일은 잠도 제대로 못 잤는걸."

"그렇게 급하게 제출한 거잖아. 결과가 어떻든 실망하지 않는 거야. 알았지?"

열흘 전, 디아나는 잉그람 마법 협회에서 주최하는 소규모 공모전에 참가했다. 무명의 마녀·마법사를 대상으로 한 공모전으로, 연구 주제와 개요를 작성해서 제출하거든 그중에서 특출한 이에게 보조금을 지원하는 방식이었다. 할 일 없이 빈둥거릴 바에야 조금이라도 생산적인 일을 하자는 일념으로 지원했으나, 막상 결과가 손에 들어오니 가슴이 마구 두방망이질했다.

'그래. 어차피 경험 삼아 지원한 거잖아.'

디아나는 그런 생각으로 조심스레 편지를 펼쳤다. 하지만 글씨가 보이기 무섭게 눈을 질끈 감아 버리고 말았다. 말이 보조금이지 액수가 제법 되었다. 만일 떨어진다면 적잖이 가슴이 아플 것 같았다.

"디아나!"

별안간 기쁨에 찬 목소리가 귓전을 울렸다. 놀란 디아나가 저도 모르게 눈을 떴다.

「……귀하는 이번 공모전에 선정되어…….」

딱, 그 문장만 눈에 들어왔다.

"언니! 나 됐어!"

디아나는 편지를 쥔 채로 헤스터의 목에 매달렸다. 헤스터도 환한 미소를 내건 채로 디아나를 끌어안았다. 고소한 냄새로 가득한 식탁에 자매의 웃음소리가 화사하게 흐드러졌다.

이튿날 새벽녘.

디아나는 오래간만에 일찍 일어나 단장을 마쳤다. 행여나 늦게 잠든 언니가 깨기라도 할까 화장실도 살금살금, 부엌도 살금살금 다녀왔다. 거리에서 맨 먼저 하루를 시작하는 청소부조차 소식 없는 이른 시간대지만, 오늘따라 유난히 또렷한 눈빛에선 졸음기를 찾아볼 수 없었다. 도리어 어느 이름 없는 고서(高書)처럼 차분하게 가라앉아 있었다.

소리 죽인 발걸음이 좁은 거실을 가로질러 현관에 닿았다. 마지막으로 모자를 눌러쓴 디아나가 고요한 집안을 훑어보았다. 갑작스러운 인기척에 고양이가 예민한 귀를 쫑긋거렸지만, 오래지 않아 도로 잠들었다. 디아나는 어두운 실내를 물끄러미 바라보며 느릿하게 문을 열었다. 문틈으로 새어 들던 복도의 불빛이 이내 자취를 감추었다.

3월 말, 잉그럼 중부의 오킹엄은 아직 쌀쌀한 초봄이었다. 두꺼운 겨울 외투를 입기에도, 얇은 봄철 외투를 입기에도 마땅찮은 어중간한 날씨. 새벽녘 추위가 두려워 최대한 꽁꽁 싸맸지만, 여전히 문밖의 한기는 두려운 법이었다. 아파트 현관에서 한참을 미적거리던 디아나가 끝내 조심스럽게 문을 밀어젖혔다. 두려워 마지않던 찬 바람이 칼날처럼 뺨을 스쳐 지나갔다.

"……왔으면 안으로 들어오지 않고."

디아나가 옷깃을 세우며 조그맣게 속닥였다. 불 켜진 가로등 아래 외로이 서 있던 세드릭이 흐리게 웃었다.

"헤스터 경에게 실례잖아."

"그래도 추운걸. 또 앓으면 어쩌려고 그래."

환한 불빛 아래 드러난 얼굴이 파리했다. 예전보다 조금 마른 듯싶기도 했다. 하긴 낙뢰의 후유증으로 심하게 앓고서, 제대로 몸을 추스르지도 못하고 실무에 시달렸으니 건강이 상할 법했다.

근래 마법 사회를 뜨겁게 달구는 화제란 단연 제노비아 자일스였다. 외부에선 제노비아에게 종신형을 내리라는 목소리가 드높은 반면, 가문 내부에선 한때 영광스러운 수장이었던 이를 동정하는 의견이 적잖을 테니 자일스의 수장인 그는 참으로 난처한 상황일 터였다. 원로들을 짓누르고 제노비아를 벌하겠다는 자신의 의견을 관철시키려거든 더더욱.

'제노비아 자일스는 마땅한 벌을 받을 거야. 내가 그리 만들게.'

디아나는 입술을 깨물었다. 당연히 제노비아가 처벌받길 원했다. 그건 지금도 변치 않은 생각이었다. 하지만 무얼 포기하면서까지 바라지는 않았다. 저토록 건강을 해쳐 가며 제노비아를 벌한들 마냥 달갑지만은 않을 것 같았다. 그새 여윈 얼굴에 속이 상했다.

"무얼 그리 생각해."

세드릭이 조용히 물었다. 디아나는 말없이 고개를 내저었다. 그러고는 홀로 거리를 밝히는 가로등으로 천천히 다가갔다.

"그런데 이 시간에 어딜 간다는 거야?"

"좋은 곳."

"……지금 장난해?"

세드릭이 자그맣게 웃음을 터트렸다.

"어차피 곧 알게 될 텐데."

그러면서 손을 내밀었다.

"가자."

디아나는 물끄러미 손을 바라보았다. 좀처럼 뜻을 헤아릴 수 없는 눈빛으로, 하지만 오래지 않아 그의 손을 맞잡았다.

유일하게 빛을 뿜어내는 가로등 아래. 소년 소녀는 곧 자취를 감추었다.

디아나는 슬며시 눈을 떴다. 살갗으로 느껴지는 온도가 어느덧 완연한 봄이었다. 게다가 도시에선 접하기 어려운 습기 찬 공기와 짭조름한 냄새, 그리고 끼룩끼룩 울어 대는…….

"바다?"

시야를 채운 것은 두말없이 바다였다. 아직 동트지 않아 어둡지만, 수평선 인근에선 발간 기운이 벌써부터 일렁이고 있었다. 점차로 밝아 오는 새벽하늘 아래 드넓게 펼쳐진 물결이 끊임없이 뭍으로 올라오는 소리가 귓전을 메웠다. 바닷새가 연이어 목청을 틔우며 이른 새벽녘을 깨우고, 철썩대는 파도가 잔잔하게 흘러오는 따뜻한 남쪽 바다.

"아리아나 해변이야."

세드릭은 그리 말하며 앞장섰다. 멀거니 그의 뒷모습을 쳐다보던 디아나도 이내 발걸음을 옮겼다.

"아리아나 해변이라면 유명한 관광지 아냐?"

"맞아."

디아나의 표정이 조금 이상해졌다. 그녀가 알 만한 관광지라면 아마 세상에서 으뜸가는 명승지가 틀림없다. 듣기로는 어느 시인이 세상에 이처럼 아름다운 해변은 또 없으리라 감탄했다고 한다.

하지만 디아나는 시인에게 공감할 수 없었다. 이곳이 아름답지 않다는 게 아니라, 바다를 난생처음 보았기 때문이다.

"실은 바다는 처음이야."

그리 속삭이는 소리에 세드릭이 무던히 고개를 끄덕였다.

"어머니는 바다를 기피하셨으니까. 여기에 앉자."

세드릭은 떠오르는 태양이 가장 잘 보일 법한 위치에 앉았다. 디아나도 세드릭을 따라 조심스레 모래사장에 주저앉았다.

"그러게. 스승님은 주기적으로 이사하시면서 한 번도 해안 도시로 집을 옮긴 적은 없으시네. 왜 그러신지 알아?"

"아버지랑 여기서 만나셨거든."

그에 디아나는 말없이 수긍했다. 스승과 에드윈 경의 관계는 실로 복잡했다. 오래도록 별거하기에 어릴 적엔 그저 사이가 나쁘다고 생각했으나, 자라서 보니 단순히 그렇게만 여길 수는 없었다. 둘 사이에는 타인이 모르는 깊디깊은 감정이 있었다. 곧 바스러질 듯 섬약하면서도 쉬이 버리지 못하는 철 지난 낙엽처럼, 그들은 지나간 사랑을 품지도 내치지도 못하며 내내 전전긍긍했다.

어쩌면 너무 사랑했기 때문이 아닐까.

디아나는 쓸쓸한 눈으로 해변을 돌아보았다. 여기서 그들의 역사가 시작되었다는 걸 깨달으니, 어두운 해변 곳곳이 새삼 다르게 다가왔다.

"그런데 아무도 없네?"

아름답기로는 손에 꼽는 해변이 이리도 잠잠할 리 없다. 방방곡곡에서 밀려드는 관광객들로 붐벼야 정상일 텐데, 이상하게도 해변에는 인적조차 없었다. 드넓은 모래사장에 오직 둘뿐이었다.

"앞으로 석 달은 내 사유지라서 그래."

"뭐?"

"작년 초까지 윈터랑 국경에 주둔했잖아. 그 대가로 받은 거야."

디아나는 황망히 그를 바라보았다.

"어째서?"

아무리 마녀·마법사가 대체로 물욕이 없다지만, 명색이 한 나라의 국왕과 단독으로 맺는 계약이었다. 적어도 상대가 잉그람의 국왕쯤 되면 제법 매력적인 제안이 많았을 텐데, 굳이 해변을 택한 것은 좀체 납득하기 어려웠다. 심지어 일평생 소유하는 것도 아니고 고작 석 달이라면.

"원래는 부모님을 모시고 오고 싶었어."

세드릭이 수평선을 가만히 응시하며 말을 꺼냈다.

"예전에 아버지가 그러셨거든. 어머니를 처음 만나 결혼했던 아리아나 해변은 참으로 아름다웠지만, 사람이 너무 많아서 풍광을 제대로 즐기지 못했다고. 그래서 두 분께 한적한 해변을 선물로 드리고 싶었는데……."

세드릭은 차마 말을 잇지 못했다. 디아나는 이어질 말을 족히 짐작했다. 함께 공유하는 슬픔이기에 더욱 가슴이 저몄다.

"……스승님께서도 좋아하셨을 텐데. 아쉽다."

"그러게."

"너도 스승님이랑 왔으면 더 좋았을 테고."

그 말에 세드릭이 불현듯 고개를 돌렸다. 갑자기 시선이 맞부딪치며, 조용하던 눈동자에 파문이 일었다.

"나는 괜찮아. 너랑 와서 기뻐."

디아나는 물끄러미 그를 쳐다보았다. 말을 끝내고서 먼저 시선을 피하는 모습이, 복잡한 눈으로 하릴없이 바다를 응시하는 모습이 지근거리였다. 이제는 피하고 싶어도 피할 수가 없었다.

"세드릭. 왜 날 여기로 데려온 거야?"

더는 피하면 안 되었다.

세드릭은 한참 침묵했다. 그사이에도 점점 날이 밝아 오며, 불그스름한 빛이 그의 얼굴까지 번지고 있었다. 빛 받아 투명하게 보이는 녹안이 스르르 눈꺼풀 아래로 가라앉았다.

"……네게 할 말이 있어서."

디아나는 끈지게 답을 기다렸다. 오래지 않아 대답이 들려왔다.

"미안해."

겨우 토해 낸 소리였다.

"어릴 적 내가 저질렀던 수많은 잘못……. 고작 사과 한마디로 네가 견뎌 내야 했던 고통을 보상할 수는 없겠지만, 그래도 전하고 싶었어. 전해야 했어. 그런 일을 없었던 것처럼 덮어 두고 이대로 지내면 안 되는 거니까."

세드릭은 눈을 내리뜨며 담담히 말을 이어 갔다.

"용서를 바라는 게 아냐. 애초부터 내가 용서를 구할 수 있는 잘못이 아닌걸. 그 어떤 마법으로도 네가 고통스러웠던 세월을 갚지 못하는데, 어떻게 용서를 청하겠어. 다만 네가 아직도 그 시절의 기억으로 아플까 봐, 그래서 전하고 싶었어."

"……."

"넌 잘못하지 않았어. 전부 내가 못난 탓이야."

혹시나 재능이 일천해서, 어머니와 언니처럼 대단치 못해서. 그리 죄의 화살을 자기에게로 돌려 버릴까 봐.

"너는 지하로 별을 불러들인 마녀. 그만한 기적을 또 누가 이뤄 낼 수 있겠어."

세드릭이 조용히 읊조렸다. 차마 마주치지 못하는 눈은 모래밭으로 떨군 채 하염없이 바닥만 헤매었다.

파도 소리가 면면이 들려왔다.

오래도록 묵묵하던 디아나가 느지막하게 말문을 열었다.

"만약 내가 널 용서한다면, 넌 그걸로 충분해?"

멍하니 눈을 깜박이던 세드릭이 더디게 고개를 들어 올렸다. 디아나는 좀체 심중을 파악하기 어려운 얼굴이었다. 표정이 말끔히 지워진 듯하면서도 아주 많았다. 그예 아득한 안개 속을 헤집는 것처럼 나아가는 수밖에 없었다.

"당연히……."

"제대로 생각하고 말해. 정말 용서로 충분해?"

디아나가 드물게 성마른 목소리로 물었다.

"네가 진심으로 하고픈 말이 그게 전부야?"

세드릭은 우두커니 그녀를 바라보았다. 발가벗겨진 기분이었다. 꽁꽁 숨기면서도 내심 알아주길 바랐던 마음이 마침내 드러났다. 그럼에도 마치 바닷속처럼 갑갑했다. 숨이 모자랐다. 맘껏 터져 나가지 못해 속으로만 곪았던 마음이 아래로만 줄줄 흘러내렸다.

"미안해."

엄중하게 옭아매는 시선을 피할 수도 없었다. 그저 그대로 털어놓는 수밖에.

"내가, 널 좋아해서 미안해."

둑이 터지듯 눈물이 쏟아졌다.

"나는 그럴 자격이 없는데……. 잘 아는데 내 마음대로 되지가 않아. 그냥 언젠가부터 네가 좋았어. 네가 날 싫어하는 걸 알면서도 멈춰지지가 않았어."

뺨을 타고 연이어 눈물이 흘러내렸다. 턱 끝에서 아롱진 마음이 덧없이 낙하했다.

"언제는 네가 알아주길 바랐고, 언제는 네가 영영 모르길 바랐어. 내 마음인데 나도 갈피를 못 잡겠어. 그런데 지금은 겁이 나. 네가 날 미워할까 봐 너무 무서워서……"

세드릭이 서럽게 흐느꼈다.

"좋아해 달라고 하지 않아. 다만 미워하지만 말아 줘. 네가 부담스럽다면 다시는 말하지 않을게. 네가 신경 쓰지 않도록 할게, 그러니까."

"……"

"그러니까, 그냥 이대로 지내면 안 될까……"

끔찍한 적막이 찾아들었다.

세드릭은 여전히 눈물을 멈추지 못했다. 언젠가부터 감정을 숨기고, 표정을 숨기고, 눈물을 숨겼던 것이 무색하도록 전부를 흘려 내고 있었다. 행여 저러다 모래사장이 다 젖을까 저어될 정도로 슬피 울어 댔다.

그래서 외면할 수 없었는지도 모른다.

어린 시절의 세드릭이 저러했기에. 자신을 돌아보지 않는 어머니에게 애정을 갈구하며, 스승이 부담스럽게 느낄 정도로 원대한 사랑을 고스란히 내비치던 모습이 그대로 겹쳐졌다. 보답받지 못하는 사랑으로 늘 목말라 갈증에 허덕이던 기억 속 어린애의 모습으로. 이제는 감쪽같이 어른 흉내를 내면서도 정작 자라지 못한 아이가…….

아직도 그 시절을 홀로 헤매는 것처럼.

디아나는 천천히 손을 올렸다. 수그린 세드릭의 얼굴을 들어 눈물로 젖은 뺨을 조심스레 닦아 냈다. 짙은 녹안이 의아한 빛을 띠는 걸 알면서도 묵묵히 뺨을 문지르는 데만 열중했다. 어린아이를 달래듯 미약하게 떨리는 턱을 살살 매만졌다.

"네가 미웠어."

"……."

"정말 미웠는데……."

디아나는 흔들리는 숨을 삼키며 속눈썹을 파르르 내렸다. 닫힌 눈 안으로 금세 어둠이 몰려든다. 이렇게 어둡거든, 십중팔구 그날이 악몽처럼 밀려들곤 했다.

암암한 사위. 머나먼 밤하늘. 뒤쫓는 악마.

악몽의 시작은 늘 그러했다. 질리도록 반복되는 상황인데도, 놀랍도록 익숙해지지가 않았다. 대체로 꿈인 줄 모르지만, 가끔은 꿈인 줄 알았다. 그럼에도 무시무시한 공포가 속절없이 목을 옥죄었다. 지하 세계에서 눈 시퍼렇게 뜨고 군림하고 있을 마르고트가 남몰래 흉계를 꾸미는 것만 같아, 도무지 맘 편히 지낼 수가 없었다.

하지만 그럴 때면 언제고 아름다운 노랫소리가 들려온다. 황폐한 들판에서 씨앗 없이 피어오르는 황금의 꽃이 눈부시게 빛나며, 자비로운 하늘의 왕이 도래할 길을 축복했다. 그리고 악마들이 영문 몰라 허둥지

둥하는 사이, 저편에서 횃불을 들고 나타나는 한 사람.

어둠을 몰아내고, 악마를 내쫓는 빛.

실로 만천하를 밝히는 불빛이다.

그제야 디아나는 느릿하게 눈을 떴다. 어느덧 어둠이 달아난 사위. 어슴푸레 밝아 오는 새벽빛이 그새 발끝까지 치달았다. 마치 악몽이 가신 아침처럼, 모든 것이 선명하게 다가오는 때.

디아나는 눈부신 서광에 도리 없이 눈가를 찡그리며, 못내 어설프게 웃고 말았다.

"이젠 아니야."

매번, 네가 날 지옥에서 건져 내.

"내가 어떻게 널 미워하겠어."

세드릭은 황망히 그녀를 바라보았다. 창백한 뺨에 후드득 눈물이 쏟아졌다. 입술 사이로 볼품없이 흔들리는 목소리가 새 나갔다.

"나는……."

"알아."

디아나가 자그맣게 속삭였다.

"이제는 너도 행복했으면 좋겠어."

"……."

"내가 곁에 있으면 될까?"

결국 세드릭은 참고 참았던 울음을 다시 터트리고 말았다. 어쩔 줄 몰라 난감하던 디아나는 헤스터가 곧잘 그러하듯 세드릭을 한껏 끌어안았다. 좀처럼 멈추지 못하는 흐느낌이 품에서만 내리 흘렀다.

이윽고 태양이 떴다.

둘을 감싸듯 밝은 빛이 쏟아져 내렸다.

후 일 담

"……뭐요?"

쨍그랑. 디아나가 포크를 떨어트리며 되물었다. 몹시 충격적인 소리라도 들은 것처럼 경악한 얼굴이었다.

"방금 뭐라고 했어요?"

그러자 맞은편에서 하릴없이 커피 잔만 매만지던 올리버가 대꾸했다.

"헤스터랑 결혼하고 싶다고."

"결혼……."

디아나는 우울하게 중얼댔다. 전 재산이 든 통장이라도 잃어버린 것처럼 단숨에 해쓱해졌지만, 평소라면 기민하게 그녀의 기분을 알아챘을 올리버도 오늘은 그다지 상태가 좋지 않았다. 적잖이 목이 타는지 벌써 커피를 넉 잔이나 마셨다.

"그래서 아가씨가 보기엔 어때?"

"내 의견이 중요해요?"

디아나가 어깨를 축 늘어뜨리며 시무룩하게 말했다. 어차피 결혼은 당사자의 의견이 가장 중요한 일. 아무리 가까운 친지여도 목소리를 내는 데는 한계가 있었다.

"그게 무슨 소리야?"

잠시 영문을 모르던 올리버가 곧 오해를 짚어냈다.

"아니, 내 말은 그게 아니라. 헤스터가 결혼에 뜻이 있어 보이냐는 질문이었어."

디아나의 고개가 번쩍 들렸다.

"뭐예요, 그럼 언니도 동의한 건 아녜요?"

"아직 말도 못 꺼냈는데 동의는 무슨."

디아나가 멍하니 입을 벌렸다. 심하게 앓는 사람처럼 죽상이던 얼굴이 도로 피었다. 금방 몰아쳤던 내심의 풍랑이 단숨에 가라앉자 도래하는 것은 마음의 평화. 오해가 걷힌 머릿속에선 연신 팡파르가 울려 퍼졌다.

하지만 그런 기쁨을 알 턱이 없는 올리버는 여전히 초조한 기색이었다.

"그래서 어떻게 생각해? 헤스터가 결혼할 마음이 조금이라도 있는 것 같아?"

"글쎄요. 그건 언니만 알겠죠."

"그러지 말고. 자매로서의 감이란 게 있잖아."

올리버의 채근에 디아나는 하는 수 없이 지난 일을 떠올렸다. 하지만 결혼이란 그다지 일상에서 자주 오르내리는 화두가 아니었다. 헤스터와 진지하게 결혼에 대해 대화를 나눈 적도 고작 한 번뿐이었다.

'아직 결혼할 생각은 전혀 없어.'

미래는 함부로 장담할 수 없다는 말을 덧붙이긴 했으나, 어쨌든 지금은 결혼할 의향이 없다고 그랬다. 지난 몇 달 사이 생각이 바뀌었다면 몰라도.

"딱히 결혼하고 싶어 하는 것 같지는 않던데요."

"역시 그런가……."

올리버가 착잡한 표정을 지었다. 내내 심드렁하던 디아나도 그답지 않게 우울한 모습에 조금 측은한 마음이 들었다.

"힘내요. 언니가 언제 생각이 바뀔지도 모르잖아요."

디아나는 인자하게 웃으며 말했다. 물론 헤스터가 결혼한다면 누구보다 슬퍼할 그녀이기에, 모두 마음의 여유에서 우러나는 미소였다.

올리버와 헤어진 뒤, 디아나는 곧장 앰브로즈 광장으로 향했다. 광장이 멀지 않은 데다 약속한 시간까지 제법 남아서 걸음걸이가 느긋했다.

'결혼이라니. 너무 갑작스럽잖아.'

디아나는 조금 전 올리버와 나눴던 대화를 상기하며 한숨을 지었다. 언니가 결혼에 동의한 게 아니라는 걸 알자마자 기쁨에 도취되긴 했지만, 기실 올리버가 진지하게 결혼을 고려한다는 것 자체로 둘 사이가 깊다는 방증이나 다름없었다. 언니와 올리버가 잘 사귀고 있는 것이 다행스러우면서도 한편으로는 못내 씁쓸했다.

하지만 언니는 그럴 생각이 없다니까.

그러니 벌써부터 근심할 필요는 없었다. 마냥 맹목적으로 집착하는 것이 능사가 아님은 일찌감치 깨달았으므로, 지금은 그저 지금을 즐기는 걸로 충분했다. 공연히 속을 태우다간, 정작 나중에 지금을 즐기지 못한 걸 후회할지도 몰랐다.

디아나는 그리 생각하며 당차게 걸었다. 내리 무겁던 발걸음이 점차 가벼워졌다. 마침 화창한 봄날, 나날이 얇아지는 치맛자락이 다리에 부드럽게 휘감겼다. 건널목을 지나 대로로 접어드니, 어느덧 앰브로즈 광장이었다.

주말의 느지막한 오후. 오킹엄에서 단연 제일가는 번화가인 앰브로즈 광장은 따사로운 봄볕을 즐기러 나온 사람들로 가득했다. 아이들을 데리고 나온 부부가 가장 많지만, 여럿이서 몰려다니는 동갑내기 무리나 연인들도 적잖다. 디아나는 그들 사이로 익숙하게 광장을 가로지르며, 중심의 시계탑으로 향했다.

만인의 약속 장소라는 별칭에 걸맞게, 갈색 시계탑 아래는 약속 상대를 기다리는 사람들로 북적였다. 근처 벤치에서 기다리려던 디아나는 문득 저만치에서 익숙한 얼굴을 발견하고 말았다.

"세드릭?"

디아나는 눈을 가느스름하게 뜨며 시계탑 아래를 지긋이 응시했다. 아무리 봐도 세드릭이 분명했다. 저토록 희귀한 생김새가 지상에 둘 있지 않고서야.

때마침 고개를 돌리던 세드릭과 눈이 마주쳤다. 디아나가 멀뚱거리는 사이, 세드릭이 빠르게 다가왔다.

"왔어?"

"응. 그런데 너는 언제 온 거야?"

디아나가 어리둥절하여 시계를 보았다. 약속한 시간까지는 아직도 20분이나 남았다. 그녀야 인근에서 올리버를 만나고 왔다지만, 세드릭은 이렇게 일찍 나올 이유가 없었다.

세드릭은 흘러내린 디아나의 귀밑머리를 넘겨 주며 말했다.

"날씨가 좋아서 조금 일찍 나왔어."

하긴 오늘따라 유달리 날이 맑았다. 디아나는 대수롭지 않게 수긍했다.

"아직 식사하기엔 이르지? 산책이나 할까?"

"그러자."

둘은 그렇게 광장을 거닐기 시작했다. 4월에 접어든 오킹엄은 완연한 봄으로 피어오르고 있었다. 곳곳마다 연두색 새싹이 움트고, 봄꽃이 흐드러지게 만개했다. 어두운 집에서 은거하길 즐기는 마녀조차 저도 모르게 꽃향기에 이끌려 밖으로 나올 만치 달콤한 계절이었다.

시청에서 공들여 관리하는 앰브로즈 광장은 그중에서도 최고로 아름다운 산책로였다. 수도라는 이점이 크지만, 사실상 로엔그렌 궁정을 제하면 도무지 볼만한 곳이 없는 오킹엄에서 이만하면 아주 잘 가꿔진 정원이었다.

"논문은 어때? 잘되어 가?"

불현듯 세드릭이 물었다. 설레는 얼굴로 화단을 구경하던 디아나가 곧바로 표정을 구겼다.

"아니. 망했어."

"엄살은……."

"엄살이라니! 이번엔 진짜야. 완전히 구제불능이라고."

디아나가 투덜거렸다.

"아무래도 주제를 잘못 잡은 것 같아. 사료도 부족하고, 유적도 드물고. 자료 조사 할 때는 그래도 이 정도면 충분하다고 생각했는데 전혀 아니었어. 왜 지금까지 사람들이 고대를 연구하지 않았는지 알겠다니까?"

이번에 디아나가 잉그람 마법 협회에서 보조금을 받으며 진행하는 연구는 영웅시대 이전에 존재하던 고대의 선조들을 조망하는 것이었다. 파란의 아르테미시아, 신속의 발터하임, 몽환의 카야 등 명성 높은 마녀·마법사들이 상당수 소속되었던 비밀결사 미오테티타를 중심으로 하되, 기존 연구에서 외면받았던 다른 인물을 양지로 끌어올리려는 의도였다. 처음에 예상하기로는 현존하는 사료로도 족했지만, 정작 연구를 시작하고 보니 자료가 턱없이 부족했다.

"내가 역사학에 소질이 없는 건 아닐까?"

디아나는 의기소침하게 중얼댔다. 마법적으로 얼마나 탁월한지가 연구의 성패를 좌우하는 다른 분야와 달리, 역사학은 마법적인 능력보다는 학문적인 통찰력이 더욱 중요했다. 변변찮은 의뢰로 입에 풀칠하며 살고 싶진 않았던 디아나가 마법 역사학으로 관심을 돌린 것은 자연스러운 수순이었다.

"벌써부터 그렇게 부정적으로 여기진 마."

"하지만……."

"난 네가 잘해 낼 거라고 믿어. 넌 어머니의 서재를 전부 통독한 유일한 사람이잖아. 그만한 노력으로 무얼 못 하겠어."

세드릭이 조곤조곤 말했다. 그제야 기분이 나아진 디아나가 야무지게 고개를 끄덕였다. 울적하게 가라앉았던 눈빛에 금세 생기가 돌았다.

"내일 엑서터로 가지? 짐은 다 챙겼어?"

세드릭은 내일 제노비아 자일스와 관련된 문헌을 수집하러 엑서터로 향한다. 웬만한 문서는 시종들이 모아 뒀을 테지만, 본성에는 오직 가문의 수장만이 드나들 수 있는 밀실이 있었다. 세드릭은 행여나 밀실에 있을지도 모르는 증거를 찾기 위해 몸소 본성을 찾는 것이었다.

"어차피 하루면 돌아올 텐데."

"혹시 이번에도 이상한 늙은이들이 와서 괜히 설치는 거 아냐?"

"레오나드 경을 말하는 거야?"

겨우 웃음을 참는 목소리였다. 디아나는 입술을 비쭉였다.

"레오나드 자일스, 실비아 자일스, 알렌 자일스……. 왜 있잖아, 툭하면 스승님을 찾아와서 저택을 쑥대밭으로 만들어 놓던 사람들. 어찌나 참견을 해 대는지, 그 사람들만 다녀가면 꼭 스승님께서 짜증을 부리셨어. 그때부터 마음에 안 들었다니까."

일명 가문의 원로라 불리는 그들은 아직까지도 사사건건 세드릭에게 반기를 들고 나섰다. 원로들이 베가의 낙뢰를 내리는 세드릭을 배척하는 것이 어제오늘 일은 아니지만, 이번은 더욱 심각했다. 젊은 시절 우러러 따랐던 제노비아 자일스가 이 지경이 되었음에도 그들의 눈먼 숭배는 변치 않으므로, 도리어 적법한 절차에 따라 제노비아를 벌하라는 의견을 표명한 세드릭에게 삿된 저주를 퍼부어 대고 있었다.

"그 사람들이 하루 이틀 그런 것도 아니고. 신경 쓰지 마."

태어날 적부터 그들의 눈 밖에 났던 세드릭이 대수롭지 않게 말했다. 원로들의 반대에는 아주 이골이 났는지, 진심으로 개의치 않는 모습이었다.

"그보다 저거 먹지 않을래?"

세드릭이 길가의 노점상을 가리켰다. 아이스크림과 주스를 판매하는 장사였는데, 맛이 괜찮은지 줄이 제법 길었다. 둘은 호기심에 줄을 섰다.

"난 아이스크림."

오래지 않아 그들의 차례가 다가왔다. 디아나는 눈을 반짝이며 곧장 아이스크림을 짚었다. 원래 달콤한 음식을 즐기지 않는데도, 먼젓번 손님이 사 간 탐스러운 바닐라 아이스크림이 제법 구미가 당기는 모양이었다.

메뉴를 훑어본 세드릭이 주문했다.

"아이스크림이랑 깔루아 커피로 주세요."

"깔루아 커피?"

낯선 이름에 디아나가 의아한 빛을 띠었다.

"칵테일이야."

"칵테일이면 술이잖아."

세드릭이 잠자코 고개를 끄덕였다. 잠시 고민하던 디아나가 웃으며 말했다.

"그럼 나도 그거 마셔 볼래."

디아나는 살면서 제대로 술을 마셔 본 적이 없었다. 고작해야 채스터티가 일전에 선물했던 위스키 봉봉이 전부이니, 술에 호기심을 품을 법도 했다.

그런데 세드릭의 표정이 어째 심상찮았다. 그는 조금 질린 듯한 얼굴로 다급히 주문을 바꾸었다.

"그냥 아이스크림 두 개로 할게요."

"왜!"

디아나의 만류에도 세드릭은 꿈쩍도 안 했다. 난처한 얼굴로 둘을 갈마보던 상인은 결국 세드릭의 뜻에 따라 아이스크림을 내주었다. 디아나가 부산스럽게 지갑을 꺼내는 사이, 세드릭이 먼저 계산을 마쳤기 때문이다.

둘은 그리 노점상을 벗어났다. 하지만 그토록 바라던 아이스크림이 수중에 들어왔는데도 디아나의 표정은 좋지 못했다.

"……그때, 내가 뭔 짓을 한 거야. 그렇지?"

"무슨 소린지 모르겠는데."

세드릭은 아이스크림을 베어 먹으며 슬그머니 시선을 피했다. 조금 전까지는 관심도 없던 꽃을 부러 구경하는 기색이 역력했다. 골난 디아나가 그의 옷자락을 붙들며 얼굴을 드밀었다.

"몇 년 전에 채스터티가 술이 든 초콜릿을 선물한 적 있잖아. 그때, 내가 무슨 사달을 낸 거지. 그래서 지금 이러는 거지?"

"아무 일도 없었어."

"거짓말."

"정말 별일 없었다는데도."

디아나가 의심 가득한 눈으로 세드릭을 쳐다보았다. 하지만 세드릭은 천연덕스럽게 근처 벤치에 앉을 뿐이었다. 얼른 곁에 붙어 앉은 디아나가 끈질기게 캐물었다.

"진짜로 궁금해서 그래. 다른 사람들이랑 술 마시다가 폐 끼치면 안 되잖아. 이유를 알아야 자제하든 말든 하지. 응?"

그건 세드릭도 공감하는 모양이었다. 한참을 궁리하던 세드릭이 장난스럽게 눈을 빛냈다.

"그럼 토요일에 우리 집으로 올래?"

예상치 못한 말에 디아나는 조금 놀랐다.

"너희 집?"

"지금까지 와 본 적 없잖아."

"그렇긴 한데……."

그러고 보니 한 번도 세드릭의 집에 초대받은 적이 없었다. 세드릭이 툭하면 아파트로 찾아와 헤스터까지 셋이서 식사하던 것을 떠올리면 사뭇 억울한 일이었다.

"그럼 말해 줄 거야?"

"응."

세드릭은 드물게 기대에 찬 얼굴이었다. 디아나가 멀뚱거리며 말했다.

"그런데 나 토요일에는 언니랑 애쉬포드 호수에 놀러 가기로 했어. 너도 같이 갈래?"

금세 세드릭의 표정이 흐려졌다. 그는 고개를 내저으며 재차 물었다.

"일요일은?"

"일요일에는……."

별생각 없이 대꾸하려던 디아나가 슬며시 입을 다물었다. 뒤늦게 세드릭의 눈치를 살피는지 어물거리는 소리가 이어졌다.

"수리 경이랑 만나기로 했는데……."

세드릭은 말없이 고개만 끄덕였다. 얼핏 보기로는 평소와 다름없는 표정이지만, 10년 넘게 그를 보아 온 디아나에겐 실망한 기색이 너무나도 확연하게 보였다.

"저기, 평일에는 바빠? 다음 주 주말은 언제?"

"……."

"아, 아님 다음 주 평일? 다다음 주 주말? 그냥 이번 토요일에 언니랑 호수 다녀와서 만날까?"

디아나는 몹시 진땀을 뺐다. 그러자 고개를 모로 꺾은 채 느릿하게 어깨를 주무르던 세드릭이 남몰래 웃었다.

"평일에는 너도 바쁘잖아. 논문은 언제 쓰려고."

"하루쯤 너랑 노는 걸 참는다고 잘 써지는 것도 아닌데……."

"난 다음 주 주말에도 괜찮아. 대신 다음 주말에는 다른 사람이랑 약속 잡으면 안 돼. 알았지?"

세드릭이 짐짓 엄격하게 말했다. 디아나는 고개를 주억거렸다. 예민한 감이 일러 주길, 여기서는 세드릭의 장단에 맞춰 줘야 했다.

둘은 그러고도 한참을 떠들며 시시덕거렸다. 인어의 서식지인 줄리모어 군도에 아주 터를 잡은 설리번 자일스의 이야기가 주를 이루었는데, 특히 설리번을 그리다 못한 요정 여럿이 어찌어찌 군도로 날아왔다는 최근의 소식에 디아나는 놀라 자빠질 뻔했다. 울마르크 고산 지대에서 줄리모어 군도까지는 중간에 기차를 타고도 넉넉잡아 닷새는 걸리는 먼 거리였기 때문이다.

'설리번이 얼마나 좋으면 그런 터무니없는 짓을 저지를까.'

경악하는 마음 반, 감탄하는 마음 반으로 혀를 내두르던 디아나는 자연스레 조금 전 올리버와 나누었던 대화를 떠올렸다. 사랑을 결혼으로 이어 가려는 올리버의 마음이 조금 이해될 것 같기도 했다. 결혼이 사랑의 결실이라는 인간 사회의 맹목적인 믿음에는 동의하기 어렵지만, 결혼이란 제도로 상대와 분명한 관계를 맺는다면 적어도 덧없이 헤어질 일은 줄어들 테니 말이다.

"그러고 보니 펜리 씨가 언니랑 결혼하고 싶다고 그랬어."

"펜리 씨라면 헤스터 경의……."

"응."

세드릭이 조금 놀란 기색으로 물었다.

"그럼 헤스터 경은 어때?"

"언니는 아직 결혼할 생각이 없는 것 같은데 미래는 모르지, 뭐."

디아나는 입을 불퉁하게 내밀며 공연히 돌멩이를 찼다. 물끄러미 그녀를 쳐다보던 세드릭이 물었다.

"……너는 괜찮아?"

가만히 눈을 깜박이던 디아나가 이내 웃음을 터트렸다.

"당연히 괜찮지. 언니만 행복하다면 나는 다 좋아. 그런데 음, 언니가 결혼하는 게 상상이 안 되긴 해."

디아나는 골똘히 생각에 잠겼다. 스승인 바바라 자일스는 죽을 때까지 법적으로 결혼을 유지하긴 했으나, 사실상 온전한 결혼이라 칭하기엔 무리였다. 따지고 보면 그녀는 살면서 결혼식을 본 적도 없고, 결혼한 부부가 어찌 사는지 제대로 알지도 못하니 상상하기 어려울 만도 했다.

그러자 이제는 '결혼' 그 자체가 궁금해졌다. 무엇보다도 자기 자신을 중시하는 마법 사회에서 이처럼 천성과 어긋나는 제도도 드물었다. 아무리 사랑하는 마음이 깊더라도 내밀한 일상을 공유하는 것이 쉽지는 않을 터. 단순히 사랑하는 마음의 크기로 가늠해서 성사될 일이 아니기에 평생을 독신으로 사는 마녀·마법사들이 많은 것이었다.

결혼하는 언니는 도무지 상상이 되질 않는다. 하지만 결혼하는 자신의 모습을 상상하기도 마찬가지였다.

"세드릭. 너도 결혼하고 싶니?"

"글쎄. 그보다는 결혼할 상대가 중요하지 않을까."

세드릭의 대답에 디아나는 조금 놀랐다. 내내 별거하는 부모의 모습을 보고 자라서 결혼할 생각은 추호도 없으리라 짐작했기 때문이다.

"괜찮은 상대가 있으면 결혼할 생각은 있고?"

"왜. 너는 결혼하기 싫어?"

세드릭이 넌지시 디아나를 떠보았다. 그런 의뭉스러운 기색일랑 조금도 눈치채지 못한 디아나가 아무래도 모르겠다는 표정으로 토로했다.

"애초에 그런 생각을 전혀 안 해 봤어. 내가 결혼한다니, 너무 이상하지 않아?"

"이상한가?"

"아니, 굳이 결혼할 필요가 없잖아. 결혼하지 않고도 충분히 사랑할
수 있는데."

"그렇기야 하지만……."

묘하게 속내를 삼키는 어조였다. 디아나는 기민한 감으로 그걸 알아
챘다. 잿빛 눈이 대번에 탐정처럼 가느다래졌다.

"뭐야. 너 또 뭔가 숨기고 있지."

"숨기긴 뭘."

"숨기고 있잖아. 빨리 말해 봐."

드센 채근에 세드릭이 마지못해 입을 열었다.

"채스터티가……."

채스터티. 그 이름만으로 불안감이 용솟음쳤다.

"채스터티가 왜."

"……아냐. 그냥 잊어 줘."

"시작했으면 끝을 맺어야지! 채스터티가 왜, 뭐라고 했어?"

세드릭이 그답지 않게 당혹스러운 기색으로 입술을 굳게 다물었다.
물끄러미 그를 살펴보던 디아나가 음산한 목소리로 물었다.

"……봤대?"

괜히 말했다. 세드릭은 그리 쓰여 있는 얼굴로 더디게 고개를 끄덕였
다. 디아나가 멍하니 입술을 벌렸다.

"진짜?"

"그래도 누구랑 결혼하는지는 못 봤다고……."

"말도 안 돼! 내가 결혼한다고?"

디아나는 양손으로 뺨을 감싸며 소스라치게 놀랐다. 몸을 옹송그린
채로 미동하지 않는 모습에 세드릭이 슬며시 그녀의 어깨를 짚으려던
찰나, 디아나가 갑작스레 머리를 쳐들었다. 그러고는 경황없이 자리를

털고 일어났다.

"아, 안 되겠어. 나 채스터티 좀 만나고 올게."

"디아나?"

세드릭이 황망하게 올려다보았다. 그러나 디아나는 세드릭을 살필 겨를이 없었다. 당황이 역력한 부름이 이어지는데도 뒤돌아보지 않았다.

"같이 가! 채스터티가 어디 있는지도 모르잖아!"

결국 세드릭이 다급히 그녀를 쫓아갔다.

꽃 피는 봄, 오킹엄은 여전히 평화로웠다.

— *fin*

[1] 설리번 자일스와 요정 와조스키는 피트 닥터, 데이비드 실버먼, 리 언크리치 감독의 애니메이션 『몬스터 주식회사』의 두 주인공인 제임스 설리번과 마이크 와조스키를 패러디했습니다.

[2] 3막에서 설리번이 토굴의 암호를 외는 장면은 J.R.R. 톨킨의 소설 『반지의 제왕 2』에서 마법사 간달프가 모리아 광산의 문을 여는 장면을 패러디했습니다.

[3] 디아나 솔의 출생은 조지 루카스 감독의 영화 『스타워즈』 시리즈의 주인공 아나킨 스카이워커의 출생을 모티브로 삼았습니다.